进击的学霸

上篇 新大陆的幻想

叶修 著

图书在版编目（CIP）数据

进击的学霸：全三册 / 叶修著. -- 南京：江苏凤凰文艺出版社，2024.7（2025.5重印）
ISBN 978-7-5594-7798-9

Ⅰ．①进… Ⅱ．①叶… Ⅲ．①长篇小说－中国－当代 Ⅳ．① I247.5

中国国家版本馆 CIP 数据核字（2024）第 012686 号

进击的学霸：全三册

叶修 著

责任编辑	周颖若
特约编辑	雨 文　半 霄　狮子心
封面设计	王照远
出版发行	江苏凤凰文艺出版社
	南京市中央路 165 号，邮编：210009
网　　址	http://www.jswenyi.com
印　　刷	三河市中晟雅豪印务有限公司
开　　本	700mm×980mm　1/16
印　　张	80
字　　数	1563 千字
版　　次	2024 年 7 月第 1 版
印　　次	2025 年 5 月第 4 次印刷
书　　号	ISBN 978-7-5594-7798-9
定　　价	158.00 元

江苏凤凰文艺版图书凡印刷、装订错误，可向出版社调换，联系电话 025-83280257

目录

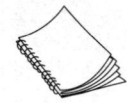

第一章　登场了，那些本不该出现的学神！ 001

第二章　新的战役 008

第三章　开学训导——高中学习的应有态度！ 016

第四章　我教你，这就是我的学习 030

第五章　他是学神，封号为命运！ 035

第六章　连作文都能不及格？ 040

第七章　不可超越的学神 046

第八章　"学生起义" 052

第九章　失败的"学生起义" 058

第十章　学神的策略——分层处理！ 063

第十一章　不合适的策略 068

第十二章　认真你就输了？ 074

第十三章　这里有隐藏的高手？ 078

第十四章　确认了，她是掌握了思维流能力之人！ 083

第十五章　学神的秘密 089

第十六章　很烦人啊，对数！ 093

第十七章　小联考 100

第十八章　六校排名　105

第十九章　木炎的耻辱　112

第二十章　错题本的技术　116

第二十一章　我不是高手　121

第二十二章　渐近线，在那命运的函数中！　125

第二十三章　人物传——卢标　129

第二十四章　黑夜晚会　136

第二十五章　妖星　143

第二十六章　在黑暗之中，努力不曾停歇！　150

第二十七章　流程策略——学神的宏观调控之道　154

第二十八章　暴怒的班主任　160

第二十九章　兰水二中编年史　166

第三十章　通报批评李双关　172

第三十一章　斗牛，卢标对阵修远！　177

第三十二章　一己之力　183

第三十三章　连碎片时间也不会放过的学霸！　187

第三十四章　约战！罗刻的怒火！　193

第三十五章　议论纷纷　198

第三十六章　期中考试　203

第三十七章　迷雾　208

第三十八章　第一战　213

第三十九章　期中排名　218

第四十章　奔流——思维与旋律齐飞！　223

第四十一章　心乱　228

第四十二章　早恋问题，越来越难管了……　232

第四十三章　精妙的作文立意　237

第四十四章　无法进行的辩论赛　242

第四十五章　独孤求败　247

第四十六章　自由如风　251

第四十七章　救命，思维导图！　255

第四十八章　黑夜潜行——偷窥学神笔记是一种怎样的体验？　259

第四十九章　英语听力倍速法　264

第五十章　大咖会　268

第五十一章　教师的命运　273

第五十二章　书房中的秘密　281

第五十三章　辩论赛（上）——意想不到的搞笑担当！　290

第五十四章　辩论赛（中）——巨大的劣势　295

第五十五章　辩论赛（下）——是时候表演真正的技术了　299

第五十六章　重压来临　305

第五十七章　高手，必是节奏掌控者　310

第五十八章　学神的交易　315

第五十九章　重返球场　320

第六十章　期末将至　325

第六十一章　压抑的总复习　329

第六十二章　审判日　334

第六十三章　迟来的斗志　339

第六十四章　喜剧演员　343

第六十五章　醒悟啊，为了新的起点　348

第六十六章　卢标，卢标，卢标！　353

第六十七章　消失的身影　358

第六十八章　幻灭！雪中的别离！　363

▶ 第一章 ◀

登场了，那些本不该出现的学神！

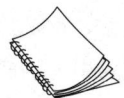

9月1日，星期一，兰水二中高一教学楼，三楼会议室。

夏日的余威未退，烈日下的教学楼散发着外焦里嫩的青春气息。高一全体新生的开学典礼刚刚结束，几位校领导又马不停蹄地来到高一教学楼的三楼会议室。

会议室是一个阶梯式教室，下面坐着高一实验一班、实验二班两个班共80名学生。副校长肖英、一班数学老师兼班主任严如心、二班英语老师兼班主任李双关，以及两个实验班的其他几位老师，坐在会议室第一排。前面演讲台的上方悬挂横幅：新高一年级实验班分班大会暨优秀学生学习心得分享大会。

新的血液，新的希望，副校长肖英心情愉悦。得益于校长马泰6月的强力手段，这一批的生源，或许能够称为兰水二中史上最强的一届。

兰水二中是兰水市排名第二的民办高中，有许多办学不规范的地方，只是因为其教学严厉，管理学生比较厉害，所以考试成绩尚可，也受到了一些家长的认可。不过自从去年的"709惨案"之后，学校元气大伤，这一批新鲜血液的补充对提升教师队伍士气大有好处。甚至，甚至——如果培养得当，或许真的能够超越2013年的黄金一届也说不定呢。肖英看着台下朝气蓬勃的学生，心中暗暗高兴。

会议还未正式开始，台下学生叽叽喳喳地小声聊着。

"这学校真破！真后悔初三没好好复习，没考上临湖实验啊！"

"就是啊，会议室都老成这个样子了，还没我们初中学校装修好。学校太差了啊！"

"咦，不是吧，这样说自己学校真的好吗？二中好歹也是兰水市排名第二的学校啊。"

"嘁！什么第二？就是二流学校嘛！你是真不知道还是假不知道？就我们这个四线小城市，民办高中里只有临湖实验一所省重点，独一档！其他高中，什么第二、第三、第四都差不多啦，没什么区别！叫个第二好听点儿，糊弄下我们这些学生，维持下脸面而已！"

"就是，真是太倒霉了，中考发挥失误，数学有两道大题算错了几个数字，要不然我也不会来这破学校啊！"

"你还算错数字？我更倒霉！中考的时候感冒了，比平时少考了20多分！"

"可恶，我们那个考场播音器有问题，听力听不清楚，害我扣了12分！不然我多考5分就可以去临湖实验了！"

"唉，我初中的同桌就去了临湖实验，我以后都没脸见她了……"

新高一实验班的学生们还沉浸在对中考的回忆里，纷纷抱怨着。幸而声音嘈杂，前面的老师们并不能听清楚。

一会儿，老师和领导们悉数到场了，所有人员坐定，副校长肖英上台讲话。

"……欢迎在座的所有同学来到兰水二中。经过前几天的分班考试，在座的80名同学，被确认分配到实验一班和实验二班，恭喜大家！当然，也有部分同学，是没有参加分班考试，直接被保送进实验班的。这部分同学，是当初中考的时候已经过了临湖实验高中的分数线，但是出于对我们兰水二中的信任，选择了我们兰水二中。我们兰水二中，向你们表示欢迎！"

下面有几个学生在私语："凭什么他们就不用考试，直接被保送进实验班了！我有个初中同学这次考了第八十三名，就是被他们这些不考试直接被保送的人挤掉了！"

"喀喀，人家是中考过了临湖实验高中分数线的，就算参加考试，怎么可能考不进前八十？"

"那可未必！"

这是实验二班的学生在絮叨。班主任李双关回头瞪了他们一眼，学生们安静下来。

"不论是被保送进入实验班的同学，还是在分班考试中以优异的成绩考进实验班的同学，我都有一个好消息要告诉你们！我可以向你们保证，兰水二中的所有优质资源，都会向你们身上集中！学校给你们配备的，是本校最优秀的老师；给你们当中住校的学生，分配了最好的寝室；你们的教室，也是最宽敞的，并且加装了空调，夏天、冬天不限时间使用！总之，学校会为你们创造最好的条件，方便你们学习！我可以向大家保证，二中的实验班，教学水平绝对在临湖实验普通班之上！"

副校长肖英在台上讲着，下面又有学生小声嘀咕起来："扯吧，临湖实验的普通班比你们这儿强多了！糊弄谁呢？""唉，怎么办呢？谁叫我们这群失败者考不上临湖实验，只能沦落到这里，随她怎么吹了。"

肖英清了清嗓子，接着说了一堆兰水二中的悠久历史、实力如何强大——尽管也没人信，然后道："本次会议的第二件事情，就是请部分优秀学生代表上台，向同学们分享一下他们的学习经验和心得！在座的同学都是非常优秀的，但是优秀中还有更优秀，让这些最为优秀的同学分享一下自己的学习心得，想必对大家都有好处。希望同学们能够抓住机会，相互学习，在未来的学习中不断进步！"

一个微胖的中年妇女走上台,正是高一年级组组长严如心。她接过肖英的话筒说:"本次上台分享的同学有三名,分别是实验一班的占武同学、舒静文同学,实验二班的卢标同学。这三名同学都是被保送进入实验班的,其中占武同学和舒静文同学为了证明自己的实力,自愿参加分班考试,结果占武同学获得了第一名,舒静文同学获得了第二名。这也切实证明了他们的实力。我们首先有请占武同学上台,舒静文同学做准备。"

一名身材高挑而气质英武的学生走上讲台,眼睛藏在刘海儿下,冷淡、冷酷、冷静,而又略带肃杀之气。很多女生看到他第一感觉就是帅气,帅得深沉,但也有部分女生觉得他的气场过于强大了,让人感到不安。对于这样受到女生高度关注的男生,大部分男生原本应该出于雄性争斗的本能而产生嫉妒、欲与之一较高低的冲动,但对于占武却很难产生这种情绪,只感到他像一把黑光暗闪的锋利匕首,需要赶快远离。他手持一份稿件念道:

"各位同学上午好。我是占武,今天我跟大家简单地分享一下我的学习经验。学习,是学生最重要的事情,是一件有意义的事情,是一件值得我们全身心投入的事情。它是春天柔和的风,它是夏天凉爽的雨,它是秋天金黄的果实,它是冬天温暖的炉火……"

底下的学生们又开始窃窃私语:"这是在写作文吗?"

"有点儿像是仿写句子练习。"

"给他安排个语文课代表得了。"

"这男生长得挺帅,发言真无聊。"

"听着真恶心,根本就不是什么学习经验嘛。一班的家伙好无聊。"

很显然,这是实验二班的学生在议论。

"……我最大的经验,就是对于学习,一定要热爱,发自内心的热爱。当你热爱学习的时候,就会发现学习并不是一件痛苦的事情;当你热爱学习的时候,学习也会热爱你。谢谢。"

充满煽情字眼的演讲稿从冷酷的占武嘴里念出来,活生生地告诉大家什么叫作"对比手法",又或许可以称之为矛盾的美?稀稀拉拉的掌声响起,在会议室中回荡,显得很难听。也难怪,这种打着官腔、没有实质内容的发言,除了让人无聊发困以外没有任何作用,谁会有兴趣给它鼓掌呢?无非是机械的习惯性动作而已。两位班主任转头向学生们瞪了一眼,于是掌声变得更加热烈了一些,不过主要还是一班的同学在鼓掌。

一道声音小声嘀咕:"见鬼了!据传闻是中考全市第七名,一个原本不该出现在这所二流学校的人。这人在隐藏实力,他根本不屑于跟我们这些凡人废话。还有卢标,为什么,为什么他也会出现在这里?他也不该出现的……"这人叫罗刻,实验二班的学生。他衣着朴实,骨架粗壮而脸色黝黑,微微皱着眉头。

接着，舒静文拿着演讲稿上台。这女生长发披肩，看起来一副文静秀雅的样子，倒是和她的名字"静文"匹配。

"大家好，我叫舒静文，是实验一班的学生。今天我演讲的题目是《老师——学习的源泉》。学生的学习离不开老师，学生的未来，既掌握在自己的手里，也掌握在老师的手里。老师对学生的关怀，就像夏日里凉爽的风，就像冬日里温暖的炉火……"

"哎，这两人演讲稿怎么差不多？又开始夏天、冬天的了。"

"正常，班干部演讲都这样，春夏秋冬轮一遍，比喻排比来一通。"

"唉，好无聊啊，你说刚才发的校服这么丑，学校该不会强迫我们穿吧？"

"为什么都是一班的人上去讲？我们班的呢？"

"我听说这次考试前三名全都分到一班去了，我们班比一班实力弱一些，肯定是让一班的人上台讲。"

"卢标不是我们班的吗？他待会儿要上去的。"

"估计是给我们班一点儿面子吧？都是一班的上台，我们班主任脸上就难看了。"

……

实验二班班主任李双关坐在第一排，听着后排学生的议论有些生气，但又不好当场发作，只好又回头瞪两眼。这一瞪不要紧，猛地发现第二排右边的位子空了一个：卢标人呢？！

李双关一时有点儿慌了，再过几分钟就到卢标演讲了，怎么人还没到？他压低声音询问边上几个学生："你们谁看到卢标了？人呢？"

有学生回答："好像跟着我们一起下来的，中途不知道去哪儿了，可能上厕所去了吧？"

李双关心烦意乱，一边指着前排几个同学说"李天许、罗刻，你们两个去找一找卢标！赶快"，一边心里嘀咕——这个卢标，怎么回事？别开学第一天就出乱子了……

"表哥，真没想到你没去临湖实验高中。唉，可惜……不过话说回来，你在兰水二中，肯定大杀四方，次次第一！"

一名长相端正又显英气的少年听罢平淡一笑，没说话。这人正是卢标，身姿挺拔，眼神里却带着淡淡的迷茫和忧伤。

"听说高中的课程比初中难多了，到时候我免不了要找你请教的，你肯定能帮到我！"

卢标回道："能帮我肯定尽量帮你了，不过高中的知识体系焕然一新，需要的技巧也要重新积累，初期我未必帮得上你。很多初中时候积累下来的思路技巧都作废了。"

"那也还是你厉害，我初中都不懂什么思路技巧，这次能考上兰水二中全靠运气了！虽然对于你们这种大学霸来说兰水二中可能不算什么，但是对于我来说是靠运气好，临场蒙对了好几道题才刚好够线的。对了，你说的思路技巧，到底是指什么东西啊？能不能举个例子？"

卢标抽出一张纸，边写边说："举个例子，你还记得这道题吧？"

正方形 ABCD，绕 B 点逆时针旋转得到正方形 BPQR，连接 DQ，延长 CP 交 DQ 于 E。若 CE=$5\sqrt{2}$，ED=4，求 AB。

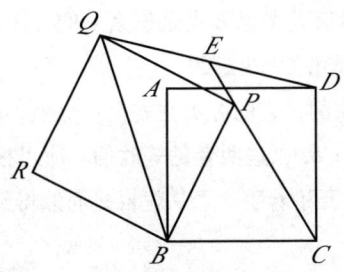

"记得记得，初三最后一次全市统考的倒数第二题。这题我当时一点儿都不会做，不过后来看答案又觉得其实不难。唉，数学题就是这样，自己死活想不出来，看答案又一拍大腿恍然大悟。我现在还记得答案呢！核心步骤好像是这样的……"他顺手在纸上画了几条辅助线。

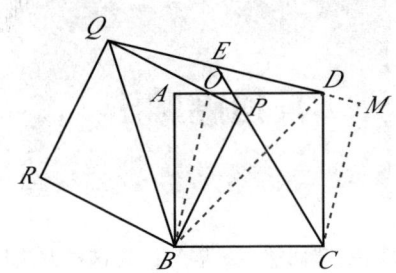

"设 AD、PQ 交点为 O，那么核心步骤就是连接 BO，证明三角形 BOP 和三角形 BOA 全等，于是∠PBO=∠ABO=∠EDA，顺着推下去，就证明出∠EDB=∠ECB，∠DEC=∠DBC=45°。后面就好做了。"

"没错，最终答案是这样的，不难看懂。可是，怎样才能在没有看答案的时候想出来这个思路呢？"卢标问。

"这我就不知道了。我们初中的时候也向数学老师问过这个问题，老师也不知道，只说让我们多做题就好了。唉，这就是数学的难点啊，看答案都懂，但是自己做就不会。看了答案倒着推能推出来，但是没看答案之前，顺着想就想不出来。表哥，难道

- 005 -

你能解决这个问题吗？"

"在初中的知识体系内，可以。"卢标平静地说。

那人震惊地看着卢标，困扰了自己接近三年的问题，连老师都无法解决的问题，卢标居然说自己可以解决。他不禁聚精会神起来。

"对于这种几何题，我曾经学过一个方法——几何溯源法。"卢标解释道，"几何溯源法，通过几何图形中的关键变化因素、决定因素来确定解题思路。这个题，关键因素在哪里？显然是 E 点。然后就考虑 E 点是怎么来的，即它的源头是哪里。明显，E 点的源头是 CP 延长线，E 是由 CP 决定的。

"那么，P 点又是怎么来的，它的源头在哪里？显然，P 是通过 C 旋转而来的，P 点的源头在于 $\angle ABP$ 或者 $\angle CBP$，这两者是等效的。所以根据溯源法可以推断，这题的思路，一定是从这两个角开始着手。于是就自然而然得到你上面给出的所谓标准答案的思路了。

"答案是次要的，能够让你推导出答案的方法和思维，才是重要的。几何溯源法，就是一种能从一开始就在千丝万缕、无法确定的思考可能性中，给你确定正确思维方向的方法。"

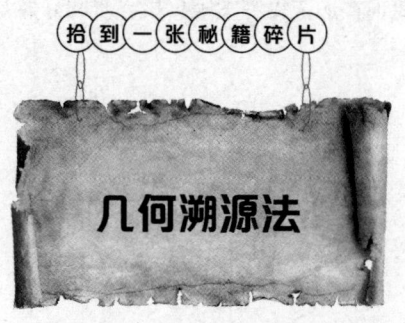

卢标的话让表弟一脸震惊："居然……居然还有这种方法！数学题的难点，绝大部分就在于可能的思路推导方向太多，一条条地去尝试，要么就是时间耗尽，几个小时都尝试不完；要么就是试着试着思路就乱了，脑袋就大了。而这个几何溯源法，居然能够从一开始就锁定正确的思考方向！

"天啊，早知道的话，我初中就不用受那么多苦了啊！！太神奇了！你知道吗，我初中就是因为想不出来这些几何题的思路，只能见一个题背一个题的答案，唉，效率太低了。表哥，你怎么不早教我啊？你掌握了这么厉害的思维方式，怪不得这么牛啊！"

卢标笑笑："这只是其中一种小技巧，类似的东西还有很多。可惜，不少都是专门为初中的知识体系开发的方法，到高中就没用了。"

"唉，人跟人真是不一样啊。我的表哥，我妈说你怎么怎么厉害，让我抓住机会跟你好好学，我一开始还感觉不强烈，现在是真知道了，你简直是个宝藏啊！你到二中来，对我可真是个大机会，不过对你自己就……"

卢标微微摇了摇头，略一苦笑，眼神中无比复杂的情绪交织着。

"我妈说你要是去临湖的话，按照临湖的师资力量和环境，你肯定能考上清华、北大的……不过我相信以你的能力，就算在二中，也可以的吧？要真的可以，那就创造二中的历史了！"

卢标叹了口气，看了看窗外，轻声道："希望吧……"

"莫名其妙，干吗要我去找？"李天许一脸不耐烦地对罗刻嘀咕着，"你去楼上看看卢标在不在教室里，我去其他地方看看吧。"罗刻没吭声，兀自上楼了。李天许则顺着三楼的走廊四处闲逛，准备等罗刻下来后向班主任李双关回复"找不到卢标"就好了。没承想在三楼闲逛的时候，居然透过十四班教室的窗户看到卢标了。

十四班基本没人，只有卢标和一个男生坐在桌前闲聊。李天许扒开十四班的窗户向里面喊："卢标！你在十四班教室干吗？！马上轮到你上台演讲了，班主任派人到处找你！"

"哦，不好意思，忘记时间了。"卢标又转头对表弟说道："下次再聊了。"说完匆匆跟着李天许奔向三楼会议室。

"……紧跟老师的步伐，就是最好的进步方法；完成老师布置的作业，就是最好的学习手段。感谢兰水二中，感谢实验班的所有老师。我很荣幸，能够加入兰水二中、加入实验一班这个大家庭。老师就是我们三年的父母，同学就是我们三年的兄弟姐妹。希望大家在这三年里，能够友爱互助、共同进步。谢谢！"

舒静文演讲完毕，拿着演讲稿下台了。李双关心急如焚，不断向门外张望。严如心接过舒静文的话筒，说道："感谢一班舒静文同学的演讲，下面有请二班的卢标同学进行分享！"

掌声响起，严如心眼神扫过学生寻找卢标的身影。李双关叹了口气，站起来，准备说"不好意思，临时出了点儿状况"。"不好"两个字已经快冒出口了，突然李天许从门口冲进来，后面跟着卢标的身影。

卢标径直走上演讲台，接过严如心的话筒，如同从幕后登场一般。李双关长舒一口气："呼，总算没出乱子。这学生真是……不知道他准备讲些什么，刚才是去准备演讲内容了吗？"

卢标目光扫过台下79名学生，缓缓拿起话筒。

第二章

新的战役

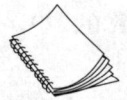

"又一个长得挺帅的！这年头学霸都长这么帅吗？"

"我比较喜欢占武这个类型的，感觉更飘逸一些，有种坏坏的、酷酷的感觉。"

"这个是二班的吧，感觉也很拉风啊。"

……

一群女生在下面小声讨论着，卢标在台上思绪纷飞。他还带着刚才那种低迷和哀伤的情绪，又对未来前景感到迷茫。他想起了自己在暑假里做出决绝的决定之后，又在数个夜晚伏在书桌上默默流泪的情景；也想起后来好不容易鼓起勇气为自己高中三年所做的详尽规划。于他来讲，那便是一本绝境求生手册、一本逆境翻盘秘籍。而如今，该来实现那个规划的第一步了。最终他深吸两口气，心想：既来之，则安之，框定格局，用尽技法，全力一战……

"哎，你看他空手上去的，没拿稿子，估计背下来了吧？"

"怎么半天不说话，紧张了？嘻嘻，好可爱。"

"紧张了也可爱？你花痴吧！"

卢标放眼扫视 79 名同学和十几名老师，半分钟没有说话，台下议论声越来越大。实验二班班主任李双关在底下小声安慰道："卢标，没事，随便讲什么都行，没准备好也没关系。不用紧张！"

这个人，根本就不紧张，一名男生心中暗想。

他叫修远，本次分班考试年级第十名，实验二班的第四名，就坐在会场中间第四排。修远早就感到无聊了，从占武的排比句型演讲开始就趴在桌子上心不在焉，到舒静文的初中生作文型演讲时已经快要睡着了。但当他看到卢标的眼神时，却有一股异样的感觉——这个人，不简单。

"各位同学上午好。我们在这里见到彼此，是冥冥之中的缘分。未来的三年，我们会有一段共同前行的路程。"卢标开口了，他的声音平缓而低沉，不知不觉之中就吸引了所有人的注意力，那些打瞌睡、发呆、聊天、心不在焉的人，都在看着他。

"我一直认为，在校园的所有关系中，同学关系是最重要的关系，同学之间相互影响的深度甚至超过了老师对学生的影响。在高中这个高难度、高强度的学习环境中，班级中同学的关系，将在很大程度上决定了我们学习的效率甚至最终的成绩。

"同学关系可以分为三种。第一种，竞争型关系。同学之间视为竞争对手，你想超越我，我想压过你，相互较劲。你有一些学英语的高质量资料，想尽办法藏着掖着不让其他人知道；他有一个做数学题的秘诀，躲躲闪闪生怕透露出去。"

台下嘀咕起来："一般不都这样吗？越是实验班越是这样，相互比呗。"

"是啊，从初中起就是这种氛围了。"

"竞争就竞争嘛，谁怕谁啊！"

……

卢标接着说道："第二种同学关系为自由型关系。大家互不干扰，各自干各自的事情，不在乎成绩排名和高低。第三种为合作型关系。大家相互配合，将各自最好的学习资料、学习方法等共享出来，在学业上相互帮助，共同应对高考的挑战。

"我想请问各位同学，你们认为，哪一种关系最好？最有利于自己的学习？"

卢标以深邃的眼神扫视全场。

少数几个男生嚷嚷起来：

"竞争型关系。相互激励，有竞争才有压力和动力。"

"竞争。失败者的羞耻才能转化为动力。"

大多数同学则说："合作吧，相互帮助效率才高啊！"

"同学一场何必争得那么厉害？干吗那么功利啊！"

当然也有部分女生既不选竞争，也不选合作，而是紧盯着卢标的眼睛激动地想：太帅了！简直是王者气质，震撼全场啊！

二班的罗刻没有说话，心想：卢标，你到底想说什么？

一班的占武没有说话，轻微"哼"了一声，一道锋利的目光从刘海儿间投来。

二班的修远没有说话，不自觉地开始观察台下同学的反应，他发现很多女生看卢标的眼神发亮，心中本能地产生了一丝轻微的不爽。

二班班主任李双关没有说话，心想：卢标，这个学生有点儿意思，不愧是校长亲自盯过来的人。

更多的人在等待卢标的答案——你，选择什么？

卢标继续说道："有同学选了竞争型关系，也有同学选择了合作型关系，但总的来说选合作的比较多一点儿。可是我要问第二个问题：在自然状态下，班级里会形成怎样的同学关系形态呢？大部分同学认为合作型关系更能促进自己的学习，是否就能自发地形成合作型关系呢？"

与之前不同，这个问题无人回答，台下一片寂静。那些之前选择了合作型关系的学生纷纷陷入沉思。

"很可惜，即便大部分人都认为合作型关系更有利于学习，但实际上，班级中却常常自发地形成以竞争为主导的关系类型。因为考试的压力，因为人的本能的私心，因为短视而过度看重小范围的班级和年级排名，绝大多数人都难以做到彻底地开放合作。对于优质的学习材料、学习方法会本能地藏着掖着，在面对学习上需要帮助的同学时，总会吝啬自己的时间而不愿为其解答问题。要想形成合作型同学关系，没有那么容易，它需要刻意的引导，需要很多人的共同努力。

"今天，高中开学的第一天，我在这里，想要发起一个倡导：希望兰水二中的所有同学，实验班的所有同学，能够形成真正的合作型同学关系。尽管高考是一场竞争，但这是全省范围内的竞争，而非一个小小的班级和学校里的竞争。为了在高考的大范围竞争里获得胜利，我们更需要在班级和学校的小范围里通力合作。

"我希望大家不仅在道德上能抛开私心，更能从利益上认识到，在学习上的相互帮助和合作能够让每一个人都受益。我是实验二班的卢标，至少在二班，我会身体力行地执行自己的理念，在力所能及的范围内尽量帮助更多的同学。在高考这个激烈的战斗中，我们，将是最亲密的战友。谢谢！"

全场掌声雷动。有些女生已经兴奋地喊起来："卢标太帅了！"台下的教师当中，二班班主任李双关嘴角微微上扬，副校长肖英则满意地点点头，心想：这孩子不错，心智非常成熟，成绩又好。这一届学生很强啊，说不定，能够超越2013年的黄金一届啊。

不过细看起来，欢呼声里女生的声音明显更多，男生则比较淡定，或者说是冷漠。修远双手插在口袋里，淡淡地盯着卢标的眼睛，只觉得周围女生的声音刺耳。他又恍惚想起初中时也如此风光，如今却在这样一所二流高中里看着别人出风头，心里只觉得五味杂陈。

会议结束，两个实验班共计八十人从三楼会议室上到五楼的教室。五楼有两间教室，是学校给两个实验班开辟的，其余每层四个班级，共十六个普通班。散会后，大部分人从靠近会议室的楼梯上楼，卢标感觉有点儿挤，从远端的另一个楼梯往上走，这样虽然绕了点儿路，上到五楼后，需要先路过实验一班再回到自己的班级，但是感觉比较清静。

上到五楼后，一转角，只见一道修长的身影背对着他，在走廊上眺望风景。这身影正是占武。

是他？卢标稍一犹豫，上前去打了个招呼："没想到在二中遇到你。"

占武回头，嘴角微微上扬——他的微笑，总是带点儿冷漠，带着点儿远离人群的孤僻。"想不到，你居然也来了这个二流中学。看来，关于你家庭变故的传闻是真的了。"占武平淡地说道。

卢标看着占武，平静地回道："没错。然而，这样的变故并不能难倒我。"

占武也看向卢标，两人目光碰撞，空气中似乎隐隐闪着火花。占武却是淡淡地说道："呵，这种二流中学，你能适应得了吗？我不知道你家庭变故到底严重到什么程度，但是你为了 30 万元选择来兰水中学，恐怕是个巨大的错误。"

"30 万？"卢标听到这个数字略一吃惊，随即道，"我没你那么值钱。况且，未必算巨大的错误。"

"嗯？"

"临湖实验与二中的优缺点，我已经仔细思考过并做了应对准备。所谓二流中学，其差距一方面在于学生，一方面在于老师。具体到兰水二中和临湖实验的选择上，临湖实验的普通班，其师资力量未必就强过兰水二中的实验班，而且还可以通过其他渠道补足老师讲课水平的差距，所以，区别主要在于学生。

"更融洽的学习环境对人有强烈的促进作用，在一个班级里，如果所有人凝聚一心、积极主动地学习，营造出一个有利于学习的氛围，甚至合作共享学习心得、资源，那么学习效率自然更高。二中与临湖实验的差距，这一方面应该是占了大头的。但是，我在兰水二中未必就不能挽回了。环境，是可以创造的，我既然是这个环境中的一分子，就可以影响这个环境。调整得当的话，我可以吸引、凝聚大家塑造一个高质量的微观环境，在大环境比不上临湖实验的情况下创造一个优质的微观环境……"

"哈哈哈哈！"一贯冷峻的占武突然大笑起来，毫不客气地打断道，"幼稚！居然想凭一己之力塑造整个班级的环境？你的演讲就是这个目的？合作型学习关系？你太异想天开了。卢标，你真是温室里长出来的花朵啊，对人性的堕落、愚昧和黑暗一无所知。"占武突然收敛了笑容，正色道，"卢标，我真是高估了你。"

卢标沉下脸，微微皱起眉头。他知道自己在兰水二中的日子会很难，为了克服困难他已经做了充分的准备，甚至为自己写了详细的攻略。考虑到环境对人的成长的影响，自己身先士卒，调节和改善班级的学习环境，营造优秀的学习氛围，正是他攻略中的第一步——然而却被占武轻易地否定了。

"高估？"卢标看着占武对自己明目张胆的不屑与嘲笑，心里不由得不快起来。他并不觉得自己的计划有什么不妥，这是他在困顿之中苦思数个日夜得出的思路，甚至是用来在逆境中自救的法子，却被嘲笑得一无是处，连带着自己也被占武看轻了。卢标忍不住皱起眉头，回忆起一些事情，话也多了起来。

"我还记得我们第一次见面的时候，两年前，初二期中考试颁奖台上。那是我第一次超越你成为长隆实验初中的年级最高分,也是初中三年唯一一次。我记得那一次,你是看错了作文题,作文扣了 20 分之多,让我以领先你 1 分的优势登上最高的位置。初中时期,自我认识你以来,你也只有这一次屈居他人之下。不过后来又听说你物理试卷一整道 10 分的实验题老师忘记改分、算分了。那道题实际上你全对,所以你的总分实际上少算了 10 分。由于当时分数已经录入系统,最终并没有纠正过来。

"也不知这个传闻是真是假?"

占武冷笑一声,并不说话。

卢标心里一惊,想:看他的意思,莫非真的?难道唯一一次战胜他,居然是胜之不武?他顿了顿,又接着说道:"我记得当时你在领奖台下对我说了一句话。你说,我们的竞争,最终赢的很可能是我。我当时很不理解,你明明比我强那么多,永远是年级最高分,而且永远比我高出好几十分。我对你,一直都有一种难以望其项背的感觉。

"而现在你又说,你高估我了,这是想要推翻那时候的判断了吗?"

占武看着卢标没说话,冷漠中带着一丝若有若无的笑意。

卢标却也不等占武答话,直说道:"很有意思,那时候我侥幸赢了你,你也认为我会赢,我却觉得我不可能比得上你,你的天赋太过惊人,吓到我了。

"今天你声称高估我了,仿佛战胜我不在话下,可我反而觉得,将胜的一定是我。我掌握的,是认知人脑与学科规律的思维方法与学习策略,是洞察内外规律的精细技术体系。纵然你天赋卓越、智商高,但我所掌握的策略体系,不是你仅凭天赋就能理解的。系统性的学习所掌握的框架之宏大与科学严谨程度,也不是个人的天赋所能比拟的。

"更何况,根据传言,你似乎也有自己的命运局限。虽然关于你的传言太多,无法辨别真假,但你作为全市第七的学神却沦落到这个二流学校里面来,想必至少部分传言是真的了。这些心智的沉渣、命运的局限,也绝不是智力天赋能够掩盖下去的。

"综合判断,我,自信能够胜你。"

卢标的传奇背景占武早有耳闻,但听了卢标一通高调分析,他却淡漠地看向卢标,仿佛云端鸿鹄俯视林间雀鸟:"我的天赋,远超你想象,也远超自己的想象,我当年根本没有理解什么是天赋。天赋不仅是那些让你幸福的东西,绝望、愤怒,深夜里痛哭流涕、彻夜难眠,也可以是天赋。而你所谓的我的命运局限,也已经无法束缚住我了。"

什么?卢标心里又是一惊,难道占武能够冲破那样沉重的枷锁?难道……他来不及多想,就见占武转身走了,远远飘来一句:"反倒是你,卢标,在对残酷的世界一无所知的情况下贸然脱离温室,来到丛林之中,你无法适应。当你离开这丛林之日,才是勉强能与我一战之时……"

留下了一句莫名其妙的话,占武就这么走了。卢标深深叹了一口气,没能真正明白占武所指，也懒得纠结，自行回教室了。

这两人的对话，不仅身居其中的卢标不明所以，在不远处偷听的人更觉得莫名其妙。

"这两人讲的是些什么没头没脑的话？莫名其妙的……"在转角处的一人低声自言自语，正是修远。他也从这边楼梯上楼，碰到占武和卢标两人在走廊上谈话，一时好奇，就躲在转角墙后听了几句，听得断断续续，也听不清楚这两人有什么恩怨情仇。

但他好歹还是听到了一些自认为关键的信息。他之前已经知道了一人是他们班的卢标，一人是隔壁班的占武，如今又知道了占武居然是中考全市第七！而卢标的实力，恐怕也与占武不相上下，否则两人不会在这里打谜语一样地争论谁强谁弱了——至少实力相近才能争嘛！

此刻修远更加诧异了，中考全市第七的占武，为什么来到兰水二中这样一个二流学校？他应该去重点临湖实验的啊，而且还得是实验班才对吧！可是……

还有卢标，也是同等级的强者，为什么也会在这破学校？太诡异了。

平心而论，修远没有见过这等级别的强者，也想不明白其中的逻辑，只猜测背后定有隐情。但他此刻也没继续思量，只觉得心中一股子烦躁和不服气：哼，我也是中考失误才沦落到这所学校的……

二班教室里，学生们还在议论卢标刚才在会议室里的精彩表现，易姗便是其中一个，她一边鼓掌一边激动地转头对后排的同学说："卢标好厉害啊！他还是我们班的呢！"

坐在她身后的正是修远。修远原本对卢标掌控全场的气场就不太感冒，当时一边心不在焉地听着卢标的演讲，一边四处瞭望有没有什么值得注意的新同学，而易姗就是他特别关注的对象。在修远的心里，实验二班的美女不超过三人，而易姗就是其中最突出的一个，精致的齐刘海儿，腮颊微微泛红，肌肤如雪，长发如黑色瀑布般垂落下来。他看着易姗，想起了初中时某个可爱的女同学，也喜欢在自己考了高分或者篮球场上打进高难度进球时崇拜地尖叫。

这也成了修远对卢标的演讲毫无兴趣甚至还有点儿抵触的原因，再加上刚才走廊里听到他和占武的对话，不明所以地对卢标又多了一层不喜。

"还行吧。"修远摆出一副不在乎的样子，在狭小的空间内艰难地跷起二郎腿。

"哦？"易姗对修远这不以为意的态度有些好奇，问道，"你分班考试怎么样啊？我差点儿就没考上实验班。"

修远手指在桌上随意地敲着："嘿，随便考考，这种考试，谁认真啊？也就是个年级第十，班级第四吧。没必要太较真儿啦！"

"哇，你好厉害啊！"没想到身边坐着一位年级前十的高手，易姗惊喜地叫起来，双手抓住修远的胳膊，"随便考考就这么厉害了啊！你真是聪明！我平时能向你请教问题吗？"

"哈哈，当然，当然！"修远强行装了一波，初步起到成效，心中得意，"我嘛，反正随意学学，兴趣不大。但你要问我学习问题的话，倒是没什么问题啦！"

校门口。在全体高一的开学典礼之后，高一普通班的学生早就送走了自己的父母，教室里开始分发课本、安排座位了。只有两个实验班单独加开了一场会议，发了些物品，所以学生现在才送父母离开。

"给我好好学！"一个瘦削的中年男人吼道，"本来就没考上临湖实验高中，要是到兰水二中还不好好学，你就完了！"这人叫作修督风，是修远的父亲。"亏得你知道给家里面省5万块钱！一定要老实点儿学！星期五记得早点儿回来！"修督风说着走出了校园。

修远低着头不说话，把父亲送出校门口，此刻已经没有了在教室里和易姗高谈阔论的洒脱帅气。

他看着父亲走出校门，又转了一圈，看着兰水二中校园的四面高墙，以及高墙外面被遮挡住大半的建筑，只觉得无限惆怅和感慨。两个月过去了，他依然没有想通自己中考时怎么会考得那么差，各科都比平时低了近10分。

然而现在再去追究中考的分数又有什么意义？一切都结束了。十拿九稳的临湖实验高中在掌间的一线天里溜走了，他感觉心里一片空，初中时的轻松愉快结束了，曾经的辉煌也结束了……

真的结束了吗？他依然有强烈的不甘，复杂的情绪在胸腔里冲撞。

修远皱着眉头准备返回教学楼。就在修远旁边不足5米的地方，还有另一对父子。修远一眼瞟过去，似乎正是实验二班一位同学。

"爸，我没有花一分钱，也没有在考场上运气好乱蒙对几道题，纯粹凭自己的努力考上的兰水二中！我还进了实验班！虽然是以倒数第二名进的实验班，但我也很高兴了！我一定会不断进步的！"

穿着土气的中年男人面带笑容摸着少年的头，眼神里尽是慈爱，如同女人看着自己新生的婴儿。

两人又说了几句什么，中年男人笑着离开了。少年转身，面带着自豪的笑容，扬起下巴，盯着学校高大的建筑物，突然伸出右手食指指天，兴奋地大喊道："兰水二中，我来了！"

修远呆呆地看着他的表演，叹了一口气。"这个热血蠢货，好像叫木炎吧？唉，要沦落到跟这种人为伍了。"显然，木炎是从水平较弱的初中爬上来，以能够考上兰水二中为荣的，而修远则是从重点初中堕落到兰水二中。那些他曾经不屑于接触的人，变成了自己的同学。

他在兰水二中的日子，就这么开始了。

▶ 第三章 ◀

开学训导——高中学习的应有态度！

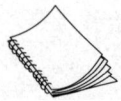

兰水二中，高一实验二班。

开学原本该是热热闹闹的一片新气象，然而实验二班略有不同，气氛稍显沉闷。二中高一实验班的学生，大多并不愿意来到二中。有些是自称中考发挥失误导致没考上临湖实验高中的；有些虽然知道自己的成绩只能上二中，但一想到曾经坐在一个班里的同学许多已经去了更好的临湖实验，心中依然不畅快。

临湖实验高中是全市最强的民办高中，虽然由于它作为民办高中的局限性，跟市里的公立高中相比有差距，但剩下的兰水二中、七中、三中等，与临湖实验高中还是有巨大的差距。以学生熟悉的事物做类比，就好比150分的数学试卷，班上有一个140分的，到了第二名便是95分，其余第三、第四名便都是90分以下的了。虽然第二与第三、第四依然可以相互角逐一较高下，但在140分的学霸看来，便是人类脚下一只稍大的蚂蚁和一只稍小的蚂蚁的区别了。

而兰水二中，便是这么一只稍大的蚂蚁；兰水二中实验班，便足可算是一只蚁后了——也还是一只蚂蚁。

因而实验二班的学生们，许多看起来有股衰颓之气。他们心中还在想着临湖实验高中，还在为自己的中考落榜而不平；又有许多人想着，与自己曾经一起聊天、打球和看电影的同学此刻正在临湖实验高中更新、更大、更气派的校园里，与更优秀的同学一起，听着特级教师讲课，心中就更加失落，难免垂头丧气。

"唉，二中，二中……"有人轻轻叹着气。

学生们送完家长离校，陆陆续续地返回，距离正式上课还有十几分钟。老师尚未进教室，教室里还很嘈杂，学生们还在相互闲聊着。

"不知道二中的老师水平怎么样？"

"听说二中作业很多，管得很严啊，真的假的？"

"据说高中的课很难啊，尤其数学和物理。你们有人提前学过没有？"

"中考后玩了将近三个月,谁还去提前学这个。"

"唉,你还有心情玩儿啊?我中考考这么差,一点儿心情都没了。"

"我也是啊,从来没想过要来二中的。"

"喊,一个个在那儿装,显得你们成绩好啊?发挥不稳定就说明能力不行呗。"

"就是啊,其实我这个成绩我一早就知道上不了临湖实验,只能来二中。"

"不过说起来,未来大家的差距是不是就越来越大了?我那些去了临湖实验的同学,原来初中时还跟我在一个环境里,听一样的老师讲课。现在他们师资水平更好了,估计我这辈子都追不上他们了吧……"

这倒是许多人内心的写照。

"欸,凡事往好的方面想嘛!学霸们都去临湖实验'内卷'了,我们这里就没有那么大竞争压力了嘛!"

"哈哈哈哈,也是,也是啊!"有人笑了起来。

"亏你们笑得出来,我感觉好紧张啊!要是高中数学太难了学不会怎么办啊?据说很难的啊!"

"是啊,我有个表哥,初中物理经常考满分的,结果高中物理不及格!好吓人啊!"

"怎么办?凉拌!就这样了吧,听天由命。"

"据说高中还要做错题改错本?"

"咦?难道你初中没做过错题改错本?"

"没有啊!老师没让做。"

在这一堆学生中间,修远坐在第四排靠右侧墙的位置。他显得有点儿闷,因为半个上午的时间他已经经历了几次情绪大起伏。他看着并不敞亮的校园低沉了,被美女同学易姗搭了话又兴奋起来,接着又被父亲一顿训斥变得烦躁,现在坐在教室里则是无聊与莫名惆怅相伴。好在他的同桌与后桌的两个男生并不闷,他们打开了话匣子。

"我叫齐晓峰,你叫什么名字?"同桌凑过来。

"我啊,修远。"

后桌有点儿胖的男生探过头来接话道:"啊,有一次我去上学,自行车坏了没地方修,推了好远。"

修远一愣,忍不住笑了笑:"哟,这还是个谐音梗大王啊。有才啊兄弟,怎么称呼?"

"在下不才,付词。"胖小伙子说道,"哎,班里有没有你原来初中的同学?"

修远摇摇头:"没有。你呢?"

"有啊。那边那个叫夏子萱的女生,就是跟我一个初中的;那个叫陈思敏的女生,也是和我同校的。这两人成绩都挺不错的啊,怎么也没考上临湖实验呢?"付词做出一副摇头叹息的样子,"我真傻,真的,我单知道我这好吃懒做的人会考不上临湖实验,我不知道她们两个也没考上……"

修远看向那两个女生,叫夏子萱的似乎是之前老师任命的临时班长;另一名叫陈思敏的女生,显得精气神很足的样子。他顺口问道:"初中同校,是同班吗?"

付词道:"一个不是。"

"另一个呢?"

"也不是!"

修远哈哈一笑:"你还真是会说话啊,干脆去当语文课代表吧。"

齐晓峰也道:"我也有个初中同班同学在这里。就是那边那个男生,长得有点儿黑的那个,叫罗刻。"

修远顺着他的手指看过去。

"你们喜欢干吗?打球吗?看 NBA 吗?"

"男生谁还不打球的?有空一起啊!"

一番东拉西扯之后,修远与众人熟络起来,先前的烦闷和不甘倒是淡化了几分。

一个刚迈入中年的男人靠在办公室的黑色人体工学座椅上,缓缓饮一口茶,表情泰然自若,举止从容镇定,颇有几分大将之风。他是高一实验二班的班主任李双关,学校的重点骨干教师。在刚刚结束的高考中,他所带的高三实验班取得了亮眼的成绩。如今,刚接手高一实验二班的工作。同时,他还参加了学校的诸多管理工作。有人传言,校长是把他当接班人培养的。

他背后的墙上挂着几面锦旗,有的写着"一位好老师,胜过万卷书",有的写着"品德高尚,教学有方",还有的写着"品德高尚育英才,教导有方启人生"——都是往届学生家长送的。像这样的锦旗他有太多,在最初收到锦旗的那几年,他兴奋地全都挂在墙上。如今心态早已淡然,只是随意挑了几面上一届学生家长刚送的锦旗挂在墙上,这还是校长坚持要求的,因为有时候记者会来学校采访拍照,需要有些撑场面的东西。

对教师来讲,新高一开学工作是非常繁忙的,要认识学生,要树立规矩、强调纪律,要宣扬学校文化,要培养学生习惯,要……总之,要做很多事。

然而李双关风轻云淡,诸多事项早已成竹在胸。他经验丰富,知道学生的想法,知道学生的弱点,也知道学生初升高需要转换怎样的学习节奏。他知道在这个时间点上,最该把学生往哪里引领。

教室门被推开,班级内安静了下来,所有人看向门口——班主任李双关走了进来。

简单地往讲台上一立，手随意撑着讲台，班主任的气势自然就出来了。

"从今天开始，就正式开学了。在之前军训的时间里，部分同学已经相互熟识了，也逛过校园了，也住过宿舍了，对高中的环境也比较熟悉了。然而，有一件事情是你们目前还不熟悉的——"李双关故意顿了顿，环视全场，见无人应答，他也不急，转身在黑板上写出一行字：什么是高中学习的应有态度？

"你们目前还不知道的，没有熟悉的，是高中学习的节奏，是面对新的高中学习的应有态度。

"很多同学的学习态度、习惯，以及心理状态，还处于应付初中学习的水平。但你们不知道的是，高中学习与初中学习，根本不是一回事。高中的知识点更多，难度更大，更加抽象复杂，它需要更加勤恳、认真的态度才能学好。它需要你们摆脱初中时嘻嘻哈哈、轻松玩闹的状态，需要你们破除初中时建立的'随便听听课就能学会'的学习认知。总之，需要你们真正地重视，需要你们的态度！"

一通下马威之后，学生们被慑服，教室里静悄悄的，学生们仿佛大气也不敢出。

"比如，初三毕业后的暑假，没有作业，没有任何压力，我相信这是大家几年来玩得最畅快、过得最轻松的一个暑假了。很多同学出去旅游，很多同学没日没夜地看小说、打游戏——你们很多人是不是这样过的？

"这样的状态，就是你们学习态度的一个展现。

"但是相对应的，高一开学的新课程，可能将会是很多同学学得最痛苦的新课程。高中的课程难度，与初中不可同日而语，无论是数学、物理、化学，还是语文作文等，都与初中课程有本质的变化。我虽然是英语老师，但是担任班主任已经很长时间了，对其他科目也相当了解。我可以很负责地代表数学、物理老师告诉你们，高中数学，和初中数学根本不是同一门课；高中物理，也和初中物理基本没有关系。你们会感受到，什么叫作真正的高难度课程！

"而面对这个新的挑战，你们是以怎样的态度应对的呢？据我所知，有些好学的同学做了充足的准备，提前自学过了部分内容。提前学过的同学举手示意一下。"

众人相互张望扫视教室，只见陈思敏、李天许、赵雨荷、罗刻、诸葛百象、夏子萱等少数几个人举起了手。卢标没有举手，这让李双关和某些同学有些意外——怎么卢标这最优秀的学生都没有提前学呢？

看着不足十人举手，李双关并不满意。

"寥寥几个举手的人，反映了班级整体的学习态度。这是一个实验班该有的态度吗？"李双关加重语气反问，"其实，重要的不是提前学一些知识点——反正开学后我们课堂上也会讲——重要的是这行为之中你们反映出的学习态度。显然，愿意牺牲放假娱乐时间去学习的学生，从态度上来讲就已经赢了。

"在未来的学习中，我的要求是，这个班级的所有人，必须在学习的方方面面，都体现出这样端正、认真的态度，而不是区区几个人而已！"

"态度，并不是抽象的，而是要在具体的行为中落实体现的。下面我列出来的，是我对班级所有人的要求，拿纸笔记好了！"

李双关一边高声说道，一边打开电脑上的PPT，只见幕布上投放出一长串学习要求，学生们慌忙掏出纸笔开始抄写。

第一，上课必须认真听讲，严禁任何开小差、扰乱课堂纪律的行为。

第二，所有学科作业必须严格按时完成，不得拖沓，不得缺作业。

第三，所有学科必须配备笔记本和改错本，按时完成相应笔记。

第四，所有学科错题必须完全弄懂，会不定期抽查。

第五，每日早6点30分开始早读，不得迟到。

第六，……

足足十几条学习要求，让学生初次切实感受到了高中的氛围。

第一节课，李双关成功地给学生们立了威，来了一次关于学习态度的"洗脑"。等课程结束他离开教室后，学生们才松了一口气，纷纷议论起来。

"啊，感觉这个班主任好吓人啊！好严厉啊！"

"我去，你不知道吗？兰水二中就是以管得严出名的！"

"感觉高中没有好日子过了……"

"唉，高中物理真有他说的这么难吗？初中物理不是挺简单的嘛。"

"谁知道，可能就是吓唬我们一下？"

"不不不！真的难！我稍微看了一下物理书，公式是能看懂的，但教辅上的题很多不会做！"

"我看还是数学更难，好抽象啊，除了第一章集合，后面的一个比一个难。跟初中数学真不一样。"

"唉，早知道我也提前自学一下了，宁愿少玩几天游戏。"

"我也是啊，早知道不玩那么多游戏了……不，算了，我还是玩游戏吧，不后悔！"

"哈哈……"

修远听着周围人的议论倒是没说话。他中考失利，在悲愤和不甘的驱动之下，倒是花了点儿时间提前自学了部分数学和物理课程，自然知道高中课程是不简单的，但也没觉得多么难。他对危言耸听的李双关没什么好感，又对周围同学抱怨学科难度不屑一顾。他心里又叹了一口气——像我这样的学霸，根本就不该来到这二流高中啊。

当众人议论纷纷的时候，坐在中间一组第二排的罗刻心里暗笑：一步先，步步先，这么简单的道理都不懂？即便是考上了临湖实验高中的那些最聪明的学生，也有不少提前自学课程的，更何况你们？唯一让他不解的是，卢标居然没有举手。他真的没有提前自学吗？

他忍不住好奇，直接走到卢标面前发问。

"卢标，你刚才没举手，难道你没有自学或者找个家教吗？"从军训时起，他就对卢标格外关注，每当看着卢标的时候就不自觉地微微皱起眉，眼中闪烁出锋利的目光，以至于当他跟卢标说话时，需要刻意调整面部表情，放平和一些，免得看上去像是找人打架一样。

卢标本在微闭着眼睛思考些什么，忽然听到罗刻的声音，略微一愣，回道："没有啊。"他一边回复一边看向罗刻。刚开学，除去一些在初中就认识的老同学外，大家相互之间并不太了解，而在8月下旬进行的军训由于太过严厉、时间太紧，也没有留给多少同学间相互认识的时间。对于罗刻，他不熟悉。

"该不会是明明勤奋学过，但故意假装没学来隐藏实力吧？"罗刻眼神突然一闪，阴沉地说道。

卢标听了这话觉得有些好笑，淡淡地回道："没有必要。不需要提前自学，我相信自己能一次性学好。"

罗刻心中一沉，眉头重新皱了起来，心中暗自揣测卢标的话有几分真假。

"这么厉害？"旁边的木炎突然一脸兴奋地插了进来，"听说你初中的时候就是长隆实验初中的学霸，肯定很厉害吧。我有地方没听懂，有问题能不能找你请教啊？"

木炎，初中就读于兰水市十七中，一所名不见经传的边缘民办初中，能够进入兰水二中已经不容易了，而进入兰水二中的实验班更是所有十七中的老师、学生以及他自己都没有想到的。见到来自著名的民办初中长隆实验的大学霸，又是本班同学，木炎忍不住一脸崇拜地贴了上去。

"当然可以啊。"卢标笑着说。

"那我也要找你请教问题！"后排一名女生也接茬儿道。这女生名为柳云飘，坐在第五排，距离第三排的卢标不算远，这会儿也插了进来。毕竟，有个中考全市前十名的高手帮自己解决问题，谁不愿意呢？当然前提是，你得知道他是个高手。一般学生只知道卢标是考过了临湖实验的分数线，却不知道他的具体全市排名。柳云飘和罗刻都知道，卢标，中考全市第九。

突然间几个同学围上来对着卢标一番仰慕吹捧，罗刻的脸色越发阴沉："难道你没有提前学过，数学、物理的所有知识第一次接触就能全都学会了吗？又或者，你根本就是提前学过，只是故意不承认呢？"

"当然不是第一次接触就全都会了，也会有不理解的知识点，但是问题总是可以解决的。所以啊——"卢标转向木炎、柳云飘等人："我也不敢保证你们问的问题我一定就会，但是我们可以一起讨论一下。"

修远看着一群人围在卢标身边，心中莫名不是滋味。他想起初中时期，他也是这样被群星环绕的。喊，谁还不能一次性学会了？他心里又不屑道。他要用这样的不屑和这些一开始被高中学习难度吓倒的人区分开来，保持住自己原本应当考上临湖实验的身份的骄傲。同时也顺便注意到了那个怪怪的学生——罗刻。他干吗总板着个脸？还似乎和卢标不太对付的样子？

课程终于正式开始了。学生们终于体会到了比初中时更严格的高中学习生活节奏。每日早上6点起床，匆忙洗漱吃饭，6点30分赶到教室早读，然后一上午的课，中午匆忙吃饭、睡觉，下午又是上课，再吃晚饭，接着晚上6点40分晚自习。说是晚自习，其实还是上课，一直上到晚上8点30分，然后在教室里做作业到10点。而作业又很多，很难，许多人10点根本完不成，一直在教室里学到接近11点，教学楼熄灯了才回寝室。又有不少人回到寝室还要继续学一会儿。

一开始就是十分疲惫。

更关键的是，课程的难度也确实体现了出来。初中时的课程，大部分只是随便听听就能懂，除了偶尔有些数学方面的难题，其他内容都不太用脑子的。然而高中的数学、物理、化学等，一开始就比初中有了一个跳跃式的难度，让人不由得绷紧神经。

就连下课找老师提问都成了难题，要排队，动作一慢连提问的机会都没有了。没办法，课堂上的难题听不懂的人太多了，提问的人也太多了，而课间只有十分钟而已，往往一个人的问题就要四五分钟时间。

在这样的情况下，开学初就颇出风头的卢标，其重要性再一次体现了出来，眼看着老师那边指望不上，部分人就转向班里的各路学霸了，尤其是那些愿意花时间帮人讲解问题的学霸。柳云飘和木炎等人一有不会的问题就去向卢标请教，而卢标如同他在开学演讲中所说的那样，帮人帮到底，来者不拒。这些来咨询问题的同学，所问的问题以物理居多，偶尔也有化学氧化还原方面的问题。

罗刻则相对冷淡得多，对大部分来问问题的人不太搭理，逐渐也就没人来问了。罗刻看着卢标每日应付同学的咨询，暗自冷笑不做评价，只顾自己埋头做题。

实验二班物理老师周萍，女，身高165厘米，年龄35岁。她深棕色的波浪鬈发显然是烫过的，眼角微小的皱纹努力地藏掖起来，流露出一种青春还没有彻底远去的挣扎着的活力。她正在办公室准备晚自习物理单元测试的试卷，恰好班主任李双关也来了办公室，她笑着问了一句："哟，李老师来啦！刚好我在准备物理第一次单元测验呢，你说是把题目出难一点儿好呢，还是简单一点儿好？"

李双关知道其实她的试卷已经出好了，只不过顺嘴问一句而已，不过还是淡然地说道："试卷难度要根据学生状态调整，如果学生的状态还比较浮躁，没有正视高中学习的难度，可以适当加大一点。"周萍听罢一笑："嘿嘿，刚好，这试卷偏难一点儿。"

周一晚上物理晚自习，迎来了高中生涯的第一次考试——物理第一、二章的联合单元测试。考试内容：匀变速直线运动及其实验。

考试，从小学到初中已经进行无数次了，每个学生都不会对这一次的物理测试特别在意，但是无数教育实践证明了，高中的前几次物理单元考试，注定会给每个学生留下深刻的印象。他们将依稀回忆起初中时候，自己被物理的透镜成像、数学的相似三角形证明支配的恐怖，以及面对压轴题时留下大片空白的那份屈辱。

周萍顶着一头波浪鬈发，夹着一沓试卷走进教室。从直观印象上来说，这种老师给人一种平易近人、与学生打成一片、教学非常友善的感觉，但她的教学风格却被历届学生评为十分不友善。这不仅仅是因为她讲课太快了，更是因为，她很喜欢在每年的第一次物理考试中稍微调高一点儿难度，让学生们感受一下高中物理的"魅力"。

今年也不例外，这一次的考试目的，不仅是检测一下学习效果，更重要的是传达一个理念：高中物理与初中物理，不是一个难度级别的。

试卷发下，所有人提笔疾书。

物理试卷，一般来说单选题属于送分，多选题略有难度，填空和实验题有些小陷阱等你失误，大题则难度逐渐增加，直到最后一题压轴的 boss 登场——正常的节奏。

然而今天显然不是正常的节奏。

从第三道单选题开始，部分学生已经有些恍惚了。

对于运动方向始终不改变的匀变速直线运动，下列说法正确的是（　　）。

A. 匀加速直线运动中，平均速度是指位移中点的瞬时速度

B. 匀加速直线运动中，平均速度大于位移中点的瞬时速度

C. 匀减速直线运动中，平均速度大于位移中点的瞬时速度

D. 匀减速直线运动中，中间时刻速度小于位移中点的瞬时速度

大多数人在 B 和 C 之间犹豫徘徊起来。

位移中点的速度怎么算啊？

B 和 C 必有一个啊，到底哪一个啊？！

怎么感觉这题有两个正确答案啊？可是确实是单选题啊！

当然这些话是不会出声说的，只是众人的大脑中反复纠结的念头，如同绳索一般缓慢扭曲打结。且不说如果选择题第三题都做错了是多么出师不利，仅是在此耗费了太多的思考时间，就已经会给后面的答题带来不良影响了。

而当单选题第三题就已经是这个难度的时候，多选题、大题还会简单吗？就好比外国的乒乓球国家队面对中国的省乒乓队，已经难以招架了，那么与中国国家队交手将变成惨无人道的血虐。

座位上的学生开始皱起了眉头，又见多选题第一题：

将甲、乙两小球先后以同样的速度在距地面不同高度处竖直向上抛出，抛出时间相隔2s，它们运动的 v-t 图像分别如直线甲、乙所示。则（　　）。

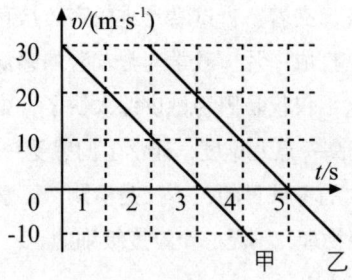

A．t=2s 时，两球高度相差一定为 40m
B．t=4s 时，两球相对于各自抛出点的位移相等
C．两球从抛出至落到地面所用的时间间隔相等
D．甲球从抛出至达到最高点的时间间隔与乙球的相等

皱眉头的人逐渐多了起来。有些人是不会，有些人是虽然会，但做得太慢了，做完一看墙上的钟，心里比没做的时候更慌了。

接着是大题第四题——这还没到压轴题呢：

在高速公路某处安装了一台 500 万像素的固定测速仪，可以准确抓拍超速车辆以及测量运动车辆的加速度。若汽车距测速仪 355m 时测速仪发出超声波，同时汽车由于紧急情况而急刹车，当测速仪接收到反射回来的超声波信号时，汽车恰好停止，此时汽车距测速仪 335m，已知声速为 340m/s。

（1）求汽车刹车过程中的加速度大小。
（2）若该路段汽车正常行驶时速度要求在 60~110km/h，则该汽车刹车前的行驶速度是否合法？

看到题的同学有些陷入了如同断电机器人一般的状态，有些试探着问同学："撕试卷违反校规吗？"

而讲台上的老师脸上慢慢浮现出了微笑。

"明天下午物理课讲试卷，到时候就会知道自己的分数了。这份试题呢，难度是比较大的，对于高一新生来说，能及格就算是相当不错了。它的目的是给大家提一个醒，让大家好好想一想该如何面对高中物理，以对待初中那种简单物理的态度对待高中物理，能够行得通吗？"下课铃响了，周萍面带着微笑离开教室。

大部分人面面相觑，少部分人神色自若。

"考的什么鬼？中间时刻速度、中间位置速度，到底哪个大？"

"等距离时间比那个题，怎么做啊？"

"时间图像题怎么感觉四个选项都不对啊？"

"压轴题不会……"

"还压轴题？我连倒数第二题都没来得及动笔！"

……

卢标听着周围同学的抱怨，淡淡一笑，掏出自己的笔记本，准备写些东西。不远处的罗刻也是神色轻松，面带一丝得意的微笑看着卢标。卢标在最左边一组的第三排，而他在中间组的第二排，距离卢标很近。

"卢标，考试感觉如何？不知你作为被保送进实验班的大佬，如果真的没有提前学过，面对这种速度的上课节奏，这种难度的考试，是否能够适应呢？"罗刻语气中带着一丝得意，以及勉强掩饰着的挑衅。

又来了！卢标心里一阵无语——你到底怎么回事？表面看上去是同学间询问成绩，然而这挑衅的意味根本掩藏不住啊！卢标已经回忆和思考过几次了，这个罗刻，他是真的不认识啊！既无新仇，也无旧恨，可罗刻为什么总要挑衅自己呢？

尤其是，你这种水平跑来挑衅我，真的合适吗？

然而想到自己开学初曾公开倡导同学间的合作关系，卢标暗想：他可以挑衅，我却应当大度一点儿……卢标只好笑笑，不直接回答而是反问道："看起来你很有信心呢，能及格吗？"

"没错，我不仅能够及格，而且我敢肯定，我，一定比你分数更高。"这下，罗刻的挑衅连掩饰也去掉了。教室里原本还喧哗着，这时也渐渐安静下来。所有人都在好奇，罗刻为何这么赤裸裸地向卢标发起挑战？为何这么自信自己一定能够超过卢标？

要知道，卢标是超过了临湖实验的分数线，被保送进入实验班的。论实力，不会弱于本班排名前三的陈思敏、李天许、赵雨荷。当然，罗刻作为分班考试本班第六名，也不容小觑。

很多人心想：这罗刻怎么回事？跟卢标有仇吗？不过这么想的人绝对不会去劝解一番的，反而是看热闹不嫌事大，一颗八卦的心兴奋地扑通着。"哦？为什么这么肯定呢？"卢标笑着反问道。

"学习的核心在于努力，努力的核心在于时间的积累。卢标，我不管你初中的时候多么优秀，但我计算过你我在物理前两章上投入的时间，你跟我差距太大了。你，暑假没有提前学过，在这一周里的刻苦程度也与我相距甚远。早上我来得更早，晚上我走得更晚，中午午休、课间乃至音乐课等课程，我都在做题。你呢？不仅零散时间的利用不如我，甚至连自习课的宝贵时间，都用来给别人解答问题，你自己能用于练习的时间又有多少？不论怎么计算，你都不可能比我学得更好。"

罗刻说话时已经压低了声音，然而班级内静悄悄的，大部分人听到了这段话。罗刻算是已经对卢标公开宣战了。一众同学饶有兴致地围观着。

卢标只觉得又好气又好笑——你对学习的认知还真是原始啊，还停留在努力刷题、堆积时间的境界上。不过他也不想和这个莫名其妙的罗刻再纠缠下去了，只淡淡地说："也许吧。"

两人没有正面冲突起来，围观的人有些失望，悬着的八卦的心逐渐放下。

一旁的修远也再一次注意到了罗刻：有意思啊，第二次了，这家伙和卢标果然不对付。他不由得对罗刻留意起来，因为他本能地也不太喜欢卢标。

由于考试之后罗刻对卢标莫名其妙的挑衅，修远的心思才得以从刚才的考试里转移出来。在面对试题的时候，他心里也有一丝小小的慌乱。与初中随意可以得满分的程度相比，高中考试有一两道不会做或拿不准的题目，让他有些意外。然而这意外与慌乱已经被罗刻和卢标的八卦冲散了。

第二天下午 1 点 30 分，距离第一节的物理课还有半小时，所有人都在教室里自习。物理老师周萍抱着一沓试卷走进教室。所有人的心都悬了起来——马上要揭晓昨晚的结果了。

"我们课前先把试卷发下去，免得上课发试卷浪费时间。"物理老师周萍说道。大家抬头看着周萍，各怀心思。罗刻瞟了卢标一眼，小声说道："准备好了吗，卢标？"卢标心中无奈地叹了一口气，假装没有听见。

"这次考试难度较大，超过了高考的正常水平，及格的有十六个人。"周萍说道。听到这个数字，众人倒吸一口凉气，四十人的班级，仅仅十六人及格！还记得初中物理考试，100 分的试卷考个 90 分完全没难度，到了高中，居然就沦落到大片的不及格了，仿佛能够及格是什么了不得的事情。众人纷纷暗自祈祷希望自己是其中一个。

周萍接着说："及格率很低，希望大多数没有及格的同学一方面能够进行反思，另一方面也抓紧查漏补缺。不过所幸的是，在十六个及格的同学中，居然有八名同学超过了 80 分！100 分的试卷，这种超过高考的难度下，能够达到 80 分真的是非常难得。"

八个人，究竟是谁？

周萍："出于隐私保护，其他同学的分数自己看着就好。这八名优秀的同学，我们可以公开表彰一下，希望大家向他们学习！好了，诸葛百象，81 分。"

"哇！"一片惊呼声，一方面是因为这个高分，另一方面也是因为这个奇特的四字名字。尽管开学第二周了，仍有不少同学是第一次听到这个名字。

周萍："赵雨荷，82 分。"

"厉害啊，这女生好像是分班考试第三名。"

"是吗？怪不得这么牛。"

周萍："修远，86 分。"

分数越来越高，众人的惊叹声也越来越大，这种万众瞩目的感觉让修远开学一周来低落的情绪稍微舒缓。尤其易姗甜蜜的崇拜声让他忍不住得意起来："哇，修远，你好棒啊！"在易姗面前表现得很炫酷好像成了他心情烦闷时的重要安慰。他一边起身去接试卷，一边做出满不在乎的样子说道："唉，还行吧，随便学学就这样咯。"

周萍："罗刻，86 分。"

一阵更大的惊叹声爆发出来："哇！怪不得昨天那么嚣张，原来实力这么强啊！"罗刻安心了，原本还在犹豫，自己到底是及格了但没到 80 分，还是超过了 80 分呢。在一次高难度的物理考试中拿到 80 分以上的成绩，自己并不完全肯定。但是当分数出来以后，他却感到坦然了。这个分数，是我应得的，他暗想。

周萍："陈思敏，87 分；李天许，90 分；百里思，94 分！"

"百里思？还有姓百的？这个姓少见啊。"

"笨蛋，是复姓百里！"

"喂，你们的关注点跑偏了吧？重点是 94 分啊好不好！这么难的试卷人家考了 94 分啊！"

两个 90 分的分数出现，不仅台下一片震惊，就连台上周萍念分数的声音都抬高了一些。一个女生突然说道："所有 80 分以上的人，全都是暑假提前自学过的。"

原本还喧闹的学生们突然安静下来，回忆起一周前李双关询问哪些同学提前自学过的场景。周萍也对这个论断很有兴趣："是这样的吗？刚才念到名字的几个同学，你们提前自学过吗？举手示意一下。"

诸葛百象、罗刻、陈思敏、李天许、赵雨荷、百里思都举起了手，只有修远还安坐着。

"果然啊……"教室里小声议论着。

"哇，修远，你没上过衔接班还这么厉害！"易姗双手捧着精致的脸尖叫起来。她的尖叫引来了一阵跟风，"天才啊""牛啊"等感叹声纷纷响起。

不断的赞叹声让修远感到自己像一个正在被打气的气球那样逐渐膨胀、饱满起来，他强忍住得意的情绪，表现出漫不经心、无所谓的样子。

修远，兰水市另一个民办初中——八中的学生，从来都自认为是 the chosen one 的人，只花费很少的时间学习就取得了优异的成绩，剩下的时间尽情地打篮球、玩游戏、和朋友们一起嗨等，过得逍遥自在。直到初三上学期还一度被老师认为有可能进全市前三十名，家长也认为，以他的能力，即便上不了清华、北大，随便上个985也是没有问题的——但这一切都是建立在，基本上确认了他一定能考进临湖实验高中的基础上的。可是所有人都没有想到，他居然落榜了！连临湖实验高中的基本分数线都没有过——4分之差。

在中考分数公布之后，父母的怒骂，曾经好友考上临湖实验高中的欢笑，以及自己的迷茫、不甘，都让修远痛苦不堪、情绪低落，糟糕的状态一直延续到开学。直到今天，易姗和其他同学的赞叹、羡慕和吹捧，才让他这只泄了气的气球重新膨胀起来，仿佛又回到当年自己在初中时叱咤风云、万众瞩目的状态。

只是一旁的诸葛百象心里嘀咕：这家伙，开学第一天就看见他在做后面几个单元的教辅，上面全是做题的痕迹，明显是提前自学过的……故意隐瞒提前自学过的事实，显得自己很天才吗？真是无聊啊……不过他是在心里嘀咕，而没有当众揭穿修远，他和修远并没有什么仇。

"好啦，安静！"周萍说道，"似乎提前自学过的同学确实在初期会有些优势，这也算是对努力学习的同学的回报。"周萍顿了顿接着说，"不知道最后一位同学是否也提前学过呢？卢标——98分！"

全场震惊，鸦雀无声。

所有人集体向卢标看去，又有十几二十人看完卢标后再扭头看向罗刻。很显然，他们还记得昨晚的挑衅。

"没学过。"卢标淡淡地说。

疯狂的喧嚣声再次响起。

"这是个学神啊！"

"接近满分了啊，太变态了！"

"假的吧！外星人啊！"
……
易姗尖叫起来："卢标，太帅啦！"
修远对卢标的厌恶又升了一级。
诸葛百象暗想：天才？还是如同刚才那个修远一样无聊的人？
罗刻更是咬牙切齿，全身肌肉紧绷，眉头紧蹙，内心一阵嘶吼：
不——可——能！

第四章

我教你，这就是我的学习

周萍让学生自己看看卷子，准备十分钟后正式上课时讲解试卷，这样效率更高。等到周萍离开教室，一种诡异的气氛在教室里升腾起来。一般，当老师离开教室后，教室里自然会变得吵闹，而此时实验二班的教室里却无比安静。一部分人看看自己满是红叉的试卷干脆放弃治疗了，直接等着老师上课讲解；另一部分人则还沉浸在对那些超过 80 分的学霸的敬仰当中。

于是所有人，都在看着卢标，以及罗刻。

经历过的人会知道，这种目光的聚焦能给人带来极大的压力。罗刻此时心中既迷惘，又充斥着不甘，他始终想不通，为什么看上去没怎么花时间认真学习的卢标，居然取得了这样令人震惊的成绩？难道这就是天赋吗？不可能，不可能！一定是有所隐藏……无论怎样的天之骄子，也不可能轻轻松松就获得成效……难道他在寝室里偷着学了？罗刻心中挣扎着。这既是他的挣扎，也是他的局限。他初中时在普通班里当学霸，眼界有限，根本未曾见过卢标这样的学神，他实在不能理解学神的世界。

不知谁突然说道："天才就是天才啊，不用提前学，上课时也没怎么费力，就接近满分了。"这话让更多人的目光聚集在卢标身上。

卢标也感到了无数目光的聚集。他不知道罗刻为何要公开向他挑衅，他在此之前根本就不认识罗刻，而高中刚开始才一周多的时间，两人也不可能产生什么矛盾。但无论如何，他都需要控场了，这种莫名其妙的挑衅需要终止，而所有人也似乎都在期待着他会说些什么。

卢标一脸平静，说："你似乎很疑惑，为什么我看起来没怎么花时间学，却取得了还可以的成绩。"

卢标故意把 98 分的高分说成了还可以。

罗刻抬起头，盯着卢标一言不发。

"你推断我没怎么花时间学，是基于一个假设——你认为我花了大量时间去帮别人讲题，不是学习，而是纯粹地浪费时间而已。基于这个假设，你认为我真正用于学习的时间很少，并进一步推断这次考试你会比我更优秀，是这样吗？"卢标平静地说。

这正是罗刻心中的疑问，也是其他学生的疑问。罗刻挣扎道："鬼知道你在寝室里偷着学了多久……"然而立刻又被另一个同学道破："没有，我和卢标同寝室的，他在寝室里没怎么额外学习过，至少没学过物理。"

罗刻现在更加尴尬愤懑了。

卢标看了看罗刻，又扫视全班，接下来他要说的话，已经不是对罗刻一个人说的了。

"不知你是否听过，有一个物理学家叫费曼，是一名诺贝尔物理学奖获得者。他曾经提出过一种学习方法，人称费曼技巧。"卢标缓缓道来。所有人屏息凝听，显然，一名诺贝尔物理学奖获得者的学习方法，是所有人都会感兴趣的。

"费曼技巧操作起来很简单。对于需要学习的知识，先根据常规手段去学习一遍，然后把知识中的要点写在一张纸上，接着，在大脑中想象，自己把这些知识教授给别人，像老师一样清晰地讲解出来。如果讲解得非常流畅，所有要点讲解到位，那么说明你对这些知识已经掌握透彻了。如果讲解的时候有卡顿、模糊或者讲不下去了，那么说明你对这些知识的掌握还不够。哪个细节卡顿了、讲不下去了，就是哪个细节没掌握，就去重新学习这些地方。这，就是费曼学习法。"

班级里静悄悄的，许多人一副若有所思的神色，又有人摆出不明所以的表情。但很明显，大家都在思考卢标说的话。

罗刻此时从一开始的震惊中恢复过来几分，倒是显得比较镇定，沉着声音问："这和你的状态有什么关系？你就是这样学的吗？"罗刻没有说出来的疑惑是，这样一种听起来并不复杂的方法，真的有强大的效果吗？卢标轻轻松松就把高难度的物理考了98分，就是这么一种简单的小方法促使的吗？为什么会这样？

卢标微微一笑，接着说道："另外还有一个学习理论，叫学习金字塔。主要内容是说，不同的学习途径有不同的学习效果，其中，直接听讲、看书、观看演示等方法效率比较低，讨论、实践的效率较高。而效率最高的学习方法，则是把自己所学的内容教授给他人。"

木炎插嘴问道："教授给别人？这是学习方法？那不是学生变成老师了？"他坐在中间一组的第一排，罗刻的前座。对于罗刻和卢标之间莫名其妙的对抗与敌意他没什么兴趣，但学霸卢标讲学习方法他一定是兴致盎然的。从一个二流初中考到兰水二中这样的市级重点高中，他因能够接触到卢标这种等级的学霸而兴奋不已。

罗刻没有说话，木炎的问题他也有。他知道卢标肯定会继续讲下去。

"这看上去是两种不同的理论，其实本质上高度一致。不论是在大脑中模拟给别人讲课，还是实际上真实地把知识教授给别人，归纳起来，其本质都是——信息输出。

"学习一般被理解成信息输入的过程，不断地看书、背书、听课，想要把更多的知识装进自己的大脑里。但是这两个理论告诉我们的都是，要想更好地输入信息，你可以采用一种特殊的方法——信息输出。当你进行信息输出的时候，即去给别人讲题、解答疑问时，你自己的信息输入反而会更高效，即你自己的学习更深刻、更扎实。"

卢标说到这里，脸上淡淡一笑，看了罗刻一眼。"以这段时间的物理课程学习和考试为例，比如填空题第二题，是个难点，绝大部分人都做错了。但是我没有做错，而且是快速做出来的。"

说到这里，班级里齐刷刷一片纸张翻动的声音，所有人都在不约而同地寻找和翻阅试卷。只见填空题第二题是：

初速度为 0 的一个物体做匀变速直线运动，其通过第 1m、第 2m……第 nm 时，所用的时间之比是 ____。

看题的同时，很多人心头一痛。没错，就是这个题，不仅做错了扣了分，更重要的是，它浪费了自己很多时间！要是一看就不会做、想都没想直接放弃就算了，可是这个题的可恶之处在于，它看起来和很多公式都有关系，好像多套几个公式应该能够套出来吧，有点儿难又不算很难！于是引得人不停地去尝试、去计算，可是算到最后还是算不出来啊！于是分也扣了，时间也浪费了，还让人无比恐慌，更加没法冷静地去做后面的大题了。

不少人忍不住感叹，就是这个题让人心神大乱，导致了后面大题的雪崩！

卢标平静而温和的声音再次响起，时间也把握得刚刚好，短暂的停顿正是大家找出试卷与简单回顾题目的时间。

"这个题有几种做法，核心是对匀变速直线运动的几个公式的应用。可是这几个公式，要用哪个呢？这几个公式之间可以相互推导，所以很多同学一开始没注意各个公式的应用场景——我也是这样的。但是柳云飘曾经问我一个问题——这几个公式可以相互推导，那是不是所有匀变速直线运动的题目都有好几种做法？

"这个问题问得很奇怪，也引发了我的思考。正是为了回答她这个问题，我才意识到，其实不同的公式有不同的应用场景，虽然理论上多个公式相互推导，但是用在题目中的繁简程度却大有区别。

"比如填空题第二题，不是上来就随便去套一个公式，而是要看这个题有什么特点——条件中有初速度、有位移，但没有时间。显然，它和速度 - 位移公式比较接近：$2as=v^2-v_0^2$。

"所以，只分析这一点就能知道，这题，一定是用这个公式去做，而不是其他公式。从一开始就找定了方向，后面的尝试就简单多了。"

不时有人点头，卢标的分析很有道理。不过其实卢标还有一句话没有说出口——这种特殊的题型，本应该由老师主动讲解的。显然，这所二流高中的老师讲课并不系统，有知识漏洞，只好由他补上了。

"所以可以说，这个题我为什么能够快速做对，就是因为我曾经解答了柳云飘问我的一个问题。这就是信息输出对学习促进的一个体现。"

更多的人若有所悟，柳云飘却是脸一红——即便问过卢标一次，这个题她还是做错了。

"再如，这次考试中出现了很多图像题，速度-时间图像题、位移-时间图像题、斜率与面积关系图像题等，很多人没有弄清楚。但是我都做对了，而且非常快速，因为木炎曾经问过我很多次图像题，在我给他讲解的时候，把其中的各个要点都弄清楚了。甚至，为了给他讲清楚，保证他能听懂，我还会在大脑中先模拟几遍，然后再给他讲题。正如费曼技巧和学习金字塔所说的那样。对了，木炎，那些图像题你做对了吗？"

木炎嘿嘿一笑，略显不好意思："做对了一部分，有些比较复杂的错了。"

卢标又说道："所以，回答罗刻的问题。这一周多以来我不断地帮其他同学解答问题，看起来自己没有花时间学习，其实，我不仅是在学习，而且是在按照费曼技巧、学习金字塔的原理来学习，学习效率反而更高。现在，你明白了吗？"后面这句话，是对着罗刻说的。

罗刻此时应该非常尴尬吧？主动挑衅卢标而被惨烈打脸，并且是在全班关注的场合下。不过显然，对于罗刻的挑衅卢标并不以为意，没有那种"给你点儿颜色看看"的感觉，似乎就是单纯地为罗刻解答一个疑惑罢了。很快，卢标又把视线转开，对全班同学说：

"在开学会议上我曾经说过，希望在班级中建立合作型学习的同学关系，这种建议不仅仅是道德上的一个提倡，还具有切实可行的理论基础。根据费曼技巧和学习金字塔，在合作型的学习关系中，给别人讲题、解答疑惑反而能让自己学得更好。所以我的倡导，并不仅仅是说说而已，我也希望大家能够往这个方向去尝试。"

万众瞩目，全场肃静，唯一的声音来源于木炎，他激动地掏出笔记本奋笔疾书，将卢标的话一字不差地记录下来。而翻阅笔记本的纸张声和水性笔与纸张摩擦的写字声，在安静的班级里却更有一种"鸟鸣山更幽"的效果。

如果用两个字来形容卢标的表现，那就是——控场！

拾 到 一 张 秘 籍 碎 片

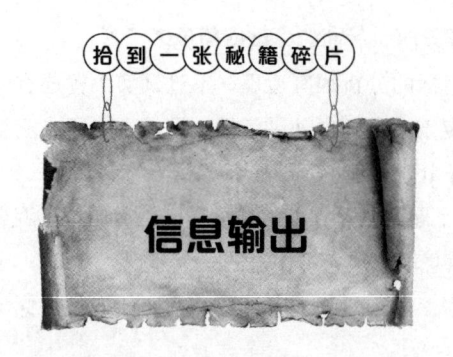

信息输出

  其他同学还没来得及做出反应，突然从门口方向传来几道清脆的鼓掌声——啪！啪！啪！众人扭头望过去，班主任李双关正站在门口。

  李双关作为班主任，习惯每天上课前到班级里巡视几圈，哪怕不是他的课也如此。今天正好看见卢标的精彩表演，李双关心里暗自高兴，想不到卢标居然有这样深刻的学习经验，这样成熟的心态，以及如此广泛的班级影响力。李双关说道："很好！卢标同学说得很对，同学之间相互帮助，形成一个大家都热爱学习的氛围，是最能促进学习的。卢标，你出来一下。其他同学准备一下，马上上物理课。"

第五章

他是学神，封号为命运！

"让你当班长怎么样？"

卢标起身随李双关从正门出去，又往楼梯转角处拐了个弯，走了几步。李双关笑眯眯地问卢标。在开学会议上卢标就表现出了很强的领导力和人格魅力，再到这次震撼全场的表现，李双关认为，由卢标来担任班长再合适不过了。

目前的班长是8月底学校军训时选出来的临时班长，并未通过李双关的正式认定。李双关觉得，可以将原来的临时班长替换掉，让卢标担任正式班长。

"谢谢李老师的好意，但是我觉得没有必要。"卢标平淡地回答道。

"哦？"李双关感到很意外。卢标既然想要在全班范围内引导建立合作型关系，那么担任班长、掌握一定的班级管理权力难道不是正好吗？"为什么不愿意当班长呢？你不是想要引导班上的学习风气和同学关系吗？"

"确实是这样，但是这种引导，和班长的职务并没有直接的关系。风气的引导，需要的是表率和样板而不是行政权力，需要的是同学的认可而不是用一个身份去发号施令。所以，我认为班长的职位并不必要。"

"但是，班长的职位也还是有辅助作用嘛！"李双关还不死心，在他心里，已经认定了卢标是班长的最合适人选。

卢标再推辞道："还是不用了。我觉得现在的班长夏子萱就当得挺好的。"

"夏子萱同学当然也不错。但是我可以很肯定地说，如果发起一次选举班长的全班投票的话，肯定是你获得最高票。"李双关继续劝说。

"真的不用了。"卢标又一次拒绝，不过没有再解释什么。

李双关有点儿无奈，不太明白卢标为什么就是不愿意当班长，但这种事情也没法强求啊！他只好悻悻地说："好吧，那也不勉强。暂时还是夏子萱当班长。不过呢，你也要发挥自己的影响力和作用。好了，你先去上课吧。"说完，李双关下楼回自己的办公室了。

卢标看着李双关的背影笑了笑,转身准备回班级。或许是走得有点儿急吧,在楼梯口拐弯处居然撞上一个站在那里的人。两人身体重重地接触,撞了个满怀,卢标撞得那人略微后退了两步。

"啊,不好意思,我没看到你……"卢标很自然地道歉,可是话说了一半,突然愣住了。他撞上的不是别人,正是现任班长——夏子萱!

卢标一时脑子有点儿空白,这……她怎么会在这里?刚才的对话,她听见了吗?

卢标看着夏子萱的眼睛,那是一种复杂的目光,有点儿呆滞,又有点儿迷离。夏子萱微张开嘴,似乎想要说什么,然而却欲言又止,就这么静静地站在那里。

卢标心里一沉——她听见了。这就有点儿尴尬了,虽然卢标并没有做什么对不起她的事情,是李双关提议让自己代替她的职位,自己还断然拒绝了。可是这种事情,总归是有点儿奇怪的。谁知道夏子萱是怎么想的呢?卢标心里苦笑,自己想要凝聚班级的人心,似乎总有些莫名其妙的障碍啊。一开始是那个罗刻,突然跳出来挑衅自己,现在又和夏子萱出了点儿问题……卢标脑子飞快运转,心想必须和夏子萱讲清楚,不能留下芥蒂。夏子萱现在还是班长,如果自己想在班级里做点儿什么事,一定不能和她有或明或暗的矛盾。

"哦,是你啊,夏子萱。刚才李老师提议我做班长,我拒绝了,我觉得你当班长挺好的。"卢标微笑道。

就这么简单的一句话。还需要更多的话吗?这就已经解释完毕了——我与你没有过节,没有怨恨,清清楚楚。

可是夏子萱依然站在那里,呆呆地看着卢标,一言不发,沉默伴随着尴尬。实际上,并不是夏子萱不想跟卢标说话,而是就连她自己都不知道要说什么,她脑海中一片混乱。

班长的职位很重要吗?对于夏子萱来说,并没有那么重要。如果公开进行选举,然后卢标的选票比她高,交接班长职位,这也很正常,她绝不会心存芥蒂。可是班主任却决定直接剥夺她的职位,让其他人接手,这就让她心中不太平静了。尤其是,这个人,居然是卢标!

就在开学会议卢标台上演讲时,夏子萱还和班上几个女生笑嘻嘻地开玩笑,尖叫着"卢标好帅啊"等玩笑话语。而刚才卢标讲解信息输出的学习原理、在班级里万众瞩目之时,她还暗自佩服卢标,甚至盯着卢标的眼睛看了一会儿,心想真是好阳光的眼神呢!一个青春活力的女生,面对优秀帅气的卢标,心里是否有一丝丝想法呢?可是突然间,他就成了班主任无商量地准备赋予职权、剥夺自己职位的人。

这种感觉太复杂了,夏子萱脑子里一片混乱,甚至不知道自己现在对卢标是什么感觉。

猛地一低头，夏子萱突然快步走过卢标，走进走廊尽头的女厕所。

卢标苦笑一下，心想：李老师，你可害了我。

其实李双关的想法是，先和卢标商量，然后再找夏子萱谈话。他自信自己的口才一定能够打动夏子萱，让夏子萱心平气和甚至高高兴兴地让出班长的位置。而且李双关觉得，流程上肯定是要先找卢标商量啊，如果卢标不同意，那就没必要再去和夏子萱说什么了。这个想法也不能说不行，可是阴错阳差，居然让夏子萱听到了他和卢标的谈话。

就从这一刻起，在夏子萱的心里，卢标已经不是一个普通的优秀男生了，而是以一种怪异的方式与她的高中生涯轨迹紧密地交织起来。

趁着离上课还有五分钟的时间，罗刻从后门出去，趴在走廊的栏杆上眺望远处。其实也说不上有什么风景，远处不过是另一座高大的教学楼而已，但是他需要出来透透风。虽然其他同学并没有特别关注他对卢标的挑衅失败，也不算太丢面子，但总还是有那么一点儿意思啊。

"你的物理也不错嘛。考试这个东西，谁还没有点儿失误？看错了题或者计算错误，不小心多扣点儿分也正常。如果仔细一点儿的话呢，要超过卢标也没什么难的。"

从罗刻耳边突然传来这安慰的话，罗刻回头看去，只见一名男生神情轻松地站在他身后。

"你是叫修远吧？"罗刻问。开学一周多，人大概认识了，但名字记得还不太熟。他依稀记得，这个修远也考了 80 分以上。

"没错，我是修远。你之前认得卢标吗？"

"勉强算是认识吧。"罗刻淡然说道。从语气中判断，他对修远没什么敌意。当然，其实他对绝大多数人都没有敌意，那种挑衅、不服仅仅是针对卢标而已。"初中一个学校的同学，不过不同班。他是实验班的，我在普通班。"

"哦，你好像跟他有些过节？"修远似乎很随意地问道。

其实，这正是修远主动找罗刻搭话的目的。显然，这两人一定有什么过节，否则不可能无风起浪的，一开学就闹了这么一出。而当卢标反复震撼全场、显出领袖气质与人格魅力时，当全班女生尤其是易姗以崇拜的眼神看着卢标尖叫时，在修远的心里，卢标已经隐隐成了敌人——尽管更深层次的原因是什么，修远自己并不知道。

敌人的敌人，可以成为朋友。

"过节？卢标这种豪门贵子、天之骄子，我哪敢跟他有什么过节？"罗刻鼻子里哼哼了两声。显然，这讽刺的语气相当于承认了，至少他对卢标是有些不快的。"当年在初中，我不过是个在普通班里苦苦挣扎的'屌丝'。他呢？实验班的骄子，独领风骚的万人迷，命中注定要成龙的优等人！"

一通讽刺过后，修远依然不知道罗刻与卢标到底有哪些矛盾，具体出了什么事情，但已经百分之百肯定，这个矛盾是非常深刻的。唯一的疑问是，如果是非常深刻的矛盾，为什么卢标表现得好像完全不认识罗刻一样呢？但是修远不打算深究，毕竟是第一次正式接触。

修远不屑道："哦？他也算万人迷？我倒是很想听听，他有什么了不起的。"

"哼。"罗刻鼻子里出气，"富豪家庭出身，从小就上的贵族学校，还要请最贵的私人老师。每年各种出国游学，欧美发达国家基本走遍。我们这些凡人的科学探索活动是在学校小破科技室里拼轮船模型，他呢？各种航模、无人机、机器人编程老早就玩腻了。我们还在排队等物理化学实验室做最原始的实验，他呢？自带平板电脑，物理化学虚拟实验室软件轻松搞定。另外，据说他初中三年请私人教师，就花了不下100万元！"

"哈？"修远忍不住惊叹了一声。不仅各种新奇的名词让修远应接不暇，"100万"这个数字更令他震惊。毕竟他也是普通人家出来的，这笔钱对于他来说太夸张了。

"不仅各种花哨玩意儿玩得风生水起的，成绩也是学神级的，基本上都是年级前三。我们初中的同学把长期稳定年级六到十名的人叫学霸，前五的人则称作学神。还有不少好事者，给每个学神都起了个神之封号！你知道卢标的公认封号叫什么吗？"罗刻眯起眼睛向修远问道。

这怎么猜得到？修远只好看着罗刻不说话。

罗刻冷笑两声，高声说道："是命运！学神卢标，封号命运学神！"

命运学神？修远愣住了。"为什么卢标的封号是命运学神？掌握命运？呃……难道他是班干部？年级学生会？"

罗刻摇摇头："不，不是掌握命运的意思！所谓'命运学神'，真正的意思是，命运选中了他，命中注定他一定会成为学神！与我们这些需要不断拼搏奋斗、在绝望中寻找希望的人不同，他就是被命运选定的人！命中注定必然会成为学神的人！"

"为什么？"修远皱了皱眉头。不知为什么，他对于卢标被称为命运学神这件事情，有着本能的强烈反感。

"呵呵，这还用问？所有同学都认为，卢标成为学神是命中注定的事情。你想想，出身于一个高素质的富豪家庭，从小接受的是最好的家庭教育。我有个同学见过卢标的父母，你知道他如何评价卢标的父母吗？他说，'我爱我的父母，但我真心愿意换卢标的父母'。

"还有，从这种富豪家庭出来，从小学开始就在全市最好的民办学校接受最好的教育，在起点上就注定比我们一般人更高。我猜他家里给了学校不少赞助，所以学校把所有优质的、能够给简历上增加砝码的社会活动、学生干部职位，全部优先安排给他。这种人，稍微努力一点儿就会成为最优秀的人，从小学就是如此。

"作为一个最优秀的小学生，是不是必然进入最优秀的初中的实验班？然后循环往复，继续用最优质的资源砸，什么机器人编程、文化游学、高端学科软件等，再加上一个三年收费 100 万元的传奇级别私人教师，你认为，他有可能不优秀吗？

"他的优秀，是稍微努力那么一点点就自然而然水到渠成的优秀，是全方位碾压级的优秀！而我们这些凡人呢？小学的老师只知道照着课本念，连数学一题多解都讲不清楚。学不懂的复杂知识点和题目，也没处问，请不了家教，名师就不用想了，更不要提什么综合发展了。文化游学？机器人编程？国际少年组织活动？不好意思，没钱！甚至之前名字都没听说过。

"所以公认的，他是命运学神，是区别于我们这些凡人的，命运选定要成为学神的人！"

罗刻越说越激动，而修远也越听越阴沉，既觉得罗刻等人把卢标称为命运学神也算是合情合理，但内心深处又对"命运学神"这个封号嗤之以鼻，甚至非常愤怒。

"命运个鬼！"修远恨恨地骂道。

这一骂，却让罗刻冷冷地笑了出来。"哈哈哈！没错，学神卢标，封号命运。命运个鬼！我决不相信命运，我相信个人努力！不管他有怎样的先天资源，我只要努力，就绝不会输给他！天要给我条贱命、穷命，我就去拼了这条命，用最极限的努力去斗、去搏，用命去证明我的信念！"

修远被罗刻的话深深地震惊到了，瞪大眼睛看着他，感觉罗刻整个人都在燃烧一样。好强烈的斗志啊，修远突然怀疑，自己曾经有过这样强烈的斗志吗？曾经有过这样坚定的学习动力吗？但他此刻却被罗刻带动起来，忍不住跟着说道：

"没错，命运个鬼！总有一天，你我都要击败卢标！"

第六章

连作文都能不及格？

讲台上放着一沓纸，那是四十张作文纸。黑板上写着两行字，那是昨天语文作文训练课的题目。

请以"信念"为话题，自拟题目，写一篇议论文。时间60分钟，不少于800字，不超过1200字。

语文老师微笑地看着台下的学生。

董涛露，男，42岁，实验二班语文老师，兰水二中资深语文教师。教学风格极其严格，人称"作文训练狂人"，曾经让全班学生一天之内写五篇1000字的作文，震惊兰水二中师生，连校长都拿他没办法。同时，他还喜欢给学生"下马威"，尤其是高一的学生。如果有人对实验二班的几位老师做个总结就会发现，物理老师、语文老师以及李双关本人，都是喜欢严格管理学生的类型。其实这不是偶然，正是李双关作为班主任在选择搭配老师时故意选出来的风格。

但是到目前为止，新高一的学生还没有领教过董涛露的特色，他还在等待机会。
"听说前天你们的物理考试基本是全军覆没呢，及格的不到一半。是不是这样啊？"
气氛很融洽，因为董涛露是笑眯眯地问这句话的。

有几个不识相的接话了："是啊，好惨啊！人生第一次不及格啊！"

董涛露安慰道："没关系，高中物理据说是比较难一点儿。但是，你们多努力一下，多适应一下，让这次不及格，成为你人生当中的唯一一次不及格！让其他学科，不要重蹈物理的覆辙。至少，在语文学科当中，在作文训练当中，我相信你们，绝对不会出现不及格了。毕竟，作文又没有物理那么难。"

激情一下被点燃了，很多学生斗志满满地喊道："没错！绝对不会不及格了！"

董涛露欣慰地点了点头："嗯，好！那么这节课，我们来看看昨天的作文训练的成绩。满分60分，36分及格，48分优秀。这次作文训练当中，及格的有——"

一个拖长的尾音，故意吊着大家的胃口。

"十七个人。"

十七个人！不是吧？！开玩笑吧？作文也能不及格？！有没有搞错啊？！

在众人的印象中，作文是一种高分高不到天上，低分也低不到地下的题型。小学作文，大家都只被扣两三分、三四分，没什么区别。初中作文，稍微有点儿区别吧。好一点，扣三五分，差一点儿的扣8分、10分。但是不及格？不好意思，摸着良心说，初中作文，只要不是故意乱写或者完全写离题，根本不可能不及格啊！

而高中的第一次作文训练，又是超过一半人不及格，直追物理！

所有人面面相觑，不知道怎么回事。作文不及格，实验二班的绝大多数人是人生第一次。

"来看看大家是怎么不及格的吧。"看着学生震惊的眼神，董涛露说。

"审题不认真，没看到'议论文'三个字写成记叙文的，0分，七个人。

"写得乱七八糟，完全看不到论点、分论点的，得分20分以内，六个人。

"不足600字的，得分30分以内，三个人。

"600字以上，不足800字，同时论点、论证又有些问题的，被打到36分以下，七个人。

"当然，也有些同学文思如泉涌，居然写了1500字。我一开始以为，可能是个大'文豪'呢，字数超了就超了吧，总比写不够字数的好。但是越看越不对，写得跟意识流一样，写着写着就不知道在说什么了，几个论点混成一团。看在你写了这么多字的份儿上，给你个最高分吧——35.5分。当然，这是不及格里的最高分。也顺便让大家认识一下，是哪位'文豪'写了1500字。百里思，举手！"

坐在最右一组第二排靠里的一名女生缓缓举起了手。有心人可能还记得，这名女生在前天的物理考试中拿下了94分的高分。如此看来，大概是个偏科型选手了。

"及格的学生呢，基本上徘徊在38~40分，几乎没有超过45分的。我很清楚你们这些学生的态度，对数学啊，物理啊这些学科，高度重视，觉得很难，一定要好好学。但是对作文呢，好像不用太在意吧？也不就那样，不用学也就是那么多分吧，初中作文不就是这样的吗？

"但今天我就是要告诉你们，高中作文和初中作文，绝对不是一个物种！绝对不是！初中作文那种低难度的记叙文，随便写件事情写清楚前因后果就算优秀作文的情况，在高中是不可能出现的。高中作文，一定以议论文为核心，可以算是一门全新的课程，是你们从小学到初中基本没有接触过的新内容。如果不高度重视，不把它当作和数学、物理一样高难度，需要全力以赴学习的内容，你们会败得很惨，大片大片的不及格，被别人甩下 20 分以上，就是你们的下场！"

全班肃静，无人接话，"下马威"成功。所有原本不重视作文的人，都不得不重新认识高中作文了。

"全班 40 人，只有这几篇稍微像点儿议论文的样子。诸葛百象，44 分。"

齐刷刷地一阵扭头，所有人向诸葛百象行注目礼。

"柳云飘，45 分。"

齐刷刷地一阵转身，再次行注目礼。

"卢标，50 分。"

这下，不仅所有人都行注目礼，还忍不住哇的一声叫了出来。

"太强了吧？物理第一，作文又第一！"

"天才啊，什么都厉害！"

"文理并重，学神啊！"

……

修远静静地旁观着一切，暗自揣测，自己到底是那个不及格的呢，还是及格了但是没有拿到高分的呢？这一次，他不像物理考试那么自信了。作文，不是他的强项。

"作文纸发下去，都看看自己的作文，思考下问题出在哪里了。"

每个人都看着自己的作文，不论是没及格的，还是那些及格了但是分数很低的。可以说，这次语文作文训练其实比上次物理考试更惨。虽然及格的有十七个人，比物理及格的十六个人要多，但是物理考试有不少高分啊，百里思、罗刻、修远、诸葛百象、陈思敏等人都是 80 分以上，卢标更是拿到了惊人的 98 分，李天许也有 90 分。可是作文呢？最高分卢标只有 50 分，按百分比算，相当于 100 分的试卷不到 88 分。其他人中更是连一个 48 分以上的都没有。

学生们一边看着自己的作文，一边听董涛露说："议论文，是要说明一个论点，也就是你的一个观点、一个理念。为了说明这个理念，你要分为几点论述，也就是要几个分论点。而这每个分论点，你又要怎样论证，讲什么样的道理，举什么样的案例，把这些问题表达清楚了，才叫作议论文。"

修远，39 分，距离及格线并不远。他看着自己的作文，对照着董涛露讲的话，却并不觉得自己写得多么差。明明符合他说的这些要求啊，居然只有 39 分！哼。修远看着董涛露的面部表情，回忆着他的语气，心中有了结论——

这老师就是故意打低分，想给学生一个下马威。

修远心想：不论怎么说，高中作文和初中作文再怎么有差别，也不可能突然就从只扣几分变成了基本不及格。而作文的打分又和数学、物理等不一样，有很大的主观性和浮动性。老师要是心情好，打分松一点儿，那就分数高一些；如果老师故意压分数，也可以给你很低。总之，没有标准规范，全凭老师心情了。而这个老师，就是典型的有毛病，为了给学生一个下马威，显得自己很有威信，故意给全班除了卢标以外的人打低分。

没错，一定是这样，这是唯一的解释了。39 分，作文扣了 21 分，接近不及格，这是修远的巨大耻辱，完全不可接受的耻辱，也是初中时从来没有发生过的事情。它必须是老师的问题导致的。想到这里，修远稍微放松一点儿了。虽然他不敢把这话当着老师的面说出来，但是自己的内心好受一点儿，也是有意义的。

正在众人各自看自己作文的时候，一个声音突然响起："老师，我有意见，我认为自己的作文得分过低了。"

好！今天第一个敢于挑战老师权威的人。董涛露心里其实很高兴，就是在等这么一个提出异议的人。如果没有人提出异议，自己直接讲一些议论文要点，效果恐怕还要弱一点。而有学生提出疑问，随着众多学生产生疑问的情绪，然后再去讲解，效果自然就好得多了。可以说，这个提出疑问的人，其实是在促进董涛露的教学进程。

而这个人，就是班长夏子萱。

"好的，夏子萱，你的作文是多少分？你认为自己应该得多少分？"

"目前是 41 分，但是我觉得至少应该……应该……"

董涛露笑笑："应该多少？"

自己给自己打分？有点儿为难。夏子萱突然瞟了一眼卢标，果断地说道："应该有 51 分！"

51 分，刚好比卢标要高 1 分。

"哦？给自己打分还挺高的呢。好，我们今天就以夏子萱的作文为范例，看看议论文到底该怎么写。"

董涛露打开教学实物展示机，将夏子萱的作文纸放上展示台，打开投影，这样全班就能通过墙上的幕布看到夏子萱的作文了。只见作文纸上写道：

不灭的火焰

当残奥会的帷幕拉开，总会有太多的感动。感动变成阳光，照射阴暗的心灵；感动变成春风，安抚气馁的面庞；感动变成热血，激发前行的动力。

怎样的力量支持他们走到最后？怎样的力量让他们成为命运的赢家？又是怎样的力量带领他们披荆斩棘、一路向前？是信念，是那如同火焰一样，永不熄灭的信念之火！

信念是石，敲出星星之火。他为官多年兢兢业业、正直不屈，却被打入大牢，受尽刑罚屈辱。但是他却没有一死了之，没有放弃人生，只因那个信念——一定要写完《史记》！是信念让他打败了肉体的疼痛，是信念让他击败了心灵的屈辱！在阴冷的监狱里，是信念让他奋笔疾书，将理想、人生的意义挥洒在文字间。他——司马迁，从来就没有真正地被囚禁，他始终有一个信念在支持着，让他成为流芳百世的伟大史学家！

信念是火，点燃希望的灯。不论怎样的残疾和伤病，他总有一个信念：决不能比正常人差。命运对奥斯特洛夫斯基是如何残酷啊！双目失明，关节硬化，行动不便，他却坚定自己的信念，努力地读完了函授大学的全部课程，如饥似渴地吞咽世界名著的美食，最终写出了《钢铁是怎样炼成的》这样震撼人心的伟大作品，激励着无数人的灵魂。是信念成就了他，让他超越了自己的命运。

信念是灯，照亮前方的路。风雨飘摇、山河凋零的晚清，所有先进的科技全都被外国人垄断，国人在绝望——中国人真的没有科学能力吗？但他有一个信念——中国人，一定要建设自己的铁路！他在外国工程师的技术封锁下，凭自己的力量克服了八达岭山脉中的重重困难，以坚定的信念创造了人字形火车路线，让中国人拥有了自己的铁路！这种民族自强的不服输信念，让他的名字永远地留在了中国近代科学的史书上——詹天佑！

……

看着看着，众人越来越疑惑——这难道不是一篇很优秀的作文吗？尽管投影的作文纸没有翻面，没有看到作文的结尾，但是就第一面展示出的内容来看，很符合议论文的规范啊！要论点有论点，要论证有论证，而且文笔优美，排比和比喻贯穿全篇，甚至分论点的三句话中还暗含有顶真的手法。

很多人自问写不出来这么好的文章。可是这篇文章，居然、居然只有41分！难怪夏子萱不服气啊。

是老师打分真的过低了吗？

夏子萱也知道，作文打分是有起伏的，偶尔打低了一些也很正常，通常来说，她是不会执着地去找老师挑战分数的。但是她想到卢标拿到了50分的高分，想到那天班主任说要让卢标代替自己成为班长，突然就忍不住了，一定要挑战一下自己的分数。

"大家看了夏子萱的作文，有什么感受？是不是感觉，好像写得还挺好的？"

很多人默默地点头，真心认为这文章写得好。木炎更是直接说："老师，我觉得51分不过分啊。"

董涛露扫视全班，说道："这篇文章还具有一定的代表性，在我们班，包括隔壁的实验一班，还有三四个学生也是类似的风格写法。可以告诉大家，所有这种类型的文章，全都是 42 分以下的，甚至还有不及格的。夏子萱这篇打 41 分，是在已经充分考虑了她文笔还算不错的基础上打的分。

"你们是不是很好奇，为什么这种类型的文章分数都不高呢？

"来，夏子萱，我来问你几个问题，你若能清晰地答上来，我大可算你 51 分！"

夏子萱嘴唇紧闭，双手撑住桌子猛地起立，果断干脆。身体绷直，微微抬头，气势逼人。所有人的目光自发地向她汇聚，似乎都感受到了她的自信与决心。

初中三年，我的作文从来没有扣分超过 3 分。

初中三年，我的作文从来都是范文。

初中三年，我拿过多少次市级作文奖。

我的议论文结构清晰，论点明确，论证充分，文采也不差。

我要拿至少 51 分，要比卢标高 1 分。

我有充分的自信，我一定可以。

我一定可以！

第七章

不可超越的学神

作为班长,夏子萱一贯给老师的印象是彬彬有礼、恭敬有加的,基本上是个乖乖女的样子。对于夏子萱的分数挑战,董涛露反而非常欣赏,看来她并不是个没有想法、一味顺从的孩子呢。师生之间这样的小冲突、小切磋、小辩论,正是点拨学生、促进学生成长的好机会。

"第一个问题是——"董涛露面带微笑开始提问了,"你这篇文章的论点是什么?"

"论点是,信念是不灭的火焰!"

"这句话算论点吗?"董涛露看了看夏子萱,又扫视全班。

这问题让所有学生愣住了——为什么不算论点啊?这不就是论点吗?甚至夏子萱也有点儿不明所以,不知如何回答,那股不达目的不罢休的旺盛气势也突然弱了一点。

董涛露解释道:"我是说,你这句话究竟是什么意思呢?"

夏子萱略作思考说:"我认为可以算啊,意思就是,信念是不会熄灭的,像火焰一样。"

"好,姑且算。那么分论点又是什么?"

"分论点有三个。信念是石,敲出星星之火;信念是火,点燃希望的灯;信念是灯,照亮前方的路。"夏子萱答得干净利落,众人也纷纷点头。

"嗯,不错,分论点设计还运用顶真的手法。"董涛露话锋一转,又说,"可是这三个分论点之间,有什么区别吗?"

区别?似乎没有人想过这个问题。

"区别……区别是,信念是石、火、灯……也就是说……"夏子萱已经有点儿结巴了,脑子开始陷入混乱。

其他同学也开始反应过来了——是啊,好像三个分论点没什么区别啊。

董涛露又扫视全班,估摸着问这个问题达到效果了,接着说:"或者这样想,一、二段是开头,三、四、五段的第一句话是三个分论点。假设我们把这三个分论点,也就是第一句话保持不变，而后面的案例和论证全部互换一下，行不行得通？"

互换？夏子萱还没反应过来。

"比如，第三段，原来是'信念是石，敲出星星之火'，然后加一个司马迁的案例。我们现在保持'信念是石，敲出星星之火'这一句不变，然后把原来第四段的那个奥斯特洛夫斯基的案例原模原样地搬过来，你们发现没有，好像也完全说得通啊！"

夏子萱彻底愣住了，嘴巴都不自觉地张开，眼睛盯着投影幕布，一句话说不出来。

"实际上，三个分论点——信念是石、火、灯——和三个案例，是可以随意组合的。你随便凑成三组就可以了，看上去效果跟这篇原文是一样的。这说明了什么？"董涛露略一停顿，观察学生的反应。

说明什么？几秒钟的停顿后，柳云飘小声接道："说明三个分论点相互之间有关系？不是独立的？"

"哦，还有吗？还有同学有其他想法吗？"显然，董涛露对这个回答不是十分满意。

木炎又补充："说明论证得不好，例子不恰当？"

"嗯，从某个角度来讲，也可以这么说。但是还有其他想法吗？"董涛露还在寻找举手发言的人，可是这时候，不仅夏子萱脑子混乱，其他人也迷迷糊糊的，没有人举手。董涛露忽然想起来班主任李双关特别嘱咐过多注意的超级种子选手卢标，于是看了看卢标，说："对了，卢标，你怎么看？你来说下你的看法吧。"

卢标起身，平静地说道："说明这三个分论点，其实没有区别，是一个意思，只是用不同的字词表达了出来。再进一步也可以说，其实三个分论点，相当于没有分论点，因为哪一个意思都很模糊，这是一个形象的表述，并没有真正的观点在里面。最后也可以说，其实连总论点也是一样的，信念是不灭的火焰，并不是一个真正的观点。举个例子，'太阳像个火球'，这句话不足以称为一个观点，也不足以用来写一篇议论文。"

"啊——这样啊！"一番话下来，让其他同学恍然大悟。

易姗以一种虽然经过刻意压低，但又显然所有人都能听到的音量笑闹着叫道："卢标好厉害啊！"

"没错！"董涛露激动地叫起来，"就是这样的！你看这几个论点，什么信念是石、火、灯、不灭的火焰，这些比喻啊，它究竟是什么意思呢？谁能告诉我，不要云里雾里的，就用大白话告诉我，这到底是什么意思？信念到底是什么？这些问题你根本就回答不出来啊！"

此刻夏子萱已经涨红了脸，低下头看着桌面。

董涛露观察到了夏子萱的尴尬，挥挥手示意她坐下。"所以啊，这篇文章形似议论文，而神不似议论文。41分，就是这篇文章的应得分数。当然，这里并不是批评夏子萱同学啊，我们还要感谢她给我们提供了这样一个典型案例。其他同学呢？那些得分比41分还要低的大部分同学呢？你们更要思考了，什么才是真正的议论文。

"我反复强调，议论文，要有观点，一个真正有意义的、深刻的观点，然后把这个观点分成几个部分，这就是分论点了。每个分论点怎么证明它成立，你就要进行道理论证，要去举案例论证，这才是议论文啊！每个同学，这节课剩下的时间，想一想自己的作文应该如何修改吧！"

夏子萱感觉全身无力，弓着背半趴在桌子上，连眼睛中的神采也暗淡了。自己的作文确实写得有问题，老师说得非常对。但是当卢标这样平静地点出自己作文问题的时候，却又让她很不愉快。这一次卢标又出了风头，又被一众同学佩服得五体投地，而夏子萱却再也不能像刚开学时那样，如小花痴一般为卢标尖叫喝彩了。

"卢标，把你的作文给我们看看吧！"有人喊道。

"对啊对啊，老师，卢标的作文是怎么写的啊？"其他人纷纷响应。

董涛露点点头说："嗯，我们来看看卢标的作文吧。卢标，怎么样，来展示一下？"

卢标笑笑说："全文展示就没有必要了吧，倒是可以说一说写作思路。"

"也好，来，你来说说。"

"我的作文其实写得很简单，总论点是，'信念是人生的底牌'。在人生中会遇到很多的困难、挑战，帮助我们面对这些挑战的东西有很多，但是信念是最独特的一种，是我们的底牌。

"第一个分论点，在最艰难的困境中，是信念支撑我们走下去。小困难、小的挑战，可以用技术解决，找人帮忙解决，但是那些特别猛烈的困境、绝境，那些常规手段无法解决的、让人无比气馁乃至恐惧的困境，只能靠信念去支撑。

"第二个分论点，信念可以驱动其他能力的发展。当我们带有强烈的信念的时候，勇气、智慧等其他品质也会变强。比如，只要我们抱有强烈的信念，就会逼迫着我们必然去面对困难。一个胆小的女人平时连老鼠都害怕，可是当自己的孩子面临危险时，却可以勇敢地将生命置之度外，因为她有个信念——我必须保护自己的孩子。在信念的驱动下，勇气生长了出来。其他特质也是一样，这里就不赘述了。

"最后做个升华，信念需要理想，需要目标，需要用美好的事物去激发生命的意义追求。如果没有看到世界的美好，不热爱生命，就没法形成坚定的信念。

"我的行文思路就是这样的。"

台上的董涛露频频点头，台下的学生纷纷赞叹。这个行文思路，真是既深刻又清晰啊！再对比下自己写的文章，大多数人只能摇头叹气，人与人之间的差距，真是比人与猪之间的差距更大啊！我怎么就想不出来那么好的作文思路呢？唉！

"卢标同学的作文思路非常不错。当然，文笔上还要加强。这次你的作文没能拿到更高的分数，文笔占了一定的原因，缺乏修辞手法的使用。再就是字迹太随意了，直接在卷面上涂了几个黑团团——写错字了你好歹用个改正液嘛！怎么能直接涂黑呢？要不然，有可能就是这次的最高分了。"

"啊？卢标的分数不是最高分？"有人惊叫道。

"在我们班当然是最高分了，不过实验一班也跟我们做了同样的训练，有两个超过50分的，一个51分，一个是54分还是55分来着？"

"谁这么猛啊？"不少人嚷嚷。

卢标心中已经有了一个名字，应该是——

"好像叫作占武吧。"董涛露回忆了一下，说出了这个名字。

占武，卢标早已认识了这个名字。而现在实验二班的部分同学，也首次记住了这个名字。

下课了，修远一边不经意地在教室里随意走动，一边顺道左瞟一瞟、右看一看，探查其他人的分数——但动作幅度都是精确控制过的，让人看不出他是在四处查看分数。如果看到比自己分数低的，就心情略好，如同阴天里天气放晴了一些；如果偶尔碰到分数更高的，那就是大大的不爽了。所幸39分这种低分，居然比绝大多数人分数更高，鲜有40分以上的人。修远逐渐安下心，看来，确实是老师故意压低了分数。

我其实很优秀，只是老师有毛病，故意给了低分。

不过，那个占武又是怎么回事呢？54分也太高了吧？仅作文一项就比自己高了15分，已经超过一道数学大题的分值了。要打听占武的消息，该找谁呢？

修远游荡到教室外的走廊上透透气，正看见易姗和另外几名女生聚在一起闲聊。易姗身着粉色短裙，层层叠叠的白色蕾丝点缀在不及膝的裙摆上。腰间系着个可爱的蝴蝶结，面庞精致，银灰色的眼影若隐若现。在大部分人都是运动装，部分学生还在穿白色校服的情况下，这个打扮算是相当精致了。

虽然学校是不允许学生化妆的，对着装也有要求，但总有一些年轻人喜欢挑战规则，在民办学校当中也是偶尔有之的事，尤其是高一新生。

"修远！过来过来嘛。"易姗主动招呼他过来，"你作文多少分啊？我居然没有及格呢，呜呜呜……"

"我啊，39分啦。随便写写的，毕竟刚开学嘛，小练习，又不是什么大考。要我认真写，怎么可能只有39分？"

"啊，39分已经不低了呀，我们好多人还没及格呢。有几个及格也是压着线，36分、37分的那种。"易姗娇声道。

修远立刻接道："其实呢，我已经分析过了，老师肯定是故意压分了，就是为了给我们一个下马威。你想想看，首先分数低得不正常，大片的不及格，连我都只有39

分。而且你懂的，老师的心态嘛，不就是想要树立点儿威望吗？故意刁难学生咯。"修远摆出一副看穿世事的姿态。

"我也觉得有点儿这个意思啊！"易姗嘟了嘟嘴，"不过卢标分数好高啊，50分呢！"

一提卢标，修远就不开心，赶紧转移话题："呵呵，隔壁一班的更猛，占武54分！"转移完话题，又觉得自己和这个54分的占武比起来差得更远了，也不算有面子啊，于是又补充道，"嗯嗯，说起一班呢，应该是改分的时候松了一点儿，他们班语文老师没有我们班这么变态吧。对了，你们有没有人认识这个占武的？这人还有点儿意思。"

从这群人边上两米处传来一句话："哼哼，占武啊，确实是个有意思的人呢。"

修远、易姗等人回头看去，这声音的主人是罗刻。

"怎么有意思啦？快说说嘛。"易姗一脸期待兴奋地问道。

"占武和卢标，倒是对老冤家。"罗刻倒是没有看易姗，转向修远问道，"你还记不记得我曾经跟你说过，卢标的封号是命运？"

"啊？封号是什么啊？告诉我嘛。"易姗插话道。如果把这句话拉长了说再扭两圈，能挤出两杯蜂蜜水来。

"学神封号体系，是我们长隆实验初中的文化传统。对于年级前十名的牛人，六到十名我们称为学霸，一到五名称为学神。而对于每一个学神，我们都会给他起一个名字。就像神仙都是有自己的名字一样，什么镇元大仙、元始天尊等，或者是西方的爱神、智慧女神之类的。而我们给一到五名的学神起的名字，就叫作他的封号。

"卢标的封号是'命运'，而占武的封号就是——'杀神'！"

"杀神？"众人齐问。

"没错，杀神，人挡杀人、佛挡杀佛的杀神！占武从初一下学期的期末考试开始，一直到初三最后一次考试，乃至中考，全部都是年级最高分，甚至连平时的一些单科统考也长期是最高分，所有向他挑战的人全部失败！

"而且，他人很冷的，基本不交朋友——不是交不到朋友，而是基本不屑于跟任何人交往，甚至很多女生崇拜他、向他表白他都懒得理她们，被称为没有情感的男人。再加上名字里有个'武'字，各种因素加起来，最终所有人公认他的封号是'杀神'，长隆实验初中永远排名最高的杀神占武！"

众人听得津津有味，对占武的故事饶有兴致。

"而卢标，就是那个基本永远排名第二的学神，封号为'命运'。卢标初中三年永远被占武压在下面，从来没有翻身的机会。曾经有一次，初二的期中考试居然总分领先1分成了年级最高分。哼哼，不过后来发现，其实是占武分数算错了，少加了10分！

"可悲啊，错过这一次机会后，到初三，每次月考，都有20分以上的差距，甚至大部分情况下卢标要比占武低30分以上，再也没有接近过。这两人的恩怨从初中就开始了，看来到了高中还会继续下去。"

易姗兴致勃勃地问道："那卢标的封号为什么叫命运啊？"

罗刻突然声音一沉，说道："讲起来太麻烦，我要回教室做题了，你问他吧，我跟他说过。"指了指修远，罗刻直接转身回教室了。

易姗立刻转向修远，眼中闪烁着八卦的光芒："哦？修远，你也跟卢标他们是一个学校的吗？卢标的封号是怎么回事啊？"

正说着，背后突然传来一声呵斥："易姗！你这着装怎么回事？学校明确规定，女生裙子不能短过膝盖的！"这正是李双关的声音。尽管下节课是物理，但李双关作为班主任时常到班上巡查，今天恰好撞见。易姗初听时一惊，立刻切换出一副可怜兮兮的样子，嘛了嘛嘴说道："李老师，对不起啊，我不知道。我中午回寝室换了好不好？"李双关点点头，又倡导了一番中学生着装规范。

遭遇李双关后，易姗与修远的闲聊算是中断了。修远倒是暗暗松了一口气，如果要解释卢标的封号问题，势必要牵扯出一堆卢标的光辉事迹，这可是修远不愿意的。只是以后再看不到易姗穿短裙了，令修远倍觉可惜。

第八章

"学生起义"

周五上午,第三节、第四节课数学连堂。这两节课把函数的周期性讲完了,至此,单调性、奇偶性、周期性——函数的三大特性全部学习完毕。

实验二班数学老师——金玉玫,一名40余岁的中年妇女,中等身材,素颜,但脸上收拾得很干净。银白色眼镜架在高挺的鼻梁上,说话前喜欢推一把眼镜。说话的语调不急不缓。但是,她说话的内容很让人着急。

"什么?三张试卷?!开玩笑吧!"台下一片惊叫。

"嗯。"金玉玫点点头,"一张集合的试卷、两张函数的试卷。同学们,虽然集合一章内容比较简单,但是也不能忽视了。高中学习里,与函数相关的内容占据了一半以上,不论是高一要学的初等函数、三角函数,还是高二要学的导数,都是直接与函数相关的。而不等式、数列、解析几何等很多内容,在出题的时候也与函数结合起来了。函数,是非常重要的章节。

"而集合就是函数的基础,一定要把这个基础打扎实了、理解透彻了,才能学好函数。我们这周开始已经进入函数部分的学习了,趁着周末放假两天,刚好做一张集合的试卷巩固一下。"

金玉玫在台上讲得苦口婆心,学生们在台下听得垂头丧气。

"还有两张是关于函数的试卷,单调性、奇偶性和周期性,也是函数的重要基础内容,在后面的三角函数中就体现出来了。虽然现在你们还没学,还感受不到,但是不能不重视。要多做两张试卷练习一下。"

不少人摆出一副死鱼眼——随你怎么说都有道理,反正所有内容都重要,反正就是无穷无尽的作业。

"而且三张试卷也不算多了,你想想,一张试卷顶多一个半小时就做完了,快的同学甚至一个小时就好了,三张试卷也就三个多小时嘛!"

那些有经验的同学已经产生了一种不祥的预感,根据初中,尤其是初三复习时候的经验，下面的剧情很有可能是：

物理老师：今天的作业不多，也就两张试卷。

化学老师：今天的作业不多，也就两张试卷。

英语老师：今天的作业不多，也就两张试卷＋背诵两篇课本＋练习听力。

语文老师：今天的作业不多，也就两张试卷＋背诵诗词，下周默写检查。

历史老师：今天的作业不多，也就两张试卷＋背诵重要历史事件与意义，下周默写检查。

……

有人小声嘀咕道："那还休息个啥，活活累死算了。"

似乎看到学生们情绪不对，金玉玫安慰道："好啦，等到下学期，你们周末放假的时候就不会有这么多作业了。"

"哦？真的吗？"学生们一下子来了兴趣。

"是啊，毕竟从下学期开始，周末就只放一天假了。"

"……"

金老师，你还真是会安慰人啊。其实下学期一周休一天这事情大家也早就知道了，原本像兰水二中这样高压管理的高中，是不可能给学生双休的，只因兰水教育局去年又出了一个进一步减负的政策，要求高中学校至少高一上学期需要留出双休，给新入学的高一学生一个缓冲适应期，学生们才得了这么一个小实惠。不过由于兰水二中是民办高中，没有做到像好的高中那样彻底贯彻素质教育，学生压力低且快乐学习，直接用海量作业把双休时间填满，以此挖掘学生的潜力。

总之，教室里一片哀叹抱怨之声。

在一片抱怨和躁动之中，卢标一直没有吭声，只在试卷发到手上后快速浏览了三张试卷。细长的手指翻动着试卷，卢标不禁皱起了眉头——这几张试卷质量一般，并没有太大的练习价值，很大程度上就是在盲目刷题而已，而这些质量不高的试卷又会浪费自己大量时间……卢标微微叹了一口气，他已经听说和预估到了这所二流高中的作风，但也没料到会这么严重。

他轻声自言自语道："这样的题目没什么价值，还需要自己去整理结构、补充题型、冲刺压轴。至于这些作业……嗯，只能这么处理了吧……"

其他学生反应各异，有些拿起试卷立刻动手开始做，有些没好气地把试卷折了几折往抽屉里一塞。"唉，初三最忙的时候也没有这么多作业啊！高中和初中还真是不一样啊。"

12点10分，上午第五节课结束，所有学生拥向食堂。如果说兰水二中有什么优点的话，那么食堂绝对算是其中一个。首先面积够大，窗口多，打饭的时候绝对不拥挤。供应的饭菜量也很足，不像部分学校那样出现下课需要抢饭的状态，学生大可以从容就餐。同时地理位置也好，距离教学楼和寝室楼都很近，吃完饭悠闲地回到寝室美美地睡上一觉是很多学生每日必做的事情。

修远一边悠闲地踱步，一边与后座的付词、刘宇航两人一齐抱怨数学作业太多、没有人性。正走到食堂门口，突然看见罗刻从食堂里快步冲出来，腮帮子鼓着，左手捏着一个装包子的塑料袋，右胳膊下夹着一个笔记本，笔记本中露出几张试卷的边，T恤胸前的口袋里插着一支水性笔，直奔寝室楼小跑过去。

"罗刻怎么已经出来了？这么快就吃完了？"修远有些诧异。

"他好像一下课立马就冲去食堂了，到现在大概——"刘宇航看了看手机时间，"五分钟！五分钟吃完饭了！"

付词揶揄道："按这个吃饭速度，五分钟就能吃完，十分钟就能噎死，十五分钟就能投胎了。"

"哈哈……"几人一阵欢笑。

慢悠悠吃完饭大概 12 点 50 分了，修远和刘宇航、付词两人一起回到寝室。寝室是四人间，上床下桌的结构，这是实验班的寝室标配。普通班是六人间，上下铺再单独放几张桌椅，格调上显然比实验班的寝室差了一些。修远和刘宇航在 216 寝室，回寝室的时候路过 215，大门敞开，正看到罗刻坐在桌子前奋笔疾书。

修远往 215 寝室门里跨一步，发现罗刻写的正是刚发的数学试卷，第一张俨然已经接近做完了。

"第一张这么快要做完了？"修远感叹了一句，"罗刻你中午不睡觉？"

"睡，十分钟。"罗刻急促地回复道，头也没抬，手也不停。

修远愣了一会儿，不好意思继续打扰，退了出去。回到寝室，刘宇航和另外两个室友马一鸣、刘旺哲正在闲聊，他于是加入其中，到中午 1 点左右，众人纷纷睡下。

1 点 30 分，午自习开始，修远寝室几人慢悠悠步入教室，英语课代表赵雨荷抱着一沓试卷紧随其后。

"又有试卷来了。"修远等人叹口气，"这次是几张？"

"两张。"赵雨荷边回答边走上讲台，喊道："英语作业来啦！注意啦！两张试卷，加第一单元所有单词抄写十遍并背诵，拼写和汉语意思都要背。下周一默写！另外，Unit 1 reading 部分全文背诵！"

"有……"不少人听罢拍桌子准备破口大骂，但又怕被英语老师兼班主任李双关听到，骂到一半四处张望确认李双关确实不在，于是也爽快地骂了出来，"他有病啊！"

此时不少正在做数学试卷的人停了下来，甚至不乏拍桌子扔笔的。"太过分了吧！

这还怎么做，根本不可能做完啊！"数学加英语，作业量已经要崩了。

"不做了！这群老师发疯了。"付词和刘宇航等人骂道。修远原本就对这种疯狂布置作业的行为很厌恶，付词一点火，他也把笔一扔。

"不会教的老师，只能疯狂逼迫学生做题来弥补了。"修远高声说。当然，这也是在提前探过风、确认李双关不在的前提下才敢说的。

教室里的空气不断升温。生物与历史课后，老师各自布置了相应的练习册题目，而下午第三节语文课，又添加了一篇作文、一张阅读理解训练试卷和第一单元所有诗词背诵——下周默写检查。

课间十分钟内，抱怨声几乎沸腾了。

"死人啊，不做了！"

"就是，不做了！"

"真是有病！"

人声鼎沸之中，忽然听到付词高声念道：

再别周末

轻轻的我去做题了，
正如我轻轻的来；
我轻轻的挥笔，
作别周末的精彩。

那数学的函数，
是阴影中的魔王；
单调中的奇偶，
在错题本上荡漾。

那匀加速启动的小车，
嚣张的在试卷上招摇；
在沸腾的烧杯里，
我只是个被氧化的沙雕。

那单词表下的一栏，
不是清泉，是偷假日的虫；
揉碎在试卷间，

撕毁了周末休息的梦。

　　寻梦？撑一支笔杆，
　　向试卷第二面漫溯；
　　满载一书包试卷，
　　在题目凶猛里放歌。

　　但我不能放歌，
　　题海是周末的笙箫；
　　王者也为我沉默，
　　沉默是高中的飘摇！

　　悄悄的我去做题了，
　　正如我悄悄的来；
　　我挥一挥水性笔，
　　告别周末的精彩。

　　徐志摩的《再别康桥》付词未必背会了，但是他刚刚抓紧时间改写了这么一首《再别周末》。

　　"哇，厉害，有才啊！"有人赞道。不少人听到这搞笑的诗词改写哈哈大笑起来，暂时缓和了一下怨怒的气氛。

　　这轻松的欢笑氛围并未持续很久，沉重的试卷与任务依然压在每个人的脊梁上。最后一节政治课过后，同学们各自回家，然而对作业的抱怨并没有终止，而是转移到了 QQ 群里。这是夏子萱建立的私群，里面只有学生，没有老师。

　　"平时作业已经够多了，结果周末更多！怎么办？谁能做得完？"

　　"肯定都做不完，不用想了。"

　　"我们班老师都有病啊，布置那么多作业也不想想我们怎么做啊？"

　　"不做了，反正都做不完。"

　　"法不责众，大家都不做，李双关也拿我们没办法。"

　　……

　　做与不做，每个人都经历了激烈的内心战斗与纠结。有些从一开始就打定不做，要向老师们强硬地表现出自己的态度；有些是做了一部分，核算下时间，发现真是做不完了，于是干脆也就不做了；还有些抱着能做多少做多少、做不完算了的态度，最后倒总算是完成了一些。QQ群里的争论和怒骂倒是从未停过，没做作业的同学相互鼓舞打气，以安抚自己的内心——作业引起的愤怒，以及直接不做作业与老师对抗的心虚。

周一上午7点早读，同学们一边朗读课文，各科课代表一边检查作业。由于部分试卷要讲解，倒是不用收交给老师，检查就好了。语文早读的声音比平时弱了很多，课代表们走过之处，同学们往往相互对视一下，异常安静。

果然，大片大片空白的试卷和练习册，还不算那些要求背诵的语文和英语内容暂时还没有检查。

第一节语文，第二节数学，第三节化学，然后是物理和历史。每一科老师询问或者讲解作业的时候，都阴沉着脸。不做作业的学生年年有，但大批量不做作业的学生同时出现就罕见了。

金玉玫缓缓说道："下午是你们班主任李老师的课吧？我先把这周末的作业情况反馈给他，看看他有没有什么话说。"

历史老师对很多人没做作业倒是比较轻松，揶揄道："听说你们所有学科的作业都有很多人没做？哟哟哟，要发动'起义'吗？别忘了，历代的起义，大部分下场都不好哦！啧啧啧，真是的。下午李老师的课，看看他怎么对付你们，哈哈哈！"

所有任课老师都将作业情况反馈给了李双关，而李双关居然一上午没有在教室出现。那种暴风雨前的宁静让所有学生心头蒙上了一层乌云，强大的压迫感不断累积，心事重重。

中午的饭，很多人味同嚼蜡；中午的觉，很多人翻来覆去。

1点30分午自习，所有学生齐聚教室。李双关终于出现在教室门口。

那张脸永远是严肃的，今天也并没有更加严肃一点，但给人更大的压力。教室里安静到了令人发毛的程度，一只苍蝇的细微嗡嗡声响彻教室。李双关一步步走上讲台。

啪！英语课本和教案重重地甩在讲台上，杀气腾腾。

"今天的午自习，来看一看上周末各科的作业情况。"

审判，开始了！

第九章

失败的"学生起义"

"既然这么多人敢明目张胆地不做作业,那就请人来说一说,为什么不做作业。"李双关缓缓说道,每一个字里都透着令人窒息的气势:"马一鸣,站起来,说!"

马一鸣起立,低头,无言。李双关眼神扫过,让修远一阵紧张,因为马一鸣就坐在他后面两排。

"付词,站起来,说!"

付词站起来,试图转移一下注意力:"老师,那个,我作文写了,而且写得很认真呢,还修改了好几遍,也把要背诵的诗词背了,我发现其实这些诗词背完了以后对写作的字词使用还是很有好处的……"

"废话!"李双关突然爆发,一声怒吼,"别给我瞎扯!一句话,作业做完没有?!"

付词还试图挣扎一下:"老师,我英语作业也写完了,单词我背了好几遍,能记住的都认真记了……"

"废话!"又一声大喝,吓得付词一哆嗦,全班其他学生也跟着神经一紧,"再废话就给我出去!一句话,作业有没有完整地做完,有,还是没有?!"

李双关的愤怒与可怕超出了付词的想象,他再也不敢要滑头,老老实实答道:"没有。"

"为什么没有?"

付词不敢接话,默默祈祷李双关赶快去审问其他人。而其他人则很不厚道地祈祷李双关多审问付词一会儿,千万不要转移注意力到自己身上,比如修远就是这样祈祷的。

"修远,你呢?站起来!做完没有?"

我晕!倒霉啊!修远不情愿地起身,低声说:"没做完。"

"为什么没做完?"

"太多了,做不完。"说这话时声音大了点儿,因为修远觉得理由很正当,底气充足。

"谁跟你说做不完的?"李双关突然又呵斥道,"谁允许你嫌多不做完的?"

修远被呵斥得很难受，不服气地嘀咕道："大家都做不完。"

"别人做不做得完关你什么事，我问的是你，凭什么你不做完？！"李双关继续发飙。

修远终于不说话了，他发现，这时候越多说话越麻烦。

"所有科目的老师集体向我反馈，你们的作业大面积空白。你们是哪儿来的胆子不做作业的？集体造反吗？！"

又有几个不知死活的人集体嘀咕："真的太多了，做不完……"

李双关怒目瞪过去，高声道："所有科目，全部做完的，举手！"

所有人四顾，都很想看看谁这么猛，居然这么多作业全做完了？

三只手伸了出来。

陈思敏、赵雨荷，以及罗刻！李双关眉头一皱，卢标居然也没举手。一眼看过去，卢标甚至面色平静。

"手举好，不要放下！所有说做不完的人，给我好好看看，为什么别人做得完，你却做不完？是真的作业太多了，还是你偷懒不想做？是老师的作业布置得不合理，还是你们对高中学习的态度不合理？"

"甚至于，你们很多人相互鼓动，拉着同学一起不做作业！历史老师说，你们是想'起义'啊！新入学的小朋友们，都给我听好了！"李双关突然把声音又放大了一些，"我们兰水二中，自马泰校长上任以来，最大的特色之一，就是从不惧怕开除学生！敢故意捣乱、干扰校园秩序的，恶意违反校规的，一律开除！"

开除？所有人心头一骇。这么严重？

"我李双关当了十几年老师，在你们之前带了四届学生，每一届都开除过人！最典型的是有一届学生，高一的时候全班六十五个人，哼哼，到高三毕业只有五十七个人！

"你们这些学生，都给我搞清楚了！高中，不是初中小学，不是义务教育，高中想开除违规学生，合情合理！你们相互鼓动不做作业和老师对抗，以为自己能翻天吗？我告诉你们，所有人，所有科目的作业，今天必须全部补上。所有人，就在这个教室里，第二节晚习我亲自监守，做完一个走一个，几点补完几点走，我亲自陪你们！"

狠话已经放出来了，没人敢吭声。那些以为可以共同抵制不做作业、故意拖拉时间的人，都开始后悔了。没人想到，李双关能够严苛到这种程度。

这，才是真正的下马威。

两节英语课上得无比压抑，下课后李双关离开教室的一瞬间，很多人立刻翻出周末没做的作业奋笔疾书。

"不做作业都开除？骗人的吧？"有人满腹狐疑地问。

"要不，你试试？探一探他的底线？"有人不怀好意地答。

"还是赶快补吧，兰水二中喜欢开除学生，全市人民都知道了。我有个表哥就是兰水二中前几届的，他跟我说过，他们那一届，有一次学生打群架，一次性直接开除了二十多个人！"

还说什么好呢？都补作业吧。

关于开除学生这一点，李双关说的部分是真话。自十年前校长马泰上任以来，学校作风变得非常强硬，对于行为不良的学生，坚决开除，谁求情都不管用。在马泰上任的第二年，兰水二中也一跃成为全市开除学生最多的学校，开除的学生甚至比全市其他高中累计开除的学生还多。前两年下狠手之后，杀一儆百的效果极好，后面敢闹事的学生大幅减少，学风焕然一新，再后来开除的学生就没有那么多了。不过，兰水二中敢于开除学生的名声，一直流传了下来。

自校长马泰上任之后，兰水二中教学成绩直线上升，从全市第五上升到全市第二。看上去前进了三名，不是很大，但是要知道，现在的第二名，乃是与后面的三到八名拉开了梯队，是仅次于省重点临湖实验高中的全市第二。兰水市的教育格局，乃是临湖实验高中独自占据最高档，兰水二中独自占据第二档，其他近十所高中共占第三档的格局。对于兰水二中的档位跃迁，校长马泰功不可没。所以对于他制定的强硬治校规矩，没人敢说什么。

不过有一点是李双关夸张了。兰水二中开除学生，大多是打架、斗殴、公开侮辱老师、严重不服管教与老师产生肢体冲突等参与恶性事件中的学生。至于不做作业，还远远达不到被开除的程度，是李双关故意搬出来吓唬吓唬学生罢了。

下午的所有课间，几乎没有人出教室，全都在补作业。第四节班会课原本就是李双关上，直接给学生写作业了。晚上第一节物理晚习过后，李双关第一时间来到教室，亲自监督所有学生补作业，甚至让人把教室后门反锁，表示做完一个从前门走一个，没人逃得掉。

晚自习，教室里继续保持着让人压抑的安静，李双关看情况稳定，没有全程看管，而是抽空找了几个人出去谈话，首当其冲的就是卢标。半小时后两人回到教室，脸色都还平静，没人知道发生了什么。

晚自习一个半小时，四十分钟的时候打铃休息，但没人敢休息，甚至没人起身上厕所——除了陈思敏、赵雨荷之外。两人悠闲地起身打水，甚至还去走廊上散散步。

李双关适时地点评道："很多同学估计今天晚上要到12点以后了。很辛苦对不对？可是你们看看赵雨荷和陈思敏，她们两个为什么能够这么轻松？悠闲地翻翻书、散散步，是不是很舒服？因为她们守了做学生的本分，早就把该做的任务完成了！"

说到这里，李双关想起另一个人来——罗刻。怎么没见罗刻有动静？

中间一组第二排，罗刻埋头做题，从晚自习开始到现在一动不动，与赵雨荷、陈思敏的悠闲状态大相径庭。李双关心中疑惑：下午让做完的学生举手，但并没有就地检查，这个罗刻真的做完了吗？该不会是假装做完，现在才偷偷地补作业吧？

李双关凑过去，伸长脖子想看看罗刻做的是什么题，可惜是物理，有点儿看不懂。"罗刻，你不是作业都做完了吗？现在做的是什么？"

"物理，我自己买的辅导书。"

"哦？没有休息休息？"李双关有点儿诧异。

"不需要。"

"嗯。语文诗词和英语的课文、单词背诵了吗？"

"背完了。"

"嗯。"李双关难得笑了笑，"我还以为你是在补作业呢，原来是做自己的题。"

罗刻也笑了，说："就这点儿作业，星期天上午9点我就做完了，从9点开始到下午，全都是在做我自己买的辅导书了。"

这话让李双关心里一惊。虽然他认为学生应该做完老师布置的所有作业，但他自己也知道，上周末的作业确实是比较多的。这学生居然能够这么快做完作业，还腾了大半天出来自己加练？太有毅力了！其他听到罗刻、李双关对话的学生也对此感到震惊。

"你说说，怎么做得这么快？"

"时间，是挤出来的。星期五上午布置了数学作业三张试卷，从课间到中午我就做完了一张，下午课间第二张做了一半，晚上回去把剩下的一张半写完，还做了物理的练习册，12点睡觉。

"星期六上午7点起来，做了英语的两张试卷，抄了一单元的单词。单词因为之前就背过了，只是复习一下，没用多少时间。然后一个小时写了语文的作文。下午做了语文的阅读理解训练，背了古诗词，以及化学的练习册。晚上做了地理和历史的练习册，又背了历史的大事表和意义。

"星期天上午6点30分起来，复习了语文的古诗词和英语单词，因为背诵的比较容易忘，而且早上背诵效果比较好。到9点多的时候差不多背好了。后面的时间，就开始做自己买的辅导书了。"

同一个教室里，有些学生比较懒散，有些学生比较认真，这是常态。但罗刻的作息表却告诉所有人，一个人如果勤奋起来，能够勤奋到什么程度。原本就安静的教室变得更沉寂了，连纸笔摩擦的声音都轻了很多。原本还对李双关有怨言的学生，这下也找不到抱怨的理由了。

"罗刻都这样了，我们还能说什么呢？"

李双关点点头，"嗯"了一声，也没有再说话。对于罗刻这样一个学生，还需要说什么呢？

晚上9点50分，晚自习结束，"欠债"较少的那一批人做好了作业，离开教室了。而李双关也没有放松标准，果然是依次检查完每个人后才放行的。

修远等"欠债"较多的人还在埋头苦干。他们又一次体会到了高中和初中的不一样，体会到了这所高中和他们班主任李双关的严苛。修远一边疲惫地补着作业，一边对李双关产生了更进一步的厌恶，心里暗想：布置这么多作业，不仅毫无人性，而且简直是根本不懂行的瞎搞！我当年在初中排名年级前几名的时候，哪里需要做这么多作业？这种狂刷题的做派，根本就是底层学渣的学法！而我如今居然被你逼成这副样子……

修远心中怀有巨大的不满。在他心里，他可是当年那个天选之子啊！他怎么能沦落到这等地步！

约莫10点，卢标没有带任何学习资料，空手离开教室。"呼……"他长出一口气。尽管他"欠债"并不多，做题速度又快，很快就补完了作业，但不得不说，今晚过得很压抑。在教学楼大门口，左边是回寝室的路，右边的路则通向操场。他想去操场活动一下换换空气。

"卢标等一下！"柳云飘从后面追上来。

"怎么了？"

柳云飘露出一个疲惫的微笑："我想问一下啊，卢标，你这样的学神为什么也没做完作业呢？还有啊，李老师叫你出去跟你说了什么啊？"

卢标轻松一笑："因为这种布置作业的方式，不符合我的学习策略体系呢。"

第十章

学神的策略——分层处理！

夜晚的操场有一种退去喧嚣的安宁，踢球学生的叫嚷、体育老师的口哨声都隐去，唯有凉风习习，乃至月亮弯钩的形象都给人一丝清凉的慰藉。偶尔有学生绕着操场夜跑，或者在操场拐角处的器材区吊单杠。

卢标的活动根据体育课来调节。有体育课的那两天，他会晚自习过后在操场上散散步；而没有体育课的三天里，则会通过夜跑来加强锻炼。今天原本该跑步锻炼，他也特意穿了一身灰色的运动装，不过由于柳云飘的加入，改为了边散步边聊天。

"作业多了和你的学习策略体系怎么冲突呢？难道你的体系是少做些作业？"

卢标笑笑："高效的学习策略体系里，学习不是以作业多少来衡量的。有时候要刷大量的题增加熟练度，以及拓展题目见识度来构建知识体系；但有时候又要少做点儿题，腾出时间来梳理和思考。"

柳云飘听得有些云里雾里，如同看不透黑夜一样听不懂卢标的话，但她决定接着听下去。

"不过有一点是确定的，即便是刷题，也一定要刷高质量的题，而不是盲目刷题，以没有意义的重复劳动来浪费时间。我这次数学试卷有一部分没做，就是因为我事先评估过，这几张试卷质量不高，很多题没有意义。"

"哦？什么样的题目是没有意义的呢？"柳云飘很感兴趣。

"难度太高或者太低，或者是早已熟练的题，都是没有意义的。这次的三张试卷，对于我来说就是难度太低，早已熟练的题目太多了，全部做完是没有意义的。不过，还是被李老师批评了。"卢标有些无奈地笑笑。

"哦……"柳云飘若有所思地应道。这个观点她从未思考过，她一直是见题就做，有时候碰到特别简单、早已熟练的题还比较开心，觉得与做难题相比是一种休息呢，却没有从浪费时间、降低效率的角度思考过。

不过她心里也升起一个疑问："可是，你不去做那道题，又怎么知道它的难度呢？

当你知道难度的时候，不就已经把这道题做了吗？"

"这就是具体的技术手段了。有一种策略叫作——分层处理。"

"分层处理？"

"没错，所谓分层处理，理念上即我刚才说的，对于完全熟练、确定会做的题略过不管，只做那些不太熟练或者不会做的题，提高练习效率。分层处理的方法，可以有效应对题海战术的问题，让学生在面对不知质量高低、不知是否能解决的题目时，能提高练习效率。

"在具体的处理技术上，分层处理讲究快速看题、快速分析思路。如果一眼就能看出来答案的简单题就不需要做了，比如基本的定义、概念考察题；一眼虽然看不出答案，但是能够看出来做题思路的计算题，也就不需要具体计算了；而那些比较模糊、看不出来思路，乃至没什么思考线索的题，才是需要动手练习的题。这种方法，就叫作分层处理。"

柳云飘一脸惊诧——居然还有这种方法？看题而不做题？"那这种方法的效果……就是……可以少做些没有意义的题？"

"不仅如此。长期用分层处理的方法，你见识过的题量、题型会比一般人要多很多，做题的思路会非常广，反应速度也会变快。"卢标顿了顿，又接着说，"我初三的时候大量使用这种方法。可以说，初中数学的所有题型我基本都见识过，压轴题最后一问 80% 情况下都是见过原题的。物理、化学更是不在话下。"

柳云飘惊得张大了嘴。压轴题最后一问 80% 的情况下都见过原题？物理、化学不在话下？所有题型基本都见过？就算英语和语文作文没法用分层处理的方法，那也够厉害了啊！卢标之所以被称为学神，就是因为会分层处理的方法吗？

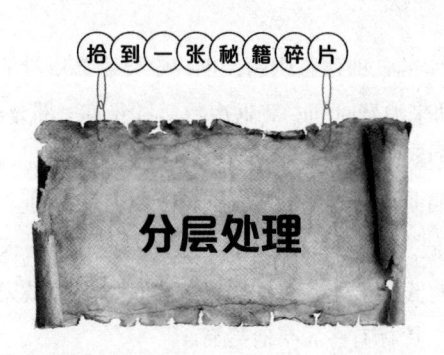

拾到一张秘籍碎片

分层处理

"我回去试试……"柳云飘喃喃自语。

关于如何进行分层处理，柳云飘一路向卢标咨询各类细节问题和案例，一直走到寝室楼底下才分开。同一栋楼，男生寝室在一单元，女生在二单元。柳云飘一边低头沉思，一边走进 204 寝室，差点儿和赵雨荷撞个满怀。

"咦？你怎么现在才回来？"赵雨荷诧异道，"你有多少作业要补啊？"

"不是吧，我看她挺早就离开教室了，比我还早点儿呢。"夏子萱补充。

"哦，我刚刚在操场上散步，问了卢标几个问题。"

"啊？你和卢标在一起？"夏子萱惊诧道。

"嗐，什么叫在一起，你别乱说。"柳云飘赶紧解释，"我是问了他一下……"

"什么？！你吻了他一下？！"

"是问了他一些学习上的问题……你真是……让人受不了啊。"

柳云飘将分层处理的方法详细讲解了一番，夏子萱、赵雨荷仔细听过。可惜同寝室的另一个女生梅子还在教室补作业，没能听到。

夏子萱略作思索，坚定地说道："这方法不好！眼高手低，你以为会做就不去做了，实际上呢？很可能题目中有哪个陷阱你没发现呢？"

柳云飘不知道如何作答，倒是可以明天拿这个问题去问卢标。

赵雨荷倒是沉思良久，说："分层处理，好像也有可取之处……我想了一下，其实我做题做多了的话，碰到特别简单的题也确实会有那种感觉，再做也没什么意义了。如果按照分层处理的理念，倒是可以节约些时间。"

"可是多做几遍也可以增加熟练度啊，考试的时候速度更快些嘛。"夏子萱辩解道。

"理论上是这样，可是总有极限的嘛。比如，九九乘法表，你还需要再去反复练习吗？不用了吧，因为熟练度已经够了，再练也没意义了。很多特别简单的题就是这样的。"

"可是……可是……反正卢标也还是被李老师批评了。"这都不知道算不算是辩论了，有些耍赖的味道。

"李老师是英语老师啊，他又不知道数学试卷质量怎么样，他当然觉得一定要完成作业喽。但我们讨论的是学习方法，卢标的方法确实是有道理的啊。反正我觉得这方法可以。"

夏子萱于是不再说话，毕竟赵雨荷是寝室里学习最好的，分班考试全班第三，物理第一次考试大片不及格的时候她还得了 82 分的高分。不过夏子萱也没明白，自己为什么急于判断卢标的方法不好呢？是这方法真的有问题，还是……

第二天英语早读，教室里卧倒一大片。显然，这是昨晚补作业补得太晚的人。令人意外的是，李双关居然没有守完整个早读，7 点的时候来教室里看了一下就走了。据说昨天最晚离开的人是瞿竹君，凌晨 2 点才走，连宿舍门都关了，还是李双关出面叫醒了守门阿姨才放了瞿竹君进去，然后李双关再自己离校，到家估计至少 3 点了。

而早上7点他又出现在学校，可以判断，睡眠时间只有三个小时左右，估计现在回办公室睡觉去了吧。

"Survey, survey... 调查、测验……"有气无力的背诵单词声。

"Suffer!! suffer!!"突然有人大喊起来，不知道在暗示什么……不过让听不懂单词意思的人以为这是背单词背得激情澎湃。

"唉，无穷无尽的考试，还有三年，真是 suffer 啊……"

Suffer，遭受、受……之苦。所谓"感时花溅泪，恨别鸟惊心"，一个英语单词激起绵绵愁思，很多同学都在为昨夜的苦难默哀。如果这是一支军队，被人打埋伏、前后包夹、大将阵亡、副将临阵脱逃，然后连吃十场败仗，也会有这么低迷的士气……丁零零零——早读结束。还有十分钟上第一节数学课，大部分人继续趴在桌子上，教室里一片沉寂。中间一组第一排的木炎，听到身后还在传来细小但又稳定的读英语单词声："Dis-advantage...persuade...graduate..."

"怎么这几个单词我都没听过？"木炎好奇地转过身去，"啊？罗刻，你在背诵第三单元的单词？"

"嗯。"

"第二单元都没学完呢，你就开始背第三单元的单词了？"

"第二单元单词早背完了。"

木炎一愣，罗刻真厉害啊。忽然又联想到昨天晚上罗刻说到他周末的时间安排，简直如同平时上学时一样，极为勤恳，不仅完成了海量的作业，甚至还额外做了自己准备的教辅书。念及此，一边感叹罗刻的勤奋真是人所不能及，一边也为自己感到惭愧。

"你可真是厉害。"

"厉害什么？不过是再正常不过的事情而已。"

木炎的同桌刘语明也回过头来："这还不厉害？每天练习册、试卷，既无聊又烦躁，你居然能坚持下来。这么无聊的教学方式，一般人根本忍不下去啊。你呢？不仅把学校老师布置的题海做完了，居然还能自己加题做，我真是服了你了。"

"哦？"罗刻反问道，"那么你为什么不想做这些题呢？为什么不愿意学？"

"无聊啊，费神啊。"刘语明很自然地说道，"不想学习很正常吧？当然也不是完全不学，毕竟外界环境在这里，完全不学的话，老师和家长那里都过不去。"

有人小声说："是啊，谁难道会热爱做题不成？"安静的教室里，哪怕罗刻、木炎和刘语明的声音并不大，也依然有不少人注意到他们的谈话。

罗刻转身问第三排的陈思敏："陈思敏，你好像也是做完了所有科目的作业的，你又是为什么做完呢？"

"啊？"陈思敏一愣，"这个……习惯吧，布置了作业就做喽……"

"其实做作业也是学生应该做的事情吧,只不过上周作业确实是太多了,所以有些同学就没做完。"旁边的夏子萱接道。

"人,为什么要读书呢?"罗刻又问。

问题的范围越问越大,大到不太好回答了。读了这么多年书,反而很少想为什么要读书。"学知识?考大学?反正到了年龄就该上学喽……"

罗刻右手抓起英语书,凝视刘语明,语气低沉:"我不知道你们为什么读书,我只知道读书对我的意义是什么——逆天改命!"

逆天改命?好大的词!

"每个人先天的命运是不一样的,你对自己的命运满意吗?如果不满意,又能怎么样?大多数时候不能怎么样。出生在兰水这种小城市,贫困家庭,不论物质条件还是见识的世面,乃至追求的更高的人生意义,都与那些条件优越的人相差太远。我们先天出生的是什么家庭环境,你愿意一辈子待在这个层次吗?这种先天的局限,又是多么难以打破!

"读书,高考,在这个社会里,基本上就是改变命运的最好机会。所以我为什么学习?我为什么愿意多做这么多题?不好意思,我看见的不是题,是改命的机会!我出身贫穷,眼光狭窄,不知道其他什么能够改变命运的方法,只知道这一种,于是我必然就要把这一种抓到极限!"

众人骇然。

"会不会太绝对了?"刘语明小声反驳,"除了高考也有其他的可能性啊……"

"那你去抓其他的可能性吧,反正我就这样了。"罗刻说完又开始埋首背单词了,"Schedule... shortcoming..."

木炎看着罗刻专注背单词的身影,暗暗握了握拳头。同样出自贫困家庭,甚至自己初中读的是郊区三流中学,木炎对罗刻的话太认同了。他甚至埋怨自己,为什么这样的道理自己不能像罗刻那样早就清楚地领悟呢?

我要、我要向你靠齐!

► 第十一章 ◄

不合适的策略

自周一晚自习集体遭遇下马威补作业以后，或许是李双关和各科老师沟通过，作业量都略微减少了一点——但也就是一点点而已，保持着大多数人如果尽力而为也还是勉强能完成的程度。各科老师依旧保持严格的检查，不过完成作业的认真程度，就没法严格监管控制了。

总的来讲，随着时间的流逝，学生们也在逐渐适应高中的学习强度。又过了一两周，从学习态度上来讲，总算有些高中生的样子了，李双关暗自欣慰。当然，对于这名当了近十年班主任的老师来说，一切都在掌握中。每一届的新高一，总会有这个适应的过程。

在物理学科中，根据难度，如果说匀变速直线运动部分叫作给你点儿颜色看看，那么力学部分，就是直接泼你一身颜料了。晚饭后，教室里木炎和夏子萱争论得热火朝天，木炎更是满头大汗，激动地站了起来。

在两面墙壁中间夹着三个木块，木块 A、C 在两边，木块 B 在中间。请分析三个木块的受力情况，并画图。

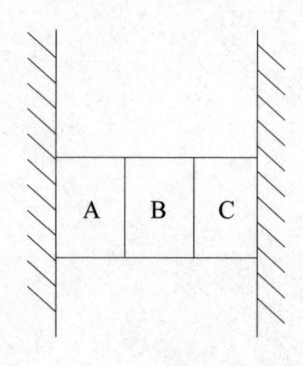

"那你说我这题怎么错了？向下的重力，向上的摩擦力，已经受力平衡了啊！"

夏子萱没好气地说："两边的木块和墙都挨到了，怎么可能没有弹力？"

"挨到了也不一定有弹力啊。"

"那摩擦力哪里来的？"

"……"

"肯定是有弹力，所以才有摩擦力啊！"

"那……那 B 呢？"

"还不是一样的啊，肯定是有弹力才有摩擦力的啊。两边的木块肯定挤到中间的木块了啊，有弹力才有摩擦力啊。"

"嗯……"木炎陷入沉思。

"这题我怎么记得你之前错过啊？昨天还是前天还问过我的。"

"……"木炎继续沉思。

不过同样的题错两遍也正常，受力分析实在是有些复杂，即便夏子萱自己也有不少题型是反复错过的。比如，一根木杆一头固定在墙上，另一头系个木块，然后对木杆进行受力分析，这种类型的题，夏子萱已经错了不知道多少次。

木炎忽而起身走向卢标："卢大神，我想问你个问题。"

"嗯？"卢标正在看几道与对数有关的习题。

"我觉得你的学习方法，好像有些好用，有些不好用啊。"

"哦？"卢标笑了笑，"你觉得哪些好用，哪些不好用呢？"

木炎挠了挠头："那个，信息输出，就是给别人讲题，好像挺好用的。我这段时间经常给刘语明和夏子萱讲题，效果还挺好的，讲完以后感觉自己理解得更清楚了。"

"呸，谁要你跟我讲题的？你自己非要拉着我讲。"夏子萱埋怨道，"刘语明都不想听你讲了，你就非要拉我讲，真是无语。"

"谁说刘语明不听的？刚才还有道指数函数的题他不会做，还是找我给他讲的呢。"木炎反驳完，又转向卢标："不过，那个分层处理，好像不太好用啊！像刚才练习册里的物理题，就是三个木块的那个，我用分层处理的方法，结果就是以为自己会做了，所以就没多想直接略过了，结果一对答案发现又错了……这种情况已经发生好几次了，我真是感觉不太好用啊。"

卢标哑然失笑："哈，你先告诉我你从哪儿听到这个方法的？我可不记得给你讲过。"

"是柳云飘告诉我的。啊，难道这是你的私人机密？"

"呵呵，秘密倒不算，但是这个方法，你可能用错了。"

"啊？怎么错了？"

卢标回头找到柳云飘，示意她过来一下。"你先说说，你是怎么跟木炎讲的分层处理？"

柳云飘对于分层处理的方法也没有完全理解，上次听卢标讲解后，回去试验了两天，感觉不得要领，也就没有继续下去。中途把这个方法告诉了木炎，没想到他倒是坚持使用，还用出了问题。

"我就是按你跟我讲的转述给他了呗。对于完全熟练、确定会做的题略过不管，只做那些不太熟练或者不会做的题，提高练习效率。快速看题，快速分析思路，如果一眼就能看出来答案的简单题就不需要具体做了，只做那些不熟悉的、没见过的题。"柳云飘边回忆边说，"就是这样的吧？"

"那你用这个方法了吗？"卢标问柳云飘。

"没怎么用，好像……不得要领吧，用了一两次，感觉怪怪的，后来就没用了。"

卢标略作思索，说道："当时跟你说的时候没有想太多，只是介绍了一下我自己使用的学习策略，并没考虑你的状态，更不知道你会把这个方法告诉木炎。今天木炎既然提到了，我就补充一些注意事项吧。

"分层处理，首先从阶段上来讲，适用于提高练习阶段，也就是新课学完后，已经进行了一定的练习，开始大量刷题、提高练习的阶段，是早就已经把相关知识点的基础概念、公式、方法等掌握透了以后才能用的。

"柳云飘，我记得上次跟你讲这个方法，是那次周末数学老师布置了三张试卷的时候。那三张试卷，就是学完了集合、函数的基本性质后的复习卷，你想想，是不是这样？

"而木炎你用这个方法解决问题——以你刚才说的物理题为例，这些是新学的章节知识，你还没有掌握基本要点，还没有到熟练提高的阶段，这时候用分层处理，是不合适的。

"从适用者特性来说，是对基础比较扎实、思维能力比较强、思维过程比较严谨的人来说比较适用，而对基础比较弱、思维比较粗糙的人就不太适用了。"

"还有这些讲究？"木炎瞪大眼睛，"那我呢？我是基础比较弱的吗？"

"你觉得呢？"卢标反问。

"嗯……应该算是吧，我初中学得不算很好。我们那儿学校条件比较差，老师讲课都讲不清楚，就知道照课本念，也不讲扩展内容。其实初中物理课里面也有力学知识，我听说，有些比较好的学校，初中的时候就已经把力的平行四边形法则讲过了，甚至连正交分解法都讲了。"

卢标点点头。"这是一部分。另外，每个人对基础知识的掌握速度、理解深度也不一样，你可能缺乏一些基础的物理学习方法，所以基础原理的理解阶段比较长，过渡到熟练刷题提高的阶段比较慢。总的来讲，分层处理这个方法，不是很适合你，更不适合你这个阶段。"

"这样啊……"木炎有点儿失望,"那我还是接着用信息输出的方法好了,这个方法好像比较适合我。"

卢标笑着点点头:"对,这个方法适合你。"

柳云飘突然插进来:"哎,等一下,卢标,你刚才说思维能力强、思维粗糙什么的,又是什么意思呢?什么样的才叫思维能力强呢?"

卢标一怔,心想这个问题倒是不好回答。自己做了接近四年的严格思维训练,从一开始不懂任何思维方法,学知识全靠原始本能,到现在熟练使用多种思维方法,并对思维问题本身有所领悟,中间的曲折与困难非常人所能想象。而思维本身的奥妙,也实在不是三言两语就能讲明白的。

"呃……这个真不好讲。"卢标边讲边想,"这么说吧,掌握一定的思维方法后,对事物的认知和思考很细致,能够辨别细微的异同、深究因果逻辑链条的,大致能算思维能力比较好的了……"

柳云飘听得云里雾里,木炎更是直接表示没听懂。

其实卢标自己对这个答案也不太满意,他也知道很难对这几个初学者讲清楚深奥的思维问题。"先不要管思维方面的问题了,"卢标岔开话题,"还是回到刚才那道题上。木炎,我教你一个基本的物理学习方法吧。"

"哦。好啊好啊!"学神要传授秘籍,木炎很兴奋。柳云飘重新集中注意力旁听。

"一个很简单但很实用的小方法——实物模拟法。"

"比如说这道物理题,两面墙中间夹着三个木块,分析受力情况。按照标准的受力分析流程和物理定律,当然也能分析出来,但是对于初学者来说呢,总觉得会缺乏一点儿——怎么说呢,物理的感觉吧。就是明明知道这样是对的,但就是感觉没有和自己的想法真正融到一起。木炎,不知道你有没有这种感觉?"

木炎思考一番:"有!还真有!就是这种很模糊,又说不清楚的感觉。"

"这种感觉产生的原因,在很大程度上是你没有把学科理论和自己的日常生活经验结合起来。你的视觉、听觉、触觉和相关的经验记忆,如果没有和理论联系起来,就会感觉比较抽象,有一种似是而非的感觉。

"而实物模拟法,就是把自己的日常经验带入到抽象理论和公式中来。比如这个题,两面墙中间夹着三个木块,这个场景我们日常生活中是不常见的,你是没有直接经验的,于是你就自然进入抽象的分析流程,陷入那种缺乏物理直觉、公式原理套不上去的境况。但是有没有其他的日常生活情景,能够替代这个不常见的场景呢?

"比如说,两面墙夹着三个木块你没见过,那么两只手夹着三本书,你该见过或者自己做过吧?"

"是啊!"木炎说着将一本物理书抛向空中,然后双手一拍,合掌将书夹在手掌间。

"你那是夹了一本，不是三本。"柳云飘笑道。

"这还不容易？"木炎说着又拿出两本书，一起夹在两个手掌中间。两个手掌与三本书，都保持与地面垂直，正如同题目中的两面墙夹着三个木块那样。

卢标点点头道："你感觉一下，自己的手发力没？"

"当然发力了啊，要不怎么叫'夹'书呢？"

"如果手不发力会怎么样？"

"书就掉了呗。"

"所以呢？"

"所以？……啊！是啊，所以墙和木块之间肯定有弹力啊！唉，这么想就简单了！"

"那中间那本书呢？"

"还是有推力——哦不，夹力啊，两边的书把手的夹力传递过去了。"

"夹力……是个什么鬼……弹力好吧。"柳云飘无语道。

卢标接着说："经过这样的实物模拟，你的感官经验就和物理理论联系起来了，时间长了就会有一种物理直觉。练习久了以后，甚至可以不用实物操作，就在大脑当中模拟实物、想象实物就行了。"

"实物模拟法……"木炎脸上带着兴奋，"太好了！又学了一种学习方法！我就是物理学得最不好了。"

夏子萱在边上悄悄旁听着。"实物模拟法……他为什么这么聪明呢，讨厌……"

易姗就坐在卢标的侧后方，一组之隔，几人对话她也全程旁观。"哇，卢标你好厉害啊！"易姗双手捧脸做花痴状赞叹。不过卢标微微一笑看了她一眼，并没有太过关注，这让她略感不快。

柳云飘回到座位，掏出物理笔记本写下五个大字：实物模拟法。她将卢标的讲述大致记录下来，又找出几道物理错题开始尝试。

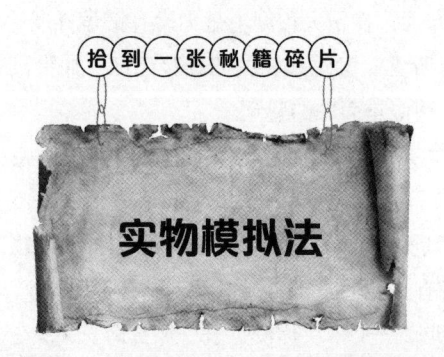

拾到一张秘籍碎片

实物模拟法

晚自习后，卢标离开教室，并没有直接回寝室，而是到操场上散步。夜晚的校园比白日多了一丝凉爽，刚好适合平息卢标内心的一些思虑。

来到这学校一个多月了，他的规划实现了吗？那些问题解决了吗？

他心头有一些焦虑，有一点儿茫然。自己是中考全市前十的超级学霸，却出于特殊原因来到了这所二流高中。他认为，以自己的能力，即便在这所二流高中，也不会有什么困难能够真正困住他。凭借他所掌握的学习策略体系，他在学习上不会遇到困难。而这所二流高中的所谓缺陷，无非就是老师水平弱一点、同学成绩差一点、学习氛围弱一点而已，对自己又有多大影响呢？他的自学能力极为强大，几乎不需要老师教。他还可以通过倡导形成合作型同学关系，相互帮助，主动塑造一个更好的氛围。

这是他选择来这所学校之前的构想。

然而他的构想并没有顺利实现。班主任和他已经出现了一次冲突，合作型同学关系方面更是一片空白，一个莫名其妙的罗刻总是和自己过不去，其他同学——除了那个人似乎有点儿意思外——也并不能给他提供什么启发，都是他在指导、教授各种方法而已。

不得不说，与自己当初构想的不太一样。

不过无所谓了。以我的水平，环境，没有那么重要，只要不影响最终结果就行了。

卢标就这样想着。不知不觉中，他的计划就放弃了一部分，退了一步。

第十二章

认真你就输了？

周五放假回家，修远要搭乘 26 路公交车。公交车会经过一个湖泊，从湖中心的一条路上穿过去，路旁两排杨柳垂着，如果有风路过它们就摆摆手打个招呼。柳树高大，湖心路大半水泥晒不到太阳，因此这十分钟的路程便显得清凉又安静。修远靠在公交车座椅上，看着窗外水面上倒映的山和云。

他有点儿累。

相对来说，这周末的作业并不算太多，加急地赶一赶，估计周日下午能做完，更何况修远已经打定主意，做一部分，周日晚上提前去学校找人再抄一部分，问题不大。但是他还是觉得累，不想和人说话。

在学校里的时候，他很健谈，一会儿和同桌齐晓峰、后座付词等人闲聊几句，一会儿又主动找易姗吹吹牛，永远在发表自己的各种见解，以证明自己的优秀。但当他离开学校以后，踏出校门的一刹那，似乎变了一个人一样，没有那么多想说的话了。

不过如果手机上提示有人发信息还是要看一看、回一回的，尤其是袁培基。

"放假了吗，修哥？好久没跟你聊一下啦！高中生活感觉怎么样？你们是放一天假还是两天假？"

袁培基，修远的初中同学、同桌，外加最好的朋友。修远陷入短暂的回忆。

自初二上学期班主任把袁培基分配到他邻座，袁培基就成了他的好朋友。那时他是班上的风云人物，班级篮球队的主力分卫，和其他班约战时经常一马当先；成绩稳定前几名，有时还考最高分，是老师的宠儿；是辩论队的主力，一时高谈雄辩、口若悬河，一时又口出妙语、风趣横生；甚至于，班上的电子竞技战队他也有参与。

而袁培基当时却非常平凡，是修远带着他不断成长的。修远指导袁培基打篮球，教他如何交叉步变向；指导袁培基学习，告诉他如何证明相似三角形，如何计算二次函数的系数。两年的同桌时光，让他们成了至交。

只是有一个问题——中考时，袁培基压着分数线考上了兰水市最好的高中临湖实验，而修远却意外落榜，去了二流的兰水二中。在修远心中，这是怎样的落寞？他不知道自己该如何面对袁培基。

不过袁培基似乎没想那么多，还是如常称他为"修哥"，一点儿没有生分。

"累。两天假。"修远犹豫了一下，打字回复。

"啊？二中的高一就很紧吗？我们这边还比较松呢。作业比较少，自由时间还比较多，跟初中变化不大。我报了两个社团。"

社团是什么玩意儿？临湖实验的学生还有闲情逸致玩社团？修远皱了皱眉头。

"我们一堆作业，老师是疯子。"

"高一的课程还比较简单啊，哪儿来那么多作业？"

"……"

"我觉得老师上课讲得比较清楚，课下练几道题就好了，压力不大。"

"可能我们这边老师水平比较差吧，讲课讲不到核心，只能靠作业堆起来。"

"不会吧，你不是在二中的实验班吗？我在这边的普通班。"

论实力，临湖实验显然比兰水二中高出一截，但是兰水二中的实验班和临湖实验的普通班哪个老师实力更强，修远还真没想过。

"明天有空没？我们聚一聚吧。"袁培基邀请道。

"好。"

"9点，秀玉？"

"好。"

回到家里，父母问了问修远在学校的境况，修远应付着答了几句，表示一定能学好，末了又提到明天上午要出去。

"干吗？"修督风审问道，"又想跑哪儿去野？"

"其实适当出去玩玩放松下也可以嘛。"妈妈江雨燕从一堆发票中抬起头来，打了个圆场。

"还放松？玩野了看他怎么收回来！"修督风不耐烦道。

修远赶紧应对道："是找一个临湖实验的同学聚一下！不是玩，是……是问一下他临湖实验的情况，嗯……用什么辅导书之类的。"这是个合理的借口，也是唯一能让父亲同意他明天出去的理由。

"嗯，好。好好找人家请教一下。"江雨燕给修远的卡里转了二百元，"别小气，要请教人家问题的，基本礼数要懂。"

夜里，修远翻来覆去，睡得不踏实。

第二天早上修远起晚了点儿，接近9点30分才到的秀玉茶楼。一个短头发、穿蓝色运动衫的男生举着手机，孤零零地坐在大厅卡座里，这就是袁培基了。

"修哥，迟到了！老实请客吧！"袁培基叫道。

修远嘿嘿一笑："没问题。你也没等多久吧，玩玩手机二十分钟一下就过了。"

"玩个啥啊，APP背单词呢。"袁培基说，"背二十几个了，希望别忘记太快了。"

"APP背单词？你平时也这么背吗？"

"对啊。我们班的风气，有手机的都这么干，零碎时间方便。"

"我们学校根本不准带手机到教室去，手机都放在寝室里。"

"管得倒是挺严啊。你说你们作业很多？"

"是啊。"修远叹口气，"唉。你点的什么？我来杯咖啡好了。"

"嘿嘿，点了个中壶的果茶，你将就着喝吧，别要咖啡了。"袁培基笑道，"就这个最便宜，一开始又不知道你请客，就点了这个。"

"又是果茶，喝一暑假了，不腻啊？"暑假时，修远和袁培基等初中同学聚会了几次，每次都是在秀玉茶楼，每次都点最便宜的果茶。

"又不是来专门喝饮料的，坐下聊聊天呗，凑个最低消费得了。"袁培基说，"高中感觉怎么样啊？有没有参加什么好玩的活动？我报了一个象棋社、一个辩论社。象棋被人家虐惨了，第二天就想退社了……想转到心理协会去，据说来了个很牛的高一新生，一来就当了副社长，把原来的副社长逼退了！哈哈，我想去见识下谁这么牛啊！"

修远叹了一口气："真是精彩的高中生活。我是没心情搞这些了，我们学校也不鼓励搞社团。"

"不会吧？应该每个学校都有社团啊。"

"我们学校社团比较少，而且社团跟高考学习无关，都是普通班的人参加，大家觉得我们实验班的人最好不要浪费时间。关键是，我自己也没心情啊——"修远又叹了口气。

"修哥，还没缓过劲来啊？这都几个月了。"显然，袁培基说的是中考失利这件事。

"唉……"修远垂头丧气苦笑道，"是几个月了，但实际上呢？暑假的时候感觉还不明显，其实正是开学了以后才更感觉不舒服，心烦得狠。"

袁培基有些疑惑："到底怎么了？你是什么感觉啊？除了作业多比较累，还有呢？"

修远瘫软靠在座椅上，望着天花板上的水晶大吊灯。他不知道自己究竟是什么感觉。不甘心？抱怨？愤怒？无奈？又或者全部夹杂在一起？自己当年的小弟上了临湖实验，自己却掉落到兰水二中，实在让修远心中感慨。

"唉，感觉……丢脸吧。自己不知道怎么面对自己。"

袁培基当然知道修远的不如意，不过那份感受不是当事人恐怕没法真正体会。"修哥，是金子在哪里都会发光的。你在兰水二中实验班，肯定是数一数二的人物啦，未必就比临湖实验的普通班学生差了。"

"我当然……当然不会比任何人差了！"修远猛地坐直了身体，"这点儿难度，随便学学就搞定了。我也真是啊，心烦了这么久，无非是当时发挥失常了而已。郁闷久了，自己都不认识自己了，我的天赋还需要怀疑吗？居然自己就这么消沉了。"

　　袁培基笑笑："就是嘛，你这么聪明的人，认真学起来，谁挡得住你啊！"看到修远似乎振作起来了，他又顺着意思鼓励道。

　　"嘁，认真就输了！这点儿难度还需要我费事？我就是太认真了，太把中考当回事了，才心烦了这么久！"

　　袁培基一时不知道怎么接话了，因为修远刚才的话中，"认真"的定义显然前后产生了变化，指代不同了。

　　修远猛地一口将廉价果茶灌入腹中，显得很豪迈。自己的天赋真的不需要怀疑了吗？随便学学就能搞定了吗？不好说，他也不愿意去细想，此时此刻，他需要说这样一句话给自己听。反正说说也没人反驳啊，甚至他也不会去反驳自己。除了前两周数学、物理、化学、英语等主要科目进行了一次单元测验外，目前也没有什么大考试，看不出成绩和实力强弱。

　　修远突然意识到，自己心烦了这么久，就是因为对自己产生了怀疑，由于中考的失利而怀疑自己的能力和天赋了。现在，他准备强行把这个心态问题扳过来。

　　和袁培基一起吃了顿自助午餐，修远下午回到家中。虽然嚷嚷着认真就输了，不过修远还是打定主意要从中考失利的阴影中走出去。

　　要发力了，要证明给自己看，我依然是那个天赋卓越的少年！

　　不过该怎么发力呢……这是个问题呢……

　　好吧，先把作业做完吧。修远决定认真把作业全部赶完，尽量不在周日晚上去找人抄作业了。

第十三章

这里有隐藏的高手？

"他盯着她看有好几天了。今天的晚自习，他出入教室门的时候，路过她旁边就会放慢脚步，盯着她看一会儿。上周也有。很明显，真的，你要相信我，这是女人的直觉，不会错的！"

易姗压低声音对前排的夏子萱说，眼神犀利。

"女人的直觉？我怎么没有感觉到？"夏子萱疑惑。

"哎呀！"易姗不耐烦地轻轻推了夏子萱一把，"这种事情我是不会感觉错的！等下你看，他马上要进来了，我保证他肯定又会看她！"

正说着，卢标走进教室。他坐在第三组，也就是教室最里面一组，他回到座位的时候会路过第一组。他放慢了脚步，太明显了，几乎是定住了，停下来转头看向第一组第二排的一个女生——百里思。

确实是太明显了，那种节奏的变化，那种默默注视的眼神，不用什么女人的直觉，心思粗糙的大汉也能看出来。

"好像是欸……这种状态多久了？"夏子萱也低声问道。

"至少一周了，反正我是从上周就注意到了，不过上周没那么明显。也许更久呢？"

"你怎么会注意到的？"

"……反正就是注意到了……真是想不通啊，你说百里思哪里好了？长得也不漂亮啊，又不会打扮，穿得也土。"

夏子萱一时不知道怎么接话了。她对百里思同学原本没什么想法，不算太熟，但也没有坏印象，易姗这样评价一个同学，似乎有些不妥吧。

"性格特别好？也不对啊，又不可爱惹人怜，很闷、很无趣的一个人啊！"易姗皱着眉头自言自语。

易姗的一切评价，当然都是以自己为参照物的。相比百里思，易姗更加漂亮，五官精致，穿着打扮也更加得体精致。要说性格，更是八面玲珑、人见人爱，初中时候就是男生们的焦点，在实验二班，她也知道有不少男生在关注自己。与自己比起来，百里思实在是个丑小鸭，而且还是注定变不了天鹅的那种。

可是卢标居然会这么关注她，真是既让人可恨又困惑啊。

"来了来了，下晚自习再讨论。"

卢标走向自己的座位——就在夏子萱和易姗左手边大约一米的地方，再讨论恐怕就被卢标听见了。易姗很自然地慢慢低下头开始做英语练习册，波澜不惊、面无表情，丝毫看不出破绽。反观夏子萱，急促地转身，节奏混乱就不说了，居然还抬头看了卢标一眼，然后再猛地低头，扯过数学试卷，手捏着笔放在试卷上没有写字。

易姗余光瞟到这一切，心里叹气：我晕，你是傻的吗？这点儿经验都没有，这不是告诉人家我们在讨论他吗？

卢标当然观察到了慌张的夏子萱和假装不慌张的易姗，但是他心里有其他事，对此并没有多想。

两周，他观察百里思已经接近两周了。从那次数学课上百里思上讲台做了一道难度较高的分段函数题目开始，他就仔细观察百里思了。那道题目很难，做出来不容易，但更重要的是百里思做题时的状态，那种高度专注、心无旁骛的状态太明显了，甚至在讲台上旁若无人地边走动边思考，台下有同学开玩笑说她在讲台上散步缓解心情，她也仿佛没有听见一样。

而更吸引他关注的点是，当百里思完成题目走下讲台时，那种全神贯注、微微低头仿佛在思索些什么的状态也没有改变。她在想些什么呢？

后面几天里，卢标就开始给了她更多关注，他发现百里思这种微微低头、神情平静、若有所思的状态几乎是贯穿全天的。有时课间在走廊上，百里思是这种低头四处踱步的状态；有时在食堂看见，百里思也是边吃东西边思考着什么，咀嚼的动作时快时慢时停，显然是被思考的节奏带动影响的；甚至有时候在课堂上也会游离在老师的讲课内容之外想着什么。实际上，那次数学课老师之所以点她上去做题，就是感觉她在下面发呆开小差了，点她上去提个醒，没想到她居然顺利地完成任务。

难道她真的是？很像，很像……卢标心里想。想不到，班上居然藏着这样的高手？我当年死活练不成、学不会的能力，她真的就有吗？不过这个想法似乎有点儿傲慢，我学不会的东西凭什么别人就学不会呢？占武不就掌握了我没有的能力吗？不能错过这个机会啊，概率太高了，太像了，要去确认一下……

夏子萱抓住一张数学试卷，愣了半天却一个字没写，脑海中思绪混乱。我为什么要关注他啊？他爱看谁看谁呗。可是……百里思有哪里特殊了呢？夏子萱忍不住侧过头去看了一眼坐在三组的卢标，又扭头看了看一组的百里思。咦，他们两个的状态感觉好像啊，微微皱着眉，低着头，专注地想问题……哎，关我什么事啊！我才不要管他喜欢谁呢！

这个不断萦绕着的念头简直要把夏子萱逼得发疯，幸好李双关拯救了她。

"把上周数学、物理、化学和英语四科的错题本放在桌子的左上角，你们继续自习，我一个个检查。"

班主任李双关走进教室。周日晚上的自习是无学科自由自习，大多是班主任看管。一般来说，班主任要么夹带点私货讲讲自己学科的题，要么就是坐在讲台上看看书、改改试卷之类的。李双关却经常大包大揽，检查学生各个学科的改错本、作业和学习状态。自从上一次"学生起义"后，李双关对作业查得越来越严了，甚至还增加了对各科改错本的检查，以及语文、英语的背诵抽查。

最可恨的是语文、英语的背诵抽查，完全随机。不知道谁会被点到，不知道被点到哪个学科，也不知道被抽到哪个单词或哪篇文章，让人完全没法准备。按李双关的解释就是，这些该背诵的内容就该随时准备好，而不是提前一天临时背诵应付。一开始还有人在周日下午提前背诵一会儿以应付李双关抽查，可是后来发现李双关不仅周日晚上抽查，甚至课间、午自习、平时晚自习也会随机抽，让人完全没法准备了——总不能不学其他学科永远准备语文、英语的抽查吧？只好老老实实地把英语单词背熟了，语文古诗词记住了。

教室里只剩下李双关翻动改错本的声音，以及发现做得不好的改错本后的训斥声。修远、付词、刘宇航、姚实易、马一鸣等人都被训斥做得不合格，要求重做。"你们几个坐在后面这一块的，集体不合格！怎么回事？相互传染啊！都重做！"

第一组最后两排的刘宇航、付词等人，一直是李双关在思考纠结的问题。这几名学生似乎表现都一般，也不知道是几个原本水平一般的人凑巧坐在了一块儿呢，还是因为有些不良的风气在相互传播所以这一块的几个人都表现不好？如果是坏风气的影响就麻烦了，可能需要拆开重新分配座位。可是分配到哪里去呢？会不会反而让不良风气扩散得更快了呢？

一圈检查下来，主要还是那几个成绩优秀的同学错题本做得比较认真——除了李天许，据自称是没有多少错题，没有好改的。也正常，他确实是班上成绩前五的选手。不过作为班级的头号种子，卢标的错题本倒是内容丰富，而且似乎用了一种很特殊的方式在改错，李双关居然没太看懂，尤其对于数学、物理的改错方式李双关没弄明白，毕竟自己也不是数学、物理老师。另外，木炎、柳云飘的态度也非常端正。

"从一本小小的错题本中，可以看出每个人的学习态度。"李双关走上讲台，清了清嗓子，"有些同学一个大笔记本，零零散散地写了两三道题，也好意思叫错题本？有些同学呢，比如罗刻，光数学一个单元错题本就做了足足15页，不仅把单元测验、日常练习的错题改了，还把自己买的教辅书当中的重点错题改了。这种态度的对比，是不是让很多人感到惭愧？今天抽查不合格的同学，明天晚自习之前重新送到我办公室去检查。夏子萱，你把名单记一下。"

夏子萱是班长，这种任务每每落到她身上。

"呼，吓死我了，还以为要不合格！"自习结束，李双关离开后，有人松了口气。

"喊，还是抽查英语单词比较恐怖，记错一个词抄二十遍！"

"错了，文言文抽查最可怕，抄整篇文章五遍，比抽查单词严重多了！"

"真是烦死李双关了，多管闲事，连数学、物理、语文都要管，不嫌累啊！"

李双关铁血权威，他在的时候压得学生不敢有任何不满，而每每一转过身就是怨声载道。

"快看快看！又来了！"易姗突然拍了拍夏子萱的肩膀急促地说，"过去了，过去了！"

夏子萱还在记录抽查不合格的人的名字，却听见易姗的催促，抬头看去，正见卢标向第一组方向走去。此时教室内人声鼎沸，同学各自忙碌，只有易姗和她关注到卢标的动向。

卢标走到百里思面前，微笑着问道："百里思同学，有空吗？我想找你聊聊。"

"干吗？"百里思的沉思被打断了，抬起头。

"没什么，想问你一些问题。"卢标继续保持微笑。

"哦，那你问吧。"

"……"

卢标的意思很明显，是要借一步出去说话，不过这百里思倒是坐得稳如泰山。

"你是哪道题不会？"百里思眼神纯澈，很认真地问。

"我晕，他哪有不会做的题啊！"后座的诸葛百象插嘴道，"他是找你出去说话！"

"啊？去哪儿？"百里思继续稳坐钓鱼台不动如山，丝毫没有要起来的意思。

卢标深吸一口气，继续保持微笑说："反正已经下晚自习了，去操场上走走吧。"

"不去。"百里思果断干脆。

"……"

卢标有点儿哭笑不得，他还真不知道该怎么处理眼前的状况。作为班级里的一号学神，一般来说他的面子是比较大的，不会存在这种叫不动人的情况，而且只是去聊聊天而已，不是什么为难的事情啊！更何况，平时从来都是别人求他帮忙，对于主动约人而被断然拒绝这事，他还真是没什么经验。

于是他就这么站着，看着。

"我怕黑。"百里思继续不为所动。

"你们两个，准备这么僵持一晚上吗？"后座的诸葛百象有点儿看不下去了，"卢标，你把人家女生大晚上约到操场上去干吗，得先说清楚吧，要不然人家哪敢跟你去啊。"

"啊？"卢标苦笑，"难道我看上去很危险吗？就是聊一聊学习上的问题啊。"

百里思摇摇头："我不怕他，我怕黑。"

"……"诸葛百象也无语了，"好吧，我想多了……我不管你们了……"

"那操场上也有灯啊，我们就在有灯的地方行吗？而且离宿舍也不远，反正等下回寝室也要经过那里。"卢标已经有点儿无奈了，语气中有请求的意思。他一定要弄清楚，他要确认，他要挖出百里思身上的秘密。

"那好吧。"犹豫了很久之后——大概是三十秒钟——百里思终于答应了卢标的邀请。

"看，他们两个出去了！"易姗又压低声音说。

"……"夏子萱不知道说什么。

"大晚上的，他们去哪儿？"易姗很不满，"你去不去看看？"

"啊？跟踪他们？"夏子萱有点儿惊讶。

"呸，什么跟踪，说得这么难听，是观察！避免卢标被勾引了误入歧途！"

勾引……太夸张了吧！"我还是算了吧……我才不管他大晚上的要去哪儿呢！"

易姗瞪了夏子萱一眼，问夏子萱的同桌陈思敏："你去吗？"陈思敏和夏子萱一个寝室，易姗平时和对方关系也还正常，她相信自己和夏子萱的对话陈思敏肯定是听见了。她想拉一个人陪她一起去。

"对间谍行业没兴趣，对卢标也没兴趣。"陈思敏果断拒绝，并且暗示，你们两个对卢标有兴趣的别拉我下水。

夏子萱脸一红："我才没兴趣。"易姗"呸"了一声，自己悄悄跟了上去。

教室里很喧嚣，操场上很安静。天高地广，云暗月明，操场上时常有凉风吹过。已经10月中旬了，夏日已过天气微凉，而百里思还穿着夏季的短袖上衣和七分裤，此时不禁环抱着手臂跺了跺脚。

"说吧说吧，有什么问题赶快问，操场比教室冷啊，怎么不在教室说？"百里思催促着。不知道是不是因为冷，她说话语速较常人似乎快上许多。

卢标面带微笑，吸了口新鲜空气，转向百里思："我观察你一段时间了——上课、课间、自习，甚至在食堂打饭的时候。我猜测，你有一种特殊的能力。"

"什么？"百里思一愣。

"思维流！"

▶ 第十四章 ◀

确认了，她是掌握了思维流能力之人！

典型的美女眼形有丹凤眼、柳叶眼和桃花眼等，百里思的眼睛显然不是。她的眼眶偏小，眉毛也不细长，睫毛也不卷翘，思考问题时还经常处于微微眯着眼的状态，从美观上来讲，更是于己并不突出的条件大为不利。但是你若细看那眼神，却会发现其中有一股强烈的凝聚感和灵气，仿佛星象固定在自己的位置而不会紊乱；仿佛星辰在夜空中闪耀，光芒微弱却不可忽视。她的脸形、身材都很普通，可是无法遮住眼眸中的光辉。每一个黑夜并不格外美好，但那星辰之光却让黑夜值得被铭记。

"思维流是什么东西？没听说过。"百里思瞪着卢标。

卢标并不觉得奇怪，思维流的名字不在公开知识体系中，一般人没有听说过也正常。重要的不是名字，而是实质，是百里思是否真的拥有思维流的能力。

"没听说过正常，重要的不是名字，而是实质。我先大概讲一讲思维流的意思吧。"卢标背靠在操场边的单杠上，双手插在白色长裤口袋里，牛仔色长袖衬衣披在身上，露出白色打底衫，眯起眼睛微微抬起头仰视黑夜，表情严肃。

"当我们学习的时候，大脑在不断地运作思考。学习的效率高低、程度深浅，在很大程度上就取决于大脑中思维的运转质量。所谓反应快、效率高，指的就是思维的运转速度快。

"而思维的运转，是很累、很消耗能量的。所以很多同学想数学题，想半小时就想不动了，觉得受不了了，要停止。或者即使强行坚持下去，也不过是人坐在那里，思维其实早已停滞，徒劳无益。那些思维运转速度慢、效率低的人，学习效率自然就低，而正常人能够保持思维较高速运转，大概只有连续十几二十分钟，顶多半小时。有些从小未经过良好锻炼的人，维持高效率只有几分钟，甚至根本无法达到思维高速运转的状态。

"但是据说有一部分人，却能够保持思维高速运转，几乎永不停歇，犹如江河之水连绵不断，这种能力，就是思维流。但是这种人是极少的，我没遇到过几个。我怀疑，你就有思维流的能力。"

卢标说完转向百里思，从深邃的夜空中抽回眼神，投向百里思的眼眸，仿佛要以此为门户直透灵魂。

"没听懂。"

"……"

卢标双手插口袋，斜靠着单杠，衬衣在夜风中微微摇摆，其造型不可谓不帅，但是场面不可谓不尴尬。

"不是吧？哪里没听懂啊？这不讲得很清楚吗？"卢标无奈道，并且心里怀疑，听了我对思维流的描述却连点儿共鸣都没有，不会是我估计错了吧？

"有一堆问题啊。思考问题的时候大脑肯定在转啊，人人都是如此吧，这有什么特殊的呢？还有如果思维流这么特殊稀缺，那我怎么没感觉自己特别厉害啊？怎么连个临湖实验高中都没考上？另外我怎么从来没听过'思维流'这个名字呢？你是从哪儿听来的啊？我感觉你的各种学习方法、思维方法特别多啊，跟个学习策略专用字典一样。你从哪儿学的啊？靠不靠谱啊？这些东西有用吗？你学习成绩好是因为这个思维流，还是因为其他的学习方法比较有用呢？还有……"

百里思的说话速度让人觉得，目前最先进的机关枪在子弹发射速度方面，其实还有很大的改良空间。

"等、等一下……"卢标不得不打断，一脸无奈道，"你这个问题迸发的速度也太快了吧，还真有点儿像思维流的状态。我们一个一个问题来解决吧。你再来一遍，这次一个一个问题说，第一个问题是什么？"

"啊，好吧。第一个问题，你这人怎么有点儿怪怪的啊，问的尽是些我没听过的问题，难道成绩特别好的都这么怪吗？好像也不一定吧？"又是一串连珠炮。

"不、不是这个问题……是刚才那个，关于思维流的……"微风吹来，卢标一身冷汗，感觉节奏要失控，"就是，你以为人人思维都在不停运转的那个。"

"哦。那你就回答这个问题吧。"

"……"

"说啊，你不是说要回答我的问题吗？"

"好吧……"卢标差点儿从单杠上掉下来，"嗯，这个思维运转的状态吧，虽然说每个人的思维都在运转，但是第一，速度未必快；第二，速度快的也不一定能坚持很久。一般人思维高速运转半小时以内就会停止，能超过一个小时，就是非常了不起的了。但是思维流，是指能够连续很多个小时不停歇的——直到晚上睡觉。也只有达到了连续不停歇的状态，才能称为思维流，而不是普通的断点式思维。"

"一般人的思维会断吗？就是人家不想思考了呗。"

"不对！"卢标正色道，"从表面上看是不想再思考了，实际上是，已经没法再思考了，强行继续效率会大幅降低。本质上就是断掉了。比如说，你碰到一个数学难题，会是怎样的状态呢？不用说我也可以猜到，不断地思考，不断地尝试各种思路对不对？这种思路不行就换下一种，再不行就继续换，直到想出来为止。可以说，对于一道题你的思维量是极大的，哪怕最终没有做出来，也是在一刻不停地不断找思路，思维永远在流动。而绝大多数人呢，却是处于卡顿、停滞的状态。当他们面对难题的时候，看上去在思考，实际上思考却是断断续续的。很多时候，其实就是在发呆而已。"

"是吗？你们都不能持续思考吗？"

"一般自然是不能的。"

"那你呢？"

"基本上……也不能。可能比一般人好些，但是绝对没有达到思维流一刻不停的境界。"

百里思伸手摸了摸下巴，若有所思："嗯，有意思。那你们脑子里在干什么呢？空的吗？"

卢标继续无语。好吧，至少比说我脑子里是水要好些吧。不过真的要好些吗？水的话，至少脑子里还有东西啊。

"也不能说是空的，只是一些杂乱的信息，没法耗费能量去组织成有效的思维链条吧。"

"那好吧。不过这有什么用呢？你的成绩还是比我好啊，思维流有什么意义？"

卢标略作沉思："从理论上说，达到了思维流境界的人，应该是学习知识速度极快、效率极高的，相应，自然是成绩极好的。所以你的成绩，一开始我也感到奇怪。当然，不是说你成绩不好啊，只不过对于一名掌握了思维流能力的人来说，应该不是你目前的成绩，你应该不仅能够上临湖实验高中，甚至到临湖实验高中都能考进前十名才对。"

百里思耸耸肩。显然，临湖实验高中前十名的水平对于她来说太遥远了，兰水实验二中前十名倒是有那么一点儿希望。

"对了！"卢标突然想到什么，"你中考成绩多少？"

"586分。"

中考总分680分，其中语、数、英各120分，物理、政治70分，化学、历史50分，实验30分，体育50分。临湖实验的分数线大约是590分，百里思差得倒也不多。

"各科呢？"

"我想想……数学119分，语文88分，英语96分，物理70分，化学49分，政治好像52分还是51分？历史40分，科学实验26分，体育46分。大概是这样吧。"

卢标边听边分析："你的特点很明显，理科科目全都接近满分，语文、英语和其他文科太弱了。可是，思维流不应该有这样的弱点啊……"他也很疑惑，对于思维流，虽然卢标有理论上的理解，但是毕竟是自己没有掌握的能力，一时他还拿不定主意。

百里思又耸耸肩："可能你所说的思维流就是理科强文科弱？好冷啊，我要回寝室去了。"说着她又抱着手臂哆嗦了一下。

"喂，别急着走啊！"卢标赶紧拦住百里思。他的问题还没有问完，甚至才刚刚开始，对于思维流，他有太多想要知道的东西了，毕竟只是传说中才有的能力，而他找到这样一个疑似有思维流的人，又岂能轻易放过。

"可是真的冷啊。"

卢标赶紧脱下自己的长袖衬衣，披在百里思身上。"这下不冷了吧？别着急，还有几个问题就好了。"

卢标的衣服对于百里思来说显然偏大了，毕竟卢标接近180厘米的身高，而百里思只有160厘米。不过将就着穿吧。"还有什么问题啊？"

"我想一想。从理论上来说，思维流的优点是让人的思维效率变高、高效学习时间延长，因此你的数学、化学等理科学科都接近满分，这正是思维流的功效。但是文科的话……思维流是让人思维能力增强的，对记忆能力的提升有一定帮助，但并不明显。假如，我是说假如啊，假如你本身对于记忆类的东西特别反感，特别不愿意去记忆的话，那么你的特殊成绩结构也可以解释。"

"是啊，我就是不喜欢背记的东西啊，文言文、英语单词之类的，还有政治、历史的一堆东西。"

"那就难怪了。"卢标释然道，"看来你确实具有思维流的能力，只不过因为本身性格，对文科的记忆类知识太反感，导致总成绩不高。数理上的优势，没能弥补文科的劣势。"

百里思不说话，一副我早就知道的样子。

"不过，有个好消息要告诉你。"

"什么？"

"在高中阶段，如果你在自由选科的时候选择理科，你的优势就会被放大。高考和中考不一样，你可以避开自己不擅长的历史、政治，不被它们拖后腿，这是第一个优势。"

"哦，还有第二个？"

"第二个优势就是，对于数学、物理、化学等科目，你的优势会被无限放大，比初中时候大得多！"

"为什么？"

"因为，初中时候的数学、物理、化学科目，难度实在是太低了，就算没有掌握思维流能力的人，稍微努力一点也能够学好。你轻轻松松考 119 分，别人努力努力考 116 分，基本体现不出来什么优势。

"可是高中不一样了，高中的数学、物理、化学，难度急剧增加。比如数学，绝大部分人会跌落到 110 分以下的水平，不论怎么努力都上不了 120 分的线。而你却可以通过思维流的能力，继续保持在 130 分甚至 140 分以上的水平，一下子 20 分的分差就出来了。物理、化学也是一样。初中物理、化学，人人都接近满分，毫无区分度。可是高中呢？你也看到了，高考物理中，学得好和学不好的人，至少相差 20 分，这就是难度提升带来的区分。

"高一的数学、物理难度，已经比初三明显高了一截，而整个高中中，高一课程又是最简单的，高二、高三还会再上一个台阶。你的优势，会越来越明显。"

"是吗？"这倒是让百里思很高兴。

"我想问问你，为什么你能够长时间思考几乎不停滞呢？"

百里思又耸耸肩："很自然就这样啊。"

"时间长了，比如说连续两小时以上，不会累吗？"

"不累啊。"

卢标一愣，持续用脑却不累？似乎说不通啊。

"真的不累？"卢标又问了一次。

"就是不累啊。大概有点儿像那种自动化运转的感觉吧，一个东西它自己在动，不需要怎么控制的。"

"自己在动？不需要控制？"卢标更疑惑了，对于思维流，他只是知道它存在，知道一些表现形式，却不知道内部原理。在他的理解里，思维是需要大脑刻意驱动的，是一定会费力的。他有点儿后悔了，当时应该多缠着老师问些思维流方面的问题的，而不是被对方一句"你离思维流的境界还有一段距离，暂时不用多想"就打发回来了。

百里思裹了裹衣服，开始四处踱步，边走边说："怎么说呢？这种感觉……就像是一个物理模型一样。你可以想象一片冰面上有一个物体，你推它一下，最开始给了一个力，后面它就会自己匀速运动了，只要没有摩擦力它就会无限运动下去。而我的状态比较像这个物体，但有微弱的摩擦力，推一下会滑动很远、很久，当然最终还是要停下来的——总得睡觉吧。只要不困，大概能够滑动七八个小时吧。"

冰面上靠惯性前进的物体？

冰面上靠惯性前进的物体！

卢标整个人都愣住了，仿佛天灵盖被闪电击中了一般。

无摩擦的运动！不需要外力的匀速直线运动！原来这就是思维流的机理吗？在使

用类比法去理解思维流的时候，卢标总是习惯性地根据"思维流"这个名字中的"流"字，去构造水流或河水的图像类比模型，却没想到，百里思用这个冰面上滑块的例子一举解开了他多年的困惑。

"天啊！思维流，不是如水一般借助高低势差而流，而是如光滑冰面上的物体一样无摩擦地滑动！天啊！"卢标惊叫着，瞪大眼睛，差点儿合不拢嘴，"无摩擦，无摩擦，这个类比是什么？难道是、难道是——"

卢标突然回忆起那个人的完整表述：

"你离思维流的境界还有一段距离，暂时不用多想。先把心智损耗处理掉，把身体锻炼好吧。"

"心智损耗！心智损耗！"卢标恍然大悟，原来当年那人竟是这个意思！并不是他不肯教，而是他教了自己没有听懂啊！"心智损耗，就是这里的摩擦力的意思啊！没有摩擦的时候，物体自然滑动，思维流自然形成！天啊！"

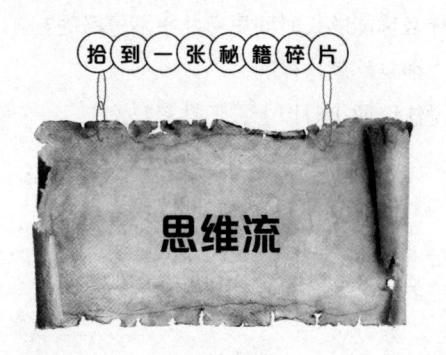

拾到一张秘籍碎片

思维流

这一晚上，卢标实在不虚此行，困惑了自己几年的问题就这样意外地被解决了。虽然只是理论上理解了，而不是自己真正学会了，但也是一种巨大的收获啊！如果不是考虑男女有别，他简直忍不住要冲过去抱起百里思了。

"你真是奇怪，这么激动干吗？"百里思显然不能理解卢标的情绪。也难怪，她又哪里知道卢标曾经在多少个夜晚独自思考关于思维流的问题而不得其解呢？这个问题让卢标心头痒痒难耐、困惑在脑海中反复萦绕的感觉，她又哪里体会得到呢？

"谢谢你，太感谢你了！"卢标真诚地感谢道，"我想要问的问题已经有答案了，不好意思，耽误了你这么长时间，我送你回去吧。"卢标作势要送百里思回寝室。

没想到百里思一闪躲，微微一笑道："别急啊，我还想问你些问题呢！你这个怪人。"

第十五章

学神的秘密

"喂，怎么样了？他们在干吗？"

夏子萱已经回到寝室，看到易姗从门口路过，赶紧叫住她问道。

"哼！"易姗没好气地说，"没走太近，远远看着。反正动手动脚、拉拉扯扯的，他还把衣服给她穿了。"

夏子萱惊得张大了嘴："不会吧？到底干啥啊他们？"易姗模模糊糊的话语让情况变得夸张，夏子萱显然无法意识到这一点。

"怎么了？你们在说什么啊？谁跟谁啊？"柳云飘和夏子萱同住204寝室，加入了她们的八卦。

"卢标跟百里思呗！"易姗走进204寝室，添油加醋地把她看到的描述了一遍。她原本隔得较远，根本不知道卢标与百里思究竟在聊些什么，而面对夏子萱、柳云飘这两个她明知道与卢标走得较近、对卢标有点儿意思的女生，此刻更是夹了不少私货，发挥了充分的想象力。如果卢标和百里思听到此刻易姗的描述，肯定要感慨，枯燥的学习并没有扼杀学生的想象力，只是把它转移到了其他领域，比如情感八卦。

"你去隔壁看吧，现在还没回呢！"易姗说。

"我才不去看，管他们干吗呢！"夏子萱低头说，声音越来越小，如同10月天气已凉、大势已去的蚊子。

柳云飘倒是个好奇宝宝，真跑到隔壁202寝室看了一眼又跑回来："百里思真的没有回来欸。"

卢标这个风云人物、大学神，与百里思这名不起眼的女生的故事，让204寝室的众女生一直讨论到接近熄灯。

"你想问什么问题，欢迎提出来。"卢标心情很好。

百里思盯着卢标，开始了自己的发问："你的这些知识是从哪儿学来的？我看你平时各种奇奇怪怪的学习方法真不少。"

"哦，这个啊。"卢标笑着说，"找了个很特殊的老师，专门学过的。我从小学五年级下学期开始跟这位老师学，一直到初三上学期，学了三年多接近四年吧。"

"这些都是什么方法呢？"百里思眼珠子一转。

"挺多的。有宏观方面的，比如流程策略，如何做好学习的流程优化等；也有微观方面的，比如如何做一道压轴题，如何审题、应用题目隐藏条件之类的。

"也有不同的维度，有从思维方法上进行提高的，比如基本的结构化思维、类比思维、对比思维等；也有从身心状态上提高的，比如精力管理、时间管理、心智调整等。很复杂，一时半会儿也说不清楚。总的来说，是一套严密的学习策略体系，包括各种思维方法，通过这些策略提高学习效率。"

"有意思，你说的这些我都没听说过。"

卢标呵呵一笑："是比较少见，我也是有特殊机缘才学到这些东西的。"

"听说你中考的时候是全市前十名，那你怎么没去读临湖实验高中呢？那边肯定更好啊，他们的普通班恐怕比我们实验班还要好。"

"这……"卢标有点儿尴尬，"这个是私人秘密，还是不说了吧。"

"哦。那其他像你这种全市排名靠前的学神都是有这些很厉害的学习方法吗？他们都专门学过吗？"

"那倒也不是。学习学到特别顶尖的水平，有时候也靠天赋吧。有些人就是天生太聪明了，智商过高，什么学习方法都不懂，但是轻轻松松随便学学就学好了——可是这种人是极少数，可能万里挑一吧。不过虽然是极少数，但是在全市前几名里面，也就不罕见了。

"还有些人学到顶尖，是自己偶然悟出了一些学习方法，或者不知道什么原因天然就懂一些精妙的方法。比如，你不就是天生有思维流的能力吗？"

"我又不是顶尖学霸学神。"

卢标笑笑："未来说不定就是了呢。你的思维流能力太 bug 了，真的是潜力无限。如果能把文科的弱点克服了，说不定能成为兰水二中历史上第一个考上清华、北大的人呢。"

"啊？这么夸张？"百里思惊讶道，"像我这种自带学习方法的人很罕见吗？"

"确实很罕见。每个认真学习的人都或多或少有那么一点学习感悟和经验，但是要说自带高层次的学习方法，确实是极为罕见的。一般人，能够自发领略一点结构化思维、背单词技巧之类的东西就很难得了，也算是百里挑一，而像思维流这种高层级的能力，基本是不太可能见到的。在我这么多年的经历中，天生掌握高层级思维能力和学习能力的人，我只遇到了三个——你就是第三个。其余的人，大多是从外界习得的。"

"这样啊……那会不会是兰水二中比较少,到临湖实验那种重点高中就比较多了呢?"

"临湖实验的学生中,也许会稍微多一点吧,但是绝对不会有很大差距。优秀的学生之所以优秀,95% 以上是因为后天的教育条件和资源更为优质和丰厚,而天生的聪明并不占主要因素。兰水二中加上你,我已知有两人是在未经学习的情况下自发领悟了高级的学习能力,已经是很罕见的了。"

"哦?另一个是你吧?"

"不是,我说过了,我就是属于后天习得的。"卢标眼神略微向远处瞟去,"另一个人,在实验一班。"

百里思略作回忆:"是那个叫占武的吗?"

卢标点点头。

"他也有思维流的能力?"

"啊?不是哦。"卢标解释道,"我猜测,他的能力应该和你不一样。据我所知,思维流这种能力,很可能整个兰水市不超过三个人有,而你正是其中一个。"

"真有这么夸张?"

"嗯。不过,今天只能确定你具有思维流能力,是否发展完善、能否发挥最大威力,暂时还不确定。"

"哦。那占武呢?他的能力是什么?"

卢标叹了一口气:"我只能做些猜测。我对他的了解有限,也跟他沟通过几次,但是并不特别详细。有些信息也是从旁人那里听到的。所以虽然可以分析一二,但不敢肯定。我猜测,他的能力应该是——思维爆发。"

"这是什么意思?"又一个新名字,让百里思越发好奇。

"意思是,他的大脑思维,可以在基本不需要预热的情况下,瞬间爆发出极高的运转速度,如同一个脉冲一样。

"一般人的大脑,从放松散乱到集中专注,是需要有一个过渡时间的,需要慢慢来进入状态。比如,你一开始在做几道简单的题目,突然遇到难题,大脑会有些不适应,依然保持在一个较低水平的思维效率。然而不论是考试、做作业还是上课,每一道题的练习时间都是有限的,可能你的思维还没有进入最高运行效率状态,练习就已经结束了。久而久之,一般人的大脑就没有得到充分的锻炼。

"但是占武不同,他基本不需要预热时间,从面对最简单的题的低耗状态,到面对高难度题目的巅峰状态,基本可以无延迟切换。每一次面对高难度知识点,他都会拿出巅峰状态来,相当于他的大脑永远得到了最佳的训练,于是他越来越强,优势越来越大。

"这种能力,在最开始的时候表现的状态是,能够突然变得非常专注、精神超高度集中，在数学、物理的压轴题方面有很强的杀伤力和突破力。不过这都是我初中阶段，尤其是初三上学期之前了解到的。最近跟他的一两次对话，我感觉他的能力似乎又有所变化，所以也不完全清楚了。"

"哦。你跟占武是什么关系呢？初中同学吗，还是一般的朋友？"

"初中同校，都是长隆实验初中的，但是在不同的班。我跟他认识，算是熟人，但可能不算朋友吧——他这个人还是有点儿怪怪的，摸不清怎么跟他做朋友。好像他也没什么朋友吧。"

两人又闲聊了一些其他问题，眼见要关门了才返回寝室。

一直以来，百里思都是闷头学习，沉浸在自己的世界里，对外界关注很少，今天与卢标沟通也让她增长不少见识，一路上都在回忆思考卢标讲解的内容。"思维流……发展完善……最大威力……思维爆发……"百里思就这么低着头一路走回寝室，直到从204寝室门口路过时，易姗、夏子萱、柳云飘等人突然嚷道："她回来了！"

易姗眼尖，立刻叫起来："这是卢标的衣服？"

"哦，忘记还给他了。"百里思轻描淡写，"好晚了，我回去睡了。"

易姗、夏子萱几人面面相觑，各怀心思，一夜没睡安稳。

就在隔壁单元楼寝室，卢标也未能即刻入睡。思维流，当年听到自己的老师提起这种能力时他就向往不已，而随着自己的思维能力不断发展，对这顶级境界的羡慕不断加深，可惜未能走到那一步就因一些意外中断了跟老师的学习。这是他第一次见到拥有思维流能力的人，怎能不兴奋呢？可是他又有诸多疑惑，百里思的能力是天生就有的呢，还是后天因为某些机缘而逐渐形成的？她对思维流的掌握达到了什么境界？思维流本身又分为多少阶段？思维流带来的这样强大的脑力效果，本应该也能够促进记忆力，可是为什么在百里思身上没有出现这样的效果？还有……

一个又一个问题、思绪在脑海内翻腾着，卢标感到时间已经很晚了，再这样放任大脑意识自发流动，恐怕今夜就没法休息，进而影响明天的上课状态了。卢标平躺在床上，摆正身姿，全身放松，将杂乱的念头强行压下去，又连续深呼吸几次，冲淡了激动的情绪，并将意念集中在鼻端，逐步放缓呼吸。

不一会儿，神思安宁，气息均匀；又一小会儿，睡意袭来。几年前卢标学习奥数时，有一段时间大脑活跃到影响睡眠，每晚难以入梦，正是这套呼吸冥想法的练习让他安定下来。到如今已经可以熟练操纵，十分钟之内必能睡着。

意识停止之前卢标最后闪过一个念头：这几日对身体的控制力略有降低，需要想些办法了……

▶ 第十六章 ◀

很烦人啊，对数！

"你看看，这件事怎么处理吧，我们几个老师稍微研究了一下，最终还是要你来定。"

"严老师说笑，你是年级组长，我是副组长，最终决策当然是你了。"李双关端起茶杯吹动茶面，一缕白气惊慌四散。

"嗐，我这组长不过是资历老，校领导给点儿面子罢了，谁不知道你是学校的骨干老师、马校长眼前的红人。"实验一班班主任严如心一摆手。

"哪里哪里，您可是省级优秀教师呢！"

"那你还是省级优秀班主任呢！"

"那是马校长照顾……"

"行啦行啦！"严如心无奈道，"咱俩别相互吹捧了，赶紧把事情解决了！说吧，你什么想法？"

李双关略作沉思，道："这件事情，先琢磨琢磨他们的动机。七中提议来一次八校联考，都等不及期中，非要月考就进行，很着急。我们学校高一没有月考的习惯，他们就提出只进行语文、数学、物理、英语四科联考，用单元测验代替月考。"

严如心点点头。

"这种行为呢，乍一看，简直是有病，莫名其妙。我们先想想他们为什么不等到期中，非得提前。我猜测啊，很可能有两个原因。第一，七中这次提出来的是，只进行学校的实验班联考，计算前六十或前一百名的学生成绩——根据各校实验班人数而定。而期中是全市统考，所有学生算分，所以他们不想等到期中。

"第二呢，期中考试全市联考，临湖实验可能也会参加并计算成绩了。他们有可能想要避开临湖实验。"

"猜测合理。"严如心点点头，"不过对他们有什么好处呢？"

"有可能是想博一下，做做样子给领导看。教育局牟局长向来鼓励我们几个民办学校在教学上相互促进，七中罗校长可能是对自己有信心，认为只要临湖实验高中不参与，他们就有机会出头，把我们压下去。"

"做梦！"严如心不屑，"就他们学校，还有胆子跟我们比？差距这么明显。"

"是，差距明显，而且越来越大。不过想想情有可原。在我们二中崛起之前，七中和三中是第二档的领头，七中还稍强一些。这些年被我们压下去，越甩越远，心情肯定不好，一直想找机会翻盘。

"今年他们6月招生的时候又想了个招，搞了个所谓的'雄鹰班'，这你知道吧？"

"知道，就是把那些家庭贫困的优等生拉过来，免一切费用。这算什么招？我们学校不也有吗？"

李双关摇摇头："不一样。我们是对个别贫困的优等生有减免政策，而他们是把贫困生当成一个概念打出去了。一方面，寒门逆袭在社会舆论中显得很励志；另一方面呢，他们对贫困生家长宣传的时候说，一个班都是这样的贫穷人家爱学习的孩子，有凝聚力，不会相互歧视，不会受到富家子弟的刺激，能够互相体谅、专心学习，比普通的班级更好。以此为概念推出去，据说他们确实招到了一些不错的学生，很多是从兰水市下面的县、镇上拉过来的，还有个别是过了临湖实验的线到他们那里去读书的。"

"那他们传统的实验班呢？"

"也还在办，一个实验班，一个雄鹰班。好像是实验班四十五个人，雄鹰班三十个人。"

"那也没用，他们那个校风，那个教学水平，好学生给他们都糟蹋了！"严如心继续不屑。

李双关点点头："没错。不过，这可能还是稍微有点儿效果吧，以至于在他们罗校长的眼里，居然能和我们的实验班一比了。可能是真的着急了，要博一下。"

"博？博什么？"

"有传闻——虽然不确定，但是我确实听一些领导提起过——过几年，兰水市可能要迎来第二个省级重点高中的指标。"

严如心一惊，这可是大事。

"给我们？"

"理论上应该是给我们二中，但是不完全确定，我们目前的水平离省重点还略有差距，但是我们发展很快，说不定两三年后能够达标呢？问题是七中也想抢这个指标。如果不是我们异军突起，这个指标可能就是七中的了。好像八年前就有一次机会，让兰水市多一个省重点，当时就是七中作为首选，不过硬实力没达标，指标又收回去了。现在第二次指标若发下来，通过的概率很大，七中可能忍不住想要博一下。"

严如心捋了捋思路："你的意思是，他们搞了个雄鹰班，觉得效果还可以，想要把实验班单独拉出来联考，觉得能把我们的实验班压下去，然后在牟局长那里证明下实力？"

"差不多是这个意思。这种小动作，估计他以后会经常搞——如果我们不把他的想法彻底打压下去……"

"不理他就完了呗！爱怎么闹就怎么闹，一本率连30%都不到，又没实力又爱折腾，真是……"

"其实，仅仅是联考一下，倒是无伤大雅，跟我们的单元测验合并在一起就好了。用实力说话，让他头两次小动作受到打击，断了念想，以后也就不来烦我们了。"

严如心点点头："也好。"

"不过，我们也要做些准备，让学生们好好复习下。当初七中的雄鹰班创立，是受到牟局长表扬了的，如果不早点儿把七中压下去，这个雄鹰班的概念恐怕在牟局长那里就算是坐实了。所以这次联考不能大意，不能像真的单元考那样轻视。不能给七中翻身的机会。"

"那好，就这么办了！"几个民办学校之间的一次小小争斗就这么展开了。

"还不走？"付词疑惑道，"一个小联考而已，居然把你吓成这样？"

在他的眼里，晚自习时间已经结束了，修远居然还在教室里做题，这实在是太不正常了，简直如同木炎、罗刻等勤奋学习的代表一样。按修远的习惯，甚至应该提前几分钟就悄无声息地溜掉才正常。而修远改变作风的原因，付词猜测应该就是老师刚刚宣布的临时和其他学校进行一次校联考的消息了。

不过他没有留意到，修远最近一两周其实已经比刚开学时认真了不少，与这次临时宣布的联考消息无关。在寝室里，修远也稍微沾染了一丝那些刻苦学习的同学的仙气，有时学习到晚上11点熄灯才睡觉。当然，与罗刻那种熄灯后还能端个凳子到厕所门口的灯下去看书的狂热者不同，修远的努力也就仅限于此了——但也依然较之前吊儿郎当的态度大有进步。

"你们先回去吧，我把这道题做完再走。"修远皱着眉，头也不抬地说。他现在有些烦躁。

若实数 a, b, c 满足 $\log_a 2 < \log_b 2 < \log_c 2$，则下列关系中不可能成立的是（　　）。

A. $a<b<c$

B. $b<a<c$

C. $c<b<a$

D. $a<c<b$

这道题他已经思考了十分钟，对于选择题来说，算是很长了，然而头绪很乱，简直令他回忆起小时候把七八个毛线球缠绕在一起死活解不开的绝望。显然，要考虑 a、b、c 三个数是大于 1 还是小于 1，分类讨论，可是具体怎么分？……那股要撕碎试卷的冲动逐渐变得不可抑制。

然而也要强行忍住。连个小题都搞不定吗？初中时压轴题尚且不惧的威猛哪儿去了？！他瞟过周围的人，同桌齐晓峰空在那里没做，后面的付词、刘宇航等人倒是填了，但估计是蒙的，以他们的水平不太可能做得出这个题——连他自己都够呛，他们又怎么行呢？他甚至又问了前座的诸葛百象——这算是个成绩比较优秀的了，也不会做。

没办法，重新画个图试下吧。修远撕下第四张草稿纸，重新画了起来。假设 a、b、c 都大于 1，那么应该是 $a>b>c$；如果 a、b、c 都小于 1，那么同样是 $a>b>c$。搞了半天，还是只排除了一个 C 选项。如果 a、b、c 中有一个数大于 1，两个数小于 1 呢，又该怎么办？

烦死了，烦死了，烦死了！

修远不断在草稿纸上试错，可这多种情况搅和在一起，理不出头绪。烦乱之中，只听到木炎的声音："……就是 a，b，c 排序的这个题，怎么做啊？"

"我也想了很久，不会做！"这是柳云飘的声音。

抬头看去，只见木炎和柳云飘又围在卢标身边，恭恭敬敬地请教。看来卢标会做这道题——没什么好惊讶的，但很可恶，自己做不出来已经很可恶了，卢标会做就更可恶了！修远强忍住烦躁，疯狂地在草稿纸上画出各种各样的对数图像。abc，acb，bca，bac……

啪地一拍桌子，做出来了！经过无数次尝试，耗费了六张草稿纸，终于试出了选项 B、C、D 中的三种情况，只有 A 选项没有出现过——一定选 A 了！修远长出一口气，这种题，还是得有点儿运气啊，试多了，还是能试出来的。

至于卢标是怎么做出来的，修远已经不关心了——他做得出来，我也做得出来，我会比他差？唯一后悔的是，找到答案的那一瞬间太激动了，拍了一下桌子，显得自己好像很勉强地做出来这道题。其实应该不动声色、面无表情才对嘛——以自己的天赋，难道做出来很惊讶吗？只不过是今天状态不好卡了比较长时间而已，改天状态好了，轻松"秒杀"不在话下。

总之，只要得到了答案，修远也算是对自己有个交代了。收拾好东西，回寝室睡觉喽！

柳云飘瞪大眼睛看着卢标画的图，木炎也死死盯住草稿纸不吭声。

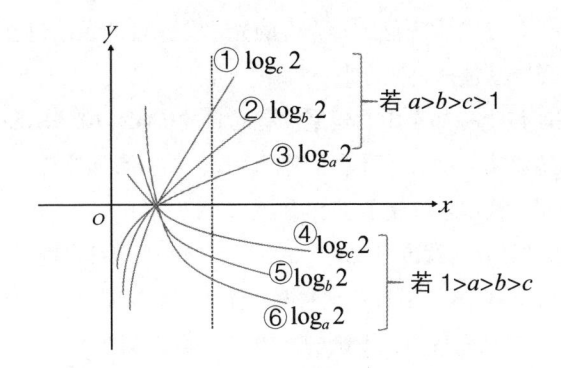

[图：坐标系中六条曲线，从上到下依次标注]
① $\log_c 2$
② $\log_b 2$ ⎫ 若 $a>b>c>1$
③ $\log_a 2$
④ $\log_c 2$
⑤ $\log_b 2$ ⎫ 若 $1>a>b>c$
⑥ $\log_a 2$

"就这一张图就搞定了？这么简洁？"柳云飘不敢相信。

"看起来跟我们应用的原理是一样的啊！怎么我刚才画了很多张图，就是找不出来答案呢……"木炎困惑不解。

卢标淡淡一笑："你们的图是分开画的，要点分散，没有把条件集中起来。我这张图的特点是，把所有情况集中在一张图上，这样看起来就非常清晰了，只剩下简单的排列组合就好了。从上到下 6 条曲线，依次为 1~6 号曲线。为了实现题目中的条件，只能有这几种组合：654、651、621、321。于是很快就得出答案了。这种简单的小技巧，就叫作图形叠加。"

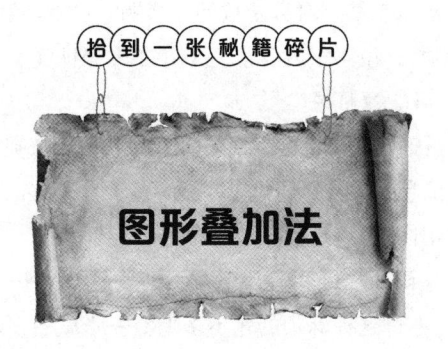

拾到一张秘籍碎片

图形叠加法

"只把图像集中起来就有这样的效果吗？"柳云飘喃喃自语，"好像确实更容易懂了啊……"

"这个方法一定要记好了，我感觉对指数和对数函数的题目非常适用啊！经常有各种图像问题。"木炎声音中带着兴奋，又飞快地掏出笔记本记录起来。

时间较晚了，卢标没有对木炎和柳云飘详细讲解为什么把图像集中在一起就会有更好的理解效果。一方面，这涉及可视化思维的根本原理——工作记忆方面的知识；另一方面，各种细节问题也很烦琐，讲解起来没完没了。比如，什么题型可以用这种方法？如果图像太多会怎么办？哪些方法可以和这种方法结合起来用？……

由于木炎和柳云飘问问题占用了不少时间，当卢标离开的时候，教室里已经没有几个人了。空荡荡的教室非常安静，日光灯的光芒被深夜的黑暗包裹起来，似乎逐渐抵挡不住，要被那黑暗从窗户突破进来一般。

只有罗刻还在座位上稳如泰山，丝毫没有起身的迹象。柳云飘和木炎整理记录好了卢标的方法，深感疲倦。柳云飘看着罗刻不动如山的身影佩服道："罗刻，你真是厉害，还能坚持刷题呢，我都累得受不了了。"

罗刻头也不抬："还行，我准备10点50分走，11点熄灯之前回去。"

"罗刻好样的！我最佩服你了！这次联考，你肯定名列前茅。"木炎赞叹道。

长时间的学习一定是疲劳的，不论柳云飘和木炎多么勤奋，也总会迟疑：需要这么努力吗？这个题不做行不行？少学二十分钟可不可以？实验二班在李双关的严苛管理下，作业量大，抽查严格，惩罚措施重，许多人都会产生疲倦。但对于柳云飘和木炎来说，每每看到罗刻那种超越常人的勤奋，自己的信念总会变得更加坚定一些，仿佛受到了无形的激励。和这样的同学一起学习，似乎连疲劳都会减轻一些。

不过他们有一点不明白：同样是热爱学习的人，为什么罗刻和卢标会这么不对付？

柳云飘回到寝室时大约10点30分了，正碰见夏子萱和赵雨荷在讨论数学题。赵雨荷认为指数函数与对数函数的相关内容不算复杂，这次联考的范围刚好到对数函数为止，并无难度；而夏子萱却觉得不可轻视。

"我觉得还是跟状态有关。对数函数的很多题，虽然不算太难，但是思路很复杂，很容易错，若状态不好，说不定就要卡上十几二十分钟呢。万一选择填空题里面遇上两三道这种题，也有可能翻船呢。"

"怎么会？除了压轴题，怎么会十几二十分钟做不出来呢？"

"比如今天数学试卷上的选择题第十一题，就要花很多时间啊，甚至如果状态不好的话，还有可能做不出来呢。"

"哪道题啊？"赵雨荷边问边翻出试卷，"哦，这个……这个题确实有点儿麻烦，分类讨论要好多种。不过这种麻烦的题不多吧？一张试卷顶多一道，算是选择题里面的压轴题了。"

柳云飘呵呵一乐，这不正是刚才卢标讲解的那道题吗？"这题我有简便解法，两分钟就做出来了哦。"

"真的？"夏子萱和赵雨荷都是一惊，自己做了接近二十分钟的题，柳云飘居然两分钟就完成了？

柳云飘接过赵雨荷的纸笔，微笑着画出了刚才卢标教的图，既帮助了同学，也复习了卢标所教导的内容。这本身又是几个星期之前卢标所教的另一个学习策略——信息输出，通过教授别人来学习。一遍讲下来基本顺畅，说明柳云飘真的掌握了。

夏子萱惊得合不拢嘴，赵雨荷眯着眼睛思考了好一阵子。"太简洁了，真是两分钟就做出来了。"说着又不怀好意地一笑,"肯定是卢标教你方法了!"

"你怎么知道?"

"嘿嘿,方法太厉害,你恐怕想不出来吧。而且,你和卢标一天到晚走得这么近,他教你的最合情理。这种简洁的方法,也只有卢标想得出来吧。"

"啊?别乱说话,我哪有?上次不是说卢标对百里思有点儿意思吗?"

赵雨荷耸耸肩,不再把话题接下去,而是再次拿起柳云飘画的图研究起来。

夏子萱突然失神。卢标这么聪明,想出来这样简洁高效的方法并不意外,自己真的有能力和卢标比吗?可是自己又为什么要和卢标比呢?记得刚开学时,自己对卢标的态度是和班上众多女生一样的,怀着崇拜的情愫,然而她又清晰地感到自己莫名地就是有一种不服气,想要和卢标比一比的情绪。这混杂的情绪让她觉得迷茫又疲倦。

百里思,百里思,你到底有什么好,居然能让卢标对你着迷呢?

赵雨荷只顾着思索卢标的解题方法,柳云飘却注意到夏子萱的失神。已经很多次了,每每提到卢标,夏子萱的反应总会有些不正常,眼神中有失落,又略带一点点委屈。她能够猜得出来,此刻夏子萱一定在想关于卢标的事情,甚至可以猜到,或许还连带着百里思也在夏子萱的脑海里游荡。

围绕着卢标,关系变得有些复杂了。

▶ 第十七章 ◀

小联考

10月下旬的一个周三，全市六所高中就语文、数学、英语、物理四门科目展开小型联合考试。参加联考的学校为二中、三中、七中、外国语实验高中、九中和十五中，每个学校派遣自己的实验班学生参加。临湖实验高中作为老大自然不屑于陪这些与自己实力差距巨大的小弟玩耍，原定要参加联考的十六中和二十一中作为兰水市高中的垫底，后来也临时反悔，懒得凑热闹了。

高一尚未选科，语、数、英三门作为高考的必选科目自然在联考的内容里，单独加了一个物理学科显得有些突兀，不过这是作为主办方的七中强力提出的，兰水二中没有提出异议，其他学校也就跟随了。

考查范围是语文必修一前三单元内容——原本定为全册内容，但考虑到九中和十五中教学进度较慢，所以减少了一单元；数学考查至必修一对数一节；英语为必修一前三单元；物理为必修一的前两章——实际上七中和二中都已经学完第三章力的相互作用，但为了照顾其他学校的进度，只能减少联考内容。

可以看出来，这次联考的内容与兰水二中本身的教学进度并不太相符，并不能进行集体准备，否则会耽误正常教学进度，于是应对联考在很大程度上就看学生自己的复习程度了。

从地面上以初速度 $2v$ 竖直上抛一物体A，相隔时间 t 后又以初速度 v 从地面上竖直上抛一物体B，要使A、B能在空中相遇，则两物体抛出的时间间隔 t 应满足的条件，下列正确的是（　　）。

A. $v<gt<2v$

B. $gt>4v$

C. $2v<gt<4v$

D. 条件不足，无法确定

修远的习惯是，考试之前一定得做几道题——万一碰到原题了呢？对于小测验尤其如此，因为考试范围小，蒙到原题的概率更高。上面这题，或者类似的题，他认为很有可能会考。

"怎么处理呢？估计要用图像法解题，但是怎么画不清楚……"修远还在烦躁。看了看手机，离考试时间只有十五分钟了。

"哟，这么勤奋啊！都要考试了还在做题？真是士隔三日即更刮目相看啊！"临考前做几道题明明不是坏事，不过付词却能挤出嘲讽的语调来，还双手比画出眼保健操中"轮刮眼眶"的动作表示刮目相看。

"去你的，随便做做而已，别吵我！"修远没好气道。自己捋不出这题的思路已经够烦了，还要被嘲讽，心情大为不爽，更无心冷静思考了。"肯定是因为好久没做匀变速直线运动的题了才一时没了手感。"修远一边自我安慰，一边急切地翻到答案处。

呵！两个上抛-落体图叠加起来就有思路了。一看到答案，修远立刻就受到启发，之前凌乱的思路瞬间整合并理解了。尽管花了十分钟没有完成题目，但看答案十秒钟就理解了，修远对自己的反应速度还是很满意，心想：之前做不出来果然是时间间隔太久了缺乏手感，其实底子还是在的。

几分钟以后，物理老师周萍裹着一沓试卷走进教室。"虽然是一次小测试，但是大家还是要认真完成啊！毕竟是联考，关系到我们二中实验班的脸面呢。试卷发下去，开始考试吧！"不知为何，就连周萍那棕色的大波浪鬈发都给人一种这考试不那么正规的暗示。

半小时后，众多学生都感觉到这试卷并不算难，至少选择题没有太多花哨。修远更是无比兴奋，因为选择题第八题——单选题的小压轴题，正是考试前他看的那道题。

毫不犹豫地，修远选了C。修远四下瞟了几眼，同桌齐晓峰，后座的刘宇航、付词，还没这么快做到第八题，而前座的诸葛百象正卡在第八题埋头苦算，看样子也不是一时半会儿能够解决的。这让修远不禁心情大好，后面的题越做越顺畅。

英语测试修远考得一般，他自己也不觉意外。这段时间以来，修远的主要精力还是放在了数学和物理上，英语上没有分出太多精力。在修远的眼里，英语无非就是一些背记的内容，没有太多技术含量，远不如数学、物理这种学科能够体现出真正的实力。如果愿意，他可以随时更认真刻苦一点，快速把英语成绩提上来——无非是多背几个单词，多熟悉一下语法而已。

修远又觉得，语文在某种程度上与英语类似，诸多文言文、古诗词背诵，是靠背记的死功夫。虽然阅读理解能体现一部分实力差距，但也多涉及一些常识和语感而已。唯独作文能够体现一点儿水平，不过也离不开各种材料的记忆——没有背诵好的材料，又怎能写出好的作文呢？

阅读下面材料，按要求作文。

自1978年正式出版以来，《现代汉语词典》（以下简称《现汉》）先后经历了5次修订。在2012年的第6版中，人们发现：第一，尽管名为"汉语"词典，却收录了"NBA""MP3"等200多个西文字母词，《现汉》似乎变得不纯了；第二，像"入围"，它本来是"入闱"的错误写法，现在却被赋予了人们常说的意思，作为一个新词条与"入闱"平起平坐了，《现汉》似乎开始向不合理"妥协"了；第三，"粉丝""宅男"等词居然也被收录进来，《现汉》似乎"放下身段"，变得更加现实了……

有人认为这样的修订并不成功，像这样的变化令人担忧；有人说，这种事也不得不这样，总算给了个说法；有人说，大家都这么用，习惯成自然，自然即合理；有人说，社会发展了，有些东西该变就得变……

上述争议或类似现象，带给你怎样的感受和思考？请在材料含义范围之内，自定角度，自拟题目，自选文体（诗歌除外），写一篇不少于800字的文章。

无论如何，真正能够体现自己实力的就是数学和物理了。物理已经考完，还算顺利；等写完这篇作文，就要迎来自己的强势科目——数学了。

《与时代共同进步》——修远略作思考，想出了这个题目。按照修远的想法，语言需要与时代共同进步，不能故步自封——自然是核心论点了。不过拿什么案例来证明这个论点呢？没有背诵大量案例的劣势体现出来了。好像很难找到跟语言进步有关的案例啊，倒是想到了一些乱用语言的案例，比如"小姐"从大家闺秀变成了特殊的职业，搞得对普通年轻女性不知道怎么称呼，只能见女性就喊"美女"，而见到美女就只能喊"女神"，称号错乱出了多米诺骨牌效应。幸亏国内的女娲、国外的雅典娜等不会显灵维权，女神什么的也就随你乱叫了。

几分钟以后修远实在想不出来什么好的分论点和案例了，只能叹了口气：算了，换个题目吧。于是在试卷上写下《语言的迷失》，中心论点也随之变成了"语言不可随意乱改，否则会导致意义混乱，引起使用的不方便"。这个并不是修远的本意，他心中依然认为语言就是应该不断变化和进步的，然而找不到案例材料，作文写不下去啊！只好委曲求全选了个相反的角度，想想也是忒没有骨气了。

数学考试放在了晚上的数学自习，这也是当天的最后一门考试了。对于年级高层的心思学生们全然不知，只知道来了一次难度不那么大的联合考试，有点儿莫名其妙的感觉。不过，数学作为高中难度最高的学科，再简单也不会简单到哪里去。至少，压轴题不会那么简单。

已知函数 $f(x)=x+\dfrac{a}{x}+b$，其中 a，b 是常数且 $a>0$。

（1）用函数单调性的定义证明 $f(x)$ 在区间 $[0, \sqrt{a}]$ 上是单调递减函数。

（2）已知函数 $f(x)$ 在区间 $[1, 2]$ 上的最大值为 5，最小值为 3，求 a 的值。

这道题，就是本张试卷里唯一略有难度的题目。第一问依然可以轻松做出，第二问得分类讨论，就要考查思维的清晰度了。

压轴题最后一问，一般人即便不做也就损失 4 分。当然，这一次的压轴题只有两问，所以是 6 分。这是一般人能够承受得起的损失，所以真正对压轴题有所追求的，无非就是卢标、李天许、赵雨荷、陈思敏、罗刻、修远和诸葛百象等成绩较优越的人。

这是数学试卷的最后一道难关，也是今天的最后一道难关。考完之后，就进入自由晚自习，可以稍微放松些了。

这种题，基础略扎实的人都知道要分类，可是具体怎么分，依然要花点儿功夫。无论是修远、罗刻还是诸葛百象，都在纸上疯狂地演算，教室里充满了纸笔摩擦的沙沙声。天气不热，但不少人的额头上渗出汗水，顺着鬓角流淌到试卷上。

不知过了多久，唰的一声，有人翻卷了。

众人心一惊，他们都知道这个翻卷的声音意味着什么——最后一题完成，回头去检查前面的小题了。这声音是一种宣告，是新大陆上第一个征服者插下的旗帜——我是第一，我能更快地完成压轴题。

谁是这第一个翻卷的人？

答案只有一个——卢标！

罗刻与修远各自暗暗叹了口气。

又一会儿，李天许第二个翻卷，也不检查，直接交卷就出去了。数学老师金玉玫眉头微皱，这种不检查的习惯她可不赞成。接着，陈思敏翻卷，诸葛百象翻卷，唰唰的声音密集起来。金玉玫巡视班级里众人的状态，暗暗点头。

终于，修远翻卷了。他很想像李天许那样不检查直接交卷——初中时他就经常那样做。不过他也知道，自己前面的小题有部分做得很急，难免有计算错误，最终还是耐着性子检查了两遍。

晚上 8 点 40 分，数学考试结束。金玉玫收好学生试卷，语调平缓地说："今天考了一天试，大家都累了，班主任李老师有事走了，我代他通知一下，这次联考后天出成绩和本校排名，下周出联考排名。现在可以休息到 9 点 10 分再上第二节晚自习。"

四门课程的考试，一天内密集完成，实在是比正常上课更累，很多人立刻就趴在桌上睡了起来。卢标看了看时间，略作思索。这一天密集考试下来已经头昏脑涨了，如果想在 9 点 10 分到 9 点 50 分的自习中继续保持效率，一定需要休息一下换一换脑子了。他决定起身去走廊上透透风。

走廊上，有一个落寞的背影。那人抬头看向远处夜空，淡黄色的月亮泛着幽幽的光。光影之下，那人一时抬头凝视，一时又猛地摇摇头，仿佛醉酒的人强行让自己清醒一点。卢标再往前走两步才看清，这人原是诸葛百象。

"百象，在这儿发愣干吗？"卢标问道。诸葛百象的眼神中透着疲倦，又携有一丝无奈，卢标不免猜测，大约是考试没发挥好吧。

开学两个月来，柳云飘、木炎常常围着卢标转，请教各种学习问题，卢标对他们是最了解不过的；易姗、百里思都与他偶有交流，也算熟悉；罗刻、修远两人对卢标或明或暗有点儿芥蒂，令他莫名其妙有点难受，但也总归是给他留下了印象；对诸葛百象，却是所知甚少，甚至没说过几句话，只记得最初一次物理考试对方曾经考了还不错的分数，除此之外就没有印象了。

诸葛百象听到卢标的声音，却轻轻叹了一口气，道："没事，发发呆，透透气，想想杂事而已。"

本就不算熟人，卢标也不好多说什么，只简单地安慰道："小考试不算什么，一时成败也论不了英雄。加油吧！"这话算是卢标的示好了。

诸葛百象点点头，又扭头去盯着那夜空中的月亮。他这盯着远处发呆的习惯，大约在两年前形成，有时是看空中的日月星辰，有时是看远处的高楼大厦。每当他盯得久了，总会产生幻觉，只觉得一个巨大的背影浮在空中，那身影扭头回视，瞟了他一眼，而他便觉得无比压抑，仿佛一个矮人追在巨人的身后，想奔跑又充满恐惧，被那巨人回首藐视和嘲笑。

"唉！"一声叹息中，不知有多少故事。

▶ 第十八章 ◀

六校排名

周五上午第二节是化学课。

就快要下课了，修远看看教室墙上的钟，决定在下课铃响之前剩下的 30 秒内，将下面这道题做完。

下列反应中，既属于氧化还原反应，又属于离子反应的是（　　）。
A．铝片与稀盐酸的反应
B．甲烷与氧气的反应
C．灼热的炭与二氧化碳反应生成一氧化碳
D．氢氧化钠溶液与稀盐酸反应

选 A，毫无难度嘛。

下课铃响，只见夏子萱和陈思敏快步离开教室，又有几个人低声言语："成绩和校内排名出来了。"可以推测，夏子萱和陈思敏应该是奔着班主任李双关的办公室去了。
"这么快！"
"只有实验班参与，人少，改卷很快的。"
修远一怔，心中居然有些许紧张，这一次小联考，自己究竟发挥如何呢？
修远自从和临湖实验高中的老同学袁培基见面后，为了证明自己依然是那个天赋卓越的少年，前几周内倒是投入了不少精力在学习上，尤其是数学和物理，作风大为转变。这一次虽然是个不太重要的小联考，但对于修远来说，乃是印证自己实力和天赋的一次测试。中考失利的阴影犹在。这次考试的结果对于别人或许无足轻重，对修远，却微妙地涉及他的自我认可与评价。
要知道，初中时期修远是随便学学、略微努力那么一点儿就取得了优秀成果的学霸，那种锋芒与自信简直无须言语。如果高中努力之后仍没有取得对应的成果，他倒真要怀疑自己的天赋了。

若是心无牵挂，修远可能就跟着去了，但是对于这种影响到他自我认定和评价的结果，反而让他定在那里，不敢追去。

成绩是不公开的，每个人只知道自己的分数和排名，如果想知道别人的，你就得去班主任那里看。虽然班主任一般也不会给你看，但你可以趁着班主任不在的时候，跟着班长一起去蹭着看，甚至还能拿纸笔记录下来，所以有时候隐私保护也没那么严密。

一群好奇别人成绩的人跟着夏子萱去了李双关的办公室，夏子萱也不好赶走他们。办公室里李双关不在，其他非班主任的老师也懒得管偷看成绩的人。一张打印好的成绩单在李双关桌面上，被一圈学生围着。夏子萱记录了前十名的同学名字，因为她需要按照李双关的要求购买十个笔记本，写上前十名同学的名字，在班会课上发放出去。其他同学则是匆忙记录自己感兴趣的同学的分数排名，以便等下回去八卦用。

几分钟后，夏子萱和陈思敏等人匆匆步入教室，各种小道消息立刻以这些人为中心向外辐射出去，犹如池塘中被石子击中荡起的涟漪。

"又是卢标第一！太牛了！"

"百里思这么猛？数学接近满分！"

"哇，看不出来呢！诸葛百象这么厉害！"

"李天许厉害啊，第二名！"

"罗刻第五名也可以了，英语139分，应该是单科第一吧？"

"还是卢标猛，语文和物理两个单科第一！"

围上去讨论的人越来越多，消息不断传出，修远依然坐着不动，静静地任各色消息拨动自己的心弦。终于，有人念到他的排名了："……赵雨荷第六，修远第七，百里思第八……"

总分第七，一个可以勉强接受的成绩，至少不算太差。

有了这个成绩打底，修远也有勇气起身去找那些"消息贩子"问一问详细成绩了——尽管过几个小时就会发下来，但他不想等了。一番打探之后，他终于看到了有人记录的他的分数：

修远，语文111，数学133，英语115，物理89，总分448，班级排名第七。

修远看着这些分数，心情逐渐明朗起来。在各科成绩中，数学和物理都是偏高的，明显是语文和英语拖了后腿。修远长嘘一口气：这样的话，就完全可以接受了。这段时间的精力，主要就是投入到数学和物理上了，毕竟在他眼里这才是能够体现真正实力的学科。一旦投入精力后，数学和物理的成绩立刻就提高了，这说明自己的努力非常有成效，而又进一步说明，自己的天赋确实是优异的，他还是初中时代那个呼风唤雨的修远。

至于语文和英语分数偏低，完全是因为自己没有认真学而已。连数学、物理这种高难度学科都拿下了，有朝一日自己只要对语文和英语稍加认真些，必定是瞬间突飞猛进。

想到这里，修远心中阴霾一扫而空。带着轻松的心情，再打探下其他人的成绩情况。

这次小联考四科总分550分，总的排名上，卢标498分班级第一，李天许490分第二，陈思敏477分第三，诸葛百象475分第四，罗刻470分第五，赵雨荷456分第六，修远448分第七，百里思443分第八，柳云飘442分第九，夏子萱438分第十。

单科分数上，语文科目第一是卢标的129分，数学第一是百里思的148分，英语第一是卢标的141分，物理第一又是卢标的96分。

再来看个人分析，李天许第二有些意外——其实谁第二都会让人感觉有些意外，因为前两个月只有卢标出尽风头、路人皆知，而剩下的人都相对平静，远达不到卢标的风头正盛。不过李天许占据榜单第二，也让人回忆起两个月前分班考试时他确实是全班第二的实力。

陈思敏第三、罗刻第五、赵雨荷第六，这都正常，他们就是传统强手。诸葛百象第四则让人略感吃惊，之前的小测验和平时的交流中，并没有见诸葛百象展现出什么突出的能力，不算那种天赋异禀的学生，平时也很低调，不见锋芒。如果让大多数人提前估计诸葛百象的成绩与排名，可能都会将他排在十名左右的位置，然而他却跃升至第四名！

百里思排名第八则相对较低。在多次数学课、物理课上，她都轻松破解老师出的难题，有时候连卢标都未能解决的压轴题却被百里思解决了，让很多人对她的实力有了很高的期待。再加上逐渐有流言传出，卢标和百里思关系密切，不禁让人联想到，这可能是对学霸情侣，不自觉地脑补出一个卢标第一、百里思第二的神雕侠侣画面，却不想百里思的语文和英语如此平庸，大幅拖后腿，让总体排名跌至第八。如果只看数学、物理，她可是数学148分、物理95分的顶级高手，甚至这两科的总分已经超越卢标了。

柳云飘第九的成绩令她自己非常满意。进班时她排名在二十左右，这两个月来跟随卢标不断学习，进步明显，居然快速杀入前十——真是个令她自己也吃惊的成绩。看到排名之时，柳云飘心里不禁暗暗感谢卢标。

至于班长夏子萱位居第十名则中规中矩，无须多言。

木炎排名第二十九名，虽然依然较低，但比他初入班级时的倒数第二已经有了大幅提升。"卢标你太厉害了，真是学神啊！都快 500 分了！按这个分数比例，重点 985 没问题了，说不定能够冲清华、北大呢！"木炎略带兴奋地说道。

卢标笑笑。对于木炎来说，重点 985 是不敢奢求的美梦，但对于卢标来说，清北之下的学校，他不想看。不过他也不需要对木炎表露出来，直说："不好说，争取吧。高一到高三，还有很大变数呢。"

柳云飘也跟着道谢："多谢你啦！我这次在班里进步了十多名呢，多亏了每天跟你学习！"眼睛弯成了柳叶，柳云飘的笑容显示出她的感谢是真诚的。

"进步是好事，不过也不用太注重班级排名。"

"这次你应该是年级第一吧？都快 500 分了。"柳云飘道。她对卢标的崇拜之情到了一个新的高度，很希望卢标获得年级第一。另外，在总分 550 分的情况下获得 498 分，实在是一个高得可怕的成绩。

卢标笑笑不说话。在得知那个人的成绩之前，他还不能确定自己的年级排名。

中午，柳云飘和木炎决定合伙请卢标吃顿饭，以感谢这位学神这两个月来对自己的指导。卢标原本考虑木炎家境并不太好不愿被他请客，不过受不住木炎和柳云飘的盛情邀请，再一想，学生食堂吃饭，请客也不过几元钱的事情，算不上很大的经济压力，也就勉强答应了。

"这个炸鸡腿是我请你的，春卷和蛋包豆腐拼盘是木炎请你的！"柳云飘笑嘻嘻地说。

"谢谢！"卢标边接过两人递过来的小吃边计算起来：春卷和蛋包豆腐加起来 5 元，应该不会对木炎造成很大的经济压力。至于柳云飘请的炸鸡腿略贵些，7 元，不过估摸她家的经济条件较好，这点儿钱倒是不用担心了。

三人边吃边聊。

"算起来，我和木炎都有所进步，倒是你还不知道有没有进步呢！"柳云飘俏皮起来。

"哈，他都已经这么厉害了还怎么进步？"木炎道，"不对，好像也可以进步呢！我记得之前有几次单元测验，隔壁班的占武比他分数更高点儿，要是他考了年级第一就算是进步啦！"

"年级第一也不意外，学神就是学神嘛！不过可惜卢标这次数学计算错误扣了 8 分，不然肯定就是年级第一了。"柳云飘边说边夹起一口菜，"这次考试班里有两个人让我意外，一个是百里思，一个是诸葛百象。"

"怎么意外？"

"诸葛百象嘛，没想到他这么强。平时不声不响的，这次居然考了第四名！而且各科成绩均衡，根本没有弱点。"

卢标点点头："我也有点儿意外，看来之前对他了解太少了。"

"是哦，这人好像比较闷。"柳云飘眼睛向上一瞥，回忆道，"我记得好几次看到他一个人站在走廊上眺望远方，好像心事重重的样子，也不怎么跟人说话。"

"还好吧？我跟他一个寝室的，其实他还是很好接触的，只不过不主动找人说话，但是你找他说话他肯定会回复你的。我在寝室还经常找他问问题呢！"木炎补充道。

"看来他身上也有很多秘密呢，改天找他请教下，看他有什么高级学习方法。"柳云飘说，"另一个比较意外的是百里思，我之前一直觉得她成绩特别好、特别厉害的。要是不看成绩，我都要猜测她是第二名了，没想到只是第八。"

"我倒是一直觉得李天许和陈思敏更厉害一些。你怎么会觉得百里思应该是第二呢？"木炎疑惑道。

"好多人都这么觉得的好吧！"柳云飘白了木炎一眼，"很多人在传，卢标和百里思是学霸情侣呢！我们都脑补，卢标考第一、百里思考第二的场景。"

"啊？哪有这回事？"卢标有些无奈，"这种事情不要瞎传。"

木炎眼珠子一转，低声说："其实吧，我们班上跟卢标走得最近的女生，好像就是柳云飘你吧？"

柳云飘的脸色唰的一下变成绯红，夹菜的手一抖，一块鸡肉直接落在饭桌上。"胡说！我和卢标哪有……"柳云飘埋怨道。

"你不是每天围着卢标转吗？很多人都觉得你和卢标关系密切呢。"木炎不解风情，直接反问。

"那是我找他问问题啊！又没做别的事情！"柳云飘语气激动，语速急促，突然又转移话题道，"其实夏子萱才对卢标有点儿意思呢……"好家伙，为了证明自己的清白，柳云飘直接把室友夏子萱卖了。

卢标一头"黑线"，一会儿工夫，已经得知三个女生和自己有绯闻了。真是复杂啊……

"呵呵，卢标，绯闻不少啊。"

冷不丁一道声音传来。这声音对于柳云飘和木炎来说都很陌生，只觉得语气中透着冰冷的气息，将这一桌子因绯闻点燃的热情霎时间冰冻起来。抬头看去，一个瘦长的身影正向这一桌走来。刘海儿遮住眼睛，锋利的目光从刘海儿的缝隙间射出来，如同冷箭暗发。一袭黑色风衣更是让他蒙上一层肃杀的神秘。

"一起吃吗，占武？"卢标不动声色地问道。

占武！

柳云飘和木炎之前听说过占武的名字，也远远地看过占武上台演讲，但都是第一次近距离见到占武本人。这一次见面，着实让人印象深刻，那种锋芒极盛却又被强行收敛、故意躲藏在暗处的冰冷的感觉，让木炎竟然有种胆怯的感觉。好强的气场！

"不用，吃完了。"占武冷冷地回道，又瞟了一眼木炎和柳云飘，准备离开。

这一瞟又让柳云飘身上一阵打冷战。单论五官，占武绝对是个英俊美男了，但那种锋利的眼神中透露出的杀气，却让人胆寒。柳云飘一哆嗦，只觉得连说话都说不利索了："那、那个，占武同学，你、你第几名……"

占武停住步伐，往斜后方瞟了柳云飘一眼："你说什么？"

柳云飘咽了一口唾液，战战兢兢："我、我是说，能不能问一下，你总分多少。我们、我们在讨论你和卢标谁是年级第一……"

占武又向卢标瞟去："你多少分？"

卢标坐在食堂座位上，而占武站在他身边，眼神居高临下投下，如同山顶巨石向下滚落势不可当。卢标虽然对占武早有了解，对他那冰冷的眼神也多次见识过了，但在这样的身形笼罩下，自己仿佛一个手持劣质圆盾的士兵站在山底，被山顶的高大骑兵俯冲而下，压力巨大。

卢标深吸一口气，道："498分。"

占武面无表情地走开，一句话从远处向卢标三人飘来："500分都不到，还想争第一，有意思。"

语气平淡，却是杀人诛心。

卢标叹了一口气，看来被占武碾压的日子，还未结束。

同时他也从班级第一名的淡淡喜悦中退了出来。从进入高中开始，甚至从初三开始，他的目标就只有清华、北大，他的一切规划，都只为了考上清华、北大服务。而进高中之前，他也一直对这个目标很有自信。

然而进入高中几个月后，他却有了一丝丝怀疑——我真的可以吗？

他缺乏一个标尺。

如果是在临湖实验高中，他可以根据自己的年级排名来确定自己是否真的有考上清华、北大的水平，因为每年临湖实验高中能考上清华、北大的人数是差不多固定的，变数不大。但在兰水二中，他迷茫了。这是一所二流中学，历史上从未有人考上过清华、北大，年级排名没什么意义。在这里，他唯一可以参考的标准就是占武，他知道占武的水平是稳上清北的。如果他与占武是差不多的水平，那么他自然也可以上。但他却被占武压了一头。

要说差距特别大、"吊打"，也算不上，但也确实有明显的差距。这就让卢标很疑惑了——我到底有没有到达清北的水平？会不会还稍微差了那么一点点？

卢标在自我怀疑。

他盯着操场远端一棵孤零零的大树发呆，一阵思索之后终于打定主意——哪怕现在还差了一点点，但凭借自己所掌握的学习策略和思维能力，自己一定能够不断进步，达到乃至超过清华、北大的水平的。

他有这个信心。他需要这个坚定的信心。

周末，学生放假回家，兰水二中和其他各高中的老师，尤其是实验班的老师还在紧张地加班加点。李双关、严如心和几位年轻老师围着一台笔记本电脑，屏幕上一个 Excel 表格。

"不出所料，高分段我们学校的排名基本上就是联考排名了。前十名我们有八个，前四十名我们有二十九个。总体来说，七中、三中与我们还是有很大差距的，其他学校就更不必说了。"李双关看着满屏的数据，不急不缓道。

"嗯，看来七中的雄鹰班跟我们的实验班还是没法比呢。"严如心语气中带着骄傲。

"另外，卢标和占武两个人给我们带来很大的惊喜，没有枉费学校花高价挖过来。这两个人，好好培养，都是有希望冲清北的人。如果真能成功，就是我们兰水二中历史上的第一次了。清北名额至关重要，象征作用太强了，哪怕只出现一个也对我们有极为重要的意义。它意味着，我们和临湖实验高中，终于有正面较劲的实力了。"李双关语气严肃地说。

严如心微笑着点点头，内心的喜悦溢于言表。

一名年轻的女老师道："不愧是严老师和李老师培养的好苗子呢！对了，李老师，下周六上午新教师培训，还请您准备准备，好好跟新老师们分享下您的经验呢！"

第十九章

木炎的耻辱

晚饭过后，卧室门一关，修远略显轻松地躺倒在床上，双手在脑后交叉。

他心想：高中生活，如今算是勉强适应了。

之所以觉得勉强，是因为对于那海量的作业和李双关严苛的管理方式，他依然很难适应。但他心里依然产生了一种算是已经适应的感觉，则是因为，过去的三个星期，他更加认真地学习了数学和物理，结果这次数学考试的成绩立马冲到了一个他可以接受的水平——133 分。

虽然比起百里思、李天许等 140 分以上的人还有距离，虽然 133 分这个分数也并不算顶级，但是，考虑自己不过刚刚认真学了两三个星期而已，才刚一发力就有这样的结果，那可以算是相当优秀了。

这还没考虑我不小心算错数扣了 5 分呢。还有那个多选题，我要不是一不小心考虑漏了一种情况，还可以再加几分……修远略感得意地想。

至于这次考试数学题目偏简单，以及考试中又碰巧遇到了两道原题这些因素，修远则是自动忽略了。他的心，不需要这些。

他需要的是安慰，是强烈的自我认可，是不要从初中天之骄子的身份中被割裂出来。而最好的自我肯定，自然是他只不过稍稍认真学了两三个星期，就取得了不错的分数的事实。

他在床上躺了会儿，然后轻松地拿出手机玩了几个小时的游戏。至于作业，明天再说吧，甚至，周日晚上到学校去趁着李双关没来找人抄也可以。他想：我是不需要做那些重复的低端作业的——上次听人说卢标也不爱做这些重复作业，卢标不用做，难道我就需要了？

卸去了作业的负担，卧室里的氛围变得更加轻松了。他环视着卧室的墙、桌子和角落里积了些灰的漫画书——从初中甚至更早时就已经陪伴着他的朋友。他嘴角露出一丝微笑，仿佛被勾起了遥远的幸福与快乐回忆。

周日晚上，六校排名公布，兰水二中高一的两个实验班共八十人，有接近六十人进入前一百名。高分段更是几乎垄断，前十名有八人。占武515分排名第一，卢标498分排名第二。一班的另两名学生分列三、四位，舒静文493分，徐天时491分。二班的李天许490分第五。这就是本次联考的前五名了。

前五名既定，有好事者开始给各学神起封号了。这好事者当然是长隆实验初中升上来的学生，因为将六到十名列为学霸，一到五名奉为学神，然后给学神起封号，这本是长隆实验初中的文化传统。不过这种八卦传统很受欢迎，立刻就得到推广。占武与卢标本是长隆实验初中毕业的学生，封号自然保持不变，占武依然是排名第一的杀神，卢标继续当他的命运学神。

不过卢标的封号也曾引发争议，实验二班有学生提议，卢标的封号应该改为策略之神，因为他五花八门的学习策略让人应接不暇。但原长隆实验初中的学生不希望自己熟悉的封号被擅自改动，不遗余力地向其他学生普及介绍卢标初中时候的风光历史。富有家庭出身，从小接触各色顶级教育资源，在成绩、素质、能力、眼界等方面对普通学生有着全方位、压倒性的优势，就连他变化万千的学习策略体系，据说也是花费高价找一位神秘老师学来的。这样的背景带来的优秀成绩，命运学神的封号无可争议。最终双方达成折中方案，让卢标享有双封号，从此之后，命运学神与策略之神，都可以代指卢标了。

但更大的争议是对于排名三到五位的舒静文、徐天时、李天许三人。学神封号体系虽然惯例为前五名皆有封号，但一方面，需要是稳定的前五名，对六到十名有压倒性优势的前五名，而既然要稳定，就不能从一次考试排名中得出来。占武、卢标两人的实力明显高出他人一筹，可以看作稳定的前两名，但舒静文、徐天时和李天许，是否对后面的人具有压倒性优势呢？而且占武、卢标二人都是有临湖实验级别实力的人，其余三人则未必，故而其余三人所获的封号，也并未能取得广泛的认同。比如舒静文，以其作文优秀、文采飞扬，且平日里一副古典美女的模样，得了一个"洛神"的封号，但更多人还是认为，即便封了洛神，那也比不了杀神、命运学神等的分量。

学神封号的八卦迅速平息，因为对于非学霸人员来说，每次考试后最重要的是改错题的任务。周一上课各科老师讲试卷，按惯例每一科都要求改错题。李双关不仅检查英语错题本，也要随机抽查其他各科。限定的时间乃是周二第二节晚自习前完成。如卢标、李天许等人根本就没错几题，自然轻松，而那些错漏百出的学渣工作量可就大了。

"要改错的题目好多啊。"木炎叹道。课间的这一小会儿，他也和其他人一样抓紧时间埋头改错。"真羡慕卢标啊，没什么错的，也不用像我们一样花这么多时间做错题本。"木炎伸长脖子看看同桌刘语明，跟他一样有很多错题要改，又回头看看罗刻："罗刻你也没错多少题，错题本不用写太多，没那么麻烦了。"

"麻烦？"罗刻抬起头面无表情地反问道，"你觉得改错题很麻烦？"

"啊？不麻烦吗？我错的太多了，改起来就是麻烦啊。"

"呵呵，你也有资格嫌麻烦？"罗刻脸上露出嫌弃的表情，言语也颇不客气。

木炎一愣，不知道罗刻这话从哪儿来，更不知如何回应。

"改错题原本就是学习的重要组成部分，修正错误原本就是学习进步的必经之路。你有什么资格嫌它麻烦？嫌它麻烦，意味着你认为自己可以不用那么勤奋地学，可是你有这个资格吗？

"有些人可以，那些含着金汤匙出生的人，不需要担心生计，也不用操心未来的发展，父母把一切都给他打理好了，只等未来继承家业，这种人，自然可以选择不认真学习，不付出努力。但是你木炎有这个资格吗？

"你自己的家庭背景，你自己心里没点儿数？你如果不付出超越常人的努力，未来的命运会有多么悲惨，自己心里没点儿数吗？你经常感叹我学习多么勤奋努力，有什么好感叹的？你我都是贫困家庭出身的人，我懂的道理你不懂，我能做到的事情你不能做到，这不是我很牛，而是你太弱；这不是我的骄傲，而是你的耻辱！"

罗刻声音不大，却掷地有声，木炎只觉得背后全是冷汗，脸上羞得通红，竟不自觉低下头，无言以对。是啊，我们这些贫家子弟，除了认真读书以外，还有什么好出路呢？我凭什么不努力？我哪里有资格去嫌弃改错题麻烦呢？是因为这次从倒数第二进步到三十名之内，就懈怠和骄傲了吗？

木炎愣在那里，心想：生而贫穷，却不懂得要努力到极限才能拼搏出一条活路的道理，这是多么幼稚。贫穷不是耻辱，不懂这样的道理，才是自己的耻辱。

除去卢标以外，罗刻大概是木炎在班级里最崇拜的人了。如今被罗刻训斥了一番，木炎不仅不厌恶他，反而更生出了几分敬佩，只不过同时多了分畏惧。即便罗刻的衣着打扮与自己一样简朴乃至寒酸，木炎却感觉在那平庸的衣着之下散发出威严的光辉。

"你、你说得对，我应该向你学习……我太幼稚了，连自己是什么人、该做什么事情都没有搞清楚。"木炎低头，仿佛做了什么对不起罗刻的事情向他认错一般。

罗刻不理会他，继续埋头做自己的事情了。

卢标的座位就在第三组第三排，距离位于第二组前两排的罗刻和木炎两人很近，刚才两人的对话他听得一清二楚。从入班之时开始，罗刻就莫名其妙地说话很冲，尤其对他抱有敌意，几次向他挑衅，在这种情况下，卢标很难对罗刻有好的印象。说起来，卢标从一开始就打算引领营造班级氛围，推动合作型同学关系的事情，在很大程度上就是被罗刻对他的挑衅当头一棒，然后一直推动不顺利的。

然而罗刻这一番话，却在卢标心中造成了巨大的冲击。好一个罗刻啊，那种超越同龄人的成熟心理，是如何磨砺出来的？一名未经世事的高中生，却对那些深刻的道理看得如此之透，你到底经历了些什么呢？卢标出身于富有家庭，与罗刻这种生而贫穷，一路用尽生命每一丝力气，通过极限勤奋才能拼杀出希望的人相比，经历上的巨大差异让他无法真正理解罗刻这个人。但罗刻有极高的自知之明，对平庸的命运计算得清清楚楚，能够不屈从于命运，凝神一处，以极限的努力去应对命运的拘束，这份执着与坚持，难免让人动容。

　　罗刻，你的身上，到底藏了些什么呢？

▶ 第二十章 ◀

错题本的技术

卢标再次回忆，尽管从入学之初开始罗刻就与他针锋相对，但是他确实是不认识罗刻的，更别提得罪对方了。或许在开学的那一两天里有什么不经意间的误会？也许是自己不小心说错了一两句话？如果是个不经意间的误会，那么敌意就不会太深刻，如果他主动释放些善意出来，也许能够消除误会吧。

"其实，改错、做错题本也是一门学问。使用特定的方法，能够让改错的效率更高，效果更好呢。"

卢标突然主动插话，木炎和罗刻都不禁转头看向卢标，后边的柳云飘也被吸引过来。罗刻自然不搭话，但显然在听卢标说。木炎从被罗刻教育的羞愧中醒过来，问道："是吗？该怎么做呢？标神你讲讲吧！"

卢标看了一眼罗刻，确认了他在听自己说话。

"错题本的技术，是我学习策略体系中成形比较早的，是一种易用的技术，学起来很简单，但是效果很明显。主要的技巧，叫作结构化错题本。"

"结构化错题本？"木炎和柳云飘一齐疑惑道，罗刻也投射出一个疑惑的眼神。

"这个名字你们没听过，不要紧，可以简单理解成，就是分类错题本。

"一般我们做错题本，是按照时间线性顺序的，考完一张试卷，就顺次把错题写下来。比如一张高一期中物理模拟试卷，你一共错了五道，分别是二十二道题当中的第二、八、十三、十六、二十一题。第二题是关于斜面静摩擦的，第八题是关于匀加速直线运动的，第十三题是天花板悬挂小球的受力分析，第十六题是高空抛物运动轨迹，第二十一题是四个方向的力的合成与分解。

"于是你在错题本上改错，也是按照这个顺序抄上去的：2、8、13、16、21。这就是非常混乱的，非结构的。因为按照这个顺序改错题，一会儿是受力分析的题，一会儿是加速运动的题，一会儿又是受力分析……非常混乱。

"做错题本是为了什么呢？是为了复习的时候方便。可是思路是讲究连贯性的，如果想把某个知识点弄明白,你需要在一段时间内连续学习这一个知识点,连续做相关的题。而刚才那种混乱的改错题方式,就逼迫得思路不断跳跃,不断推倒重建,效率是非常低的。

"当年初三的时候,你们应该也做过这种错题本吧?其实到了初三、高三这种时期,线性改错的问题就更明显了,因为那时候是总复习,一张试卷里涵盖的知识点更多。高三的知识我们还没学到就先不说,初三的情况你们应该还记得吧。比如,一张初三总复习数学试卷,你错了六道题,考查的第一题是平行线,第二题是圆,第三题是抛物线,第四题是相似三角形……如果你也按照这个顺序去记录错题,知识点种类不断地跳来跳去,该多累?多低效?

"下次再来一张总复习试卷,又是各种知识点混合在一起。总体下来,积累的错题越多,你的效率就越低,而这种线性错题本的弊端也就越明显了。高中的知识量、知识难度都远胜于初中,相应地,这种传统线性错题本的弊端也就更严重。"

柳云飘听得恍然大悟,从抽屉里抽出自己的各科错题本开始翻阅,果然有卢标所说的问题。物理错题本由于内容较少尚不明显,数学错题本就问题多多了,因为数学的错题量、知识点种类和题目类型,都远多于物理。

木炎若有所思,又问道:"那具体该怎么做才好呢?怎么才能不混乱呢?"

卢标一笑,如同对学生循循善诱的老师,心想就是等着你问这句话呢。

"很简单,把错题分类。比如物理,所有的匀变速直线运动的题目归类在一起,所有的力学分析错题归类在一起,分门别类,清清楚楚。

"不仅分大类,还可以分小类。比如匀变速直线运动中,水平移动的分为一类,自由落体、抛体的分为一类;比如力学章节,可以分为悬吊受力分析、直杆受力分析、圆球受力分析、斜面方块受力分析等大类;甚至还可以再分,比如斜面方块受力分析可以分为单物体、双物体、三物体等类别。

"将所有这些分类做得清清楚楚,每次考试的错题对应地安放进去,你的错题本就能真正起到帮助你高效学习、复习的作用了。"

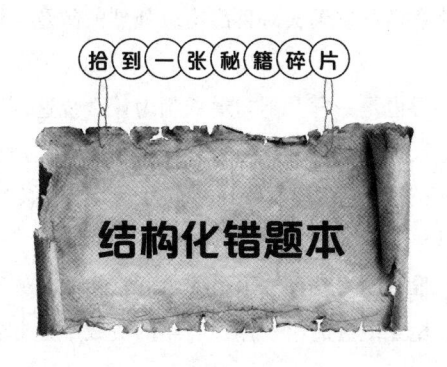

拾到一张秘籍碎片

结构化错题本

柳云飘兴奋地喊道:"新技能 get 到了!"

"厉害啊,学神就是学神,连针对错题本都有专门的策略!"木炎感叹。

每次卢标分享一些学习策略,木炎和柳云飘都欣然接受,乐意学习,这次也不例外。不过这次卢标故意趁着木炎与罗刻对话时插进来,原就是希望让罗刻也听到,将自己学习策略分享给他,算是主动释放善意吧。卢标有意瞥了罗刻一眼,想看看他的反应。

"有点儿意思,没什么大用。"罗刻反应平淡。

这倒让卢标一愣,如同被当头泼了冷水,一时间居然不知道如何回应。

"每次考试都会让人产生一定的记忆,把同一批次的记忆分散到一本错题本的不同位置,反而打散了。这种方法效率真的高吗?我看未必。命运学神恐怕是没明白汝之蜜糖、彼之砒霜的道理吧。"罗刻虽是面无表情,但语气中依然有一丝淡淡的不屑与敌意。

又来了,又来了!这罗刻到底什么毛病?不跟我作对就不舒服吗?卢标心里实在是有点儿不快。学霸、学神之间,学习方法是最私密、最宝贵的东西,大多数情况下是要捂着、掖着,绝对不让对方发现的。自己作为排名第一的学神,主动将当年花高价学来的学习策略分享出去,他居然还不领情,反而出言讥讽!

真的是自己的学习策略不适合其他人吗?卢标产生一丝怀疑,但又立刻否定了。不可能,这个错题本的技术来源于结构化思维,是思维方法中最基础的一种,具有强烈的普适性,与其他任何学习习惯、学习者的特性都不会冲突。况且,初中的时候自己就将这个方法大面积地分享给其他同学,所有人的反馈都是这方法很好用,对整个班级的学习成绩有明显的提高和促进,班主任还表扬和积极推广了的。这个方法,不可能有问题。

又或者,罗刻自己没有意识到学习策略的重要性?也不太可能啊。要说什么人不重视学习策略,大多是那些本身不太愿意学习的学弱学渣了。越是勤奋努力的人,最后越会发现学习策略的重要性。罗刻对学习的努力和勤奋,已经到达了凡人能够做到的极限了,正常情况下怎么会意识不到学习策略的重要性呢?

真相只有一个,那就是罗刻确实对自己抱有强烈的敌意,因此故意抬杠,让自己不好下台。

柳云飘和木炎在一旁也是一愣,不知道罗刻为什么说这话。这方法明明很有道理啊,更何况是学神卢标亲传。罗刻的成绩虽然优秀,不过比卢标还是有所差距吧?但两人也不好意思开口与罗刻争论,毕竟罗刻的实力至少比他们二人要强出不少。

卢标叹口气,回到自己的座位上。

高中的学习合作,难道原本就是不可行的?可是初中时候自己也小规模地做过类似的事情,组成了一个相互促进的小团体,当年的成效不是非常好吗?为什么到了高中就偃旗息鼓、屡屡受挫了呢？即便是高高在上、做事从来都一帆风顺的命运学神卢标，此刻也难免感到挫败。

好在卢标的情绪调节能力实在很强，一小会儿就冷静下来。自己推动合作型同学关系的计划目前并不能算失败，冷静想想，其实主要就是罗刻一人在故意挑刺、强烈阻挠而已，其他同学并没有表现出对自己不满，也没有明确表示不愿意参与这个计划啊！罗刻只是个偶然的例外，自己不能因为他一人而灰心丧气啊！柳云飘、木炎不是常常围着自己转，相当好学吗？百里思不是也对自己的策略体系很感兴趣吗？现在自己需要的，恐怕是绕过罗刻，扩大对其他同学的影响了。

下午一、二节课是李双关的英语连堂，第一节课自然是先讲英语试卷，然后留出一点儿时间给学生们改错，第二节课就准备讲新课了。大部分学生埋头改错，态度端正，李双关四处巡查，总体较为满意。毕竟被自己严格管教了两个月，风气比开学时候好了很多。其实每一届学生都是如此啊，外有马泰校长上台后常年严校纪、正校风，内有自己的严格教学、督查不懈，再散的班级风气也要抓好了。

更何况这一届学生，资质又比上一届好了太多，且不说卢标这样学校花高价引进的学神级人物，在普通学生中，也有罗刻这样早熟、勤奋的孩子。李双关望过去，罗刻作为这次英语分数高达139分的优秀学生，早就改完了寥寥几个错题，又拿出一套阅读理解专项训练开始练习起来。这样程度的努力，着实让人欣慰。有时候李双关想，恐怕临湖实验高中的学生，努力的程度也达不到罗刻的水平。

至于卢标，自然是不负众望拿下全班第一、年级第二。卢标英语141分自然了不起，不过就他的水平来说，恐怕还是有进步的空间的。李双关巡视一圈下来，其他人各自忙碌，见卢标改完错题手头似乎没有太多任务，正在翻阅课本背后的单词表。

"卢标，出来谈谈。"李双关轻声说。

轻轻掩上教室门，李双关和卢标来到教室外的走廊上。

"这次考试不错，发挥了该有的实力，各科都很强，我果然没有看错你。"李双关表扬道。

"谢谢老师，还可以。"

"下次争取再进步一点，最好能冲到第一名。有信心吗？一班的占武实力也很强呢。"

"争取吧。"卢标嘴上这么说着，心里却想哪有那么容易，有些差距不是短时间内能改变的。但也不好明说，只是暗自思索。

李双关点点头："对了，卢标，我记得你刚开学的时候提倡班级合作学习、共同进步，这事情后来推动得怎么样了？"学期之初时李双关还提议卢标顶替夏子萱担任班长一职，方便他推动这件事，不过被卢标谢绝了。

卢标有些无奈地瘪了下嘴："有些难度，部分同学接受了这个理念，但还不多，需要继续努力。"

"哦，是吗？"李双关心里有些好笑，想：我当时让你当班长去推动这件事你不听，现在果然推不动了。他又故意问道："遇到什么问题了？"

这问题其实卢标还认真思考过几次，他觉得主要就在于自己露脸的次数少了，没有在正式场合下反复强调，仅限于对身边的同学零零散散、潜移默化的影响，而这个力度是严重不足的。

卢标道："还是倡导得少了吧。我反思了一下，大部分同学对于合作型同学关系认知不足，并不知道怎么个合作法。我当时提倡班级合作，本意是所有人都参与分享各类学习资源和学习策略，但是现在来看，学习资源是高度雷同的，基本集中于学校发的资料和试卷；至于学习策略，根据我这段时间的观察，大部分人恐怕还没有学习策略的概念，更别提怎么合作了。"

李双关笑了笑："其实你作为班级的核心力量，我认为你应该更突出带头表率的作用。你刚才说学习策略的相互分享，那么你的一些学习策略是不是可以首先分享出来，让大家先体会到学习策略的作用，体会到这种分享对同学们的好处，才有可能进一步形成合作的氛围，你说对不对？我觉得，你可以就班会课的机会做个演讲，先展示一下。"

让卢标首先带头分享听起来很有道理，不过有一部分原因是，李双关对卢标也很好奇，他到底用了些什么学习策略？甚至对于"学习策略"这个词李双关都是一知半解——就是指学习方法吗？

不过无论如何，让他在班会课上演讲展示学习策略，与卢标更多地在正式场合登台亮相的目标是一致的。卢标点头："好的，李老师。"

"今天下午最后一节就是班会课，你看行不行？"

"今天？有点儿仓促了吧，什么都没有准备。"卢标倒是比较看重这次机会，他不想就这么随便上台讲点儿什么完事，他需要认真准备，"起码要两天准备。"

"好。"李双关应允，"这样吧，周三第二节晚自习，给你三十分钟，你看行不行？"

"好的。"

卢标应下了李双关的任务，但心头还有疑虑：李双关的任务对自己提出的构建合作型同学关系真的有帮助吗？在过去两个月里，并非他不愿意分享，而是没有其他人呼应。他隐约觉得，自己当初似乎计算漏了什么东西。他推开门，站在教室前的角落里，看着教室内坐着的埋头做题的同学，心里忽然有些许惆怅，仿佛自己与他们被划成了一立一坐两个群体。

他摇摇头，不去想这些，回到座位上。

第二十一章

我不是高手

周一下午，最后一节班会课。

兰水二中没有形成每周固定班会课的习惯，至少李双关没有。有事的时候说事，没事的时候就是自习。就着联考结束、排名已出的契机，李双关决定发表一番演讲激励下班级士气。

"简单说下这次联考的情况。"李双关走上讲台，清了清嗓子，所有人的目光随之集中，仿佛一种默契，"班内的情况很多人已经知道了。和一班综合比较一下，总的来说，一班的成绩还是要略高一筹，这和我们分班的情况是一致的，一班集中了更多排名靠前的学生。"

"但是我们班也并不是全方位的落后。第一，英语单科的情况，我们比一班更强！最高分141分，是我们班上的卢标；平均分，我们班116.5分，也比一班更高！"

"耶——"台下一片欢呼，李双关则满意地环视台下。欢呼声之下心思不一。李双关自然认为这是自己优秀的教学成果，毕竟入学之时，二班比一班的英语单科成绩肯定是要低的，短短两个月之后就超越一班，毫无疑问是自己的功劳。学生中，一部分人深感这是李双关严格教学、高强度训练的成效，虽然不至于对李双关感恩戴德，但至少承认英语成绩的反超有李双关的功劳；另一部分人则认为，李双关平时如此严苛的管理，高负荷地压榨学生时间和精力，成绩不上来才怪呢，没什么好稀奇的，这算是李双关的功劳吗？归根到底是自己的努力罢了。

"英语，已经率先成为我们班的优势学科，希望大家在其他学科上齐头并进，快速追赶，早日逼近乃至反超一班！入学时的成绩算不上什么，只要大家够努力、够勤奋，一定能够取得优秀的成绩，超越一班，也超越曾经的自己！"

"另一方面，虽然总体情况一班略占优势，但是在高分段，我们班完全不弱于一班，年级前十名里面，我们有五人，和一班是对半开的。"

欢呼声再次响起。

"这五名同学分别是卢标、李天许、陈思敏、诸葛百象、罗刻。这几位高手，代表了我们班的最高水平，希望大家以后多多向他们学习，也希望我们班能够出现更多的高手。"

李双关说的多是些场面话，大部分人没有吭声。倒是诸葛百象叹口气，小声嘀咕道："我不是高手。"

声音虽小，但李双关和很多学生还是听到了。李双关感到奇怪，这诸葛百象平时不声不响，也不引人注目，谁也没想到他竟有如此实力——考到班级第四的水平，李双关原本就怀疑，诸葛百象平时是否有隐藏实力呢？然而他却表现出一副不是很满意的样子，难道他认为自己的水平应该比现在更高？他觉得这次考试其实发挥失误，原本应该更好？

"哦？诸葛百象同学还蛮谦虚的，取得了不错的成绩也丝毫没有自满，倒是有几分高手的气质。"李双关笑道。

诸葛百象垂下头，又叹了口气道："我真的不是高手。"

有些人身为学霸，最喜欢说的就是"这次又没考好""我其实是个学渣""我真是太笨了"这种话，然而成绩出来后分数却常常是高得令人无语，引得一众真正的学渣恨不能跳起来打人。诸葛百象死活不承认自己是高手，是否在此之列呢？

然而他垂头丧气的表情又如此真切，不像是装出来的。李双关心中疑惑，却也没有再纠缠下去，而是继续自己的演讲。

"希望其他同学多多向这些高手学习。最后再来说一说六校联考的排名。这次联考有我们二中和三中、七中、九中、十五中、外国语实验高中六所学校的实验班参加，毫无疑问，我们学校是实力最强的。总排名前十名我们学校占了八个，前四十名我们有二十九个。基本上可以这么说，我们学校的排名，就是联考的总排名了。"

欢呼声再起。虽然大家都知道，临湖实验高中没有参与联考，二中实验班的碾压性优势颇有些"山中无老虎，猴子称大王"的味道，但总归是一场大胜，没理由不高兴高兴。

"这次小联考，我们使用了一点儿班费，给班级前十名的同学准备了一些小礼物——十本笔记本。"

有人小声嘀咕"纸的不要，电子的要"，引发一阵笑声。

"喊，你又没有进前十，电子的也轮不上你！"

通常李双关讲话是没人敢这么插嘴的，不过今天的场合算是个小小的表彰会，氛围轻松，开些无伤大雅的玩笑倒也没有让李双关生气。

李双关也笑笑，接着说："十本纸质笔记本。六到十名的稍微小一些，一到五名的稍微大一些，笔记本的扉页有一句表扬的话。虽然不是电子的，不是贵重物品，但代表班级的一点儿心意。笔记本在班长那里，夏子萱，你放学之后把笔记本发给前十名的同学吧。"

班会课结束后，其他同学三三两两地离开教室去食堂吃饭，夏子萱留下颁发奖品。夏子萱正是本次考试的第十名，她从发给六到十名的笔记本中挑选了一本粉色的留下，然后将剩余的笔记本依次发给对应的人。

柳云飘第九，没等夏子萱走过来她就兴高采烈地围了上去，喜悦之情溢于言表。"哇，想不到我也有得奖的时候！太高兴了！哪本是我的？"

夏子萱笑道："这本绿色的是你的。"

"哦，能不能换本黄色的？我喜欢黄色。"

"啊，早说嘛，现在换不了了，上面写了字的。"

柳云飘于是翻开绿色笔记本，只见扉页上一行钢笔行书字体，那是李双关的字迹：恭喜柳云飘同学获得高一上学期联考班级前十名，期待你继续进步！

柳云飘快速捧起绿色笔记本："哈哈！管它黄色、绿色，无所谓啦！我现在也是前十名啦！"

夏子萱笑笑，转身将剩下的笔记本发给其他获奖同学。卢标已经离开教室，估计去食堂了吧。夏子萱轻轻地将属于卢标的那本笔记本放在他的桌面上。卢标，你又是第一名了。恐怕以后每次也都是第一了吧。每一次的奖品，都会是我发给你的。

看着卢标空荡荡的桌子，夏子萱有一种怪怪的感觉。

柳云飘兴奋地冲过去，掀开扉页："卢标那本的扉页上面写的什么呢？跟我的一样吗？"

同样是李双关的行书：恭喜卢标同学获得高一上学期联考班级前五名，你是学习高手！

"哎，别乱翻别人的东西嘛！"夏子萱不满道。

"没事，看看嘛！"柳云飘不以为意。

"没什么好看的，六至十名是'期待你继续进步'，前五名是'你是学习高手'，就这点儿区别啦！"

"那好吧！我去吃饭啦，今天得吃点儿好的庆祝一下！"柳云飘笑嘻嘻的，一路小跑出教室。

夏子萱微微一笑，觉得柳云飘还真是可爱。手里的笔记本只剩最后一本了，是诸葛百象的。他不在座位上，夏子萱决定将笔记本放在他桌上就去吃饭。诸葛百象的座位靠近一组边上的窗户，夏子萱走近诸葛百象的座位时，透过窗户看见诸葛百象正撑着走廊栏杆向远处眺望。既然如此，不如就亲自递给他吧。

"恭喜你哦，学习高手！"夏子萱笑道。

"啊？"诸葛百象回头，"哦，笔记本。对了，夏子萱，别叫我高手了，我真的不是高手。"语气中居然有一丝无奈。

夏子萱耸耸肩："本子上就这么写的。"说着掀开扉页，露出那一行字：恭喜诸葛百象同学获得高一上学期联考班级前五名，你是学习高手！

"哦，这样啊。谢谢。"诸葛百象接过笔记本，平静地道谢，然后转身回教室。

夏子萱感到奇怪，正常的谦虚也就罢了，可是诸葛百象如此反感别人叫他高手，明显不是正常的状态吧？按理说他班级第四、年级前十，已经很厉害了啊，这种反感到底是因为什么呢？

看着诸葛百象失落的样子，夏子萱生起一股强烈的好奇，这是她进高中以来，除了卢标之外第一次对一名男生感到好奇。

为什么，他如此坚定地拒绝承认自己是高手呢？

第二十二章

渐近线，在那命运的函数中！

"语文和英语还是拖了后腿，没有调整下？"卢标问道。

坐在他对面的是百里思，卢标约了她一起在食堂吃饭，两人坐在食堂的排座上。周围人声鼎沸，但不影响卢标向百里思提问。对于思维流的能力，卢标始终保持好奇，又有些困惑。如果百里思对于思维流的掌握已经成熟，语文和英语不应该会成为她的阻碍啊？他想要探一番究竟。

百里思耸耸肩："就这样咯，没什么调整。"

"为什么啊？"百里思无所谓的态度让卢标不解，明明能够更上一层楼，为什么不呢？这次考试，百里思的数学、物理都已经达到和自己同一水平，甚至数学比他更高，而化学平时也不错。如果把语文和英语补上来，将会成为一个非常恐怖的存在。人往高处走，在拥有巨大天赋的基础上，为什么反而没有进取之心呢？

"就是……就是不想吧。"百里思有些犹豫，"好像没法调整吧，思维自动运转，碰到数学、物理它就运转得快；碰到语文、英语就停了，本能的感觉很烦。随它去呗。"

"没法调整？"卢标不解。他清楚记得，老师曾经跟他说过，思维流是可以完全掌控的，即用即动，即止即停，随心所欲，哪里会碰到百里思这种不能控制，碰到语文、英语的问题就思维卡顿无法成流的状态呢？如果百里思不能随心控制，恐怕她的思维流还不是终极阶段。但是具体问题出在哪里，卢标也不太清楚，毕竟他自己也没有掌握思维流的能力，原本还打算从百里思这里了解更多细节。

百里思又思考了一阵，道："就是感觉在数学、物理、化学等学科上，思维自动运转，很轻松、很愉快啊。但是如果用同样的思维流去带动学习语文、英语学科的知识，就会感觉很累，带不动，而且心情很不好，很烦。所以就不想去管语文、英语了。"

卢标低头沉思，微微皱着眉头。这个问题一定可以解决，只是暂时还不知道如何着手而已。其实要解决问题，最重要的是百里思自己要重视，因为解决问题的方案，最重要的还是得靠她自己不断探索尝试，毕竟思维过程中遇到怎样的阻碍、具体是什么感觉，目前只有她自己清楚啊！卢标原本准备掏空毕生所学和百里思一起探索前进，而百里思这无所谓的态度却给卢标一种暴殄天物的感觉。

对于罕见的思维流，卢标是踏破铁鞋无觅处，百里思却是得来全不费工夫。不同的经历和机缘，让二人产生了不同的心态。

算了，暂时就这样吧，皇帝不急太监急。这是他第二次和百里思讨论思维流的问题了，且无果。

卢标带着无奈走向寝室楼，准备上去休息半小时再返回教室。他突然看见寝室楼下有一人坐在长椅上，弓着身子，背影落寞。再绕过去看，原来是木炎，一副垂头丧气的样子，眼神中竟有着莫大的哀伤，乃至凝聚成一股绝望的悲哀。

"怎么了，木炎？"卢标惊异道。下午在教室时，木炎还与柳云飘等人有说有笑的，很正常啊。怎么才一会儿就变成这样了呢？

一番了解之后才知道，原来是李天许惹的祸。

木炎去食堂打了饭，恰好碰到李天许独自一人进餐，欣然凑上前去。他平时就对各路学霸、学神崇拜有加，不仅时常围着卢标转，对罗刻也是敬佩万分，此时遇到班级第二的李天许，没有多想就迎上前去打了招呼。李天许不冷不热，自顾自吃饭，木炎则想和这卢标之下、三十八人之上的学霸拉近关系，故意多说些话套近乎，一时提到自己全班第二十九名，比入学时的倒数第二名进步了一些。李天许听罢鼻子里忍不住哼了一声，一侧嘴角扬起，挤出一个轻蔑的笑："你这也算是进步了？"

木炎一愣，自己平日和卢标、罗刻这些学霸接触，他们都是平易近人，没有架子的，不想这李天许完全不在乎社交礼节，直接当面嘲讽。不过人家确实实力远胜于自己啊，自己这点儿进步别人瞧不上眼也是正常吧。自己考到第二十九名算是进步了，而李天许就是考得再差也不可能掉到第二十九名呢。

木炎尴尬道："这……也算吧，虽然暂时跟你这样的学神没法比，不过以后还可以慢慢追上来吧……"

这下李天许直接放声大笑起来："哈哈哈，暂时？难道你还想以后追上我吗？你还真觉得有这种可能性？哈哈哈！"

木炎直接愣住了，看着李天许不知所措，脸上发烫。

"真是幼稚啊，你还真以为再努力努力就能追上我吗？你根本没有看见命运的差距吧。你这种人，再怎么努力又有什么用呢？难道你现在不够努力吗？做的题还少吗？再努力又能多做几道题？

"可是你知道我每天怎么过的吗？告诉你吧，上课听听，作业想做就做，不想做就抄，完全不用计较。数学题看几遍基本公式就会做了，物理题脑子里想想基本就通了，顶多粗心计算错一两个。中午放心大胆睡觉睡到近 1 点 30 分，晚上 10 点左右想睡就睡了。有时候玩玩手机游戏，看看论坛了解天下大事。周末回家基本上打打球、看看电脑就过了，周日晚上过来抄抄作业。你知道我为什么不做作业吗？因为太简单了，根本没有必要去做啊！

"你以为再努力努力就能赶上我？可惜你不知道，碾压你，我根本不需要努力！

"小朋友，想要跟人竞争，先搞清楚对手再说吧！"

木炎背后一阵一阵地冒冷汗，头上却是一阵一阵的热浪，满脸通红。他哆哆嗦嗦地回应道："你确实很聪明，可是……可是我也会不断进步的啊……"

"哈哈哈！进步，进步……"李天许突然止住笑声。

被李天许一番张狂的打击，木炎脑子已经近乎一片空白了。

"姓木的，你还真是木讷啊。

"你的阅读理解能力，培养过吗？除了课本以外，读过多少名著？读过多少实用类书籍？

"你的写作能力，培养过吗？除了初中 600 字的作文以外，写过什么？写过万字级别的小说吗？参加过省级的作文竞赛吗？在微信公众号或者其他媒体上发表过文章吗？

"你的英语能力，培养过吗？除了初中课本上的那点儿基础单词以外，你接触过多少单词？你看过英文原版小说吗？有听 BBC 或者原音脱口秀的习惯吗？你除了'How are you? Fine, thank you'以外还练过什么口语吗？

"不好意思。这些能力我全部练过，轻轻松松就练过了。学校就带着我们练了很多，我自己又添加了很多。

"你的基础比我差了这么多，现在学新知识的能力和速度也跟我完全不是一个级别的，你是基于什么逻辑推理出你能够跟我比？

"这还只是应试之内的东西啊，更多的我都根本不屑于跟你说了。"

泪水，在木炎的眼眶里打转。

说到最后，李天许的语气如此平淡，仿佛是下午茶时刻的悠闲聊天，诉说着一些无关紧要的普通故事。所有的不屑都消失了。

木炎第一次感受到，有些平淡，是因为不屑于不屑；没有嘲讽的那一刻，最为嘲讽。

"除了卢标能和我过两招，其他人，我从来没有看在眼里。"李天许挑起桂圆红枣粥里的最后一颗红枣放进嘴里，扔了筷子，留下纸碗中的两大块肉，离开学校食堂。

木炎的眼泪终于滴落下来，掉在一块肉上。那是他刻意先吃完素菜和米饭，留到最后的一大块肉。

他无力地趴在食堂的联排桌上，用露出线头的衣袖反复擦拭眼泪。

他如同失了魂，跟跟跄跄地挪动步伐，走到寝室楼下，再也无力上楼，就在楼底下的长椅上瘫软下去，双手撑着膝盖。

"卢标，你知道吗，他骂我、鄙视我，我都不怕。但是我知道，他说的话，很有可能是真的。"

他说的话，是真的啊……

卢标看着木炎失落的身影，心中升起一股烦躁的怒火。

李天许与卢标住同一寝室，这人一直特立独行，行事孤傲，寝室几人对他都不太亲近。但总的来讲还算是个正常人，倒也从没做出什么特别出格的举动。今日不知为何对木炎扔出这一番话，如同飞镖一般冷冷直刺人心，让卢标既感到困惑，又十分不满。

按理，自己应该安慰木炎一番，可是该如何安慰呢？李天许的话伤人太深，简直是将人从信念的根本处一刀切断。如同大树，砍掉枝叶可活，断了根系则死。杀人诛心啊。

卢标来不及多想，勉强安慰道："李天许不知道是抽了什么风，他的话你就不要往心里去了。你这次联考不是进步了不少吗？这才高一上学期刚开始啊，未来肯定能够继续成长，越来越好的嘛！"

木炎绵软无力地挤出几句悲叹："可是差距实在太大了……他说得对，基础已经差了太多，现在的学习速度又跟不上他，再怎么努力，又有什么用……"

木炎原本从兰水市周边的郊县中学升上来，家境也贫寒，来到兰水二中属于意外突破，固然是值得高兴的，但谁说不会混杂进一些自卑呢？与他的同学们相比，不仅在衣着、饮食上由于经济基础不同而有很大差距，更重要的是个人见识视野、思想深度、人际交往、综合素质能力上的高下。而对于一个贫困的高中生来说，最杀人诛心的，无疑是初中学校太差、基础薄弱，导致高中的学业成绩也跟不上别人。平时卢标已算是平易近人，对他没有丝毫架子和脸色，也难免在一些平常人根本不会在意的细节上偶尔戳到木炎自卑的痛点上，更何况李天许这赤裸裸的杀伤。

"衣食享用比不上你们，我可以忍，可以安慰自己不要耽于物质；可是综合能力上的巨大差距，该怎么安慰自己？连考试成绩都与别人相差甚远，该拿什么安慰自己？

"我不仅家里穷，根基薄弱，还不聪明。那种怎么努力都没有用、根本看不到希望的无力感，卢标，你又怎么会懂呢？我永远也比不上他，永远也比不上你们这些人……"木炎的声音哽咽在喉，气若游丝。

卢标看着木炎通红又有些扭曲的脸，叹了口气。他的心情很复杂。

他感觉自己忽然被卷入了一个原本与自己无关的旋涡，平白又添了一丝烦躁；他还感觉，对于这可怜的同学，自己也应当有义务去安慰一番，可又不知从何着手；他又感觉，那种付出极大努力也没有效果的无力感，似乎隐隐勾起了自己的一点点回忆……

即便是号称命运学神的卢标，也曾有过无力的回忆。

第二十三章

人物传——卢标

　　他在大树、假山和喷泉间穿梭、欢笑,妈妈在身后微笑着看着他;保姆在一旁小心地盯着他的脚步,生怕他掉到喷泉里去——尽管掉进去了也没什么危险,不过打湿衣服而已;爷爷奶奶手上拿着他刚刚玩过的小型无人机、电动玩具车,而爸爸晚上回来,不知道会给他带来什么新的玩具。

　　小区很大,环境典雅,如同苏州园林,流水假山。他童年的脚步踩在这兰水市最奢华的别墅小区里,留下欢快的声音。

　　他喜欢妈妈,因为妈妈温柔而坚定,给了他无穷的关爱。

　　他喜欢爷爷奶奶、外公外婆,因为他们都无比疼爱他。

　　而他最喜欢爸爸,因为爸爸不仅威武浑厚,给他大山一样的安全感,同时又有柔情的一面,对他,对妈妈,对所有家人。

　　爸爸工作很忙,不能每天在家里陪自己,但是爸爸买的大量玩具时刻提醒着他的存在。在小区、路上以及幼儿园里,总有人在一旁远远指着他说:"看,那个是卢总的儿子……"而每当爸爸抱着他在公司里晃悠时,每个人都会看着他露出极温柔的笑容并夸奖一番:"真可爱呀!""长得真好!""一看就很聪明啊!""从小就这么优秀了哇!"

　　他喜欢这个世界,喜欢这些人。

　　他的幼儿园生活温暖而欢快,他的小学生活多彩而繁忙。

　　他看英文动画片,保姆陪他练习简单的英语口语。

　　他玩图形编程游戏,在计算机上按得啪啪响。

　　他参加幼儿体能训练,与老师一起玩各种游戏。

　　他学习马术,穿着优雅的马术服欢快地奔腾。

　　他学习打高尔夫球、击剑和网球。

　　他还喜欢玩陶塑、雕刻,爸爸直接买了陶塑机器,放在一个车库改装的工作室里。

　　他又稍微学了学小提琴、萨克斯和声乐。

他去欧洲旅行，看瑞士雪山，逛法国小镇，游泰晤士河。

他去澳大利亚游玩，既进歌剧院，又包车在中部旷野上狂飙。

他看了埃及金字塔，也在非洲大草原上摸过长颈鹿。

他转头参加演讲比赛、商业模拟大赛、作文比赛。

……

一天，父亲忽然跟他说了许多关于核心素质能力的话，要在马术、高尔夫球、击剑等玩乐项目之外培养出真正有长远意义的能力，要把对四处旅游看见的人、事、物的表象转化为对这个世界的深远的理解，还要创造出丰富的、深刻的内在精神世界……

他听得云里雾里，懵懂点头，因为爸爸这么厉害的人说的一定是对的，爸爸一定对自己最好。

他模糊听到爸爸提到一位特殊的老师，曾经是特级教师、高级教育研究员，对培养思维和认知能力有极深刻的见解。

然后他被带到一个中年男人面前，答了许多问题，男人点点头。

后面几年他开始跟着中年男人学习许多奇怪的能力，各种思维方法、认知策略，以及各种文化通识课，在更深的层面打开了看世界、看自己的窗口。

他原本就聪明，现在感觉自己更聪明了。

他原本就优秀，现在感觉自己更优秀了。

他被充盈了、被扩大了，全身绽放出耀眼的光芒。他的外在优雅高贵，他的内在充实饱满，他在物质与精神层面都比凡俗大众遥遥领先。他的同学们仰望着他，有人羡慕他的衣服、球鞋和接送他的好车，也有人惊叹他的见识之广、思想之深远超同龄人。

他在学习上遇到些许小问题，按照认知策略有条不紊地解决。

他在各种素质能力比赛和项目中遇到些微小挑战，经细致分析也能轻松寻得妙解。

直到进了初中，他第一次遇到那个叫作占武的人，一个他无论如何也超越不了的人。他不仅成绩上总是差了对方一筹，更仿佛他所掌握的策略、积淀的底蕴，那些令其他同龄人望尘莫及的能力素质，在占武面前不值一提。

他产生了最初的疑惑。占武成绩优秀，他便认真使用各种策略去高效学习，想更优秀；占武参加数学竞赛，他也兴致勃勃地报名了数学竞赛。

两年前，文兴市国师附中门口，周日上午11点。

卢标无力地坐在校门口的木凳上，眼神空洞，一副垂头丧气的表情，与今日的兰水二中寝室楼下的木炎有几分相似。

"没关系，一次小小的考试，不必太在意它。就当是一次历练嘛！下午爸爸带你去文兴市海洋公园玩好不好？"

刚刚结束了省级初中数学竞赛的复赛。卢肩山带着儿子卢标来到省会文兴市参加考试，考点就在文兴市大名鼎鼎的国师附中。作为兰水市长隆实验初中的尖子生，卢标成了长隆实验初中这次晋级复赛的两名种子选手之一——另一名自然是占武了。

这一年，已经是卢标跟随老师学习的第三个年头了，进步巨大，从小学时期的普通学生，到如今的鹤立鸡群，甚至已经成为长隆实验初中的数学竞赛代表选手。卢肩山自然高兴，卢标也是志得意满。这次数学竞赛，即便拿不下一等奖，至少也可以弄个二等奖吧？卢标这两年的进步太大，即便是省级数学竞赛，卢标也有充分的自信。

可是进入考场之后，卢标才意识到，自己还是太天真了，复赛的题目难度与初赛完全不是一个等级！看着那千奇百怪、离奇诡异的竞赛题目，卢标陷入巨大的自我怀疑——我的能力，远没有自己想象的那么强。

可是既然来了，就硬着头皮做吧。平日里技惊四座的巧妙解题思路，在这里成了基本的入门标准，除了能做一做前面几道基础的选择题以外，后面就没什么作用了。就好比沙漠里一片小小水塘能让人震惊与激动不已，但在江南水乡乃至滨海城市那里，这小小的水塘简直就是个笑话。

第三题不会，第四题不会，第五题半做半蒙，第六题不会，第七题大概是这个思路，第八题又不会……从第九题开始，不仅不会，而且连任何思路都找不到，脑海中一片空白。

三年里建立的自信，仿佛一瞬间崩塌。

但是最诛心的不是自己不会，而是别人会。在卢标脑海中一片空白、完全不知如何下手之时，四周考生草稿演算、填写答案的唰唰声，轻松完成前半张试卷后的快速翻页声，都像是冷箭一样直穿自己的耳膜。

斜左前方的男生，当卢标还在做第五题的时候，他就已经翻面了。

正左方的女生速度稍慢，可是每道题都稳稳当当地解答出来，填写答案毫不犹豫，在卢标做到第六题的时候，也翻面了。

右前方的男生，不仅答题快速，而且边做题边转笔，神色轻松，不一会儿就开始做解答题了。

正右方的男生更夸张！接到试卷的一开始就翻到第二面，直接从最后一题开始做起。十秒钟看完题目后甚至鼻子里哼了一声，显出对题目的不屑，不到五分钟就把最后一题完成了。当卢标最终翻面的时候，这人已经完成了整张试卷。

也许他们也不会做，只是随意乱写乱蒙的呢？

这个念头在卢标脑海里一闪而过，立刻就被苦笑着否决了。不要骗自己了，卢标！即便选择题是乱蒙的，解答题呢？证明题呢？怎么可能全部都是乱写的！这就是硬实力的差距啊，连骗自己都骗不下去的差距啊！

考试结束，考生们收拾东西准备离开，卢标周围的人有一搭没一搭地议论着。

"难度一般，压轴题也没有新花样。"

"关键是小题太简单了，留给大题找思路的时间太多了。"

"走吧，总不是个一等奖。"

"完了，选择题不小心算错了两道，估计只有二等奖了！"

……

每一句话都如同大石拖着卢标，让已经跌落山谷的卢标跌得更深、更狠。

他瞟向周围那些人的准考证，看他们的学校——国师附中初中部、文兴三中初中部、文兴外国语实验初中、文兴四中……

全都是文兴市的一流初中。

在省会城市一流中学的高手面前，卢标弱小得如同婴儿。

在功利层面，这次数学竞赛的影响并不大。卢标并不指望能得一等奖被保送重点高中，他要上兰水市最好的高中临湖实验轻而易举。即便他什么奖都得不了，也不会有人怪罪他，毕竟他已经是长隆实验初中除了占武以外最强的人了。如若把这次经历说出去，恐怕连几两称得出重量的同情都博不来。

可是卢标自己知道这意味着什么。为了准备这次数学竞赛，他已经付出了很大的努力，即便他不是专门的竞赛选手，不能说已经全力以赴，但是也接近极限了。而且他和那些顶级高手的差距，实在太大了。他很清楚，这如东非大裂谷一般的巨大裂痕，不是把剩下那点儿努力提高到极限就能够弥合的了。

他很清楚，面对顶级高手，他有多么无能为力。

这种悲哀不是起于实际利益的剥夺，而是源于对信念的斩杀。这几年卢标学习得非常努力，又有老师相助，一路顺风顺水，逐步建立起一种强烈的信念——努力终有回报，一切困难都可以克服，无非是努力程度和努力方法的问题。这样的一股信念，深刻地滋养了卢标挺拔的脊梁，构成了卢标站立于天地间的精神支柱，它就是卢标的精气神。

可是如今，这个信念似乎被一把利刃斩断了，精气神没了。那种深刻的颠覆与无力，有着削骨抽髓的效果。几滴不争气的眼泪，从卢标的眼角滑落下来。

卢肩山看着儿子卢标的神情，自然知道他没考好，而且恐怕与预期相差甚远。

"儿子，那位老师说过，你的发展方向本来就不是竞赛方向，不用抱特别大的期望。你这次来本来就是历练而已，不必太在意的。中午好好吃顿大餐，下午去玩儿好不好？海洋公园不想去，那文兴市博物馆？科技馆？"

"爸，我哪儿都不想去。"卢标低垂着头，"我好失败。"

"你哪里失败了？你可是长隆实验的第二名呢！已经很不错了！"卢肩山微笑着看

着卢标。

"可是跟省会城市一流初中的人比，我太差了……"

"不是这么个比法。你按照老师的指导，只花了小部分精力准备竞赛，而有些同学则是专门准备竞赛的，花的时间比你多多了。你跟他们比没有意义啊！"

卢标摇摇头："不是时间长短的问题，差距太大了，再加点儿时间也没用。"

卢肩山又试着安慰几句，卢标始终听不进。不是卢标的情绪太过消沉，听不进劝，卢肩山知道，卢标是真的到一个观念"瓶颈"期了。卢肩山突然回忆起几年前那位老师对他说过的一句话——

"该痛就痛，该破就破，过度保护多是欺骗，骗子骗父、骗人骗己。对于聪明人来说，一分事实一分美德，一层真相一层境界。愚者，再多保护又有何用？"

卢肩山回忆起最初带着卢标去见那位老师时的场景，那位老师和他们闲聊了一会儿，无非是些家常和基本信息，似乎没有什么惊艳的内容，但那宁静如高山湖泊的目光从他们身上扫过，一言一语、一静一动、一喜一悲、一枯一荣，仿佛都被那目光穿透，然后席卷而去收归山谷之中。卢肩山一面诉说自己怎样倾注爱的教育呵护孩子的内心，赞扬教育激发孩子潜能；一面还在怀疑，这位老师是否真如介绍人说得那样高明？犹豫之时，突然就听到老师说出上面那句话。

"该破就破？真相即境界？"卢肩山一时没有品出味道来，但又本能地感觉这位老师不简单，并牢牢记住了这句话。以他在商场上打拼多年的经历来看，这样的老师在兰水市这小地方，恐怕是可遇不可求的。后面又问了些具体问题，老师一一解答，更令卢肩山信服，因此放心将孩子交给老师。

此刻，卢肩山不知为何突然想起那句话——"该痛就痛，该破就破……一层真相一层境界……"，当下心头突然明悟了几分，似乎正是因缘和合之时。略一沉吟，卢肩山转身对卢标说道："这就对了。"

"对了？"卢标不解。

"你这次竞赛，本来就不可能考得太好。"

卢标听罢又低下头："唉，我比不过他们。"

卢肩山果断一摆手，退去平日温润如玉的"慈母"相貌，显现出高大如山的"明父"样子。"不是！你若比得上省会城市的这些尖子生，反而是违反规律了！"

卢标更疑惑了，瞪大眼睛看着父亲。

"儿子，你想了解这个世界的真相吗？这个社会的真实运转规律，不是你们学科课本上的那些东西。"

卢标点点头。他对"真相"这个词很敏感，因为老师曾经多次说过，真相即美德，真相即境界。

"比起省会一流初中的尖子生,你知道你哪里更弱吗?不光是你,也包括占武,包括所有兰水市的尖子生,你们跟文兴的尖子生比,差距在哪里?"

卢标摇摇头。

"不是你们更弱,而是你们的学校更弱、老师更弱!不是你们更弱,而是你们的父母更弱!卢标,不是你比他们差,而是你老子我卢肩山,比他们的父母更差!"

卢标一脸震惊,不明所以。

"你这么努力、这么聪明,还有那位老师的指点,为什么在数学竞赛里却一筹莫展?归根结底,因为你们长隆实验初中没有像样的数学竞赛老师,没有对应的竞赛培训体系。任你个人怎么聪明,又怎么比得上文兴市一流初中无数高等级数学老师合力教育出的学生?你真正的对手,不是这些文兴市的学生,而是他们背后那些教了多少年竞赛学生的核心骨干老师,以及他们建立的成熟的竞赛培训体系。"

卢标若有所思。长隆实验初中的老师,对于中考数学固然讲解得清楚,但在竞赛训练方面并不高明,此时回忆起来,卢标猛然意识到其中差距。

"再进一步说,为什么他们能够读水平更高的国师附中初中部,或者文兴三中,而你只能读水平一般的长隆实验初中?因为你爸爸我是兰水市的人,他们的爸爸是文兴市的人!因为他们的父辈当年比我更优秀,能够从周边的小城市和县城到省会城市去!他们的父辈更有这份拼搏的勇气,以及在大城市生存下来的综合能力啊!"

"可是爸爸,你的事业不是做得很好吗?你怎么会不优秀呢?"

"傻孩子,我的事业是近几年才做起来的,年轻时候那是一穷二白!你妈妈的病,就是年轻时候跟着我太穷了、受了太多的苦才落下来的。

"总的来说,就是早年的时候,我们这些当爹的没有人家的爹那么优秀,没有能力去省城打拼,留在了兰水市,于是一步步地导致,今天的你们没有办法接触到更好的资源。这不是你输了,归根结底,是我们输了啊!"

卢标若有所悟,仿佛原有的天空再次裂开一条缝,又见到了新的世界。

"孩子,你要记住,命运的改变,从来不是一个人的短跑,它是好几代人努力的延续啊!

"当然,你老爸我也不算最差的,好歹这些年是混出头了,开发的几个小区借着去库存的风头都卖出去了大半,回收成本绰绰有余。因此这几年能够供得起你去老师那里学习,一年 30 多万元,一学三年大概就是 100 万元了,这是你的同学们的家庭所出不起的,出得起的又未必有足够的远见,意识到这些事情的重要性。正是这些因素造就了你相对兰水市其他同学的巨大优势啊!所以你的同学们比不上你,你也不要骄傲,不是他们比你差,而是他们的父母比我差。"

卢标低下头:"对不起,爸爸,花了你很多钱。"

"傻孩子，这点儿钱跟你一辈子的长远成长比起来算得了什么呢？老师说，你现在的进步很快，如果继续顺利学下去，不仅能够顺利掌握主要的学习策略，甚至有可能在十年之内就掌握深度思维体系的主干内容了！到时候你可就是响当当的青年才俊、少年英雄了呢，要做点儿什么事业出来赚回这百把万，还不是轻轻松松？到时候老爸我还要沾你的光！"

卢标终于破涕为笑。他懂了，他懂得命运的洪流席卷之时，再努力和强势的个人，也不可能有一击而胜的把握。他懂得需要承认命运的局限；懂得需要努力和拼搏的不是这两三年，而是二三十年，甚至一辈子、几辈子！

在命运的潮水面前，懦弱的人将会随波逐流。

在命运的洪流面前，傲慢的人将被吞没席卷。

只有那谦逊如山谷、坚韧如山脉、高远如山峰的人，才能在无数的波澜起伏之后，拨云见日，一览众山！

从那时起，他便再次升起了万丈豪情。

直到命运忽然间将他狠狠摔落、大山一样的父亲轰然倒塌之时，他还保持着那份宝贵的倔强与自信。

▶ 第二十四章 ◀

黑夜晚会

卢标收起思绪，又安慰了木炎几句，勉强让他情绪平静下来，带着他回 214 寝室休息后，自己返回 213 寝室。李天许正躺在床上玩手机，一如往常。

这个李天许啊，傲慢无礼得有些过度了。卢标忍不住说道："李天许，你今天怎么回事？你对木炎说的那些话，太过分了啊。"

李天许鼻子里喷气，头也不回，边玩手机边说："呵呵，关你啥事。真把自己当精神领袖了啊！"

卢标眉头一皱，想反驳些什么，可又叹口气，对李天许这种人，他真的不知道该怎么办了。他不想继续在寝室待着了，转身走向教学楼。

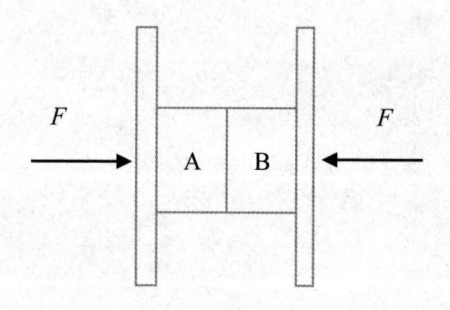

如图所示，两块完全相同的粗糙木块被两个竖直的粗糙木板夹住并保持静止，每个木块的质量为 m，则两个木块之间的摩擦力大小为（　　）。

A. 0mg

B. 0.5mg

C. 1mg

D. 2mg

诸葛百象盯着这一道物理选择题，心里感慨，差点儿选错了，差点儿就被小陷阱坑了。一道看似简单的小题，却有可能在不经意间脑子一热，就未经慎重思考根据本能选择了。两个木块这样按在一起悬在空中，怎么看怎么像是有摩擦力一样啊！可是答案是没有！正确选项是 A。

这种小题，诸葛百象从来不允许自己做错。

物理晚自习还有十分钟开始，上午的物理课已经讲完了联考试卷，晚自习大概是继续力学章节的练习了。一组中后排的修远神色轻松地和付词、刘宇航几个人瞎侃着，闹腾的声音差点儿打乱诸葛百象做题的思路；二组前排的罗刻埋头整理笔记本，木炎的座位空着，陈思敏和夏子萱似乎在看物理书；三组前排李天许正低着头玩手机，卢标一只手撑着额头，不知在思考些什么；三组后排的柳云飘试图复习上午的物理错题，不过二组中间的易姗凑过身子来跟她小声密语些什么，令她眼神闪烁。

十分钟后，物理老师周萍顶着棕色的鬈发走了进来，长筒丝袜和裙子暗示她还在强行挣扎着留住青春。美丽动人已经说不上了，但就今天的温度来讲，短裙可以制造"美丽冻人"的效果。

今天，周老师看起来印堂发黄、人中发黑，或许会流年不利。

"同学们，开始上课了！大家把练习册拿出来，我们先讲一下受力分析的几个重点题目……"

吱吱——突然间所有人眼前一黑。

"停电了！"有人高喊起来。

一组靠走廊窗边的同学又喊道："隔壁班也停电了，那边教室办公室也黑了，整栋楼都黑了！"

三组的人又喊起来："高二、高三的楼还有电！"

许多人心里欢呼：苍天啊，你终于开眼了啊，专门让我们高一的学生休息一下！

"要不回寝室吧？"有人提议。回到寝室，可以玩手机啊！

于是一片响应声："臣附议！"

"臣附议！"

"臣等都附议！"

周萍一脸无奈，今天真是点背啊！这还怎么讲作业？现在该干吗？教室里两眼一抹黑啊，难道真让他们回寝室？好像只能这样了吧，回寝室虽然讲不了题，但是同学们至少可以看看书、写写作业什么的嘛。

显然，周萍高估了学生的自觉性，除了罗刻这等学习狂人以外，恐怕较少有人会真的在寝室学习。

然而那些准备回寝室玩手机的同学很快被泼了一盆冷水。有人喊道:"寝室也没电!"

"不是吧?你怎么知道?"

"黑的啊!"

"寝室现在没人肯定是黑的啊,未必是停电呢!"

"可是门卫室也是黑的啊!"

"……完了,这该干吗?"

一会儿,一位男老师走进教室和周萍说了些什么。周萍点点头,对同学们说:"是这样的,学校电路出了些问题,估计今天晚上解决不了了,到明天才能恢复供电。今天的晚自习取消了。大家可以在教室里坐一坐,也可以直接回寝室,或者尽量找个有灯光的地方待着。目前高二、高三教学楼和操场上都是有电有灯光的。"

于是教室里的人分成几拨。李天许大喊一声"打球去",修远、付词、马一鸣、姚实易等人即刻返回寝室拿球;罗刻背着书包往外走,不知道去哪儿了;赵雨荷、卢标、木炎等人决定出去散散步,卢标每日有锻炼的习惯,今日刚好提前锻炼了;剩下诸葛百象、夏子萱、陈思敏、易姗、百里思、柳云飘几个人还在教室里待着。

这个夜晚,很有趣。

初时教室里的几个人各自坐着无事可做,易姗和柳云飘嘀咕些什么,然后易姗突然叫道:"我们教室里的人来玩游戏吧!"

"游戏?什么游戏?"

"黑灯瞎火的,怎么玩?"

易姗道:"没事没事,不要灯也可以玩。来玩真心话大冒险吧!"

夏子萱、柳云飘首先表示同意,后来又把百里思拉了过来。诸葛百象现在是教室里唯一的男生了,本来没兴趣参与女生集体的活动,但是易姗一脸嬉笑地拉着他的胳膊撒娇:"来嘛来嘛,跟我们一起玩儿嘛!"实在受不住这样的拉扯,诸葛百象也最终加入了进来。

诸葛百象、夏子萱、陈思敏、易姗、百里思、柳云飘六个人围在易姗的桌子旁,形成一个六边形。

"好了,人都来了,怎么玩儿?"陈思敏问。

"我先说下规则!"易姗显得很兴奋,"需要一个可以转动的空瓶子,转完以后瓶口指向的那个人,就要接受惩罚,选择真心话或者大冒险。选择真心话,就要回答大家一个问题,而且必须说真话,问题由瓶子底部指向的人提出,也可以咨询大家的意见;选择大冒险的话,就要接受一个挑战,比如对谁表白啊,或者去做一件比较尴尬的事情。"

真心话大冒险的游戏很简单,很多人都熟悉规则,没有多说,倒是从没有玩过这个游戏的陈思敏思维敏捷、反应迅速，道："唉，我觉得可以修改下规则嘛！第一，你看今天一片黑的，大冒险也不方便啊，只要真心话就好了。第二，转到谁谁就接受惩罚，多单调啊，可以搞复杂点啊，瓶子指向谁，他既有可能是被人问秘密的那个人，也有可能是有资格询问别人秘密的人，这多有意思啊！再加个硬币，转硬币，有字的面就是主，可以问别人问题，自己随便选人；反面就是客，被瓶底指的人问问题！这样多有意思！"

不愧是排名第三的学霸，思维敏捷，微微地一修改规则，就让游戏更加多样和刺激了。众人纷纷表示同意。易姗拿出手机打开手电筒功能，用来照亮瓶子和硬币；柳云飘则找到一个空的塑料瓶子。众人围在易姗的桌子旁边坐好。

"下面，开始我们的黑夜晚会！"第一轮开始，易姗主动转起瓶子。几圈过后，瓶子缓缓停下来，指向了陈思敏。

"硬币硬币！赶快转硬币啊！让她转个反面最好了！"易姗兴奋地大叫。

陈思敏将硬币往桌上一弹，居然没有转动起来，稍微翻滚了两下就落在桌面上——反面。

"这……没有转起来欸，不算吧？"陈思敏试图挣扎一下。

"不行不行！怎么能不算呢，没转起来也是你自己的问题，你自己扔的嘛！"柳云飘和夏子萱都表示不同意。"百里思，赶快问她个问题！"坐在陈思敏对面的是百里思，瓶口对着陈思敏，瓶底自然指着百里思了。

"哦，我问什么问题呢？我想想……对了，陈思敏你觉得你成绩这么好最重要的秘密是什么，尤其是语文、英语这两科？"百里思严肃问道。

"哎呀！怎么问这么无聊的问题啊！"易姗对百里思的问题大失所望，"你不会问可以咨询其他人的意见嘛！浪费机会！"其他人也表示，这个问题太没有分量了。

百里思耸耸肩道："我就想知道这个。"

陈思敏嘻嘻一笑："哈哈，这问题好，答案是——我也不知道。"

"不行不行，不能说不知道！"众人都表示反对。

陈思敏语气严肃："你问的是最重要的秘密，但是我告诉你，根本没有什么最重要的原因，很多原因都很重要。其实很简单，上课认真听讲，课后及时做练习，认真思考，认真改错——无非就是这些事嘛！大家都一样。"

"那你这回答也太没有诚意了啊！"夏子萱和百里思还是不满意，"至少也找一项最重要的出来嘛！都说了是问最重要的秘密。"

"那好吧。"陈思敏犹豫了一下说，"我觉得可能练习更重要一些吧。练习的关键是要及时，当天讲的新课必须及时做练习，尤其数学这种的，今天讲的课明天再做题，就已经晚了，会产生遗留问题。我觉得自己做得最好的就是这一点吧，学完新课赶快练习，决不拖沓！"

这就是陈思敏的所谓学习秘密了，感觉上似乎没什么大不了的，比起卢标各种层出不穷的学习策略，实在是有些平淡。

"好吧，勉强就这样吧。"易姗无奈道，"以后你们可别再问这么无聊的问题了，不知道怎么问可以请教下别人啊！"

陈思敏转动瓶子，这一次，瓶子指向了易姗。

"哈哈哈，报复你！"陈思敏大笑道，"你指我，我指你！"

易姗白了她一眼，说："还没扔硬币呢！别高兴得太早。"易姗狠命地搓了搓硬币，念叨，"正面正面正面，有字有字有字……"扔出去，硬币转了几秒钟缓缓停下——真的是正面。

"哈哈哈！天助我也！"易姗又兴奋起来，"我有发问权啦！我该找谁问问题呢？"说着，她狡黠的目光扫过全场，还把手机的光芒从每个人脸上扫过去，惹得众人纷纷抬手挡住刺眼的光。

"我选——柳云飘，就你啦！"

柳云飘抿了抿嘴，道："好吧，你要问我什么问题？"

"你可要老实回答啊，真心话，不准说谎的！我要问你，你是不是喜欢卢标？"

其余人都不怀好意地笑了起来。

柳云飘无奈地一低头："唉，干吗要问我这种问题啊！"

陈思敏眼睛一转，突然说道："我提议加个规则！今天真心话中说到的任何隐私秘密，都不得说出去，只有我们几个人知道。"

易姗一愣，猛然醒悟过来——这陈思敏真是厉害啊！加了这条规则，才能让人更放心大胆地把自己的秘密说出来啊！她不禁对陈思敏又生出几分佩服。

柳云飘继续无奈道："这问题不是应该留着问夏子萱吗？"

真是人在家中坐，锅从天上来。夏子萱就这么无辜"躺枪"，吓得身子一震："没事扯到我干吗？你别害我！"

结果易姗不屑道："喊，夏子萱喜欢卢标我早就知道了，我现在问的是你。"

"哇——"众人一起惊呼！

"哪有啊！你乱说！"夏子萱心跳骤然加快。

"唉，别装了，你那点儿心思太明显了，根本逃不过我的眼睛。"易姗语气中透着不屑。

陈思敏怒补了一刀："嗯，没错没错！我也有这种感觉。"

"你！"夏子萱生气地转向陈思敏，"你乱说什么！别诬陷我！"

"好啦好啦，别转移话题了，夏子萱的问题我早就确认了，不用讨论了。柳云飘，你老实回答,是不是对卢标有意思?"易姗轻描淡写一句话,不仅直接把夏子萱的情感问题一锤定音,而且将话题重新聚焦到柳云飘身上。

"你们……你们太过分了!别乱说我!"夏子萱羞得满脸通红,耳根发热,简直不知如何应对,幸亏黑灯瞎火的大家看不见,手机的光不仅亮度有限而且是定向聚焦的,正对着桌子上。

众人的目光重新集中向柳云飘,夏子萱松了一口气。呼,幸好没有再继续了。

柳云飘犹犹豫豫不知如何说,突然易姗又开口了,语气如同晚会的主持人一般:"下面,我们来看一看,夏子萱有没有脸红呢?"说罢快速地将手机灯光照向夏子萱的脸。

这一下真是来得猝不及防!易姗的语气如同舞台上控场的主持人,手机的光如同舞台上的聚光灯,掌控着众人的注意力,使之跟随着转向夏子萱。在手机的光照下,只见夏子萱满脸通红,从脸蛋一直红到耳朵根,即便没有触摸也知道,那必然是红得发烫了,仿佛这黑夜都随之升温。

"哇哦!好红啊!"众人尖叫且奸笑着。

夏子萱红着脸愣了两秒,一边大叫起来——"啊啊啊!讨厌啊!易姗我恨你啊",一边飞快地把头低下去埋在手臂间。

易姗奸笑两声:"嘿嘿,你真是太嫩了。下面,让我们把目光再次转回柳云飘身上。说吧,喜欢,还是不喜欢?"

"没感觉,我跟他就是普通同学而已,坐在他后面比较近,天天找他问问题而已。"

"说谎!"易姗冷冷道,"不准说假话!"

柳云飘自然不服:"凭什么说我说假话呢?这就是真实情况啊!"

"哼,投票吧!你们认为柳云飘在说谎的,举手!"易姗开始发动群众的力量。

唰唰的一片,除了百里思以外所有人都举手了。

"嘻嘻嘻!群众的眼睛果然是雪亮的啊!赶快老实交代吧!"易姗发出银铃般的笑声。

"哈哈哈!你们女生的八卦游戏真有意思啊!"诸葛百象突然发出杠铃般的笑声。

"呸,等下轮到你好看了!"陈思敏、易姗瞪了诸葛百象一眼,让他不寒而栗——夏子萱都让你们整了,可别像那样整我呢。

柳云飘沉默了好久,叹了口气,低声说道:"我知道你们想说什么。像卢标这样的男生,不仅是学神一样的存在,而且人又好,长得又帅,其实哪个女生没点儿想法呢?可是我真的没想怎么样啊,因为我知道这没有意义。反正他对我又没什么感觉。"

"你怎么知道?你也不丑啊。"陈思敏道。

柳云飘摇摇头:"感觉得到。容我说句'丑话'吧,我们班上的女生,卢标可能真的没有对任何人动过心思。"

"呵呵，那可不一定。"易姗奸笑道，"等下你们谁运气好获得了主动询问权，可得好好问一下百里思，她和卢标是什么关系呢！"

百里思一愣，怎么又扯到我了啊！众人若有所悟地"哦"了起来。

"真心话，就得像我这么玩！"易姗得意扬扬。

"你就是居心不良，早有预谋吧！"夏子萱没好气道。

第二十五章

妖星

诸葛百象、夏子萱、陈思敏、易姗、百里思、柳云飘六个人围在桌子旁，继续着真心话的游戏。这一晚，许多人都被迫抖出了自己的不少秘密。

在后面的回合中，百里思打死不承认自己对卢标有意思，也不认为卢标对自己怎么样，拿出思维流的概念一通解释，结果没一个人听得懂。夏子萱、陈思敏、易姗和柳云飘都被问到了初吻，结果是夏子萱、陈思敏和柳云飘都表示自己很保守，如珍贵物件一样完整保留，而易姗以笑而不语代替回答，众人皆表示懂了懂了。陈思敏简直是福星高照、紫气东来，转瓶子转硬币，居然获得了将近十个主动询问机会。将夏子萱、柳云飘、易姗和百里思的秘密掏了个尽。

百里思仿佛对各种情感八卦毫无兴趣一般，主动询问机会虽然有幸获得了几个，却都问了些不痛不痒的问题，比如柳云飘有没有骂过老师，易姗小时候有没有拿过别人东西等，陈思敏觉得哪个学科最难等，被批评问题毫无分量，过于保守。

倒是易姗最为大胆，发挥主动权问诸葛百象觉得班上女生谁最漂亮。诸葛百象倒是不含糊，清清楚楚地回答："单论五官的话，夏子萱吧！"易姗在黑暗中皱了皱眉，但没人看见。

"哇！已经形成三角形了。"陈思敏打趣。

"客观评价而已，不代表喜好。"诸葛百象平静地回复。

"觉得一个人漂不漂亮，也有主观审美的成分啊！都已经主观审美了，怎么会不代表喜好呢？"陈思敏继续争辩。

"那好吧，应该这么说，评价漂不漂亮，并不代表喜不喜欢。"

诸葛百象的意思很明显了，他认为夏子萱很漂亮，但并不对夏子萱抱有男女情感。

不过即便这样，也让易姗心里颇不服气。利用下一个主动询问机会，易姗对诸葛百象问出了一个惊人的问题："那你觉得我漂亮吗？你喜不喜欢我？"

众人差点儿以为这是要当众表白了！易姗解释道，只是询问而已，她对诸葛百象并没有意思。

诸葛百象心中觉得搞笑，这女生还真是看得起自己啊！好歹我老爹是个心理治疗师，你是哪种人我还看不明白吗？喜欢谁也不会喜欢你啊。对于易姗，诸葛百象原本就没什么好印象，只是平时交集很少，没有冲突而已。他当然知道易姗也五官精致、擅长打扮，班上确实有不少男生对她心生爱慕。但长相这个因素对于他来说，太次要了。更何况，即使客观评价，他也依然觉得，夏子萱那种清秀、自然的五官，比易姗那精细雕琢的要好看。

不过他的真实想法当然不会原样表现出来，表面的理解他依然保留了下来。"我觉得你长得很漂亮，但我对你没兴趣。"

易姗盯着诸葛百象的眼睛长达十余秒。他没有说谎。

"我突然发现，我们的秘密都被扒得差不多了，但是诸葛百象同学今天晚上可是很少被提问呢。"易姗煽动道，"下次谁得到主动询问权，可别忘了好好问他个重量级问题。"

几轮之后，没有人得到主动询问权，但是诸葛百象流年不利，被瓶子指到后，落了个被迫提问。

"夏子萱，好好把握你的提问机会。"易姗道。夏子萱坐在诸葛百象对面，这一次，该由她来提问诸葛百象了。

"问他初中有没有喜欢哪个女生，或者问他有没有被表白过，或者……"易姗不断出主意。

夏子萱盯着诸葛百象的眼睛，没有理会易姗的话，而是想起了那天她给诸葛百象发笔记本时的场景。为什么，他始终不愿意承认他是个学习高手呢？他明明已经取得了第四名的好成绩啊！

夏子萱灵光一闪，问了一个多年后回忆起来她都觉得非常明智的问题。

"诸葛百象，你这一生中，记忆最深刻、最无奈、最悲惨的事情是什么？"

全场愣住。陈思敏沉吟一会儿，点点头："好问题！"

"诸葛百象，这可是你认为班上最漂亮的女生问你的问题哦，你可要好好回答。"柳云飘笑道。

诸葛百象叹口气："唉，你为什么要问这种问题呢？"

有心事！这一声长叹，反而让八卦的众人觉得，这问题问对了。

倒是夏子萱道歉道："对不起，如果不想说就算了吧，我不问了。"

"唉，既然你都问了，我告诉你算了。我曾经被一个男生戏弄得很惨，两年多了，至今没法忘记。"诸葛百象回忆起往事，其他人凝神静听。

"有一个人，他是我同学，小学初中都是同学。他很聪明，智商超高，学什么东西都是一学就会。我小学的时候成绩也非常好，经常都是接近双百的成绩，跟他不分上下。但是你们也知道，小学的内容非常简单，区分度比较低，无法分出谁是真正更为优秀的人。他总是说，虽然我跟他分数差不多，但其实他比我要优秀10倍，整整10倍。"

"10倍？为什么啊？"

"具体原因我就不说了。但我隐隐有一种感觉，他确实太聪明了，可是我也不服气啊，我认为自己一定不比他差！我也很优秀啊！但是具体谁更优秀，小学阶段，终究没法在明面上体现出来。

"初中，我跟他又是一个班。初中的知识难度加大，不是小学那种不管你聪不聪明、只要认真学就有好成绩的情况了。这时候，他开始显出了一点点的优势。他继续嘲讽我，说果然比我优秀10倍。

"我不服气，更加努力地学习，每次特别努力的时候，好像也就追上他了。但是我又感觉到，其实还是有点儿距离，尤其在那些高难度的学科上，像数学、物理之类的。到初二下学期的时候，数学难度提升很快，他所有难题都会做，而我有时候会，有时候不会。每次他嘲讽我的时候，我都很愤怒、很不服气，我怀疑他是不是偷偷背着我做了很多题，所以这么厉害，不然凭什么总是比我高几分——就是压轴题的那几分。我每天都在想，怎么样才能超越他，怎么样才能证明，我也一样很聪明、很优秀。

"有一天，我想了一个办法。有一个周六，我向他发起挑战，我们来到空无一人的教室，翻窗户爬进去，就在教室里进行决斗。决斗方式是，我们选择初三数学书中的一个没学过的章节，临时看一个小时的书，然后拿一份最难的试卷出来，当场做完比分数。

"因为我怀疑他自己在做题，可是做题也肯定是在做当前学的单元吧，我们还在学第二十一章一元二次方程，那么他肯定没有做过第二十四章圆的题目吧？所以我故意选择了这种决斗方式。

"甚至，我还偷偷作弊了。我临到周五的时候才告诉他要决斗，周六到了教室以后才告诉他怎么决斗，也就是说，他确实是只有一个小时的时间来自学新的内容。而我呢？我其实从周一开始就偷偷自学圆的内容了，还做了不少教辅资料的题。我已经整整自学一周了。

"我知道这样做不光彩，可我就是咽不下这口气！我太急于证明自己了，我太想赢他一次了。自学一小时，然后做试卷，我还特意上网查了资料，看哪种试卷最难，我就选择了最难的一种。因为我知道，他太聪明了，临时看一个小时的书，那些基本公式题和简单题，他一定就能做出来了。但是，那些最高难度的题，不论他怎么聪明，也不可能临时就会了啊！而我却准备了一个星期，已经训练了很多难题。也就是说，试卷越难，对我越有利。

"我们开始比赛了。这一小时,他是第一次接触圆的知识,而我相当于复习了——当然,还是要假装在认真自学。选的那份试卷我倒是没有提前做过——不然那就太不要脸了,我自己也觉得不能这么无耻。但是就这样,我的优势也已经足够大了,大到他不可能赢我了。

"一小时后,我们开始做试卷,定时两个小时。一人一份试卷,来之前临时在书店买的,我选的试卷,我可以确定他没有提前做过。我坐在自己的座位上,他就坐在我旁边隔了三张桌子的地方。没有坐在我的正旁边,他说是怕我抄他的内容。

"我很不屑,因为我觉得自己赢定了。一开始看试卷的时候,我很高兴,因为我发现题目真的很难。不仅计算量大,而且很多题目的思路很刁钻。我真的很高兴,题目越难对我越有利啊!虽然我不会做的题目有不少,但是他肯定更多,120 分的试卷哪怕我就只得 80 分,只要他只有 70 分,我一样是赢了啊!

"一开始我做题的速度确实比他快,我做几题就瞟他一眼,我确认他没我快——毕竟我学了一个星期,而他真的只学了一个小时。到后面题目越来越难的时候,就没怎么看他,开始认真计算自己的题。等我差不多选择题快要做完的时候,我突然听到了一个恐怖的声音——他翻试卷的声音!

"我突然愣住了,忍不住往他那边看去。他翻卷的速度很慢,仿佛慢动作一样,所以我看得很清楚,他的正面全部填满了。虽然隔得比较远,看不清他的具体答案,但是很明显,他的选择题、填空题,全部做完了,没有一道题留了空白。我当时就慌了,因为我学了一个星期,还有几个题想了半天没有做出来。

"我一边做一边忍不住往他那边看,感觉额头上全是汗。我想不通,怎么也想不通,他怎么可能厉害到那种程度? 只看了一个小时的书,就能做出各种各样的难题。不仅基本公式应用掌握了,连很多奇特的衍生思路都能想出来。我太震惊了,我从没想到我跟他的智力差距有这么大。我原以为难度变高以后会对我有利,却没有想到他的天赋智力已经达到这种水平了!

"我心乱如麻,各种情绪混杂在一起,强行控制住自己接着往下做。越做到后面越难,好几道题想了很长时间,倒数第二题的第二问一点儿思路都没有,最后一题更是无从下手。但是他全部都做出来了,卷子上写得密密麻麻。我一直盯着他看,虽然那些难题他也不是一次性就做出来了,也在草稿纸上尝试了很久,但是最终他还是做出来了。他找到思路恍然大悟,长舒一口气的时候,我就会倒吸一口凉气,心惊胆战。我已经不知道他比我多做多少道题了,我已经不知道我和他的差距有多大了。

"我一遍一遍想,小学的难度果然是太低了,完全体现不出差距,可是在难度稍高的初中数学上,他对我的天赋碾压就显现出来了。怪不得他一直说,他比我强 10 倍,整整 10 倍,是因为他早就看出来自己的优势了吗? 他早就知道自己的优势会随着难度的提升而表现出来吗？

"当他把压轴题最后一问做完的时候，还剩余二十五分钟。唰的一声翻卷，他开始检查前面的小题了。这种声音让我无比灰心丧气，面对压轴题无能为力，全身的力气都被抽干了一样。最终，两个小时到了，我还是没能做出最后一题。

"然后就开始对答案，可是不用对我也知道，我输了。

"是我不服气，找他挑战；是我为了削弱他的优势，选择了最有利于自己的挑战方式；是我为了必胜，选择了作弊提前自学——可是即便这样，我还是输了。"

实验二班的教室里空荡荡、黑黢黢，易姗为了给手机省电，早已在诸葛百象刚开始讲述之时就关掉了手机的手电筒。诸葛百象就这样在黑暗中，以一种带有微微的悲凉的语气波澜不惊地叙述着。那声音仿佛从黑暗中来，又往黑暗中去，每个人都被那声音环绕、穿透，仿佛与那黑暗融为一体。

"这样输一次，还真是挺惨的。"柳云飘瘪瘪嘴。

"哪里！"诸葛百象苦笑道，"这一切，都只是序曲！"

诸葛百象的声音越发悲凉和沧桑。"我们开始对答案，共同改卷。满分120分，我只得了74分，刚刚及格而已。不仅后面的难题不会，而且由于心态失衡、陷入强烈的自我怀疑之中，很多前面稍微复杂一点儿的小题都算错了，因此得了74分这种低分，也算正常。我想他有100分以上吧，我输得好惨。

"可是他对完答案，告诉我，他赢了——82分。

"他确实赢了，可是为什么只有82分？他应该比我多做了至少30分的题啊！他应该100分以上的啊！怎么会只有82分？难道他前面的小题算错了特别多？我想起他前面选择、填空做得特别快，是不是做太快了出现了很多计算错误？

"我忍不住把他的试卷拿过来细细地看。我发现，选择、填空当中所有比较难的题，他全部都做错了。我很疑惑，怎么会这样？

"我又看他的大题，也错了很多，最典型的是倒数第一题——压轴题。他的试卷上整整齐齐、满满当当地写满了各种公式和推理步骤，但是细看下去，完全是毫无逻辑的公式堆砌，纯粹是瞎写一通！

"我怔住了，怎么回事啊？他就算不会做，也不应该写出这种完全不通顺的推理步骤啊！完全就像是疯子一样逻辑乱跳，毫无章法。

"我脑子发蒙，完全不知道是怎么回事。可他突然疯狂地大笑起来！疯了，疯了！我这辈子从没听过他笑得这么癫狂！那笑声太可怕了，就像魔头的笑声、妖怪的笑声、鬼魅的笑声！他狂笑着问我：'你看懂了吗？你真的看懂了吗？你知道什么叫作比你优秀10倍吗？'

"我不知所措，不知道他在说什么。难道他的解题步骤其实暗含了什么高深的道理？可是不对啊，明明就是公式胡乱凑在一起，前言不搭后语啊！难道是我没看懂？

"他跳起来坐在桌子上，跷起二郎腿，俯视着我，用轻蔑的眼光……"

众人也听得疑惑起来，到底怎么回事？82分赢了74分，略微优势而已，怎么就轻蔑、鄙视了呢？怎么就优秀10倍了呢？陈思敏突然反应过来，心中大骇：难道是……

"他轻蔑地看着我说：'你的一举一动，每个行为，乃至行为背后的每个动机，都被我看得清清楚楚，算得精确到分毫。你在我面前，完全就是个透明人！'

"我大惊，不知道他在说什么。

"'你突然找我用这种方式决斗，太反常了。你虽然不承认，但你发自内心地知道，你没有我聪明。在没有我聪明的情况下，用这种临时学新课的方式向我挑战，完全就是找死。可是你居然这么做了，说明什么？说明你一定提前有准备，提前学过。

"'然后我扫了一遍卷子，很难。我立刻就想清楚了，你认为你提前学过，所以面对难题有优势，这更印证了我的想法。你以为你提前学过了，找份很难的试卷就能赢我，你以为你赢定了。哈哈哈！你以为这样就能抹平你我之间10倍的差距了？

"'可是我还是有办法搞定你。随你怎么提前准备，怎么制造有利条件，你都不可能赢得了我啊。我碰到那些很难的选择题、填空题，故意随便填了个答案，制造出做得比你快的假象，让你疑惑，怀疑自己，逼迫你加快做题速度，增加失误率。我特意翻卷的时候弄得很大声，又把翻卷的动作放得很慢，确保你能看到。做大题的时候，会做的就做，不会做的就假装算了半天终于找到思路了。尤其压轴题写得满满当当的，让你看着心慌吧？哈哈哈！其实是随意乱写的！

"'然后再大声翻页，让你知道我做完了，是不是心慌得已经开始怀疑人生了？我就仔细检查前面的小题防止计算错误。最终，所有会做的中低难度题我全部做对，82分，比你的74分高。

"'你的每一步我都算得清清楚楚，心态被我完全把握了，每一个行动和情绪变化都在我的操纵之中。你说，这是不是优秀10倍？哈哈哈！更不要提，我知道你肯定提前准备了很久，而我确实只需要一个小时就能考到82分！

"'快速学习、取得高分的能力你已然不如我，更何况你就像提线木偶一样，心思、行为操纵在我手里。你听懂了吗？这就是10倍的差距啊，哈哈哈……'

"他就这样疯狂地笑了好久，根本停不下来。我已经蒙了，自信心受到剧烈的打击，甚至感到恐惧，感觉他像一张网把我网住，像一座山把我压住。所有与他竞争的信念全部被击碎了……"

众人听得心惊胆战，仿佛在听恐怖故事、鬼故事一样。"太可怕了……一个十三四岁的初中生，怎么会有这样操纵人心的能力？"夏子萱感叹道，声音之悲凉，仿佛诸葛百象的痛苦已经融合到她的心里。

"真是个妖怪啊……太可怕了。"陈思敏道,"你们班居然有这种可怕的人,我怎么没听说过呢?"陈思敏与诸葛百象初中都是十六中的学生,只不过她在实验一班,诸葛百象在实验二班。

"从那以后,我简直就一蹶不振,整个人都暗淡了。以我初二的成绩,原本考临湖实验高中是毫无问题的,结果被他这一次打击之后,初三一年成绩大幅下滑。到最后中考差了几分没考上临湖实验,就到这里来了。唉,这样悲哀而幻灭的经历,一辈子都无法忘怀,已经成了一个心理阴影。我至今依然偶尔会看到一些幻影,看到他戏弄我时那种鬼魅眼神……"

"这事我或许可以做证。"陈思敏道,"我记得初二的时候我在老师办公室偷看过一次期中年级分数,你好像是早就过了临湖的分数线。因为你的名字是四个字,很特殊,所以我印象比较深。按我们学校的惯例,大概前五十名能够进临湖实验高中。这样看你初三一年确实退步了很多。

"不过,这人是谁啊?如果他这么厉害,我应该有印象啊。就算我跟你不是一个班,但我好歹听过你们班前面几个人的名字啊!"

诸葛百象皱了皱眉,挤出两个字:"妖星!"

"是他?"陈思敏大惊,"这封号我记得,十六中实验二班封号'妖星'的学神。他的奇葩事情我也听过不少,只是没想到,他居然能够对你做出这种事情来。妖星,果然是够妖,够奇葩啊!他现在应该进了临湖实验高中吧?"

诸葛百象点点头:"没错,他在临湖实验。他依然没有消停,依然在继续制造各种奇葩事件。比如高一刚进去参加社团,直接就把心理学社高二的副社长逼得让位给他了。唉……好了,这就是我这辈子最刻骨铭心的惨痛经历了。就这样吧。"

诸葛百象起身离开座位,朝教室外走去。即便在一片黑暗中,那模糊的身影也显得无比悲凉。

妖星。

妖星!

妖星……

第二十六章

在黑暗之中，努力不曾停歇！

这夜那么黑，黑幕从天空倾泻而下，笼罩着兰水二中的东面建筑。从东南角的校史展览柜开始，到正东面的高一教学楼、食堂，延伸至东北面的高一寝室楼、行政楼，停电后灯光消失，仿佛失去了对黑暗的抵抗力，就此沉沦。

而西面高二、高三的教学楼，到正北面的操场、校园正中央的行政楼，却是灯火依旧，楼宇中散发出光明的气息。在暗黑的侵袭之下，那光明却如保护罩一般，撑起了兰水二中的半边天。

一半光明，一半黑暗。光与影交织在兰水二中的校园里。

诸葛百象刚刚走出教学楼准备返回寝室，突然听到背后有喊声："诸葛百象，等一等！"

这是夏子萱的声音。他停住脚步回头，看见一道纤细的身影跑近。

"诸葛百象，对、对不起！"夏子萱气喘吁吁，"对不起！我不该问你那个问题的……让你难过了。"

诸葛百象笑笑："没什么，一些往事罢了。是我自己的问题，始终走不出那些阴影。"

两人一起往寝室方向边走边聊。路过行政楼和操场，那零星的灯光逐渐照亮二人的身影。"不过，你为什么要问这个问题呢？"诸葛百象看着夏子萱清秀的侧脸问道。

"对不起啊，我真的不该问。"夏子萱再次道歉，眼睛里泛着充满歉意的光。

"不。"诸葛百象停住脚步正色道，"我问的是为什么。不是反问，是疑问。你问出这个问题，背后有什么原因和动机？我有种感觉，你不是随便挑的问题。"

夏子萱一愣，是啊，我为什么问这个问题呢？是因为……夏子萱犹豫了一会儿，道："可能是好奇吧。那天联考完了发奖品的时候，李老师和我都随口夸过你是高手，但你矢口否认、态度坚决，好像很反感一样。我看你总是趴在走廊的栏杆上看着天空叹气，感觉很悲伤，又感觉和你反感高手的称号有些关系，所以就问了这么个问题。"

"呵呵，你的心思倒是很细腻。"诸葛百象赞道，"那么，你现在有答案了吧。"

夏子萱摇摇头："我宁可自己不知道这个答案。"

"为什么？"

"这样不是让你伤心吗？"

"呵呵，你很善良。"

"不过，即便这样，你现在的成绩还是很好啊。虽然这是跟我们这些比较弱的人做比较……"

诸葛百象摇摇头。"现在已经不是成绩的问题了，是心态。心态崩塌了，我已经没有高手的心态了……"

"心态？"夏子萱疑惑，是指那件事的后遗症——心理阴影吗？具体有什么表现呢？

"不妨再告诉你一个秘密吧。"诸葛百象叹道，"我现在的成绩也还过得去，而且学得还很轻松，是因为我采用了一种特殊的学习和考试策略。"

"特殊的策略？"

"没错，一种很简单的策略——以退为进。对于所有科目，直接放弃那些最难的题，只抓中低难度的题。对于中低难度的题，要抓就抓到极限，考试的时候一道都不错；对于高难度的题，要放就放得彻底，连看都不看一眼，直接放弃。

"一般人对于高难度的题，即便做不出来，但总会本能地去看一看、想一想，浪费几分钟时间，还打击了一点儿自信。而我，对于高难度的题，几乎一秒钟都不停留。比如，数学压轴题最后一问，我基本上连题目都不看就直接放弃了，有时候倒数第二题的最后一问，看个十秒钟，估摸着比较难的话，也是直接放弃了。这样省下了大量时间，检查前面的选择题、填空题，一个计算错误都不犯。

"这样的策略下来，我每一科目都能很稳妥地达到比较优秀的分数，就得到了现在的成绩。"

夏子萱睁大眼睛，眼中的光亮仿佛要把诸葛百象从暗影中拖出来一样。她回忆起诸葛百象的各科分数，模糊记得，大约数学是 136 分——扣了压轴题最后一问、倒数第二题第二问和填空题中的一个难题的分数，剩下满分。物理是 89 分还是 90 分来着？也是扣除了最难的题后的分数。其余的语文、英语都是 120 多分，不到 130 分，也是类似的策略造成的结果。

"这个策略，不仅考试的时候是这样做，更重要的是平时训练的时候也有对应的练法。平时训练时，同样对于各种难题看都不看一眼，集中全部精力训练中等题、简单题。其实小题中也往往有各种陷阱，容易出现失误，但其实这些陷阱的绝对难度并不高，无非是你投入了多少精力去记住这些陷阱题的类型而已。很多聪明人甚至绝顶高手，都容易在这些小题的陷阱中丢分。而我，投入了大量时间去研究这些虽然并不很难但是很容易坑人的小题的陷阱，所以这些题目，我从来都不会错。总的来看，我在不必攻克难题、学得相对轻松的情况下，就取得了现在的成绩。"诸葛百象抬头看天，点点繁星散布在夜幕中，在绝望的黑暗里散发出微弱的光芒。

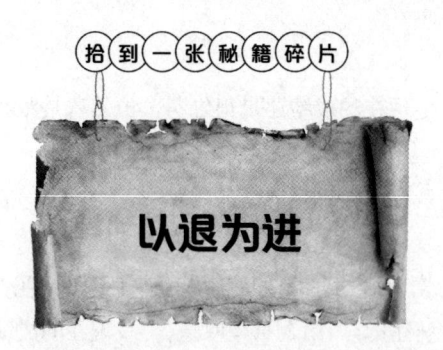

拾到一张秘籍碎片

以退为进

"还有这种操作？"夏子萱震惊了。一般人学习，即便是学不会那些最难的题目，但总是要挣扎一下的。尤其平时练习时，做题做不会，总归是要看看答案，好好研究一下的吧？万一学会了呢？可是诸葛百象对于最难的题看都不看？这样的训练方式，真是闻所未闻啊！"不过，既然这样能够轻松取得好成绩，那不也是挺好的吗？"夏子萱还是有疑惑。

"虽然是能够取得比较稳定的前几名的成绩，但是这样的策略背后，又是怎样的心态呢？这种看见难题就躲的心态，哪里配得上高手的称呼？这分明是一种后遗症，是当年被妖星残忍地戏耍后无法愈合的伤口啊！"诸葛百象深深地叹了口气，"真正的高手，比如卢标、李天许等，是不会用这种策略的。"

夏子萱一时心中感叹，想不到排名前五的高手诸葛百象竟有着这样惨痛的经历，而这惨痛的经历又带给他一种特殊、高效的学习策略，似乎塞翁失马，焉知非福。可是这策略又分明源自一道过不去的心结……反反复复纠缠，人的内心实在是太复杂了。"没想到玩个游戏，竟然牵扯出这么多事情……真对不起你了。"夏子萱已经第三次道歉了。

"哟，好像我错过了很多有趣的事情呢！"一个声音突然从两人背后传来，吓了他们一跳。

"罗刻！你想吓死我啊！"夏子萱埋怨道。

"平时你在我后面待那么久，今天我才在你后面走了几分钟，你就受不了了？"罗刻坏坏地笑道。似乎是说，平时夏子萱的座位在他的正后方，他今天走到夏子萱的后面，算是扯平了——可这根本不是一个概念嘛！

"你跟踪我！"夏子萱叫道。

"谁跟踪你？你刚好走在我回寝室的路上，我还没怪你挡我的路呢。"

"你！"夏子萱又气得脸都红了。

"你到底从哪儿来啊？"诸葛百象问道。

"从高二教学楼过来。"

"你背着个书包去高二教学楼干吗？"

"自习。"

"怎么自习？那边有空教室？"

"没有。走廊上有灯，就在楼梯上坐着看书做题。"

罗刻回答得轻飘飘，却让夏子萱和诸葛百象受到巨大的心灵冲击。

这一晚，所有人都在放松，放松得理所当然，所有书本、试卷、辅导书，全都扔在一旁了。是啊，这不是我不想学啊，怪学校停电了啊，又不是我的错啊。所以我在教室里玩游戏，去操场打球，或者四处闲逛一下，有什么大不了呢？

可是偏偏有这么一种人，他不仅平时无比勤奋，甚至在这高一教学楼停电的时候，还能跑到高二教学楼的楼梯上借着走廊微弱的光看书做题！那是怎样的一幅场景？走上走下的人会怎么看他？趴在楼梯上做题的别扭姿势又是多么难受？好不容易停电一晚上，要休息、放松一下的欲望有多么强烈？但这些问题对他没有丝毫影响。

罗刻啊罗刻，你真是给我上了一课。

夏子萱忽然说不出话来，对罗刻又高看了几分。而诸葛百象却有一个问题在心中没有问出口：

罗刻，以你的天赋，就算努力到极致，又能有多大作用？你能战胜卢标吗？你能超越李天许吗？你的排名甚至还在我之下，你到底作何感想？

诸葛百象甚至产生了一种怪异的想法，他希望罗刻能超越他，把他甩到身后，甚至最终战胜卢标、占武，成为年级第一。他真的希望罗刻能够成长到这种地步。只有这样的地位，才配得上罗刻那超越极限的努力啊！

如果罗刻真的走到那一步，不就说明了天赋并没有那么重要吗？不就说明努力是真的可以改变一切的吗？这难道不是一切天赋并不优越又缺乏家庭背景的普通人命运的最后一道屏障，内心的最后一丝光芒吗？

可是罗刻，你行吗？

躲在那黑暗之中，不懈地努力着不曾停歇的人啊，你真的可以吗？

第二十七章

流程策略——学神的宏观调控之道

1. 证明：$\sin\alpha(1+\tan\alpha)+\cos\alpha(1+\frac{1}{\tan\alpha})=\frac{1}{\sin\alpha}+\frac{1}{\cos\alpha}$。

2. 如果α是第二象限角，判断$\frac{\sin(\cos\alpha)}{\cos(\sin\alpha)}$的符号。

3. $\tan\alpha=\sqrt{\frac{1-k}{k}}$ ($0<k<1$)，求：$\frac{\sin^2\alpha}{k+\cos\alpha}+\frac{\sin^2\alpha}{k-\cos\alpha}$。

  周三第一节数学晚自习结束后，金玉玫留下了几道练习题。罗刻的作风是抓紧一切时间做题，课间十分钟自然不肯放过。与此相对，修远看了看黑板上的三道题，心想：总不是$\sin\alpha$和$\cos\alpha$变来变去的吧？就那么一个公式，没必要细算了。课间十分钟是用来放松的，他更愿与同桌齐晓峰，后座的付词、刘宇航几个人闲聊。

  联考结束后，修远的成绩恢复到他认为正常的区间，尤其数学、物理，随后的一段时间里，他又放松了下来。这是一种回归，回归到他初中时候熟悉的节奏——轻松学习，轻松娱乐。尽管他不再如初中那样是全班的焦点——被卢标这样的学神取而代之，但是在小范围的圈子里，他依然有不可忽视的影响力。这个圈子包括他的同桌，他后面的付词、刘宇航、姚实易、马一鸣，也包括关系要好的刘旺哲、习羽雷等几个人，甚至还包括易姗。被评为班花的易姗，除去与几个女生关系密切外，与男生交往的时间，基本上平均分配给卢标、李天许和修远了。显然，易姗只与那些真正优秀的男生走得更近一些，对于修远来说，这是另一种维度的恭维性评价了。

  这份回归，是环境，也是心态；是历史，也是当下。在这样的回归当中，修远心里的复杂情绪稍微缓和了下来。他斜靠着墙，手搭在课桌上，看着坐满人的教室。人已不是初中的那些人，但课桌、窗户与黑板的熟悉配置依然给他初中的感觉。

  至于他自己，还是初中的他吗？似乎初中的光环已经淡去，又似乎残影依存，回忆不散。这是驻守还是执着？是对美好的向往，还是卡在了过去？

- 154 -

可是谁又能嘲笑他呢？谁不是沉浸在自己的幻想里？谁不是在尘世迷茫时在脑中构筑了一个遍布假象的世界？人类的悲欢虽不相通，弱点却总相似。

何况修远想不了那么多，他只是被一种模糊的感觉纠缠，感觉如丝，情绪如潮。潮水中的不甘、愤怒与茫然，正被周边侃侃而谈的付词、刘宇航等人以及他稍一勤奋之后就恢复的数学成绩平息。

在纠缠不清的思绪中他感到疲惫，于是快速抽身出来，融入了付词等人欢快的交谈中。而从常识来看，那无忧无虑的笑谈，本就是一个十五六岁的少年该有的样子。

今天，真正的大事将发生在第二节的自由晚自习。李双关与卢标约定，第二节晚自习将抽出三十分钟左右给卢标进行学习策略的分享。这将是卢标第一次面对全班公开讲授自己的学习策略体系中的内容。自开学之初，卢标就倡导过合作型同学关系，只可惜一直进展不顺，以至于卢标已经开始有一丝疑惑——这个计划是否真如占武所鄙视的那样不可行。不过既然李双关又主动提出来这次班会分享，他也不妨再做一次尝试。

"今天的第二节晚自习，我们来做一件特殊的事情，一件本应该在上次班会课的时候进行的事情。"李双关登上讲台，教室里安静下来。他看了一眼卢标，就连他自己也期待，卢标究竟会讲些什么呢。"众所周知，我们班最优秀的同学是卢标。不论是在平时的单元测验，还是在联考中，他都当仁不让地坐在第一的位置上，年级里也排了第二名。

"这样的成绩，除去个人的努力外，还有些什么特殊的方法吗？我相信很多同学都会好奇这一点。我和卢标提前沟通过，他表示，愿意将自己的学习秘籍贡献出来，分享给大家！今天晚自习，我们就拿出三十分钟的时间，请卢标同学给我们揭秘他的学习方法！"

"哇！"许多人尖叫起来，一众女生尤其兴奋。

"卢标太帅啦！"易姗惯常带头起哄，其他女生快速跟进。

"偶像要上台了！"

"好崇拜他啊！"

"太好了，学神大揭秘啊！"

卢标今天穿了件灰色的风衣，直垂落到膝盖处。教室里温度较高，风衣扣子解开，露出里面纯黑色的T恤。这种拉风的着装路数，很容易营造出大哥、领袖的感觉。不过今天，卢标确实就是大哥和领袖。

"很高兴今天有机会能跟大家做些交流。"卢标上台了，他一开口，全班立刻安静下来，俨然有不亚于李双关的威信。然而对于李双关，学生是惧；对于他，同学们却是服。"大家可能还记得，在学期之初我倡导在班级里形成合作型同学关系。希望在高考的竞争中，本班的同学能够合兵一处、齐心协力，不搞班内竞争，而是通力合作，争取凝聚全班的力量，取得整体性的优势。

"合作型关系的合作，主要体现在以下几个方面。一是学习策略的共享。我们上学这么多年，每个人都会有自己的学习感悟和经验。某种类型的题怎么做最简洁，某个学科有什么高效的学习方法，或者对于学习整体上有什么样的方法论，这些都可以分享。

"一个物品，比如手机，你有一个，你给了别人，你就没有了。但是一个思想，你有一个，你给了别人，你依然有一个。当全班几十个人都无私地把自己的想法、经验贡献出来的时候，我们得到的东西不会减少，反而会呈几何倍数增加，这对每个人都有巨大的意义。

"除去学习策略的共享之外，还有学习资料的共享。在老师发下来的教辅和试卷之外，我们每个人都会有自行购买的资料，也许是教辅书，也许是某个名师网课。这些对学习效率有重大影响的资料共享之后，也会对彼此产生帮助。

"另外，当广泛的合作型关系建立起来后，每个人的心思会自发地往学习这件事情上靠拢。班级的风气会变得更加纯净，不必要的损耗和摩擦会减少。一个良好的整体风气，同样对我们的学习有着不可估量的影响！"

讲了这么多，还没有进入具体的学习策略的讲解，只是强调分享的重要性。但对于卢标来说，分享的重要性的强调是非常重要的。他觉得，大部分人可能还是没有走出那种保守、藏私的心理惯性，强调分享的作用，必须是这次演讲的第一步，是打开心门的环节。

"之前在私下里，我跟许多同学讲了各种各样的小的学习策略和技巧。今天面对全班同学，我想分享一个比较宏观的体系——学习的流程策略。"

卢标在黑板的正上方写下了"流程策略"四个大字。

流程策略？大部分人没有听过这个词，李双关也没有。初时李双关只是在观察学生们的反应，现在，就连他也被吸引到卢标的具体讲演内容上来了。

"分析一件事情一般有两个维度，一个是微观维度，一个是宏观维度。两个维度都很重要：微观维度上的理解，能让我们知道事情具体如何做，怎样搞定技术细节；宏观维度上的理解，则让我们清楚做事情的大方向，要往什么地方发力！

"按照一般人的思维惯性，我们本能地比较习惯于专注微观层面的问题，而忽视宏观景象。所以在学习中，我们经常会犯一些大方向上的错误。这种大方向上的错误是可怕的，不仅会让我们的努力付诸东流、收不到成效，也会对我们的自信造成打击。所以，我们需要从宏观层面了解一下，如何才能高效学习。这就是我们今天要讲的内容——流程策略。"

卢标挥舞粉笔，在黑板上画出一个流程图：

```
预习 → 听课 → 练习 → 复习 → 测试
                          ↓      ↑
                        章节
                        融合
```

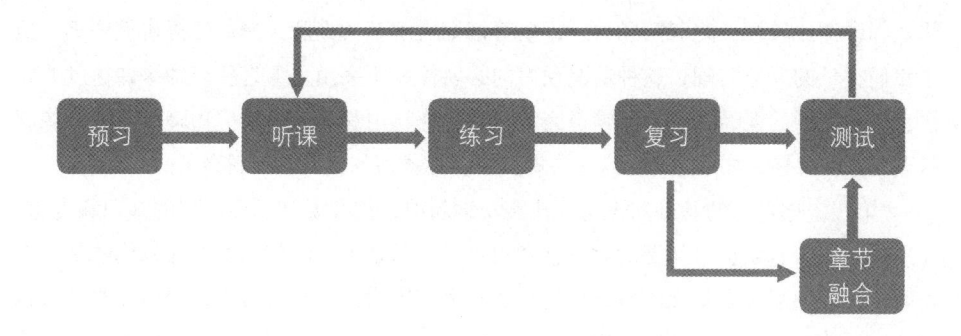

"这是一个基本的学习流程框架，我们的学习就是按照这样'预习—听课—练习—复习—章节融合—测试'的流程走下来的。

"如果我们的最终成绩不理想，那么哪里出了问题呢？不知道。绝大部分人根本就不知道自己哪里出了问题。他可能心情一激动，觉得要更加努力，于是再做两套练习题，又或许上课时候听得更专注了一点。但是你的努力方法确定有用吗？

"**在上述流程中，不论哪一个环节出了问题，都能够导致你的最终成绩不理想。当只看到结果不理想的时候，你并不能确定自己究竟哪里出了问题。问题都找不到，又怎么会有合理的解决方案呢？**

"所以我们要一个个地去分析自己哪个环节出了问题。

"先看预习环节。很多同学不重视预习，这可能是从小学开始就养成的习惯。当然老师们都是希望大家预习的，我们也看到很多学习好的同学确实有预习的习惯。

"但是实事求是地说，同样有很多成绩很好的同学，从来不预习。预习是要花时间的，如果别人能够不预习就学好，那么我还有没有必要花费这些时间呢？"

这个问题问得所有人都很激动。老师、家长自然都是想让学生们每天都预习，但是为什么呢？**很大成分上，不是因为预习多有用，而是因为预习代表了一种态度，代表你在很认真、很刻苦地学习。**老师们当然希望看到学生那种刻苦学习的态度。

可是如果从效率上来讲呢？一定要预习吗？预习真的有用吗？要知道，真正追求学习效率的学生可不在乎自己在老师眼里是什么样子，他们在乎的是，怎样通过更少的时间学到更多的东西。所以当老师们反复强调一定要预习的时候，大部分学生根本就懒得理这种倡议，因为双方根本就不在一个频道上。

今天卢标直接点出来这一点，直截了当地说明有些人就是不预习也能学好，承认了这个事实，这才与大家心中的困惑真正碰撞到了一起。所有人都聚精会神地盯着卢标。

"决定是否要预习，要看三个要素。第一，你的反应能力。有些同学属于反应快速、学习能力强，新知识能够当场快速理解消化的，这样的同学预习的必要性就比较低。如果反应速度没有那么快的，对预习的需求就高了。第二，老师的讲课风格。有些老师讲课比较慢，先有问题导入，接着细细讲解基础概念，然后慢慢讲例题等，给了我们很长的反应时间，这种情况预习的必要性就不突出。但有些老师讲课速度非常快，四十分钟的课经常十五分钟讲完，然后让你自由练习——我们物理周老师好像就有点儿这种风格。如果老师是这种讲课风格，你预习的必要性就很高了。

"第三，你自己的基础知识是否扎实。学新课，往往要涉及旧课程的知识和内容。如果你知识很扎实，学新课的时候就会很轻松，基本上一听就懂。但如果你的基础知识并不扎实，那么学新课的时候你就会很吃力，因为别人是直接学，而你还要慌慌张张地回忆旧知识。那么这种时候，你预习就很有必要，而且你的预习很特殊——复习旧的知识。比如，我们现在学三角函数的新课，会涉及函数周期性、奇偶性的知识，如果你这些知识没掌握，那么你对于三角函数新课的预习，就是复习函数周期性、奇偶性的知识。

"**要明确一点，预习对听课环节的作用是不可替代的。有些时候，课程难度大，老师讲课快，你的基础不扎实，那么无论你听课的时候多么认真，多么想要理解，都是不可能听懂的。这时候要解决上课听不懂的问题，光认真听课是没用的，只能在预习阶段去解决。如果没有理解这一点，无论你怎么努力，都是没有用的！**"

众人恍然大悟，学神，果然不一样啊！部分学生回忆自己平时学习的状态，正是这预习环节出了问题。在大部分学科和课程都不太需要预习的情况下，偶尔出现一两门需要预习的课程，比如现在的物理，大家根本就意识不到，因为早就丢掉了预习的习惯，也不知道预习的作用，更加想不到，听课听不懂的问题，很有可能出在预习阶段。

神一样的策略啊！对学习理解到了这么深刻的程度，难怪卢标是学神！

所有人都在疯狂地记笔记，不敢漏掉一星半点儿。李双关微笑着点点头，对这个场景非常满意。

"预习环节对听课环节还有其他的重要影响。我们都知道，上课时要认真，要全神贯注，不能开小差。可是我们扪心自问一下，谁能真的做到四十分钟全程不开小差？

"**这里的误区在于，很多同学以为，这是个态度问题。错了！这不仅是态度问题，更是能力问题，甚至是人的大脑的限制问题。要连续四十分钟集中注意力不走神，原本就是非常难的。要连续一上午五节课二百分钟全部都集中注意力，更是基本不可能的。走神，是必然的。**

"矛盾就在于，万一这走神的一小会儿，恰好讲到重点了呢？恰好是我们不会的那个题呢？你能保证自己不会出现这种状态吗？

"而预习就有一种好处，它能在老师讲到重点的时候，让你刚好不走神。"

什么？还有这种效果？众人又一次惊呆了。连很多学习不那么认真的同学都被彻底吸引，完全跟着他的思路走了，因为那些学习不认真的学生，很多正是上课经常走神的人。如果有一种方法能够连走神都走得如此飘逸、高效率，那岂不是学渣的福利？

"我举个例子。你正在走神，如果突然听到有人喊了你的名字，你会不会反应过来？一定会对不对？但是如果喊了一个你从来没听过的名字，比如吴相，你还能保证会反应过来吗？那就不会了。

"这就是大脑的一个特性，对于熟悉的东西更加敏感。如果一个重要的知识点，你没有预习，上课的时候走神了，老师讲到这个知识点的时候你就很难反应过来。如果你提前预习过，对这个知识点有印象、比较熟悉，那么当老师讲到这个知识点的时候，念到相应的名词，哪怕你当时恰好走神了，也有更大的概率突然醒悟过来，继续跟上老师讲课的思路。"

"哦——"付词感叹道，"看来越是学渣越应该预习啊，走神都走得有技术含量一些。"

哄堂大笑。

剩下的时间，卢标又讲解了听课、练习、复习、章节融合和测试各个阶段的特点、重要性和应对方法。课堂听讲阶段提到了专注力的训练，以及康奈尔笔记和结构化笔记两种记笔记方法；练习的时候提到了专题性练习等策略。可惜时间太短，每一种都没能展开细讲。但对于实验二班的学生们来说，依然打开了一扇光明的大门，见识到了学习的宏观调控之道。

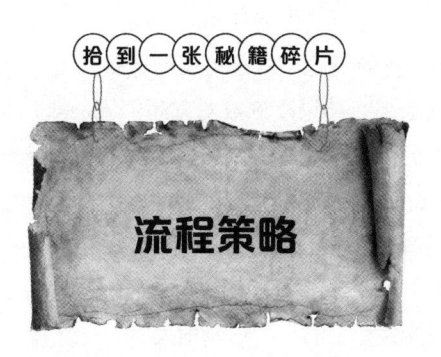

拾到一张秘籍碎片

流程策略

卢标占用了四十分钟的时间——超时十分钟，但与老师们的拖堂相比，没有任何人抱怨，甚至希望卢标多讲一点。甚至卢标讲完之后进入晚自习中间的休息时间，都没有太多人起身休息活动，还在笔记本上记录卢标所讲的内容。李双关满意地在教室里巡视着，感觉班级的学习氛围从来没有像今天这样浓烈过。一圈过后回到讲台上，他回过身看着学生们，突然瞥见第三组第一排靠墙位置的李天许似乎表情有些异常。再往前走两步看看，他赫然发现，李天许左半边脸上一个鲜红的巴掌印，甚至略微有些浮肿。

有情况。李双关沉住气，低声喝道："李天许，出来！"

"发现了！有戏看了！"马一鸣和付词等人小声嘀咕道。

第二十八章

暴怒的班主任

"怎么回事?"修远回过身问道,"发现什么了?"

"李天许被人打了!"

"什么?!赶快说说,具体什么情况?"修远听得一惊。

原来,晚自习前李天许等人去篮球场打球,球场人多,只能和别班同学混合使用球场了。打球时李天许和其他班一些学生起了矛盾,大约是李天许运球突破时左手推人了,对方当时骂了两句脏话,就威胁要打人了。

那些人看起来就有点儿地痞流氓的气质,带头的一个染着黄毛,脱去长袖衣服露出胳膊上的文身。一般学生看见这个样子可能当场就尿了,但李天许也不是什么好脾气,转身就和那人对骂起来。结果立刻被对方猛踹了一脚,又连续给了几个大耳光。对面人多,是李天许去的人家的场子打球,这会儿被几个人围起来,明显抵不住了。李天许只觉得左耳朵嗡嗡作响,心里又气又怕,咬牙切齿地在一片骂声中逃离了球场。

"唉,关键时候该尿就要尿啊,李天许就是太硬气了,对面明显就不是什么好人嘛,看着就是一副'社会人'、混混样子。"付词评论道,"明显打不过还要正面刚,我敬他是条汉子,但是智商欠费了啊!"这恐怕是唯一一次他能够评价李天许智商欠费的机会了。

这事情在班级里快速传开了,议论纷纷。没人知道事情会怎么发展,这实验班里都是些乖学生,哪怕所谓学渣,也不过就是少做点儿作业、上课开点儿小差而已,社会上地痞流氓式的作风是没有的,甚至连见都见得少。

卢标之前要准备自己的演讲,一直没有关注其他人,也是这会儿才意识到,自己前座的李天许竟然出了这样的事情。卢标从小一路在父亲的呵护下长大,从没与这等混混接触过。在他的世界里,学生不就是好好学习,提高自己综合能力、综合素养的吗?又怎么会有如此地痞流氓式的行径?赵雨荷、陈思敏、诸葛百象等学霸也大多如此。

"好吓人啊,到底是谁打了李天许啊?"有女生问。

"肯定是普通班的人了。"

"也许是外面溜进来的混混呢？"

"我认得其中一个黄毛，应该是普通班八班的。"马一鸣道。

"不管是谁，学校里这样打人，太可恶了啊！"

"没办法，那些混混，惹不起惹不起……"

"唉，哪个学校没有这种事呢？都一样的。可能只有临湖实验高中好些吧。"

"也不知道学校怎么处理，李老师是什么态度呢。"

"还能怎么处理？批评喽，赔礼道歉喽。道完歉了又怎么样？看见那些混混还不是要躲着走！他打你一次，只需假装道个歉就完了，谁亏得多？"有人愤愤道。

"这也太不公平了吧！凭什么啊？"

"只能说李天许缺乏社会常识，这种地痞流氓，你惹不起的。"

"唉……"

晚自习的后半段开始了，班上一片闹哄哄的。李双关突然跨步走进教室，大喝一声："呵！吵什么！其他人都给我安静点儿自习！马一鸣、付词，出来！"

李天许带着闷气向李双关讲述一切，但并不知道那几个混混是哪个班的学生，提到当时付词和马一鸣在旁边一个球场打球，目击了一切，可能知道。李双关叫出两人询问，马一鸣说出自己的判断。

"行了，你们两个回去自习！你，跟我到八班去认人！"李双关杀气腾腾，满脸暴怒之色。

好可怕！付词和马一鸣都是心惊胆战。平时李双关无比严厉，众人皆有敬畏之色，但那也只是普通的学生对老师的畏惧。但此时李双关的表情，却是像要吃人一般。

李天许闷头跟着李双关到了八班门口。门虚掩着，里面传出老师的讲课声。李双关象征性敲了两下门，然后推门而入。

"李老师？"说话的正是八班英语老师兼班主任阮文玉。这女老师正在讲一篇阅读理解，刚说到"如果有多个答案合乎语法时，应该联系上下文选择答案"，被李双关打断了。

李双关瞟了阮文玉一眼，阴冷道："我们班的学生被几个行为不良的学生打了，怀疑是你们班上的学生。阮老师，配合着我们指认一下人吧？"

阮文玉心里一惊：完了！奖金没了！恐怕还要通报批评！

通报批评的，不是那个打人的学生，而是她自己。她太清楚校长马泰的铁血风格，太清楚兰水二中的校风了。

阮文玉点点头："好，那就请李老师……"

话还没说完，李天许手一指："就是他，带头的那个！"

在一片黑色的头发中，那个黄毛太显眼了，由不得李天许认不出来啊！不过要找出另外几个人就要多花些时间了。李天许顺着八班学生座位挨个儿搜寻，找到了动手的四个人中的三个，还剩一个却是怎么也找不到了。

李双关瞟了那黄毛一眼，问道："阮老师，这黄头发学生是怎么回事？"

阮文玉赶紧道："哦，这是任水查同学。任水查，是你打了实验班的同学吗？"

李双关大手一挥，直接打断阮文玉道："我先问你，他这黄头发是怎么回事？学校严禁学生染发，阮老师，难道你不知道吗？"

阮文玉赶紧道："这是刚刚染的，已经批评过了，让他这次放假再染回去……"

"刚刚？什么时候？"

"就是上周末染的吧，我周一看见就批评过了……"

李双关又直接粗暴地打断："还周一！今天都周几了！周一发现了就让他当场回去，什么时候染回来什么时候再来上学！你居然准备让他顶着这头黄头发在学校里晃荡一个星期？你作为一名班主任，不知道学校的规矩吗？"

八班学生一片震惊，这是哪儿来的老师？居然毫不留情地训斥平日里高高在上的班主任，仿佛阮老师也是一个犯错的学生一样！有些聪明人意识到，任水查这次恐怕要吃点儿苦头了。

阮文玉被训斥得脸色一阵红一阵白，还不好接话，因为这名 26 岁的年轻女老师确实是今年才刚刚升任班主任的，才当了两个月。两个月啊，就出了这档子事，她很担忧会不会就此断送了自己的班主任生涯。

高中班主任是个苦差事，原本就不是所有老师都想当班主任。可这是兰水二中啊！兰水二中自校长马泰而下，风格铁血严格，校风校纪无比严厉。这些是镇压学校不良风气、提升学校教学效果的重中之重。而严肃校风，靠的就是每一个班主任的严格管理啊！所以自校长马泰上任以来，班主任的待遇和校内地位就直线上升，相比普通学科老师的优势日益明显。

马校长上任第一年，所有班主任就加了几百元工资，实验班班主任加了千元。所有人都以为这是新校长的一次性慰劳，却不想后面几年中，竟然是连续几年每一年都等幅度增加。到现在，普通班班主任的工资已经比学科老师高出了小几千元都不止，实验班老师优势更大。

黄毛学生吊儿郎当地晃着身体，居然还做出一副轻蔑的样子看着李天许。眼睛斜瞟着，下巴昂着，跷着二郎腿抖着。

"要翻天。"李双关看着这黄毛充满挑衅意味的眼神冷冷道，"你，站起来。"

黄毛居然瞟了李双关一眼，稳如泰山，一动不动。

李双关差点儿笑了出来，好久没有遇到这样的学生了。

阮文玉差点儿哭了出来，我怎么遇到这样的学生啊！被你害死了！

阮文玉慌张得尖声叫了起来："任水查！站起来！这是实验班的李老师！他叫你站起来你还不站起来！"

阮文玉声音尖锐，几乎扯破了嗓子大吼。黄毛一愣，被这撕裂的嗓音吓到，犹豫了一下，勉勉强强站了起来，但吊儿郎当的神情毫无改变。

八班的窗户外忽然闪现出几个人头——实验二班的几个学生偷偷溜下来围观。李双关看着黄头发学生一副吊儿郎当的样子，心中已经打定了主意。如果不能把这歪风邪气压下去，我李双关就不配当实验班班主任，就不配当马校长的左膀右臂！

阮文玉把剩下两个被指认出来的学生也叫了起来，审问一番，基本上确认了事实。黄毛还想狡辩些什么，另外两个学生倒是坦白了。几个学生先是正常打球，李天许推人犯规，黄毛带头辱骂，威胁要打人，其他三个八班学生跟风骂人。李天许回骂，黄毛首先动手，李天许反抗，其他三个学生合力围打李天许。

李双关站到讲台正中央，阮文玉自觉退到台下，站在了讲台和第一排中间的位置。

"你说怎么处理？"李双关又瞟了阮文玉一眼，"我看看你作为一个班主任处理学生问题的基本能力。"

阮文玉心里一凉，八班学生也无比震惊。班主任虽然平日就是个好脾气，但总归是个班主任吧，学生们何时见过班主任这样窘迫的样子，这老师到底是什么人？实验班的老师和我们八班的老师不应该是平级同事吗？怎么说话这么冲？学生不清楚老师间的关系，不知道李双关原本职级就比自己班的班主任更高，可以决定班主任的任免。

八班窗户边上，实验二班的学生越来越多。付词、马一鸣等人在，修远、木炎在，柳云飘、夏子萱、百里思在，卢标、陈思敏、赵雨荷、诸葛百象、罗刻，全都在。大半个班的人，全部围在八班的窗户旁了。

"这个……"阮文玉背后冷汗直冒，吞吞吐吐，"首先，打架肯定是不对的，这次打架事件是违反校规的……"

"你说什么？！"李双关再次打断。

阮文玉心中又一颤——说错话了！可是到底错哪儿了啊？阮文玉结巴道："我是说……这次打架事件主要是我们班几个学生的过错……"

"行了！我来说。"李双关一摆手道。阮文玉被吓得一哆嗦，只觉得眼前一黑：完了，难道又答错了？

"首先，不是打架事件，是这几个学生主动辱骂和攻击我班学生李天许。其次，不是主要过错，是全部过错都在这几个学生身上，我班学生李天许是被迫自保的。理解了吗？"

阮文玉机械地点着头，八班有几个学生开始有点儿不满了，议论声四起："凭什么啊！这么护着自己班的学生！"

啪！一声巨响，所有人吓一大跳。李双关将阮文玉的英语书抓起，重重地摔在讲台上。

所有人骇然。

"谁插嘴？！"李双关又大喝道。八班再次安静下来。

"你们三个人，先每个人各记一次大过。你，黄头发的，过来。"李双关冷冷道。

记大过！三个打人的学生心里大叫不好。兰水二中的规矩，两次大过，开除。

黄毛一步一挪地走上讲台，吊儿郎当的作风一点儿没变。

"阮文玉，给他家长打电话。"李双关已经不叫阮老师，而是直呼其名了。

"打电话？说什么呢？"阮文玉疑惑道。

"叫他先过来再说。"

"现在？现在已经 9 点 30 分了，太晚了吧？"阮文玉犹豫道。

李双关又瞟了她一眼："你说什么太晚了？意思是他自己子女的教育问题比不上今晚睡觉重要？"

"是，是！我马上打！"阮文玉慌忙掏出手机。

"你，给我们班的李天许同学道歉。"

黄毛看着李双关的样子，知道碰到硬角色了，稍微软了一点儿。"对不起。"黄毛抖着腿，手插在口袋里，道歉时连看都没有看李天许一眼，瞥向别处，依然一副"社会人"的样子。

啪！又是一声巨响，讲台震动得要塌了一般。李双关再次把英语书摔在讲台上。

"态度不诚恳，重新道歉。"李双关面无表情地看着黄毛。

黄毛一愣，愤怒地看着李双关。

"听不懂话啊？叫你重新道歉！"李双关又大声道。

黄毛心里无比憋屈，他自认为是一个"社会人"，从来都是他训斥同学的，何时受过他人训斥？简直气得忍不住要骂出声来。

那头阮文玉打通了任水查家人的电话，正说明情况。"……希望您马上赶到学校来……确实是比较晚了，不过情况比较紧急……明天？明天的话……您还是尽快过来吧……明天就、就……反正不是很好了……这……"

李双关听见这对话，瞟了阮文玉一眼："怎么回事？"

"任水查他爸爸觉得今天太晚了，想要明天过来。我跟他爸爸解释了半天，但是他说他们家比较远，过来要一个多小时……您看？"

李双关一摆手，道："手机给我！"

阮文玉战战兢兢地递出手机，李双关随手抓过，手机里还传出黄头发学生的家长不断说些什么的声音。

"行了行了！"李双关对着电话打断道，"你家孩子涉嫌校园霸凌，严重违反校规，能不能读下去都不知道。两个小时，现在是9点30分，11点30分之前你过来跟校方沟通吧。这样说吧，对于严重违纪的学生，若家长不配合、不关心、不讲道理，学生直接'退回'家里教育！"啪！李双关直接挂断电话。

李双关再次瞟了阮文玉一眼："叫个家长都叫不动，你这个班主任能力似乎严重不足啊？恐怕要再进修两年吧。"

第二十九章

兰水二中编年史

2013年3月，兰水二中全体教师与学校商谈待遇事宜。

2013年9月，兰水二中三名骨干老师辞职。

2014年4月，兰水二中全体教师与学校再次商谈待遇事宜。

2014年6月，兰水二中高考一本率下跌至历史最低。

2014年6月，兰水二中高三实验一班班主任辞职。

2014年7月，原文兴市第六高中副校长马泰调任兰水二中校长。

2014年9月，兰水二中所有班主任加工资500元/月，实验班班主任额外增加500元。

2014年9月，校长马泰颁布新政，严肃校风校纪，加强学校管理。

2014年9月，兰水二中开除八名打架斗殴学生。

2014年10月，兰水二中开除六名打架斗殴学生，一名普通班班主任被迫离职，一名学科老师工资减半，调任后勤部——仓库看门。

2014年11月，兰水市七名社会闲散人员持械冲击兰水二中校门，围堵一名学生。十五分钟内，市公安局十五名警察持枪到场，迅速制服七名社会闲散人员。

2014年12月，兰水二中一名学生私自携带管制刀具进入学校，当场开除。

2015年2月，兰水二中全体班主任加薪500元。

2015年6月，兰水二中一本率超越兰水市外国语实验高中，追平市三中。

2015年9月，兰水二中开除二十二名打架斗殴学生，全市震动。

2016年3月，兰水二中开除三名严重违纪学生。

2016年5月，兰水二中开除一名严重违纪学生。

2016年6月，兰水二中高考一本率超越市三中。

2016年9月，兰水市第三高中两名骨干老师申请调任兰水二中，未果。

2016年9月，兰水市下属兰峰县重点高中兰峰一中四名骨干老师调入兰水二中。

2016年10月，兰水二中所有实验班班主任加薪500元。

2016年12月，兰水二中增加两名特级教师名额。

2017年3月，兰水二中开除三名严重违纪学生。

2017年5月，兰水二中开除两名即将参加高考的高三学生，原因为屡次违反班级纪律，打扰他人学习。

2017年6月，兰水二中高考一本率追平市七中。

2018年5月，兰水二中开除一名学生，原因为染发和文身，屡教不改。

2018年9月，兰水二中所有老师加薪980元，全体班主任额外加绩效奖金500元。

2018年11月，兰水市第三高中两名骨干老师申请调任兰水二中，准许。

2018年12月，兰水市下属兰江县重点高中兰江中学两名骨干教师调入兰水二中。

2019年6月，兰水二中一本率首次超越七中，仅次于临湖实验高中。

2019年6月，区委书记会见兰水二中校长马泰，表示祝贺与鼓励。兰水市电视台全程跟拍，第二天电视新闻大篇幅报道。

2020年6月，兰水二中高考一本率遥遥领先市七中，成为兰水市媒体和家长群体中公认的兰水市第二高中。

2020年9月，兰水七中两名骨干老师调入兰水二中。

2020年11月，兰水二中四名学科老师遭遇末位淘汰，被迫调任其他学校。

2021年6月，兰水二中高考一本率遥遥领先市七中，缩小与临湖实验高中的差距。

2021年9月，兰水二中所有老师提高工资560元，实验班班主任额外提高绩效工资1100元。

2021年9月，兰水市教育局约谈市八所高中校长，严禁各学校相互挖骨干老师。七名校长赞同，兰水二中校长马泰反对。反对无效。

2021年10月，文兴市第三中学一名退休老师返聘至兰水二中，全市震动。这是兰水市教育界第一次迎来有全国重点高中执教经验的老师（临湖实验高中除外）。

2022年6月，兰水二中高考一本率遥遥领先其他中学，与临湖实验高中再次缩小差距。

2022年8月，兰水二中校长马泰荣获"兰水市优秀校长"称号。

2022年8月，兰水市七家媒体头条报道兰水二中校长马泰的事迹。

2022年9月，兰水市市长会见兰水二中校长马泰。

2022年10月，兰水市市委书记会见兰水二中校长马泰。

2022年10月，兰水二中全体班主任加薪500元。

2022年11月，兰水市方晶电子科技有限公司赞助兰水二中200万元人民币，作为贫困学生奖学金；兰水市宏安照明有限公司赞助兰水二中100万元人民币，作为教师疾病保障基金。

2023 年 6 月，兰水二中在一本率方面再度与临湖实验高中缩小差距。

2024 年 2 月，兰水二中全体班主任加薪 500 元。

"你，接着道歉。按照你之前的态度，我看你开除的风险很大。"李双关继续转向黄毛。

黄毛瞪着李双关，眼睛里怒火迸射："你说开除就开除啊！你算老几啊？！"黄毛终于忍不住爆发了，指着李双关的鼻子骂。

完了。阮文玉心里拔凉拔凉的。

李双关微微一愣，觉得又好气又好笑，这学生已经敢当着所有人的面指着老师的鼻子骂了，他还有什么事不敢干的？

当你在家里面发现一只蟑螂的时候，那么大概率，在阴暗的角落里已经有一百只了；当一个学生，敢于在教室里顶着一头"社会人"的黄头发指着老师骂脏话的时候，他难道平时就没有霸凌过其他同学？

李双关是多年的老教师了，他一下子就意识到了这一点。

讲台底下八班的学生又开始议论纷纷，似乎对冲进来一顿训斥的李双关有些不满。李双关暗自一笑，又用力地一拍讲台："安静！吵嚷什么！八班的各位，你们要搞清楚，这可不是什么实验班和八班的冲突，这是学校在肃清败坏校纪校风、严重违规的学生！是在整治校园霸凌事件！"

此言一出，八班的学生顿时安静下来。

李双关瞟了阮文玉一眼，又看向学生们，大声道："这个黄头发都敢在教室里指着老师骂了，我就不信他平时没有骂过你们，甚至可能是严重的人格侮辱、人身攻击，直接动手打人，干脆就借着这个机会一起处理了吧！在座的有哪些同学曾经被这人欺负过的、打骂过的，都举手！"

这一急转弯，八班的学生一时间反应不过来，都愣住了。

"不用怕！"李双关大声道，"他今天打人就算一次大过了，如果之前还发生过霸凌事件，直接就够两次大过开除了。如果有人被他霸凌欺压过的，大胆说出来！"

安静了一小会儿后，有一个颤颤巍巍的声音道："他……他逼我给他刷卡买东西，有一次我没给他买他就踢了我好几下。"

李双关一愣，扭头看向阮文玉，阮文玉只觉得背后一身汗——完了！自己的班里居然有学生间的"擂肥"抢劫事件！这事可越来越大了！关键这事情还不是被自己发现的，而是被李双关这个主管教师培训的上级发现的。

李双关还没来得及说话，黄毛忽然指着那举报的同学骂道："就你多嘴！欠打啊！"甚至作势要冲出去打人。

李双关一把拉住那黄毛，吼道："邪门了！还敢当众打人！"又对那举报的同学说："不用怕！他翻不了天！阮文玉，立刻叫保卫科的人过来。"

黄毛被李双关拉住，但力气又不及李双关，挣脱不开，更是暴跳如雷，大吼道："你给我放手！信不信老子叫人弄死你！谁敢乱说话，等我叫人过来，全部弄死！"

李双关一眼看穿他的虚张声势，冷笑道："派出所就在学校旁边200米，我很感兴趣你能叫什么人来。"

还能怎样？一个毛头小子哪能真的叫什么大人物来，还不是几个跟他一样不知道哪里来的社会小混混。黄毛偃旗息鼓，说不出话来。

场面眼看要失控，阮文玉立刻打电话叫来保卫科的人，暂时控制住了任水查，将他带到保卫科。李双关继续在八班跟学生沟通："不用怀疑了，这人屡次打骂同学，甚至涉嫌抢劫，必然是要开除的了。如果还有其他同学也被他霸凌欺负过，大胆地举报吧！没什么好担心的了！"

黄毛已经被带走，加上李双关保证了他会被开除，学生们鼓起勇气来，举报的人越来越多。最终统计出来，至少有四人被黄毛殴打过，被威胁辱骂的同学接近二十个。

更有人爆出这黄毛学生，初中时候原本就有多次打架斗殴记录，每次写写检讨、道个歉也就过去了。面对这种问题，他自认为经验丰富、游刃有余，既可以随便打人逞威风，又可以逃避学校处罚。每当学校不痛不痒的处罚颁布出来的时候，反倒是变相帮他造势——看，老子只用写份检讨就能把你打一顿，让你在学校混不下去。

校园霸凌，代价常常很小。

可惜这一次，他遇到了兰水二中，遇到了李双关。这一次，正义没有缺席。

黄毛被开除是定局了，另外一个长毛学生也被人举报有过一次殴打同学的记录，也够开除了。但余毒未清，终究还是需要处理一下。李双关又瞟了一眼阮文玉，心想：这班主任把班级管得完全一团乱，班级里不知道还藏有几个类似这黄头发的人。

"还剩一个打人的，你有什么话说？"李双关转向最后一个打人的学生。

"老师，我错了我错了我错了！对不起对不起！这位同学对不起！我对不起打人我……"那学生慌得语无伦次。

李双关又瞟向阮文玉："这个学生，平时有没有什么问题？有的话新账旧账一起算了。"阮文玉不知怎么接话，那学生也吓得哭了起来。

不带脏字，却让人毛骨悚然。

"呵，没有？居然一时半会儿还开除不了你。到后面去面墙站着吧！其他人呢？八班的其他学生，记住了，这人现在是一次大过，以后有任何不良行为，你们直接举报！再来一次大过立刻开除！

"还有谁有问题，还想再闹的？自以为'社会人'很了不起，很嚣张地想要威胁霸凌其他同学的，站起来啊！不服气的都给我站起来！"李双关再次大吼道，那股雄浑的气息从腹中冲击出来，在教室里爆炸，甚至玻璃窗都在震动。

"平日里在自己班上作威作福，甚至还敢威胁我们实验二班的学生！来！都给我转过头去，向右转！看清楚了！窗户外面、门外面站着的，都是我实验二班的学生！一个个都给我看清楚了，记住了！"

只叫你看清楚，记住了，却不说要怎么样。可是这个态度，谁会傻到听不懂呢？这才是兰水二中的风气啊！在这个学校里，爱学习的学生是受到高度保护的，那些吊儿郎当、自以为很社会的行为，完全没有立足之地。

啪！又是一声重响。"都给我转头看清楚了！"

八班全体犯错的学生怯生生地转头向窗边看去。

他们看到了付词、马一鸣等得意的笑容，看到卢标、诸葛百象、陈思敏、赵雨荷等无表情的面庞，看到了易姗、夏子萱等遥远的大美女，看到了将近40张恐怖的脸。

啪，啪，啪！这种时候，居然从门外传来了鼓掌声。

李双关一愣，这种时候谁这么不懂事居然鼓起掌来了？扭头一看，居然是罗刻！罗刻面色凝重，缓缓地鼓着掌，眼睛直直地盯着李双关。再一细看，他的眼眶里竟含着泪水。又看罗刻旁边站着的那人，竟然泪流满面，不住地擦拭泪水——那是木炎。

在罗刻的带动下，实验二班所有学生居然都鼓起掌来。

八班学生面面相觑，心中一片无奈，纷纷抱怨那几个害群之马——明明是你们犯了错误，却连累得我们在实验班的学生面前丢尽了脸。不过转念一想，清除这几个渣子，对自己也算是件好事，又不免心里一松。

一夜之间，这件事传遍整个高一。全体师生都对兰水二中的风气有了更深刻的认识。

周四，也就是第二天上午，一个黑着眼圈的中年男人提着大包小包的礼品走进兰水二中。两小时后，他黑着脸原封不动地带着礼品走了出来。旁边一个提着箱子的黄毛少年脸上被打得一片浮肿。

中午，一男一女两个中年人慌慌张张地冲进学校，在行政楼办公室里大喊大叫。女人号啕大哭，男人疯狂地对着一个长毛少年扇着巴掌，拳打脚踢。六个保安围着他们送出校门。

"走吧，下周一之前正式的退学手续文件会按照家庭地址给你寄过去。"

大门合上，那号啕大哭之声无法传入校园了。

下午，一个中年男人进入市教育局，大闹局长办公室。"老子想怎么样就怎么样！你凭什么开除我儿子？小孩子玩玩闹闹你凭什么开除！都是你们这群废物教不好！都是你们的错！……"

半小时后，男人被驱赶出来。

"老马，你那儿又是怎么回事啊？"
"没事，正常教学。"
"影响总是不好的嘛！教育局这边也有规矩，有统一的教师行为规范和评价标准啊！"
"明白，我们会对相关老师做出处罚。"
"行吧，回头见。"

2024年10月，兰水二中开除两名学生。

第三十章

通报批评李双关

"严老师，这样我多不好意思？"

"哪有的事！本来我这就是个虚职，年级的事情还不是一直你在管？你可是马校长的左膀右臂，是学校的骨干力量呢！"

"那也不用……"

"我还落得个清净呢！我这一把年纪了，想管也管不动了，我就老老实实地教我的数学就好了！你顶上去，我还轻松些！事少了，工资还不减，多好啊。而且啊，这不是校长的意思啊，你搞清楚啊，这是我的意思！你不要有心理负担啊！这种事情，我从来都是坚定地支持你的！所有老师都是支持你的！"

"……"

周五上午，高一教学楼一楼大门口，红纸黑字贴出了一张通报批评，无数师生围观。

通报批评——关于对学生打架事件中有不当行为的教师的处罚通知

在周三发生的学生打架事件中，高一实验二班班主任李双关老师，为保护本班学生、端正校纪、严肃校风，对高一八班学生的不良行为做出了比较激烈的反应，违反了市教育局《兰水市教师行为规范》中的若干条款，造成了不良的社会影响，败坏我校声誉，让人误以为我校对于专心学习的好学生有过度的、不当的保护。

经校领导研究决定，对李双关老师进行以下处罚：

撤销其高一年级组副组长的职位。另外，原高一年级组组长严如心老师因身体不适辞去年级组长一职，由李双关老师临时顶任，不计正式职位。

取消其三年内评定先进教师、优秀教师、优秀班主任的权利。另外，由兰水市七家高科技企业赞助的"兰水市人民心中的最佳教师"评奖活动，我校将推荐李双关老师参加，请做好相应准备。

取消其当月所有绩效工资合计8000元，基本工资降低1000元/月。另外，由于李双关保护本校学生免遭社会闲散人员伤害，维护我校师生安全有功，特给予一次性奖励7999元。

由科佳半导体有限公司兰水市分公司赞助设立的优秀教师激励基金下个月开始启动，受奖老师每月奖金1500元，持续三年。学校派遣李双关老师参与首批次领奖。

同时，高一八班阮文玉老师，纵容前班级学生辱骂、殴打实验二班学生，管理能力不足，经校领导研究决定，撤销其高一八班班主任职位，两年内不得再任班主任。基本工资与绩效工资对应下调。

由高一八班物理老师张江毅接任八班班主任之职。即刻生效。

校长办公室
2024年10月30日

  学生们也许不懂复杂的社会，但是毕竟十几岁的人了，谁也不是傻子。这份所谓的通报批评，哪里是真的批评？明明就是变相支持嘛！

  开头就定性了，李双关是在保护本校学生；所谓败坏学校声誉，居然是"让人误以为我校对于专心学习的好学生有过度的、不当的保护"——分明是说李双关为学校赢得了声誉嘛！

  然后进行处罚，撤销了年级副组长的职位，结果换成了代理正组长。罚款8000元整，立刻又奖励了7999元；降低了1000元/月的工资，立刻又奖励了1500元/月。

  倒是八班的班主任，真的被降职减薪了。

  落款呢？校长办公室。明显，这是校长在护着李双关。

  所有人都看懂了学校高层是什么态度。这是让全校所有师生都知道，兰水二中的风格、风气是什么。让所有流里流气、不务正业的学生知道，认真学习、作风优良的学生是有优待的；让所有老师知道，不加强班级管理、整肃班级风气，是要被批评、降职、减薪，在兰水二中混不下去的。

  "太帅了，太帅了！"付词兴奋地喊道，"你知不知道现在出了什么效果？原来总是担心占不到球场，现在那些普通班的人见了我们直接就走人了！哈哈哈！真是太爽了！"

  "不是吧？真的假的？"修远有些不敢相信，"白白给我们让出来了？"

  "对！就是这样！看见我们跟看见瘟神一样！哈哈哈！爽啊！威风啊！"

  修远立刻兴奋起来："那还不天天去打球？太猛了啊！"刘宇航、马一鸣、姚实易等人纷纷附和，表示不能错过了这福利。

经此一役，实验二班所有学生对李双关的印象大为改观——没想到李老师竟然是这样一个有担当、有胆识，能够保护自己学生的老师！太解气了啊！很多人都曾是校园霸凌的受害者，在以前的小学、初中学校里，大家见了那些流氓混混都只能忍气吞声躲着走，哪有今天这样的畅快！阴阳互转，强弱异位，河东河西。

"还有罗刻！那天晚上太牛了，居然带头鼓起掌来，简直是把整个场景点燃了！这在语文阅读里面叫什么？对了，叫总结全文、升华主旨！"付词跑到罗刻面前赞扬道。

罗刻笑笑不说话，内心却是波澜壮阔。他比一般人有更多感触，因为他从小家境贫寒，更知道社会是什么模样。在那些水平较弱的中小学里，经费欠缺，老师不仅稀少而且不太负责，学校里打架斗殴、欺凌霸道现象并不少见。被欺凌的学生则求助无门，老师、家长经常说，不过是小孩子们闹一闹而已。可是那辱骂、殴打和各种虐待，哪里是简单闹一闹？多少学生因此变得抑郁，蒙上阴影，乃至产生严重的心理疾病？

罗刻从一个水平较弱的破旧小学中挣扎出来，对这惨烈的真相了如指掌。贫困人家想要读书读出来，太不容易了，这不仅是智力、努力、师资的问题，甚至有时候在环境安全上，就已经落后太多。需要多少痛苦的忍耐、坚定的毅力，才能让一个底层出身的孩子突破重重困难成长起来啊！罗刻回忆起那天身边的木炎流淌着眼泪，同样底层出身的他，恐怕也必然是有深刻感触吧。

"李老师，谢谢你。"

周六，高一学生不上课，教学楼空出。二楼会议室坐了几十位新教师。今年新入职的教师，将开始他们的教师培训了。

他们刚刚上楼的时候都路过楼底的通报批评，一个个都看到了通知的内容。通知上点名"批评"的李双关，正是今天教师培训的主要负责人之一。这真是个有趣的场景。

这些新教师有些是刚刚研究生毕业考到教师系统中的，有些是从别的行业、区域转岗过来的，他们对兰水二中的风气或许还不那么熟悉。但是没关系，从今天开始，他们将会逐渐熟悉起来。

"想必大家都看到楼底下的通知了。"李双关笑着走上会议台，"都知道我叫什么名字了吧？"

台下一片笑声："您是李双关老师！"

"没错。我就是这次新教师培训的负责人之一——李双关。说是负责人呢，其实我只是挂个名，真正的教师培训是由各个学科的骨干老师来进行的。在未来的几个星期里，各位新老师将和这些骨干教师一起度过，学习他们的学科教学经验。

"那么我的任务是什么呢？我想不是告诉大家如何教学——我自认为不是兰水二中最优秀的教师。但是我要告诉大家，兰水二中是一所怎样的学校。我要让每一个新老师明白，什么是兰水二中的教育理念，什么是兰水二中的风气！

"我们都能回忆起三十年前的社会风气和教育风气，那时候，传统的尊师重教文化还在，教育还是一个光荣的事业。我还记得当年自己还是学生时，家长们将孩子送到学校时都要叮嘱他们，好好听老师的话；当年社会舆论对老师的评价，都是带着最崇高的敬仰；很多老师在入职的时候，都带着自信、尊严，以及要为教育事业奉献一生的崇高精神！

"这，是当年的教育事业。

"可是不知从什么时候开始，教育变味了。家长不那么待见老师了，学生变得越来越不服管教了，傲慢无礼、顶撞老师，也丧失了当年那种热爱学习的精神。社会舆论更是常常压榨教师，任何冲突矛盾，都变成了学校的错、教师的错。学生上课玩手机，老师抢夺手机被开除；学生在课堂上无视纪律地大吵大闹，副校长试图管教，结果被学生辱骂，还遭遇停职；甚至逐步演变成了，老师不能惩罚学生，学生却可以无限制打骂老师、伤害老师！

"这，成了现在的教育风气。

"我相信各位老师对于这样的社会歪风，要么经历过，要么至少听说过吧。但今天我站在这里，带着尊严告诉大家，在我们兰水二中，绝对不存在这种情况！

"在这所学校里，教师一定是光荣、光辉的职业；在这所学校里，教学一定是站着教，不是跪着教；在这所学校里，我们依然可以怀着初心、怀着理想，实践自己崇高的教育梦！

"学生打骂老师？不存在的，有这种行为的学生可以直接开除。

"严重违反纪律不服管教？记大过，累计两次大过开除。

"熊孩子、熊家长到学校闹事？找教师的麻烦？别担心，学校就是你最坚强的后盾！

"楼下的通报批评大家都看见了，这就是最近发生的一起学生打架事件，几个流里流气的学生不服我管教，甚至开口辱骂、威胁我。结果呢？当场开除，没有任何犹豫。家长到学校闹？保安赶出去了。家长又去教育局闹？教育局的批评和惩罚大家看见了，学校的态度和应对大家也看见了。这样的结果，你还需要害怕吗？我一点儿都不怕！

"今天我站在这里要告诉大家，我们兰水二中自马泰校长而下，秉持教育操守、严格执教，决不犹豫和手软！教师该做的事情，你们放手去做！教师该管的事情，你们放手去管！如果你们还有教书育人的梦想，就在这里放手去实现你们的梦想吧！

"待会儿将要给部分老师进行地理教学培训的高二年级组宋老师，原来是市三中的骨干教师；待会儿将要给部分老师进行化学教学培训的高三年级组裴老师，原来是市七中的化学组组长。还有很多优秀的老师都是从其他学校调入我们兰水二中的——他们都是主动申请调入的。因为他们知道，在二中，教师是有尊严的，教师是可以保留骨气、保留责任心的，是可以站着教书的！

"今天马泰校长有事不能到场，我权且代表他说一句话吧：兰水二中，是一片教育的净土，是真正让教师发挥自己的光和热为这个社会做出贡献的地方，是优秀的教师、负责任的教师可以获得极高的自我评价与人生意义的地方！"

台下的老师们一个个激动地握紧了拳头，兴奋之情溢于言表，甚至部分老师眼眶里泪水打转——多是从其他学校转来的老师。

"这，就是我们兰水二中的风气！"

第三十一章

斗牛，卢标对阵修远！

"你说，如果我们到临湖实验高中，能够排多少名呢？"坐在第一组第一排的赵雨荷转身向百里思和诸葛百象问道。

百里思耸耸肩："这得知道他们的平时分数和排名才行。"

"这恐怕不是关键。"诸葛百象道，"真正的问题在于，两边考试的难度不一样，分数没有可比性。"

"你的意思是，他们的难度比我们的要更高？"

诸葛百象呵呵一笑："要不要做几道临湖实验的题试试？"

赵雨荷一愣："哪儿有？"

"我给你出几道吧，我记得部分题目。"诸葛百象说着掏出纸笔，凭着记忆默写起来。

"咦？你怎么知道临湖实验的题？"

"自然有我的渠道。来吧，第一道。"谈话间诸葛百象已经写好一道数学题，将纸递过去。赵雨荷接过纸张，只见上面写道：

$$设 \tan(\alpha+\frac{8}{7}\pi)=m，求证：\frac{\sin(\frac{15}{7}\pi+\alpha)+3\cos(\alpha-\frac{13}{7}\pi)}{\sin(\frac{20}{7}\pi-\alpha)-\cos(\alpha+\frac{22}{7}\pi)}=\frac{(m+3)}{(m+1)}。$$

赵雨荷一愣，问道："这是什么题？我是说，是试卷上的第几题？压轴题不会这么简单吧？反复代换下应该还是能算出来的。"

"压轴？"诸葛百象淡淡一笑，"这是大题第一题，他们的所谓送分题。"

"不会吧！"赵雨荷大惊，"这才第一题？那整张试卷还不把我算死了，我还以为至少是倒数第二题的难度呢！"百里思在一旁看着这道题，喃喃道："做出来不难，但是要花点儿时间。当作大题第一题有点儿过分了。"

"再来看个物理题吧。"诸葛百象又递过去一张纸。两人接过纸张，只见纸上一道物理选择题。

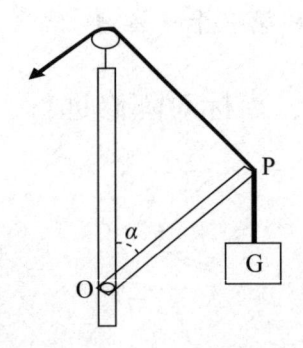

如图，轻杆OP可绕着O点在竖直平面内自由转动，P端用轻绳挂一重物，另用一轻绳通过滑轮系住P端。当OP和竖直方向的夹脚α缓慢增大时（0<α<180°），则OP杆所受绳的作用力大小（   ）。

A. 恒定不变

B. 逐渐增大

C. 逐渐减小

D. 先增大后减小

两人看完题目，拿起纸笔算了起来。

"有点儿古怪。"百里思嘟囔着，"选A？这种题经常看着在变其实又不变……"

"这么快做出来了？你是蒙的吧？"赵雨荷诧异道，"我还一点儿思路都没有呢！"

"没错就是蒙的。"

"……"

百里思又是一阵写写画画："算出来了，可能真的选A……吧？"

"可能？真的？到底什么情况？我怎么觉得应该是B？"赵雨荷说道，"百里思，你确定选A吗？"

"确定……吧？"

赵雨荷一阵无语，又挨个儿问了其他同学。罗刻选了D，柳云飘选了D，夏子萱选了B，陈思敏最牛："好像没答案吧！应该是先减小再增大。"可惜卢标不在，没法向对方进行确认，只好退而求其次问李天许，他选A。

"行了行了，诸葛百象，公布答案吧！"赵雨荷催促道。她已经受不了了，这种疑云满腹的滋味真不好受。

"答案是——呃，我忘了……"

一大片晕倒声……

"这是他们的什么题？单选的小压轴题？"百里思问道。

诸葛百象摇摇头："算不上小压轴吧，就一普通小题，整张单元测试试卷上的选择题都是这种难度的，或者更难一点儿。"

百里思眼里充满惊异，赵雨荷也是愣得说不出话来。班上前十名的人大部分都问过了，答案不一。不管这道题的答案是什么，本班前十名的人至少大半错了。这样难度的题在临湖实验高中只是普通小题？

真的有这么大差距吗？

"那，临湖实验高中的压轴题是什么样子？"赵雨荷试探着问。

诸葛百象耸耸肩："不知道，没记下来。我从来不关注压轴题。"赵雨荷等人心里奇怪，一般人的习惯不是最关注压轴题吗？毕竟压轴题才是难度代表啊。只有夏子萱心里暗自清楚原因——这种一个人知道别人都不知道的秘密的感觉，挺奇怪的。

"你到底从哪儿弄来的临湖实验的题目？这真的是临湖实验的单元测试题吗？"百里思疑惑。

"唉……"赵雨荷叹口气，"天上地下，云龙井蛙……"

"算了，先不管了，上体育课去吧！"

周四下午第二节是体育课。体育课每周仅两节，是每个人都格外珍惜的活动时间，男生尤其如此。

不过修远、付词、马一鸣、刘宇航、姚实易等人，最近倒是不缺篮球打了。自上次普通班两名学生被开除后，如付词所描述的，普通班学生见了实验班学生就跟见了鬼一样。虽然学校的本意是打击歪风邪气、禁止打架斗殴、整顿校园不良学生，但是在学生的传言里就慢慢变成了学校优待实验班学生。一传十，十传百，越传越不像样，以致传到最后什么鬼话都有了，比如"实验班就是高人一等""校长亲自护着实验班抢球场""实验班的人你碰他一下就要被开除"。要知道，语言的流传原本就容易走样，而高中生显然又是想象力非常丰富的一个群体。

但是这种谬传给实验班学生带来了很大的好处，谁会去揭穿它呢？每天中午和下午休息期间，原本球场拥挤、经常无球可打的状况得到了极大的改善。付词、马一鸣等人只要拿着篮球随便往哪个场子一凑，假惺惺地说："同学你好，我们是高一实验二班的学生，一起打下球吧？"其他学生就会以一种怪异的眼光瞅着他们，过不了多久就一个个找借口离开了。如果是高一的学生就跑得更快了。对这样的奇观修远初时还不信，但跟着付词一起见识过几次后不仅相信，而且泰然自若了。

连续每天下午打球，付词、马一鸣、修远等人的球技水涨船高，尤其是修远。初中时，修远就是班级里的主力分位，控球、加速突破、变相突破、急停跳投等技术玩得无比顺畅，只不过到了高一后打球时间少了，逐渐生疏。连续多天打球后，手感逐渐恢复。背后运球、连续交叉变向等绝活又回来了，在球场上玩得好不愉快。

体育课上，老师基本不管，就是自由活动。男生多是足球、篮球，女生多是羽毛球、乒乓球。十几个男生去踢足球了，修远、付词等九人占了半个篮球场，分成三组，每组三人打对抗。

11月初的天气，不冷不热，正适合打球。穿一件长袖衣服，再披个薄外套就好了，平时把外套套上，打球就脱下来。空气湿度也合适，在急促的运动中，快速地吸进略微潮湿的空气，呼吸系统很舒适。有时又有微风从面庞上扫过，快速运动产生的热气很快消退掉。这正是打球的好时候。

"哟！卢标也来啦！"付词叫道，"很少见你打球呢！"

卢标一袭深蓝色运动长袖长裤，蹲下去系了系鞋带。"是啊，不常打，偶尔跟你们一起玩下嘛！"

"嘿嘿，大神加入！大伙儿可要打起精神来！"付词戏谑道。

"我是菜鸟。"卢标笑道，"不太会，打得也少。"

分组结束，卢标、马一鸣、刘语明一组，修远、付词、齐晓峰一组，刘宇航、姚实易、刘旺哲一组。根据野球场的规矩，每组选一人罚球，进球的组先上，没进的后上。这个环节往往要耗费一小会儿时间，因为没经过专业训练的高中生罚球往往不准，三个能进一个就算不错了。"卢标，你来罚吧！"刘语明笑道，"很少见你打球呢！"

卢标站上罚球线，接过球，做出预备姿势。修远一惊，这家伙练过？

唰的一声，空心入网。

"哇！厉害啊！姿势好专业！"刘语明等人叫道，"学霸隐藏实力啊！"

卢标不好意思地笑道："真没有，只是初一的时候练过一个月而已，平时很少打的。"

不仅在教室里是学神，在篮球场上也要称王称霸吗？修远盯住卢标的举动，心里不愉快。

"我来盯防卢标！"修远对付词和齐晓峰说道。付词常常与修远一起打球，对修远的心思秉性也多有了解，立刻会意。

刘语明开球，直传卢标，修远立刻半蹲着贴上，脚下用力。

卢标一愣——贴得好紧！稍微运两下球，差点儿被修远掏掉，不敢大意，反传球给刘语明。

呵呵，不过如此。

几个回合下来，修远大概摸清了卢标的路数。篮球队的训练方法先强调跑跳基本功，同时练习投篮手型和命中率，然后再是各种突破过人的动作。这整套训练下来是要耗费很多时间的。卢标说自己练过一个月而已，那么应该是练过投篮动作——手型看起来也确实很标准。但各种运球和突破的方式是需要长久训练积累手感的。卢标运

- 180 -

球动作比较迟滞，缺乏变化，显然，他一个月的篮球训练没有包括运球、突破的练习，而他平时也没有太多训练。这样打他就简单了，防守的时候死命贴紧，进攻的时候各种动作做出来反复突破。

齐晓峰从刘语明手里断过球，正在环顾球场形势，修远从内线快速跑出来："球给我！给我！"

齐晓峰预判修远跑位方向传出，修远接球，卢标跟上。

球场陷入瞬间的安静，一阵大风吹过。头顶上的蓝天清澈，一只飞鸟飞过。

修远盯着卢标的眼睛，膝盖弯曲，脚趾抓紧地面，右手持球，左手护球。第一次正面进攻，他要全力以赴。

左腿发力，肩膀向右一耸，右脚踏出！修远动了！

第一步，卢标已经慢了分毫，赶紧压低中心向左边移动——右脚发力，左脚启动。

当卢标左脚启动的时候，修远右脚刚好点地，突然又一猛蹬，整个人向自己的左侧、卢标右侧飞了出去。

假动作，变向！

卢标被晃了个干净，整个身位全部让开，修远再一加速，从卢标右侧突破上篮。得分！

"好球！这球干净利落！"付词叫起来。

"哇，好帅啊！"场边几个女生叫道。

有些不太爱运动的女生，会坐在场边看男生打球。修远喘了两口气看向场边，场边的看台上坐着几名女生，易姗打扮精致，黑色上衣配红色百褶裙，鹤立其中。

"修远好厉害啊！"易姗露出一个可爱的表情，尖叫着。

修远心中得意，他把卢标的底已经摸清楚了，卢标不是他的对手。

是啊，一个从初中开始就经常打球，是球场上的追风少年。另一个则每天忙于把学校课程学到最好，同时要参加各种活动——辩论、游学、演讲、模拟，还要经常接受一些特殊的思维训练。即便有限的体育活动时间也并不是全用来打球的。这两者的篮球水平，原本就不在同一个起跑线上。

付词识相，开球直接甩给修远。修远持球面框，卢标进一步压低重心，拉开两步防止突破。

修远盯着卢标诡异一笑，直接做出一个跳投动作。他距离球筐本来就不远，已经踩在三分线内了，此时完全可以直接投篮。卢标暗想：大意了，没看见距离。他一着急，猛地向前跳起封盖，却不想修远竟做了个假动作，跳投假象之下，左脚脚尖并没有离地。好逼真的假动作，骗得卢标跳起，修远一拍球，从右路轻松突破上篮。

场边的女生们又尖叫起来。

呵，卢标，看我今天怎么玩儿你吧。

每每卢标接球，修远一定用尽全力贴身防死；每当自己队伍得到球权，修远一定态度坚决地要过来，自己持球单打卢标。哪怕卢标不与他对位了，修远也要求与卢标对位的同伴替上来给自己挡拆，强行换过去单打。

而当卢标那一队被打下去之后，另一队上场，修远立刻就松了一些——谁的体力也不是无限的，总要休息的。尤其贴身防死、持球单打都是非常消耗体力的，修远更需要休息。可是他的态度很明显，对其他人可以松一点，高中生的同学球场，打打玩玩嘛！因此和另一队打球时球场节奏明显放慢，两边都很松。

可一旦卢标那队上场，修远立刻神情严肃起来，攻防两端全力以赴，将卢标吃得死死的。哪怕将体力耗尽，也要把那些最复杂、最花哨的动作做出来，强行在卢标面前秀上一波，甚至突破时还常常带有小动作，或者小推一把，或者胳膊肘有些碰撞——反正又不是正式比赛，没有裁判。

这一场球，卢标打得非常难受，脸色铁青。

这一场球，修远打得无比兴奋，激情四射。

下课铃响。

这场三对三的比赛，被打成了卢标与修远的单挑，而卢标又被修远打成了筛子。

大风吹，云飞扬。那种从毛孔里散发出的畅快啊，仿佛每个细胞都在快活地呼吸吐纳，全身通透。不论身体怎样疲惫，精神上的愉悦都可以将那疲惫驱散。

这熟悉的心理感觉啊！这才是高中应有的样子嘛！

一刹那，仿佛重新回到初中时候。那时，修远还在轻轻松松地学着，非常优秀；那时，老师和同学们还在围着他转，女生们还在主动关注他；那时，他还对自己有着充分的自信，有着阳光一样明亮而积极的自我评价。

这一个午后，仿佛一切都回来了。

▶ 第三十二章 ◀

一己之力

    11月初的天气，正秋高气爽，大风吹过之时，一切阴郁、狭窄的心思都该随风一起飘散掉。开阔的操场上，风很大，活动完的学生们一身汗，正享受着席卷而来的大风。男生们敞开拉链，外套随风飘起如同披风；女生们长裙飘飘，靓丽的黑发在风中舞蹈。

    在这样的天气里，五官舒展，每个人脸上写满了轻松畅快。

    而卢标带着郁闷的心情回到教室。

    很多股情绪交织在一起，卢标还没有来得及厘清它们。似乎很久没有这么郁闷过了吧；似乎自从父亲那件事以后，他再也没有这样悲哀与迷茫了吧。是因为修远吗？他当然是直接原因，明显地针对自己发力打，手上还不干净，故意做了些脏动作。体育课同学之间打打球娱乐一下，何必这样火并呢？除去罗刻之外，又来了一个修远，莫名其妙地与自己过不去。这个二流学校的班级里，就应该经常出现一些有病的人吗？

    他当然不会知道，其实修远与他并无旧仇，只是不知不觉中以他为垫脚石，去追寻初中绚丽的残影。在修远的世界里，他只是需要这么一块垫脚石；而在卢标的世界里，卢标却看到了这个二流高中有些扭曲的同学关系。

    他的烦躁与郁闷，是因为修远，可又不仅仅是因为修远吧……

    "卢标，我想问你个问题！"卢标的思绪被打断，是木炎。他早回到班级里做起数学题，手头拿着一本薄薄的笔记本。

    "怎么？"卢标将自己的思绪强行压了下去，有气无力道。

    "上次你教我的那个做错题本的方法，就是结构化错题本，我用的时候发现一个问题。就是，为了达到分类的效果，让以后积累错题时也不要乱，你说要在每个种类的知识点和题型那里留出空间，但是要留多少呢？我发现自己总是留得不够，要么多了，要么少了。"

    这段时间木炎一直在使用卢标的结构化错题本方法进行改错，也尽量尝试将相同类别的错题放在一起。可是这错题今天来两道，明天来三道，你根本不知道未来将出现的错题会是哪种错题，你也不知道，同一个类别的错题需要留出多少空间才好。

"哦？还有这种问题？"

"啊？难道你没有吗？你是怎么留空白的？"木炎疑惑。

"一般……一次性留够吧，宁多勿少。一个单元一个小本子，这总够了吧。"

"啊？"木炎大惊，"那三年学下来得用多少本子、花多少钱啊！太浪费了吧！"

"哦。"卢标之前没有考虑这个问题，"那另外还有种方法你可以试下。有种本子叫活页本，可以拆开，中间能够加纸的。用这种活页本做错题本更方便些。"

"活页本？可以拆开？"木炎又一愣，他从来没买过这种本子，"好像挺好用，多少钱一本？"

"校门口文具店就有卖的。好像十几块一本吧，厚一点儿的可能二十多块，具体不清楚，你去问下吧。"卢标随口应付。

"一个本子要二十块钱！疯了吧！"木炎不仅震惊，甚至语气中带有些许怒火——哪怕只有那么一点点，"还问什么问！根本没法用！"

卢标愣住了，他一时没有反应过来木炎的脾气从哪儿来。哦，想起来了，家境。是了，木炎家庭经济条件较差，大约这二十元一个的本子让他觉得太贵了吧。可是真的贵吗？卢标记得那二十元的是非常厚实的一本，一个学科一本的话，足以用至少一年，甚至两年、三年。毕竟，错题能有多少呢？一个本子可是有几百页啊！

但是卢标不想与木炎争论了。"随你吧。"

他突然觉得好累，扛不住趴在桌子上休息，再也不想理会任何人、任何事了。

天渐渐暗下来，光明悄悄流逝。温度下降，夜晚的风不再是清爽的，而是寒凉如水。足球场比篮球场更开阔，风也更大，卢标就行走在这寒夜里。

第二节晚自习结束，修远、付词、李天许等人早早回到寝室；罗刻、诸葛百象还在教室里奋战；卢标独自走到空旷的足球场上。足球场的外围便是 400 米的跑道，他本想绕着跑道跑几圈——他有夜跑的习惯。可是今夜他虚弱乏力，两腿如灌铅。这夜色铺天盖地，从无尽处而来，往无尽处而去，球场上微弱的灯光如萤火点缀在这黑色丝绸幕布上。

衣服穿少了吗？夜风从裤脚处灌进去，如同踩入寒冷的溪流中，冲刷着他的皮肤。

上衣拉链要拉上吗？风渐大渐凉，仿佛要将他吹透一般，进入身体，进入灵魂。

他的背脊上还存有一丝暖意，他就带着这一丝温热漫无目的地在球场上游走。

他越走越深，往那球场深处没有光照的地方，一步一步挪过去。

他四处看，茫然地环顾这空无一物的夜，目光穿不透黑暗。

吹了好久的风，浸透了夜的凉，反复大口地吸入夜晚的空气，卢标的心绪逐渐平静下来。远远算不上恢复正常状态，只是缓和了一些，能做些思考罢了。

为什么，为什么罗刻、修远等人会如此针对我？

我不认识他们，之前的人生与他们从无交集，我与他们也从无过节。可是高一刚开始他们就表现出明显的敌意，这是什么道理？枪打出头鸟吗？

我到底是为了什么要鼓励发展合作型同学关系？

因为更好的学习氛围吗？可是学习动机是从小一路养成的，如果一个人十几年没有形成好的学习动机，靠我的带动，可行吗？以我一己之力去带动几十个人，真的可行吗？

因为合作提高效率吗？可是到目前为止，只是我不断地单向输出而已啊！我到底获得了什么？李天许、陈思敏等人明明成绩很好，但从来没有透露过一点自己的学习方法；罗刻、修远与己为敌更不必说；唯独一个掌握了初阶思维流的百里思值得研究，但她自己对这项能力没深度研究的意愿。

我到底图什么？我的行动意义在哪里？以我一己之力去支持全班的学习策略分享，真的可行吗？

甚至，我为什么要来这所高中？我要为家里分担一些责任，这是错的吗？这又是对的吗？老师说，这个决策格局太小，可是为什么呢？是因为预料到我今日的情景吗？我承担了自己该要承担的家庭责任，真的错了吗？

为什么？为什么木炎不愿意花十几二十元买一个活页本？

因为贵，因为他家里比较穷。可是他家里穷到什么程度？真的是无法支撑他买这一个活页本吗？恐怕不是，一个活页本可以用很久，相当于他的普通本子的3~4本，这样算下来，并不太贵。而且木炎家里虽然较穷，可是也没有到那种极端贫困、完全买不起这十几二十元的笔记本的程度啊，偶尔他考好了在食堂吃点儿好的庆祝一下，也会多花去十元钱啊。

能够帮助到自己的错题本，进而让自己的学习效率更高一点、分数更高一点，换算到高考上去，哪怕只是提高1分，又值多少钱？难道高考1分的价值还比不上这十几二十元吗？这样的数字计算，为什么木炎想不明白？这种明显划算的教育投资，为什么他不懂？

可是我呢？木炎舍不得那十几二十元，我觉得他错了、小气了，那么我呢？我来到兰水二中，是不是一样的性质，仅仅换了数字？我又对了吗？我……

唉……

这迷茫如黑夜啊，这夜凉如水啊。

没有真正的老师了，没有真正的同伴了，甚至在家庭中也没有了支撑！这长夜寒风之中，只有我一己之力了啊！

天高，月远，风大，夜黑。

人啊，一时由爱生恨，一时由喜转哀。有时悲伤之中藏掖着宁静，有时孤寂里又爆发出蓬勃的力量。卢标久久地站立着，孤独着，迷茫着，彷徨着，心中突然生起豪迈之气，一声长啸，撕碎了夜的宁静。

"啊啊啊！"

双手握紧拳头，背脊上的热流传开，充满四肢。风再大，也不过托起了他的衣襟——如披风在身后抖动。

昂起头，仰视这夜空吧！这天地间的数万丈，尽是我的伸展腾挪之处！且让我一个人在此吧，且让我凭一己之力伸展拳脚吧！

第三十三章

连碎片时间也不会放过的学霸!

兰水二中实验二班早自习。

刘语明:"马拉松运动员进入比赛最后阶段,下肢经常会抽搐,这是因为什么物质排出过量?"

木炎:"汗!"

刘语明:"我汗,这不废话嘛。我是问你,过量排出了汗水里面的什么物质,导致抽搐。水、尿素、钠盐、钙盐,选一个吧。"

木炎:"钠盐!"

刘语明:"错!是钙盐!"

木炎:"啊?为什么啊?"

刘语明:"这哪有为什么,答案就是钙盐啊!"

木炎:"不是说跑步久了要喝生理盐水吗?盐水就是氯化钠啊!你那答案错了吧?"

刘语明:"好像是啊,难道喝含钙的水效果更好?什么水含钙呢?"

木炎:"石灰水?"

刘语明:"我晕,石灰水你喝啊!"

木炎:"那你说喝什么?"

刘语明:"呃,娃哈哈 AD 钙奶?"

"……"

学渣们的讨论,有时候确实是让人很无语。后排的罗刻叹了口气道:"喝盐水是为了防止血压下降,缺钙离子才是抽搐的原因……我真是服了你们两个,做个生物题而已,一会儿要喝石灰水,一会儿要返老还童喝 AD 钙奶的……"

"这么厉害?真不愧是罗刻啊!"木炎道,"再考你一个题!这回换成地理啦,看你还记不记得。"

全球气压带和风带的季节性移动规律，就北半球而言是（　　）。

　　A. 夏季北移
　　B. 冬季北移
　　C. 夏季向低纬度地区移动
　　D. 冬季向高纬度地区移动

罗刻略一犹豫，道："应该是夏季北移。"

"又对了！连地理都记得？"刘语明看着木炎练习册上的答案惊诧道，"我还不信邪了，再来一个！"刘语明飞快地从抽屉中扯出一本历史练习册。

高一学生的习惯，是平时只学好语、数、英和物理、化学等理解难度较高的学科，对于生物、历史、地理、政治等学科，基本上都是平时敷衍了事，临考前集中突击复习。木炎、刘语明等绝大部分人才刚开始复习呢，没想到罗刻就已经十分熟练了。

"再来一个历史的！请听题：

　　战国以前，'百姓'是对贵族的总称；战国以后，'百姓'成为民众的通称。导致这一变化的主要原因是什么？（　　）

　　A. 宗法制的衰落
　　B. 分封制的加强
　　C. 百家争鸣局面的出现
　　D. 井田制的推行

罗刻，选哪个？"

"不行，这也太简单了吧，我都知道，明显选 A 啊！对罗刻得换个难一点儿的。"木炎插嘴道，"这题吧：

　　今中书主民，枢密院主兵，三司主财，各不相知。故财已匮而枢密院益兵不已，民已困而三司取财不已，中书视民之困，而不知使枢密减兵，三司宽财者，制国用之职不在中书也。

这段材料说明了北宋的什么问题？"

"呃，北宋……积贫积弱？财政赤字？穷兵黩武？或者内政混乱？喂，你好歹给个选项啊！"刘语明说。

"我相信对于罗刻这样的高手，不给选项也能知道答案！"木炎眼神中闪着光，表

- 188 -

现了对罗刻的高度信任。

"没选项？可以试试吧。北宋的特点……北宋的特点是什么？"罗刻闭上眼睛思考了一会儿，"没记错的话，应该是君主专制加强，削弱了丞相的权力。刚才这段材料，应该是体现了这个措施的负面效果吧。"

木炎低头看了看答案："又对了！罗刻厉害啊！"

"生物、地理、历史都考过了，来看个政治的内容吧，要是还会你就厉害了。"刘语明又掏出一本政治教辅书，"这个题：

  加入世贸组织以来，随着出口规模的迅速扩大，我国与其他国家和地区的贸易摩擦不断升级，目前我国已经进入对外贸易摩擦的高发期。这启示我们（ ）。

  A．在对外开放过程中要维护国家经济安全
  B．要把扩大对外贸易作为推动经济增长的根本动力
  C．不仅要提高对外贸易的规模和水平，更要提高对外贸易的质量
  D．要继续扩大出口，保持巨额贸易顺差

这回选哪个？木炎，你也选一个？"

"啊？不是考罗刻吗，怎么变成考我了？我选C吧，既要提高规模，也要提高水平。"

罗刻略一沉吟，道："不对，应该选A。"

"又对了！"刘语明叫了起来，"确实选A！"

"在对外开放过程中要维护国家经济安全？为什么选这个啊？贸易摩擦跟经济安全有什么关系啊？这个完全搞不懂啊！罗刻，你来解释下？"

"贸易摩擦和经济安全具体什么关系，其实我也不知道。但是这个题用排除法可以做。B选项说对外贸易作为推动经济增长的根本动力，这肯定错了，政治老师上课时候重点强调过了，根本动力一定是内需。C、D两个选项都会让贸易摩擦继续加大吧？倒回来，只能选A了，哪怕不知道A是什么意思，也要选A。"

"唉，人跟人的差距怎么这么大啊！"刘语明叹了口气，"我还没开始复习，你就已经复习完了！还有不到一个星期就考试了，我真是不知道怎么办啊！"

"罗刻，你哪儿来这么多时间学习啊？我光是语、数、英三科就不轻松了，再加个物理，已经觉得很难搞定了。而你连生物、化学、历史、政治这些学科都学到位了，真不知道你是怎么学的啊！"

"肯定周六、周日的时候又学了很久，我们做完作业就休息了，罗刻估计还自己抽了时间去学政治、历史、生物的内容。罗刻，你周六、周日基本没有休息吧？"木炎

猜测道。

罗刻难得露出一个微笑："刚好相反，这些内容，恰恰主要不是在周六、周日学的。"

"哦？"

"我周六、周日固然是休息得较少，但是这些内容的记忆学习，基本上都是周一到周五的零碎时间解决的。真正努力学习的话，可以从看似没有时间的缝隙里再挤出时间来。"

"挤时间？"即便没有罗刻那么极限，木炎自认为也算是很努力学习的了。周六、周日有时候木炎会让自己休息放松下，但周一到周五，自己可是基本没有休息的啊！木炎瞪大眼睛问："还能在周一到周五额外地挤出时间来？怎么操作？"

罗刻"哼"了一声，道："很简单。课间十分钟可以用来背诵一点儿生物的琐碎知识点；吃饭走去食堂的路上没法集中精神思考数学题，但可以回忆下历史课讲的要点；食堂排队的几分钟，地理的天气系统和气候类型内容就可以复习一次了。再算上周五下午回家要坐半小时的公交车，难道要在车上干坐着吗？当然是把古代政治制度看三遍啊。"

木炎再次震惊了——一个人居然可以把时间利用到这种程度？！课间的时候罗刻不休息，这是他看得见的，但他以为也就仅限于此了，没想到对方连吃饭排队、走路、坐公交车这样的零碎时间都能利用起来。这种超越了极限的努力程度，实在是太可怕了！

"怪不得看你平时走路的时候都一副若有所思的样子，原来是在背诵知识点。"刘语明也是惊讶地大叫起来。这声大叫又引起了其他人的注意，于是罗刻那种超越极限努力的传奇事迹，开始在班级里扩散开来。

"这个罗刻……"卢标心里一笑，继续低头思考问题了。

在罗刻的带动下，木炎等人也开始极端地努力。这既是榜样的作用，当然也有期中考试逼近、压力陡增的原因。从当天中午开始，就看见教学楼走廊上、食堂里有人拿着书或者小卡片在复习了。这倒让学校里的老师们高兴了一会儿。

中午12点10分下课，罗刻一边低头回忆化学实验的知识点，一边向食堂走去，嘴里自言自语道："……分离提纯常用步骤是溶解、过滤、蒸发，蒸发时会用到的物品有酒精灯、蒸发皿……分液的时候会用到分液漏斗……行了，木炎，别鬼鬼祟祟的了，好像在跟踪我一样。"

木炎从身后加速跑上来，不好意思道："嘿，我是怕打扰到你，因为你说你在路上也会复习知识点，所以……"

"算了，也快到食堂了。"罗刻看了一眼木炎，"今天没跟卢标一起去吃饭？"

"嗯，也不能总跟他凑一起啊，本来就不是一路人。"木炎回答时不自觉微微低下头，声音也是越来越低。

这倒是让罗刻有些意外，因为木炎从来都是一有机会就往卢标身边凑的。"不是一路人？"

　　"啊，我的意思是……反正、反正也不用每天都追着他走吧……"木炎有些扭扭捏捏，"之前是因为他学习好，总想着跟他学点儿什么东西吧。但是我现在想想，其实我还是更佩服你的！"

　　"哦？我现在还没有达到卢标的水平吧？"

　　"这……反正就是……就是一种感觉吧。"

　　罗刻感觉到一些异样，似乎木炎和卢标有些什么矛盾。不过他并不关心这些问题，他甚至不允许自己为木炎对他的佩服而感到丝毫的骄傲。罗刻深吸一口气，皱了皱眉头，镇压住了那股隐隐的自豪的情绪。

　　两人进入食堂，朝一个特价菜窗口走去，打完饭返回就餐区找座位。罗刻道："那边有两个座位……"话还没说完，突然听见木炎低声叫道："等一下！那个……那个位置不好，我们换个座位吧！"说着就想拉罗刻往侧面走去。

　　"干吗？哪里不好了？人都挤满了，哪还有空座位？"

　　"那个……李天许在那边！我们还是……"

　　"那又怎么样！难道他碍着你了？"

　　"我……"

　　后面的话木炎说不出口了。上次在食堂遭遇李天许，被他鄙视得回去泪流满面，身心俱疲，以至于好几天打不起精神来，这件事暂时只有卢标知道，木炎从没有跟其他人提起，可是不知为什么，最近几天又感觉和卢标也有些生分了。在潜意识里，似乎木炎把卢标和李天许划为同一类人了——天生命好的那一类。李天许出身于富贵人家，从小接受最优质的教育；卢标更是被称为命运学神——命中注定成为学神的人。尽管这两人的性格、为人处事作风，乃至道德人品都有很大的差距，可是木炎似乎顾不上那么多了，只看得见自己的贫穷与低起点，于是对于原本差别巨大的卢标和李天许两人，也就只看得见他们共同的高贵出身了。

　　"莫名其妙。"罗刻不知道木炎的心思，径直走了过去。木炎踌躇再三，心一横，也跟着罗刻坐了下去。那两个空座位就在李天许旁边桌子边，李天许显然注意到了两人，瞟了木炎一眼，轻轻"哼"了一声，又埋下头去边吃饭边看手机了。他桌子上摆了三个菜碗加一个汤碗，每个碗里两份菜，乃是一人吃起了六菜一汤。作为对比，罗刻与木炎都是只打了两个特价菜，自然显得寒酸了。

　　木炎思绪如潮，罗刻泰然自若。

　　两人沉默下来。不同的是，罗刻的沉默乃是继续沉浸在知识的世界里了，一边吃饭一边在大脑中回顾各学科知识点；而木炎脑海中则是纷纷扰扰，浑身透出不自在的气息。几分钟后，最早来食堂吃饭的人已经起身离开食堂，空出了些位子。

"罗刻，那边有位子了，我们过去吧。"木炎忍不住说。

罗刻瞟了木炎一眼，投出一道不耐烦的目光。

"我们过去吧。"木炎又催促道。

"你有毛病啊，要去自己去！"那不耐烦的目光变成了不屑。

边上的李天许也听到了木炎的话，自然感受到他不自在的情绪。"搞笑呢。"李天许冷笑道。

"我坐哪儿关你啥事！碍着你了啊！"木炎听到李天许的冷笑，终于愤怒地大叫。

"哼，滚得越远越好，免得我看了心烦。"李天许继续冷笑。

"罗刻，我们走吧……"木炎几乎是在哀求了。

第三十四章

约战！罗刻的怒火！

听到木炎的声音，罗刻不仅没有起身，反而冷冷地白了他一眼："懦夫。"那眼神中不仅是不屑，更有一种哀其不幸、怒其不争的愤然。木炎愣住，呆呆地看着罗刻："可是他……"

"我不知道你们具体发生了什么事情，但是根据你的特点，以及他平时的作风，猜也猜得出来。你看看你这个没用的样子，看见他就要躲，这就是你的自尊吗？你还有骨气吗？"

木炎眼圈泛红，眼眶变得湿润。他在生气吗？在气罗刻骂了他吗？恐怕不是，是此情此景之下，上回被李天许羞辱的痛楚又猛烈地翻滚了上来。"反正他是有钱人家的子弟，看不起我们这些穷人……"

这话简直让罗刻有些咬牙切齿了，大吼道："废话！我们努力学习从那么差的学校考到市重点高中的实验班，这么没日没夜地拼命，难道是为了看见富二代就躲的吗？你看下你这个没用的样子，别把你跟我归成一种人了！

"穷又怎么样？命苦又怎么样？那就去拼命啊！那就把所有改变命运的可能全部抓得死死的不要放掉啊！最弱的人不是穷人，是没斗志的穷人！我可没你这么懦弱！我知道自己命运的起点在哪里，更知道自己命运的终点在哪里——那必然是距离起点很远的地方！"

罗刻一番话引得周围有些不明真相的吃饭群众纷纷注视，甚至有人被吓得直接端起碗跑了。木炎还没来得及为这番话感到震撼，只听得旁边李天许大笑，甚至鼓起掌来。

"好好好！真是励志，我都忍不住为你们两个感动了——两个傻子，排练话剧呢？"李天许那一脸的鄙夷与不屑，仿佛一盆冷水，要将罗刻那烈火一样的斗志当头浇灭。

罗刻转过头去看向李天许，这是他第一次和李天许四目相对，目光如仙侠小说中高手的剑气一般，在空中激烈僵持着。上次发生在木炎与李天许之间的不愉快，似乎将要在罗刻与李天许身上重演一遍了。但那结局，注定不同。

"你，又是有什么毛病？！"罗刻一字一顿，眼神里尽是愤怒的火花。

"没什么毛病，只不过看见傻子就忍不住想笑而已。"李天许故意做出一个更明显的轻蔑的表情，嘴角往一侧用力扬上去。

"你以为自己很了不起吗？吊儿郎当的样子，知不知道很让人烦？"

"哼，托你们这些人的福，本来我不怎么样的，就是在你们这些傻子的衬托下才显得很了不起！"

"嘲笑别人苦难的命运，显得你很有素质吗？自己一副吊儿郎当的样子，不懂得奋斗和改变命运的意义，要是把你放在一个更低的起点上，哼，你这种人，早就被社会淘汰了！天生起了一手好牌也会被你打废，你还有脸嘲笑我？我没嘲笑你算是给你面子了！"

好解气！罗刻这一番话让木炎听了心中既激动又赞叹，我怎么就说不出这样的话呢？对罗刻的佩服又增加几分。上一次他与李天许正面交锋被骂得狗血淋头，而卢标后来安慰他，也没起到什么效果，那安慰的话显得绵软无力。而今天罗刻当着他的面与李天许正面冲突，却让他觉得心中无比舒坦，当时郁积的怨气也清除了许多。在木炎心中，罗刻的形象真的已经超过卢标了。

让木炎无比舒心的话，却让李天许愤怒了。"放屁！你懂个啥！还改变命运，你这穷鬼烂样子还有种嘲笑我？你哪一点有资格跟我比了？"李天许吼了起来，全无当初嘲讽木炎时那份冷酷与镇定，然而他还是要把同样的话搬出来对付罗刻。

"你以为自己努力努力就能跟我比了吗？你哪一门学科能跟我比了？自己感动自己罢了！"李天许嚷道。

"他英语比你好！上次考试罗刻是英语比你高！"木炎见缝插针补上一刀。

"……哼，那又怎么样，总分呢？你跟我差得远了！而且你英语就能跟我比吗？只不过应试的分数高一点而已。你看过多少英语原版小说？听过BBC、VOA或者英语的节目？跟得上无中文字幕的美剧吗？

"更不要提其他方面的综合素质差距有多大了。你去欧洲游学过吗？见识过不同的文化、礼仪和风俗人情？你参加过国内的人文行走吗？在有传统文化老师带队的情况下游过道教和佛教的四大名山吗？

"甚至就连应试之内的东西，你也跟我差了很远！别说现在的总分有很大差距了，你可知道我现在的学习状态？我根本就不需要特别认真地学就能保持这样的成绩。我就是每天随便抄抄作业、玩玩手机，也一样可以遥遥领先你！"

木炎心情飞速地变化着，刚才无比舒畅的感觉猛然消失，因为李天许说的这些内容正是上次自己无法承受的重击。罗刻又会如何回复呢？

说实话，罗刻其实也不好正面回击这些话语，这是李天许对木炎与罗刻的心理优势的依据所在，是他的撒手锏，也是他们之间的真实差距。实力确实不如别人，又如何回击呢？

"怎么不说话了，废物？"李天许骂道。

木炎勃然大怒，啪的一声拍桌而起。"不准你骂他！"他握紧拳头就冲了上去，愤怒之情无法控制。

"住手！"罗刻一伸手拉住木炎。李天许吓一跳，平时软弱的木炎突然暴怒起来倒也看上去很吓人。李天许上次直接侮辱木炎时也没见他有这么大的怒气，这次自己与罗刻对阵，他反倒激动起来了。李天许没有意识到，在木炎心中罗刻占有怎样的地位——在此时此刻，那是尊严之所在，甚至是人生的意义、生命的希望之所在。

"你很嚣张。"罗刻一边沉下声音，恨恨道，一边把情绪激动的木炎往回拉了一把，"那我们来约战吧。什么文化游学、英剧美剧，花里胡哨的东西我没兴趣。你若有种，就跟我比一比综合考试成绩。这是最直接、最简单的方式了。就从这次期中考试开始计算，一年之内，我保证可以超越你！哪怕你初中的基础比我更好，但是要打败你，顶多只需要一年就够了！

"你听懂了吗？只需要一年！你从出生开始所积累的一切优势，那富贵的出身，那些最优越的教育资源，以及一切的一切，所有的优势，我只需要一年时间就能超越你的这一切！你，敢不敢跟我一战？"

"哼，你这种菜鸟，我跟你约战，算是抬举你了！"

"少废话了，就说，敢，还是不敢？！"

"我不敢？简直放屁！行啊，约啊，那就先说定了，赌什么？"

"如果我赢了，你就收起那副嚣张的态度，在我面前——以及木炎面前，老老实实夹起尾巴做人，不准啰啰唆唆满嘴放炮，该闭嘴的时候就给我闭嘴！"罗刻开出自己的条件。

"哼，行！如果我赢了——其实我必然会赢，那你们两个就别在我面前丢人现眼了！我爱怎么鄙视你们就怎么鄙视你们，你们给我老老实实地受着！"

这算是哪门子的约战？哪门子的赌注？并没有实际利益的牵扯。

可这就是最激烈的约战，最庞大的赌注！因为所有的尊严乃至人生信念，都已经押上了！

"哼！"李天许一摔筷子离开食堂，三大碗菜各剩下大半。

木炎忍了许久的眼泪终于流了下来。"罗刻，你一定要赢！你一定会赢的！我相信你，你一定比他强！"

"他实力很强。"罗刻阴沉道，"正如他所说，他现在的领先，还是在没怎么认真学的情况下形成的。但这一战必须上，这是穷人的命运。这样的屈辱与艰难，从来都是穷人的命运！

"可我偏要去逆天改命！而这搏击穷困命运的人生旅程，不容嘲讽！"

"其实罗刻也真是厉害，努力学习到那种程度，真不知道是怎么做到的。你说他把碎片时间利用到这样极限的程度，真的有必要吗？唉，我还是不要怀疑了，人家可比我学习好多了。这样努力地记忆那些知识点，无论怎么样都记住了。"

没了木炎，柳云飘还是继续约了卢标一起去食堂吃饭。木炎为什么突然不太愿意跟自己和卢标来往了，柳云飘并不清楚。同时她也注意到，卢标近几天的气质似乎有略微的变化。这变化很微妙，不可言说，若有若无，柳云飘也不知道发生了什么。不过这并不影响她继续向卢标请教各种学习上的问题。

"罗刻的学习效果还不错，不仅仅因为勤奋而已。"卢标淡淡地评价道，"尽管他平时对各种学习策略毫无兴趣乃至有些反感，以为是投机取巧，其实不经意间，他的学习方式也碰巧暗合了某些学习策略。"

"哦？还有这么巧的事？"柳云飘惊讶。

"拿他这次所透露出的自己的学习过程来说吧。他把课间、走路、吃饭排队、坐公交车等的零碎时间利用起来记忆各科知识点，看似单纯的努力，其实恰好符合记忆的几个原则。"

"第一个是分散记忆。记忆知识点的时候，连续几个小时的背诵效果并不好，把同样的时间分散成若干的小块，用这些小块时间去背诵，效率就更高些。第二个是交替记忆。连续记忆同一种性质的内容，效率就比较低——一上午全都在背英语单词就不太好。而把多个学科的学习交替进行，理论上效果就更好一些。

"罗刻用这些碎片时间去记忆知识点，刚好符合了分散记忆原则和交替记忆原则。"

"啊？这么说，罗刻是瞎猫遇到死耗子啊？他肯定不知道这些学习策略的。"柳云飘虽然这么说着，不过心里对罗刻还是保持敬佩。因为太努力了，所以会恰好做出了符合高效学习策略的事情。这虽然是凑巧，但也算是老天对他努力的奖赏吧。毕竟这些记忆原则，跟一般人的习惯是相反的吧？一般学生不就是喜欢连续很长时间学同一科目吗？如果不是努力到极限，罗刻又怎么会那么凑巧执行了一些特殊的学习策略呢？"不过这些记忆原则还是有点儿奇怪的啊，跟我们日常的习惯相反呢。为什么分散记忆和交替记忆就更好一些呢？"

"这两个记忆原则背后，是两条久经验证的心理学效应。"卢标进一步解释道，"分散记忆背后是系列位置效应，包括首因效应和近因效应。对于一件事情，大脑本能地对最开始的那一部分和最后的那一部分记忆更深刻一些，而对中间部分记忆更弱。当你连续学习的时候，你就经历了一个开头和结尾；当你把同样长度的时间分散成好几段时，每一段都有一个开头和结尾，于是你就有了好几个开头和好几个结尾，这样高效学习的时间变长了，效果自然变好了。"

"而交替记忆的背后是干扰效应。如果前后学习的内容是相似的——先背诵生物实验，后记忆化学实验——就会产生相互干扰。学完后面的内容会导致前面内容的遗忘，而前面的内容也会影响后续内容的学习。为了避免产生前后内容的相互影响，学习的时候应该不同学科交叉进行。这就是交替记忆原则的原理了。"

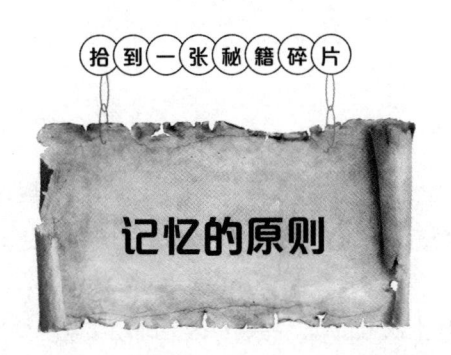

拾 到 一 张 秘 籍 碎 片

记忆的原则

柳云飘直盯着卢标的眼眸，听得入神。别人还在感叹罗刻的勤奋努力，而她却可以听到卢标解析那努力背后隐藏的秘密，甚至还连续挖掘出两层深意。这样的福分，实在不是一般人能有的。她脸上露出幸福的微笑，不禁说道："能跟在你身边听你讲这些策略，真是太好了！真希望能够一直这样。"

这话由心而发，但才一出口就有一种怪怪的感觉。卢标一愣，不知如何回应，柳云飘自己也意识到似乎言语有些不妥。两人陷入沉默，正各自想着如何把话圆过去，突然听得一声大吼压过食堂的嘈杂背景音——那正是木炎、罗刻与李天许在争吵。两人于是突然忘记刚才的尴尬，注意力转移到那几人身上。

"又来了……"卢标叹口气，"这李天许真是越来越不像话。"接着将李天许之前羞辱打击木炎一事向柳云飘简略讲述一遍。

"先是侮辱木炎，接着又和普通班的人在篮球场打架，现在又和罗刻起冲突，李天许的脾气太差了吧。"柳云飘边围观边感叹道，"我支持罗刻，我打赌肯定是罗刻赢，李天许这个样子一定要输的。"

"李天许的性格确实让人讨厌，可是要论输赢未必这简单。"卢标眉头微皱，不知道自己在这两方中要支持谁。一边是莫名其妙永远跟自己过不去的罗刻，一边是惹人讨厌的李天许，或许他该保持中立两不支持吧。但是客观评价起来，柳云飘的判断是正确的吗？

"李天许，很强。"

▶ 第三十五章 ◀

议论纷纷

下午 5 点 30 分，篮球场上，付词、马一鸣、刘宇航、修远、姚实易、刘旺哲等人正愉快地玩耍，尽管想打球的人很多，但是自李天许事件之后，实验班的这几个人总能找到场地打球。

"据说期中难度会比上次考试高一些啊！因为临湖实验也要参加考试，要照顾一下他们。"马一鸣边运球边说。

"凭什么他们一来就要提高难度啊！"刘宇航边防守马一鸣边抱怨，"应该照顾一下九中、十五中这些菜鸟学校，降低难度才对吧！新学的三角函数，基本性质我还不熟呢，那个反三角函数更是没细看，也不知道明天会不会考。"

"反三角函数这么简单的内容你都没学好？"付词守在篮板底下，大惊问道。

"你这种学渣居然学好了？"刘宇航大惊，一时之间竟然忘记了去捕捉马一鸣的脚步，被他一个加速晃了个干净。

"我当然是完全掌握了啊！"付词不屑道，"反三角函数这些知识点，跟我简直是心有灵犀一点通啊！毕竟从我个人的情感上来说，我是一直都很反对三角函数的，所以这反三角函数啊，可以说是非常合我心意的……"

众人听了大笑，同时也安下心来，果然付词这学渣并没有学好，看来地球还在正常运转。

"修远呢？就你成绩最好了！"刘宇航问道。

"嘻，这点儿简单内容还需要特别关注？看看基本定义就会了啊。"修远潇洒地说着，一伸手，差点儿把马一鸣的球断下来。

刘宇航感叹道："真羡慕修远这种成绩好的啊！同样是跟我们一起每天打球的，怎么差距就这么大呢？"

"嘻，你也有点儿自知之明吧，你就根本没认真学吧，还想成绩好？"马一鸣鄙视道。

"我看修远也没怎么花时间吧！"刘宇航反驳道，"他不一样每天跟我们混在一起？"

"唉，一样一样，这点知识点哪里需要那么认真了。"修远表现出漫不经心的态度。

"我晕，你也要认清现实吧，人跟人之间是有差距的！你哪比得上修远的智商？"马一鸣又道。

修远听了暗自欣喜，嘴角忍不住往上翘，不过言语上还是强行谦虚了一波："哈，哪里哪里！大家差不多啦！"然后猛地一掏，将马一鸣的球断下来，按半场野球的规矩运出三分线外，做出要缓一缓的架势，却突然左脚发力从马一鸣右侧突一步，待马一鸣向右侧追出时，修远再向左侧拉回，晃出个大空当，轻松上篮得分。

"过得漂亮！"

"好晃动啊！"

"我呸，真不公平，成绩好的打球还厉害！"

"哈哈哈！承让承让！"

这秋高气爽的季节，真是让人心神开阔、情绪愉悦啊！

周二第一节晚自习是数学，金玉玫做了期中的集中专题复习，依然以函数章节为主，重点讲的是指数函数、对数函数与二次函数的极值问题。根据金玉玫的判断，三角函数不会出难题，只有些基本应用而已。另留了一套试卷，说是让大家第二节晚自习练练。

然而绝大部分学生却把第二节晚自习分配给了化学、生物、政治、地理、历史这些学科，因为之前半学期欠这些学科的"债"实在太多了，大量琐碎知识点需要临时记忆。第二节晚自习结束后，竟然大部分学生还留在教室里不走，主动"加班加点"了。

"除了罗刻，大家都在背生物和地理呢。"

"谁让他这么牛，早就背好了。学霸跟我们这些凡人总归是不一样啊！"

"你说他和李天许谁能赢？"

"不好说，两个都是学霸。"

小声的议论传到罗刻的耳朵里，引得他皱了皱眉头。前排木炎也听见这议论，回过头低声道："这事情是李天许主动传出去的，他先在寝室里说了，同寝的姚实易和习羽雷又透露给其他人，后来就传开了。"

罗刻"哼"了一声，道："随便。"

"嗯，我相信你一定能赢！"木炎用力点点头。对于骄横跋扈的李天许，木炎既厌恶，又无可奈何，他深知自己的能力实在与李天许差了太远，只好把希望寄托在罗刻身上。可是那寄托在罗刻身上的，又是什么呢？即便罗刻赢了李天许，他的成绩也不会加半分啊！可是他心里很清楚，他非常期盼罗刻获胜，那热切的程度甚至超过了当年在十七中这三流初中里期盼考上兰水二中这市重点高中的程度。虽然罗刻与李天许的约定,是一年内击败李天许即作数,但木炎恨不能罗刻立刻就获胜,这一次考试就要压过李天许。

罗刻,你一定要赢啊!

"难得啊,大家都在讨论罗刻和李天许,居然没有人讨论你,这是第一次吧?"柳云飘笑嘻嘻地问卢标。卢标的习惯是自习结束后十分钟左右离开教室,这在平时算是晚的了,但今天算早。柳云飘常常跟着他一起走,路上可以多聊几句,指不定就能套出些学习策略来,多受些启发。

"呵呵,刚好,转移下视线吧。"

"根据今天同学的议论,我发现罗刻人气还蛮高的啊!大部分人都支持他呢。不过也可能是李天许人缘太差了,据说有部分人平时就看不惯他。"

"李天许性格跋扈、傲慢,遭人厌很正常。"

"那你也是支持罗刻喽?"

"之前跟你说过了,李天许不简单。我跟他一个寝室,对他了解多一些。他之前几次考试已经排在前面了,而且那时候他平时是不怎么学的,作业不大做,回寝室就玩手机。自从跟罗刻约战后,这几天居然也在认真学习了,自己找了不少教辅书在看。"

"那就是说,你判断李天许会赢?"柳云飘有些失望。

卢标略一沉吟:"不好说。如果是只比语、数、英三门,或者选科以后六门比拼,罗刻目前没有胜算。但现在是高一的考试,总分九门全算,这个变数就很大了。李天许这种人,对于以后不准备选的科目,平时是向来不放在心上的,'欠债'很多,短短两三天能不能补回来是个问题。这些科目罗刻的准备就很充分了,所以,谁胜谁负,有变数。"

柳云飘思考一会儿,明白其中含义了。表面上卢标说这两人旗鼓相当、胜负未知,可实际上还是暗示了,罗刻的实力胜不了李天许,只能看运气。就像龟兔赛跑,乌龟从一开始就没有胜算,只能指望兔子睡觉。兔子若不睡觉,乌龟就只有绝望而已。最可怕的是,即便兔子睡一觉起来,只要没有睡过头,小憩一会儿,一样可以甩开乌龟老远。

"唉,为什么那么努力的人,却比不过那些吊儿郎当的坏蛋呢?"柳云飘叹口气,"你说这是为什么呢?因为天赋好,家庭条件好,所以怎么浪也不会翻船吗?而出身一般的人,就是怎么努力也赶不上吗?世界真的是这样的吗?"

卢标沉默了。柳云飘说的是李天许,可是卢标不禁把自己身份代入了。自己到底属于哪一类呢?天生命好的那一类吗?可是这一年多来,自己的际遇如此悲哀。是需要拼搏努力、逆天改命的那一类?可是自己生于富裕家庭,从小衣食无忧,一直接受最好的教育资源。从天上到地下，这样剧烈的命运转换，恐怕也是少有人能够经历了吧。

罗刻与李天许之争，卢标实在是提不起兴趣来。

柳云飘又与卢标聊了会儿其他问题，见卢标有一搭没一搭的，心不在焉，也不好意思再耽误人家的休息时间，自行回到204寝室，夏子萱、易姗和另一名室友梅子正交头接耳。"咦，易姗也在？你们讨论什么呢？"

"当然是罗刻和李天许的事情啊！"夏子萱叫道，"易姗居然支持李天许！天啊，真是不可理解啊！我和梅子，还有很多人，都是支持罗刻的啊！李天许这人多讨厌啊，据说有一次把木炎骂哭了，专门欺负别人！"

"李天许怎么了？谁规定非要支持罗刻了？我就是觉得李天许更厉害一些。"易姗眼睛一斜，不服道，"赵雨荷呢，你支持谁？"

赵雨荷白了众人一眼："你们真无聊……明天就要考试了，你们还有心思在这里聊八卦。我谁都没兴趣。"

"那柳云飘呢？"易姗不死心，继续追问道。

"呃，我还是支持罗刻吧。"

"哼，你们看着吧，李天许肯定赢，这是我女人的直觉！"

期中考试来临了。

周三早晨6点40分，罗刻夹着书包往食堂赶去。上午考语文，吃饭的时间可以背一背作文素材，8点才考，中间还有一个多小时背诵基础知识……罗刻边想着边从口袋里掏食堂饭卡，突然眉头一皱，晕，饭卡没带。回去拿又要浪费五分钟复习时间，算了，干脆不吃了……

"没带饭卡吗？"

罗刻背后突然传来一道声音，回头看去，是诸葛百象。

"对。"

诸葛百象笑笑："那我请你吃早饭好了，走吧！"

"请我？"平日里罗刻与诸葛百象并不算太要好，此时有些警惕。

"怎么，请你吃饭你还不愿意？就当是为你送行好了。"

罗刻无语道："晕，还送行，我是上考场，不是上刑场。"

"哈哈，主要是预祝你考个好成绩，最好能把李天许压下去。"诸葛百象解释道。

原来如此，看来这李天许平日里没少树敌。罗刻接受了诸葛百象的邀请，和他一同步入食堂。罗刻脚步惯性匆忙，诸葛百象加速才能赶上他的步伐。

"你为什么希望我赢李天许呢？"

"哦，他这人向来性格不好，谁会喜欢他呢？只是他实力太强，仅次于卢标，一般人在心理上也没法和他争。上次他侮辱木炎的事情后来也传出去了，这次又跟你起冲突，再加上之前和普通班的几个混混打架，虽然是别人责任更多，但他也逃不了干系，只不过被李老师护住了最终没有吃亏而已。反正他就是一堆性格问题吧，不愧是被临湖实验开除的学生……"

"什么？！"罗刻一惊，"他是被临湖实验开除的？！"

李天许成绩如此优秀，按理说考上临湖实验高中是不在话下的，但他却来到兰水二中，其中原因罗刻也好奇过，只是没有多想；毕竟比李天许更强的卢标、占武也都在兰水二中，这两个更大的谜团尚未解开，也就没有太多人去关注李天许来二中的原因，但毕竟有个疑惑存着。今天突然听到诸葛百象说李天许原本进了临湖实验又被开除才来了二中，不免吃惊。

"啊，是啊。他好像超过了临湖实验分数线将近30分，算是很高的分了。不过参加临湖实验衔接夏令营的时候，一周之内跟两个人打架，都是主动惹事，结果被临湖实验开除了，这才来的二中。"

"原来如此……"罗刻眉头一皱，一个超出临湖实验分数线高达30分的人，哪怕不像卢标那样是全市前十名，也至少是在全市前五十名之列了吧。要和这样的人挑战，罗刻感到压力又大了一分。"对了，你怎么知道这事？你好像对临湖实验的事情很熟啊。"

"啊？反正……有些消息吧。行了，别多想，好好吃饭，好好考试吧！阿姨，来两份煎饺、两碗豆浆，还有……"

在食堂的喧嚣声中，罗刻与诸葛百象匆忙用完了早餐。期中考试的氛围飘荡在食堂里，笼罩在兰水二中校园的上空。吃饭的学生慌慌张张扒着饭，路上的学生神色匆匆，寝室里的学生皱着眉头整理书包，教室里的学生坐立不安地翻书。

卢标心无波澜，成竹在胸；柳云飘亦步亦趋，稳扎稳打；李天许傲气侧漏，不屑一顾；罗刻眉头紧皱，凝神苦思；木炎心中郁结，又拳头紧握；诸葛百象远望苍天，心中感叹；百里思念念相续，奔流不息；夏子萱平平淡淡，安分守己；至于修远，似感觉良好，又如有隐忧……

众生百态。

无论如何，期中考试，正式开始了。

第三十六章

期中考试

兰水二中校风强悍,纪律严明,考场作弊是从来不敢有的,监考于是成为一个轻松活。两个班的监考老师一个坐在教室前门门外,一个坐在旁边教室的后门门外,两人一边偶尔看看教室里的情况,一边闲聊着。

"这次估计够呛,我觉得题目出难了。"

"嗯,高一学生写这种作文,难度太高,驾驭不了啊!说老实话,就算当作高考作文,也是不容易写的,更何况这些接触议论文没多久的高一学生呢。"

"我看啊,到时候打分会统一放水,往松里打分。"

"不好,我觉得该严格执行评分标准,该多少就多少,分数低了就让学生长点儿记性,也不是坏事嘛!"

"可是董老师啊,要真按照评分标准给分,恐怕要出大问题,很多人恐怕36分都拿不到啊!这个作文题目的难度,主要是审题立意难。立意要是立偏了,那就不是从48分降到45分这么简单了,直接要降到35分啦!这可是严重打击学生自信心的啊!"

"唉,也是,那也没办法啊!"

"你们实验班的学生还好啦,我们普通班的学生,估计要'惨死'一片啊!真不知道市教研组这些人怎么想的,怎么把作文弄得这么难啊!难道是为了给临湖实验的学生发挥空间?"

"那也不会!跟临湖实验的教育交流活动我参加了很多次,我可以肯定地告诉你,临湖实验的学生也写不好这么难的题目。"

"真是……这是哪个缺心眼的出的题?"

善恶或者是非之间的选择根本不是什么选择,真正的选择是两难之择。它发生于两种情境。一是不可调和的两善取其一的选择:从选择者的视角看,两个事物都是他所欲者,他两者都想要,但环境让他只能二者择一。二是两恶取其轻的选择：从选择者的视角看，两个事物都是他所不欲者，他一个都不想要，但环境迫使他必须二者择一。

　　面对"两难之择"，你会做怎样的思考，做出怎样的决定？请根据材料，选取角度，自拟题目，写一篇不少于800字的文章。文体不限，诗歌除外。

　　这是……什么玩意儿……修远暗想。
　　这题……没法写啊……柳云飘感叹。
　　有意思……连续追问几次看看……卢标微微一笑。
　　哼哼，果然提高难度了。占武轻轻一哼。
　　没见过！这个题材没准备过！罗刻眉头紧锁。
　　啊，两难啊！两害相权取其轻，所以要有计算极值的方式。如果能够在生活中引入定量的计算公式，两难问题就自然解决。那么定量公式能够使用在生活的哪些方面……百里思已经控制不住思维流了。
　　语文功底稍好的那些学生尚且能够强行找到一个立意——真的是强行，这种时候已经管不了立意高不高深了，不走题就算你赢了。而那些积累偏少、思维稍弱的学生，简直目瞪口呆，一边在作文纸上瞎写着什么，一边暗暗叹气，自知必然是走题了。
　　对于很多兰水市高中学生来说，多年以后他们都会回想起一度被语文作文支配的恐惧，以及惨遭不及格的那份屈辱。
　　如果用一种颜色来描述今天的天空，那只能是黑色。开门黑，第一门考试的语文就让所有学生心情郁闷、垂头丧气。
　　"据说是因为临湖实验高中加入才把题目搞得这么难……"
　　"我呸，就是临湖实验的老师出的题吧！"
　　"没事，其实大家分数都低对排名没影响的。"
　　"唉，有生之年最痛苦的考试了……"
　　"别这么说嘛，要往好处想——说不定下午数学更难呢？毕竟很可能也是临湖实验出的题。"
　　"我去你的！"
　　"……"

　　中午大家各自吃饭、睡觉，郁郁寡欢。不过等下午数学试卷发下来后，众人逐渐心情好转——题目并不难，除了压轴题、选择最后一题和填空最后一题较难以外，其余题目并无太多花哨——当然是对于实验班学生来说的。下午第二场考的生物，晚自习第一节地理。各家悲喜不一，全看平日学习和临时复习的好坏。

第二天上午考英语和化学，下午物理、政治，晚自习历史。一天五门考试堪称丧心病狂，这是所有人自小学到初中都不曾体验过的。众人只觉得被压榨干了。到第二节晚自习，纷纷趴在桌面上休息，就连罗刻也不例外。

　　"感觉怎么样？"木炎回过头来悄悄问罗刻。

　　"一般。语文、化学的难度都比较大，历史更是一塌糊涂。数学、物理还行，生物、地理、政治没问题。"罗刻撑起疲惫的身躯回忆着。木炎心中一凉，看来罗刻没考好？可是这次考试本身就比较难啊，也许李天许也没有考好呢？心里这么想着往李天许座位上看去。

　　而罗刻心中却是诸多无奈。之前考试自己文科都是高分，不经意间连自己都觉得自己水平很不错。然而这次语文作文难度突然提高，"杀"了个措手不及；历史考查题目十分灵活，根本不是背下书中原句就能解决的层次；化学的实验题目也比想象中更复杂。当难度稍微提高一些之后，自己的考场感觉就急剧下滑。卢标、李天许这些高手，恐怕不会跟自己一样面对难题如此措手不及的吧？追赶卢标遥遥无期，难以望其项背。现在看来，连超越李天许或许都很困难了。罗刻暗自叹一口气，又狠狠地握紧拳头，一咬牙，掏出一本作文范文翻阅了起来。

　　教室右侧，则是赵雨荷、百里思和诸葛百象几人凑在一起。"我还以为数学会很难呢，毕竟是临湖实验的老师出卷子。没想到临湖实验的卷子也不是很难嘛！这次压轴题最后一问我居然做出来了！"赵雨荷有些喜形于色。

　　"嗯，确实是比较简单。"百里思也应和道。

　　"呵呵，你们想多了。"诸葛百象适时地一盆冷水泼上去，"虽然是临湖实验出的试卷，但是数学卷子的难度并不是他们日常的水平。这次的难点在文科，主要是语文和历史。真要把他们日常的数学难度拿出来，没有那么容易的。这么跟你说吧，这次压轴题的难度，还比不上他们之前一次考试的倒数第二题。"

　　"你又知道了？"赵雨荷不信。

　　"要不要再来试下？"诸葛百象带着一丝鬼魅般的笑容。

　　"呃，你该不会又有临湖实验高中的题目吧？"

　　"好啊，拿出来我试试。"百里思也饶有兴致。

　　诸葛百象撕下一页纸，写上：

已知定义域为 R 的函数 $f(x) = \dfrac{-2^x + 1}{-2^{x+1} + a}$ 是奇函数。

1. 判断函数 $f(x)$ 在 R 上的单调性，并利用函数单调性的定义证明。

2. 若不等式 $f(2^x+1)+f(k\cdot 2^{x+1}+2k)>0$ 在区间 $[0, +\infty]$ 上有解，求实数 k 的取值范围。

众人拿过题目思索计算起来，大约十分钟后，赵雨荷喃喃道："第一问不难，根据奇函数定义可以算出 a 的值，然后标准做差法可以证明是减函数。第二问嘛，暂时还没想清楚，好像有点儿乱……'有解'是什么意思呢？到底是取最大值还是最小值？最小值又怎么算？……"

"第二问考查的是奇函数性质和增减性。'有解'的意思是不用全范围覆盖，只用小于最大值或者大于最小值就行，所以第二问不难算。"百里思飞一般地接道。

"难道你又做出来了？"诸葛百象和赵雨荷一齐问道。

"嗯。不过这种题作为倒数第二题确实和我们这次的最后一题难度差不多了。那临湖实验的压轴题是什么样的呢？"说着百里思向诸葛百象递去一个询问的眼神。

诸葛百象耸耸肩："没注意——我从来不在压轴题上浪费时间。"

隔壁二组的陈思敏也被吸引过来研究临湖实验的题目，赵雨荷感叹百里思数学的水平不低于卢标，百里思则好奇诸葛百象怎么弄来的临湖实验的题目。所有人一致感叹，兰水二中和临湖实验还是有差距啊。

期中论
付词

期中覆灭，非师不利，生不勤，弊在临湖。临湖至而难度升，破灭之道也。九科俱灭，率临湖出题耶？曰：不出题者以出题者丧。盖心情悲愤，不能独完。故曰：弊在临湖。

临湖臭名在外，小则作文变态，大则化学胡来。较临湖所出题，与正常难度者，其实百倍；二中之扣分，与正常难度者，其实亦百倍。则临湖之所大欲，二中之所大患，故不在学生矣。思厥二中师生，背单词、理函数，以有及格之力。临湖视之不甚惜，乱提难度，如弃草芥。作文乱出题，单词乱超纲，不得一夕安寝。起视政治，而论述题又至矣。然则各校师生之力有限，而临湖之难度无限，刷题弥多，难度弥升。故不考试而强弱胜负已判矣。至于颠覆，理固宜然。付词有云："与临湖实验比难度，犹抱薪救火，薪不尽，火不灭。"此言得之。

……

夫各校与临湖皆高中，其势弱于临湖，而犹有可以不出难题而胜之之势。

苟以二中之大，下而从各校覆灭之故事，是又在各校之下矣。

  期中考试考完了，又到了付词秀脑洞与文采的季节。脱胎自《六国论》的付词新作《期中论》传遍全班，其埋怨临湖实验出题导致难度太高的主题正与众人情绪相合。"喂，修远，你看怎么样？"付词携得意之色拍了拍前排修远的肩膀，却不想修远趴在桌子上无动于衷，并不理会他。
  "喂，你干吗呢？"付词又追问。
  "别吵了。"修远皱着眉头一副忧心忡忡的样子，"期中考试要出问题了。"

第三十七章

迷雾

　　空气潮湿，似乎要下雨。

　　有时几滴雨落下来，但这天空一副欲言又止的样子，迟迟没有真正的雨水，连小雨也没有。似乎还在含蓄着、强忍着。但天空已经变得有些模糊，太远的地方已经看不清晰了，那远方的人影若隐若现。兰水二中就笼罩在这迷雾之中。

　　这次期中考试，结果到底会如何呢？

　　开学分班考试，修远年级第十，全班第四；小联考，修远全班第七；这一次，会是第几呢？但凡考试结束，大部分人都会暗自揣测自己的分数与排名，修远向来也是如此，但这次例外了——他不敢想。

　　从第一科语文开始，巨大的不祥之感就笼罩在他的心头。且不说文言文阅读有几个生字根本就不知道什么意思，古诗词默写的几句话中也有错别字，那语文高难度作文留下的巨大困惑就足以将他吞噬。离题，毫无疑问自己离题了，因为题目太特殊，考场上思路乱了，连最平庸的立意都没有想出来，连最原始的"两害相权取其轻"的基本立意都没写好，而是写的……写的什么呢？他自己都不知道，他甚至不知道自己的中心论点是什么，只是就着"人要认真地做好选择"瞎扯了几句话，写到一半发现写不下去了，于是无奈地强行转换到"做选择的时候要冷静"，继续扯了几句，扯完了发现字数还不够，又转到"要根据道德来选择"上说了几句闲话……

　　然后生物、地理、历史、政治，对这些学科他还保留着小学、初中的习惯，把它们当作副科来处理了——所谓副科，平时根本不用认真学，临时记一下就好了。这些科目在中考时都是开卷考试的，谁也没有真的把它们当回事。可是到了高中，这些科目已经不是副科了，不是开卷了，而自己平时依然没学，大量基础知识点没有记忆，考卷上大片空白。虽然自己比较倾向于在分科时选理化生的纯理组合，但这次期中考试，政史地依然是要算分的啊！这些科目，会拖累自己多少分数和排名？

　　更重要的是，数学、物理和化学，自己这次又考得很好了吗？并没有啊！虽然成绩要下周一才出来，可是考得什么样子，有几道题是蒙的，几道题没做，自己心里没点儿数吗？化学实验很多没背，推断题有几个空没推出来。物理多选好几个不确定，大题式子列出来后也有几个应该是算错了，连量纲都不对。至于数学，自己半学期以来，有多少次作业是星期天晚自习找人抄的？虽然最近两个星期是自己做的，可是之前欠的账呢？考查奇偶函数的基本性质的题目自己就没认真做过多少，勉强能懂却不熟练，一旦碰到大题当中嵌入函数奇偶性的情况，自己就反应不过来了——就像这次的压轴题那样。更何况，就连对数函数的增减性题目，自己都不熟练，底数大于1、小于1的情况，如何增减，每次都算得很慢，再与函数最值一结合，全乱了……

想一想，自己半个学期，到底在干吗啊？！

（背景音乐：《孤独》）

周五一上午，修远无精打采、心神不宁，根本不知道课堂上老师在讲什么，只觉得整个人一片迷茫，甚至连肉体都跟着心灵的迷茫而变得麻木了，直到中午才有了点儿饥饿的感觉。

修远走向食堂。两个多月了，我究竟干了什么呢？虽然每天都在上课，跟其他人一样，可是为什么就会有一种感觉——似乎自己从来就没有好好上过课呢？仿佛时间都从不知来源的黑洞中漏掉了。为什么会有这样空洞的感觉，仿佛自己有两个月没有好好活着？这两个月，自己在做作业、在抄作业、在打球，还和卢标单挑取胜。自己和付词、马一鸣他们嬉嬉闹闹、说说笑笑，还好几次想办法找易姗搭讪、引起她的注意，而她也几次给出了正面回应。总之，仿佛每天都很快活一般。可是为什么会有这样空洞的感觉？

不知其他人有没有这样的感觉呢？还是说这种感觉是高中的常态？

修远清晰地记得，初中时候每天也是打球、欢笑，偶尔认真学习——似乎与现在没什么不同啊？可是初中时候那样充实的感觉，那种有生命的时光有分量地从自己身上摩擦而过的感觉，却变成了迷茫与空洞。

其他人，也会有这样的迷茫与空洞吗？

罗刻会有吗？应该不会吧，他每天都忙着学习啊，忙着努力到极限啊。卢标会有吗？不会吧，他是全班第一、年级第二，是命运学神，是无数人崇拜的学神，是很多女生爱慕的对象，是老师的宠儿，是永恒的舞台中心，在班级里的影响力远远超过班长甚至老师。他怎么可能会迷茫呢？他才是每天过得很开心吧——只有像他那种充实的开心，没有迷茫和困扰的开心，才是真正的开心吧！而自己的欢笑之下，却藏有空洞。

何况，高中生的迷茫与空洞，最核心的不就是从学习中来的吗？因为不知道该怎么学、为什么学不好而困惑、焦虑、悲愤，这才是高中生一切痛苦的根源啊！而卢标身为成绩极为优异的命运学神，他怎么会有痛苦呢？

高中课程，如何才能学好呢？

"哇，你看那个小帅哥！是不是卢标？就是他啊！"

一小声惊叫打断了修远的思绪，一抬头，前面两个不认识的女生聚在一起指着更前面一个背影八卦着。那个背影，正是卢标。

"你确定是他？"

"当然确定啦！男神啊！你说他会不会是这次年级第一？"

"咦，年级最强的不是占武吗？"

"哎，他也很强啊！和占武一个层次的！据我姐说，他和占武两个人是兰水二中整个校史上最有可能考上清华、北大的两个人呢！如果真考上了就创造学校纪录了！"

"这么厉害！咦，你姐不是高二的吗，也知道卢标？"

"当然啦！这样长得又帅、成绩又好的顶级男神，所有女生都知道啦！我姐说……"

修远无奈地哼哼两声。连高二的学生都已经在膜拜卢标了，而自己，当年初中在八中也是叱咤风云的人，如今却陷入这样的自我怀疑之中。卢标的背影消失在食堂里。修远驻足在食堂门口，过了两分钟才拖着脚步进去。卢标，卢标……

期中考试考完，那笼罩在二中上空的压抑、焦急的氛围消失了，午间的校园里一片哄闹，欢乐活泼的声音在食堂飞扬。有人点了大餐犒劳自己，面前摆满三四个菜碗；有的几个同学凑成一桌，似乎是庆祝期中结束的小型聚会；还有人碰巧今天生日，在食堂摆了个蛋糕，周围一圈男生女生围着他举杯畅饮可乐。

而修远只觉得他们吵闹。

下午放学，修远收拾东西离开学校，出校门的时候又碰见卢标，拖着大包小包的行李进入一辆小车。

"谢谢李叔叔帮忙。"

"没事，你也不容易，我来帮你拿吧，行李不少呢！"

"不用了，我自己扛得动。真麻烦你了。"

"不用客气，当年你爸爸可是帮我不少忙呢！来来来，这个包给我。"

又是他！今天怎么这么巧，老是碰到卢标！卢标周五回家还有专车来接，自己却要搭将近一个小时的公交车回家。原本就很郁闷的心情，碰到卢标后又变得更加烦躁了。那辆接卢标离开的黑色小轿车开动了，而自己还在等 26 路公交车。风更凉了，吹动修远的外套。雨水始终没有落下来。

回家路上，26 路公交车会经过湖心中路——一条穿越湖心的路，路两边是高大的杨柳，有些柳条会垂下来触摸湖面。每周五回家时，这一段风景较好的路都会让修远心情轻松些。今天这特别烦闷的日子，修远突然想在这湖心中路的柳树下多待会儿，于是他选择提前在湖心中路站下车。天将雨未雨，湖边人很少，附近只有一个中年大叔拿着本什么心理学的书在湖岸边看边踱步，以及几十米外一个老大爷在钓鱼。他找了个长椅呆呆地坐下去，有气无力。

空气原本湿润，湖面上更是雾气蒙蒙——这迷雾倒是很适合修远今日的心情。自从到了高中以后，似乎被蒙上迷雾才是自己的常态，没有目标，也不知道怎么努力，甚至不知道要不要努力，如同水上的浮萍一样。

努力当然还是要努力的，可是怎么努力学呢？今日的结果之糟糕，固然是自己没有特别认真的缘故，可是毕竟大部分时候自己还是跟着大家一起学习的啊！单纯是努力的问题的话，也不至于会落魄到这种程度啊！必然还有学习方法的问题吧。

一提到学习方法，修远自然是想到卢标了。难道要向卢标讨教他的学习方法？呸！一想到他就更心烦。学习方法，学习方法……

对了，不知道临湖实验高中的学生用什么方法学习的？

修远突然提起神来，想到自己的老同学、老朋友袁培基。他不就是在临湖实验高中嘛，可以问问他临湖实验高中的学习情况啊！修远赶紧掏出手机给袁培基发信息。

"老袁，期中考试考完了，感觉怎么样？明后天有没有空？找你问几个问题。"

不一会儿，袁培基回复道："疯了，我们学校已经疯了，说明天临时补考数学、英语和物理三科，因为期中全市统考的这几科题目太简单了。所以我们明天不放假！后天也没空了。"

修远又是一声叹气，自己觉得难度正常的几科，临湖实验的人却觉得难度偏低，要重新考才行——赤裸裸的蔑视啊！"那我就现在问你吧。你们学校的人有没有什么比较好的学习方法？"

"？"

"就是……你们老师有没有教过什么比较好的学习方法、技巧之类的？"

"认真听讲？及时做作业？还能怎么样？"

"我晕，这是小学生的说辞吧！有没有真正有用的学习方法？"

"呃，再就是主动找老师问问题？"

"不靠谱啊，还有吗？"

"哦对了，我记得有次开视频班会，有个高二的班主任讲什么刻意练习之类的东西，说是我们学校的主要学习体系是按照刻意练习的原则设计的。不过我没仔细听，因为那个老师说不需要特别深入理解，因为学校已经把这个原则融合到我们的日常学习中了，所以我们只要大致知道有这个东西就好了……"

"我晕，相当于没说啊！"

"暂时想不到了，过段时间想到了再跟你说吧。我现在还要准备明天的考试呢！拜拜！"

一阵希望升起，又迅速落下，临湖实验高中的袁培基也没能帮到自己。唉！学习什么时候变得这么难了啊？难道学好的唯一方法，就是像罗刻那样拼死拼活地学了吗？为什么自己就不能像卢标那样懂些学习策略呢？！可是初中的时候自己学习原本很轻松的啊！上课听听老师讲课，课后抓紧时间把老师布置的作业做一部分——那时候的作业本来就很少，修远还经常不做完。其他同学还经常自己做些额外的题，修远有空就去打球玩游戏，从来不买什么辅导书。初中三年，修远做过算是勤奋的事情，就是初三的时候给各个学科画过几张思维导图，仅此而已。可就是这样，修远一样是年级前几名。

　　"等下，思维导图！"修远脑子里突然一震，仿佛春天的新芽破土而出一样。

▶ 第三十八章 ◀

第一战

周日下午，修远不到 5 点就来到学校，班级里一片嘈杂。

"怎么还没出分？"

"不知道谁第一？"

"废话！还能是谁？真正有意义的问题是，罗刻考得怎么样，这货太猛了！"

"据说他没考好，估计进不了前五吧！"

"我去，他说自己没考好你就信了？幼稚啊！"

"……"

修远悄悄从书包里掏出一沓 A4 纸和一盒彩色笔——用来绘制思维导图的工具——放进抽屉。

初二那个暑假，他曾在父母的胁迫下，被迫参加了一个学习方法的培训班。培训班里主要就教了一个东西——思维导图。当时修远很不屑，明明三个小时就能学完的东西，他们居然安排了三天课程。无非是一些图形和文字的搭配嘛，中间一个圆，向四周分散出各个分支，画上一些颜色，然后把要学的内容穿插进去，太简单了。

修远在下面抱怨，讲课的老师则在台上反复强调："……思维导图是一种非常神奇的工具，可以激发右脑的潜能。同学们如果好好练习的话，用得多了，自然就会发现它的妙处。它可以加深人的理解能力，加强人的记忆力，对于所有学科都有强大的促进作用。我之前有一个高中学员，就是用思维导图的方法，用了三年，最后考上北大了……"

然后老师就开始讲思维导图的各种原则之类的。修远没有特别认真听，但也记了个大概。初三下学期的时候，各科开始紧张的总复习阶段，知识量大而杂。修远记起那个老师曾经提到，用思维导图进行复习效果非常好，于是抽空给各个科目画了几张思维导图。思维导图画起来比较烦琐，又要整理知识点，又要用彩色笔涂颜色，一不小心画错了还要重新画，所以每科画了三到五张思维导图，以后就嫌麻烦没画了。另外初中的知识点并不多，三到五张思维导图也差不多能够覆盖一个学科了。画完之后也似乎有些效果，那段时间修远的成绩一直挺好。虽然没法证明这个成绩就是因为思维导图而来的，但是感觉总有点儿关系吧，至少画完一张图以后，成就感还是不少的。

周五在湖边的长椅上，修远突然又想到了思维导图这种神奇的思维工具来。他很快下定决心，后面半个学期，要将放下已久的思维导图重新用起来。思维导图，靠你救命了！这个让培训班老师赞不绝口、法力无穷的方法，仿佛热火一般驱散了修远的迷雾，让他的斗志重新凝聚而燃烧起来。

教室里人越来越多，关于期中考试的讨论声不绝于耳。
"李老师怎么还没来？成绩单肯定在他手上！"
"他要将近 6 点 30 分到吧？毕竟 6 点 40 分才上课。现在才 5 点多呢！"
"会不会星期一才出成绩啊？"
"嘁，早出成绩有什么好处？你考得很好啊？"
"早死早超生呗！"
突然刘语明冲进教室，高声叫道："试卷出来了，在实验班教师办公室！一堆零散卷子还没整理，但是单科分数已经有了！夏子萱在整理卷子！所有课代表都快去帮忙点卷子、统计分数！"

班上一阵骚动，不仅所有课代表立刻起身，一些迫不及待想看分数的人也跟去了。木炎拉着罗刻急匆匆就出了教室，修远犹犹豫豫想去看看，但又不敢动身，他对自己成绩的预期实在不理想。"算了，等他们统计完分数再说吧……"

兰水二中高一年级组的教师办公室分配得很特殊。一般来讲，教师的办公室都是按照学科来分的，比如全年级的语文老师在一起、数学老师在一起。但是高一年级两个实验班的老师享受了双办公室福利——在普通的学科办公室里留一个座位，但是另有一间所有实验班老师公用的大型豪华办公室。

自然，实验班办公室的条件是最好的。房间总面积最大，人均使用面积最大；每人两个大号储物柜——普通班老师只有一个；办公桌最大，上面有电热台板，冬天也不用怕玻璃冰手——普通班老师的办公桌则没有电热台板，冬天冰冷的玻璃桌面经常让人难受；座椅全是高档皮椅，根据人体工学精确设计，可调节角度——普通班老师则是普通胶垫座椅；夏天的空调、冬天的暖气装置都是最新的，二十四小时随意开放不限制——普通班老师办公室则规定，冬天 10 摄氏度以上、夏天 32 摄氏度以下不得开空调。

一群学生进入实验班教师办公室，没有一个老师，只见李双关的座位上堆满了白花花的试卷，夏子萱忙得焦头烂额："快来快来！所有试卷都在这里了，还没统计分数呢！李老师给了个 Excel 表格，可以自动统计排名的，课代表把分数填上去就好了。"

课代表们忙着统计分数，闲暇人等则趁机翻阅试卷查看分数。木炎首先找的不是自己的试卷，而是罗刻的试卷。

"哇，卢标数学 150 分！"

"太牛了，物理 98 分！谁的试卷啊——百里思！"

"陈思敏英语 126 分，不错啊！"

"晕，怎么这么多人历史不及格啊！"

"完了，作文 35 分！我语文 91 分，差点儿不及格！"

……

除了翻阅自己的试卷，班上前几名高手的试卷被众人首先找出来。一阵忙乱后，卢标所有科目的试卷都脱离纸海了——成绩自然是高得可怕，几个单科第一尚不能确定，但总分 928 分必然是全班最高了。另外，陈思敏、诸葛百象两人的试卷也被理了出来，总分分别为 869 分、860 分。

"罗刻，你的试卷都在这里了！"木炎一阵手忙脚乱，找出罗刻的试卷，拿到另一张桌子上统计了起来。木炎念道："语文 109 分，嗯，不是很好……"罗刻心里一沉，果然没考好吗？

"数学 131 分还行吧，英语 134 分不错啊，物理 88 分，化学 81 分，生物 91 分——这是个高分！历史 69 分又一般了，政治 91 分，地理 84 分，这两科都不错啊！算算总分！"

木炎掏出纸笔计算起来，罗刻则凭借优秀的口算能力飞快地做起加法：

131+134+88+……

"算出来了！罗刻的总分是——878 分！"木炎叫道。

"哇，厉害啊，比诸葛百象和陈思敏都高了！"有人跟着叫道。

"什么？"罗刻自己也不敢相信了。自己明明觉得考得一般，怎么反而会比诸葛百象和陈思敏这两大高手的分数都高呢？上次考试，这两人分列第四、第三的呢。

木炎兴奋道："看来这次试卷确实很难啊，大家的分数都不高。我留意了一下，语文分数普遍非常低，能上 110 分就算特别高的分数了；另外历史也很难，大片不及格，最高分似乎只有七十几分。所以总的来看，你的分数其实非常高了！也许、也许比……"

大家都明白木炎说的是什么——也许比李天许分数更高呢！

不过李天许多少分呢？这家伙人缘一般，刚才并没有人帮他点试卷。有人催促道："木炎，你把李天许的试卷找出来吧，比比看谁分数高些。"

"呸，我才懒得帮他找试卷呢！"木炎恨恨道。

（背景音乐：*Dystopic*）

突然身后传来一身冷笑："哼，你也有资格摸我的试卷吗？"这充满傲慢语气的声音,正是李天许。

"看罗刻的样子,好像考得不错啊,居然以为能够超越我了?"李天许走向试卷堆,气定神闲地翻着自己的试卷,"是想先回去,等分数统计好了再说,还是玩点儿刺激的,就在这里一科科地看看我的成绩?"

那语气中的不屑与嘲讽如此浓烈,简直让空气都带上了一丝火药味道。然而罗刻分数已经不低了,甚至超过了陈思敏和诸葛百象,何以李天许依然保有信心?

罗刻冷冷道:"请。"

"呵呵。"李天许嘴角一斜冷笑两声,抽出一张语文试卷。众人赶紧围过去,一齐高声叫道:"116分!高分啊!好像除了卢标124分,就他116分最高了。"

十几秒钟后,李天许又翻出自己的数学试卷。"142分!"又是一阵惊叫,"连续两科高分了!数学比罗刻高了十几分啊!"

"快找英语!"有人催促道。其中一些人则被挑起了兴致,直接动手开始帮李天许翻找试卷了。

"找到了!英语131分!"

"也厉害啊!不过比罗刻低了3分。罗刻,你还有希望啊!"

又十几秒钟过后,尖叫声不断:"生物83分!""政治86分!"

这两科都是罗刻的优势——生物91分,比李天许的83分多了高达8分;政治91分,比李天许的高了5分。

有人飞快地统计总分:"目前李天许总分558分,罗刻对应的科目总分为556分。"

旗鼓相当,仅有2分之差。"希望很大!很大!"木炎站在罗刻身边说道,虽然压低了声音,但完全掩饰不住那种兴奋与激动。连原本冷淡平静的罗刻,都被木炎激烈的情绪带动,忍不住握紧了拳头微微颤抖。

"还有四科!"

"这是李天许的物理试卷——92分。"

比罗刻的88分多4分!总分领先优势达到6分!木炎心里咯噔一下。

"李天许化学90分。"一个女生叫道。

比罗刻81分多了9分,总分领先15分了!罗刻心里咯噔一下。

"历史71分。"一个低沉的男音。

比罗刻的69分高了2分,总分领先17分了。

越来越多的人开始帮李天许翻找试卷,李天许干脆双手插在裤子口袋里,悠闲地站着。

"好像还剩最后一科了吧?"

"对!李天许的地理还没找到。"

于是七八个人开始围着地理试卷疯狂地乱翻起来，急得地理课代表大叫："别把试卷弄乱了！"可是那微弱的声音哪里抵得过汹涌的民意。这群人被罗刻与李天许的排名比较激得兴起，八卦的欲望如惊涛骇浪，直接将可怜的地理课代表吞没。

可是越是着急，那地理试卷就越是躲着不出来。

木炎咬紧牙齿、握着拳头，死死盯着那堆地理试卷；罗刻也一言不发，目光射向承载试卷的桌面，死死盯住，仿佛那是个黑洞，吸收着所有的注意力。

李天许手握17分总分优势，悠闲地双手插着口袋，背靠墙壁。他留意到木炎和罗刻那紧张的神情，一股优越感油然而生，突然疯狂大笑起来。

"哈哈哈！罗刻，你觉得你还有希望吗？哈哈哈！你看看你那个紧张的样子，难道想要地理一科超我17分？哈哈哈……"

又来了，又来了！那疯狂的笑声，让木炎心里发寒。几周前，木炎在食堂偶遇李天许被他一番羞辱，李天许那疯狂的大笑如同深夜里的鬼哭一样让他内心骇然、夜不能寐。今天再听到这样的笑声，屈辱、愤怒、无力的感觉又涌了上来。

罗刻皱着眉头，眯起眼睛，他知道希望很渺茫。要李天许地理考到68分以下，不太可能了。可是，又或许……

"找到了！李天许地理85分，好像是单科最高分了。"

一锤定音！如此算来，李天许总分896分，超越罗刻18分，仅次于卢标的928分，应该是继续名列全班第二的。败北——罗刻与李天许的第一战就此落下帷幕。

"螳臂当车，哈哈哈！"李天许瞟了罗刻一眼，大笑着走出办公室，"哈哈哈……"那笑声在走廊上飘荡，余音绕梁。

众人目送张狂的李天许出了办公室，又看向罗刻。有人小声叹气，为罗刻感到可惜，更多人只是看戏一般打量着两边。木炎恨恨地咬着牙，心中百感交集。罗刻长出一口气，反而平静下来。李天许的实力毕竟还是在自己之上，他不仅先天智商太高，而且基础又好，自己要超越他，实在不是当下能做到的事情。

可是这又说明了什么？说明了那先天命运的馈赠与早年的巨大优势，尚不能通过高中两个多月的极限努力抹平。那就继续努力下去，三个月、六个月、十二个月！这一役战败，罗刻心中反而生起无比执着的信念：

无论你接受了命运怎样的馈赠，无论我被命运如何地戏弄与碾压，总有一天我也要用愤怒的拳头，亲手埋葬这可恨的命运沟壑！

第三十九章

期中排名

课代表们统计好分数,提交到学校系统中,到第二节晚自习之前全校排名就出来了,分数条也发到了各人手中,于是课间平静的教室里又热闹起来。

"什么?我考这么差?"

"假的吧?语文不及格?"

"厉害了我的哥,我们班数学有两个满分?"

"英语、物理白考这么高分了,全被地理、历史拖累了!"

"死了死了,历史这分数肯定倒数了!"

"付词,恭喜你啊!你有三科不及格!"

"哇,我居然有个单科第一!政治第一也是第一嘛!"

……

在喧闹中,修远将自己的分数条捏在手中,任由汗水浸湿它,却不敢松手,也不敢打开看一看,生怕看到自己的成绩受到惊吓,拼命地想要做好准备,不住安慰自己:没事,过去的就过去了,从今天开始,一定要好好学习,一定要认真做思维导图,决不能再荒废了……

期中考试总分排名前十名如下:

卢标928分第一名,李天许896分第二名,罗刻878分第三,陈思敏869分第四,诸葛百象860分第五,赵雨荷850分第六,柳云飘827分第七,百里思819分第八,夏子萱785分第九,梅子784分第十。

总分上,卢标毫无疑问第一名,罗刻微升,陈思敏与诸葛百象微降,柳云飘微升,修远退出前十,梅子进入。另外,这次不同名次之间的分差明显变大,尤其高分段,相邻名次之间动不动就差了十几二十分,第一卢标更是比第二李天许高出32分。进入中等分数段后,分数才密集起来,比如第九的夏子萱和第十的梅子只差了1分,后面十到二十名的名次之间分差也多在5分以内。显然,这是期中难度提高的缘故。

单科分数上，语文学科卢标 124 分第一名，剩下就再也没有 120 分以上的了，甚至十名以后，连 100 分以上都少见，近一半人不及格；数学难度中等，卢标和百里思两人都是 150 分，并列第一，其余李天许 142 分，130 分以上的也有几个；英语卢标 136 分第一，随后罗刻 134 分、李天许 131 分，这就是全班前三名了。

也就是说，语文、数学、英语三科，卢标全都是全班第一。众人皆知道卢标的强悍，但这一次，卢标又将他的强悍展现到一个新的高度上了。

物理百里思 98 分最高，化学百里思 94 分最高——也就是说，百里思数理化三科都是第一，典型的理科天才。生物卢标 92 分最高，历史卢标 73 分第一——九门学科当中，卢标独占五个单科第一。政治梅子 93 分摘冠，地理李天许 85 分夺魁。

总的来讲，生物偏容易，地理、政治正常难度，历史、化学难度偏高，尤以历史为甚——卢标 73 分的分数已经是第一了，全班又是一半人不及格。

再来看看个人分析。卢标最强王者不必多说，只是不知道隔壁班的怪物占武此次分数如何，能否继续压制卢标；罗刻继续进步，仅次于卢标、李天许，算是对平日那超越极限的努力有所回报了；陈思敏、诸葛百象、赵雨荷是传统强手，此次正常发挥；百里思依然是怪才，数理化单科第一，语文 89 分不及格，政治 59 分不及格，奇特的分数组合让人惋惜也让人期待——等选科以后除掉最弱的三门学科，百里思会强大到什么地步呢？

其余众人，木炎排名第二十六名，比上次小联考时第二十九名略有进步；易姗第二十四名，基本保持不变；付词、马一鸣、刘宇航、刘旺哲几个常常混在一起的人排名倒数，号称"学渣帮"。

晚上 8 点 20 分，第二节晚自习的时间快到了，教室里声音逐渐平息，修远艰难地松开手指，将皱巴巴的分数条扯平。该面对的总要面对，看看吧。已经知道考得差了，索性清清楚楚地看看，究竟差到了什么程度吧！

修远的目光顺着分数条看过去，第一眼就是班级总分排名——居然是"二"开头的！再细看，天啊，第二十九名！已经差到这种程度了吗？要知道刚来的时候，我可是班级第四啊！上一次小联考也是前十名之列，谁承想到期中居然"雪崩"到第二十九名了！

一列列看过去，只见：修远，语文 91 分，数学 112 分，英语 107 分，物理 72 分，化学 70 分，生物 68 分，政治 68 分，历史 59 分，地理 71 分，总分 718 分，班级名次第二十九名。

如坠悬崖。

即便已经做好了充分的心理准备，修远还是对这个成绩感到震惊——不仅总分低，更是没有一科考得好的。政治、历史这两科低分先不说，反正以后选科自己也不准备选；地理、生物是有可能要选的，但属于理科中的文科，需要记忆的杂碎知识点很多，而自己这段时间也没有花太多时间记忆，考成这样也不能怨谁。可是语、数、英三门科目——核心科目，却跌落到如此成绩！语文 91 分差点儿不及格，英语 107 分也比上次更低了，最最最可恶的乃是数学——明明难度不高啊，可为什么居然只有 112 分！自己在前几个星期可是已经比较认真地学了数学的啊！虽然觉得数学不会考得太好，但预期也在 120 分以上啊！

亏得修远提前做了些心理准备，否则此刻面对着凄惨的成绩，只怕是要直接晕倒了。只见他脸色煞白，强行压制着内心的悲痛，手脚越来越凉，血液仿佛不流动了，整个人僵住一般。

那僵住的，是高中战场上少年的惊慌失措，是迷茫与无力。他不知道这一切是怎么回事，他原本将一切掩盖在自己没有认真学习，也不需要认真学习的障目之叶之下，却仿佛被冷风吹过，障目之叶几乎要飞走，血淋淋的真相要揭示出来，惹得少年惶恐尖叫。

从中考到高一上学期的期中考试，从天之骄子到班级的中下游，这一切来得慢条斯理却又措手不及。修远只觉得脑子里一片空白，那些复杂的道理和因素分析来不及在脑海中一一捋顺，只化作一个念头：“一定要认真学了，一定要用思维导图……”他恨恨地用拳头在桌面上猛捶了一下。

"谁啊？乱敲什么桌子！"屋漏偏逢连夜雨，正在修远捶桌子的一瞬间，李双关出现在门口，转头对着修远呵斥起来："哟，修远？考得怎么样？"

李双关将大堆试卷放在办公室里的时候随手翻了翻班级的英语试卷，隐约记得看到过修远 107 分的试卷，比之前退步了不少，但还不知道修远其他科目的成绩——或许其他科目考得比较好，把总分托上去了呢？不过修远这学生平日里总给人一种不太踏实的感觉……

他边说着边低头看向自己手里的一份全班学生分数排名总览表。

李双关在前十名的位置上反复扫了两遍，居然没看到修远。他心想：嗯，罗刻果然不错，已经第三名了，估计年级排名能进前十了。怎么没找到修远？难道退出十名之内了？又往下看，直到第二十名还没有修远。李双关已经有点儿怀疑是不是看漏了。最终看到了修远第二十九名的排位，以及各科不堪入目的分数，李双关居然笑了起来。

那笑声，先是莫名其妙的笑，后又变成冷笑。教室里无比安静，只听到李双关的冷笑声在回荡，有种"蝉噪林逾静，鸟鸣山更幽"的效果——但更精确地说，或许该是"蛇行草更静，鬼哭夜更幽"的骇人效果才对吧！

"第二十九名？"李双关反问道，"第二十九名！比上次退步了二十名都不止！最初进来的时候是第四名还是第几名？我教了这么多年书，第一次见到退步这么快的，你也算是让我长见识了。平时就是吊儿郎当的样子,你有认真学吗?现在考出这个鬼分数很高兴?很自豪?再看看卢标、罗刻这样的优秀同学,你还有脸在班里面混吗?"

李双关王之蔑视的眼神刺向修远,令他脸上一阵赤红,驱散了之前的煞白。全班安静下来齐刷刷地转头看修远。有几个人小声议论:

"不是吧,退步这么多?之前好像挺厉害的啊!"

"估计前几次运气好吧。"

"他应该是最快退步奖了。"

巨大的耻辱像天网一样紧紧包裹住修远,与他先前就已经产生的焦虑、惊慌、迷茫、愤怒等情绪交织在一起,挣脱不开。他只能暗自握紧拳头,忍住、忍住……还有翻盘的机会。这巨大的羞辱固然是李双关带来的,可是谁叫自己前半个学期没有特别认真学呢?谁叫自己没有早点儿想起来使用思维导图的方法呢?

忍,对于这巨大的屈辱只有忍耐!他心里只有一个念头:等自己他日神功练成——使用思维导图出来效果了,再来洗刷今日的耻辱!

第二天太阳照常升起,黑暗在兰水二中的校园里快速退去。6点45分,早自习尚未开始,卢标爬上五楼,一拐弯,就看见实验一班门口的走廊上站着一个人,正是占武。他还是一贯冷漠的神情,手里一张墨绿色的信纸,上面几行清秀的字,占武正低头扫视。他旁边立着一名女生,长发垂肩,皮肤白净,直盯着占武,眼眸里闪烁着光——或许是旭日的光芒在眼里的折射?

卢标一愣,这女生好像是舒静文?

占武冷哼一声,将信纸塞回女生手里。"无聊。跟你说过了,不用给我写这些无聊的内容了。你根本就看不懂我。"女生颤抖地接过信纸,眼神迅速黯淡下来。占武转身准备回教室,瞥见了一旁的卢标。卢标被他这一瞥,只感觉背后又是一阵冷汗,猛然想起期中的年级排名还没出来,不知道这次自己能否超过占武,这次发挥还算可以,或许……

"占武,早啊。顺便问一下,你期中考试的分数怎么样?"

占武面无表情答道:"你要是总分不到950分,就没必要打听我的分数了。"

卢标一惊——不到950分?意思是说,他的分数至少在950分以上?!天啊,哪怕是占武,这也太不可思议了吧!卢标先前暗自揣测,估摸占武如果发挥得好胜了自己,大约应该在930~940分的某个分数,没想到直接就跳跃到950分以上的层次上?原以为自己928分已经足够高了,没想到却……

卢标缓缓深吸一口气,表面上不为所动,勉强笑了笑:"那就下次再找你打听。"说完走入二班教室。

虽然一句话把卢标堵死了，但占武心里其实也好奇，卢标与自己的差距，到底是很大呢，还是只差了一点点？不过一转头又打消了这个想法——何必管他呢。这个人与自己的差距，一定是越来越大的。

占武心想：我的世界，早已超越卢标太远了。

人的心态是可以反映在表情与气质上的。卢标以占武为标尺，一心想要追赶，却从占武脸上看到了那完全不以自己为对手的蔑视，哪怕脸上露出轻松的微笑，实则心里烦闷不堪。走进教室以后，卢标无心早读，把头埋在自己的手臂里，让人以为是昨夜没睡好在补觉。许多念头在脑海里盘旋——他长久的骄傲，他短暂的迷茫，乃至他一丝细微的恐慌……

我到底是什么水平？

我究竟能不能上清北？

为什么我总是追不上占武？

为什么我总感觉自己还差一口气？这最后一丝差距究竟在哪里？该如何弥补？

卢标脑海里萦绕着无数杂念。他在疑惑，自己已经掌握了如此庞大的学习策略和思维方法体系，为什么还是无法彻底掌控高中学习。纵然他已经比普通学生的成绩高出了一大截，然而他的目标指向清北，就不能与普通学生相比较，必须追求极限的水平。然而他与那顶尖的水平总是有若有若无的差距，仿佛薛定谔的猫。他很怕自己一观察，那个若有若无的差距就由虚无的波变成实际存在的粒子了。

他忍不住想：如果我的学习策略更多一点，思维能力更强一点，是不是就能弥补这一点差距了？如果我当初有机会把更深一层的课程学完，是不是就可以解决问题了？如果……

他一声叹息，深感命运的无奈，已然忘记了自己的封号正是命运学神。

而在这一声叹息中，他忽然又想起了一个人，不由得眼睛一亮。

百里思！

▶ 第四十章 ◀

奔流——思维与旋律齐飞！

"理科全部接近满分，文科全部接近不及格——你的分数还是这么有特点啊。"卢标露出微笑的表情。

"哦。"

"你真的不准备做些处理吗？"百里思无动于衷的样子让卢标反倒是急了，"一定有办法的，一定是哪里出了问题。思维流这样强大的天赋，不可能会出现理强文弱的结果啊。一定有个办法，能够让文理平衡起来的啊！"

在阴冷的操场上，黑暗被一圈路灯撕破几个小口子，每个路灯周围半径 5 米的光亮保护着圈内的人，卢标和百里思就在其中一个光圈里。依然是卢标在晚自习结束后将百里思约到操场上谈话。数学 150 分、物理 98 分、化学 94 分——他对百里思思维流带来的优秀成果感到欣喜与兴奋，同时对百里思语文、政治不及格，历史、地理也是低分的缺陷着急。然而最令他不满的，依然是百里思那无所谓的态度。

就算百里思以后选科不用学政史地，可是语文的问题总该解决一下吧。以思维流之强悍，居然出现语文不及格的结果。这样暴殄天物、浪费天赋，即便是卢标这旁观者也看不下去了。

如果我有思维流的能力，那该多好，说不定能再突破一个层次。

为什么你有思维流的能力，却不加珍惜？生生被拖低了一个级别。

百里思啊百里思，你到底想闹哪样？

如果他能从百里思身上探究出思维流的秘密，或许就能补上最后一丝差距。而探究出思维流的秘密，一个基本的前提是，她掌握的得是威力无穷的正宗的思维流，而正宗的思维流，不可能造成如此严重的偏科。

"怎么想办法？"

百里思再次被卢标叫到了黑暗的操场上，不禁回忆起几周前第一次讨论的情景。卢标告诉她，她那特殊的思维能力叫作思维流，但也仅限于此了，不知道它如何形成，也不知道如何改进。最明显的感受是，似乎卢标对此非常在意。而当自己表现出对整改思维流的漏洞并不在意时，卢标则表现出一丝隐隐的焦急。

"你叫我想办法，我就是没办法嘛。"百里思耸耸肩，"按你所说的，这能力相当稀有没人懂，连你都不知道怎么改进，我怎么知道呢？"

"现在不懂，不代表就没有办法。大脑是很神奇的东西，充满无数可能，不断地探索和尝试，总是会有办法的。关键是，你作为当事人是否愿意去做这个尝试啊！"

"具体怎么尝试？"百里思又问。

卢标略一沉吟："上次与你谈话之后我又仔细思索过，寻找改进的方向，首先要明确你的能力起源。按你上次的说法，似乎是天生就有的，但是也得有个具体的时间。比如，从 5 岁开始就出现这种状态，还是等到 12 岁以后？最初意识到自己的这种状态是什么情景？我希望你能好好思考这些问题。"

"起源嘛……其实我后来也回忆过，明确的时间也不好说，但感觉应该是从 9 岁左右开始的吧。9 岁的时候发生了一件事，很特殊，我现在还一直记得。后面的种种情况，现在想来，应该和这件事有关。"

一件特殊的事情作为刺激，激发了她的某种潜力？卢标不由得聚精会神，听百里思压低声音诉说起来。在那久远的回忆中，就连她日常机关枪一样的语速都缓慢了下来。

"我小时候很喜欢一个人在房里面发呆，也不出去玩，一坐就是一下午，或者一个很简单的小玩具一摆弄就是半天，也不跟人说话，害得我妈一度以为我是自闭症，后来才发现就是性格比较闷。从小学开始我一直语文比较弱，老师说因为说话太少，语言能力弱，语感不好，英语也类似。数学还可以吧，不过仅限于课本知识，竞赛题还是不会做。

"我每天放学做完作业后，晚上就一个人待在房里发呆，周末可以连续发呆两天，仿佛时间静止了一样——现在想想，我也不知道自己那时候在干吗，似乎是在构造某个幻想的精神世界？感觉大脑非常充盈，里面内容很多，但又不知道自己究竟在想些什么。总之，我妈很着急，后来我 8 岁的时候她终于忍不住了，给我在外面报了一个小提琴班，逼我周末出去活动一下。也不指望我学得多好，就是出去见见人，不要老是闷在家里，有个兴趣爱好也好。

"我一开始去学小提琴，也没什么特殊感觉，上课学过以后，在家也不怎么练，有空的时候继续一个人在家里闷着发呆，整下午地发呆——这是我的特性，其实我不管做什么事情都是一样的，总是一件事情能做很长很长时间，而我当时做得最多的事情就是发呆，所以看起来我总是一发呆就是一下午。

"到我 9 岁的时候，有一次，我爸妈都出去了，整个周末都不回来，我要一个人在家里待两天。我本该照常在房里发呆，构想自己的精神世界，但那一天家里没人，我突然感觉有点儿怕，想要在房里弄点儿声音出来，于是就拉了拉小提琴。我随便翻出一首曲子，叫 Palladio 吧。开始拉起来，挺难的一首曲子，也拉不好，就拉一段听一段原音，一遍又一遍地拉，一直不停，连续十几个小时，拉到最后整个脑子基本都空了，只剩下这首曲子的声音和节奏，根本停不下来。周末两天时间，我只吃了两袋泡面加几个水果，连饭都没好好吃，估计两天加起来能有三十个小时在拉和听这首曲子，甚至睡觉的时候，音响也开着，不间断地放这首曲子。

"我之前发呆的时候也是连续很多个小时，但完了也就完了，似乎没什么影响。但这次我连续几十个小时听和演奏这首曲子，让我脑子里不间断地回放这首音乐，仿佛着魔了一般，最后完全不受控制了，想让这个声音停都停不下来。几乎听不见外界的其他声音了，整个人已经蒙了。

"后面一个星期里，听力慢慢恢复了，但脑海里的声音和节奏总是停不下来，永远是这首曲子在回放，连上课听讲都听不进去了，作业也做不了，因为脑子很乱。跟人说话也没法说，因为总会被这首曲子的声音打断，不过还好我平时就不怎么跟人说话。

"一开始我很不适应，后来干脆就放任自己陷入这个声音里，与这个曲调和节奏融为一体。我很好奇，为什么这个声音会自动播放呢？怎么停不下来呢？如果我就这样继续跟着它走又会怎么样呢？

"我就在这种背景音乐之下生活，过了两三天，好像也慢慢习惯了。有一天我状态很特别，仿佛和这音乐完全融合，我写作业的时候也跟着这个音乐的节奏在写，音乐快我就快，音乐慢我就慢，仿佛整个人被音乐操纵了一般。

"学校布置的作业写完了，可是音乐还没有停，于是我就拿一本好久没有用过的数学竞赛题册来做——因为大部分题目都不会，所以我平时也不喜欢做。可是那一天呢，我非得找点儿题做，因为要跟着音乐的节奏，好像着魔一般，拧巴了，音乐不停我就不能停，于是就配着这个音乐背景开始做竞赛题。

"结果感觉好怪异啊！原来不会做的题，慢慢地好像也会做了，发现竞赛题其实也就那样，不是很难啊，只不过要稍微多想几步而已。平时思考了一两步之后发现做不出来就不想了，那一次因为打定主意非得跟着音乐不间断地想下去，所以思维就不停地转动，居然就这样想出来了很多难题。尤其是思维节奏特别快，跟着曲子走，曲子一加速、一高昂，我的思维突然就自动变快了。

"结果一直做到晚上 10 点，我妈喊我睡觉的时候，一本竞赛题册做了三分之一！90% 的题都做出来了！我特别兴奋，感觉自己似乎突然变聪明了。后面的几天里，我继续保持这种状态，在音乐节奏的带动下，做完了一整本竞赛题册，又把整学期的数学课本内容自学完了，后来又借来高年级的数学课本自学。

"过了两周之后，脑海里的音乐开始逐渐变弱，好像快要消失了。我生怕自己的聪明也随着这个音乐消失了，于是有一个周末又连续拉和听这首曲子几十个小时。果然，这首曲子又开始在我脑子里盘旋。

"前前后后，这首音乐弥漫在脑子里的状态共持续了一个多月的时间。在这一个多月里，我一直在不断地做数学题，思考各种问题，音乐不停我的思考就不停，逐渐形成了今天你所谓的思维流的技能。后来我上小提琴课，又学了几首其他曲子，这首曲子在脑子里慢慢被冲掉了，我妈也听同一首曲子听烦了，不允许我用家里音响放这首曲子了，我也就没播了。这首 Palladio 在我脑子里逐渐消失，但那种跟随音乐永不停歇的思维感觉却保留了下来。

"我想，这就是我的所谓思维流的起源了。"

百里思说完，一脸平静地看向卢标。

卢标听得怔住。居然、居然是这样？因为脑海中不停歇的音乐的带动，思维附着其上，然后就形成了思维流？怎么跟想象的不一样啊！按照当年老师的理论——虽然也没有明确的讲解，是卢标自己推论的——应该是先练习专注力、冥想，去除杂念，然后化解负面情绪、消除心智损耗，再加上思维方法的掌握和思维技巧的练习，才能形成的啊！怎么百里思居然是以这样一种奇特的方式练成了？

卢标脑海中的思绪飞速转动。不过细细一想，百里思描述自己小学时期的性格，一发呆就是一下午，极度沉静，甚至被误以为是自闭症，高度专注的条件倒是自发符合了。然后连续不断的音乐作为催化剂，带动思维奔流不停长达一个月，促使能力形成并保留下来，似乎倒也说得过去……但是……

百里思又补充道："现在想想，我这么多年来运用的思维流，似乎一直是一个节奏，像是打着拍子一样在思考。由于这种节奏早已经固定下来了——也许就是当年的音乐固定下来的吧，所以无法改变，也无法调整。

"就像是人跳入了大江大河之中，只能随着大浪而起伏，去感知浪涛的节奏，而无法形成自己的节奏。这无尽的思维之流，是被动的啊，是超出我掌控能力之外的啊。所以你说让我改，我没法改，我大约也没兴趣去改变什么了。"

卢标一时语塞，不知如何回应，这已经超出他的知识范畴了，甚至当年的老师能不能解释百里思特殊的情况都成疑问。他可以肯定，即便这能力是思维流，那样的形成方法也绝对是变异的、偶然的，不可能复制。

卢标叹一口气，讪笑两声。看来，终究还是一条死路啊。一时间，他举目四望，茫然无措。

"既然如此，我也不知道说什么了。时间不早了，我该回去了。"

百里思倒是有些没料到，卢标此刻语气平淡，先前那关注和焦急的感觉已然消失了。"哦，要回寝室了？"

"不，我申请走读了。回外面租的房子。"

"哦？"

"寝室里比较乱，影响学习。我先走了。"

卢标转身离开。探索百里思的秘密之旅，大约就此结束了吧，并没有什么结果。转身的一刹那，百里思仿佛看见卢标眼神里的落寞和失望。

"怪怪的。"百里思耸耸肩，转身回寝室。

"绝对、绝对有问题。我看就是她勾引他的，不知道用了什么办法。估计就是借口讨论问题之类的创造独处机会。"204寝室里，易姗对夏子萱和柳云飘添油加醋地说道，"我可是亲眼看见的！又是深更半夜地跑到操场上去，你以为能干什么好事？已经七八次了吧！不可能卢标主动找她的吧，肯定是她勾引的！"

夏子萱和柳云飘瞪大眼睛听着，梅子也被吸引过来，唯有赵雨荷继续趴在桌上看书，不为所动。

第四十一章

心乱

易姗原本住 203 寝室，不过要谈论卢标和百里思的问题，她自然得跑到 204 寝室去，因为夏子萱和柳云飘这两名女生正是她要一起聊八卦的重点对象。她很清楚，这两人对卢标是有点儿想法的。其实她自己又何尝不是呢？

不过眼下夏子萱和柳云飘倒构不成威胁，因为在这场子虚乌有的竞争中，显然百里思已经遥遥领先了。她和夏子萱、柳云飘，反倒有点儿敌人的敌人是朋友的意思。

谈起卢标，夏子萱一脸不自在："他爱跟谁一起就跟谁一起呗，关我什么事……"

易姗瞥了她一眼，讥讽道："哟，停电玩游戏那天晚上，谁脸红成那副模样，你忘啦？"

夏子萱脸又红起来："别瞎说！这种事情不要跟我讲了，你跟柳云飘说吧，她才对卢标有意思呢！"

柳云飘也跟着脸红："你才别乱说呢！我早说过了，卢标这样的大神怎么看得上我嘛……"

"那可不一定！你看百里思有什么好的？长得又不好看，就是主动勾引了一下而已，结果卢标就上钩了。"易姗立刻阴阳怪气接道，"我跟你说，有时候像卢标这种学习好的男生，一门心思学习，其实很单纯的。哪个女生主动点，很容易就把他追到手的。"

夏子萱心里很乱，自己对卢标的态度矛盾，原本是像一般小女生那样的崇拜，但自从偶然听见李双关决定要把班长的职位转给卢标后，又本能地将卢标放在了自己的对手的位置上——虽然卢标根本对班长的职位没有兴趣。

柳云飘心里也很乱。自己虽然与卢标接触很多，但心里早就认定不可能发生什么事情，所以火星微弱，从未燎原。如今却被易姗一番鼓动，重新燃烧起来。可是真的有可能吗？她也吞吞吐吐地反问易姗："那你怎么不主动点儿？"

"我又没有这种心思，我可是为你好啊！"易姗将话圆了过去，"我真是替你不值得啊！你看看百里思哪点比你好了？长得也没你漂亮，成绩也不比你好。上次联考虽然比你高一点，但这次期中考试，她第八名，你第七名，还比不上你呢，性格也没你好。各方面都比不上你，就是比你更主动点儿，大晚上的敢约卢标到那种没人的地方去，结果就占优势了。"

一番话说出口，原本没心思的柳云飘被推到台前，而易姗则躲到了幕后。有时候某些女生的心思真的很奇怪，其实这样撺掇柳云飘，对易姗又有什么好处呢？可是一想到长相远不如自己的百里思居然和卢标走得那么近，而卢标对自己却爱搭不理的，心里就万分不服气，甚至是愤怒了。她一定要从中搅和一下才好。

夏子萱和柳云飘各怀心思，一夜未眠。

办公室里，李双关和一班班主任严如心刚刚闲聊了几句。两人都是教学和管理经验丰富的教师，基本不存在遇到不知如何解决的教学难题。不过今日的严如心倒是随口抱怨了几句，遇到了一个小问题。

"唉，占武这孩子太优秀，咱们学校全指着他冲清北了，生怕舒静文那个女生给他造成什么影响。我这一时半会儿还没想清楚怎么处理呢！"

学生间的一些小秘密，在教师眼里纯然是透明的。比如情窦初开时的一些小动作，哪怕只是几个眼神和微妙的表情，自以为掩饰得很好，但是教学经验丰富的班主任早已在几十年的教学经验库里调出了类似的数据，对此洞若观火。舒静文与占武关系密切，严如心岂能不知，只是一时不确定该如何处理。

"这次有什么特殊的吗？直接找他们谈话不行吗？或者班会上暗示下？"李双关轻松地问，"主要是让那个女生止住嘛。"学生谈恋爱问题屡见不鲜，对于有些教学经验的老师来说，并不是难事。而李双关所处的立场，则是典型的"保护己方战略资源"。

用校长马泰的话说，一个高中学校，不管一本率提高得有多快，只要没有出过清华、北大，就算不上一流学校；兰水二中如果出不了清北，就没有资格真正地向临湖实验高中挑战。四年前二中曾经挖来一个天才少女，分数极其接近清北的录取分数线了，可惜以6分之差去了另一所不错的985院校，全校老师叹气了一个月。而这一次学校重金挖来占武，其天赋更在当年的天才少女之上，中考成绩也比天才少女更高，自高一进学校以来更是表现抢眼。可以说，占武是整个学校的明星、红人，是所有老师和校领导捧在手心的珍宝。当校领导们看着占武的时候，哪里是看见了一个人？分明是颗闪闪发光的钻石，甚至是带来光明的太阳。

学生早恋的事情，李双关向来无比重视，因为学生早恋导致成绩下滑他已经见过太多了。最惨烈的教训莫过于几年前，自己同事的班上，一个同样是有希望冲击清北的男生，高三的时候因为秘密和一个高二的女生早恋约会，结果成绩一落千丈，最终只考了一所211大学。校长马泰大发雷霆，两个班班主任同时被撤职，全校老师集中训诫和学习两天时间。

所以，李双关虽不是一班班主任，但作为学校的骨干教师、高一年级组代理组长，更是校长马泰的左膀右臂，同时是一班班主任严如心的朋友，他自然而然地跟着自己的朋友选择了维护占武心态稳定免遭成绩波动的立场。可别再让好苗子被这种事情毁掉了啊！对于兰水二中来说，占武可是十年难得一遇的宝贝！当然，自己班上的卢标也不错，虽然比占武还是差点儿，但也是一样有冲击清北的希望。

"我还在犹豫，在想着要不要低调处理。第一，这两人目前的关系，似乎是舒静文对占武比较主动，但占武已经明确回绝了几次，这女生只好隔段时间写写小字条之类的。第二，这两人的事情还处于暗处，班上同学知道的也不多，没有大范围的影响。第三，这两人的成绩目前还没有松动的迹象，占武不必说，舒静文呢，成绩也很好，这次期中考试890分左右，位居班上第三名。第四呢，这事情只能私下冷处理，不好公开，万一占武发个脾气闹出点儿问题来，可怎么收场？这孩子性格不太好。

"所以针对这事情，我一直是小心翼翼的！

"不过话说回来啊，占武这个孩子呢，还真是一门心思只关注学习。人家这么秀气的女生主动示好几次，他也是不为所动。对于青春期的男孩子来说，不容易啊！对了，你们班卢标怎么样了？"

"也不错，比占武差点儿，还可以继续培养，也是个好苗子。"

"那这方面的问题，你是怎么处理的呢？"

"哦？哪方面问题？"

"嗐！当然是跟占武今天一样的事情啦！他们两个在班级里的位置，应该说是高度相似的，成绩上都是遥遥领先，特别优秀，人也长得精神。班里总有些小女生得动心思吧！我这边占武是这样，你们班卢标肯定一样。"

李双关略作回忆，答道："哦，目前好像还没有。"不过说着眼睛里倒是带着犹疑了。自己向来对早恋管得极严，名声在外，已经好几年自己班上的学生没有出问题了。时间一久，自己居然快要忘记这回事了。这一届刚带了半个学期，其实细想想，真的没有吗？又或者自己没有特别留心这方面，所以没有发现？

两位班主任讨论完学生早恋的一堆问题之后，早自习已经下了。李双关上午没课，不过想着要和班上几个期中没有考好的学生谈谈话，所以再次往教室走去。刚到教室门口，声音嘈杂，但在哄闹之中听到教室里传出几个女生的声音：

"还不承认！你昨天晚上跟卢标那么晚跑到操场上去，干什么？还想骗谁呢？不是你勾引卢标，难道还是他主动约你？真是笑话！"

"神经病，说了是讨论问题。"一个冷漠的声音。

"糊弄鬼吧！你就是不要脸！"一个不屑的声音。

- 230 -

"行了……别说了，走吧……"一个尴尬的声音。

"我可是帮你出头！你要是有她脸皮一半厚度，也不会让她……"

"你要是自己喜欢卢标你就去找他吧，找我干吗？"

后面的内容已经听不下去了，李双关只觉得自己头皮一麻，一口气简直咽不下去了。真是活见鬼啊！半小时之前自己还在替隔壁班担心，没想到立刻就火烧后院了！真是活见鬼啊！这都哪几个学生啊？！卢标的名字，易姗和百里思的声音，还有一个女生是谁？这话里的线索，不仅是早恋问题，恐怕三角关系甚至四边关系都出来了吧！严老师啊严老师，真是被你一语成谶了，卢标果然出问题了。

李双关血气上涌，咬紧牙齿，恨恨地推开教室门，全班肃然安静。

百里思！易姗！还有一个，一脸通红、被易姗拽着胳膊的女生——柳云飘！再看远处一旁坐着的卢标，一只手撑着额头，紧闭双眼，脸色也不好看——显然不是几个小女生在私下里乱议论，卢标也确实参与其中了啊。

李双关狠狠瞪着这几个人，吓得易姗和柳云飘低头小碎步退回自己的座位。柳云飘心里直哆嗦：完了完了，不知道有没有被李老师听见啊……

易姗心中也紧张，但又多出一丝念头：听见了未必是坏事，看看李双关怎么收拾百里思这个小妖女。

李双关握紧拳头，很想要怒骂几声，大发雷霆，却又不敢彻底释放自己的怒火。就像刚刚和严如心老师讨论的，这种事情，挑明了通报批评真的好吗？还是私下处理更容易控制？另外，自己今天才知道这件事情，可是班级里其他同学呢？是早已经知道了，还是没有听闻？如果早就知道了，那就需要公开训斥、严整风气了；可是如果没有大范围影响，自己公开批评会不会反而影响不好呢？

一瞬间无数的念头涌上来，无数的情绪堵在胸口，李双关只觉得，自己心好乱。

第四十二章

早恋问题，越来越难管了……

这一上午，李双关可真是有得忙了。不仅分别找卢标、百里思、易姗、柳云飘等人问话，还找了其他人等侧面打听。

卢标与百里思是否真的大晚上私自去操场了？去了又在干什么？

卢标此次表现出的问题，与他近期申请走读有什么联系？

百里思与卢标，究竟是什么关系？进展到什么程度了？

柳云飘平日就与卢标走得很近，他们二人又是什么关系？

易姗掺和在几人中间，其角色性质如何？动机又是什么？

……

一堆问题搅和在一起，实在让人头大。

其实柳云飘、易姗、百里思与卢标几人的琐事，原本关注的人并不多，大约十人以内知晓。然而自李双关发现以后，分别叫出多人问话，反倒是把这件事情传播开了，一时间议论纷纷。

卢标满心无奈、无比冤屈。自己对百里思的兴趣仅限于她思维流的能力——可是李双关哪会相信这个？再说那天晚上谈话以后，自己对思维流的追索就算是告一段落了，可偏偏最后引起一堆莫名其妙的非议，还惊动了李双关。卢标真心不理解，这些人哪儿来的那么多八卦，都不用花心思好好研究学习上的问题吗？你们不潜心学习，还要整出乱七八糟的事情影响到我。又念及自己与清北的一线之隔，与占武无法弥补的差距，只觉得心里更加烦躁乃至厌恶了。

夏子萱面对李双关则是做贼心虚。李双关并不知道她也牵扯其中，只是因为她是柳云飘的室友，且她是班长，所以找她打听消息。可是夏子萱满脸通红，低头不敢直视李双关，一众问题只推说不太清楚。李双关还误以为夏子萱是在给柳云飘打掩护，没有太往其他方面想。

柳云飘满心羞愧，原本只有自己知晓的小心思，突然间闹得满城风雨、众人皆知，难受得要命，见了卢标都觉得分外不自在。面对李双关只得拼命否认，反复强调自己和卢标只是普通同学关系，平时都是交流学习问题。

百里思坚若磐石，至少表面上看起来是一脸平静，仿佛内心毫无波澜。与卢标的关系问题她一概否认，对各种流言蜚语也好像听不见一样。李双关问她的时间最久，却得不到丝毫有效信息，她永远就那么几句话——"不知道""没有""她们无聊吧""你去问她们吧"。

与易姗的谈话比较轻松，因为还没怎么问话，易姗已经抖出一堆猛料。什么柳云飘暗恋已久，百里思主动勾引卢标，自己看不惯百里思带坏班级风气，等等。李双关一方面对她添油加醋的描述心存疑惑；另一方面也感叹，看来班里面还有很多自己不了解的事情啊！

到中午的时候，李双关已经心力交瘁，而且忙活了一上午也没有太多收获。中午到教师餐厅吃饭，刚好碰上严如心。

"哟，李老师，怎么脸色铁青呢？"

李双关一脸苦笑："都怪你，乌鸦嘴啊！今天中午你请客！"

"嘿，老弟，请客就请客，不过什么事情怎么就怪上我了啊？"

两人点了几个菜，倒上茶水，李双关皱着眉头说了情况。

"嘿，真是巧了啊！这还真是我乌鸦嘴了！"

"这次的情况很麻烦，不仅涉及好几个女生，而且相互之间口供还对不上。最怕的就是，有可能已经产生肢体接触了——当然，这个没有确认。有个女生说是亲眼看到了，但是这女生的话不能完全信，只能当参考。就算没有肢体接触，也够麻烦的啊。目前四个人，三个是班级前十名，其中还有个是卢标。"

"那你准备怎么处理呢？"

"唉，暂时没想到啊。最糟心的是，我明知道他们一定有些什么问题，但是这些学生，一个个都不承认，而我又确实没有什么直接的证据。唯一声称可以做证的女生，我怀疑啊，她其实自己就对卢标也有些意思，故意在里面八卦，挑乱子，瞎搅和。"亏得易姗没听到李双关这句话，不然还不得尴尬死？她心里自以为是的小聪明，班主任瞟一眼就看透了，随口一句话就点破了。不过，李双关现在的心思不在她身上，而是发愁处理整体的乱局。

"唉，李老弟，今天没人，我给你说句无奈的真心话。"严如心也叹了口气，"学生早恋这事情啊，其实我是真的感到，越来越难管了啊！当然，按照学校规矩，肯定是禁止，在行为上禁止是没问题。可是要从内心深处说动学生，我发现真的很难。现在的学生跟二十年前的不一样了啊，所谓晓之以理，动之以情，现在的学生根本就不认可你这个理了！最可气的是，现在有些家长都不觉得这是个事了！上一届我们班有两个小情侣，我想找他们父母谈一谈，结果你猜怎么着？办公室里给我搞成相亲大会，双方见家长了。可把我气得啊！结果呢？还是一拍两散，没两个月就移情别恋了！这个年龄的小孩，哪儿来的那么多山盟海誓啊！"

严如心一阵感慨，也让李双关更加无奈。是啊，这么多年了，时代在变，学生在变，可是老师们管教早恋的那一套说辞和方法没有变。今天上午自己对卢标、柳云飘等人也大肆发表一番道理，从学生的本分、义务，到学业和命运，再到学校规矩，道理说烂了，可是有用吗？扪心自问一下，学生们真的从内心深处接受了吗？自己再严厉管教、令行禁止，也只是禁止了行为，可学生内心的波澜起伏，自己管得了吗？说服得了吗？而这一点波澜起伏，就足以影响一个学生的学业了。卢标万一被影响了怎么办？自己能承受这种风险吗？他同样清楚卢标的状态，在清北线上不上不下，一点点的心思波动足以影响卢标的清北之旅。

李双关愁云满面。当了十年老师，处理过多少次学生早恋问题了，唯独这一次，李双关感到万分棘手。

"多找学生谈几次，慢慢来。唯一能够确定的就是，这种问题的处理，急不得。尤其你刚才说了，还没有明确的证据嘛，那就更不能急了！"严如心安慰道，"放松点！也别太烦心，想点开心事吧。那个奖马上要发了吧？你的领奖词准备好了没有？这次你力压临湖实验高中的老师得奖，可是给我们学校长了脸面！到时候我们宣传部的老师还要去给你拍照呢！"

"唉，我还哪有心思去想什么领奖词啊。"李双关愁容满面，又灵光一闪地想到一个人——不知道心理咨询室的程老师今天来了没有，说不定可以找她问问……

吃完午饭又与严如心闲聊几句，李双关来到心理咨询室。门没锁，电脑开着，但程老师不在——大约吃饭还没回来。李双关在沙发上坐下，边思考边等程老师回来。

一番思索之后，李双关对这次的事件处理也有了大体的想法。后续处理要再软一点，毕竟目前没有直接证据，几个学生也不承认；在处理好这次的几个学生后，还要扩大范围，对全班学生进行青春期教育，这次事件也暴露出，班里还有很多情况是自己不知道的，保不准其他小男生小女生也有类似心思；还要找夏子萱谈话，因为她作为班长这次显然没有起到班干部的作用，既没有事前通知自己，甚至事后也推说不知情，很有可能是在给柳云飘打掩护——完全没有意识到高中生恋爱的危险；同时，要严肃重申学校的纪律原则，绝对不可违反，轻则警告，重则开除，过往的惨痛案例要让他们知道。不过现在的关键问题是，后续的青春期教育该怎么进行？这个年代的学生，普通的说教已然流于形式了，如何改进呢……

"哟，李老师，今天得空来光顾我这冷清的办公室啦！"一名约莫40岁的女人欢快地步入办公室，"喝杯茶吧，要绿茶还是陈年熟普？绿茶就是便宜袋装绿茶，陈年熟普就是还没买回来的那种——哈哈哈！"

这女人一进门，阴冷的办公室温度仿佛立刻就升了几摄氏度。李双关不由得笑了笑，又将情况大致讲明。"关键点在于卢标这个学生身上，一切都是绕着他缠上的。卢标你知道吧？"

"啊，知道，高一双子星之一嘛，领导们都指着他冲清北呢！"程老师听完李双关一番话，收起方才大大咧咧的玩笑态度，略作思考道，"我有几个小建议啦，李老师可以参考下。"

"洗耳恭听。"

"要解决学生的问题，首先要调整的是你的观念和心态。"

"哦？"

"你看看你的用词——'学生的口供还对不上'。口供，这说明你把学生放在了你的对立面上，你在审问他们。这是老师的一种常见心态，我不说它对和错，但是从效果上来讲，在这种心态下找学生谈话，肯定效果不好。"

"这样？"李双关作为年级主任、学校里排得上号的中层领导，对学生的态度本来就是从高到低的权威审视。如果程老师定要和他争论这个权威的合理性，他必然要反驳一番，但程老师直接避开了合理性这一层，跳到实用性的维度上，倒是让李双关也没法说什么。

"现在的问题是，你在明，学生在暗，你怎么管得了学生呢？怎么能够让他们信服？你连最基本的了解情况这一步还没完成呢。所以当务之急，不是去教育他们、硬塞给他们什么观念，而是先要了解他们是什么观念。时代变化得很快，一届学生有一届学生的观念，每一届都要重新了解的啦！"

李双关点点头："有道理。知己知彼，方能百战百胜。对学生的心态我们能知道个大概，但个体学生的想法差异很大，需要单独了解。不过关键是，学生很狡猾，没那么容易给你说真话。就连我们的班长，在出问题的时候，第一时间想到的也不是向老师汇报什么，而是给同学打掩护。"

"其实，这也是你对学生态度的反馈结果。如果你把自己放在权威、对立的位置上，那么学生就会自发地团结一致蒙住你，不让你知情。如果……"

程老师还想要继续说些什么，被李双关大手一挥打断。"教师的权威是毋庸置疑的，这是教育哲学和学校信条的问题，不在今天的讨论范畴之内。我们今天要讨论的，是解决此次事件的具体方法。"

程老师倒是个好脾气，被打断了也不恼，她自然知道二中的治校风气以及校长马泰等一众领导的教育信条。"如果不改变信念，仅仅从技术上着手的话，那么也有些方法可以尝试……"

半小时后，李双关从心理咨询室走了出来，脸色稍微缓和。"姑且一试，不行再按我原本的方法进行也不迟。"

这头松了一口气，下面就该好好考虑下领奖词了。由方晶电子科技有限公司兰水分公司牵头，兰水市七家高科技企业联合赞助的"兰水市人民心中的最佳教师"奖项评选，虽然不是官方组织的，却是兰水市教育界的重量级奖项。一方面，是因为奖金高昂，达18万元——注意，这18万元是由老师个人独自获得的，而不是给学校的。另一方面，兰水市七家高科技企业联合，代表了兰水市最先进的生产力量，其社会影响力巨大，光职工总人数就高达三万人，都是中产以上家庭，这七家企业本身也是兰水市的纳税大户，更是兰水市产业升级的代表性企业、面子企业。而且每年的奖项评选，全市所有官方和民间媒体都会大篇幅报道，评上奖的老师一时间必定成为兰水市的明星宠儿。

总之，这个奖项在兰水市教育界，是分量极重的，因而也自然是极难评选上的——每年最高奖只有一个名额，剩下五个平行奖，虽然也是一份荣耀，但这荣耀肯定是会被最高奖覆盖掉的。这个最高奖，小初高老师一起争抢，而且大部分时候都会被临湖实验系学校的老师夺去。去年是临湖实验的附属小学校长李润乡，前年也是他——这个毫无争议，他领导的附属小学是兰水市教育改革和教育进步的代表力量，那可是被省教育厅公开表扬、当作先进样板的。

再往前一年，是临湖实验高中的一名资深语文老师。他教作文的功力极深，班级学生的作文立意、结构、素材和文字应用全方位优秀，他所带的班级，上一年高考作文平均分居然高达51分，班级里超过十人在54分以上，甚至还出了一个58分的超高分。因为他教学优秀，班级里额外贡献了两个清北的学生——要知道他教的可是普通班。

更往前一年，则是七中一名老师，带着癌症上课两年之久，感动无数学生和家长。虽然没有什么突出的教学成绩，不过当时引起了媒体轰动，所以也评上了一次，算是一种人文关怀吧。再往前数，则又是临湖实验系的天下了。

总之，最近十年来，奖项旁落临湖实验系以外的只有两次，上述七中的癌症老师是一次，六年前二中校长马泰得过一次。六年了啊，离兰水二中的老师获得这项殊荣已经有六年之久了。这一次李双关能够力压临湖实验的一众优秀老师获奖，实在是一大快事啊！

这样的殊荣该带着喜庆的心情去接受吧，可不要被班里临时发生的学生早恋事件影响了心情。

第四十三章

精妙的作文立意

"赌一顿饭,我赌下一次班会主题,肯定是早恋问题。"赵雨荷道。

"这不明摆着吗?毫无技术含量啊。"陈思敏接道,"干脆这么赌,我赌下一次作文,可能要就着早恋话题写。这种赌法才有水平嘛。"

"咦?为什么?"

"这次事情闹得这么大,李老师肯定要就相关事情训话。但是如果仅仅是班会课训话,那就太平凡了,体现不出来我们骨干教师李老师的教育水平了。但是如果换成作文写早恋问题,那就显得有些水平了,好像润物细无声一样。"

"我晕,那也很土啊!把要训话的内容搞成作文让我们写,就很有水平了吗?也很做作啊!"

"你没想通。"陈思敏淡定回复,"它实际上土不土是一回事,但李老师觉得它土不土,又是另外一回事。我赌的是,李老师会觉得这种方法很高明,很能打动学生,让我们自己把那些反对早恋的道理写出来,就好像是我们自己领悟出来的一样,于是就感觉教育效果很好。你只考虑到它实际上还是没效果,但没有考虑到,李老师会认为它很有效果。"

赵雨荷听得一愣一愣的:"你是说,我缺了换位思考这一步,没有考虑到李老师的想法?不,我可不信你猜得这么准。"

"那就赌一把!一顿饭,加鸡腿!"陈思敏自信道,"而且我还推断,是联合语文老师一起搞这件事情,而不会是让我们写英语作文。"

"这又是为什么?"旁边的诸葛百象也产生了兴趣,他就坐在与陈思敏一条过道之隔的第一组。

"很简单,因为李老师肯定想要我们把这篇作文写得更深刻一些,但是我们用英语写作文,水平有限,只能写几句话而已,肯定是达不到效果的。所以我敢肯定,李老师肯定要联合董老师共同发起这次教学活动。"

诸葛百象点点头："推测很有道理，但是风险很大，毕竟教育方式的种类太多，每一种的概率都不大——也许仅仅训话时间更长一点就过了呢？你的胜率不高，我跟你赌了。"

"那我也跟你赌了！"赵雨荷跟道，"其实我还希望你赢呢，要是写早恋问题，那就太简单了，顺着老师的意思写就好了，总比这次期中考试的作文简单多了。我倒是宁愿每次作文话题都像早恋话题这么简单呢！"

"那倒也是。"陈思敏点点头，"这次作文真难写，我才 46 分。"

"我才 42 分！历史最低分了！"赵雨荷欲哭无泪。

"算了，这次普遍分数很低，卢标作文也才 49 分，估计就没有超过 50 分的吧。难度太大了，大家都不会写，也就不用勉强自己了。"

两人敲定了赌局，正相互安慰着，突然听到诸葛百象一声笑："呵呵。"

"怎么？你笑什么？"两人齐声问道。

"呵呵，只能说，我们学校的人没有超过 50 分的。"

"啊，难道你知道临湖实验的人的作文分数？"陈思敏问道。

赵雨荷解释道："这家伙不知道哪儿来的情报，总是能搞到一堆临湖实验高中的资料和信息，什么数学试卷、物理辅导书、综合排名之类的……诸葛百象，我看你以后就学情报专业吧。"

"快说快说，临湖实验高中最高多少分？"

诸葛百象耸耸肩："最高分不知道，反正 50 分以上的不少。这次作文，难就难在立意上，立意立好了，分数很容易上去。大部分人的立意都很平庸，甚至立错了，所以分数低了。"

"是啊，不好立意。那临湖实验的那帮人怎么立意的？"陈思敏催促道。赵雨荷则赶紧翻出期中语文试卷，再回顾了一下作文题目：

  善恶或者是非之间的选择根本不是什么选择，真正的选择是两难之择。它发生于两种情境。一是不可调和的两善取其一的选择：从选择者的视角看，两个事物都是他所欲者，他两者都想要，但环境让他只能二者择一。二是两恶取其轻的选择：从选择者的视角看，两个事物都是他所不欲者，他一个都不想要，但环境迫使他必须二者择一。

  面对"两难之择"，你会做怎样的思考，做出怎样的决定？请根据材料，选取角度，自拟题目，写一篇不少于 800 字的文章。文体不限，诗歌除外。

"说吧，情报官，临湖实验的人是怎么写的？"众人盯着诸葛百象道。

"这个作文的立意，比较平庸的立意是这样的——要选择更善的那一个，强调的是

'要'字，也就是说，从不迷失本心、不要被外界诱惑的角度写。光我们班我就知道有十几个人是这样写的。"诸葛百象边说边拿起纸笔，"然而这样写一来太平庸，二来太单调，写的人太多了，分数必定不高的。"

陈思敏接道："我就是这样写的，46分，估计是文笔和结构比较好提了分。其他几个我看了，一般是40~44分。"

"真正能拿高分的立意有这么几个。第一个立意，勇敢的心。"

"勇敢的心？"众人瞪大眼睛，完全想不通这"勇敢的心"和"两难之择"有什么联系。

诸葛百象顿了顿，环顾四周，道："这个立意非常巧妙，也比较难想到。具体的联系是，两难之择，怎么选都难，但反过来想也就是——其实怎么选都可以。关键的是，你至少要去选择其中一个。最坏的不是其中哪一个稍微差一点，而是你由于害怕担负责任、承担结果，根本不敢选。不选，才是最坏的选择。"

众人恍然大悟，又一脸惊叹："好立意！另辟蹊径啊！"

"这个立意一旦想出来了，后面的就很好写了。先总论述——两难之择不可完美，总会有问题，而最关键的是有勇气把不完美的人生进行下去。然后分几个小论点论述：一是问题的不可避免性；二是不做选择会更差，要有勇气去做这个抉择。"

"立意是好，不过就这样论述好像还是单薄了一点啊？"陈思敏问道。

"还没完。第三点怎么写就有讲究了。一方面，可以引用'what-why-how'模型，论述具体该怎么做；另一方面，有人做了进一步的延伸，强调不仅要有勇气去做这个选择，还要有勇气去面对选择过后留下的伤痕。"

"啊？什么意思？"

"因为做出的是两难选择，所以无论怎么选，最后总会有遗憾和残缺，会让人感到痛苦，但是这种痛苦是不可避免的，是你必须承受的。如果没有承受这份痛苦的勇气，那么你将会永远活在遗憾当中；当你鼓起勇气去面对和接受这份不完美的时候，生活才能重现光明，人生旅程才能继续走下去啊。"

"所以，不论是在两难选择的过程当中，还是在选择之后，都要有勇气——第一种高级立意。"

"天啊！这是谁想出来的啊！太完美了！"赵雨荷感叹道，"真是不服不行啊，我是肯定想不到的。唉，这立意最后得了多少分啊？"

"55分。"诸葛百象道。

"牛到不行，这肯定是最高分了。"陈思敏也感叹道。

"嘿嘿，别急着下结论。"诸葛百象又是莞尔一笑。

"难道还有更牛的？不会吧？"

"下面，再说一个更高级的立意——以智慧面对两难。"

"以智慧面对两难？"陈思敏眼珠子一转，疑惑道，"有点儿空啊，似乎还没有上一个好呢，当然也不错了，或许能算是一类立意。"

"别急。以智慧面对两难，听起来固然是有点儿空，可关键在于细节。实际上，临湖实验这次选择这种写作方向的人不少，据说有上百人，但是内部差别极大，有极少数人通过优化分论点、拔高层次、寻找更高级的角度，硬是提高了不少分数，最高分有 57 分！"

"57 分？天啊，接近满分作文了！快说说，怎么优化分论点、拔高层次。"赵雨荷与陈思敏都催促道。

"最牛的 57 分作文，以智慧为中心，分了这样三个分论点来写。第一，两害相权取其轻，两利相权取其重，要知道两难之中哪个更优一些，需要有智慧精确地去区分——就可以引申到科学发展、伦理综合考虑等更高的层次上了。"

"啊？还可以这么引申？厉害啊。"

"还有更厉害的。第二点，有时候，我们以为是两难，但其实这只是我们的智慧不够。如果有更高深的智慧，其实两难选择可以化解。"诸葛百象掷地有声道。

"什么？这不属于违反题目假设吗？"赵雨荷吃惊反问，"这样写算不算审题不严啊？"

陈思敏眉头一皱："我觉得可以这样写，题目假设也不是不可以推翻。关键是，这种分论点，你怎么去论证啊？哪儿来的这种看起来两难，其实又可以被化解的案例呢？反正我是想不出来。"

"没错！这种突破命题假设的立意方法，也可以说是无赖法，想要耍无赖很容易，但能耍成功那就难了。这篇作文高分的关键点就在于，真的有合理的案例能支撑。"

"快说！"

"比如，围魏救赵。魏国派兵攻打赵国城池，另一座城池里的兵要不要去救援呢？不救，赵国城池陷落；救，那就被人半路埋伏、围点打援了。救也不是，不救也不是，对于普通将领来说，这就是典型的两难了。可是拥有更高深智慧的孙膑，却能够巧妙化解这个两难——直接派兵攻打魏国首都。既逼迫你放弃围攻，也由于战场的转换而不被伏击，于是问题解决。这就是典型的以智慧化解两难的完美案例。可以说，这篇作文已经不会低于 54 分了。"

"天啊！太精彩了！"赵雨荷已经不知道第几次感叹了，"可是也太难想了啊，对学生的人文素养要求也太高了吧！"

"妙啊……妙啊……"陈思敏喃喃自语，眼神都已经呆滞了。

"还有第三点，也总有些无法完美解决的两难问题，在决策之后，又该以智慧去化解那不甘心、悔恨的情绪。这个分论点就很好写了，无非是说不要执着于过往，要有面向未来的智慧，要跳脱出当下的小利，放大视野，着眼于充满无限可能的未来。安然接受当下的不完美,扬帆起航继续追逐美好明天,岂不也是一种更高的智慧?

"最后在结尾总结,不论是进入两难后的智慧抉择,还是巧妙化解两难选择的困局,抑或决策后的心态调整,都有智慧贯穿其中。至此全文结束,57 分绝不是过誉了。"

赵雨荷连叹气都没有力气了。"唉,人与人的差距怎么就这么大呢……这种文章,我到高三也写不出来……"陈思敏也悲鸣:"越听越悲叹啊,人与人之间的差距,果然比人与猪之间的差距更大啊!"

"那两位美女,后面还要继续听吗?"诸葛百象微微一笑,安慰道,"其实也不是临湖实验的所有学生都这么厉害的,这是挑出来水平最高的几个。"

赵雨荷一拍桌子:"讲!让临湖实验的学神继续虐待我吧!死就死了,自尊心什么的早就被踩躏成豆腐块儿一样没骨气了,还能把我怎么样?"

陈思敏自己悲叹之余,还不忘对赵雨荷补上一刀:"豆腐脑儿?豆腐渣?豆浆?……"

赵雨荷几乎一口鲜血要喷在陈思敏脸上:"你……"

诸葛百象也忍不住笑了:"好了,再补充最后一种吧,不算最好的,但是很特殊,算是个偏门。两难问题,从宽恕这个角度下手写。"

"宽恕?我真是……完全跟不上这个思路……"赵雨荷整个人都趴在桌子上了。陈思敏也是瞪着眼睛:"别卖关子了,说吧,这种奇葩思路怎么写。"

"这个思路确实很特殊。两难选择,怎么做都不完美,怎么做都会有遗留问题,对当事人也会有强烈的伤害,这是不可避免的。所以,旁观者注意了,这是这个思路的重点——应该充分地体谅处于两难选择的当事人,不要因那一点不完美的后果而对当事人进行批判、妄自揣度和肆意评价。"

"这样……也能强行联系起来?脑洞比黑洞还大啊!"陈思敏又一次感慨。

"不仅如此,这个奇葩的作者还补充了一个分论点。同时,我们要注意,更不要去随意给别人制造两难选择,这是非常残忍的。比如,很多恋爱的女人问男人,我和你妈掉进湖里先救哪个,这就是残忍而缺乏宽容的表现……"

"我晕,作文写成情感专栏了……"赵雨荷翻白眼道,"但是也还有点儿道理……不过要是碰到个更年期且家庭不和睦的中年妇女当改卷老师,说不定就要悲剧了。"

陈思敏评价道:"我个人感觉呢,最后这一个立意是有点儿偏门了,改卷有风险,有可能判离题。但是如果宽松一点,也可以理解成一个很巧妙的切入点。总之,脑洞很大,不过也可能刚刚跟女同学闹了点儿矛盾顺便发泄一下……"

诸葛百象一撇嘴:"我觉得就是离题了。不过没办法,改卷老师给了 52 分。行了,今天就说这么多了。好好努力,争取下次写个 50 分以上的作文出来吧!"

赵雨荷白了诸葛百象一眼:"感谢您的鼓励!听了您的鼓励,我现在真是——毫无信心了呢!"

第四十四章

无法进行的辩论赛

周四上午语文课，当李双关和语文老师董涛露一齐走进二班教室的时候，陈思敏简直要笑出声来了。

自从柳云飘、易姗和百里思那档子事之后，李双关这两天一直没有在班级里就早恋方面的问题公开训话，这实在是太反常了，很有可能就是在憋大招。所以当李双关和语文老师董涛露一齐走进二班教室的时候，陈思敏几乎立刻就认定了，自己天才的猜想肯定要实现了。没错，李双关一定是准备与语文老师联合教学，通过话题作文的形式来进行青春期教育了。

赵雨荷与诸葛百象也是极为默契地同时转头，微笑地看向陈思敏，陈思敏则摆出胜利的姿态，骄傲地昂起头，伸出右手食指指向两人："你，中午2号窗口的红烧牛肉木桶饭，额外加一只鸡腿；你，晚上6号窗口的米线豪华餐，五荤五素加鸡蛋的。记住了哦，别想抵赖！"

赵雨荷笑道："撑死你！"

诸葛百象笑道："没事，管饱！"

嘈杂的教室安静下来，李双关登台说话了。

"各位同学，今天我要向大家宣布一个消息。我们高一上学期语文的教学安排当中，设计了一次特殊的活动——辩论赛！我与董老师商议，决定把这次辩论赛活动与我们的主题班会联合起来实施。这样，一方面用班会课的课时支持了语文的辩论活动，另一方面也让语文的辩论赛活动承载了更多的学习功能，更具有意义！"

听到"辩论赛"三个字，陈思敏心都碎了——原来不是作文，是辩论赛啊！差之毫厘，谬以千里！没想到啊没想到，李双关居然来了这么一手！自己天才的猜想已经无比接近了——不是普通训话而是特殊的教育活动，自己猜到了；不是单独进行，而是找语文老师联合进行，自己又猜到了；可是居然不是作文，而是辩论赛！煮熟的鸡腿飞了，到手的米线也没了。

赵雨荷与诸葛百象再次扭头看着陈思敏，一脸坏笑，赵雨荷还做出轻轻抚摸肚子的动作。

"撑'死'你们！"陈思敏一脸悲愤。

班级的喧哗逐渐平息，李双关继续说道："这次辩论的主题，就是早恋问题！"

"咦——"一片嘘声。所有学生都明白了，李双关这是借着辩论赛的由头，强行搞一波中学生早恋教育呢！

可是这个教育活动真的能搞得成吗？各种议论和质疑立刻就抛了出来。

"正方支持早恋，反方反对早恋？谁愿意当正方？找死啊！"

"就是啊，注定要输的一方，谁愿意去当啊！"

"估计就是强行摊派吧？或者抽签，谁抽到谁倒霉。"

"这还辩论个啥啊，把学校行为守则拿出来一用，自动就赢了啊！一秒钟就结束辩论了！"

"是啊，所以最佳辩手就是制定学校校规的那位？"

"这是一道送命题。"

班级里一片嘈杂，若是往常，李双关早就一拍桌子震慑全场了，不过这次还得耐着性子解释。

"我知道，很多同学认为正方非常弱势，好像没法辩论；也有很多同学认为，我们选这种题目进行辩论，好像是在作秀一样，肯定是让反方赢。

"但是并不是这样的！

"如果提前就定好结局了，那这次的活动还有什么意义？我在这里要向大家声明，辩论赛的结局，绝对不是提前定好的，而是看辩手的当场发挥水平！如果正方辩得好，完全有取胜的可能嘛！

"另外，其实正方也不是完全处于劣势。高中生恋爱，对学习究竟有没有明显的影响呢？高中生是否有自由恋爱的权利？全面禁止早恋的规矩，是很多年前就定下来的了，那么随着时代的变化，这个规矩有没有必要改变？这些都是可以探讨的问题。

"本次辩论赛正方观点是：高中不需要全面禁止学生恋爱。反方观点是：高中需要全面禁止学生恋爱。这只是一种理论探讨，并不是要对我们学校的政策做出什么改变。如果说能不能改变我们学校的政策，那肯定是不行，正方必输无疑；可是你要从理论上探讨全面禁止学生恋爱有没有必要，那正方完全有获胜的可能嘛！

"举办这次活动的目的呢，一方面是锻炼下大家的思辨水平和辩论技巧；另一方面，其实我也想要了解一下大家对高中生早恋问题的真实想法，所以大家不必太过担忧，大可以把自己真实的想法表现出来。

"下面，大家先花十五分钟自己思考和集体讨论一下，看看在这次辩论中，你想要选哪一边。我们最终将会选出八名同学组成正、反两支队伍，所有参加辩论的同学，不仅能够得到很好的辩论能力锻炼，还能获得我和董老师准备的神秘奖品一份！好了，开始讨论吧！"

一说开始讨论，立刻哄闹声四起。

"不是吧，最后说不定真能让正方赢？太刺激了吧？"

"那你选哪一边？"

"废话，肯定是选正方啊！都什么年代了还选反方，这么老土？！"

"看来李老师没我们想的那么古板啊！"

"可是不论怎么说，正方都很难辩啊！"

"不如我们设个大局，故意让反方输掉，看看李双关什么反应？"

"你就作死吧，李双关说说而已，你还真信了啊！"

"哎，怕什么，这次出事的是柳云飘、百里思几个，又不是我，我就选个正方他能把我怎么样？"

"就是啊，法不责众，大家都选正方，看他能怎么样！"

"本来就是嘛，还早恋，我们这年纪要放在一百年前，都可以正式结婚生小孩了！"

"咦，原来你想这么早生小孩啊？"

"滚！"

"反正我就不信了，还有学生会昧着良心选反方？"

"就是，于情于理都说不过去！举四只'手'支持正方！"

付词环顾全班，露出鄙视的神情，摇头叹息："唉，幼稚，幼稚啊！老师的话也能信？他叫你说真话你就说真话了？思想觉悟太差啦！这些人啊，要是放到宫斗剧里，妥妥第一集就要领盒饭的节奏啊！"

同桌刘宇航道："是吗？看不出你的觉悟这么高啊。那你是要选反方？"

付词道："你看看，这不就是我们期中考试的作文吗？两难！选正方，风险太高；选反方，那是欺骗了自己，良心上过不去。不过正如我在作文里写的，面对两难，最重要的是要尊重自己的内心，要做出让自己内心安定的决定，要用光明磊落的心胸，去做出自己良心不会后悔的决定！"

"所以我选反方。"

只见付词周围晕倒一大片。

"你丫的，真是没骨气！你就注孤生吧！"

"喊，说得好像你选正方就会有女生看得上你一样。"

"喂，修远，你选哪个？"

"我选哪个？我肯定是选正方啊。"修远淡淡答道，"不过这次活动我不准备参加，让他们去辩吧，我就当观众了。"

这让付词、刘宇航等人感到意外："哦？按你的个性，我还以为你肯定要当主力辩手的呢！"

确实如此，辩论赛这种大出风头的好机会，修远怎么愿意错过呢？初中时候每次班级里搞辩论赛，修远总是要大闹一番，多数都要拿个最佳辩手玩玩。所有同学尤其是女生的目光，全部聚焦在他身上，同时掌声四起，老师表扬祝贺，好不热闹啊！其实就在当下，修远都还有强烈的冲动想要报名正方，最好当压轴的四辩。

可是修远强行把这股冲动压下去了，这段时间他还有更重要的事情要做，那就是启动思维导图这一救命法宝，赶紧把之前有漏洞的数学、物理、英语等学科补上去。期中考试的耻辱对修远的触动太大，他已经顾不得借辩论赛的机会再去出风头了——虽然他真的想要参加，最好能够和卢标分在不同队伍，然后带队击败卢标，接着掌声四起，易姗等女生尖叫着祝贺……不行，不能再想下去了！忍住！

一定要忍住啊！

李双关一边和董涛露聊天，一边也听着学生们的议论。果然如他所料，学生们私下议论时，全部统一战线支持正方，仿佛商量好了要和老师作对一般。万一到时候没人选反方怎么办，辩论岂不是搞不成了？没关系，李双关对此早有准备。呵呵，对付这些叛逆的学生，没点准备怎么行？

十五分钟快到了，议论声渐渐停止，只见不少人相互点头鼓舞，声音虽小却无比坚定地说道：

"嗯，我选正方。你也别犹豫了，加入我们吧！"

"没错，正方才是我们的立场和利益所在！"

"对，统一战线！都什么年代了，绝对不能让反对早恋的老古板们得意了！"

"就是！自由恋爱，人权所在！"

千言万语汇成一句口号："人权必胜，自由必胜，正方必胜！"

这些声音传入李双关耳里，不由得让他皱了皱眉头。李双关忍住不愉快，清了清嗓子，大声说道："时间到！下面，支持正方的同学举手！"

尽管已经做好了心理准备，但是当李双关数举手支持正方的同学人数时，还是吃了一惊。

根本就没人举手……

李双关一愣，什么情况？怎么跟想象的不一样啊？他本能地又问了一句："那支持反方的呢？"

唰唰唰，大概 90% 的人举起了手……

刚才那些嚷嚷着统一战线、支持正方的同学，都不约而同举了反方的手。一时间大家相互张望，大眼瞪小眼，一个个都异常尴尬，但同时暗暗松了一口气——

原来大家也和我一样无耻啊！

付词一拍大腿暗自感叹："好深的城府啊！是在下输了！"

李双关满脸黑线，心想：这群学生真是不按套路出牌啊，发起疯来连自己人都要骗，怪不得我摸不清楚他们的状况了……可是这朝着反方一边倒的局面也是让人很无奈啊，这辩论赛还怎么弄？

原本李双关想，如果没人选反方，那就由他和董老师担任反方。可是现在问题是没人选正方了，难道他要去站支持早恋的队？董涛露也叹了一口气："李老师，现在怎么办？"

第四十五章

独孤求败

"我想了解一下，为什么没有人选正方呢？"李双关无奈问道。

无人应答。

李双关只好进入点将模式了："卢标，你的看法呢？"

卢标一脸无奈。整件事情可以说是因他而起，然而这实在非他本愿啊。卢标对学业的重视程度不可谓不高，开学时还张罗着要构建全班的合作型同学关系，又尝试以一己之力带动班级的学习氛围。虽然近段时间似乎偃旗息鼓了，但个人对学习从未放松。而且，目前的卢标可以说是处于人生非常特殊的阶段，对自我选择的怀疑，对当下命运的超越，以及对更高思维境界、精神层次的追求——才是他这一阶段的主旋律，哪有心思去谈什么恋爱？

再暗自说一句不方便在人前讲明的话吧——以卢标的层次和境界，难道就没有一点儿傲气？班里的众多女生，卢标只觉得稚嫩乃至幼稚，夏子萱也好，易姗也好，柳云飘也好，他能看得上谁？

可是他偏偏被推到台前，成为旋涡的中心了。卢标无奈回道："我选反方。"

李双关拿他没办法，继续点名："柳云飘呢？为什么不选正方？百里思呢？易姗呢？"

几个人都低头不语，气氛越发尴尬了。

李双关暗自叹气，没想到哪怕自己设计好了一切活动流程，却在第一步就卡住，学生完全不买账啊！尴尬的沉默长达两分钟，李双关脑子飞速运转。"那就没办法了，抽签决定吧！抽到正方的同学，就当作挑战高难度，充分锻炼辩论能力吧！"

又是一阵忙活，反方推出四个辩论代表，分别是陈思敏、木炎、赵雨荷与梅子。正方人员的确定则取决于李双关制造的碳基高精密随机游走决策系统——抽纸团。每个学生都有一个学号，除去反方四人以外，李双关将这些学号写到纸上，揉成团，摇匀了，然后开始随机抽取。实验二班立刻变成了欢快的开奖现场。

"哈，看哪四个倒霉蛋抽到正方了。"

"别人中奖都是好事，这几个中奖却是坏事！中奖都要有心理阴影了！"

"那也未必，也许人家一开始就是选的正方只是不敢明说呢？刚好以抽奖的借口掩盖过去了。"

李双关随意拿出四个纸团。

"正方四位选手分别是——刘语明、齐晓峰、卢标，以及……"

刘语明耸耸肩；齐晓峰一拍脑袋；卢标更无奈了，自己最不想掺和这件事的，偏偏被抽中了当正方。

"……最后一位同学——罗刻！"

如果说要在班级里找出一个人，其对学业的重视态度比卢标更甚，对这些情感八卦问题比卢标更没兴趣的，那就只能是罗刻了。然而天不遂人愿，最不想受到牵扯的人，却偏偏被强行卷入其中。罗刻立刻表示不愿参与，被李双关坚定驳回。

"既然抽签抽到了，就不要耍赖了，拿出点儿男子汉气概来！更何况，这种比较困难的、不容易辩的题目，不是刚好锻炼了你们的能力吗？如果觉得有困难也不要担心，在辩论方法和技巧上，董老师会给你们充分的指导。这样吧，由于这次正方难度较大，我可以让董老师在指导的时候，优先指导正方同学，这下可以了吧？"

都说到这个份儿上了，还能怎样呢？硬着头皮上吧。

董涛露走上讲台："不同的辩论规则有所区别，下面我来说下这次辩论所采用的规则。首先是正方一辩……"

时间安排上，此次辩论定在下下周一的班会课进行，学生们有大约十天的时间准备。反方辩手们兴致勃勃，认真应对；正方辩手们兴致缺缺，无精打采。不仅在辩题上已经天然落后，而且四个人相互并不熟识，尤其罗刻与卢标两人向来是不和的——主要是罗刻对卢标的敌视。在这样一个松散的队伍里，怎么进行集体备战？怎么进行团队合作？

齐晓峰是修远的同桌，对着修远长吁短叹："唉，修远，要不我们两个换一换吧？"修远耸耸肩，付词插嘴道："晓峰！不要泄气！你要勇敢啊！"

"哦？"齐晓峰疑惑。

"比如，勇于认输之类的……"

"我去你的！"

一会儿，卢标和刘语明两人来到罗刻面前，齐晓峰也跟着凑过去。"怎么办？"刘语明问道，"卢标、罗刻，两位大神出主意吧？这次主要就靠你们了啊。"这是准备当甩手掌柜了。

卢标开口道："硬着头皮上吧。我们可以先列出一些己方的基本观点和论据支撑，然后再看看反方有哪些可能的论点和支撑，思考下如何破解……"

罗刻一挥手打断道："我有个更好的方法。在未来的十天里，我们先各自回去准备五分钟，随便想几句自己要说的话，然后临场随意发挥，接着输掉比赛，就完成任务了。就这样吧。"

"啊？"齐晓峰和刘语明惊讶。

卢标苦笑，这也太应付了吧。虽然他很理解罗刻的想法——认为此次辩论活动纯粹是在浪费时间，所以干脆完全不准备，直接应付了事。可是，也不能应付得这么明显啊！况且这好歹是语文课程教学活动之一，哪怕是出于对老师的尊重也要稍微认真点儿吧？在初中的辩论经历里，卢标也遇到过几次跟自己原本观点不符合的辩题，但每次还是极为认真地准备，当作对自己能力的锻炼了。然而这一次，看着自己无精打采的队友，卢标居然也升起了一阵无力感。

"哎，其实我想问一下啊，你们真实的想法是什么？"刘语明转开话题。

卢标和罗刻选了反方，而齐晓峰和刘语明则表示自己其实偏向正方，但是不敢冒险公开表态——谁知道李双关是不是在试探自己？

卢标听着旁边陈思敏、赵雨荷、梅子、木炎四人的热烈讨论，虽然论点中有诸多漏洞，可是那也是一支凝聚一心的辩论队伍了。再看自己这队，刘语明和齐晓峰两个打酱油根本不准备动脑子的，再加上罗刻这个独孤求败——根本不屑于参与、想要直接认输失败的……

唉！真是让人泄气啊。

好在优秀是一种习惯，哪怕万般不情愿，哪怕只有一个人，也要把这次辩论进行下去，哪怕以一敌四也不能轻易放弃啊。就当是一次特殊的挑战吧！

中午，陈思敏、赵雨荷与诸葛百象来到食堂。陈思敏输了赌局，按照约定，该请赵雨荷与诸葛百象吃饭的。只不过这次陈思敏输得极为不服："就差那么一点！其实我绝大部分都猜对了啊！"

"别挣扎了，认命吧！大伯，再加个鸡腿！"赵雨荷笑嘻嘻。

"别挣扎了，认命吧！大伯，我这份要加两个鸡腿。"诸葛百象一脸平静地看着陈思敏，"男生嘛，吃得多些，这也是很合理的吧。"

"吃吃吃！撑死你们两个！"陈思敏心在滴血。

几人坐定位子，谈笑间，夏子萱刚好从旁路过，于是也被叫来一起用餐。却见夏子萱目光呆滞、心事重重的样子。

"怎么了？"赵雨荷问道。

夏子萱摇摇头："这几天状态不好。"

陈思敏和赵雨荷对视一眼，相互递了个眼神，小心翼翼地问道："还是卢标的事情？"

赵雨荷与夏子萱一个寝室，一直知道几个女生的八卦，虽然自己尽量避免牵扯其中，但对夏子萱的情况还是比较清楚的。看着平日里尚算得上开朗的夏子萱如此郁郁寡欢起来，不禁感叹，难道早恋真能将人影响到如此地步？莫非李双关和学校禁止早恋是对的？可是禁也禁不了啊！夏子萱原本就没有什么行为上的表现，恐怕更多的是内心深处的牵挂与波动了。人心里的活动，又岂是行为规则能够禁止得了的？

陈思敏看了一眼诸葛百象："要不你回避下？女生们要讨论机密问题了。"

诸葛百象嘴里还塞着鸡腿，含糊答道："OK。"说着端起饭盒准备走，却被夏子萱拦下来。

"不用了，其实也没什么好回避的。这几天总觉得心烦，总觉得哪里不对劲。好吧，跟卢标的事情有关系，但又不仅仅是卢标……"

"那是怎么回事？"

"我也不知道啊。只是觉得自己好像……好像变了一个人似的。变得没有那么好了，没有那么轻松单纯了……"

"唉，也不能这么说啊！感情问题跟道德有什么关系啊？！"陈思敏听了立刻着急了，"不能说因为自己喜欢上谁了就觉得自己不好、不单纯了啊！你这都是些什么传统观念啊！"

赵雨荷也劝说夏子萱放宽心，不要随便给自己扣不必要的帽子，大家青春年华，有些什么心思都是很正常的事情。两人都好心给夏子萱提出一番建议，诸如早点睡觉、多散散步之类的。然后又提到柳云飘、百里思，陈思敏、赵雨荷都以为这两人现在跟夏子萱是竞争关系了，又考虑到夏子萱与柳云飘也是同寝室，平日关系也不错，便劝夏子萱随缘，不要太在意卢标的问题。

诸葛百象在一旁沉默不语，时而瞟夏子萱一眼，时而微微摇头轻声叹气，几次似乎想说些什么，不过心一横又忍住了：算了，不要多管闲事。干脆一只鸡腿塞在自己嘴里，防止自己说话。陈思敏、赵雨荷急着安抚夏子萱没有注意，反倒是夏子萱留意到了诸葛百象欲言又止的样子。

用餐完毕，赵雨荷回寝室，陈思敏直接去教室，夏子萱说去散散步，诸葛百象则说吃多了，要去操场上健身器材区域玩会儿。诸葛百象在双杠上撑着，突然背后传来一个声音。

"诸葛百象，你刚才是不是想说什么？能直接告诉我吗？"

一回首，正是夏子萱，她一袭长裙立在那里，眉头微蹙，一副楚楚可怜的样子。

第四十六章

自由如风

健身器材区域基本上都是男生在玩。一个瘦高个儿在单杠上做引体向上；仰卧板上躺着名穿红色运动服的男生；还有个眼镜男在漫步机上摇摆。夏子萱立在一堆健身器材中显得很不协调。

诸葛百象从双杠上跳下来，喘了口气："告诉你什么？"他当然知道夏子萱指的是什么，但在犹豫要不要把话说明了。

夏子萱倒是不遮掩："就是刚才吃饭的时候，赵雨荷和陈思敏她们两个在说我的问题，就是……一些情感和心理上的问题。嗯，我注意到你好几次欲言又止的样子，还有微微摇头的动作。你是不是想说什么？我想听听你的看法。"

诸葛百象见夏子萱并不含糊，略一沉吟，也真诚说道："好吧。我试着讲讲，但不敢保证对你有用。"

"你说吧。"

"你似乎被环境牵引和误导了。"诸葛百象开门见山，"卢标是班里第一号学霸，长得也帅气，性格也好，女生对他动点儿心思是很正常的。但是关键是，这个事情有什么了不起的吗？值得我们投入那么多的注意力吗？陈思敏和赵雨荷对你的安慰，我不知道你听了有什么感受，但是从我的视角来看，其重点已经偏离了。她们安慰你，是在默认了情感、恋爱是一件很重要的事情的基础上进行的，是劝你对这件重要的事情不要有心理负担。而我要强调的是，这件事情根本就不重要。"

夏子萱有点儿愣住了，诸葛百象的思路和陈思敏、赵雨荷她们的完全不一样。

"你对卢标产生了一点感情，可能感觉比较美好？假设就是如此吧，可那又怎么样呢？夏天很热的时候，喝一口冰饮料会觉得很美好；冬天很冷的时候，躲在被窝里会觉得很美好。那一点感情的美好，与这些美好有什么本质的不同吗？它有更加重要一点，更值得我们注意一点吗？完全没必要。

"我们喝冰镇饮料的时候，今天是可乐，明天是果汁，后天可能又换了什么其他东西。我们需要特别在意哪一种饮料更好吗？其实不用，随手选一个就好了。喝的当时感觉很美好，喝完了忘掉它就行了，我们的注意力不会放在这个饮料上，会立刻从饮料上把注意力抽回来，投放到其他真正重要的事情上。这些情感就像水流一样，又像风一样，它偶然地来了，本应该让它就这么飘走，这样不会对你造成什么影响。"

"可是你给我的感觉，就像是被卡住了，注意力投放上去，收不回来了。"

夏子萱眼睛睁得更大了。似乎有一张困住她的网，原本无形无声地罩着她，让她感觉手脚被束缚无力却又不明所以，可如今，这张网已经被探明了实体，看到边界了。

"问题在于，你是怎么卡住的？你是真的对卢标有特别特别强烈的感觉吗？真的是灵魂触动、魂牵梦萦吗？恐怕未必吧。我所猜测的是，也许你是在一些外部因素影响下被动卡住了。"

"哪些外部因素？"夏子萱着急问道。她已经控制不住了，因为那大网已经昭然若揭，她伸出手想要用力地撕扯绳索。

"人！最核心的，是你周围的人；是跟你一起八卦卢标的人；是推动你不断去想卢标的人；是在你原本心身安定的时候，反复跟你提到卢标，让你被迫把注意力继续投放到卢标身上的人。在这样反复的八卦和讨论中，你的注意力越来越聚焦到卢标身上，最终强烈地凝聚起来，仿佛没了卢标就不行了一样。"

夏子萱紧紧盯着诸葛百象，仿佛听到了绳索断裂的声音。"所以……所以我那种很烦躁、很不舒服的感觉，就是来自这种注意力的绑架？"

"很有可能就是如此。你的注意力被环境绑架和控制了，不属于你了。你模模糊糊地感觉到了这一点，很难受，但又没有完全清醒地意识到要去进行调整，我猜测，这就是你的困局所在。"

"也就是说，平时搞得好像我很喜欢卢标，好像忍不住要经常想起他，其实……其实是个假象……"夏子萱喃喃自语，"那我该怎么挣脱这个假象的束缚？"

"很简单，进行有意识的注意力调控。首先从理性上认识到我上面说的这些道理，不断地强化它，让自己真正明白，感情问题，并不是什么了不起的、特别重要的东西，它可有可无。有句话怎么说来着？我想想……对了，叫'物来则应，物去不留'。就像水一样，它来了，你看着它，于是它又走了。"

"像水一样……来了，又走了？什么意思？"这里夏子萱有些不解。

"意思是说，这种情感上的扰动，它的产生原本就很自然、很容易，也有一些偶然性，可是它也很容易消散。就像河流中的水一样，你什么都不做，不需要去推动它，它来了自然就要流走的——只要你不去修筑一个水坝将它留下来。可是当你不断将注意力投射给它的时候，就相当于在不断地挽留它，让它越积越多了。"

大风吹过，操场上的落叶被秋风席卷而畅快飞舞，夏子萱的裙摆也在风中剧烈抖动着。她还有一个问题。"可是有时候，我告诫自己不能因为他而耽误自己的学习，反复地提醒自己，甚至逼迫自己去讨厌他，但这样并没有什么用啊！"

"没错！不仅没用，而且可能会有反效果。"诸葛百象点点头，"如果你放任自己不断地想他，当然会越来越严重，但并不是说反过来，逼自己去讨厌他就有用了。实际上，只要你在他身上不断地投放注意力，这种情感就会不断地生长。你需要理解，哪怕是逼迫自己去讨厌他，也依然是在往他身上投放注意力。

"就像对于河流中的水，你要做的不是去击打、对抗它，而是静静地等待它流走。只有顺其自然、心平气和，这种情感才会逐渐消散。所以，我建议你要好好地调控自己的注意力，不要放任它继续投射到卢标身上。

"一方面，这是你主动的注意力调控；另一方面，也要避免周围的环境继续对你造成影响。比如，你可以主动跟你的朋友说明，不要再频繁地提卢标的事情了；你也可以主动避开那些关于卢标的八卦，诸如此类吧。"

风停了，云开见日，操场上的落叶一扫而空，露出干净的地面。夏子萱突然感到释然，绳索化为灰烬，她长长地舒了一口气，抬头看着湛蓝的天空。那寥廓长空，晴朗明净，夏子萱忍不住伸开双臂，仿佛想要拥抱天空一般，脸上也露出轻快的笑容。

她似乎领悟了什么。

几分钟后，夏子萱终于低下头，依然带有恬淡的笑容，向诸葛百象道谢："现在，我感觉没有被卡住了。就像鸟一样，自由自在的感觉真好啊。谢谢你，诸葛百象！你看问题真通透啊，感觉很厉害呢。"

诸葛百象回以一笑，又补充提醒道："最后多说一句不知该不该说的话，易姗这个人，建议你不要经常接触她为好。"

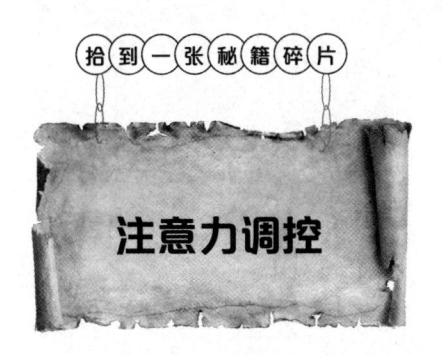

拾 到 一 张 秘 籍 碎 片

注意力调控

夏子萱略一思索后，点点头，又说了些感谢的话，欢快地离开了。来时混沌如雾，去时轻快如风，这一前一后的鲜明对比，让诸葛百象也暗自感慨，心智有没有被卡住，带来的状态区别实在有如云泥。他心中自然有些得意，自己几句话就帮助一名同学走出误区，让被卡住的心智重新得到释放。尤其夏子萱仰头看天时那灵动的模样和气场，也给他带来不小触动。可是他忽而又心念一转，神情黯淡下来。

"那么，我又是被卡在哪里了呢？真的只有妖星一人带来的影响吗？这个影响的表象背后，又有怎样的本质呢？为什么我总是走不出去？为什么……"

诸葛百象不自觉抬头看天，一如方才的夏子萱那副模样，似乎摆出同一个造型就能体悟同一种心境一般。可是那天空并没有广博明澈，只是一片硕大的茫然。他呆呆地立在那里。

夏子萱走出些许距离，偶然一回头，便看到诸葛百象茫然的样子，立刻回想起曾经在走廊上也撞见过他抬头看天时浑身透露出迷茫。"诸葛百象，你又有些什么秘密呢？只是一个妖星吗？"

▶ 第四十七章 ◀

救命，思维导图！

上周末回家后，修远从家里带来大量的A4白纸和一盒彩色笔——画思维导图的准备工具。

晚自习有两节，每节一个半小时。第一节由老师讲课，第二节自由学习。这周以来，除去完成课内作业以外，修远的第二节晚自习全都用来画思维导图了。先拿什么学科开刀呢？数学是首要选择，因为这科最能说明问题，最让修远紧张——认真学了还学不好，能不紧张吗？就指着思维导图救命呢！

另外，英语也要快速开始应用思维导图，因为李双关就是教英语的。自从期中考试崩了以后，每天上课李双关不时就讽刺一下修远。比如："这位修远同学，明显很有钱的样子，炫富炫得过分了！"修远和其他同学一脸不解地看着他——没炫富啊？不是很平常吗？等到所有人的注意力都集中过来以后，李双关就清清嗓子，高声道："所谓沉默是金嘛，你看别的同学都是在大声读英语，只有他一直沉默不吭声，你说是不是金子太多了？"于是大家都笑起来，留下修远一脸郁闷——你丫没事就不能不提我吗？

所以修远心想：一定要快速把英语补上来，最好考个全班最高分甚至年级最高分，然后投去鄙夷的眼神，把最高分的试卷甩到李双关脸上。当然，真把试卷甩他脸上是不敢的，但是起码可以鼻子里哼哼两声嘛！然后，别人大声读英语的时候，我就故意不出声音，怒撑老李一波。这个场景目前貌似比较遥远，但是光这么想想就很爽啊！

周日晚上，修远在第一节晚自习上就开始行动了。先尝试数学，目前数学的函数部分刚刚学完，就先画一个函数的思维导图作为总结复习吧。修远在桌上铺开一张A4纸，伸出右手提起笔，然后移动到A4纸的正上方，集中精神。这一刻，托尼·布赞仿佛和他融为一体，达·芬奇似乎与他大脑相连。这一只手，代表着他掌握自己命运的精神；这一支笔，是他书写自己未来的象征；这一张白纸，是他不向现实屈服的伟大通告；这一幅思维导图，便是他畅游知识海洋的船票。一股热流从脊柱里流出，一阵豪气自胸田间涌起。小小的挫折是问题吗？短暂的低谷是问题吗？偶尔犯的一点点失误，又是问题吗？

啊！思维导图——修远缓缓用手捂脸，好像忘记怎么画了啊……

什么情况啊……画风好像有点儿不对吧？刚刚的热流都去哪儿了啊？说到热流，好像突然有点儿想上厕所了又是怎么回事……算了，先去上个厕所再回来慢慢想吧……

说起这思维导图，其实也就初三时候画过几张，到现在一年多都没画了，确实是有点儿忘了，唯一能记住的就是，要用彩色笔，画线条和写字结合——但是怎么画怎么结合就忘记了。修远使劲儿回忆了一阵子——苍天在上，确实使劲了，再使点劲儿可能热流就要失禁了——勉强又回忆起了一些关于思维导图的东西。

对了，有个要点是分类，是不同的线条要分类……嗯，好像要用不同的颜色，跟什么刺激右脑有关系……好像知识点要放在线条上面，那样的话知识点也是跟着线条一起分类的。嗯，好像就是这样！

修远排出体内的热流，从厕所回到教室，又提起笔来。翻书、画图、写字一阵忙活，不知不觉中，晚自习竟然就这么过去了。此时，一张函数的思维导图已具雏形，知识点、公式布满 A4 纸，又涂上各类色彩，画面华丽。

就是这样了，我还有印象。不同的知识点写到不同的线条分支上，再用鲜艳的颜色标记，以刺激右脑的潜能。画出来让知识点更加直观、一目了然，修远心想。这一刻，修远仿佛又回到初三那年。那一年，他在学校里叱咤风云，成绩卓越，万众瞩目；那一年，他也画了思维导图。

修远在画思维导图的过程中，又是不断翻书又是不停地更换各种颜色的笔，动静自然有点儿大。后排的付词发现了这一情况。晚自习刚结束，付词立刻凑过来，盯着修远的思维导图看，安静得一言不发。其他几个经常一起谈笑风生的兄弟也跟着围过来。

修远看到付词靠近，一股不祥的预感悄然降临，想收起思维导图不让他看已经太晚了，修远心中默念：不要说话，不要说话，付词这家伙千万不要开口说话……

于是付词就开始说话了……

付词缓缓抬起头，环视四周一圈同学，掷地有声、慷慨激昂、抑扬顿挫道：

"你们看他桌上的画——虽然我承认，我是不懂艺术的——但你们有没有一种感觉：这优雅的线条，有九天游龙之势；这缤纷的色彩，有春日百花之美；更美妙的是，居然有函数公式穿插其间。

"这画面布局激发了我的思绪，文字排版滋润了我的灵魂！看着这样一幅画卷横亘在眼前，我心中真是久久不能平静，忍不住想要高声呼喊——

"这画的都是些什么玩意儿啊！"

随着付词慷慨激昂的语调，周围的吃瓜群众当中竟然响起了一阵掌声！

修远红着脸嚷道："滚蛋，这叫思维导图，你不懂的。"他边说边把图收起来，免得被人继续围观。

连续几天，白天正常上课，晚自习修远都用来做数学、英语两科的思维导图。付词等人保持了强烈的新鲜劲儿，对修远及其思维导图进行了惨无人道的强势围观，尽情调戏，比如：

"我发现了，修远其实是准备搞艺术高考了。"

"你看修远这几天，用一句话形容，真是有志者事竟成！修远，我祝福你！我相信你一定能够考上清华美院的！"

周围围观的群众也是一阵指指点点："了不起，这是未来清华美院的高才生。""不对吧，我看修远眼睛挺大的，可能不适合清华美院啊！"

这些围观群众给修远带来了很大的障碍。本来绘制思维导图就是一个需要很多心血的大工程，事项烦琐，被付词这帮人一阵搅和后，不仅直接降低了做事效率，还让修远心神烦躁。然而毕竟付词与自己关系不错，场面上也是一副开玩笑的样子，不好发火。好在几天之后付词这帮人的新鲜劲儿就过了，调戏得少了。

一个问题是，绘制思维导图花费了较多的时间，以至于学校的作业有些都没做完，甚至包括数学和英语作业。不过没关系，修远心想：并不是没有学习，而是用高效率的学习方法替代掉了低效的方法，这是好事。

"喂，你这几天一直在画这些图，这种方法真的有用吗？我怎么觉得怪怪的？"同桌齐晓峰问修远。

"废话，当然有用！这是种……是种很高效的学习方法！我初三的时候就是用这种方法，基本每次月考都考年级前几。"

"那怎么没考上临湖实验高中？"

"中考小失误了一下……"

"那说来说去这种方法还是不靠谱嘛！"

"喊，懒得跟你讲！这种方法肯定有用。"修远暗想：自己中考失误和这种方法的效用并没有太大关系，更何况自己当年也只是略微使用了一点儿思维导图，并没有完全认真贯彻。这一次他将会比当年更认真地使用，用以扳回当前的不利局面。这种方法，必须有用！

不过齐晓峰依然不屑一顾："不靠谱，反正卢标讲了那么多种学习策略，却从来没提过这种方法。"

"那又怎么样？卢标算老几！"修远愤愤道。

"卢标算老几？你怕是忘记人家的新晋封号是策略之神了吧？肯定懂得比你多！要不然就去问下卢标，看他见没见过这种方法，以及这种方法实际上有没有用。"

要去向卢标求教？修远是万万不乐意的，在这一点上修远倒是与罗刻有几分相似。

齐晓峰见修远不乐意，又补充道："问下怕什么？说不定人家还顺便再教你点其他学习策略呢？"

让卢标教我？简直是揉碎了尊严当蟑螂踩。这下修远真的怒了，一只手指着窗外走廊，咬牙切齿道："我修远，就是做题做死，死外面，从这里跳下去，也决不关心他卢标用了什么学习策略！"

齐晓峰白了修远一眼，脑子一转，突然压低声音坏笑道："你要是实在不好意思去当面问他，要不去偷偷看两眼？"

"啊？怎么偷偷看？"修远突然两眼放光，低下身子凑过去问。

"比如假装从他身边路过，然后顺道看一下。说不定能看到他的笔记本之类的东西呢？"

"那有什么用？几秒钟时间能看什么？"修远眼珠子一转，"不如趁晚自习结束所有人都走了以后，再返回教室来看。想看多久看多久，这才能真正知道他在用什么学习策略。说不定除了他平时公开讲过的那些，还有很多私藏呢？"

"啊？偷窥？"

"我呸，什么偷窥？那叫借阅！真是的，读书人的事，能叫偷窥吗？"

"我是怕你被抓住了，要遭人吊起来打！你知不知道吊打的四种吊法？"

"行了，别扯了。一句话，去不去？"

"哎呀，偷窥这种事情，其实还是有点儿不道德吧？总觉得不是很光明磊落，有点儿见不得人的感觉。而我又是个光明磊落的人，所以这种事情对于我来说，真的是——好刺激啊！好吧，兄弟我就陪你冒一次险吧！但是刚刚谁说不关心他卢标用了什么学习策略来着？"

"那个，今天天气不错……"

第四十八章

黑夜潜行——偷窥学神笔记是一种怎样的体验？

这天晚上 9 点 50 分，第二节晚自习结束，学生们陆续离开教室。齐晓峰和修远依然安静地坐在座位上，时不时相互递一下眼神，彼此心领神会。一会儿，卢标带上几本书就回校外出租房了，不过教室里还有其他人。到 10 点 20 分左右，罗刻、木炎和陈思敏等人居然还在教室里逗留。修远暗自心急：你们这帮学霸，那么刻苦干吗啊，早回去一点儿会死啊！

"怎么办？"齐晓峰压低声音问修远，"罗刻这几个人，我看他们是要等到 10 点 30 分值班老师来赶人了才回寝室吧！我们根本没时间了啊！"

修远紧皱眉头，略一沉思道："没办法，我们再继续这么待下去要惹人怀疑了。我们可以把窗户的反锁打开，先离开教学楼，等到 10 点 40 分以后，肯定没人了，再偷偷返回来，翻窗户爬进教室。"

齐晓峰点点头："好，就这么办！不过别让别人发现窗户没锁，悄悄……"

修远轻手轻脚打开窗户的反锁——很方便，反正他就坐在窗户边上，然后拉上窗帘，让人无法看见窗户的反锁没关，接着和齐晓峰两人离开教室。

教学楼里的灯光逐渐消失，黑色逐渐笼罩，就连夜空中的月亮也适时地被乌云挡住。修远和齐晓峰暂时躲在二楼会议室旁边。

"月、黑、杀、人、夜，风、高、放、火、天！"齐晓峰一字一顿地说道，"修远，想不到我们终于也走上这条道了！你可想清楚了，这一去，就没有回头路了。"

"别发疯了，戏精附体啊！"修远低声嚷道，"我们又不搞破坏，又不偷东西，怎么了？就是借来看一看嘛。"

其实所谓"借来看一看"，就是偷窥别人的隐私，当然是不道德的行为，修远很明白这一点，平时也绝不会这么做。可是这一次他狠下心来一定要干一票！他实在是很好奇卢标的学习策略，他怀疑卢标在公开分享的学习策略之外一定还有私藏。更重要的是，他有些焦虑，有些不安心，因为他人生第一次陷入了对自己学习能力、学习方法的怀疑之中。在这种恐慌的驱动下，偷窥隐私这层自认为小小的道德障碍就被轻易地突破了。他一定要看看，卢标的笔记本中有没有藏些什么秘密。

（背景音乐：*Theme from Mission:Impossible*）

"时间到了，行动吧！"

修远和齐晓峰对了下眼神，义无反顾地向楼上二班教室走去。

"左侧楼梯没人，确认。"

"右侧楼梯没人，确认。"

"二楼没有学生，确认。"

"三楼教师办公室没人，确认。"

"四楼没人，推测值班查楼的教师已经走了。"

"五楼实验班教师办公室没人，确认。"

两人一路轻手轻脚上楼，甚至背靠着墙踮着脚，恨不得回去换一身夜行衣才应景。

"正门锁了。"修远在黑暗中向后门的齐晓峰小声说道。

"后门锁了。"齐晓峰在黑暗中压低声音回应修远。

"窗户反锁没人动过，还是开的。按照原计划行事！"

"明白。"

缓缓打开窗户，生怕窗户边沿与窗框摩擦的声音惊动了安保。修远贴着墙壁，双手撑住窗台，轻轻一跃，进入教室。这个地方，该是摄像头的死角了——如果有摄像头的话。

"不要留下脚印，用窗帘擦干净窗台。"修远道。

"没有脚印，没有被跟踪，摄像头没有开，没有触发警报——继续行动！"齐晓峰爬过窗户后回复。

第一阶段成功，两人潜入教室了。

"不要开灯，暂时不要开手机，先把两侧的窗帘全部拉上。"

"窗帘拉好了！"

"好，打开手机手电，尽量照射地面，不要直射窗帘。"

"明白。"

"同时留意，不要撞到其他人的课桌板凳，不要移动任何非目标物品。"

"明白！"

两人蹑手蹑脚来到卢标的课桌前。所有的秘密，近在咫尺了。

"目标是卢标的笔记本，以及课本、练习册上可能随手记录的心得。同时重点关注错题本等。"

"如果探测到日记本怎么办？"齐晓峰问。

修远略作犹豫，坚定道："看！"

两人轻手轻脚地翻阅着卢标的书籍资料，背后热气直涌，在寒冷的秋夜额头上也渗出汗珠。

"数学课本，只有随手记录，没有显著的特殊方法。"

"英语课本，只有勾画重点，以及补充老师的知识点，没有显著的学习策略。"

"等等，语文课本上有东西！一些铅笔画的小图，若隐若现，好几篇文章旁边都有。你看看，是什么？"

"拍照，回去研究！继续侦测。"

"物理课本，空白。"

"化学课本，普通笔记。"

"历史课本，普通笔记。"

"地理课本，奇怪了，有些地方有他的疑问记录，上面有些政治书上的概念？"

"先不管，拍照。"

"全部课本检测完毕，进入练习册部分。"

"物理练习册，有大量随手画图，很多，到处都是。运动学和力学部分都有。"

"如果是一般的受力分析图或者运动图就没什么大不了的。"

"嗯，不难看懂，但是似乎又和我们的图不太一样？"

"这里有行小字，'实物图与实物模拟法配合'。这是什么意思？"

"这一道题旁边还有，'关联学习法中的现实案例，在物理中有一定局限，复杂力学分析无法提取日常经验，多采用极限思维确定解题方向'。关联学习法又是什么东西？极限思维怎么用？"

"没听过！卢标，果然还有很多私货啊！"

"英语单词教辅书，笔记——'多种记忆术混合使用需要重新熟练，固定部分拼音组块'。英语单词哪儿来的拼音？是音标的意思吗？"

"化学试卷和练习册，基本空白，平时练习基本全对。"

"生物练习册，很多示意图，有些在原图旁边重新画了一幅。这是遮住原图复现的？"

笔记本！

"文科综合笔记本，'政治的模式识别与语文阅读理解类似'。这又是什么东西？"

"语文笔记本，'阅读模式识别的封闭域需要更多资料，周末回去需查阅高质量教辅'。又出现了一个模式识别，封闭域又是怎么回事？"

"数学笔记本！"修远眼睛亮起，仿佛黑夜中的狼眸闪着光，"看来数学是重点，笔记内容比其他学科明显多了很多。'高一知识点难度较低，阶梯序列暂时用不上。'

阶梯序列？难度太低？装！"

修远继续往下看。"这些字用红色标出来了，肯定重要啊！'函数内容较为基础，深度理解系列目前只用上了对比法。'对比法？怎么对比？较为基础——又在装了！"

再翻一页。"好潦草，这是什么？'全流程自主优化与李双关的安排有冲突，想办法解决。'全流程自主优化？记得他讲过什么流程策略，不知道是不是那个。"

继续翻。后面的内容让修远大为兴奋："这个是……思维导图！果然如此，卢标也在用思维导图！"

没错，他看见卢标的数学笔记本上俨然画着好几幅图画。那形状、那版式，明显就是没有用彩色笔勾画的简略版思维导图。他心里一阵激动，推了推齐晓峰："快看，思维导图！既然卢标在用，那么这种方法肯定是有用的！而且他这是简略版，我用的还是完全版。"

"行了行了，看我这里！作文练习本，全都是小幅小幅的思维导图，画满了。"

"作文也能用思维导图？我看看……怎么全是结构和立意，没有正文？他练习作文只练立意的吗？"

"似乎是啊！还有用表格形式列出的立意。5W2H是什么意思？'正反破升'？没听过啊！"

"看这一面，好几个箭头框框。逻辑链是什么东西？5why？箭头表示立意的推导吗？"

"拍下来，回去交给技术部检测。"

"呃，哪儿来的技术部？"

"我是说回去上网查！"

"经典！找到他的日记本了！我去，怎么才这么点！"

"看看！'高分段输出指引策略效用降低，适当费曼即可——9月19日'，这一天只有一句话？"

"都是一两句话，而且不是每天都有。'即生即灭的能力又下降了，缺乏冥想练习，需要尽快解决'——这都是什么玩意儿？生什么灭什么？"

"看后面！'不可灭，即顺。看似自强的东西，反而是着相了。退一步即顺人势——10月29日。'我去，云里雾里，日记写出玄学了！"

"还有与文科相关的内容！'历史和地理要加强可视化，周末时间总体梳理。'可视化？是要画图吗？"

"这是昨天记录的！'应试场景下提问策略效用不显著，只有部分学科部分章节有意义。加强模式识别是核心。'又提到了模式识别！提问也有策略？不是直接问老师吗？"

一阵手忙脚乱地翻阅和拍照，两人将卢标的各类笔记资料清点一空。

"记录齐全，第二阶段，结束！"

"还原现场，严格按照初始位置放回！"

"……我去，这么多书本，怎么可能记得住初始位置啊！"

"……那算了，随便放吧，我估计他自己也记不住。快速撤离！"

两人又小心翼翼地离开教室，轻手轻脚走下教学楼，避免惊动了声控灯。安全回到寝室的那一刻两人长舒一口气。

代号"黑影"，第一次任务，圆满完成！

回到寝室，早过了规定睡觉时间。修远爬上床，却迟迟无法入睡。卢标果然有太多的秘密，他课本、练习册和笔记本上那一大堆看不懂的名词，一定都代表着他不曾向外透露的学习策略。实物模拟法、对比法、关联学习法、深度理解、阶梯序列、封闭域、模式识别、逻辑链、提问策略、可视化……太多的陌生名词，是修远完全看不懂的。探秘行动成功了，他的疑惑却更多了。

不过有一点修远却更加肯定了，那就是思维导图一定是有用的，毕竟卢标也用了啊！而且他只是随手那么画画，非常简略，如果自己更用心、更认真地去画，必然会效果更好吧！想到这里，修远莫名生出一股信心，遂而安心不少。

今夜，可以入眠了。

第四十九章

英语听力倍速法

"嗯，稿子不错，这次颁奖典礼，预祝你把我们学校老师的风采展现出来。德育处的刘主任会全程跟拍，当然，主办方那里也有录像。不容易啊，都隔了五六年了，终于又拿了一回奖。恭喜你，李老师！"一个身材魁梧的中年男人斜靠在座椅上。

"哪里哪里，功劳是学校的，是全体学校领导和一线教师的，只是恰好落在我身上了，算是我出面代大家领了个奖吧！学校发展这么迅速，谁都知道这是您的功劳啊！"李双关笑道。

"不用客套啦，大家很努力，你的能力也很突出，领个奖应该的。其实这次你拿的奖，本质是依据前三到五年的突出表现，按理说应该是前年或者去年就颁奖给你的，不过前两年临湖实验附小的校长李润乡，风头太盛，已经惊动了省教育厅高层，并且市委书记、市长和市教育局局长都公开表示对他的赞赏和对他教育改革创新的支持。没办法，你就让他压了两年。"男人嘿嘿一笑，"其实今年差点儿又是他，临湖实验附小今年发展得更好了。据说马上要来录个教改纪录片，全国选取十个教改标兵，临湖实验附小的李润乡就是其中一个。这要是传出去你又没戏了。不过这纪录片今年年底开始录，明年甚至后年才开始播，李润乡的影响力扩散还没那么快。再加上连续三年颁奖给同一个人也确实有点儿不合适，这才腾出位置来让你上去了。"

"这么说，我拿这个奖还是靠运气了。"李双关也笑笑，心中却是疑惑：临湖实验附小真的有那么强？校长李润乡真的那么厉害？一个小学的教育创新能创新到哪里去呢，居然惊动了教育厅。

"也不能说靠运气，你跟李润乡啊，一时瑜亮吧！"

"不敢当，不敢当！要说能跟李润乡一时瑜亮的，那得您出场才行，我不是一个级别的。"李双关听得连忙摆手，"我的教学成绩，都是在您的体系下生效的，真正了不起的，应该是您才对！不过您之前领过一次奖了，这才让我顶了上去。记得您上次领奖之后，全市很多学校还掀起一股严抓校纪、从严教学的改革风潮呢！"

"哈哈哈！"男人大笑起来，"他们哪里学得会！从严治校，仅仅是纪律抓得严一些吗？他们的所谓模仿，不过是东施效颦而已。你看看三中、七中、九中，模仿了五年了，哪有什么效果？不过师生冲突事件更多了，教师离职率更高了而已。"

李双关听罢也点点头："是啊，更严苛的纪律管理是简单，可是更复杂的教学教研体系、教师晋升淘汰体系、学生心理教育和校园文化沉淀，却没有那么容易！让老师付出更多的心血，却没有对应的晋升空间；让学生更严格地服从管理，老师却没有像样的教学能力和班级管理能力——这有什么用呢？"

"没错，学一个点容易，学整个体系就难了。其实就在我们学校内部，又有多少老师能够真正理解学校体系呢？几个中高层能理解，一线教师里面，李双关，你算一个，其他的还有谁？大部分人只不过是被氛围感染，跟着大流往前走罢了。"

李双关点点头，突然道："不过其实我这一两年也有些思考和疑惑。虽然我并不是管理层，但我也会思考，您不足十年工夫让一个学校发生这样翻天覆地的变化，靠的是什么？教学理念、管理能力、用人水平、感召力，这都是重要维度。不过有些时候，似乎还有些其他因素吧，比如社会资源、积累和调度等。这些教育和校园以外的因素，在整体的运筹中，又占据了怎样的分量呢？"

男人微微一笑："能疑惑到这一层，看来你思考得已经很细致了。然而暂时不用多想，等哪天我退下去了，说不定要你顶上来呢？这些麻烦事，就留着到时候再去想吧！你先把今晚的颁奖典礼准备充分了。"

他拍了拍李双关的背，转换话题道："来，我给你介绍下整个流程。按照惯例呢，先是晚宴，5点30分开始，7点30分左右结束，其实就是六个领奖人和兰水市的几个重要人物一起吃饭聊一聊。今年你是最高奖，还有五个平行奖的老师，你们是统一有人接送的，应该是直接送到水岸山庄酒店门口，带你们进去。

"晚宴呢，一般牟局长会出席，但有时候太忙了可能来露个脸就走了。另外就是几个赞助企业的老总可能会来。这些人都是兰水市排名前几的科技富豪了，估计平均下来身家上亿是有的。

"方晶电子科技的常总，我记得是每年都会出席的，他对教育比较关心。个人资产量他不算很大，但是他代表了方晶电子科技兰水分公司的力量。方晶电子你知道吧，做那个液晶面板的，在兰水市设立的分公司，做的是低端面板，地址在兰水北边的郊区，靠近边上的文兴市，和文兴的一些上下游产业也能够联动起来。它是兰水市高科技企业引进计划的核心企业，社会影响力是很强的。

"还有个宏安照明，他们公司老总不常来，一般是副总——老总的老婆——会来看看。他们应该是兰水市科技富豪的前三名了，宏安照明就是他们自己的企业。他们给各个学校的赞助费用很多，除去这些公开评奖外，给我们学校也有单独的赞助，每年

30万元左右。据说给临湖实验每年将近100万元。

"另外几个企业我不是很记得，反正都是些科技企业，到时候应该会有人跟你介绍。这些人都是兰水市很有能量的人，跟他们尽量搞好关系、留下好印象，对学校和你个人都有好处。

"晚宴7点30分结束后，8点开始颁奖。你是最高奖，应该是最后一个上台领奖和发言的。其实也没什么特殊的，你也是个老教师了，上台发言次数不少了，应该没问题……"

又过了几分钟，李双关走出校长办公室。此时已经过了4点，再过半小时接他领奖的司机就该到了。临出发前，他想再回到班上去看看。

此时正是课间，班级里一切正常。李双关进入教室随口跟几个学生闲聊几句——主要是几个成绩较好的学生。"百里思，数学、物理这么强，英语也要加把劲儿跟上嘛，选科也是避不开英语的；赵雨荷英语不错，不过听力部分错太多了，要加强专项训练啊……"一通叮嘱下来，时间也差不多了。手机响起，李双关知道，接他的司机来了。

李双关嘴角微微扬起，这一天，注定是他的荣耀之旅。

"唉，我也想加强听力啊，可是怎么加强啊？总感觉听力好难练啊！"赵雨荷感叹。

"别看我了，我英语最差。"后座的百里思道。

隔壁组的陈思敏凑过来："听力貌似是个共同难点吧？阅读、完型、改错，貌似其他板块都有得满分的人，但就是听力没有。"

"喀喀，不好意思，我听力满分。"

一道声音从边上响起，陈思敏、赵雨荷都吃惊回头："诸葛百象，你听力满分？"赵雨荷更是怒补一刀："我记得你英语不怎么样啊！"

"这……你还真是不给我留面子啊……"诸葛百象苦笑道，"我主要是完型和阅读错得比较多，听力倒是一直没怎么错。"

"唉，真羡慕你这种耳朵好的人啊！"赵雨荷感叹。

"英语听力跟耳朵好有什么关系？主要是用脑子。"诸葛百象解释道。

"什么意思？你说我脑子不好？！"赵雨荷狠狠瞪向他。

诸葛百象无奈解释道："不是那个意思啦。说英语听力难的，除去基本的单词听不懂以外，主要是速度跟不上啊。你们两个英语基础都还不错的，我估计单词都没什么问题，剩下的就是大脑的反应速度跟不跟得上了。"

赵雨荷又白了他一眼："这不还是说我脑子不好使吗？"

"我晕，这不是脑子好不好使的问题，这是训练少了的问题。"

"可是我平时练听力练得也不算少吧？虽然也不是很多……难道你天天都在练听力？我也没见你一天到晚戴着耳机啊！"

陈思敏补充道:"也许是回寝室了再练?"

诸葛百象摇摇头:"不是听的量的问题,而是,有没有对英语听力速度做专门的训练。"

两人依然不解,陈思敏直接问道:"那你说说,你是怎么练听力速度和大脑反应速度的?"

"很简单,用倍速法。"

"倍速法?"

"要想大脑反应跟得上听力的速度,就要主动习惯高速的内容。倍速法的意思就是,通过软件的功能,把正常的听力材料加快速度播放,比如 1.2 倍、1.5 倍速,甚至 2 倍速、3 倍速。这种加快几倍速度的材料听得久了以后,再回头听正常速度的考试听力,就会感觉很轻松了。"

"还可以这样?"陈思敏惊讶道,"我原来为了提高反应速度,专门去找那些语速比较快的听力材料,可是很不好找啊,找材料就浪费了大量时间。唉,我真傻啊,真的,我单知道去找那些语速快的材料,却不知道用些变速软件也能实现这种功能……"

赵雨荷疑惑:"加速 2 倍?太夸张了吧!那样能听清楚吗?"

陈思敏道:"那可以先从低倍速开始练起嘛,比如 1.2 倍,慢慢习惯。"

"嗯,我觉得陈思敏说得有道理。对了,诸葛百象,你从多少倍速开始练起的?"

"呃,我嘛,跟你们有点儿不一样……"

"怎么?"

"我是小学的时候,直接从 3 倍速开始练的……"

"这么厉害?!"

"因为小学时候有个神经病,非要用 3 倍速听英语歌,还逼着我跟他一起唱,所以……"

"所以反而让你成了一个听力高手?"陈思敏有些无语,"那么请问这样的神经病在哪里才能买得到呢?我也想要一个啊!"

"啊,倍速法!如果这样能把我听力练上去,说不定英语能稳定在 135 分以上了!耶!"赵雨荷兴奋地嚷道。

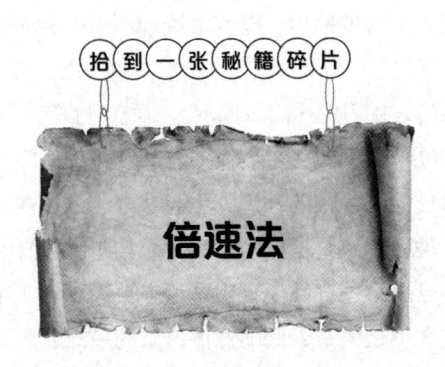

拾到一张秘籍碎片

倍速法

第五十章

大咖会

一辆锃亮的黑色奔驰停在兰水二中门口，这是方晶电子科技有限公司兰水分公司的公车。不算特别名贵的车，但保养得很好，如同新车一样，关键是车牌号尾号为888，能够充分彰显方晶电子在兰水市的影响力了。李双关踏着轻快的脚步走过去，一只手拉开车门，大拇指不经意间在门把手上滑过，感受到车的光滑与炫酷。

兰水的11月，常常是阴天，今天也不例外。不过灰色的天空掩盖不住李双关喜悦的心情，整个人仿佛散发着耀眼的光芒。发言稿已经不需要复习了，早已烂熟于心。李双关看向窗外，虽然依旧是平时熟悉的场景，但现在感受到，这才是真正让人享受的风景啊，平时看到的只是一些无趣的建筑与草木罢了。

汽车驶向水岸山庄大酒店。这水岸山庄大酒店是兰水市最豪华的酒店，兰水市但凡要举办大型活动，基本都在水岸山庄进行。

这样的高端酒店，自然选址也是万分讲究。不能选在最热闹的地方，那显得太市井俗气，得既有第一酒店的大气，又有曲径通幽的贵气。于是就选址在兰水市最大的湖泊微湖旁边一座山下，呈背山靠水之势，据说风水极佳。去往水岸山庄的路上要经过湖心路，这湖心路两旁种满几十年的老树，树荫遮蔽，更是烘托出水岸山庄的豪派气息。

坐在车的后座上看着两旁的柳树，李双关恍惚产生一种感觉，仿佛自己也是个人物了。

车驶入水岸山庄大门，在主餐厅门口停下。司机停好车，引李双关进入餐厅。"李老师，我们在山水锦绣包厢。常总应该已经到了，您这边请。"

李双关看着水岸山庄大气优雅的环境，想起这酒店的用餐价格之高昂远超自己承受水平，突然又产生一种错乱感，自己跟这地方合拍吗？为什么有一种违和感？来这里的人，非富即贵，自己一平民百姓今日到这里来被人礼敬，全是因为有几位富豪赞助。再想到自己拿的奖金也是大富豪们随意拨出来的一点儿零花钱，居然恍惚产生了一种戏子被人打赏的感觉。

　　从社会阶层来论，自己作为一个一线教学老师，和这些赏钱给自己的大富豪实在不是一个层次，他也不自然地就产生出一种压迫感。虽然有钱并不代表人格的高贵，可是不同社会阶层在金钱、名气、人脉上的差距实在太大，这种压迫感的降临完全不受他主观意愿的控制。教师，原本就是个不可能获得太大经济回报的行业，自己作为兰水市一线教师最高水平的代表——毕竟也是"兰水市人民心中的最佳教师"的大奖获得者——在大富豪和资本面前依然有一种强烈的无力感。难道教师这个行业原本就是个天花板很低、没什么太大发展前景的职业？又或者自己在教师这个行业的层级依然不够高，要做到像校长马泰那样才行？甚至像去年的获奖者临湖实验附小的校长李润乡那样，做到惊动教育厅的程度才行？

　　从飘飘然感到自己仿佛是个人物，到黯然失落感到一阵无力，情绪随着脑海中的念头天上地下地翻飞着。大奖来临之前，原本的平静被困惑替代，眼看心神要乱了。不过李双关好歹经历过一些风雨，很快自我调整起来，暂时压住了心中的困惑和情绪，深呼吸几口气，随着司机步入山水锦绣包厢。

　　包厢里已经有近十人，这十人虽然都很陌生，但李双关一眼就看出，其中五人略显拘谨，气场偏弱，应当是今晚获平行奖的五位老师了。虽然他们放普通人中倒也觉得格外精神，但与场上另外几人对比下来，还是明显缺乏富贵之气。这不仅是从衣着服饰的价格上来看的，眼神、表情、身体姿态等都有肉眼可见的区别。李双关暗自叹息，不知道从别人的角度来看，我是否也和这五人一样与其他人有明显差距。

　　剩下几位当是兰水市的大企业家了。司机四指并拢向上，往包厢内侧指道："李老师，这位就是我们常总了。"

　　李双关顺着手指方向看去，两个中年男人映入眼帘。其中一位略显富态的男人倾过身子，凑在另一个身材匀称、面色平静的男人身边说些什么。这两人谁是常总？念头一闪而过，常总是主赞助方，应当是在场身份最高的人。从两人的神情和姿态来看，这面无表情的男士坐姿中正而且目光深邃若深山龙潭，而另一富态男士斜身凑向他，所以这目如深潭的男人当是常总了。

　　李双关微笑着向瘦男人走去，伸出手道："常总，您好！"

　　不想边上富态男士却起身笑道："哟，这位是李老师吧！不好意思，没看见您。"说着握住李双关的手。

　　弄错了？这目如深潭的男人或许是另一家企业的老总吧。

　　李双关靠着另外五位老师坐下。常总旁边站着一位年轻女士——当是常总的秘书，她道："我来给各位介绍下。这位是我们方晶电子科技公司的兰水分公司总经理常总；这位是常总的朋友林老师……"

林老师？也是今晚的获奖嘉宾？李双关心中升起一个问号。

"……这位美女是我们品牌部的贺主任；这位美女是宏安照明的刘总，她今天既代表她自己，也代表她的先生、宏安照明的创始人陈总；这位是佳封科技的创始人申总。另外，牟局长等下也会过来，不过说是路上有点儿堵车了，可能要晚点儿。"

一番寒暄后，众人相互熟识起来。李双关还记着马校长吩咐下来的任务，想和几位老总多聊几句，不过常总忙着和那位林老师交流，刘总、申总、贺主任的注意力都在跟着常总走，李双关似乎也插不上什么话，只好和几位老师交谈起来。这边五位老师分别是：

临湖实验附小的教学主任兼创新课程设计组组长秦老师——李润乡的左膀右臂，负责创新课程统筹。

临湖实验高中高一地理老师瞿老师——上一届带高三，把两个普通班的地理教出了实验班的水平。

市人民路小学的语文老师赵老师——一个班四十六名学生，十三名学生入围省作文比赛小学组复赛，五人进决赛，最终一人获得二等奖。

长隆实验初中的化学老师辛老师——班级中考化学平均成绩全市第一，且有两个市化学竞赛一等奖，一个省化学竞赛一等奖。

十六中初二数学组齐老师——开创十六中小升初衔接课程体系，从去年开始实施，加速学生对学校环境、课程难度的适应，让学生比往年更快进入状态，学习风气也更好。

当然，作为最高奖得主的李双关，才是真正的重头戏。

常总和林老师的闲聊告一段落，转身向秘书道："对了，徐秘书，李老师来得较晚，我还没对李老师有所了解，你给我介绍下李老师的事迹？"

全场目光汇聚在李双关身上。李双关摆出优雅大气的姿态，面带笑容等待着。

"好的常总。"徐秘书从文件夹里拿出一份资料，念道，"李老师是兰水二中高一实验班英语老师兼班主任，兼年级组副组长——"

李双关心想：现在已经是组长了——不过他当然不会急于指出来。

"他既是二中校长马泰的左膀右臂，参与学校政策制定和行政管理，也是一线老师中教学成绩最佳者。

"李老师六年前着手创建了二中的教师精神文化培训体系，极大地激发了一线教学老师的教学热情、集体荣誉感、职业使命感，让二中新入职的老师快速进入职业状态，老教师重新唤醒教学热情。在全市所有学校的教师集体归属感调查中，二中以89.4分名列第一……"

"哦？比临湖实验还高？"佳封科技的申总惊讶道。这句反问似乎有些不礼貌，不过一来临湖实验高中本来就比二中高出一个层次，众人皆知也就不用避讳什么；二来也正好显示出李双关教师精神文化培训体系的作用——临湖实验高中作为全市最强高中，薪水、福利、荣誉都是最好的，但教师归属感居然比不上二中，可见精神文化培训体系的作用是多么强大。

"是的，申总。"徐秘书微笑道，"这是教育局组织的官方调研呢。另外，在李老师的带领下，兰水二中英语教研组五年中三次获得'最快进步学科组'称号，李老师个人则在过去七年中获得三次'最快进步学科老师'称号……"

"这是学生和家长投票选的还是按教学硬成绩评的？"申总继续打断问道。言下之意，学生和家长投票是可以刷的，但成绩是做不了假的。

徐秘书答道："这两项都是按照教学成绩和百分比排位来评价的呢，不是投票选的。不过，投票选择的奖项评比，李老师也实力不俗。过去六年的兰水市教师三十强评选中，李老师全部进入前三十，其中三次进入前五，一次第一——这是按照家长满意度调查来的。另外，李老师也被兰水本地的多家官方媒体和自媒体报道过。"

申总点点头，似乎表示赞许和认可。常总插问道："咦，教学成绩一直这么优秀，教育管理工作也做得很好，怎么直到今年才评上最高奖？我看这么突出的表现，应该早点儿获奖的嘛！"

李双关笑道："我的这点儿教学成绩，都是在马校长的指导下完成的，另外学校的各方面进步归因于一个大体系，我只是体系中的一个节点而已，不敢独自揽功。今年能够评上最高奖，已经是受宠若惊了。"

徐秘书又补充道："据我了解呢，李老师最大的亮点就是家长满意度特别高，口碑特好，其认真负责、一心为教育付出心血的教育情怀特别令人敬佩。不过这些东西在百姓口中传播得快，但在官方数据上显现出来就比较慢了，所以就晚了几年。正如您所说，李老师其实一直都是很优秀的老师呢。"

常总点头道："其实算起来，李老师和二中也算是帮过我们家的呢！"

"哦？"众人疑惑道。

"我有个侄子，人是很聪明，但从小就不好好学。上小学时顽皮，等到上初中以后更是管不住了，上网、早恋，甚至在外面混，认识了很多乌七八糟的人——你也知道，我们家族经济条件还可以，我弟弟也是从小惯着这个孩子，就这么越惯越出问题。中考完以后，自然考得一塌糊涂，我弟弟还准备把他送到临湖实验高中去——当然分数是不够的，想走社会赞助的路子，想着去最好的学校说不定能有点儿变化。后来我就说这样不行，临湖实验氛围比较宽松，一样管不住他，要送到二中去，让二中出了名的严格校风去镇一镇这小子。当时还跟马校长打过招呼，狠狠地管教，绝对不要留情面。

"后来就放到其中一个实验班——不过李老师好像带的不是那一届吧——狠狠管教

了几年，反复批评教育，家里面也故意给他断了经济来源，除了生活费一分钱都不给。用这小子自己的话说，他在二中第一年受的磨难，比之前加起来的还多！呵，收拾到高二，终于老实了，勉强能够认真学了！去年高中毕业，分数刚刚够了个一本——这在当年是不敢想象的，按他初中时候那个调性，那是连三本都上不了的。现在按家里安排，正准备出国把学历再往上拉一下，也算是人生快要步入正轨了。说起来，这都是二中的功劳啊！

"虽然当时不是李老师带的班级，不过李老师主管二中的教师培训和精神文化建设，那就是起到了润物细无声的作用，每一个老师对学生的认真教导，都要记一份李老师的功劳呢！"

常总一番话，不仅情真意切、动人心扉，而且居然把一件和李双关没有直接关系的事情，绕了个圈子和李双关联系上了，顺便赞扬一番，情商之高不愧是久经商场的老手啊。李双关听得无比受用，心想：看来教师的妙处就在这里了，哪怕这些大富豪自己的能力多么强大，资产多么丰厚，他们的子女依然需要教育，需要接受教师的指导啊！通过这样一根逻辑的绳索，高高在上的富豪们被拉到了和李双关一个层面上。

随后众人又是一阵寒暄。申总的公司是做半导体封测的，属于半导体行业的低端技术，原来在文兴市就是个普通企业，后来兰水这小城市的政府按照高科技企业引入标准给了更好的税收优惠和工业用地优惠，就搬迁到兰水和文兴交界的工业园区里，儿子还留在文兴三中读书，女儿已经在美国读大学了；刘总的两个女儿在文兴外国语实验高中读高三；常总小儿子在临湖实验高中，大儿子在美国读书，本科读的微电子，硕士转到商科，看来是准备接常总的班。

倒是那个不属于本次获奖者的林老师，轻描淡写地问了几句人民路小学赵老师的作文教学方法，以及十六中齐老师的小升初衔接课程设计逻辑，提问每每切中要害，但又不过多评价他人，倒是引得几位老师自己感叹："这个问题还真没想过。""好像这样也可以，似乎操作性还更强了。"他给人一种不显山不露水却又不可忽视的感觉。

牟局长始终没有出现，据说不来吃饭了，直接去大礼堂看颁奖。徐秘书提醒道："常总、申总、刘总，还有各位老师，现在快要7点30分了，颁奖典礼马上就要开始了，我们是不是可以动身去大礼堂了？"

众人用餐完毕纷纷起身，带着至高的荣耀，向大礼堂走去。

第五十一章

教师的命运

"尊敬的各位领导,各位来宾,各位兰水教育界的同人,大家晚上好!这里是一年一度的'兰水市人民心中的最佳教师'颁奖大会……"

着装闪亮的女主持人登场,几句客套话后,依次介绍了赞助的几家企业,并有请老总们上台发言,于是又是一阵子客套话。

李双关等几位老师坐在舞台后的休息区,门半掩着,透过门缝,能够看见舞台下的人群。观众席中央第一排是教育局的部分领导,第二排是赞助企业的老总和部分高管,从第三排开始则是各个学校的老师,以及获奖老师班级里的一些学生及学生家长。像临湖实验附小的秦老师,班里就来了十多个家长,都带着孩子来凑热闹;人民路小学的赵老师,班上居然来了将近二十个可爱的小学生——据说是家委会统一组织的——在观众席里占据一片显眼区域,典礼开始前看见赵老师兴奋得高声大喊,也反映出平日里赵老师和学生的关系之紧密。临湖实验高中的瞿老师、十六中初二数学组的齐老师,其亲友团则主要是学校里的老师,尤其是新入职的年轻老师,大约希望以老教师的获奖激励新教师成长。总之,台下人头攒动,一派喜气洋洋的景象。

李双关作为最高奖获得者,反而略显寂寞。到高中这个阶段,老师和学生及家长的关系已经不像小学那么密切了,而且学生课业繁重,哪儿来的空闲跑到典礼来凑热闹。高中教师也比初中小学教师更加辛苦,周五下午要么开教学会,要么开行政会,高二、高三的老师周五甚至就不放假,周六还在上课呢,每周只有单休。李双关就这样安静地坐在休息区里,脑子里似乎空空的,看着台下的人。

每一位上台领奖的老师都要做演讲,他是最高奖获得者,最后一个上台,因此有最多的时间准备。临湖实验高中那位将普通班地理教出实验班水准的瞿老师第一个登台,这人约莫40岁,国字脸,显出沉稳而有信心的样子。

"……所以地理这个学科,它的复杂性是表象,只要掌握了特定教学技巧,这就是一个学生能够快速提分的学科,我的两个普通班的学生都学到了实验班的水平就是证据。这些教学和学习技巧，今天我做一个简单的总结和分享。

"第一点，要重视补基础。地理学科在我们兰水市的中考里，是开卷学科，这就导致很多学生初中时不重视，根本就没有好好学，连基本的区域地理内容都没有认真背过。到了高中以后这些漏洞就出来了，我们新学了一个热带高压、低压的知识点，学生题目不会做，仅仅是因为这节课没学好？不是，很多学生根本就不知道题目里的这个城市是在哪个区域，是热带还是温带。对这种漏洞，很多高中老师指望学生自己去补，因为这不是高中内容，但我告诉大家，学生的惰性比你想象的严重，组织能力比你想象的弱，他自己去补这些基础根本补不清楚的。我的两个班为什么学得好？因为他们高一一进来我就给他们系统地补基础了，当成作业去做的。初中基础的遗漏要补两个月左右，这件事情做好了，学生学高中地理才能扎实。

"第二点，重视画图。很多学生不喜欢画地理图，觉得书上有我自己还画什么，反正画的也没书上印刷的好看。但是在地理学科当中，画图既是一种要培养的能力，也是一种提高效率的方法。尤其自然地理，气候类型分布图、气温图、降水量图、气压带图、洋流图，这都是要自己能画出来的。很多时候学生读图能力不行，其实就是画图画得少了，只有你亲自画过很多图了，才能知道别人画图的时候是怎么想的、要点在哪里。

"另外刚才讲的第一点，补基础的时候，画图也很重要。整个世界地图，两个月内每个学生至少要画五十次，主要国家的重点城市，不仅要知道名字，还要在图里面画出来。不仅城市，全球一些主要的大山脉、大水系，全都要画……

"第三点，我很重视地理的基本模型训练。比如自然地理，有'地气水土生'的模型；人文地理，有'工农人、交旅城'的模型。这些模型抓住以后，学地理就有方向，条理就清晰了。这些基本模型不仅上课的时候要教，而且要领着学生这样练习，要让学生培养出这种习惯。我们从高一开始，每节课的内容一定按照模型去梳理一遍，碰到分析题，你先在旁边把'地气水土生'五个字写上……

"非常感谢各位家长、学生、同事和各位领导对我的支持肯定，我将继续在地理教师的岗位上为兰水市教育做出自己的奉献！"

台下掌声响起，同行老师频频点头。下一位，十六中初二数学组齐老师上场了。

李双关并不关心其他老师的演讲内容，他自己的演讲也还有一会儿，这时候在休息区里漫无目的地扫视演讲台下的观众。待会儿，他们将会为我鼓掌了。

出席这样重大的场合，绝大多数人都是盛装，即便台下观众，也不会太随便，要不然怎么配得上这富丽堂皇的酒店装修？怎么配得上前排的赞助企业老总们的慷慨大气？这会场里，着实有不少兰水市的重量级精英人物，那是连兰水二中的精英教师李双关也需要毕恭毕敬的人物。然而，第一排右侧边上的走廊上站着的一个人却引起了李双关的注意。

这人45岁上下的样子，灰头土脸，皱纹满布，身上一件浅绿色的汗衫，外面套着一件印有"兰水市十七中"字样的校服，在11月的天气里，身上的衣服不仅显得单薄，而且怪异。显然，这人的孩子曾在十七中读书，现在估计上高中了，于是他自己把孩子的衣服穿上了。可以推断，此人家境非常之差。

方才临湖实验高中的瞿老师演讲时，这男人拿出纸笔飞快地记录着。十七中是兰水市的三流初中，那里的学生是不太可能考得上临湖实验高中的。这家长于是借着颁奖典礼的机会来听临湖实验高中老师讲学习方法，估计想回家后传达给自己的孩子。

然而他的孩子会用心地去学吗？

十七中的学生，不仅上不了临湖实验高中，多半也考不上兰水二中，能考上再次一点的七中都算不错了，其实更有可能去九中、十五中这些末流高中。而这些高中的风气又是怎样的？可以说大部分学生都在混，都在沉迷游戏、小说、早恋——这都算轻的了，严重的已经跟社会上的混混勾搭起来了。至于认真学习？基本不可能了，酱缸一样的环境，想学也是学不下去的。

李双关心想：这是个可怜家长，孩子估计不成器，大概率会重复他的人生。这个家长和兰水市高科技企业的老总们都是在第一排，只不过人家是在中央第一排坐着，他是在第一排右侧最靠墙的位置站着。

那么，我的位置在哪里呢？李双关突然产生一点儿疑惑。

他待会儿要登上演讲台，高高站着，兰水市的富豪们在底下坐着；他待会儿还要领奖金，高达十几万元，这是兰水市的大富豪们赏赐给他的。不过说来也奇怪，兰水市的大富豪们需要他吗？貌似并没有什么交集。这些富豪的子女，大部分去了文兴市最好的高中，甚至有在美国读高中的，最不济也是在临湖实验，反正没谁的孩子在兰水二中读书。

李双关突然意识到自己之前犯了个观念错误。他觉得尽管自己与这些大富豪社会地位相差甚远，但由于富豪们的子女也需要接受教育，于是通过这样一根逻辑的绳索，自己就和这些富豪站到了同一个层面上。然而这观点错了，自己与这些大富豪，并没有什么本质的交集。

李双关有点儿恍惚，感觉自己变得渺小，甚至变得紧张起来。我，李双关，见识过这么多大场面的李双关，居然紧张起来了。台下的富豪们变得体形巨大，带来仿佛大山一样的压迫感，镇住会议厅，镇住水岸山庄。

那么，我的位置在哪里呢？李双关感觉双腿有点儿发软，手有点儿冷。

那个穿校服的中年男人兀自坐在那里，如此不合群，是会场里的极少数。不过他这样的人，是这世界上的极少数吗？中央前几排的富豪们、高管们、教育局领导们，是这个世界的多数吗？似乎又反过来了啊。像校服男人那样极端贫穷的或许不多，但每个月几千元工资、腰包不够在水岸山庄吃一顿饭的普通人肯定是占了绝大多数。而会场里密集的高管、富豪和领导，却是真实世界里的极少数。

我领了他们的赏钱，又如何呢？李双关心想。这巨大的社会阶层差距，根本无法削减丝毫，他仿佛蝼蚁一样渺小，而富豪们如同巨人。巨人们向来表现得素质很高的样子，在公共场合对蚂蚁也一定很礼貌，今天更是如此。然而巨人与蚂蚁的气息，终究有巨大的差别。

也许我还不够优秀？李双关又产生一个念头。如果我足够优秀，我就可以进临湖实验高中，甚至可以调去文兴市打拼一番——其实这并不是不可能的事。如果我进了临湖实验高中，那就能够真正意义上接触到这些富豪了吧？他们的子女会交到我的手中，会真正有利益相关度了。

那么，要不要调任去临湖实验呢？马校长肯定不高兴，档案关系也不好弄……

李双关的念头越来越杂乱。

他盯着那个校服男人逐渐出神。他先是盯着男人的衣服，然后盯着男人的脸，接着又盯着男人的眼神。那眼神里是什么？迷茫？无力？弱小？无奈？又或许兼而有之。其实穿着得体衣服的普通人，他们的无力、无奈就少了吗？不过是用稍微贵一点儿的衣服掩盖起来了而已。他们领着一个月几千元的工资，拼命地给自己的孩子制造条件好好学习，想要他们以后不需要领几千元的工资。最好能去学人工智能、物联网，或者去搞金融，据说工资一年几十上百万呢！然而这些工作都需要高学历，所以他们想要孩子们好好学习。

然而学生们懂吗？一千元的智能手机已经足够好玩了，手游也有大量免费的，上课睡一觉，自习课找同学聊明星八卦，不仅免费而且轻松有趣。这些普通人家的学生没有饿过、冷过，也没有体会过父母打工的艰辛，他们并不觉得有什么必须努力学习的理由，当下玩玩就很开心，父母口中未来更美好的生活显得太抽象。

我李双关自然比这些一个月领几千元工资、体会不到太多社会意义的普通人优秀得多，然而距离富豪们又太远。那么，我的价值在哪里？我的位置又在哪里？

这个问题在他脑海中不断回响。前面几位平行奖老师依次登台演讲，就快要到李双关了。优雅的会场助理进来提醒李双关做准备，五分钟之后就要上场了。

想要够着这些富豪而不及，我的职业意义在哪里？李双关反复地想，他盯着那个校服男人反复地想。

突然，一道亮光射进来，李双关感觉心头一片明亮，就仿佛被困在山洞里的人，突然走出山洞，看见刺眼的阳光一样。我为什么要往那个富豪堆儿里凑呢？我李双关一生做教育事业呕心沥血，难道就是为了给几个富豪点头哈腰的吗？我李双关向来坦坦荡荡问心无愧，难道碰到几个富豪就要气短心虚吗？我李双关的教育事业到底是为谁做的？绝不是这几个富豪，也绝不应该是这几个富豪啊！

他的手突然不冷了，腿也不软了，如同大树之根深入地下那样扎实、沉稳。

我的价值在哪里？不在这几个上层的富豪那里。我李双关的价值在于，我能把那些没有优渥教育条件的普通人的孩子，引上一条正路！我作为班主任，能够管好几十个学生；他日我若成了校长，就能管好几千个学生；我的一生，能够把数万学生教好！

这些学生没能力出国镀金，也没有家业可以继承，他们唯一能做的事情就是好好读书改变自己的命运。但是他们不懂，他们不知道这条无聊而艰辛的路是改变命运的路，是他们最好的出路！我李双关就要把他们带过去、拉过去、推过去、骂过去，用最严厉的教学管理匡正过去——这难道不是我这十年来呕心沥血在做的事吗？这难道不是我一直坚守的教育理想和初衷吗？

我李双关怎么会愚蠢到因为见到几个富豪，就动摇了自己应当坚守一生的教育信念？绝不可以啊。我的位置，是在这个校服男人背后；我的命运，是要和那些非富非贵的普通人联系在一起；我的人生意义，便是在三尺讲台之上、百亩校园之内，为千千万万的普通人家子弟，鞠躬尽瘁，死而后已！这样的教师生涯，才是值得度过的，这才是我过去多年来所学到、体悟到的生命的真谛啊！

他的眼神再次锐利起来，仿佛站在苍山乱石之巅的侠客，狂风吹打他的身体，侠客却岿然不动。

该他登场了，李双关拉开休息室门，步伐迈了出去。那一步迈出去，只觉得浑身一股浩然之气激荡开，背后热流涌动，心如磐石。他扫视台下人群——富豪、高管、领导、校服男人，再也没有任何拘束、压迫感和困惑，他脊梁挺直，大步流星，一只手从大衣内口袋掏出三页纸的演讲稿，轻轻撕成两半扔进一旁的垃圾桶。观众没有注意到，背后的会场助理一阵惊讶。

"……他建立的教师精神文化培训体系，极大地激发了一线老师们的教学热情和职业使命感，不仅自己所带的班级成绩优异，更让全校老师都形成为教育事业感到荣耀的使命感！下面有请本次'兰水市人民心中的最佳教师'最高奖得主，李双关老师上台！"

礼貌的掌声响起。经历了前面五位老师的演讲，观众们已经有点儿疲态了。然而这不要紧，对于李双关来说，这一刻，已经不是为谁表演什么了，他有话要说，要宣告，这是他心路历程中新的站点，他的演讲，全然是说给自己听的！

李双关登上演讲台，环顾会场。他的演讲稿已经撕碎，他一言一语，全是此刻思绪的激荡和即时感悟。

"各位晚上好，我就是本届兰水最佳教师评选的最高奖得主，兰水二中的老师李双关。

"我做出了什么成就，刚才主持人已经念过了。不过大家也知道，兰水最优秀的学校其实是临湖实验，他们有最好的学生、最好的老师。如果我十年前足够优秀，那么新教师入职的时候就会去临湖实验了。但我没有那么优秀，所以我到了兰水二中……"

这个开场白不太好，台下的领导和富豪们心想。

"……现在我教学水平还可以，但其实也没有那么出彩，我本人也说不上多么有才华。刚才我没上台的时候，也跟着听了其他五位老师的教学方法和经验。我听了以后还有点儿惭愧，因为他们的教学理念、教学方法太精彩了，我自己就想不出那么多花样和技巧来。

"我的教学特点，也是二中整个学校的教学特点，很简单，就是严格。二中的严格是出了名的，比如别的高中高一学生是一周两天假，我们高一学生就一周只放一天假，高二、高三甚至一周只有半天假。当然，后来教育局的领导对我们学校进行了批评教育，这学期我们也改成高一两天假了。但严格教学、严格管理的风气是不会变的，这在课堂讲授、课后作业、校纪校风管理上都是有体现的。

"严格一点，看起来并没有什么技术含量，比较简单，但是其他学校去模仿二中的严格就模仿不好，为什么？因为严格一点，并不是老师更凶一点，让学生不要给自己惹麻烦这么简单。

"严格教学，意思是老师中午少睡点儿觉，多去教室里看看，管一管自习纪律。

"意思是老师下班后晚回去几个小时，多找学生谈话了解学习和心理情况。

"意思是老师要多花点儿心思和学生斗智斗勇，让学生不要耍点儿小聪明就把该完成的任务糊弄过去了。

"意思是老师要多加几个小时的班认真看学生的错题本和笔记，看看哪些学生是在认认真真改错，哪些学生是随便写写糊弄一下。

"总之，严格教学，意思是要老师耗费更多的心血，更累一些，把更多的精力投入到教育事业上去！

"可是这谈何容易呢！老师凭什么愿意这么累？如果教育只是一份拿劳动换钱的普通工作，老师们为什么会愿意额外付出那么多心血？所以我们不能这么理解，不能用工作赚钱的角度去看待教育事业。它必须是情怀，是良心，是理想，是自我价值认可与人生意义！

"我和整个二中的教师严格教学，意义在哪里？就在于，我们用强力去推动学生走向对他们最好的那条路！高中生一个个长得人高马大的，看起来像成年人了，可是他们真的是成年人了吗？他们了解社会吗？了解成年人的艰辛吗？了解他们未来将要面对的压力、困境和痛苦吗？他们根本不懂。这个时代的特点是：越是家庭条件好、背景优渥的学生，越见过世面，也就越懂事，越会认真学习；越是家庭条件一般、没什么背景的孩子，越没见过世面，越容易吊儿郎当混日子——越需要改变自己命运的人，偏偏越容易错过改变命运的机会！

"所以应当背单词的时候，他们想玩手机。

"应当读文言文的时候，他们想聊明星八卦。

"应当思考数学公式的时候，他们想讨论游戏通关秘籍！

"这样年少无知，将会对他们未来的命运造成怎样的影响？他们未来会有多少追悔与悲叹？而我们作为教师，严格教学，在他们懵懂无知的时候，硬生生地将他们逼回最应该走的那条路上去，从而改变他们的命运。这就是教师严格教学的巨大价值和意义啊！

"很多老师和学校无法坚持严格教学还有第二个原因，那就是师生关系。你越严格，学生越烦你；你越严格，学生越厌恶你。学生会抱怨，会给你起外号，甚至会憎恨你，背后骂你，诅咒你！我曾经有一个学生，该背的课文没有背，我要他抄二十遍，他就在一张纸上诅咒我，写道：李双关不得好死！出门被车撞！结果这张字条被我偶然看见了。

"普通老师受得了吗？你三年如一日为他呕心沥血，就希望他的命运往更好的方向去转变，但是他诅咒你，希望你被车撞死。这甚至不是少数情况，学生给我起的各种侮辱性外号，有不下十个；背后抱怨、骂我脏话，这么多年来我听过上百次了。其他管得严的老师，又有哪个不是这样呢？

"这才是大多数老师没法坚持下去的真正原因吧！

"可是即便这样，即便学生一点儿都不理解你、感谢你，你一样坚持下去！这是更高一层的道德与良心的体现！一个老师只有上升到这个层面上，才算真正领悟到了教育的真谛！

"多年以前，我曾和兰水二中的一位老教师交流过、请教过。我说，梅老师，你管学生管得越严，学生反而越讨厌你，你知不知道，那位老师回我一句话，我至今都记得，我这一生也将永远记得。这句话，每一次新教师培训的时候，我都会把它传达给所有的年轻教师，它也是我们兰水二中教师精神文化培训体系的核心！今天的最后，我也将这句话送给在座的所有教师——

"一定要严格教学，这是一名教师不可动摇的良心；这是哪怕背负骂名也要默默承受的教师的命运；这是哪怕被学生厌恶乃至憎恨，也要坚决贯彻的教学之道！"

这就是教师的命运与教学之道。

一瞬间，李双关的眼神坚定而威严，台下所有人都为这眼神所震慑，一时间鸦雀无声，却又心潮澎湃。死亡一样的寂静维持了数秒钟，突然爆发出震耳欲聋的掌声！前排中央的资本高管们礼节性地拍着手，而两侧、后排的大量人，那些李双关原本并没有注意到的非富非贵的普通人，此刻全都激动地站了起来用力鼓掌！那掌声仿佛要掀翻屋顶，要向世界宣告，这才是兰水市无数平凡的人最尊敬的教师！

李双关自己也为这掌声所震撼，他从未听过如此激昂的鼓掌声，从未见过如此激动的人群！他感到自己的灵魂仿佛胀大了万倍，俯瞰着那些富豪高管，每一寸都散发着耀眼光芒。虚名奖项不重要了，奖金不重要了，然而这一刻却注定将要被终生铭记。

方才饭局中常总身边的男人，那名姓林的老师，此刻也微微点头，一边鼓起掌来一边喃喃自语道："大气凛然。嗯，也算是一层境界了。"

第五十二章

书房中的秘密

周六上午，卢标心神不定。下周一，关于中学生早恋的辩论会就要开始了。对于卢标这种专门训练思维能力多年的人来说，辩论从来都不是难事，然而这一次，他却充满犹疑和不安。

这当然不是卢标不自信，而是他对自己的队友实在没什么信心。反方的陈思敏、赵雨荷、梅子、木炎四人都进行了充分的辩论准备；而正方这边，除了自己有所准备以外，刘语明、齐晓峰都在浑水摸鱼，罗刻更是直接表示对辩论毫无兴趣，怕是一秒钟都没有准备吧？

就这个样子，到时候场面得多难看？

最关键的问题还是罗刻。罗刻是一辩，刘语明二辩，齐晓峰是三辩，卢标是四辩。自己的四辩总结陈词没有问题，中间自由辩论时只要自己状态好、思考得够快，就算另外三人一言不发自己也能以一敌四。然而罗刻的一辩开篇陈词怎么办？如果他完全不准备，临场一言不发或者随口乱说，后面还怎么进行？

反过来，如果卢标自己当一辩，那么罗刻就成了四辩，总结陈词的时候随口乱说，一样要垮台啊！卢标已经不求必胜了，只求场面不要太混乱就好。

总之，在刘语明和齐晓峰两个打酱油的占据二、三辩的情况下，罗刻才是影响辩论能否正常进行的关键点。卢标心想：必须跟罗刻提前沟通下。

第一次打电话罗刻没有接，卢标中途又从校外出租房回家拿东西，拖到下午2点才第二次给罗刻打电话。这一次接通了，卢标说明自己的要求，希望罗刻稍微做些准备，不要让场面太难看。

"没意义的事情，浪费时间准备那么多干吗？还不如抓紧时间多做几道题。"电话里传来罗刻的声音，听起来无所谓。

"准备个开篇陈词又花不了多少时间啊，顶多一两个小时就好了，再加上自由辩论部分的内容，也不超过三个小时。学习要靠方法和效率，哪用得着抢这两三个小时的时间？"

"哼，你又要开始扯什么学习策略了，我没兴趣。反正我不想浪费这个时间。"

卢标有些着急了："你可以不耗费太多时间，但也不能完全不准备吧？如果你开篇陈词随口乱说，整个辩论还怎么进行？这已经不是你一个人的问题了，还会影响到我，甚至反方的四位同学，以及李老师、董老师。如果其他人都准备了很久，因为你一个人整个活动荒废，你对得起其他几位同学和老师吗？你对他们的劳动得有点儿最基本的尊重吧？"

罗刻略一沉默，道："那好吧，我已经准备好了。"

"……"卢标一阵无语。罗刻就这样随意地说自己已经准备好了，卢标连一个标点符号都不敢相信。

"我真的准备好了……"

"我不信……"

"……那你要怎样才信？"

"除非我亲眼看到。"

"行，周一上午带给你看。"

"不行，太晚了。周一下午就是辩论了，中午休息不到一小时，你要是没准备的话，根本来不及补，必须这周末让我亲眼见到才行。"

"这周末？我家离学校太远了，没空跟你见面。"罗刻继续找借口。

"那就不去学校，找个离你家近的地方。"

"我家太远了，你过来太麻烦。"

"麻烦我也愿意。"卢标不依不饶。

"这……你说你何必呢？无不无聊？"

"这是对辩论活动的尊重，对老师的尊重，对对手的尊重。"

罗刻叹口气："其实我真的准备了……"

"我不信，见面才知道！"卢标铁了心一定不给罗刻撒谎耍赖的机会。

"这么犟！好，我把我家的地址发给你，你爱来不来！"罗刻赌气挂了电话。

卢标也叹口气，自己怎么就碰上罗刻这种同学、这种队友？

半分钟后，他真的收到罗刻的地址信息。"……东山区金江路29号……"卢标打开地图查阅。罗刻住的地方确实比较偏，已经距兰水市下属的兰江县不远了。不过从卢标现在所在地坐公交车去一趟四十分钟也能到。略一犹豫，卢标决定亲自前往，一定不能让罗刻的任性把活动搞砸了。

接近一小时后，卢标来到罗刻家楼底下。这个小区叫金江新村，是很多年前的回迁房工程，如今已经老旧不堪。小区似乎没有物业，环卫也不知道是否有人做，到处都是垃圾。路边几个中年妇女在搓麻将，两个穿着脏兮兮衣服的四五岁小孩挤在一起看智能手机上的电视剧。

这就是罗刻从小到大的生存环境吗？

卢标走上楼，没有电梯，402号，敲门。

当罗刻打开门的时候，脸上充满了震惊："你居然真的来了？你是有病吧？"

卢标一见面就被骂，心里自然不高兴了，阴沉道："不能让你毁了整个辩论活动。"

"我跟你说了我准备了，你偏不信！"

"不信。"

罗刻"哼"了一声，道："进来吧！真是搞笑！"

房子是两室一厅，约莫60平方米。客厅和餐厅合在一起，餐桌上积满油污，原来白色的桌面变成暗灰色；沙发表层皮革破裂，边角处露出海绵。罗刻的父母都不在家，罗刻也不招呼卢标，更没有礼节性倒水，转身进入卧室，一会儿又拿出一张草稿纸返回来，兀自坐在沙发上。卢标也跟着坐下。

"跟你说了我准备过了。"罗刻将那张纸递过去。

卢标接过一看，居然密密麻麻写了几百字，看样子真是准备过了。不过看到最后又是一阵无语，因为这开篇陈词只写了一半，根本没写完。"你这稿子，还没写完吧……"

"写完了。"罗刻瞟了卢标一眼。

"哪里有？你看最后一行结尾，'……所谓必要性，是指只要不采取措施就大概率出现问题；而所谓全方位禁止，是指——'然后就没有了。是指什么？明显就没写完嘛！"

"哦？"罗刻拿过纸一看，耸耸肩道，"还有一张纸，忘记拿了，在书房里，我去找找吧，你等着。"说完又自顾自进入房里。

书房？那是卧房吧。开门的瞬间，卢标从缝隙里分明看到一张床。

几分钟过去，罗刻还没出来，卢标隔着门喊道："找到没有？"

"正在找！"

又过了几分钟，罗刻依然没有出来，卢标又问："还没好吗？"

"再等下！"

卢标突然想，这货假装在找，怕不是正现场写后半段陈词吧。想到这里卢标简直欲哭无泪。再也不跟罗刻对话，直接推门进入房间。

罗刻在堆满书籍资料的凌乱桌面上翻找着，听到声响猛地回头，见卢标居然走到自己身后来了，不高兴道："你进来干吗？谁要你进来的？"

"我说，你根本就不是在找所谓的第二张纸吧！你是在现场随便写点儿东西来糊弄我吧！"卢标无奈道。

"瞎扯，现场写哪有那么快？已经写好了的，一张纸不知道夹在哪本书里了。"罗刻解释道，"等下肯定能找到，你着什么急？先出去等着。"

卢标没办法，只好转身离开。转身时，卢标冷不丁瞟到书桌后面的简易书柜，书柜里排放着不少书籍。略一细看书脊上的名字，卢标整个人突然怔住，挪不动脚步了。

罗刻心里一颤，皱起眉头——不该让他看到的东西，还是看到了。

（背景音乐：*The Host of Seraphim*）

《中学生超级学习法》

《超右脑快速学习法》

《这样记忆快一百倍》

《神奇的右脑学习法》

《高考状元的 99 条学习秘籍》

《清华北大的学生是这样学习的》

《成为最卓越的学生机密方案》

《高中生十倍速学习宝典》

《好学生，就是要懂这种方法》

《没有笨学生，只有坏方法》

《比勤奋更重要的学习方法》

《重点高中实验班学习方案》

《好方法胜过好学校》

《优等生都是这样学习的》

……

卢标全身僵住，仿佛呼吸都要停止了，目光被这书柜上的书牢牢抓住。罗刻，以勤奋努力著称的罗刻，从来不屑于研究任何学习方法的罗刻，对卢标的学习策略不屑一顾的罗刻，在他简陋的书柜上，排放着至少三十本各类关于学习方法的书籍！

这些书籍都不是新书，封面褶皱，从侧面看得出频繁翻阅过的痕迹，至少有两三年沉淀时间了。一个高中生的书柜上放着这样多的学习方法书，并不常见，但若发生在一个学习方法狂热者身上倒也并非不可能。可是罗刻，卢标万万想不到，这样的场景居然会出现在罗刻的房间里。

"这是……"卢标缓缓转过身盯着罗刻，眼神里充满震惊。

"哼。"罗刻脸上迸发着愤怒——秘密被人发现的愤怒，"你想说什么？"

这一问反而让卢标不知如何接话。他想说什么呢？他只知道自己无比震惊，仿佛遭受了冲击波一般，可是他想对罗刻说什么呢？罗刻潜藏的这个惊人秘密影响到什么了？或许与罗刻对自己的莫名敌意有关系？可是逻辑上也说不通啊，他很在意学习策略，而我主动分享很多学习策略，这不是刚好帮到他吗，为什么反而会敌视我呢？

一瞬间思绪爆发，卢标觉得大脑一片混乱，无论什么思维方法都厘不清楚了。

罗刻却是突然松懈下来，叹了口气，转身离开房间，瘫坐在客厅沙发上。卢标怔怔地跟了出去。

60平方米的空间充斥着诡异寂静。

卢标无论如何也想不通，罗刻身上到底有着怎样的秘密。连问五个为什么也想不通，通过精细的结构化也想不通，也找不到任何可以识别的模式，甚至不知道从哪个角度进行提问。他就这么呆呆地站在沙发旁，看着罗刻。

许久，罗刻终于开口了，眼神中尽是沧桑。

"卢标，你知道我为什么这么敌视你吗？"

"我……不知道。"

罗刻苦笑："你肯定觉得很莫名其妙，你都不认识我，都来不及得罪我什么，突然就被我仇视了。可是我认识你，我很早就认识你了。"

"哦？"

"你是长隆实验初中的学神，封号为命运的学神，于杀神占武一人之下、千人之上。可是懂行的人又知道，占武是投入了百分之百的时间、心血去拼命读书，你却是分神于多件事，训练了无数种能力。围棋、辩论、演讲、航模等各种课外活动，在我们这种凡人眼里已经是可望而不可即的精彩，对你却只是从小习惯的基本标配。省市各级学生活动，你几乎都参与甚至主持，学校的所有高端资源全都给你了。再加上你自己的环球游学经历、私人教师——命运学神的封号，实在是当之无愧了！"

卢标不说话，看来罗刻对他确实了解不少。

"与我这种出身贫寒，需要挣扎一生才能拼出一条路的人不同，你是命中注定的学神、天选的成功者。我这种人，要以一万分的努力去拼1%的机会；你这种人，只要不100%作死把自己的一万条路全部堵死就能幸福一生了。你的美好人生早就注定好了，从你出生在水岸豪庭这个别墅区的那一刻就已经注定好了。"

他知道我家住址？罗刻对自己的了解，比卢标想象的要更多一点。

"我从来就知道自己的命运之艰辛，我觉醒得太早了，我知道唯一的出路就是拼了命地努力，一定要考上重点初中，一定要考上重点高中，一定要把自己逼迫到极限，这才是唯一的出路。

"我从小学一年级开始就知道这一点了，在那个破烂小学拼命努力地学习。我小心翼翼地躲开校园霸凌，躲不开就忍；毕恭毕敬地讨好能力平庸的老师，指望他多教我一点，多解答几个困惑，还要祈祷他不要讲错了；不断地自我安慰，别人有的玩具我没有，可是以后会有，别人见过的世面我没见过，可是以后我一定会见到！

"我不准自己伤心，不准自己懦弱，压力再大也不准自己崩溃，不能再给已经贫弱的家庭增加新的压力。当你生在这样一个贫穷的家庭，父母都是收入寥寥的打工者，你唯一能做的就是从一开始把自己的一切都押上赌桌！

"所幸，这样的拼命多少算是有些回报吧，我在小学的时候不断脱颖而出，成绩越来越好，也逐渐从贫弱、被人随意欺辱的阴暗中走出来，越来越自信。小升初，我终于迎来了第一个命运转折点，我摆脱了划片入学进入十七中这种垃圾初中的命运，甚至跨区考到了长隆实验这样的重点初中，虽然没有进入实验班，但我认为普通班也足够好了，足以成为进一步改变命运的跳板了。"

罗刻的脸上浮现出一丝微笑，然而瞬息即逝。

"我带着一定能够改变自己命运的强烈信念进入长隆实验初中，却发现，命运根本不如我想的那么简单。我原以为只要我足够努力，就能够轻易填平命运给我挖下的沟渠，可是我却看到了你——卢标，封号为命运的天选之神！我从小学的年级前茅落到初中的几百名，这不是最可怕的，最可怕的是你这种人，用你的一切不经意的行为清晰地告诉我，命运挖下的不是沟渠，而是不可跨越的大峡谷！

"我越是努力，越是发现你我之间的差距根本不可能被抹平啊，无论怎么努力都没有用啊！我突然发现，小学时的追赶与领先，仅仅是因为在那个无知的环境里，一群无知的小屁孩根本不去学习而已，我仅仅是勤奋就显得足够优越了。可是在长隆这个环境里，却有太多原本就天资优越的人，又汇聚了更优渥的条件，他们稍加努力就能够超越我努力到极限才能达到的天花板。封号为命运的卢标啊，在这群人当中，你就是最典型的代表！

"所以卢标啊，我真正恨的不是你，我憎恨的是命运，是让我悲苦无力的命运！你既然封号为命运，那就承担一点我的憎恨，算是给命运的优待支付一点微不足道的代价吧！

"哀莫大于心死，几年来，我就这样游走在希望与绝望的边缘。有时候我会觉得，一切还有希望，所有的差距依然可以被抹平，我已经抹平了一部分差距，只要我再继续极限地努力下去，剩下的差距也终究会慢慢消失；可有时候我又感觉，所谓的抹平差距只是妄想而已，所谓的希望不过是命运的玩弄与嘲讽。

"我终究还是没有放弃，已经迈出去的步伐就不应该再收回来。我就继续这么极限地拼下去吧！不仅在时间、体力上拼，也要在方法上拼。初二的时候我听说你花了100万元找了一个专门研究学习方法的老师指导，我想你那么轻松就学到顶级水平，可能这就是原因了。我没有那么多钱，那我就自己去研究各种学习方法——就是你看到的这一书柜的书。这几十本书，就是我用从小到大的所有压岁钱买的。"

罗刻无力地冷笑着。

"卢标，我说的这些你能理解吗？你应该半个字都听不懂吧，你根本没有经历过那种刻骨铭心的绝望，那种骨碎筋断的无力。我的人生，在你眼里不过是出闹剧，一个笑话吧。

"你爸是房地产开发商，你怎么会理解父母全部是普通打工者的我的感受？

"家里保姆、保洁照顾得细致入微，你怎么能体会父母都去文兴市打工一个月回来一次、家里长期只有我一个人的经历？

"你的书房应该是干净明亮的，宽桌高柜，而我，父母出去打工不回来，所以在父母卧室里放张桌子和简易书柜充当书房，你会不会觉得很诡异？甚至还奇怪为什么我不在自己房里放书桌？顺便告诉你答案吧，因为我的卧房不到10平方米，放不下这张书桌！

"可是无论怎么样，我都会拼下去，所有的贫穷、绝望、屈辱，都不会让我停下来。这让人厌恶的命运，你无法理解的命运，把我这样的人当作尘土碾压而过的命运，我绝对不要败给它！

"我的一生，就是这样不断战斗的一生。"

好一个罗刻，好一个不断战斗的一生啊！

卢标怔怔地站在那里，听着罗刻的诉说，心中生出无限感慨。自己的孤独与痛苦不过一年时间，已经如此难受了，罗刻十几年来的残酷生活又是如何度过的？含着金汤匙出生的自己确实无法理解，一个人需要有怎样伟大的勇气和毅力，才能在凄惨可憎的命运里保持永不认输的昂扬斗志。

再联想到命运更加悲惨的杀神占武，他又是如何做到不为命运的旋涡所吞噬？自己未来能否像罗刻和占武那样，在命运的荆棘里杀出一条血路？

"罗刻，没想到你会有这样一段故事。听了你的讲述，我很佩服你，甚至感谢你，今天你的这一番话，未来或许会在某些关键的时刻对我产生一些帮助吧。"

佩服？感谢？帮助？卢标的反应让罗刻有些始料不及。

"我没有经历你那样强烈的磨难，没有你那样伟大的永不磨灭的意志，我也没有资格评价你为了反抗命运所做的一切努力，我甚至不知道要对你说些什么好。真的没什么好说的了，只能帮你更新一下关于我的信息吧。"

更新信息？罗刻依然一头雾水。

"我出生时住在一个很普通的小区，并不是水岸豪庭，这个别墅区是我上幼儿园的时候家里买的。现在我也不住那里了，我在学校旁边的莲花二院小区租了个一室一厅的房子住，1400元一个月。"

莲花二院？罗刻回忆起，那也是个很老旧的小区，破破烂烂，不比自己家的金江新村好到哪儿去。卢标怎么会住在这种地方？临时校外租房也不应该啊，不符合他的身份和条件。

"水岸豪庭的房子已经卖了,用于还我爸欠的债,这个月正在收拾最后剩下的家具杂货。其实卖了对还债也没什么帮助,杯水车薪,不过法院强制执行而已。"

卖房子?还债?强制执行?这是怎么回事?罗刻一时转不过弯来。

"我的父母也不在兰水市了,我爸去深圳找工作了,妈妈到文兴市打工去了——因为她觉得文兴离兰水近,还可以偶尔回来照顾下我……"

"等下!你在说什么?什么找工作,什么还债?你是什么意思?"罗刻诧异道,"你家里是做房地产开发的,你爸是富豪啊,你……"

"曾经是个小开发商,在八年前去库存的那一波趋势的时候,兰水这种三四线小城市的房价涨起来了,由此我爸赚了一大笔钱,家庭随之崛起,于是有了你刚才说的那些事情——环球游学、百万私教、各类素质活动。

"可惜,我爸错判了大经济局势,追加房产投资,以为能够持续盈利下去。结果等去库存周期过了以后,兰水这小城市的房地产衰退了。后面的项目不仅没有大赚,而且在不断亏本。几个项目不顺之后,已经负债累累,现金流断裂。最后一个项目崩盘,公司破产,强制清盘,卖房还债。到现在,据我所知还有几千万负债吧。"

罗刻震惊得说不出话来,想不到卢标居然遭遇了这样的家庭变故!负债几千万,天啊,完全是罗刻无法想象的天文数字。一时荣华富贵,一时贫困交加,潮起潮落,河东河西。封号为命运的人,却偏偏被命运这样玩弄。这……这就是命运的嘲讽吗?

"严重负债后,基本的生活快要无法维持了,更别说那些昂贵的教育投资。私人教师已经停了,游学等活动也不会再有了。

"这也是我来兰水二中的原因。中考我是全市前几名,兰水二中提供 20 万奖学金。这 20 万元,可以给我的家庭临时续命。"

罗刻一言不发,皱着眉头。

"这些东西,可能对于你来说并没有什么特别的意义。如我之前所说,只是帮你更新一些信息而已。命运学神,哼,多么有意思的称号,更像一只被命运的主人玩腻后扔掉的宠物吧。

"我爸的事业大势已去,无力回天,几千万的负债,现在是我的问题了。无论如何,我也将走上一条不断与命运斗争的路了。"

封号为命运的卢标,将要开始与命运斗争?罗刻悲叹,看来命运玩弄卑微的人类,着实是花样百出。

"今天就到这里吧。剩下的那张辩论赛稿件纸,你慢慢找吧,希望周一能看到完整版本。我走了。"

卢标向大门走去,穿过生锈的门框,60 平方米的坎坷命运与罗刻被留在身后。

这世界之复杂，命运之坎坷，真的是凡人所能理解通透乃至改变的吗？卢标深吸一口气。这个叫作罗刻的人，他应当可以吧。那样坚毅的眼神，那样被反复挫败也不动摇的信念，那种持续把自己逼迫到极限的意志与勇气，这样伟大的灵魂，命运应当锁不住他吧。

　　卢标走出单元楼，抬头看着灰暗的天空。罗刻这样的人，会被命运的局困住吗？这样永不屈服的伟大灵魂，命运一定锁不住他啊！

　　即便他书架上关于学习方法的几十本书的内容，以及他对于学习策略的认知，大部分都是错的。

▶ 第五十三章 ◀

辩论赛（上）——意想不到的搞笑担当！

周一上午，李双关进入校长办公室。

"我看了刘主任的录像。你的演讲词好像跟之前给我看的版本不一样啊，临场改了？"

李双关不好意思道："临时产生了一些想法，一激动就把原来的稿件扔了，现场想了新的。"

"呵呵，好，改得好啊，简洁有力，很震撼人心。这一次你的演讲很成功，给学校赚了不少脸面，对你自己的前途也有很大的帮助。牟局长在现场看了颁奖，后来还专门跟我聊了几句，对你是高度赞扬……"

校长马泰的一番肯定让李双关心情大好，一边谦虚地表示自己还需要多多努力，一边在心里偷笑。

"我的任期还有三年不到了，我退下去之后，差不多就该你顶上来了。一线教师里面你的威望最高，投票方面肯定没问题。虽然目前副校长肖英的职级比你高，但她是个明事理的人，二中到你手里肯定会更好。再者她还是要往家庭上多放些精力，事业上并没有那么强的争斗心。再加上这次颁奖你可谓大放光彩，投资方也非常满意，那你接我的班也就十拿九稳了。"

李双关赶紧谦虚道："其实最重要的是学校发展好，谁管理并不重要。"

马泰一挥手："这里也没别人，我们两个就不用来这一套了。教育理想和个人职级晋升并不冲突，而且是重要的促进作用。你要是不到校长的位置上来，就实现不了更宏大的理想，甚至对教育的理解也到不了更高的层级。李双关，好好做准备吧。我还有不到三年的时间，想超越临湖实验高中是不可能了，希望这个心愿能在你手上完成吧！"

课间，实验二班一组前排。

已知点 $P(2\cos\alpha, 2\sin\alpha)$ 和点 $Q(\alpha, 0)$，O 为坐标原点，当 $0 < \alpha < \pi$ 时：

（1）若存在点 P，使得 PQ 与 PO 垂直，求实数 α 的取值范围。

（2）若 $a=-1$，求向量 PQ 与 PO 所成夹角 θ 的最大值。

"没想到向量这一章计算量还挺大的啊！"赵雨荷看着题目感叹道，"这才大题第二题，就算一堆草稿纸了，还不知道对不对。"

诸葛百象道："不能这么说吧，我觉得这题的计算量其实是三角函数带来的，向量本身并不麻烦。"

"唉，管它谁带来的，反正很难算啊，花了我将近十五分钟。这要是考试怎么办啊？肯定算不完啊。"

旁边的陈思敏凑过来："我倒是没那么夸张，大概十三分钟算完。不过考试也来不及。对了，第二问答案是多少？我算出来是30°。"

"是啊，30°。中间步骤好麻烦啊，根号下的式子算了几次，算完后还是个带三角函数的分式，又变成函数求值域的题了，我头都要晕了！"

这种时候，如果不能把卢标找来请教一下，那么最好的选择当然是找百里思了。几个人看向百里思："你花了多长时间？难道十分钟就做出来了，甚至五分钟？"

百里思平静回答："那当然不至于了。"

看来百里思也没法算得那么快啊！几个人心里好受一点儿了，问道："那是多久呢？"

"两分钟。"

"……"

"不知道你们说的是想思路的时间还是写过程的时间？我写完过程是两分钟，想思路每一问十秒左右吧。"

"……"

众人集体摆出怨念的表情，陈思敏忍不住吐槽道："算这么快，你是人型计算机吗……"

百里思一耸肩："我计算并不快，只是思路快而已，按照我的思路根本没什么计算量。"

"啊？难道有什么简便算法？"陈思敏叫起来，"我们几个都是用向量夹角余弦的坐标表达式算的，中间还有根号，还要换元，所以就慢了。那你是怎么算的？"

百里思边讲边画图："第一问太简单了，我相信你们都能几秒钟想出思路，我就不多说了……"

众人继续怨念。

"不过第二问也很简单啊，其实我也不是很懂你们为什么不能十秒钟想出简便思路来……"

诸葛百象想：忍住，我不能打女人。

陈思敏和赵雨荷想：我可以打女人，因为我就是女人！

"这样，画线段 OH 垂直 PQ 于 H。要 θ 最大，就是要 sin θ=OH/OP 最大，而 OP 是定值 2，也就是要 OH 最大。显然，PQ 垂直 x 轴的时候 OH=OQ=1 最大，所以 sin θ=1/2 最大，θ=30°。"

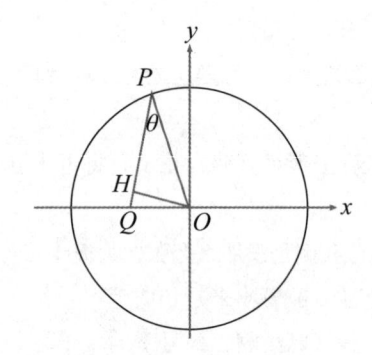

众人听得目瞪口呆，居然不是在故意装，是真的十秒钟就做完了啊！

"这思路太简洁了吧！秒杀啊！"陈思敏惊叹。

"不过作为向量单元的题目，你这完全没用到向量啊？"赵雨荷疑惑。

"那就不用喽。"百里思耸耸肩，"何必把自己框死，知识点本来就是灵活的。"

"唉，人比人气死人啊，越学越没自信了啊。"赵雨荷感叹道，"希望今天下午的辩论赛能找回点儿自信吧，毕竟早恋这种辩题，反方还是有些优势的。"

诸葛百象冷不丁道："但是正方有卢标。"

"……"赵雨荷一脸怨念地转向诸葛百象，"你不说话会死吗……"

下午第四节班会，辩论赛将要开始了。语文老师董涛露和李双关一起来到教室。教室桌椅已经提前布置好了，中间拉出整片空位，八张桌子分成相对的两列，正、反两方分列而坐。反方四人摩拳擦掌，如同准备捕猎的雄狮；正方四人则大相径庭，卢标凝神静气准备迎战，罗刻、齐晓峰、刘语明则散发出酱油的味道。

好歹罗刻的一辩陈词算是写完整了，剩下的随缘吧……卢标心想。

"……关于'高中是否需要全面禁止恋爱'的问题，或许不会影响到学校的具体政策，但会影响到我们自己对早恋这个问题的认识，促进我们的思考。相信这次辩论将会带给我们深刻的启发！正方观点：高中不需要全面禁止学生早恋。反方观点：高中需要全面禁止学生早恋。下面有请正方一辩罗刻进行开篇陈词，有请！"

罗刻起立，面无表情地掏出两张皱巴巴的纸，念道："我方认为高中是不需要全面禁止早恋的，主要有三个理由……"

反方四人看着罗刻手上皱巴巴的纸，忍不住笑了起来——这也太不正式了吧！没有背下来稿子也就算了，你好歹找个质量好点儿的笔记本，或者拿张平整点儿的 A4

纸吧！就这副懒散模样，卢标也救不了你啊！

"第一，早恋对于学习的负面影响不是必然性的。高中的学习难度比较高，任务量大，本身就不容易学好，所以大家可能认为早恋对学习的影响是非常大的。我们当然听过很多早恋后成绩下滑的案例，但是也有不少恋爱后对成绩没有影响，甚至促进学习的案例。其实恋爱花费你多少时间和精力，完全由当事人自己决定，这个影响可大可小、可多可少。如果你有足够的自我控制能力，其实恋爱也花不了多少时间。当然具体多少时间其实我也不知道，因为我也没谈过……"

扑哧，观众席一片笑声。

"……但肯定是可以控制的。"接着罗刻意味深长地看了卢标一眼，又看看反方四人和观众席道，"比如像我们正方四辩卢标同学，每天学习就很轻松，典型的学有余力，如果他恋爱的话其实就不会影响成绩。你要是想说一定会影响学习，只能说你对学习策略的了解太肤浅了，我建议你先把学习成绩搞上去，超过卢标再说。"

台下爆笑。卢标以手捂脸也遮不住满脸黑线了，质问道："喂！你上午给我看的稿件不是这么写的啊！"

"我一时来了灵感，改成了这个更好的版本。"罗刻一脸镇定地回应了卢标。

"这哪里更好了？！"卢标欲哭无泪。

"当然更好了，你看大家笑得多高兴，我这样的辩论方式可以说是人气爆棚了。"罗刻白了卢标一眼，又接着念道："甚至，班里面也有部分女生可能是对卢标有些意思的，每天围着卢标转，学到了很多宝贵的学习方法，反而提升了学习成绩也说不定……"

"哈哈哈……"观众席上的同学们已经笑疯了，"还能这样辩论的？"部分很有闲心的同学还跟罗刻起哄："你怎么证明这一点？得有具体的人物姓名才有说服力啊！快说快说是哪个女生！"闹得柳云飘满脸通红。夏子萱也忍不住有点儿脸红，赶紧回想起诸葛百象对她说的话，努力平复自己的情绪。

"……所以对于恋爱这件事情，其实没必要全面禁止。当然也不能公开支持，毕竟卢标也不能同时找好几个女朋友……"

"哈哈哈！"四周的观众开怀大笑。

反方陈思敏、赵雨荷也相视一笑：以罗刻发言的水平来看，这次辩论，基本稳了。

台上的李双关和董涛露对视一眼，无奈地摇摇头——哪有这样辩论的？太随意了吧。

罗刻继续不紧不慢地念着，不仅说理用的案例都是生活化案例，而且措辞全是口语，像是与人闲聊一般。"……第二点啊，其实高中生早恋这个叫法已经不正确了，因为高中恋爱根本就不早了，像我读初中时候班上就有很多疑似小情侣……"

其他人还在暗笑这个论证方式的俗气，卢标已经第一个反应过来并且继续痛苦地用手捂脸暗想：你拿初中的案例说明高中问题，这不是明摆着送人头吗……

"……并且，要是在二百年前古代的时候，十五六岁已经结婚生小孩了，可见得高中生恋爱已经不早了。在很多欧美发达国家，高中生甚至初中生恋爱是普遍现象，不仅学校不禁止，家长也是普遍支持的。为什么一个在其他地方没人干涉的正常事情，到了我们这里就得全面禁止了？

"第三个原因，恋爱是人的基本权利，是个人的自由，其他人是没有权利干涉的。恋爱并不涉及对他人的伤害，只是简单的情感活动，高中全面禁止恋爱本质是对学生权利的干涉和侵犯……"

这几句话勉强算是有点儿道理。卢标看着面前的计时器心想：但是你……

只听董涛露高声道："三分钟时间到！"

但是你能不能事先排练下控制时间……卢标叹气。显然，罗刻根本没有排练过，稿子太长，已经严重超时了。

"这么快？我还没说完呢！等下啊，我还有两段话，你等我说完再让反方说吧。"罗刻一脸呆萌地看着董涛露。

观众席上继续爆笑……

抱着打酱油心态的刘语明和齐晓峰也笑了。

只有卢标独自无语。……难道是我的错？不该太认真？

董涛露大手一挥："请遵守规则，时间到了就不能继续了。"

罗刻愣了三秒钟，回头向刘语明、齐晓峰和卢标道："那这样吧，等下自由辩论你们让我先说，我把剩下两段念完。"

观众席上又是一片哄笑。

刘语明、齐晓峰挺起胸脯大声道："没问题！哥们儿义气，时间随你用！反正我们基本不说话……"

如果说这次辩论赛给二班的学生们带来什么收获，那就是一扫班级里沉闷的气氛，让他们开怀大笑了许久；如果说有什么启发的话，那大概就是人不可貌相了。罗刻这样平日里不苟言笑的人一旦搞笑起来，简直谁都挡不住，而且那种一本正紧的严肃搞笑比普通的搞笑更有戏剧效果。

付词道："我真傻，真的，我单知道我是班里的搞笑担当，我不知道罗刻这种学霸也是能搞笑的……"

反方一辩陈思敏站了起来，忍不住嘴角露出一丝微笑，挑衅地看了卢标一眼——虽然卢标低头不语，并没有注意到她。

逻辑混乱，例证不典型，通篇搞笑毫无道理可言。从一辩开篇陈词开始就全方位溃败，卢标，我看你这个四辩如何救场。

第五十四章

辩论赛（中）——巨大的劣势

陈思敏深吸一口气，满怀自信地开口了。

"对方辩友风趣幽默的陈词的确给我们带来了很多欢笑，不过我还是需要指出，搞笑归搞笑，对方辩友的逻辑错误实在太多了。

"第一个错误，早恋对学习的影响当然不是必然性的，我相信卢标这样的学神如果恋爱可能确实没什么影响。可是我们不能忽视，对于绝大部分同学来说，恋爱对学习的影响是非常大的，甚至是毁灭性的！忽略大多数而拿少数当案例，这是没有意义的。至于说要等成绩超过卢标了才有资格证明早恋的危害，更是毫无逻辑的胡言乱语，相信已经不需要我说明了。"

全班安静下来。罗刻的搞笑发言带来的欢乐气氛逐渐散去，从陈思敏这里，辩论赛才算是正式开始了。

"第二个错误，对方提到早恋的定义问题，高中生恋爱到底早不早？对方辩友认为，因为古人十五六岁就结婚生子了，所以现在的高中生恋爱也不算早。这是典型的脱离了时代背景看问题，对方辩友实在是辜负了历史老师平日里对我们的教导啊！

"看问题绝对不能脱离时代背景，早不早，是相对的。在相对简单的古代社会，十五六岁的男性已经是一个强壮的劳动力，开始进入社会生产阶段了，相当于我们这个时代的大学毕业准备找工作了，那时候结婚生子当然不算早。可是现代社会变得更加复杂了，十五六岁还在读高中，距离22岁左右正式进入社会还有长达六七年的时间。在这种背景下，高中就恋爱，实在是太早了！"

观众席上的同学们频频点头表示认可，董涛露和李双关也露出了微笑的表情——这才是辩论赛该有的样子。

"第三个错误，关于人权问题。禁止恋爱等于侵犯人权吗？非也。规则并不是限制自由的，恰恰相反，规则是对人的保护，就像法律法规保护公民一样。规则不仅保护你不受到他人的伤害，还要保护你不受到自己的伤害。这时候，就需要在思想上更加成熟、人生经验更加丰富的老师和校领导去制定规则，保护不成熟的学生。我看像罗刻这样对人生道理理解不清的同学，就很需要规则的保护呢！

"我方认为，高中需要全面禁止恋爱，主要基于以下理由：

"第一，早恋极大概率会影响学习。高中学习的压力之大、难度之高，我相信各位同学早已有亲身感受。比如我们班里，如果不是李老师天天查作业、查改错，很多同学连日常任务都完成不了吧。在这样高压的情况下，哪儿来的心力去恋爱呢？一旦陷入情感旋涡，成绩的大幅下滑是可以预见的，这既是逻辑推理，也是被无数案例验证过的真实情况！

"第二，恋爱不仅会影响到自己，还会影响到周围的人。当别人尝试专注学习的时候，却看到你在旁边秀恩爱，甜甜蜜蜜卿卿我我的，试问谁的情绪不会因之而波动？他还能安心学习吗？就像你学习的时候，旁边有个人在打游戏一样，它会形成一种强烈的诱惑力，一样使你分心。更何况，在不成熟的高中生群体里，恋爱这种事情是很容易形成跟风效应的，有可能会造成整体风气的变异。这样有着广泛负面影响的事情，难道不需要从一开始就全面预防吗？

"第三，我认为也是最本质的原因，那就是高中生并不是真正的成熟。我们感觉自己懂得很多，长得很高大，但是我们的社会经验和人生体验还太少，对于恋爱这样复杂的事并不能完全驾驭。连更加简单的如戒掉游戏、克服拖延、坚持早起这样的事情都做不到，复杂的恋爱关系你哪儿来的信心能够处理好呢？

"而一旦放开早恋这个口子，所造成的伤害有可能是无法挽回的。高中生涯只有短短的三年，人生只有一次，如果你因为早恋荒废了学业，上不了理想的大学，很可能就让自己一生的前景变得黯淡，未来付出10倍的努力也无法挽回。我们为什么要去走这条人生的弯路呢？而正是因为不成熟的高中生无法在这人生的关键时刻控制好自己，才需要老师和学校制定统一的纪律和规范啊！

"综上所述，我方认为，高中全面禁止恋爱，非常有必要！"

全场掌声雷动。这一次，是严肃的鼓掌了。

"下面，进入自由辩论时间。双方各自五分钟，计时同学准备。有请正方辩手开始！"作为简化版的辩论赛，二、三辩的攻辩环节取消了，这也是齐晓峰和刘语明能够保持打酱油身份的关键。而正方所有的压力就都落在了卢标身上，因为双方一辩各自陈词完毕以后，明显是陈思敏所代表的反方大获优势了。

反方四人盯着卢标，充满自信。陈思敏心想：卢标，你能做些什么来扳回劣势呢？

全场目光都向卢标集中，所有人都知道，正方的核心是卢标，他是学神，是主力辩手，是队伍的灵魂与支柱！所有的胜负，只在卢标一人的手上！

卢标手撑住桌子，缓缓站起来——是时候表演真正的技术了！

"欸欸欸，等下等下！"旁边罗刻突然伸出手把卢标按住，"刚才不是说好了吗？我还有两段话没念完呢！"

好不容易严肃起来的观众们又开始爆笑。卢标一脸震惊地看着罗刻，竟无语凝噎。

罗刻自顾自地掏出那两张皱巴巴的纸，平静地念道："喀喀，接着刚才的人权问题说啊。既然恋爱这件事情并不会带来对他人的伤害，那么它就像一个业余爱好一样，不需要动用规章制度去禁止，属于一种基本人权。如果恋爱这样的基本权利都能侵犯，那么还有什么能够得到保证呢？给学生充分的空间去自行决策和处理恋爱这件事情，正好能体现学校和老师对学生的尊重。"

"所以我方认为，高中不需要全面禁止恋爱。好了，我说完了，卢标，你接着说吧。"说完罗刻伸手示意卢标继续。

而卢标只是生无可恋地看着他。

"欸，你接着说啊？刚才不是想说的吗？"

台下继续爆笑，董涛露无语道："根据规则，自由辩论期间每方一位辩手发言完毕后需交换为另一方辩手发言，不可同一方辩手连续发言……"

"哦，这样啊，那你等下吧。"罗刻平静地坐下。

卢标直接趴在桌子上。我真傻，真的，我单知道罗刻不准备发言稿会出问题，我却没想到他准备了稿子以后问题会更严重……

陈思敏继续站起来："对方辩友对人权有些误解啊。人权意味着不能有规则吗？正如我刚才已经论证过的，规则是对人的保护。就像对方辩友虽然也有辩论发言的权利，但也需要在辩论规则之下才能进行嘛。"

陈思敏坐下，该正方发言了。然而刘语明和齐晓峰铁了心打酱油，卢标则继续趴在桌子上，看样子是放弃治疗了……

于是罗刻站起来："你这是打着保护的借口侵犯人权。我们没有主动申请这种保护，强加的保护能算是保护吗？而且，你刚才说恋爱会影响别人，这个也不对。你不在教室这种公开场合进行不就好了吗？所以顶多说禁止在教室里恋爱，但不能说整个高中阶段就要全面禁止嘛！"

正方木炎道："你的意思是，要在放学后躲到小树林里偷偷摸摸干些什么比较好？"

观众席都笑瘫了……

罗刻："我强调的是，恋爱对别人的影响是可以避免的，并不一定会造成大范围影响。对于这种不必然造成伤害的事情，怎么能够全面禁止呢？重点在于'全面'两个字。"

赵雨荷："这种负面影响的概率已经太大了，你说能够避免影响别人，可是怎么避免呢？能够避免只存在于想象之中，在实际操作中，根本就无法避免啊！"

原本不准备说话的齐晓峰突然补了一句:"你怎么这么肯定?难道你操作过?是小树林还是什么?"

观众席继续狂笑不止。

李双关和董涛露直摇头,赵雨荷气得要拍桌子了。

陈思敏:"对方辩友可以尽情地搞笑,但我们仍需要正视这个问题本身。不仅对别人的影响很难避免,更重要的是,早恋的当事人本身也会受到伤害,只是当事人有时候并未意识到而已。而全面禁止的做法,正好可以避免这种事对自己的伤害。"

罗刻:"如果你说的是影响学习这种事情的话,我已经说过了啊,这并不是必然的啊。既然并不是必然的,那就没必要全面禁止啊!"

陈思敏:"不必然就没必要全面禁止吗?对方辩友这个逻辑实在是有严重问题啊!举个例子吧,酒驾开车一定会造成事故吗?当然不是,有部分人即便喝了酒也能够把车开得很稳啊。可是难道就不需要全面禁止酒驾了吗?同样的道理,早恋虽然不必然造成伤害,但是概率已经太大,依然需要全面禁止啊!"

"这个说得好!"观众中有人叫了起来。酒驾的类比显然深得人心。

罗刻:"这个类比不恰当吧。酒驾的后果是有可能威胁到他人生命的,早恋又不会,所以这两者根本不能比嘛!"

陈思敏:"酒驾伤害大,会威胁别人的生命,所以要用刑法来禁止;早恋的危害没有那么大,但会影响个人学习和学校风气,所以需要用校规来禁止——虽然程度不同,但性质完全一样啊!对方辩友,看来你已经理解全面禁止早恋的必要性了嘛!"

观众又是一阵叫好!罗刻一时不知如何反驳,看向刘语明和齐晓峰。这两人也耸耸肩,齐晓峰更是一摊手:"其实我觉得对面说得蛮有道理的……"

反方得意扬扬地微笑着,正方无人起来应答。场面陷入停滞、尴尬的寂静中,正方累计五分钟的自由辩论时间一秒一秒地流逝着。从罗刻不正经的开篇陈词开始,再加上他自由辩论时的混乱、齐晓峰的插科打诨、刘语明的沉默,正方距离全方位崩盘只有一步之遥了——如果不是已经崩盘的话。

在尴尬的寂静之中,刘语明轻轻推了推卢标。卢标终于抬起头来,无奈地看向罗刻。上一次卢标准备发言时被罗刻打断了,也造就了原本被动的正方进一步落后。这次罗刻一摊手,表示我不打岔了,你继续。

卢标终于缓缓站起来,全场目光再次向他汇聚。这样巨大的劣势,即便是卢标,真的能够轻易翻盘吗?

第五十五章

辩论赛（下）——是时候表演真正的技术了

无论结果如何，场边的观众已经看足了好戏。不用费心准备又能欣赏到精彩的表演，这是大多数学生选择当观众的主要原因。当然场上的选手也别有一番乐趣，比如以陈思敏为代表的反方辩论队员们，通过自己的精心准备，以及罗刻、齐晓峰、刘语明三个不是队友胜似队友的对手的帮助，能够在赛场上将卢标这样的大神按在地上摩擦，这是怎样的一种成就感？

终于轮到卢标登场了！

"按照对方辩友的逻辑，禁止酒驾和禁止早恋是一回事了。然而真的是这样吗？对方辩友的问题首先在于，没有弄清楚基本权利和特权的差别。恋爱是人的基本权利，而开车并不是，喝酒再开车，更不是！

"美国的司法体系对开车有如下描述：开车不是人的权利，而是一项特权，允许你操纵重达几吨、有可能伤害他人生命的大型铁器。对开车的这种理解，放到中国来是同样适用的。

"我们也可以从另一个角度来理解恋爱和开车的区别。开车是需要预先领取驾驶执照的，否则就是违法；而恋爱并没有任何考证的要求！这也从另一个角度说明，恋爱是基本权利，而开车不是。

"至于酒驾，连特权都算不上，其本身就是一种危险行为，和恋爱是有根本性区别的，因此刚才的类比，是无效的。"

刚才把罗刻、刘语明等人卡死的类比论证，瞬间被卢标反驳大半。

陈思敏继续："恋爱固然不需要考证，可是对方辩友不要忽视了，恋爱所带来的伤害依然是存在的。从可能性伤害的角度来讲，与酒驾又有什么本质区别呢？"

卢标："区别就在于，伤害的可能性和严重程度。酒驾本身是极为危险的，出事故的可能性很大，伤害也是巨大的——生命安全。而恋爱的伤害却很小，只不过是有可能影响学习而已。"

赵雨荷："对方辩友似乎是站着说话不腰疼！只不过是影响学习？对于高中生来说，难道学习不是最为重要的事情吗？"

卢标："没错，学习是非常重要的，然而早恋可能会影响学习，于是就要全面禁止早恋吗？这个逻辑根本经不起推敲。有可能会影响学习的东西太多了，难道都要全面禁止吗？比如，玩手机游戏也可能会影响学习，难道高中也要全面禁止玩手机游戏？"

赵雨荷听了笑道："那当然啦！对方辩友是不是忘记了，我们学校本来就是全面禁止玩手机游戏的啊！甚至连手机都不准带到教室来呢！"几秒钟后陈思敏反应过来：糟了，这是个套！赵雨荷中套了！

卢标狡黠一笑，道："原来对方辩友真的认为，凡是有可能会影响学习的都要全面禁止啊！那么按照你的逻辑，打篮球也要全面禁止了，因为有些同学就是花了太多时间打篮球而学习退步了。班上的各位男同学，现在赵雨荷建议全面禁止打篮球，你们同意吗？"

男生中爆发出一阵疯狂的嘶吼："不同意！"

赵雨荷被这震天吼声吓得打战，这才反应过来，原来刚才卢标给自己下了个套！他故意把"难道高中也要全面禁止玩手机游戏"这种看起来有破绽的说辞摆出来吸引自己的注意力，却把陷阱逻辑"有可能会影响学习的东西都要全面禁止"藏在背后，诱导自己同意这个描述，接着又通过篮球的类比引发男生的共鸣，调动观众情绪。

太狠毒了，这招太狠毒了！

局势已经翻转过来了。

好久不发言的梅子起身道："可是篮球和早恋也不能进行类比啊！篮球是一项体育运动，跟早恋的性质不同啊！篮球当然不用禁止了，但是早恋就需要了。"

卢标追问："那请问梅子同学，这样说的理由是什么？"

梅子被点名追问，只好继续道："因为……因为……两者有性质上的区别……"

梅子支支吾吾一时反应不过来，木炎赶紧起身接道："因为篮球是体育课的教学内容，这是我们学习的一部分啊！而早恋又不是，所以两者肯定不一样啊！"

这已经违反自由辩论同一方不得两人连续发言的规则了，不过董涛露觉得这个回复很好，倒也没有打断他。

有关男生特质的问题，果然还是男生才擅长回复。用体育课教学内容来应对卢标的类比，倒是个合格的回复。

然而这应对立刻又被卢标破解："的确，篮球是体育教学内容，然而乒乓球、羽毛球不是。不过我们学校也有乒乓球台、羽毛球场，也有不少同学经常去参与这两种运动，倘若有同学太沉迷打乒乓球、羽毛球影响了学习，难道就要全面禁止打乒乓球、羽毛球吗？"

问题又被抛回来了。赵雨荷道:"然而你说来说去,都是拿体育运动来举例。体育运动和恋爱这种事情有本质区别啊!因为体育运动而影响学习的,原本就是极少数,只有那些过度沉迷的同学才会啊!"

卢标:"你说因运动而影响学习的是极少数,证据在哪里?你对男生的了解太少了。很多男生周末做不完作业,就是因为要花三小时看一场完整 NBA;一到英超、欧冠的决赛期间,或者足球世界杯期间,熬夜看球的学生难道还少吗?熬完夜第二天上课睡觉,作业更是不可能做了,这难道不是影响学习了吗?"

观众中的男生频频点头,纷纷表示熬夜看欧冠、看世界杯这种事情,自己小学就开始做了。

木炎:"那依然只是少部分过度沉迷的同学的事情啊。这些同学需要的是加强自我管理,不能再让体育运动背锅!"

卢标笑道:"没错!同样的道理,因恋爱而影响成绩虽然有可能发生,但这只是自我管理能力的问题,也不能让恋爱去背锅嘛!"

又中招了!

反方木炎、赵雨荷面面相觑,不敢接话,生怕自己再被卢标下套。观众席上掌声热烈:"说得好!"

场面优劣已经反转。正方的刘语明和齐晓峰暗自高兴,自己抱了卢标这个大腿,轻松躺赢啊!

关键时刻陈思敏站了出来:"对方辩友刚好印证了我在一开始就提出的观点嘛!高中生的心智普遍并不成熟,无法驾驭自己的情感,根本没法既恋爱,又保持不沉迷,因为谈恋爱这件事情吸引人的程度,已经超出普通的体育运动了,根本就不是一般高中生能够驾驭的,这就是两者的根本区别啊!"

如此说来也有道理,反方稍微稳住阵脚。

"你的意思是高中生驾驭情感的能力不足,所以不应该去碰恋爱这件事情,是这样吗?"卢标问道。

陈思敏不敢轻易回答是否,生怕又是个套,自顾自道:"对方辩友沉迷于一种幻象,似乎什么东西都是可以控制的,自己是万能的!可是有没有想过,有些东西根本就不可能控制?越是吸引力特别强的、容易上瘾的东西,就越没法控制,这是不以人的主观意志为转移的!而对于高中生来说,恋爱就是这样超出控制能力的事物!"

观众席中终于又响起了稀疏的掌声,反方已经好久没有获得观众认可了。不过好消息是,李双关跟着鼓掌了,他的认可比一般观众更重要。

卢标反问道:"谁说恋爱容易上瘾了?你又没有经历过,只不过是一种想象而已。越是没有了解的人,越是会把恋爱神秘化,好像某种不得了的东西;实际上,你了解得越多,把那层神秘的面纱掀开以后,就越会发现它只是一件很平凡的事物。所谓的容易上瘾,那是说的毒品,至于恋爱上瘾,根本没有那回事!"

恋爱若是不易上瘾且可以轻易控制,那反方的根本立足点不就动摇了?

陈思敏赶紧捍卫道:"男生对情感不敏感,我们可以理解,不过对方辩友哪怕稍微读一读中外的文学名著也应该发现,爱情对人的诱惑力之大根本不小于毒品啊!你看一看罗密欧与朱丽叶的悲剧,读一读梁山伯与祝英台的故事,再想一想《红楼梦》里复杂交织的情感,真的能够得出恋爱不容易上瘾的结论吗?难道这些文学名著都是瞎编的吗?它们之所以脍炙人口、广为流传,正是因为那就是对现实的反映啊!因为现实生活中,爱情就是会让人魂牵梦萦、沉迷其中不能自拔啊!连成年人都不能完美控制的事情,对于高中生来说,难道不是一件容易上瘾、需要老师来进行管制的事情吗?"

掌声再次响起,局面似乎扳回来了一点儿。

然而卢标一开口就让观众的支持再次倒转过来。"对方辩友总喜欢把恋爱和毒品相提并论,按照陈思敏的观点,似乎我们的生命并不是爱情的结晶,而是毒品的后遗症。不知道您是海洛因还是冰毒?"

观众大笑,连李双关和董涛露也笑了起来。

卢标接着说:"毒品的特点是,让人走向毁灭万劫不复,对方辩友认为爱情也是如此吗?说到这里我真是忍不住为你将来的情感生活感到担心呢……"

观众继续大笑。陈思敏终于意识到,自己根本就不该提"上瘾"这个词……

"……其实越是全面禁止,让大家对恋爱这件事情了解得越少,就越会造成对方辩友的这种心态,把恋爱这件如此普通的事情搞得神秘化甚至妖魔化。这是对待恋爱的正确态度吗?"

陈思敏只好继续辩驳:"我们当然不应该把恋爱妖魔化了,但是应该深刻地认识到它的可能危害啊!"

卢标:"只去关注它的反面,而故意避开它的正面,这难道不是妖魔化?"

陈思敏:"当然不是这样。我们既要认知到恋爱本身的美好,又要认知到早恋可能存在的危害,这样才是正确地认知它啊!"

卢标笑道:"所以对方辩友已经清晰地告诉我们,对待早恋的正确态度不是应该全面禁止,而是要正确认知啊!真是说得太好了,简直就像我方派过去的卧底一样!我保证,辩论赛一结束我立刻给你打钱!"

观众都要笑疯了!卢标不仅辩论占优势,还能抽出闲工夫去调侃调侃对手,调动观众的情绪。最可怕的是,反方的四位同学被卢标反复下套加调侃,心态已经稳不住了,纷纷焦虑起来。这辩论题目不是应该对反方有优势的吗?再加上罗刻一开始一通乱搞给正方挖了个大坑,反方明明是大优势啊!怎么莫名其妙地就被卢标控制了场面?

到底发生了什么事？

反方另外三个人思维已经跟不上了，只剩下陈思敏继续坚持："对方辩友不要偷换概念哦，要正确认知不需要亲自实践啊！所以全面禁止和正确认知，并不矛盾。"

卢标："这个逻辑真的成立吗？我们学物理、化学、生物，已经投入了这么多精力，有这么多资料了，尚且需要到实验室里做做实验，才能加深对物理运动学、化学物质性质和细胞知识的理解。对于恋爱，居然靠空谈、空想就可以了？"

陈思敏："然而对方辩友还没有弄清楚，物理、化学、生物都是正经的学科，恋爱并不是啊！根本不能混为一谈！"

卢标继续戏谑道："那你意思是谈恋爱就一定是不正经了？其实我很好奇你这一生都经历了些什么事情啊，怎么会有这种观念？"

观众席上继续爆笑不断，有人抱怨道："哎哟，笑得我肚子痛！辩论赛不是应该很严肃的吗？"又有人说："腹肌都笑出来了！"

陈思敏："对方辩友尽可以戏谑调侃，然而这不能改变一个事实，恋爱和学科知识是有本质差别的。学科知识需要做实验加以理解，这个实验对我们不会有半点儿伤害，然而谈恋爱却有可能损耗我们的心力啊！"

卢标："对方绕来绕去又回到危害的可能性上来了。其实，做化学实验，把浓硫酸、浓硝酸以及容易爆炸的氢气倒来倒去，危害岂不是更大？按照你的逻辑，难道也要化学实验全方位禁止吗？

"另外，从能力成长的角度来说，情感能力是不是一个人的重要能力之一呢？对方辩友知道物理、化学、生物是需要学习的，有没有意识到，情感也是需要学习和成长的？危险的化学物品操作，不是需要全面禁止，而是需要实验室规范和教师指导；同样，恋爱这件事情需要的也不是全面禁止，而是正确的认知和理解啊！"

陈思敏也逐渐觉得脑子不太跟得上了。双方一来一回的速度太快，陈思敏能坚持到现在已经殊为不易了，尤其后半程，其他三人已经彻底凉了，全靠她一人撑着。当陈思敏也不知道如何回复卢标时，反方就全线瘫痪了。

现在，反方最后的自由辩论时间，流逝殆尽了。

"反方自由辩论时间用完了，正方继续！"计时的同学高声道。

剩下的几十秒钟时间，就是卢标的表演了。各种精妙的类比、有力的论证以及妙语连珠调动观众情绪，卢标挥洒自如，而反方四人只有干瞪眼。总结陈词阶段，先进行总结陈词的反方四辩赵雨荷抓紧机会极力想扳回局面，可惜卢标没有给她丝毫机会，将她的论点一一驳斥，最后一锤定音表明己方观点和分论点。

"……综上所述，我方认为，高中阶段没有必要全面禁止恋爱行为。谢谢！"

全场沸腾，鼓掌声、口哨声、尖叫声交织在一起。

易姗带头尖叫着:"卢标好帅啊!以一敌四,大翻盘啦!"她高举双臂奋力摇摆,希望卢标能注意到自己。

柳云飘和夏子萱都在默默鼓着掌,不过心思却又各异。

诸葛百象微笑着欣赏表演,偶尔想一想:如果我在反方该如何应对?他又想:算了,辩不赢就辩不赢吧。

修远冷眼旁观,觉得这热闹的人群距离自己好远好远。

齐晓峰、刘语明高声欢呼,庆幸自己躺赢。"投资要站对风口,辩论要抱对大腿啊!"

李双关和董涛露凑在一起悄声说着什么,他们将要判定比赛的胜负了。

有搞笑,有严肃;有一边倒的领先,也有疯狂大逆转。无论如何,这是一场精彩的辩论赛。

第五十六章

重压来临

　　李双关面临一个难题。从场面上看，卢标代表的正方是明显领先的，如果按照观众投票的方式进行判定，相信大部分学生都会投卢标所在的正方获胜了。可是李双关不希望这种情况发生。他的态度是，早恋是一定要全方位禁止的，他原本希望通过举办一次辩论赛来让学生自发地意识到这一点。然而他太不走运了，他抽签将卢标抽到了正方；同时他又太低估卢标的战斗力了，他没想到卢标这个学神不仅应试成绩好，辩论能力也如此出众。正方辩题已经天然不利，剩下三个队友也完全不出力，甚至帮倒忙，可卢标居然能够以一敌四，最终获得优胜！

　　如果直接强行宣布反方胜利，那就太有失公允了，恐怕班级会陷入混乱。一阵思索之后，李双关采纳了董涛露的意见。同样是学生做裁判，但不要进行胜负式的投票，如此尚有腾挪空间。

　　"非常精彩的辩论。现在进入比赛结果评判环节，我们将通过公平、公正、公开的全民打分方式来判定比赛胜负，并选出最佳辩手！请大家为正、反两方八位辩手打分，最低 1 分，最高 10 分。"

　　一番全民打分和统计之后，结果出来了。

　　最佳辩手必然是卢标，他的平均得分高达 9.9 分！也就是说，全班只有一到两个人给他打了 9 分或者更低，其他人全部打了 10 分满分！

　　第二名是陈思敏，平均分高达 8.2 分。

　　第三名是赵雨荷，平均分为 6.6 分。

　　第四名居然是罗刻！平均分为 5.2 分。虽然罗刻的实际作用堪称负的，然而他严肃派的搞笑还是给很多同学留下了深刻的印象……

　　第五名木炎，平均分 4.8 分。

　　第六名梅子，平均分 4.5 分。

　　最后两人自然是纯粹打酱油的齐晓峰和刘语明，分别为 1.1 分和 1.2 分。

汇总以后得到了一个惊人的事实：正方总分17.4分，反方总分24.1分，居然是反方大幅领先获胜。

正方局面明显占优的情况下，李双关通过改变评分方式而让反方获胜，并且从表面上看起来还是十分公正的，实在是手腕高超。

"我宣布，本次辩论赛，反方获胜！恭喜反方四位同学！同时也恭喜正方的卢标同学，获得'最佳辩手'称号！"董涛露高声道，"下面，有请班主任李老师进行点评。"

辩论虽然结束了，然而李双关设计的教学没有结束，尤其是在与他观念相反的正方因为卢标的关系而取得了场面优势的情况下，他需要补上画龙点睛的一笔。

"这次辩论非常精彩，我和董老师都有喜出望外的感觉。正方的卢标、反方的陈思敏同学，表现得尤其优异，临场反应之快、逻辑能力之强让人赞叹。作为评委，我也想谈一谈我对高中生恋爱这个话题的观点。

"今天反方主要强调高中生恋爱可能会有的一些副作用，正方卢标同学主要强调去正确地理解恋爱，强化自己的情感能力。卢标同学的辩论技巧非常出色，言辞也很有道理，即便我自己在私底下是持反方观点的，我也不得不承认，卢标同学的观点非常有说服力。我认为，像卢标这样头脑清醒、自制力强、心智成熟的学生，即便他陷入恋爱了，可能也不会对他造成太大的伤害。

"不过我想反问一下在场的其他同学，你们有人能达到卢标这样的成熟程度吗？你们的思维能力、自律能力能跟得上卢标同学吗？"

学生们纷纷摇头，表示不能。

"作为观众，我们可以欣赏卢标同学的精彩表演，但这并不代表我们要完全认同他的观点。他的观点对于他自己来说是非常正确的，但对于你来说就未必适用了。尤其，今天我们讨论的辩题是'高中是否需要全面禁止恋爱'，卢标的观点尚且有说服力。如果问题转变成，'各位同学自己要不要在高中期间去进行早恋'，那么结果肯定又不一样了。"

通过这样的问题转化，刚才那种疯狂为卢标喝彩的势头被扭转，学生们冷静下来，陷入思考。

李双关继续他的教育引导，所有人都安静地听着。卢标对结果并不感到意外，他知道李双关一定会想个办法让正方输掉，然而他并不介意。刘语明和齐晓峰两人觉得自己拖累了正方，在优势巨大的情况下输掉比赛正是因为自己的一言不发导致的低分，不过这种小小的内疚很快消散。

罗刻更是毫不在乎，甚至为自己不是最低分感到意外。对他而言，这只是一场被迫卷入的闹剧。他对于早恋问题毫无兴趣，想尽快结束比赛，重新回到学习的正轨上去。

激动人心的辩论就这样结束了。观众们看足了热闹，李双关完成了教学设计，大家都很满意。

接下来的日子重归平静,每天是上课、做题、考试、改错的循环。数学逐渐进入三角恒等变换相关章节,这是高一上学期的难点了。尽管最开始的函数部分就有同学表示难度已经比初中提高了很多,但学到三角变换的时候,大家才意识到高中数学的难能到什么程度。有人抱怨:"要疯了啊!这一章要背的公式已经比整个初中的数学公式还要多!"

然而数学老师金玉玫又告诉大家,高一下学期要学的数列,比三角恒等变换更难;而高二要学的圆锥曲线、导数、立体几何等,难度更甚;等到高三总复习时,难度还会再上一个台阶,多章节融合的题目,才是真正的高考难度!直说得班里一片唉声叹气。

"我怀疑,作业量再次加大,应该是李老师要求其他老师同时进行的,不然怎么语、数、英三科同时增加?就算再严格,也应该是英语这一科而已。我最近写作业都要写疯了!昨天的两张数学试卷写到晚上12点,英语课文是花了所有课间时间才勉强背下来的!"陈思敏道。

赵雨荷:"是啊,不光作业增加,错题本的标准也更严了,语文、英语的抽查也更频繁了,罚抄次数也增加了,错一个句子抄十遍。唉,我们几个还算是好的了,有些成绩差一点的、错题比较多的同学,简直要崩溃了。"

"是啊,感觉这几个星期,班上的氛围变得更沉默、更压抑了。"

赵雨荷突然意识到什么:"啊,说到更沉默,你们有没有发现,卢标最近变得沉默了?开学时候感觉很积极,一直在主动分享各种学习策略之类的,还在提倡合作型关系。最近好像没声音了?"

后面的诸葛百象插嘴道:"有吗?上次辩论赛不是很活跃吗?一个人引爆全场,还得了最佳辩手。"

陈思敏一脸郁闷:"算了,别提那个辩论赛了,想想就心烦,被卢标虐惨了!"

前排的梅子也加进来讨论:"我们不是赢了吗?"

"咯,这也算赢?明摆着李老师强行调控结果嘛。反正我是很郁闷的。"

梅子又转回话题:"不过话说回来,卢标最近确实有点儿不一样了,话更少了。我和柳云飘一个寝室,她也跟我说卢标最近更沉默了——她跟卢标一直走得很近的,她的判断应该靠谱。"

陈思敏接道:"辩论赛其实卢标也不想参加的,是被李老师点名强行拖进去了。这么说来,他确实最近一个月很沉默啊!好像都不怎么参与班级活动和事务了。"

诸葛百象岔开道:"有时间关心卢标,不如想想这些三角变换的题目怎么解决吧!难度是越来越高了。"

"啊，很难吗？你说的哪道题？数学的作业量虽然大，不过难度还好吧。三角变换这一章就是公式难记，最初一个星期学比较难受，现在就感觉没什么了。"陈思敏回道。

赵雨荷嘟起嘴："那是你太聪明了吧，我现在还反应比较慢，很多公式虽然已经背会了，但临场想不起来要用它。"

诸葛百象狡黠一笑："你觉得三角变换简单？要不来道临湖实验的题试下？"

陈思敏、赵雨荷、梅子一齐道："你又有临湖实验的题了？"

诸葛百象一挥手，给出题目：

计算 $\sin^4 10°+\sin^4 50°+\sin^4 70°$ 的值为（　　）。

"四次方？不是平方吗？"赵雨荷惊道。

"没错，就是四次方。"

"呃，看起来好复杂……"

陈思敏抄过题目埋头算起来："降幂公式用两次应该就可以了，试下……"

其余几人也抄起题目算起来。四次方的三角函数，理论上是两次降幂就解决了，可是实际上呢？真的有那么容易吗？两分钟过去，几位女生都产生了一种恨不得把草稿纸撕碎了吞掉的冲动——

"啊！太难算了啊！"赵雨荷率先崩溃。

陈思敏皱着眉头还在继续，然而也是在崩溃的边缘了："不仅仅是难算而已……降幂之后，$\cos 20°$、$\cos 40°$、$\cos 100°$、$\cos 140°$、$\cos 200°$、$\cos 280°$，列出来一大排不规则数，后面又该怎么消？我看降幂两次这个思路未必是正确的……"

梅子也很干脆："我已经放弃治疗了，你们继续。"

一节课间过完了，陈思敏还未得出答案。第二节课间又算了五分钟，陈思敏实在受不了了："算不下去了！诸葛百象，快告诉我答案！"

"哦，没算出来吗？"诸葛百象问。

"别废话了，解题过程给我！"

"我还以为你应该能算出来的，就是两次降幂啊！"诸葛百象将答案写在纸上，"降幂之后试一下，会发现 $\cos 20°+\cos 100°+\cos 140°=0$，$\cos 40°+\cos 200°+\cos 280°=0$，这样就做出来了。"

"啊！"陈思敏要抓狂了，"我就是算到这一步之前停下来了啊！没想到有这么个关系式子，这谁能想到啊！"

"其实和差化积试一下，不难想到。"诸葛百象耸耸肩。

"你第一次就做出来了？"赵雨荷惊问。

"没有……"

"……那你说得那么轻松！"

陈思敏又思考了一会儿，道："如果单拿出一道题，让你证明$\cos 20°+\cos 100°+\cos 140°=0$，那确实很简单。可是把这个结论嵌在一道复杂题的中间，就没有那么容易想到了……这个问题，又该怎么解决呢？"

课间时间再次用完，下一节是历史课。可是陈思敏依然在思考那个问题：看过答案之后，自然能够想到重要的中间步骤，然而怎么才能够在一开始就想到呢？$\cos 20°+\cos 100°+\cos 140°=0$，我为什么没有立刻发现它？我当时是哪里出问题了？

甚至到第三节课间的时候，她还在思考那个问题。赵雨荷是英语课代表，第三节课间拖着陈思敏陪她一起去李双关的办公室交全班的英语作业，在去李双关办公室的路上，她依然低着头苦苦思索着。直到走到办公室门前，她感到衣服被赵雨荷猛然拉住。

"怎么了？"

"别说话！嘘，你听！"赵雨荷小声道。

只听办公室里传来李双关不满的训斥声。

"这已经是第几次了？这周有两次，上周我记得也有两次还是三次。真是想不到，你居然带头不交作业！我这边的英语作业你没交齐，数学作业金老师也说了，你缺得更多，整张试卷都是空的！

"给个解释吧，卢标！"

第五十七章

高手，必是节奏掌控者

赵雨荷和陈思敏停在办公室门口，相互对视一眼，决定暂时不进去了，先听听李双关和卢标的对话。

陈思敏暗自思忖，原来这样的作业量确实太大了啊，连卢标这样的学神也做不完了。不过数学试卷整张整张地空着，做不完也不会这样吧？赵雨荷心中亦是同样的疑惑。

办公室里传出卢标的声音："……最近作业实在太多了，每天忙着赶作业的话，会丧失自己的节奏，反而学不好了。我少做了一两张试卷，腾出时间来做深度思考，这样效率更高一些。"

李双关的声音更大了："这就是你的借口？多偷点儿懒，少做些作业，就能学得更好了？你要是直接不做作业是不是更厉害了？啊？"

"不是这么说，需要控制在一个比较合适的量啊。如果练习太少，知识巩固自然不够；如果作业太多，多到已经侵占了思考的时间，当然效率就会降低了。这几周的作业量已经到了妨碍自主学习和思考的程度了，所以我自己做了些调整，要保证每天至少两个小时的自主思考时间，所以……"

"你自己做调整？你觉得怎么样好就怎么样？那你还要老师干吗！卢标，我知道你成绩不错，但是你这样傲慢的学习态度，我怕你撑不了多久！"

门外陈思敏、赵雨荷又对视一眼，各自心想：其实以卢标的水平，要不要老师恐怕真没什么区别……不知道卢标自己心里是否也是这样想的。不过李双关的声音里已经酝酿了不少愤怒的气息，即便真这么想的，恐怕卢标也不敢说出来。

"李老师，这与傲慢不傲慢没任何关系，这是对自主学习节奏的理解不同。您认为，学习节奏应该完全掌握在老师和学校手里，学生应该完全跟着外界走。但是我认为，真正的高手，必然是要把学习节奏掌在自己手里的！

"什么时候需要看基础概念，什么时候需要做些简单题，什么时候需要冲刺下高难度的题，高手是需要自己有意识、有把控的，不能交给外界，因为外界不可能对你个人的情况有那么深入的了解。

"同时做完题以后，是接着做下一道题，还是多花点儿时间对这几道题进行深入思考和总结——也要进行自我评估和把握。光想不练不行，光练不想也不行，这个平衡点怎么找到呢？一定是自己才知道平衡点在哪里，外人怎么会知道呢？目前的状况就是，每天的作业已经基本占据了所有空闲时间，自主思考的时间太少了。我还算是动作比较快的了，其他同学恐怕更是如此。

"甚至有时候还会涉及学科的切换。比如有些阶段，需要把其他科目的学习时间减少，集中冲刺某一学科——假设是数学吧——进行难度突破，这对于学生本身是非常重要的，甚至是必经之路。然而这段时间其他科目的作业又很多，时间冲突了怎么办？这时候就必须做些取舍了，这也是节奏控制的一部分……"

卢标的声音在办公室里回荡，门外两人也听得清楚。赵雨荷心想：卢标真是够大胆啊，这已经是在和李双关起正面冲突了。

而陈思敏却思绪万千，各种想法不断翻涌出来：高手一定要掌控自己的节奏？需要更充足的自主思考时间？对于这些相关的理念她或许曾经有过灵光一闪的思绪，但从没有深入想过，更不会像卢标这样系统总结了。

她突然想到，自己今日不就是正在思考那个问题——那些看答案很容易就能明白的思路，为什么之前就是想不到。这不就是个非常重要的问题吗？她刚才在做的就是自主思考嘛！

然而后面结果会如何呢？陈思敏自己能够预估出来：如果今天之内想不出答案，那么这问题就会被搁置、淡忘，仿佛这个想法从未在自己的脑海内生根发芽一样。她明明记得，自己过去也几次产生重要的疑问，能够对学习效率、学习深度产生重大影响的疑问和猜想，可是由于没有时间去深入思考解决它们，这些有价值的疑问和猜想全都没有解决和证实，就被迫弃之一旁了。

可以说，自己也有自主掌控学习、加强自主思考的种子，但这些种子从未生根发芽，都被繁重的学习任务挤压得胎死腹中了。

陈思敏呼吸急促起来，眉头紧皱，眼神凝聚。这就是我和卢标的差距吗？这就是我虽然成绩还可以，但不是最优秀的学习者的原因吗？卢标那样层次的人，都在追求自主掌控节奏，而我只是在被动地跟随着学校的进度走。

她一瞬间热血沸腾，如同探险家发现了新大陆一般，又像是绝症病人找到了救命仙丹。然而另一个问题又立刻出现：可是这繁重的课业挤占了自主思考的时间，学习节奏就是被牢牢地掌握在老师和学校手中，自己怎么能拿回来呢？比如卢标为了控制节奏而选择了一段时间内不做老师布置的作业，结果立刻就被李双关抓出来严厉批评了，这问题又该如何解决呢？

陈思敏凝神屏息听着办公室里的一切声音,生怕漏掉卢标说的每一个字。她迫切地想要知道答案——卢标,你该如何应对?!

李双关冷笑几声:"什么时候该练习什么题目,掌握什么知识点,看来你比我们这些教了十几年书的老师更懂行了?按你的说法,我们这些老师是耽误大家的学习了?"

这一反问危险异常,赵雨荷听了心里一惊:卢标要是答不好这问题,怕是要成为一道送命题。

"老师有老师的作用,学生的自主思考也有其必要性,两者同样重要。我们需要在两者间找到一个平衡点……"

李双关不客气直接打断:"你哪儿来的这么多理论?你凭什么给出的这些结论?你对教育又有多少研究?"

"论见识当然比不过经验丰富的老师们了,但是也曾道听途说过一些案例,算是有些自己的思考。关于我说的自主学习节奏的掌控,大量的尖端学生——清华北大级、状元级的学生——已经在正面效果上反复验证过了,我看过不少这些学生的访谈录、经验总结,都提到了类似的说法。另外,教育界也有不少反面案例,比如在山东、河北、河南等几个人口大省,以及很多其他省份的不发达区域,高压教育模式很常见,都是把学生一切可用时间挤占到最满的。有些学校甚至把课间休息改成五分钟,并且老师常常拖堂,作业也是每天要做到晚上 12 点甚至凌晨一两点才能做完。

"我认识的一个老师就明确提出,这样的高作业量、低思维量学习模式效率其实很低,仅仅对一种学生——原本完全不愿意学习,在高压逼迫下稍微学了一点知识,保证了一点基础的时间投入的学生有略微效果。但对于大部分原本就已经愿意学的学生来说,是无效的,因为这部分学生欠缺的不是时间投入,而是学习策略,是思维能力,是自主动力和自我认知能力……"

"你哪里认识的瞎扯老师!"李双关再次不耐烦地打断卢标的话,"你要跟我谈高压模式的利弊?好啊,我问你,那你知不知道为什么全国那么多地方都在使用这种高压模式?很多年前这种高压模式并不常见,为什么现在却这么常见?如果没有良好的效果怎么会有那么多人去学习效仿?全国几万校长、几百万老师都是弱智吗!就你卢标一个聪明人?

"你知不知道我们兰水二中曾经的学生水平很差,每年高考一本率不到20%,不到十年现在已经飙升到40%了,实验班更是60%以上!就是因为采用了你所谓的这种高压模式!还有以高压模式而出名的著名中学,比如衡山中学等,每年考上清华、北大上百个!你那些鬼知道从哪里听来的理论,怎么解释这些铁一样的事实?

"更何况你所谓的高压模式,无非就是作业多了一点,学习辛苦了一点。但是高中不辛苦、不奋斗,你准备留到什么时候去奋斗?哪里的高中生不辛苦?人生是这么轻轻松松就容易过好的吗？用一些乌七八糟的理论来掩盖自己的懒惰，或者自以为是的叛逆和反对老师的行为，是一个优秀学生该做的事情吗？这是你应该给其他学生做出的表率吗？如果全班同学都学你这样不做作业，会变成什么样子？"

李双关怒气冲天，陈思敏和赵雨荷隔着办公室门尚且听得心惊胆战，可以想象里面是怎样激烈火爆的场景了。能和李双关顶上这么半天，卢标，你真是够胆子啊！

办公室里争论最终消停了。李双关要求卢标把昨天没做的所有科目作业补上，上周的就既往不咎了，但是未来必须严格按照老师的要求做作业。卢标没有再申辩，显然，他被迫臣服了。

办公室门打开，卢标走出来，一脸的无奈、迷茫和不甘。他叹了口气，瞟了一眼门外的两人，皱着眉头离开了。

连卢标也解决不了的矛盾，我又如何能解决呢？陈思敏也跟着卢标一起垂头丧气。今天刚产生的一点感悟、一点启发，似乎又要被掐死在萌芽中了啊！

中午下课，卢标在走廊上靠着围栏多站了一会儿。他的眼神里弥漫着一股罕见的幽怨和迷茫，盯着远处的天空出神。

易姗今天穿了件紧身的紫色毛衣，外面套着校服。因为着装过于鲜艳，她已经被李双关批评警告过几次了，要求要么穿正常的运动衣、羽绒衣，要么穿校服，严禁太招摇的款式，比如夏季的短裙、秋季的短裙加肉色保暖丝袜等，太显身材的紧身衣也不行。

然而她总能找到应对的方法，比如今天的装扮，里面是紫色紧身毛衣，外面套着校服，而那校服拉链又被拉开，落到腰身以下，松松垮垮地套着，与紧身衣服勾勒出的曲线形成对比。不知多少男生会因此心潮澎湃。

易姗露出一个迷人的笑容，往卢标身边一凑，声音如同杯口倒出来的蜂蜜水一样甜，仿佛看得见空中拉出的黏稠的液体线条。"大神，怎么在这儿发呆呢？要去吃饭吗？我肚子都饿了呢！"修远紧随其后出教室门，正好看到这一幕。易姗这声音、这神态，显然是刻意做出来引卢标注意的，修远心里不由得生出几分不愉快。

不过卢标对易姗似乎毫无兴趣，只是淡淡地回复还有事就把她打发了。易姗献媚不成讨了个无趣，刚好看见身后的修远，于是招呼修远一起吃午饭。修远记得自己从开学初就对易姗有些关注了，但从未一起用餐过。这次看见易姗搭讪卢标原本心情郁闷，现在却忽然得到一个和易姗一起用餐的机会。人生的大起大落真是太快了啊！

易姗和修远走后，卢标继续立在走廊上，直到从隔壁实验一班走出一道身影。

"高考不考散文，不考诗歌，没空浪费那个时间。"一个男生冷冷道。

"话虽如此，可是你不觉得这是一种美学的欣赏吗？会给人带来很多美好的情绪和感受……"一个女生的身影也跟出来，用感性的声音接道。
卢标立刻叫道："占武，等下！中午有空没？一起吃顿饭吧。"
占武停下脚步，回头看卢标。卢标主动约他吃饭，这倒是第一次。旁边的女生是舒静文，卢标勉强算是认识，因为好几次看到她和占武在一起，在年级排名前十的名单上也偶尔会注意到她。舒静文也回头看向卢标，眼神中略带哀怨，可以推测，她原本准备和占武一起吃饭的。
若是平时卢标也就不去打扰她了，然而今天他没有礼让的准备。
"占武，有事找你。"
占武"哼"了一声，道："行，走吧。"说完看向舒静文，又瞟了卢标一眼。
卢标会意，道："不影响，随意。"
封号命运的第二学神卢标，找到封号杀神的第一学神占武，究竟有什么事情呢？舒静文也略有些兴趣了。

第五十八章

学神的交易

　　这段时间修远有些辛苦。自从期中考试崩盘后，他花了大量的时间在学习上，尤其是在思维导图的绘制和使用上。仅以时间投入度来看，甚至超越初三最认真时候的巅峰水平了。

　　与以往晚上 10 点就回寝室不同，现在他每天要到 10 点 30 分教学楼彻底熄灯后再回寝室，回去后还要再复习下白天绘制的思维导图。甚至连打篮球的时间都少了，惹得付词、刘宇航等人抱怨，有时候打球都凑不够人了——毕竟实验班原本人就少，只有四十人，不像普通班六十人左右。

　　到现在，数学的思维导图已经积累了十几张 A4 纸，物理也略微做了一些。就时间分配上，他还是优先数学的，因为在他眼里，这才是最核心的科目，最能证明一个人能力的科目。至于英语、语文等没太多技术含量的学科就放在后面了，等到数学的效果显现出来后，这些学科还用愁吗？

　　而且思维导图也似乎略有些效果了，最近数学三角恒等变换的单元测验中，数学考了 121 分——虽然不是很高的分数，但是比期中考试的 110 多分已经略有进步了。再算上难度的增加——修远认为这一章的难度比前面几章更难，以及有两道题是自己一时失误没有做对，下次细心一点儿、多思考一会儿，是完全可以做对的。算上这两道题的话，可以到 130 分以上了！

　　这样的计算方法有多少自我安慰的成分且不提，至少让修远的心情好一点，没有那么郁闷了。而今天又碰到大美女易姗主动提出来和自己约饭——虽然似乎不是她的第一选择，但不要在乎这些细节嘛——更是艳阳高照啊！

　　在餐厅里，修远先是主动提出帮易姗买单，然后一边暗示自己新使用的思维导图学习法多么厉害且有成效，一边又忍不住提到自己初中时期的光辉事迹——篮球队主力后卫，年级前几名，辩论赛最佳辩手等。易姗一开始有一搭没一搭地接着话，然后随口提到一句："怎么最近没看到你打球了呢？我感觉你打球还挺厉害的呢。"

这一句话说到修远的痛点上去了。充满活力的年轻男生，谁还没点体育运动方面的兴趣爱好呢？不论是篮球、足球还是乒乓球、羽毛球等，隔几天就想玩两下的冲动还是有的。不过期中考试的失败对修远打击很大，再加上最近各科老师集体发疯了似的布置作业，以至于连多花点儿时间打篮球的冲动都被抑制下去了。

"哈，最近比较忙，打得少了。不过我要再找回手感也是很快的！听说付词他们几个这几天和别的班打比赛都被虐惨了，看来是没我不行了嘛！"修远故意表现出自信满满的样子。他想：既然思维导图已经取得了不小的成效，看来是时候重返球场了。他甚至想到，再和别班打比赛的时候，可以提前把易姗叫来，让她看看自己的风采。

易姗吃了半碗饭，匆忙返回寝室去了，原因是有部分作业没做完，要回寝室躲着抄一抄同学的作业。提到抄作业，修远意识到，自己想要打篮球的愿望和最近暴涨的作业量有严重矛盾。最近他拼了命地赶作业才勉强做完，同寝室马一鸣、刘宇航等人早就半抄半做了，刘旺哲更是大部分都在抄了。不过之前修远认为自己要洗刷期中考试的耻辱，所以逼迫自己把作业全部独立写完了，认为不能像刘旺哲那样堕落。但现在又想：如果为了腾出时间打篮球，稍微抄那么一点点，或许也没问题吧。

总之，易姗轻描淡写的一句话，勾起了他的内心波澜。

食堂另一头的小桌上，坐着卢标、占武和舒静文三人。

卢标做东，各种小吃点心摆了一桌，点餐时舒静文几次劝到少买点儿，吃不完的。不过卢标铁了心要摆出做东的派头，但凡觉得食堂里味道不错的菜肴和特色点心都上了一份，最后放在桌上的食物已经足够五六人吃了。占武知道卢标家庭富裕，这点学生餐看着丰盛其实也花不了多少钱，无非一个普通学生三天的生活费而已，所以随对方肆意点餐也不阻拦，只是暗自揣测卢标找他所谓何事。他并不知道卢标已经遭遇了一些家庭变故，再也不是那个富商家庭的孩子了，不过所谓瘦死的骆驼比马大，能够欠几千万外债的人，反而不会缺孩子请客吃饭这一二百元的开销。

占武也不客气，各色点心抓起就吃。舒静文象征性地夹了两口菜，静静等待两位学神的重量级交流。

卢标开口了："我就不绕弯子了，今天找你主要是想咨询几个问题。最近我们班的作业暴增，几乎要占据全部的学习时间了。我想你们班的情况应该差不多吧？"

"我们班？从9月刚开学的时候就已经暴涨了。"占武头也不抬。

舒静文插嘴道："卢标，上次我去老师办公室，听到你们班班主任李老师和我们严老师交流，似乎就是对比过我们班的作业量以后，你们李老师才觉得作业量应该再增加一些的。"

"那就是说，你们班作业比我们班更多了？刚好，我想问下你，占武，你怎么处理这些作业的？到了你我这个层次，都应该知道，做太多的作业是没有意义的，挤压了自己的自主思考空间反而是降低效率的。"

舒静文看着卢标一愣，又猛地看向占武。

"是啊。怎么了？"占武面无表情，筷子夹着一个炸肉丸子，左手端起一小碗银耳汤。

"为了保证自己的学习节奏，我选择放弃一部分作业不做，但是这跟老师起了冲突。"卢标苦笑道，"今天刚刚被班主任训了一顿，他觉得我傲慢、自以为是，说我关于学习策略的理念是错误的。我解释了很久，根本没用。"

"理念个啥。挑战权威，面子问题和自尊心问题。"占武面无表情。

简短的几个字，直接道破卢标和李双关之争的本质。其实这哪里是什么理念不合呢？在占武看来，更多的是主导权和面子的问题——有些教师认为学生不完全服从他的规定，即对他尊严和权威的挑战。

"当然可以这么说，可是我们毕竟只是学生，在学校老师面前，尤其是班主任李老师这样威信很高的中层管理者面前，又该怎么办呢？他强硬地要求我补上作业，并且以后不准再犯。如果跟他继续正面强硬冲突，恐怕对我会更不利。"卢标无奈地叹口气，看着占武。

"是啊。"占武瞟了他一眼，回答简短得让人想哭。

"所以呢？你是怎么处理这个问题的啊？那些多余的作业，以及与老师的权威之争，我今天的目的就是要咨询你这个问题啊！"卢标有些无语了，着急问道。

"抄。"

"抄？你的意思是不做作业，直接抄同学的答案？"卢标惊讶道。

"有空就抄。"

"那没空呢？"卢标追问。

"没空就叫她帮我抄。"占武一脸平淡地指了指旁边的舒静文。

卢标惊得张开了嘴。多少年来，卢标一直是性格纯良的标准优等生，对于他来说，抄作业就够可以了，居然还能叫别人帮你抄？这种操作真是闻所未闻，简直是打开了新世界的大门啊！果然自己还是太拘束、太稚嫩，不如杀神占武的路子来得野啊！

卢标带着震惊的表情看向舒静文，舒静文一脸无奈地点点头。

"那她呢？她怎么会有时间帮你抄？她的作业很轻松吗？"卢标简直不敢相信，又追问占武。其实卢标的第一反应是，为什么舒静文愿意牺牲自己的时间帮占武抄作业，不过他私自揣测，从舒静文看占武的眼神来判断，应该是出于感情因素了。

舒静文替占武答道："我写字速度快，抄个作业花不了多久。"

"可是经常这么干的话，老师不会发现吗？尤其解答题，字迹明显不一样啊！"

舒静文叹了口气："我会模仿他的笔迹。"

"还有这种操作？"卢标已经完全愣住了。

占武淡淡补充道："这是我跟她的交易，她帮我抄作业，我给她讲题，仅限于数学和物理的难题。"

卢标追问："你是说，她会认真地做数学和物理的所有作业，简单题就帮你抄上，难题就留着找你问？"

"对。"

卢标一愣，立刻反应过来了："所以，她不但是帮你抄作业，还顺便帮你筛选题目，把数学和物理作业中那些最有意义的挑出来？"

"哼哼，聪明，立刻就反应过来了。"占武微微一笑。

卢标简直不知道该说什么好了。不仅有个抄写员帮忙应付无价值的作业，甚至还能帮忙挑选有价值的题目，简直就像是自带了一个秘书在学习一样。占武，你真是个人才啊！

那头的舒静文也看向占武，有一丝失落，又有点儿惊讶："那我们……我们就只是交易吗？"

一个原本温婉漂亮、带着静气的女生，用这样哀怨的语气说出楚楚可怜的语句，恐怕任何男生都会忍不住心疼一番吧？然而占武却眉头一皱，目光骤然变冷，道："不然你以为是什么？难道是感情吗？"

卢标一个心理素质较好的男生，认识占武时间也比较久了，对他这种莫名其妙的冷淡态度也算是有点儿习惯了。倒是舒静文一个柔弱女生，被这突如其来的态度剧变刺得只觉得心口痛，低下头去不说话。卢标似乎看到她眼角有点儿湿润了。

不过她调整情绪的能力似乎不错，长舒一口气，道："算了。不过听你们谈话我也学到了一些东西。原本占武总是抄作业，我一直以为是他智商太高，不用像我们这些凡人一样做那么多题目就能学好，尤其不屑于做那些简单的题目。今天听了你们的谈话我才意识到，原来通过抄作业省出来的时间，恰好可以用来进行深入的思考，调整自己的学习节奏。我之前一直理解错了，没有意识到自主学习节奏和深度思考的重要性。

"不过我也想说，这种方法太极端了，可能对你们两个这种级别的学神管用，但是对普通学生管用吗？抄作业倒是省下来时间了，可是这时间用来干吗呢？自己的规划和调控真的比学校安排的更好吗？这种自主学习的节奏把握和深度思考，对人的能力要求太高了，一般人恐怕达不到吧？如果都学占武那样，或许是搬起石头砸自己的脚。"

舒静文所言有她的道理，占武的做法也有自己的逻辑。卢标今天找到占武原本是请教这个困局的破解之法，可是占武的破解之法对他完全不管用啊！到哪里去找一个能帮自己抄作业还能精确模仿自己笔迹的人？

卢标满脸无奈，突然意识到了什么，问道："占武，我记得开学第一天你就说，这里是个丛林，我不适合这个地方，我无法战胜你。你说的就是指这个吗？你那个时候就已经预测到今天的状况了吗？"

"哼，这只是其中一部分而已，还会有更多的困难等着你。"占武冷笑道。

卢标低头不语。

占武又道："封号命运的人，这一生就没经历过什么磨难吧？碰到标准方案无法解决的问题，又哪里知道该用什么野路子、歪招数去随机应变、灵活处理呢？甚至，到问题变得更混乱的时候，有没有精神力量撑下去，又或者知道什么时候该快刀斩乱麻、舍掉不那么重要的东西呢？

"比如你这次提出的问题，简直是搞笑啊，在我眼里太幼稚了！这么一个小问题你都解决不了，你哪儿来的资格和我比？你有严重的'好学生''乖学生'的心理负担和精神框框，不敢去想抄作业这件事情，更想不出让别人帮你抄作业这种野路子！

"你知道我和你的不同在哪里吗？我更懂得舍弃，我极端擅长舍弃！因为我这下贱的命运啊，我一生都在不断地舍弃，别人可以奢望的美好我要舍弃，别人必不可少的基本权利我也要舍弃！你呢？你从没练过这个技能吧？你从没想过舍弃那些美好的事物，也是一个可以练习、需要练习，甚至关键时刻能救命的技能吧？

"这一次，你就是放不下'好学生''优等生'这些自我心理评价；下一次，你还会遇到其他问题，该舍的地方舍不掉。哈！你没有这个能力，你分辨不出来哪些东西是该舍的，你甚至想不到东西是可以舍弃的。就像一个在都市生活惯了的人，他过不了丛林生活，他根本想象不到，像手机、保温杯、暖气、空调这些日常必备的东西，其实全都是可以舍弃的。

"这里就是个丛林，虽然不是那么恶劣的丛林，比更差的三流学校已经要好很多了，但对于你这种温室的小花朵来说，已经足够恶劣了。

"我对你只有一个问题——你为什么会来到这个二流学校？我是被卖过来的，可是你呢？你又是为了什么？"

▶ 第五十九章 ◀

重返球场

　　修远离开食堂的时候，看到卢标和另外一男一女还在食堂一头的桌旁边吃边聊着。卢标总能给他一些刺激，在看到卢标的瞬间，他想自己还是要好好学习，不能被卢标甩下太多了。不过离开食堂返回教室时，路过篮球场，看到付词几人正在球场上挥汗如雨，心里不禁痒痒起来。

　　勉强克制自己打球的冲动来到教室，掏出数学练习册，却又觉得心痒难耐。一方面是本身的兴趣，另一方面是易姗一句话的刺激，再加上近期压力实在太大、作业太多、生活太枯燥，多种因素混合在一起，让这种冲动无比强烈。

　　如果去打球，那么今天的作业很可能就做不完了，有点担心学习进度会被落下；如果强忍着继续学习，又觉得心神难以集中。修远的内心如此挣扎了一会儿，最终做出了一个决定：找出今天数学作业中最难的那道题，如果会做，那就去打球。

　　以最难的数学题检测，如果做出来了，说明自己这段时间已经学得足够努力，足够好，可以奖励自己放松一下；如果没有做出来，那就说明自己还没有到能够放松的程度。于是他翻开练习册，直接来到最后一题：

$$设 f(x) = \frac{\sin x - 2}{2\cos x - 3}，则 f(x) 的值域是（　　）。$$

　　修远略微一愣，函数题？和三角恒等变换是什么关系？嗯……表达式应该可以化简。可是这怎么化简啊？和差化积？不对啊！两角和？也不对！怎么感觉很多公式都用不上？思考一圈后，修远突然想到一个名词：万能公式！

　　这是数学老师金玉玫上课时补充的一组公式，将 $\sin x$、$\cos x$ 全都变成由 $\tan\frac{x}{2}$ 表示，修远清楚记得金玉玫对这个公式的讲解：这叫作万能公式，就是当你三角变换找不到思路的时候，经常能用这个公式解决，几乎是万能的，唯一的缺点就是计算稍微麻烦点。

就用这个公式试试吧!

为了写起来简便,再将 $\tan\frac{x}{2}$ 写成 t,经过一番变化,式子变成如下:

$$(2y-2)t^2+t+y-2=0$$

显然,t 的取值范围是 R。不过要求的是 y 的值啊,后面又该如何变化?修远突然灵感迸发,想到函数章节里曾经讲过的判别式方法——

计算一个 $\triangle \geq 0$ 不就能得到关于 y 的不等式了吗?

飞快列出式子,修远迅速得到答案。

今天状态不错啊!修远心情高兴起来。万能公式+判别式法,这可不容易想到,但是他想到了。也许思维导图确实起到了作用?虽然这道题并没有出现在思维导图上,自己也并不清楚其中的作用机理是怎样的——为什么画多了思维导图就能做出来这道题了?又或者,画思维导图和这道题被自己做出来,究竟有没有关系呢?但这种时候,宁可信其有吧!

按照刚才的想法,如果这一题自己做出来了,就可以放心大胆地去打篮球了。不过这会儿状态这么好,修远居然有点儿舍不得起身了。另外,做出一道题真能说明自己近几周学好了吗?多少有点儿不放心啊。想到此,修远又补充了一个决定——再来看看倒数第二道题吧,如果这道题也做出来了,那应该就真的没问题了。

已知锐角 $\triangle ABC$ 三个内角分别为 A、B、C,向量 $\vec{p}=(2-2\sin A,\cos A+\sin A)$ 与向量 $\vec{q}=(\sin A-\cos A,1+\sin A)$ 是共线向量。

(1)求 A 的值。

(2)求函数 $y=2\sin^2 B+\cos\frac{C-3B}{2}$ 的值域。

第一问,$A=60°$,很容易算出来。至于第二问,首先把 $\angle C$ 化成 $\frac{2\pi}{3}-B$ 的形式,然后不就成了二倍角的相关化简了吗?算到一半再加上一个两角和的公式,最终得到式子:

$$y=\sin\left(2B-\frac{\pi}{6}\right)+1$$

显然,函数最大值为 2。

倒数第二题又做出来了,今天手感太好了。修远长舒一口气。最后两道题已经搞定,看来自己真的已经学得不错了!是时候放松一下了!

修远露出一个胜利者的笑容，大步走向球场。

"喂，好久没见你啊！"付词打招呼。
"嘿，是好久没动了，下来活动一下。"修远笑道。
"我告诉你，修远最近可勤奋了，每天认真写作业，那么多题全部做完了。晚上在寝室里都不停，还要画什么思维导图，寝室桌子上一堆白纸、彩色笔之类的东西。"马一鸣一边运球一边道，"我看咱们也给修远安一个封号好了，封号'艺术家'吧！"

付词、刘宇航、刘旺哲等人大笑，修远白了他们一眼："呸！难听！我才不要这个封号！"

付词又道："封号是要稳定年级前五才有的吧！他才多少名？"

这话修远不爱听，然而今天却也没有特别反感。大约是有了足够自信后，对这些讽刺反而不在意了。"哼，你们就等着看我翻身吧！你们以为年级前五名很难吗？我之前没认真学而已！"

重返球场，修远格外卖力，连续几次强行突破上篮得分。尤其对上刚才出言不逊的付词时，不仅强行单打，而且花式过人，后转、交叉步变向甚至一些稀奇古怪的接球动作都做出来了。付词原本体形偏胖，又被修远多变的脚步绕得眼花缭乱，没多久就晕菜了。

"行了，换人上吧！我已经被晃晕了。"付词愤愤道，"才说了你一句就这样故意报复我，你是复仇者联盟吗？"

打一会儿，休息一会儿，场边等人也谈起一些八卦。

"卢标被李双关抓到办公室去补作业了，你们知不知道？"刘宇航道。

"什么时候？"其他人都惊讶道。

"据说他好几天的作业都没做，李双关大发脾气！就在刚才来打球之前，我亲眼看见卢标拿着几本练习册到李双关办公室去了。"

"想不到啊，卢标这种浓眉大眼的家伙也会不做作业，看来跟我们几个是一路货色啊！"付词笑道。

"喊，你也真是不要脸啊，人家不做作业照样考第一，你呢？没搞个倒数第一算不错了吧！"姚实易嘲讽付词。

"确实有倒数第一的风险，我也经常担心这个问题，甚至有时候焦虑得晚上睡不着觉！"付词做出一副深情的模样道，"不过还好有你，我一看到你就安心了。吃得香，睡得香，打球都更起劲了！"

众人一起大笑。

又有人八卦道："修远！听说你中午和易姗一起吃饭的？"

说到这里修远忍不住嘿嘿笑起来："你听谁说的？"

"哦——跟大美女这么亲密？"众人起哄。

"哎，也没什么，一起吃顿饭而已。"修远故作平淡说道，心里却得意起来，不仅嘴角的笑意隐藏不住，甚至肢体动作都加快了，连突破的时候都觉得力气更足了。

然而姚实易却补充道："可能人家易姗觉得吃顿饭真没什么呢？我上次还看见她和李天许一起吃饭呢。"

此时修远突破完毕准备三步上篮了，第三步右脚一蹬准备腾空了。然而这话却像一个磁力旋涡一样，吸走了修远的力气，他只觉得脚下一软没发上力，好好一个空篮给上飞了。

"真的假的？"修远惊问。

"当然是真的，我起码看见两次了！"姚实易道。

刘宇航又补充道："那有什么！上个月我还看到她和卢标一起吃饭呢！不过好像不是事先约的。当时卢标和柳云飘一起吃饭，她直接就加入了。"

"易姗和柳云飘关系很一般吧？估计是冲着卢标去的。"付词道。

刘宇航一耸肩："谁知道呢？反正我觉得，对于易姗来说，跟谁一起吃个饭，根本不能说明什么吧！"

修远回忆起今天易姗也是先找卢标约饭，被拒绝后才转向他的。再加上听到她也有过找李天许和卢标约饭的先例，不由得感叹自己真是白高兴了，想太多。

姚实易忽而又道："对了，好像易姗找的都是班上前几名？你看，卢标第一，李天许第二——她是在顺着排行榜刷人吗？"

"真是这样？你瞎猜的吧？"众人疑惑。

"验证一下嘛！"付词提议，"排行榜后面的几个人是谁？看看易姗有没有找过他们？"

修远赶紧道："第三名罗刻，后面是陈思敏、赵雨荷、诸葛百象，再后面就全是女生了。你们谁看见过易姗找罗刻和诸葛百象了吗？"

刘宇航兴奋道："有！我看见过易姗找罗刻搭讪，就在餐厅里面。不过罗刻好像兴致不高的样子。而且我只看见过一次，不像找李天许那么频繁，刚才姚实易说看见过两次，其实我也见过两三次了。"

"那诸葛百象呢？"修远又问。

众人核对一番，道："这个倒是没见过易姗找他。"

刘宇航总结："除了没见过她找诸葛百象以外，其他学霸榜上的男生，都已经集齐了。而且我们也不能保证她就一定没找过诸葛百象，也许只是我们没看见而已。总的来说，我怀疑她就是在刷学霸榜。"

刘旺哲笑道："真是爱学习的好姑娘！约着吃个饭都非要找学霸才行。其实修远也算半个学霸吧，虽然期中考试名次不是很好，但是算个潜力股嘛！"

众人基本同意，唯独付词冷笑道："我看未必吧。你们有谁见过她找学霸榜上的女学霸们约饭吗？女生之间明明关系更密切、更容易亲近吧？然而我从未见过她找陈思敏、赵雨荷一起约饭，而且据我观察，她们平日的关系也很一般。"

众人又相互核对一番："是啊，我也没见过她找陈思敏、赵雨荷聊过。"

"并且，你们觉得易姗是那种特别爱学习的人吗？如果说是为了向学霸们请教学习而找他们，倒是柳云飘比较像。但是易姗，肯定不是。"

大家都觉得付词分析得有道理，然而也疑惑，那易姗到底是想干吗呢？修远心里也迷雾重重。

"哼哼，你们都想不通了吧？"付词冷笑道。

"想不通。"众人齐刷刷看向付词。

"其实我——"付词环顾全场，确认所有人都在看着他，然后道，"也想不通……"

"我去你的！"众人晕倒。

修远谜团未解，心烦意乱，嚷嚷道："算了算了，不要八卦美女了，好好打球吧！"

中午打球接近一小时，作业自然是没法完全做完了。晚上回寝室后，修远找刘宇航抄完数学作业，而刘宇航又是找隔壁寝室的诸葛百象抄的。适当运动对人的身体确实有好处啊，打完球的修远虽然略有肌肉酸痛，却又感到浑身舒坦。

往后还是要多打打球才好，修远心想：不仅运动完了舒服，还能听到各种自己感兴趣的小道消息。这一天，便算是修远重返球场的日子了。

第六十章

期末将至

时间过得飞快，转眼又一个月逝去，期末已经不远了。

数学试卷一张接一张，英语阅读一篇连一篇，语文的文言文要背的内容也越来越多。其他科目如物理、化学、政治也不是善茬，难度逐步加大，而作业量也伴随着难度同步升高。

与此同时，实验班在数学、英语和物理三门科目的进度上又要比普通班更快。数学要多学一个单元，学到解三角形——然而期末考试是全市统考，并不考这一章；物理要学到必修二的曲线运动——同样是期末不考的。

英语科目没有要求提前学第二册书，但是李双关发了三十篇范文下来，要求全部通篇背诵，相当于额外自学三十篇文章，算下来居然比一册课本的量更大一些。而李双关又是班主任，风格严厉，学生们也不敢稍有懈怠。至于语文，算是相对轻松的一科了，然而文言文难度不亚于外语，每周两篇作文训练也没那么容易对付。

绝大部分学生都在疲惫不堪地应对课业任务，教室课间也越发安静，常常死气沉沉。

在这沉寂的氛围里，卢标也少言寡语。自从被李双关严厉批评后，他也被迫按时完成各科作业。他成绩顶尖，写作业速度快，按时完成后尚能有半小时空闲，并保证每晚11点之前睡觉。可是这已经不是他想要的状态了，自主学习和深度思考的时间已经太少。

拼命到极致的罗刻倒是还能适应，每晚学到12点，不仅能完成所有作业，还能再加练些自己买的辅导书。木炎作为罗刻的忠实粉丝也受他感染，每晚奋笔疾书。偶尔疲惫不堪时，罗刻、木炎两人也能相互激励。尤其木炎还记着，罗刻和李天许还有赌上穷人尊严的一战，他甚至比罗刻本人还要上心此事。

李天许保持着自己傲慢无礼的惯常作风，除了卢标谁也不放在眼里，然而谁也拿他没办法，因为他真的很强，在卢标一人之下、众人之上。他确实天资较好，物理、数学等高难度的内容，他人要思考许久依然不得其解的内容，他多能过眼即会。即便经常抄作业、偶尔晚上偷偷在寝室里玩手机，也不影响他的成绩领先。当然，由于实验班作业实在太多，即便他漏掉其中一部分，剩下完成的量也已经足够多了，这也成了他保持领先的重要原因。李天许这种自律性很弱的聪明人，被李双关高压式地逼迫一下，倒也不是坏事。

陈思敏和赵雨荷是传统学霸，态度认真，上课听讲，下课写作业，兢兢业业。自从在办公室门口听到卢标关于顶级学霸的学习观以后，陈思敏也感慨了几日，叹自己不能早早学习到这些重要的理念，更叹自己无法突破环境的束缚，空能理解观点却无法执行。不过她也观察到，即便卢标自己也被束缚住了，她又能如何呢？宛如得到武功秘籍却又无法修炼，直叫嗜武如命的狂人急得直跳脚。

卢标沉默后，柳云飘受到的影响最大。刚开学时卢标尚积极活跃，她跟在卢标身旁总能学到东西。小则某道题的巧妙解法，大则某种学习策略、思维方式，每每深受启发。可是大约期中考试之后，不知为何卢标突然变得沉默许多，在公开场合不再高谈各类学习策略和心得，也不再呼吁什么合作型同学关系。即便自己主动去找他交流，也是草草三言两语而已，不似开始那样讲解细致了。是他有什么不开心的事，还是对我不耐烦了呢？柳云飘不敢确定。

夏子萱这头刚从情感的心结中走出来，那头立马掉进高压作业的旋涡。作为班长，她实在不好意思不写作业，然而她并非手脚麻利、行动迅捷之人，做作业经常拖到晚上12点左右。到后来也略显松懈，虽不至于抄作业，但稍有难度的题，她也就空着不写了。其实类似夏子萱的情况，在班上着实不在少数。

诸葛百象在班里保持着若隐若现、若有若无的存在感，永远也不会像卢标、李天许那样成为中心人物、争议人物，但也不是可有可无的配角。一来他本身依然是排名前五的学霸；二来他还有一个情报官的身份——总能搞到临湖实验高中的题目。每当有些成绩不错的小学霸觉得高中难度不过如此、想要挑战更高难度的时候，总能从他那里搞到一点儿临湖实验高中的题目，并成功获得强烈的挫败感。诸葛百象给出来的题目不仅总有些难度，或者藏有极隐蔽的陷阱，而且末了总会告诉你，这不是临湖实验的压轴题，只是普通题而已。有好事者称，他其实应该叫诸葛百题。

百里思保持着冰火两重天的状态，数学、物理永远顶尖，不管是压轴难题、思路很偏的怪题还是隐蔽性极强的陷阱题，基本都是秒解，而且常常思路灵活，一题多解，尤其有些复杂的题目能给出魔术般的奇妙解法。然而英语、语文又弱得不像话，语文作文常年不及格，十次有七次离题，阅读理解一错就是一堆；英语基本单词背一半漏一半，易混淆词组更是从来分不清楚，什么 take in、take on、take out、take off、take away、take aside、take from、take up……完全一头雾水。至于关于生物细胞，地理的诸多城市、区域特征，历史的各种年代背景等诸多知识点，更不用提了。

　　至于修远，一方面坚定不移地继续使用思维导图处理数学，另一方面也常常抽出空来和付词等人趁着李双关不注意时混去打篮球——代价自然是有些作业不能完成了。然而抄作业这种事情，如同赌博一般，初时小心谨慎不以为意，后面则越陷越深不能自拔。不过修远有自己的想法：我在用思维导图这种高效的方法学习，少一点儿量问题不大。几次数学单元测验的结果也不算差，虽然忽高忽低的，但平均也能将近120分。至于错误的题目，要么是算错的，要么是看错的，不会做的题目也认为是偶尔状态不好缺乏灵感，一时没有想到那个原本掌握了的思路——既然是状态不好，那么下次状态好的时候，说不定就会做了呢？

　　学科方面，修远的大部分时间都投入到数学上了，偶尔分一点儿给物理。观念上，他认为数学和物理是最有技术含量的学科，英语和语文这种科目，按照常规方法学，属于学了也不长分，不学也不丢分。尤其是语文，作文反正总是40多分，永远上不了50分，也不可能跌到30多分，就那么几分的差距，还比不上一道数学选择题的分数。至于英语，虽然起伏要大一点儿，基本单词不背的话单元测试会立刻就遭报应，但总的来讲，还是属于背背记记的学科，含金量不大。总之，如果验证了思维导图在数学这种高难度科目上是有用的，那么语文、英语这种低难度科目还需要顾虑吗？

　　至于历史、政治等，不仅在修远眼里属于副科，而且未来六选三的时候自己肯定是不会选的，学考之前集中应付下就好了，完全不需要在乎啊。

　　付词、刘宇航、马一鸣、姚实易几个，在班级里排名较后，平日里学习也不太认真。然而期末将至，在学渣中流传着一个谣言：据说实验班的倒数前三或者前五名是要被踢出去的。一时间人心惶惶，倒也稍微收敛了一点。重要的复习资料在看了，重点笔记也到处找人抄抄补补，作业也破天荒地连续几天全部老实写完了。作业做得多了，篮球自然打得少了，平日在寝室里躲着玩玩手机的小动作更是了无踪影。如此一来，篮球场上出场率最高的反倒成了修远。

　　各种数学公式背得头痛之余，付词终于再次给出了他的新作——《教室月色》，以抒发自己的疲惫郁闷之情。这也是实验二班一个多月以来，首次掀起了一点儿波澜。

教室月色

　　这几天心里颇不宁静。今晚在寝室里卧着背单词，忽然想起日日做题的教室，在这满月的光夜里，总该有另一番样子吧。月亮渐渐地升高了，墙外篮球场上学生们的打球声，已经听不见了；老马在房里拍着小刘的背，迷迷糊糊地说着期末要及格之类的话。我悄悄地夹上试卷，带上门出去。

　　沿着教学楼，是一条曲折的道路。这是一条拥挤的路，上学时人很多，下课抢饭时更加热闹。教学楼四面,全是教室,密密麻麻的。五楼的一旁,是实验二班和实验一班。没有月光的晚上,这两个班阴森森的,作业多得怕人。今天晚上却还好,虽然错题本的任务也还是满满的。

　　教室里有很多人,低着头写着。这一片天地好像是我的,我也像超出了平常的自己,到了另一个世界里。我爱打篮球,也爱睡觉;爱和同学聊八卦,也爱写搞笑文章。像今天晚上,许多人在这拥挤的教室里,什么题都可以做,什么题都可以不会做,便觉得是个自由的人。白天一定做不出的题,一定背不会的文章,现在都得补起来。这是实验班的妙处,我且受用这无边的作业好了。

　　方方正正的教室里面,弥漫着的是茫茫的试卷。试卷纸张很薄,像闪闪大刀的刃。层层的试卷中间,零星地点缀着些教辅书,有崭新尚未开封的,有翻得边页破烂的,正如一个个魔盒,又如奴隶主的鞭子,又如天神降下的甘露。微风过处,送来缕缕纸香,仿佛期末排名表上短小的数字。这时候笔记本和错题本也有一丝的颤动,像闪电般,霎时传到课代表那边去了。错题本是每一科密密地挨着,这便宛然有了一道曲折的阶梯。错题本底下是作文纸,遮住了,不能见分数,而错题本却更见厚重了。

　　……

　　忽然想起抄作业的事情来。抄作业是学渣们的旧俗,似乎很早就有,而期中以后为盛,从班主任发飙的次数约略知道。抄作业的是学不好的渣子,他们是带着鸡腿、觍着笑脸去求学霸们的。抄作业的不用说很多,还有相互配合的。那是一个低声下气的季节,也是一个义薄云天的季节……

　　今晚若有抄作业的人,这作业也算是铺天盖地了,只是不见一些总结复习题的影子,是不行的。这令我到底惦着期末了——这样想着,猛一抬头,不觉已是下自习的时间了。收好书本回去,什么声息也没有,老马的作业已经抄完好久了。

　　2025年1月,二中校园内。

　　文风平实却又不失华丽,在这期末前两周的日子里更是引起了众人的共鸣。尤其平日里成绩殿后、靠抄作业度日的几个人,更是潸然泪下,感慨万千。

　　然而在未来的两周里,作业只会越来越多,并且新课结束,全部变成复习和练习讲解,而老师又要经常抽人起来回答问题。这意味着,抄作业更容易被查出来了。

　　高一上学期,最艰苦的日子要来了。

▶ 第六十一章 ◀

压抑的总复习

天空阴沉,几周不见明亮的阳光了。这是兰水市的天气特征,一到秋冬季节,太阳就畏缩在云层之中。兰水市水域丰富,一个微湖就占据了城市小半面积,再加上是丘陵地带,因而空气潮湿,在绝对温度不算太低的情况下,能让人冻出一种泡冰水的感觉。

而兰水二中沉闷的氛围又不仅是因为这天气的阴沉和湿冷,更由于期末临近,总复习紧张的关系。

陈思敏看着手中一沓新发下来的试卷,不由得叹了口气。

夏子萱随口问道:"怎么了?叹气干吗?"

陈思敏皱着眉头:"今天各科加起来发了六张试卷,还有零散资料要看,单词要背。这个作业量,已经不是拼命努力一点儿就能够做完的了。我可以百分之百肯定,就算熬夜不睡觉做,也不可能完成了。"

夏子萱也跟着叹口气:"没办法,期末了,各科都要复习。尽量做吧,实在做不完也没办法。做一部分空一部分,我估计老师也不会说什么。"

陈思敏摇摇头:"这不仅是做不做得完的问题,还是期末前的复习该怎么样才能效率更高的问题。纯粹靠刷试卷来进行复习,效率真的太低了。"

夏子萱问:"那你觉得怎么复习效率比较高呢?"

"这个问题值得探讨。我的习惯是,把之前的错题本拿出来看。这种复习方法未必效率最高,但肯定比现在这样盲目刷题要好。不知道其他人是怎么复习的?"陈思敏疑惑道。说着,她向右边的赵雨荷、诸葛百象看去。两人也加入总复习的讨论。

"数学、物理这种我也会看错题本,不过化学、生物、历史、地理这些学科,要巩固一下基础知识点,毕竟要背记的内容实在太多了,我怕很多地方有遗漏。而且说老实话,这些学科平时学得就不好,比语、数、英差远了,基础就不扎实。"赵雨荷道。

诸葛百象又说:"该背的背,该做题的做题呗。我觉得要看自己平时学的状态吧。

比如，我物理、化学做题比较多，复习的话就倾向于看错题本；政治、历史题目做得很少，现在理论上就应该多做题，找找题感了；而生物、地理主要背基础知识点。"

夏子萱又补充道："我觉得对一些比较复杂的章节板块做下总体梳理比较重要。老师上课的时候也帮我们做了一部分梳理，不过总觉得没有完全讲清楚……所以还是要自己再补充完成。"

每个人的复习方法当然不尽相同，不过谁又能保证自己的方法就是最好，甚至是最适合自己的呢？几个人轮番说完以后，大家都想到同一个问题——卢标是怎么复习的？进行高效复习，应该也有相应的学习策略吧？记得开学初卢标就曾对于如何预习、如何听课、如何做笔记等做过分享，其他练习、做错题本的策略也在平时闲聊中有所透露。然而下半学期，卢标越发沉默，大家能从他身上挖到的宝藏越来越少了。众人相互对视一眼，又同时往卢标的方向看去，只见卢标聚精会神地盯着自己的笔记本，微微皱眉思索着什么，并不动手做题。

谁也不知道他具体在做什么。

陈思敏又想起几周前在李双关办公室门口听到他与卢标的争吵。自己那时深受卢标言语的启发，可又在尝试学习、执行的时候深感无力。如今期末复习的时候，面对海量无效的试卷，这种无力感又一次袭来。且不说卢标那样高效的学习策略，就连自己原本的学习方法也比这种低效刷试卷要好啊！可是自己又该怎么办呢？

赵雨荷深深叹道："唉，期末啊！"

实验二班作业完成率最高的人，莫过于罗刻了。即便期末考试前的试卷已经彻底过载，超出绝大部分人的完成能力了，然而罗刻依然能想出办法。他将期末复习和做试卷结合在一起，以试卷为载体进行复习。

前排木炎背书背得累了，回头看向罗刻。罗刻已经坐在教室里一动不动长达三个小时了，课间也被用来刷试卷。木炎趁着罗刻稍微调整复习放松的空当，问道："这次感觉怎么样？能赢他吗？"

这个"他"，指的是李天许。

期中考试之前，罗刻与李天许约战，结果以总分18分之差落败。李天许目空一切，对他们两人的嘲讽和鄙视毫不掩饰，后续两个月里，每每见到他们两人总是摆出蔑视的神情，鼻子里哼气。罗刻性情较为稳重，尚且不太计较，木炎却是恨得牙痒痒，每每见到李天许总忍不住情绪剧烈波动。

"尽量吧。李天许最近貌似也认真起来了，至少在教室里看见，学习的时间比之前多了很多。他的实力水平，原本就是能够上临湖实验高中的，只是因为品行不端在临湖夏令营的时候被开除了。要赢他，不会很轻松。"罗刻低沉道。

难道罗刻没信心？木炎失望地想。如果罗刻输给李天许，输给那个态度嚣张、傲慢无礼，但是确实智商很高、初中基础又好的浑蛋，从事理上来说也算正常。可是他却咽不下这口气！他恨自己与李天许差得太远，没有亲自战胜对方的希望，他只能指望罗刻代他出头了。

这不仅是谁排名更靠前一点儿的问题，这是一种信念之争。出身贫穷、资源匮乏的子弟，到底有没有可能翻身？那卑微命运下酝酿的希望的种子是否有见到光明的可能？我们总说一切都有可能，一切都有希望，可是这空口说说的希望，自己的内心真的会相信吗？如果努力到极限的罗刻尚且不能挣脱命运，不能打败李天许，那么贫困出身的穷人们，希望到底在哪里呢？真正能给内心力量的希望，必然是发生在眼前，自己能够亲眼看见的希望啊！

而这样沉重的希望，就被木炎放在了罗刻身上。

"加油！你一定要赢！"木炎用力说道。他盯着罗刻的眼睛，久久才转过身去。

修远的复习手段是最特殊的。大量的试卷反正是做不完了，那干脆就不做了，直接找人一抄了事。反正临近期末老师讲试卷速度快，也不会细细检查。在大量布置试卷时修远就发现，班主任李双关虽然声称严格检查，绝不姑息抄作业、不做作业的情况，但那也只是针对英语学科而已。其他学科老师毕竟没有李双关那么勤快，布置下来的试卷也不收上去检查，直接上课就开始讲。于是除了英语作业老实写过以外，其他试卷就比较敷衍了。

但他内心并不愧疚或紧张，因为修远认为，自己宝贵的时间应该放在更高效的方法——思维导图上。根据他的理解——也就是那个培训思维导图的老师的讲授——思维导图的一大优点就是复习起来很方便。如今期末复习，自己先前积累的思维导图正好派上用场。

不过说起来是积累了半个学期的思维导图，其实也就只有数学一科比较多而已，英语只有零散几张，其他语文、物理、化学、生物、政治、历史、地理，完全一片空白。修远也动过心思，要不要把这些科目也用思维导图复习一下，然而绘制思维导图实在太耗费时间了，而总复习期间，时间又偏偏是最稀缺的物件，各科只能勉强来得及翻一翻课本而已。

修远于是安慰自己，有些科目考得好不好并不重要，像政治、历史两门科目，自己未来选科的时候必然不会选，这么认真学有什么意义呢？生物这种科目，琐碎的要背的内容占了大头，没什么技术含量，什么时候想要迎头赶上来也很容易，不用急于一时。这次期末考试，最重要的是把数学和英语两门赶上去，这两门自己可是应用了思维导图这种方法认真学过的。只要这两门分数上去了，下学期再去解决物理、化学、语文等科目的问题。

　　进行完这样的任务分解后，修远立刻感到此次期末考试的压力小了很多，甚至心情也轻松起来。中午吃完饭回到寝室时，还能优哉游哉地翻翻课外书，休息了半个多小时。平日里晃晃悠悠、对学习不以为意的马一鸣、刘宇航、付词等人反倒是认真起来，慌慌张张地翻资料、背重点，看起来是被那个"倒数前三名踢出实验班"的传言吓到了。按付词的话说："期末一到，红烧猪脚都不香了，'佛脚'才真香！"

　　众人慌乱复习的样子甚至让修远感觉有些好笑。平时不努力，又不懂得思维导图这样的高级货，临时忙乱真的有意义吗？不过呢，修远觉得自己也不能对他们这些成绩不太好的人要求太高，毕竟人与人之间确实存在差距嘛！

　　休息足后，修远缓缓动身走向教学楼。路上优哉游哉，还有心情看看学校的风景——虽然只是些每天都会见到的花草树木而已。不过走到接近教学楼的地方，忽然看见从另一条路上走过来一男一女两个身影。修远定睛一看，男的是李天许，女生——女生不是易姗吗？两人正欢快地谈论着什么，边走边说笑。

　　修远这下心情又不好了！他们到底在聊什么啊？！修远不由得跟近了一点儿，勉强能够听到一些谈话内容。

　　"……那个罗刻好搞笑哦，非要跟你较劲，不可能赢得了你啦！"易姗发出银铃般的笑声。修远听到那笑声，能够想象得出易姗脸上该是怎样娇嫩可爱的表情。

　　"呵呵，不自量力的穷鬼，就不知道自己几斤几两重。更搞笑的是那个叫木炎的，明明与我差了十万八千里，却也跟着凑热闹，简直自取其辱。"

　　"是啊，真是想不通他们要干吗。"

　　"算了，不管他们啦。对了，你说你期末考试能不能超过卢标啊？他可厉害了，但我觉得你努力一下有希望呢！"易姗的声音越发嗲起来。

　　"哼，卢标也没有想象中的那么牛，我以前懒得跟他争，没有太认真学而已。"

　　"哎，不知道为什么，我真是越来越反感卢标了。总感觉他很装，一点儿都不洒脱，感觉没有你那么酷……"

　　修远看着两人的背影，心里有种说不出的感受。两人靠得很近，基本上是肩并肩地走，易姗甚至有点儿倚靠在李天许身上的意思。而谈话内容虽然与修远无关，却也让人不是那么舒服。易姗为何要跟着李天许一起贬低罗刻和木炎呢？修远与罗刻、木炎关系一般，交往不多，并不算站了他们那一队，但依然觉得易姗似乎也没有必要跟风李天许。另外，易姗又提到反感卢标，觉得卢标很装，这又是什么意思呢？前半学期，易姗不也是经常往卢标身边凑的吗？

　　总之，修远心情大受影响，后续几天的复习效率都低下了，不仅试卷做得少了，就连看思维导图也有些心不在焉。

期末的日子一天天逼近，班级仿佛成了哑巴班级，不仅自习时无人说话，课间也安静异常，就连上课时老师的讲课声，也形成了一种"蝉噪林逾静，鸟鸣山更幽"的效果，更突出学生们的沉寂。

平时觉得学得不错了，在总复习时总能发现诸多不足；平时觉得有大把时间，总复习时方知任务总比空闲多。平时随便学学就行的人，也终于被迫意识到，高中知识的难度和数量，如果没有高效的学习策略和方法，实在太难以驾驭了。每个人都在各种各样的愁思中进行着最后的复习。

罗刻从试卷堆里抬起头，看了看卢标。在正式挑战卢标之前，他还有李天许这一关要过。

陈思敏从试卷堆里抬起头，看了看卢标。她从卢标身上看见宝藏的光芒，却一时伸手不及，心头忧虑。

赵雨荷从试卷堆里抬起头，看了看卢标。她是学霸，却不是卢标那种从容自在的学霸。

柳云飘从试卷堆里抬起头，看了看卢标。她从卢标身上已经获益颇丰，然而距离却又越来越远。

诸葛百象从试卷堆里抬起头，看了看卢标。他佩服这个强者，从骨子里散发出王者之气的强者，然而他又能从卢标身上学到什么呢？策略，能解心病吗？

百里思从试卷堆里抬起头，看了看卢标。她思维如流，分秒不停，无暇他想。

夏子萱从试卷堆里抬起头，看了看卢标。她是班长，却感觉班级里凝聚力越来越弱，每个人只忙于应付自己的作业，无暇交流活跃。班级的凝聚，原本是围绕着卢标进行的。

修远从试卷堆里抬起头，看了看卢标。他有些迷茫，迷茫自己与卢标、自己与易姗、易姗与卢标之间的关系。他用力地想：我会思维导图，我能赶上卢标。

那么，卢标，你又在想什么？

所有学生猜不透，李双关也猜不透。

然而谁又有空去猜呢？

期末考试，就在明日了。

第六十二章

审判日

高中与初中有怎样的不同？

都是在上课，都是在背单词、写作文、刷试卷。然而高中的学习难度又岂是初中可以比拟的？大量陌生的单词与怪异的语法，拗口的文言文与复杂的议论文，繁杂的数学公式与诡异的解题思路，抽象的物理定律与反常规的运动模型，还有琐碎的实验操作步骤和化学配平，天书般联系不上现实的政治原理，不知道背景与意义的历史事件……

那么高中生们，又该以怎样的方法和心态去面对学习呢？

有人沿用了初中的方法，有人在实践新的方法。或者被动地跟着老师走，或者主动地摸索属于自己的路。所有的困惑、挣扎与努力都没有人看，人们关心的，只是最终的审判结果。

没错，高一上学期的期末考试，是一次审判。心态是否调到足以应对高中的压力？学习效率是否高到能够覆盖高中的知识量和难度？一切都将在此被审判。

今日，便是审判日。

上午，第一门语文。

与上一次语文作文的超预期难度相比，这次语文的难度，更多体现在了阅读理解上——当然，作文也不简单。

几个监考语文的老师一边督查学生考试，一边自己也翻了翻试卷，不由得摇摇头。

"又是临湖实验的老师出卷子，这回几篇阅读理解都很有难度。"

"是啊，估计学生又悬了。你说我们平时的练习难度是不是偏低了？其实高考的难度，不比这次低。"

"嗐！就平时的难度，已经让很多学生跟不上了。"

"我之前跟数学组的老师交流，他们说现在高考难度越来越低了，因为这几年数学试卷是越来越简单了。其实啊，哪里简单了，只不过难度从数学转移到语文上来了。"

1. 下列关于原文内容的理解和分析，正确的一项是（　　）。

A. 为了应对气候变化，非政府组织承袭环境正义运动的精神，提出了气候正义

B. 与气候变化有关的国际公平和国内公平问题，实际上就是限制排放的问题

C. 气候正义中的义务问题，是指我们对后代负有义务，而且要为后代设定义务

D. 已有的科学认识和对利益分配的认识，都会影响我们对气候正义内涵的理解

"四个选项，看起来都是对的……"
这是绝大部分学生的第一反应。
"迷惑性太强了，究竟哪一个才是对的？"
"这里似乎过于绝对？然而原文究竟到底是什么意思？"
"科学认识是指的什么？原文里没提到科学吧？"
……

几乎所有的论述类阅读题，每一个选项都让人不能快速决断。很多人都感到，语文的阅读选择题，做起来甚至比数学选择还要难，尤其是特别耗费时间！等到论述类阅读完成以后，大部分学生的进度都偏慢了，后面的文言文、诗词赏析和文学赏析都匆匆忙忙看过，只能是连蒙带猜，一边做一边摇头。作文更是来不及多想，即便不算很难的题目，也有不少人慌张之间写偏了题意，又有不少平日的作文高手来不及巧思，只得往最容易写，但也最不容易出彩的简单路数上套了。

修远心中直打鼓，不仅仅因为好几道论述类选择题是蒙的，更因为他产生了怀疑。虽然这学期他思维导图的应用并没有涉及语文，但是如果在数学和英语上效果不错的话，那么下学期肯定也会在语文等学科上使用思维导图的方法。然而，以这次语文考试的内容为例，思维导图该怎么做呢？明明很难的阅读理解题，却偏偏找不到什么知识点，思维导图上该画些什么东西呢？完全没法下手啊！

语文，开门黑。

中午，众学生匆忙用过午饭，立刻抓紧时间扑到下午数学的备考中。大部分人的语文已经崩了，数学，再也不得有失！中午一个小时的时间又能复习多少呢？然而多背一道题是一道题吧！

与期中考试类似，数学的难度并不高，仅仅压轴题和倒数第二题的最后一问有些难度。修远平日的功夫尽用在数学上了，大约能顺利过关；部分平时有数学恐惧症的学生也觉得，简单题较多，大题基本都能下手。

晚饭时木炎在食堂里找到罗刻，正碰到罗刻和诸葛百象在一桌吃饭。他立刻上前询问情况。"上午语文好难，下午数学倒是比较简单——罗刻，你考得怎么样？"

罗刻应道："还行吧。"

木炎轻松道："我感觉也还行。"

诸葛百象微微一笑，脸上闪过一丝诡谲的神色："你觉得数学简单吗？"

木炎愣道："是啊！怎么，你觉得不简单？我只有后两题最后一问不会做，其他都做了。"木炎还奇怪，诸葛百象是个学霸啊，难道他有很多不会做的题？

"会不会做是一回事，能不能拿到高分却是另一回事。"诸葛百象平静道，"这次的题目容易下手，但是，呵，怎么说呢，恐怕大家的分数不会有想象的那么高。"

"为什么？"木炎惊问。

"后面六道大题，其中至少四道要分类讨论，其中第二题要分四种情况，第五题也有三个答案。并且，四道填空题中也有两道是有不止一个答案的——这次数学考试，难题虽然很少，但极容易出错的陷阱题却非常多。"最后一句话，诸葛百象一字一顿，掷地有声，"真正能拿高分的人，没有几个。"

木炎先是心中一惊——显然，他中了很多陷阱——然后手一摆，不在乎道："我错了就错了吧，无所谓了！罗刻，你有没有中陷阱？你做分类讨论了吗？"

罗刻平静地点了点头。

"那太好了！"木炎的语气中居然显出兴奋，对自己的大意失分真的毫不在乎，只关心罗刻的得失，"陷阱多了最好！李天许那种人，最容易粗心大意了！难题未必难得住他，但是陷阱题有可能会丢很多分。罗刻，我觉得你这次很有可能超越他！"

这木炎的心态还真有趣啊！诸葛百象心中困惑。

罗刻却是不动声色："能不能打败他，不是这一两科决定的。语、数、英三科虽然分数高些，但我与他拉不开差距的。要想赢，六门小科必须全力发挥。上次期中考试就发现，李天许在小科目上并不弱，即便他对我们态度傲慢无礼、惹人讨厌，但是在学习上却并没有掉以轻心。总之，真正的决战，在明后两天的六门小科目上。"

木炎认真点点头。

罗刻吃饭快——他的习惯，吃完后立刻返回教室复习去了。诸葛百象速度稍慢，木炎来得晚，于是后头就剩他俩拼桌了。

木炎低头吃饭，诸葛百象盯着他思索着。略一犹豫，他提出自己的疑惑："木炎，请教一下，你为什么对罗刻和李天许的约战这么关注呢？要是罗刻赢了，我估计你比他还高兴吧？"

木炎夹菜的筷子停滞在空中，愣了愣神，结巴道："我……我就是……为、为他高兴嘛……"

"是啊，可是为什么呢？"

"因为……因为……我跟他平时就关系很好啊。"木炎犹犹豫豫，不敢把真实的想法说出来。难道他能爽快地承认，自己软弱无力，于是把精神希望寄托在罗刻身上？

诸葛百象对木炎的想法并没有太多了解。但他依然敏锐地感觉到，木炎的解释一定不是真实原因。这人心里藏着些什么呢？诸葛百象分析不透。不过他脑子里不自觉闪出一个念头——如果是妖星的话，他一定能看透吧。

第二天上午物理和化学，下午政治和历史；第三天上午英语，下午生物和地理。连续三天考试着实累人，倒不是体力上累——时间其实比上课更少了，更多的是心理上的疲劳。连续三天的高度紧张，精神永远绷着，甚至部分同学每天晚上紧张得睡不好觉，还有人紧张到考场上拉肚子。

一切考试结束以后，所有人回归教室，等待后续安排。教室里一片嘈杂混乱，甚至整栋教学楼、整个校园都乱哄哄的，到处是喧嚣之声。

"啊！终于考完了啊！"有人歇斯底里地大叫。

"我都要考疯了！九门考试，真是受不了啊！赶快选科吧，选科以后就只考六门了！"

"风雨之后是晴天啊，往积极的方向想吧，寒假马上要来了！"

"不是啊，难道你们认为寒假不补课？考完了也可能不放假啊！"

"管他呢，考试成绩出来之前总是有两三天休息时间的。"

"唉，考试考不好，心情也不好，休息也休息不好啊！"

……

嘈杂声之中，木炎低声问罗刻："所有科目考完了，总体感觉怎么样？"

罗刻淡淡道："还行。"

罗刻说"还行"。

学霸说的话，经常是不可信的。比如，当一个学霸告诉你"这次又没考好"的时候，你连一个标点符号都不应该相信。就像上次期中考试考完后，罗刻皱着眉头表示考差了，结果却取得了全班第三的成绩，比开学时还有进步。

而当这样的一个学霸表示"还行"的时候，你就可以想象他的真实状态了。

木炎欣喜道："那就是有希望了！"

罗刻微微点点头。

两人正说着，班长夏子萱走了进来，说了期末考试后的通知："好消息来喽！1月19、20日放假两天，没作业！21日来拿成绩！"

欢庆声响起。

"太好了！居然没作业！简直不是李双关的风格啊！"
"就是啊，总觉得其中有诈啊！"
"去你的，没作业还不好？你是受虐受惯了吧！"
"唉，你放心，按照李双关的脾性，成绩出来后一定用作业堆死你。"
"管他呢，先放松两天再说！审判结束了啊，该庆祝一下！"
于是学生们一边高兴地收拾书本，一边约着如何享受短暂的假期。男生有约打篮球的，约网游开黑的；女生有约逛街，约唱歌的，不一而足。
学生们逐渐散场离去，背影寥落。走廊里只听到付词高声吟唱着：

归去来兮！
期末已崩胡不归？
既自以心为分役，奚惆怅而独悲？
悟完型之不谏，知单选之可追。
实函数其未远，觉文是而理非。
……

只差一张成绩单，高一上学期，就将结束了。

第六十三章

迟来的斗志

冬天的夜，与夏夜不同；阴雨的夜，与晴朗之夜不同。那明亮的夏夜啊，是星光、凉风与广阔的宁静；而这一夜，却是阴霾、低沉与寒冰透骨。

修远瘫软在床上，侧过头呆呆地望着窗外。窗户上雾气弥漫，在白雾的缝隙间，是那黑暗与阴沉的夜之幕布。

考试一结束，一股不祥的预感就笼罩在修远心头——要出事了。这感觉为何如此熟悉？在期中考试之后，不也是如此吗？就是因为期中考试的结果出乎意料不理想，才有了期中考试之后的一系列举动——拒绝参加辩论赛，开始停止抄作业，并开始将思维导图频繁地应用于数学科目上。再加上这次期末考试，数学试卷难度不高，于是数学也就成了唯一一门比较稳妥的科目。扣除一些步骤不标准和最后一题最后一问没答出来，预计分数在 140~144 分。

另外，英语也用思维导图进行了部分攻克，估计问题也不是很大。根据考试时候的状态，要上 130 分可能性不大了，不过料想不会低于 120 分。

然而，也就仅限于此了。修远很清楚，这两科的优势将会完全被其他科目的崩盘完全覆盖掉。物理考得很一般，化学也勉强，而生物、地理、历史和政治四门科目，则是真正的血崩了。期末考试之前，修远从心理上就没有太重视这些科目，但预期上，大约是有个 70 分的水平吧。

可是考场上一个个完全没有印象的知识点，一道道完全不知从哪儿答起的题目，让修远背后一阵阵冷汗。尤其政治、历史这两门，极有可能徘徊在及格边缘，甚至不及格——比如说 58 分这种，也不奇怪。而生物和地理由于是要选考的科目，所以略微准备了些，但也非常简略，只能是 65~70 分的水平了。

即便数学单门的分数上去了又有何用？四门未准备科目严重拖分，必将导致总分的大幅降低，随之排名剧烈下滑。

初入学的时候修远高居班级第四名，期中不慎坠落至第二十九名，李双关震惊了，诸多同学震惊了，修远自己更是惊慌失措。期中之后的诸多努力，不都是为了在期末这一刻一雪前耻、重新抬头做人吗？可是……可是今天这场面，四科拖分如此之多，哪里有雪耻的希望？

自己该如何向父母和老师交代呢？李双关绝对不是善茬，自己的父母那关也没那么容易过。尤其父亲修督风，对自己中考出意外没有考上临湖实验高中就非常不满意了，故从开学第一天起就反复叮嘱自己，在兰水二中一定要认真学。

修远看着窗外一声悲叹。

不知何时，窗外开始下起雪来。初时如细沙坠落，逐渐变成鹅毛飘舞。纷飞的大雪暗示着寒风凛冽，尽管隔着厚厚的窗户很难听见风声，可那咆哮之声就在那里，仿佛随时要冲进来，吞没修远的叹息。

这悲叹似寒风，迷茫如黑夜，愁思若飘雪。

边上手机一声响，打断了修远的思绪——是袁培基发来的信息。曾经最好的朋友，不过却不是他现在想要谈心的人。

袁培基，自己初中时期的小弟，如今进了临湖实验高中，成绩又会有所长进，恐怕已经超越自己了吧？正犹豫着怎么回复袁培基，那边却直接电话打过来了。修远无奈接了电话。

袁培基兴奋地表示考完试了，要出来痛快玩一玩，正在约初中的老同学们。修远此时又哪有心情？先是借口下雪太冷了不想出门，结果被袁培基一番鄙夷，而后只好叹口气向袁培基透露自己的困局。

"这还不简单，直接跟你父母这么说呗！就说自己不准备选哪几门课——为了活命起见，你可以把分数最低的三门挑出来，说不选这几门。然后要求他们按照剩下的分数来算嘛！只要你剩下的科目足够高，一样可以说得过去啊！"

一番劝说与出谋划策，修远架不住袁培基的热情，只好答应第二天的聚会。

第二日，修远无精打采来到聚会地点——秀玉茶楼。推门进去，几个初中同学已经到了，他是来得最晚的一个。众人热情招呼，修远强颜欢笑。

在场的几个同学——王川、吴广军、郭雯琪、周永浩，以及袁培基，全都是在临湖实验高中。唯一的例外是侯海平，七中实验班。修远一愣，怎么人这么少？他顺口问道："就叫了这么几个人？其他人呢？"

袁培基耸耸肩："叫了很多，都说没空。可能三中、七中、外国语几个高中跟我们放假时间不一致？"

修远心想：不对，全市统一的期末考试结束了，所有学校必然同时放假。突然又意识到，这明摆着就是一种隔阂啊！来的大多是最优秀的临湖实验高中的学生，所以剩下那些差一点儿学校的学生，不好意思来了吧？即便初中时大家都是要好而没有分别的，如今却因为一个高中名号的优劣，自动分隔开来。

修远心中苦笑，我也真是有脸来啊。除了自己，只有侯海平一人不是临湖实验的了。

接着一番叙旧与闲聊，谈及寒假，临湖实验高中的几人面色轻松，无人抱怨寒假补课与作业问题——这要是在兰水二中，寒假补课与作业早就让人忍不住破口大骂了。细问一下发现，原来临湖实验的寒假补课时间很少，高一学生假期长达二十一天，作业也仅限于每科几张试卷而已。

越是厉害的学校，压力反而越小？修远心想。兰水市最强的临湖实验高中基本不需要补课，也没什么作业；最差的九中、十五中、二十一中也没什么作业，因为学生基本不学，都在混，老师也干脆懒得布置多少作业。只有中间档的学校，尤其是名次追赶较为激烈的兰水二中和七中，压力最大，作业最多。

"幸亏我中考考得好，没去七中。"王川道，"你们七中作业是不是超多，侯海平？我听说起码是我们作业3倍以上。"

"恐怕七中的作业还没有我们的多。"修远嘀咕道。

侯海平却是嘿嘿一笑："七中作业当然多，不过我没有作业。"

"为什么？"众人不解。

"哈哈哈！"侯海平仰天大笑，"因为我要转学了！我下学期要转学到你们临湖实验去了！哈哈哈！原来七中的作业我不用做，因为我已经走了；你们临湖实验的作业我也不用做，因为我还没有来！哈哈哈，太爽了啊！"

"高中还能转学？"

"当然可以，成绩像样点儿，家长找关系活动一下，办个借读问题不大。"

众人于是一阵鼓动，庆贺老同学聚会更方便了。

修远听到这消息略微一惊——还可以这样？不由得疑惑这是怎样的操作，自己是否也可以呢？不过随即暗自苦笑，自己在兰水二中的实验班都没有混得太好，去了临湖实验又有何用？转而又跌落回自己繁杂的思绪中。

窗外依然飘着雪，路人裹着羽绒服、戴着毛线帽子，哆哆嗦嗦地赶着路；房内暖气舒适，众人谈笑风生，自在惬意。修远却暗自迷茫着：一学期过去了，高中的六分之一过去了，我究竟干了些什么呢？

期中考试崩盘之后，修远也这般责问自己，于是有了一段时间的勤奋拼搏，指望期末考试打一次翻身仗。可是如今，翻身仗也打不成了，第一学期已经过完了，自己这半年里有任何收获吗？有任何进步吗？

自己以原本能进入临湖实验高中的能力掉入兰水二中，按照预估应该可以遥遥领先的啊，怎么会落到今天这步田地？虽然按照袁培基出的主意，也许可以在父母那头暂时糊弄过去，可是对自己又该如何交代呢？

这学期学得好吗？除了数学大范围地应用了思维导图的方法，预期能够考上140分以外，其他各科目哪一门真正学得好了呢？之前还给自己找借口，说历史、政治是由于以后不会选，所以掉以轻心了。可是物理、化学是以后选科时准备要选的，自己又有好好学吗？为什么迟迟没有把思维导图的方法扩展应用到物理、化学上去？为什么要拖到下个学期才进行呢？

因为没有时间，因为时间被自己用来挥霍了，用来不做作业去打篮球，在寝室看小说，以及每周末回家后关在房间里玩游戏。今天的尴尬局面，明明就是自己作死作的啊！自己每每被刺激到，就会认真一段时间——一般不超过两个星期，然后就又放松下来，各种偷懒。一整个学期下来，自己真正用心学的时间，其实又有多少呢？

修远心中突然升起一阵悔恨。

他看着临湖实验高中的同学们，心中五味杂陈。当年不分高低，甚至比自己更弱的同学如今一个个不断成长进步，就连远不如自己、考到七中去的侯海平也要去临湖实验了。可是我到底在干吗？我有脸去面对他们吗？

他想起罗刻、诸葛百象、陈思敏、赵雨荷，甚至卢标——为什么大家都在拼命学习，只有自己在浑浑噩噩呢？一个学期过了，自己到底在干吗？为什么进入高中的状态这么迟？巨大的空洞在他的心中弥漫开来，仿佛高一第一学期出现了一道时间裂缝，自己平白地少活了许久。

在众同学的欢笑声里，修远突然醒悟过来。恍惚之间，高中的六分之一就已经消逝了，而自己仿佛还沉浸在初中的幻影里，没有开始高中生涯一般。不能再这么混下去了，不能再给自己找各种理由和借口不去刻苦学习了，不能再浑浑噩噩地度日子了！不能再这么拖延下去了！必须立刻行动，立刻改变这迷茫而空洞的状态啊！

修远握紧了拳头，咬紧牙关。这学期已经过去了，下学期，从下学期开始，自己一定要全力以赴，把所有的借口都抛诸脑后，要像陈思敏、赵雨荷、诸葛百象那样认真，甚至要像罗刻那样努力到极限才行！

修远回忆起最初开学时自己第四名的身份，回忆起最初同学们看他时尊重的眼神，回忆起易姗最初对他崇拜的眼神；又回忆起随着成绩的不断退步，自己逐渐从大家的视野中消失，社交范围逐渐萎缩到只有自己同寝室和同桌几个人——这种边缘的身份和定位，根本不可接受啊！

修远暗暗发誓，要让自己重新回到前十名甚至前五名，要让易姗看见他的优秀，要让李双关对他保持尊敬，要让卢标也对他心有敬畏，要让实验二班所有人都对他刮目相看，都意识到他不可忽视的卓越！

修远从茶楼窗户看出去，眼神无比执着而坚定。

第六十四章

喜剧演员

　　1月21日，是出成绩的日子了。雪还在飘，已经三日了，校园里却没有多少积雪，只是地上湿答答地化着雪水。路上的学生们个个缩着脖子，一呼吸面前则是一片白气。修远撑着伞走进教学楼，在一楼的大厅里收起伞，却没急着上楼，从大厅里向外面望去——飘零的雪花，阴沉的天空，枯萎的树木。许久，他终于吸了一口气，下定决心走上楼去。

　　该面对的，终将要面对，后悔又能如何呢？几门不选的科目考差，并不是什么大不了的事情，就算总分和排名被拖低了，那又如何？从下学期开始真正努力，一切，都还不晚。

　　想到这里，修远的心情轻松了许多，提着伞转身上楼了。

　　他在楼道里倒是从其他学生那里听得一些消息。前面三名别班的学生边上楼边聊天，一人叫道："不是吧！居然有这种事，该不会影响我们放假吧？"

　　另一人也跟着叫道："凭什么啊！学校自己的机器出了问题，凭什么拖延我们的假期啊！太不公平了！"

　　"别着急嘛，这事情还没确定呢！也许他们动作快，今天放学之前就解决了呢？未必会造成我们放假延误啊。"

　　修远听得有些疑惑，什么机器坏了？什么放假延误？到底出了什么事？上楼途中又听了其他几拨人的聊天，方才明白事情始末。

　　原来，学校扫描答题卡的机器出了故障，部分答题卡没有扫描出来——主要是英语答题卡的完形填空部分，以及历史答题卡的单选部分——导致卷面分数异常偏低。扫描故障的试卷数量比较少，所以学校一开始没有发现，直到今早各班老师收到分数，发现有部分同学——尤其是部分成绩优良的同学，分数严重偏低，于是去查卷，这才发现了问题。

　　然而此时分数早已经录入系统，排名也敲定。尽管只有几十名同学的试卷扫描出现故障，但对所有人的排名都有影响——所有人的排名都要重新定，成绩单要重新打，这个工作量可是不小的。于是有人怀疑，这么多事情可能今天之内无法完成，必然要改天再拿成绩，进而导致假期拖延。

不过这毕竟只是推测而已，是否真的会影响放假还未可知。可别影响放假呢，修远心想：自己今天已经够心塞了，放假再出问题，那就更郁闷了。

走到教室门口，看到罗刻、木炎两人在走廊上站着。木炎道："我去问了，李老师说新的成绩还没出来，还在全年级统一重新核定，所以成绩表也暂时没公开给我们看。不过貌似我们班问题不严重，有两三个人的试卷扫描有些状况，你的应该问题不大。我偷偷看了你几科成绩，数学 139 分，英语 131 分，政治 82 分——都是高分！这次，你一定能赢那个浑蛋！"

木炎越说越激动，罗刻倒相对平静。

哪个浑蛋？修远想起来了，罗刻与李天许，尚有未完结的战斗。

罗刻考得好，修远并不意外。这样极限的努力，这样强烈的斗志，怎么会学不好呢？修远心想：从下学期开始，罗刻就该成为自己的榜样了。自己也该像他那样，斗志昂扬才行啊！

忽而从教室里又走出几个人。一个声音道："那就是我的试卷没出问题？那就下去看看喽。"这声音正是李天许，旁边一个女生则是易姗。

罗刻、木炎同时回头，而李天许也恰好看见他们，目光相接，李天许不由得一声冷笑。其他一些同学也从教室里起身围了上来，准备看罗刻与李天许的热闹，甚至有几个男生在旁边下赌注，赌谁赢。按照男生恶搞的惯例，输的人管赢的人叫"爸爸"。一个声音道："原本是差不多的，但是有人看了罗刻的部分成绩，据说英语又是最高分，现在李天许大概 1 赔 1.5 了。"

李天许一脸轻蔑嘲讽道："哪些蠢货乱下注的？"

一直没吭声的罗刻终于回应道："谁是蠢货，看过才知道。"

李天许下巴扬起，不屑道："有没有种一起下去看啊？当面揭开谜底。"

"那就走啊。"罗刻丝毫不惧。

旁边一众人都在起哄："走啊走啊！快去看他们两个的成绩！他们两个试卷都没问题，虽然班级和年级排名不知道，但是他们的分数谁高谁低还是可以分出来的。"

罗刻、李天许四目相对，各自信心满满。罗刻深知自己有多么努力，深知自己在期中考试之后这段时间里，一次次地把自己逼向极限乃至超越极限，甚至连期末考试前那样变态的海量作业都扛过来了。至于放弃课间休息去刷数学题，晚上熄灯后借着走廊上的灯光记单词，又或者在吃饭的路上脑海里复习下文言文，这些旁人看起来不可思议的努力早已是常规操作了。这一次，绝没有输的理由了。

而李天许也是一样的自信。他的自信又来自哪里呢？或许是他惯常的傲慢，对自己富贵出身的自豪吧。

"走吧走吧！"好事者催促道。

一群人正准备动身，突然听到有人高声叫道："不用去了！李天许和罗刻的成绩我已经知道了！"

众人惊讶回头看去，居然是付词！

"哈哈哈！你们想要的结果在我手上！"付词一只手举着手机，贱兮兮笑道，"我刚从李双关办公室回来，他们两个人的成绩我已经拍下来了！"

"快说快说！"众人无比兴奋。

"安静安静！"付词得意笑道，"我要念分数了啊！"

嘈杂的走廊上瞬间安静下来，所有人紧盯着付词的手机。李天许又瞟了一眼罗刻，轻蔑一笑，再看向付词。

木炎牙关紧咬，紧握着拳头；罗刻也凝神屏息，盯着付词。

那仿佛宣判命运的重锤之音，就要来临了。

（背景音乐：*False King*）

走廊上聚集的人越来越多，等待着付词的宣判。

"第一门，数学！"付词看了一眼手机屏幕，提高了声音，语调中包含了充当宣判官的兴奋，"李天许142分，罗刻139分！"

"哇，两个都牛啊！"

"赶快记下来，李天许领先3分！"

罗刻眉头一皱。原以为自己数学发挥已经相当好了，却不想李天许更胜一筹。木炎手心里立刻出汗了。

"第二门，英语！李天许130分，罗刻131分！"

"厉害啊！两个又是这么高的分！"

"罗刻扳回1分，李天许领先2分！"

"第三门，语文！李天许121分，罗刻113分！"付词声音更高一度。

"嘿，这回有差距了。"

"语文都能上120分？李天许好强啊！"

"语文领先8分，总共领先10分了！"

木炎急得已经浑身发起抖来。罗刻闭上眼睛，静静听下去。

"第四门，物理！李天许91分，罗刻84分！"付词叫道。

"单科领先7分，总共领先17分了！差距越来越大了啊！"

"第五门，化学！李天许 87 分，罗刻 86 分！"付词喊着。

"这门差不多，不过总分领先 18 分了。"

木炎牙龈都快咬出血来，一只手握拳，另一只手紧拽着罗刻的衣服。罗刻闭着眼睛不吭声。

"第六门，生物！李天许 80 分，罗刻——"付词故意顿了顿，扫视众人，道，"88 分！"

"哇，反转了！一下子扳回 8 分！"

"现在只领先 10 分了啊！好有悬念啊！10 分以内，有可能一门就赢回来了啊！"

"好刺激！感觉比 NBA 绝杀还好看！"

"有好戏看了，我的赌注啊，一定要赢啊！"

木炎忽然猛吸几口气——高度紧张之中，他居然好久忘记了呼吸。罗刻依然闭着眼睛。

"第七门，政治！李天许 81 分，罗刻 82 分！"付词抑扬顿挫地带动着气氛，已经烘托到极致了。

"又扳回 1 分！感觉要翻盘啊！"

"简直是今日五佳球啊！"

"我看像是悬疑片！"

"安静安静，现在还落后 9 分。付词别磨叽，快接着念！"

"第八门，地理！李天许 88 分，罗刻 83 分！"付词嗓音已经开始嘶哑。

"又多了 5 分！现在领先 14 分了啊！"

"啊，不是吧？说好的翻盘呢？"

"完了，要叫爸爸了啊！"

"我去，你也赌的罗刻赢？我也是啊！"

"还没完还没完！还有最后一科，还有可能绝杀啊！"

木炎额头上渗出汗来，心脏狂跳不止，双腿剧烈抖动，紧握的拳头中，手掌几乎要被中指的指甲掐破。罗刻缓缓睁开眼睛，看向付词。

付词再次安静下来，扫视全场，所有人的目光都汇聚在他身上，众人微弱的喘息声在各自耳边炸响。有人满面焦急，有人淡漠平静，有人一脸兴奋，有人眉头紧皱。付词再次张开嘴，歇斯底里地吼道："最后一门，历史！李天许，79 分！"

停住了，他忽而停住了，仿佛给人的大脑计算的时间——如果罗刻考到 93 分以上，就赢了！

付词再次嘶吼道："罗刻——"那拖长的尾音让所有人抓狂。

"64 分！"

全场忽而寂静。

64 分。

"唉！"众人失望大叫。那输了赌注的学生气得直跳脚。

木炎愤怒叫道："你瞎说吧！你肯定看错了！"声音都在抖动。

付词眼睛一瞟："怎么可能！手机拍下来的还有假？"

木炎着急得一把抓过手机要再次验证，罗刻却轻轻叹口气，一言不发地向楼梯口走去。

身后传来一阵疯狂的大笑，那刺耳的声音，必然是李天许了。

"哈哈哈！哈哈哈！"李天许笑得前仰后合，"搞笑啊，搞笑啊！还以为多牛啊，结果来个 64 分！哈哈哈！这个家伙，真是让我笑死了啊！"

罗刻一脸冷漠，继续向楼梯口走去；木炎垂下手，双腿停止抖动，呆呆地看着地板。

李天许忽然又收住了笑声，换上了平静而又严肃的口气，态度转变之剧烈让人诧异。

"咯咯，其实吧，说句老实话，尽管比我差了将近 30 分，但是罗刻的成绩已经是非常好的了，叫作学神也不为过。按照我们学校最近兴起的文化，不是要给成绩特别好的学神一个封号吗？我觉得可以给罗刻送一个封号嘛！"

封号？所有人大眼瞪小眼，完全不知道李天许是什么意思，就连罗刻也暂时停住了脚步。

"罗刻的封号，叫什么呢？我想，就叫作喜剧演员吧。"

喜剧演员？

很多学生尚且没有反应过来是什么意思，还在互相张望一脸茫然，而罗刻突然快速起步下楼了。

没有人看见，两行眼泪顺着他的脸颊流了下来。

那一天，他平静地叫我，喜剧演员。

第六十五章

醒悟啊，为了新的起点

"你疯啦！"夏子萱愤怒地吼道。

夏子萱作为班长，一直在李双关办公室里帮忙。开始是要看成绩的人太多了，而李双关又和其他老师在忙着重新检查、登记成绩，嫌人多口杂，让夏子萱帮忙维持秩序。后来实在受不了众多学生的嘈杂，干脆将所有人都赶了出来，于是夏子萱也跟着回到教室。进教室听到一片乱哄哄的议论声，细问才知道，原来李天许和罗刻演了这么一幕。

"喜剧演员？"夏子萱一听到这四个字，立刻明白了其中意思。她愤怒地站起来一拍桌子，对着李天许大声吼道："你这个人是不是有病啊！你……你就是有病啊！"众人被夏子萱的态度吓了一跳，纷纷看她。

夏子萱趴在教室窗户边上向操场方向张望了一会儿，突然冲出教室。

诸葛百象看着夏子萱急匆匆的背影疑惑了一会儿，也到窗边向外看去，只见蒙蒙雨雪之中，操场上一个熟悉的身影。那个身影……罗刻？诸葛百象猛地一拍脑袋，暗自埋怨，罗刻被李天许讽刺完后就这么跑了，全班男生居然没有一个人追上去，我也在这儿愣着跟个白痴一样！居然只有夏子萱一个人想到了！他赶紧抓了两把伞，狂奔出去。

（背景音乐：《五月雨》）

天空中飘着雪，又混合着湿冷的雨，学生们大多都躲在教室里等着老师们修正成绩和排名。空旷的操场上没有几个人。

罗刻在操场上缓缓挪动着脚步，一圈又一圈，一圈又一圈。地面积水严重，鞋里早已进了水，两脚冰冷。雨雪从领口钻入衣服，寒风从面庞刮过，而罗刻却似乎没有知觉一般。脸上的肌肉没有半分抽动，眼眶里忽然涌出泪水，流过脸颊，过了一会儿，又有泪水流了出来。脸上的痕迹，是泪水还是雨水，谁又分得出来？

"罗刻！罗刻！"夏子萱冲到操场上想叫住罗刻，一直跑到罗刻跟前才停下来。她跑得太急，不住地喘气。

"罗刻！"诸葛百象随后追过来喊道。他举着一把伞走向罗刻，又往夏子萱手上塞一把伞。

然而夏子萱并不接伞，却伸手抓起罗刻的手，握住手掌，猛地转向诸葛百象，着急喊道："他的手都冷透了！诸葛百象！你快带他回去换衣服啊！"

诸葛百象却怔怔看着夏子萱，看她焦急的神情，看她被雨雪浸湿的头发贴在面庞上。

"你愣着干吗啊！快给他打伞啊！快带他回男生寝室换衣服啊！"夏子萱更着急了。

"啊，知道了！"诸葛百象回过神来，撑伞给罗刻挡住雨雪，又一把拉住他往寝室赶。

"我没事……"罗刻喃喃道。

夏子萱和诸葛百象一人扶住罗刻的一边胳膊赶路，夏子萱又急匆匆吩咐道："诸葛百象，你赶快带他回去换衣服，身上擦干，多喝点儿热水！一定要热的！罗刻，你吃过早饭没？"

罗刻摇摇头。

"现在刚8点，食堂还开着。诸葛百象，他换好衣服喝完热水之后，你赶快带他到食堂来，一定要马上吃点儿东西把身体暖起来！对了，衣服穿厚点儿！"

夏子萱一通吩咐，诸葛百象怔怔听着，罗刻又喃喃道："没事……"

"到了，你快扶他上去！我先去食堂等你们。"男寝室楼底下，夏子萱匆匆离开。诸葛百象赶紧带罗刻上楼。

"唉！"罗刻叹口气，"行了，谢谢你们，我真没事了。"

"真的？别怪我多疑啊，主要你刚才那样子，就跟失了神一样。"诸葛百象给罗刻倒上第二杯热水。

罗刻勉强笑了一下："真没事了。唉，这点儿小事情，还不至于把我击垮。"

诸葛百象赶紧接道："李天许确实可恶。这人有病，故意气你的，不要理他。"

罗刻又叹了一口气："其实这样的打击，不单单是来自他而已。这么多年来，我经历过的磨难还少吗？每一次的痛苦都要强压下去，然后逼迫自己继续往前走下去。平时倒也没事，可当遇到新的问题时，那些陈旧的'积病'又会跟着一起发作。刺伤我的不是李天许一个人，是我这一生的命运。"

诸葛百象不知如何回答，他倒是惊讶于罗刻能够想到这么深。

"如果他这一次能够压倒我，那我之前的那么多磨难，在我更加弱小的时候的那些磨难，早就把我击垮了。毫无疑问，这一次，我一样能够忍过去。"罗刻脸上已然恢复了平静，"只是这样的命运啊，它还要累积多少绝望呢？我还能忍受多少绝望呢？压死骆驼的最后一根稻草在哪里呢？"

一个人，能够承受多少痛苦与重负而不倒下呢？在旁人眼里无比强大、如同不死之身一般永远不会被击垮的罗刻，也终于问出了这样令人绝望的问题。诸葛百象心里跟着叹息一声，他仿佛看见巨大的、无比沉重的枷锁就套在罗刻身上，压得他逐渐弯下腰。这世上是否有铁骨铮铮的人？又是否有能够将钢铁一样的脊梁压弯的重负？他不敢想，也想不通，他更觉得自己甚至没有资格去想。罗刻一路走到这里，已经是用生命拼杀出来的。而自己又曾做过多少努力？与罗刻相比，自己当年的放弃是否太快了些？

假若最终失败了，罗刻也比他伟大百倍啊。

更何况，最终的成败，尚无定论啊。

"那个，喝点儿水，去吃饭吧。夏子萱还在等我们呢。"诸葛百象岔开话题。

"我没事。"

"没事也要吃饭啊！平时也要吃饭的吧！走吧走吧！"诸葛百象催促道。

两人走向食堂。夏子萱等在食堂门口，远远看见他俩走来，急忙冲过来："我没敢点饭，怕你们过来已经冷了，现在饭冷得太快了！罗刻怎么样了？好点儿了吗？"

罗刻赶紧道："没事没事，谢谢你。"

罗刻换过衣服喝过热水，身上稍微暖和起来。进入食堂后，夏子萱又点了一些热食——粥、面、包子等，三人一起吃了。

夏子萱试探着问道："我听他们说了，其实……其实你考得很好啊！只不过比李天许低了一点儿而已。"

罗刻苦笑道："哪里是一点儿？期中考试的时候比他少了 18 分，这一次，已经扩大到快 30 分了。我拼了命地努力，真的拼了，这一生一直就这么拼着，可是他又做了什么呢？他平时并没有认真学，只是临考试前稍微用心了点儿而已，却比我强了这么多……

"不论我怎么超越极限地努力，也抵不过先天的巨大差距吗？这平庸的命运啊，这蔑视一切的命运啊……"

"或许也没这么差吧，我看你是被李天许的话给气到了。"诸葛百象安慰道。

"是啊，他乱起外号，好讨厌啊。"夏子萱道。

罗刻又苦笑两声："是啊，或许不算太差吧。我也不知道我为什么会这样失魂落魄，可能真的就是被他气到了吧。呵呵，喜剧演员！我的一切努力，在命运优越者的眼里，不过是一场闹剧啊！"

夏子萱和诸葛百象面面相觑，不知如何安慰。

"然而这一次，或许又是件好事吧。"罗刻忽而又说道。

"啊？怎么是好事？"两人疑问。

"我在雪中走了好久，不断地反思，为什么会这样？我突然意识到，我太偏执了，我不断地麻痹自己单靠努力就能解决一切问题。这一次与李天许差距拉大，反而是一次提醒啊，告诉我，我目前的方式已经到极限了，已经遭遇成长的天花板了。如果目前的方式没有问题，又怎么会被李天许这么轻易地拉开差距，这样无情地嘲讽？

"经过这一次，我终于意识到了，学习，不是单纯的努力就够了啊！高中的知识点数量、难度，根本就不是初中小学能比的啊！从小学到初中，因为知识简单，我一直用单纯的努力就解决了大部分问题，并养成了习惯，形成了拼命就能搞定一切的认知误区。这样的误区，到今天，终于也该要解除了吧……

"说起来真是好笑啊。我从一开始就立下目标，要超越卢标，没想到却连李天许都比不上；而我想要超越李天许，甚至再往前一步，真正的钥匙，却又恰恰掌握在卢标身上！"

"在卢标身上？"诸葛百象惊讶道。

"是啊，在卢标身上，是啊……努力已经到了极限，天赋无法改变，再想提高，就只剩下方法了。学神卢标，封号命运，又封为策略之神，他掌握的大量学习策略，正是现在的我最需要的啊！

"我真的好愚蠢啊。因为对命运的厌恶，所以对卢标也一并敌视了，从一开始就和他站在了对立面。可是他有做错过什么吗？没有啊。我和他，从来就不应该是敌人啊！

"卢标，这是个了不起的人啊！不仅足够优秀，而且愿意将自己的优秀分享给别人。一开学的时候他就提出合作型同学关系，主动将自己的诸多学习策略分享给别人，几乎知无不言，言无不尽。

"如果从那时候起，我就能够收起自己的性子，认认真真地向他请教，他一定会愿意指导我的吧？以他所站到的高度，他一定能够看懂我身上的问题吧？如果我没有那样愚蠢的傲慢与执着，就不会被李天许反复地羞辱了吧？"

诸葛百象听着罗刻平静的叙述，忽然感到，罗刻变了。这应该叫作成长吧？他放下了自己的一个心结，愿意做出彻底的改变，那么未来的道路，也将不会那样坎坷了吧？对于那努力到超越极限的人，命运终究会给他一条光明的路啊！

"所以，你准备……"夏子萱问。

罗刻脸上忽而浮现出轻松的微笑："我要与他和解，我要向他道歉，我要向他请教，请他帮助我分析我的问题，请他指导我每一个学科具体该怎么学习。他应该会答应的吧？

"从下学期开始，不，从寒假补课开始，我就要向他表明态度，要请求他的帮助。我不再是那个看不见自己问题、只知道抱怨命运的人，我应该从每一次失败中吸取教训啊！

"命运并不是完全没有给我机会啊，否则它为什么把卢标放到我的身边？那就是一扇窗户，为了让我不要局限在一个卑微的角落，为了让我看到更大的世界啊！"

罗刻，你真的走出来了啊！

经过这样彻底的醒悟，下学期，将成为你人生新的起点吧！

第六十六章

卢标，卢标，卢标！

罗刻快速吃完热粥，身体好了许多，不过有些余冷，决定回寝室在被子里暖一会儿。夏子萱和诸葛百象听过罗刻的一番感想，确认他不会有意外了，继续留在食堂用餐。

夏子萱低头吃面，诸葛百象注视着她脸庞，回忆刚才她的神情和举止动作，心想：这样平静的态度，她对罗刻，似乎没有什么特殊的情感吧。所以，只是单纯的善良？……

夏子萱偶尔抬头看见诸葛百象呆呆地注视着她，问道："怎么了？你不吃了吗？还有好些食物都没动过呢，刚才一着急点多了……"

不等诸葛百象回应，边上突然传出笑声："罗刻走了？怎么剩这么多吃的，你们吃得完吗？不如我们帮你们吃点儿？"

两人抬头一看，三名女生端着几个碗立在边上，原来是陈思敏、赵雨荷、柳云飘。

"哈，欢迎！"夏子萱欢快道。

老师们还在焦急地查卷、改分数、修改排名，学生们多在教室里闲聊。这几人没吃早饭，就来到食堂，刚好碰见夏子萱和诸葛百象。几人拼了一桌，边吃边聊。

陈思敏道："李天许就是个神经病，非得讽刺下罗刻。不过罗刻也是有点儿反应过激了吧？看他那个伤心欲绝的样子，喂，目前好歹是第二名啊！比我们考得都好多了，他要是绝望成那样，我们还怎么活？"

"就是啊，我们怎么活啊……"赵雨荷也点头，一副可怜兮兮的样子。

"第二？"诸葛百象疑惑道，"罗刻第二，那李天许不是第一了？卢标呢？难道他考崩了？"

"新的成绩单和排名还没出来，老成绩单上根本就没有卢标的名字。他的答题卡应该就是被扫描出问题了吧。我们班一共四十个人嘛，目前老名单上只有三十七个名字，也就是说除了卢标，还有两个人答题卡也有问题。"柳云飘为诸葛百象和夏子萱更新信息，道，"另外两个都是成绩排名比较靠后的，对前面人的名次没有影响。也就是说，我们预估卢标继续第一的话——这是大概率事件——我们这些人就按照老成绩单的排名往后移一位就行了。"

"所以，等卢标的成绩出来后，就应该是卢标第一，李天许第二，罗刻第三了——那和期中考试排名完全没变化嘛！"诸葛百象道。

"前三名没变化，从第四名开始就变了啊！"柳云飘道，"诸葛百象，恭喜你从期中第五升到第四了；陈思敏，恭喜你从第四掉到第五了；赵雨荷第六，夏子萱第七——夏子萱，恭喜你又进步了两名！"

陈思敏白了柳云飘一眼，夏子萱有些欣喜："我又进步了两名？耶！"突然又看了看旁边的诸葛百象，回想起自从卢标的八卦事件后，诸葛百象给自己一番疏导，让她心神安定了很多，学习时更加专注了，平时心态上也更轻松了，少了杂念。期末的进步，或许与他有些关系吧？

"唉！唉！唉！"柳云飘连续悲叹三声，"你们一个个都这么厉害，最惨的是我啊！"

"你怎么了？"夏子萱问。期中考试时，柳云飘排名第七，比夏子萱还强一些。

"我这次真差劲啊，掉到第十五名去了！"柳云飘几乎带着哭腔喊道，"你们谁给我发一个最大退步奖？"

几个女生对柳云飘一番安慰，柳云飘突然叹道："其实我很清楚自己为什么退步那么多。唉，怪我自己，太蠢了。我真的太蠢了。"其他人也好奇柳云飘退步的原因，静静听着。

"我原本水平就没你们那么厉害，期中考试考了第七名，在很大程度上是受益于卢标啊！"柳云飘抬头望着天花板感叹，"上半学期，我花了很多时间跟着卢标学，总是找他问问题、问学习方法，他也总是愿意跟我讲。我从他身上学到了太多东西，期中考试居然能考到第七名，我自己都非常意外啊。

"可是到下半学期，这个让我不断进步的最重要因素却失去了……都怪我自己啊！自从那次事件以后，我和卢标就交流得少了。"

那次事件，众人都知道指的是什么，即柳云飘、易姗、夏子萱、百里思，四名女生围绕着卢标出现的情感八卦事件，疑似早恋，还闹得班主任李双关也知道了，并直接导致了后面的早恋主题辩论赛。

"自从那次事件后，卢标就没有主动教我什么了。而我呢，也觉得有些不好意思找他问问题了，偶尔的交流都是三言两语，不像期中考试之前总是追着他。"

其实柳云飘的反应也是人之常情吧。那样的八卦事情之后，又怎么能保持着原来的关系呢？

"我真的好傻。那样的八卦事件对于我来说有意义吗？完全没有啊！而我却因为这样没有意义的事情失去了跟着大神学习的机会！就算卢标不来主动教我了，我就不能去找他请教吗？我就不能跟他解释清楚吗？那一点儿小小的尴尬又算得了什么，哪里比得上今天这样的大幅退步带来的痛苦啊？

"我决定了，我已经下定决心了，什么八卦事件，再也不要管它了！老天给了我这个机会，让我见到卢标，甚至还把他安排到我的前面第二排这样近的距离，就是让我向卢标学习的。我没有你们聪明，如果不抓紧卢标这一点，我的成绩很难进步。我再也不要那么蠢了，为了一点莫名其妙的情感八卦，丧失了提高自己的机会！"

众人看着柳云飘，各自心中感慨。

陈思敏忽而转头对赵雨荷道："唉，其实我也有类似的感受啊！雨荷，你还记不记得我们之前讨论各种学习方式，总是在猜测，如果是卢标会怎么办，他会用什么方法学，我们总是暗自揣摩。可是我现在才发觉，我真的好傻啊！我为什么要自己私下揣测呢？我为什么不直接去问他呢？我为什么要遮遮掩掩地向他学？

"一个如何调整学习节奏的问题，我自己断断续续疑惑了两个月都没想通——如果我去问卢标，会不会他几句话就给我讲清楚了？

"语文阅读，自从上了高中就有一种做题纯粹靠蒙的心虚感，几个月都没有丝毫进步——如果我去向卢标请教，会不会早就掌握了其中的诀窍？

"还有化学，实验题总是有细节记不住，每次琐碎的地方扣了一堆分——如果我去找卢标请教记忆的方法，会不会就不用背得那么辛苦了……"

赵雨荷低声道："其实，卢标从高一开学就明确说了，希望建立合作型同学关系。我们的这些问题，如果从一开始就去问卢标的话，他肯定会愿意帮忙的。就是因为半个学期都没人理会他，估计他也心冷了吧，后来就提得少了。"

众人又是一阵低头沉默。

几分钟后，夏子萱忽而抬起头来鼓舞道："那从现在开始也不晚啊！卢标是一座宝藏，我们真的可以从他身上学到好多有用的东西呢！从现在开始，不要再瞎想，不要再顾忌什么，大胆地去找他吧，向他请教！这才高一上学期呢，我们还有好多机会的呀！"

是啊，在高一上学期结束时就能意识到这些事情，还有大把修正错误的机会啊！众人心中思绪纷飞、感慨无限，又感觉充满了希望和力量。改掉之前的错误就好了，小小的挫折又算什么呢？

夏子萱吃完早餐，匆匆返回李双关办公室帮忙；陈思敏、赵雨荷与诸葛百象则一起慢悠悠地往教学楼踱去。预计新成绩单完成至少还有一个小时，而这三人成绩较好，班级排名其实已经确定，年级排名也不会有太大变化。排名受影响的，其实是排在中间和后面的学生。

陈思敏与赵雨荷轻松闲聊着，诸葛百象低头一声不吭地走着、思索着。

路上又遇到百里思从教学楼里出来往食堂赶，想抢在食堂收工之前吃点儿东西。

"啊，百里思！新成绩单出来没？"陈思敏叫道。

"还没呢！"百里思道，"对了，你们见着卢标没？"

"没，一大早因为成绩出错的事情，全校都乱糟糟的，没注意他。"陈思敏答，"怎么，你找他有事？"

百里思微微叹口气："是啊。"

原来，考差的不只是柳云飘一个人，百里思的期末考试也崩盘了。

数学、物理继续接近满分，然而英语只有104分，语文更是刚刚及格95分。六门小科中，化学和生物都在70分左右，政治刚及格，地理、历史不及格。

于是数学、物理的巨大优势被吞没，总分严重偏低，排名已经从期中的第八，掉落到第二十一名了。

赵雨荷无语道："百里思，你这偏科真是越来越严重了……"

百里思无奈道："你以为我愿意啊？唉，我的思维模式注定了就是这个结果……"

尽管赵雨荷、陈思敏和诸葛百象并不知道百里思掌握了思维流的能力，甚至不知道思维流是什么意思，但他们都能意识到，百里思的思维方式跟常人不太一样。

"之前卢标还提示过我的思维模式是有巨大漏洞的，不过我没太在意，毕竟数学、物理两门优势巨大。但后来发现这样根本不行啊，语文、英语的问题不解决数学再好也没用。这次掉到第二十一名真是给我好好上了一课……得找卢标好好问了啊。"

百里思叹口气，心想：这残缺的思维流啊，估计只有他能帮得了我。

陈思敏、赵雨荷相视一笑，要找卢标帮忙的人还真不少啊。

诸葛百象却看着远处的天空，心中无限感慨。

先是罗刻，后来是柳云飘，接着陈思敏、赵雨荷，现在又来了个百里思。强大的卢标啊，你究竟影响了多少人？

排名全班第四的我，被人称为学霸的我——真的是一名强者吗？对最难的内容永远直接放弃，从心态上就感到无力和恐惧了，成绩好又如何呢？我根本就不配称为强者啊。只有卢标才算是啊！

每一科都优秀，没有弱点。学习节奏完全掌控在自己手上，永远透露着一股从容不迫的气质。作为封号为策略之神的学神，各种学习策略信手拈来，学起来毫不费力。最终的学习结果，自然是成绩无比优秀，碾压几乎所有人的优秀。

而卢标的强大，又不仅仅是成绩比自己高出了一个档次而已。他的强大，是真正的王者之气，是让所有人都忍不住想要围绕他的强大。这么多人，都把他当作能够引导自己成长的老师，都把学习提高的希望放在他身上，都在念想着他！卢标，你就像灯塔一样，像篝火一样，照耀着四周，吸引着处在寒冷中、黑暗中的人不断向你走来！

卢标啊，这样强大的你，又是怎样铸成的呢？

卢标啊，这样强大的你，是天生如此的吗？

卢标啊，强者和弱者的根本决定因素又是什么呢？

卢标啊，像我这样的人，有朝一日也能够变强吗？

诸葛百象心里叹息着。

卢标啊……

第六十七章

消失的身影

教室里还在吵吵闹闹。

新成绩单还没出来，不过很多人去李双关的办公室里看过了老成绩单，已经大致能够判断自己的成绩和排名了——班内排名误差顶多只有三名。只有三个没有出现在老成绩单上的人真正是需要等待新排名的。不过其中一个，卢标，他的成绩，还需要疑问吗？

修远趴在桌子上，满怀心事。他没有去看成绩，尽管已经提前做好了心理准备，然而修远却迈不开腿，没有勇气去李双关的办公室看成绩。唉！还是等李双关带来新成绩表以后，再去揭晓这不堪直视的谜底吧。

修远的心里反复念着：下学期，一定要努力，一定要收起所有不成熟的小心思，再也不能像现在这样荒废了啊。下学期，一定要让所有人刮目相看，甚至要让他们，像看卢标一样看自己！一定要……一定要努力了……

走廊上也有不少人，罗刻、木炎、陈思敏、赵雨荷、柳云飘等人三三两两地聚着，聊些假期的事情。诸葛百象在走廊里低头踱着步，从教室门口走到楼梯口，又返回来，再走过去，偶尔停下来看一看窗外的天空。

诸葛百象的思绪还在缠绕着。我为什么这样弱小？为什么……卢标，为什么你这么强大？为什么……罗刻、陈思敏、赵雨荷、柳云飘，甚至百里思，所有人都在忍不住地关注着你、围绕着你？为什么……

他不断地拷问自己，却没有答案；他知道不会有答案，却忍不住地追问着自己。

当他再次游荡到楼梯口的时候，突然怀里重重地撞上一个人。抬头看去，是夏子萱。

只见夏子萱一脸的失魂落魄，与半小时前在食堂吃饭时的轻松截然不同。她似乎连走路都在摇晃，两眼呆滞，眼神中又是一股不知如何描述的复杂情绪，似震惊，似迷茫，又似悲伤。

"这是怎么了？"他从思绪中回过神来，赶紧问道。

（背景音乐：《宁次之死》）

夏子萱缓缓抬起头来，呆呆地看着诸葛百象，压低了声调，那音色里隐约带着一丝哭腔："我……我刚从李老师办公室回来……"

"然后呢？"诸葛百象焦急催促。难道她考差了？不对啊，她成绩不是已经确定了吗，第七名啊。

"卢、卢标，他，他——"夏子萱两眼失神道，"他走了……"

"走了？什么意思？"诸葛百象一时没有反应过来。

两行眼泪忽而流下来，夏子萱哭喊道："他转学了！他去临湖实验高中了！"

诸葛百象怔住了。

罗刻怔住了，柳云飘怔住了，陈思敏怔住了，赵雨荷怔住了。这一瞬间，走廊上所有人，全都怔住了。

卢标，转学了。

空气刹那间凝滞，人声寂灭，所有人扭过头看向夏子萱的方向，感受到巨大的震惊，脑子里几乎一片空白。没有人开口议论，就这么呆呆地看着夏子萱。夏子萱承受不住众人的眼光，冲回教室里，趴在桌上哭泣。

卢标，转学了吗？

那必然是走廊外寒风飘雪的缘故吧，人们的心忽然像凝结成一片冰，然后咔嚓生出裂缝，小小的一声脆响，冰片就这么缺掉了一块。

柳云飘咬了咬嘴唇，忍不住流下眼泪。

卢标，再也见不到你了吗？她转过头看着走廊外的飘雪。雪花啊，飞舞啊，然后落在地上消融不见了。你给我讲了好多题啊，介绍了好多有用的方法啊！这些都要不见了吗？可是我还想要再追着你问问题啊，我还想弥补自己的愚蠢啊……

她回忆起自己从卢标那里学来解数学题的简便方法时的兴奋，回忆起遇到困难时总觉得卢标一定能给自己出主意的安全感，回忆起被强大的卢标带动着前进的轻盈……

我明明才刚下定决心，要重新去找回那驱动我前进的力量；我明明以为，还有那么多的机会啊……

陈思敏鼻子一酸，跟着流下眼泪。

卢标啊，你为什么会在这个时候突然……她看着窗外远处的山。冬天了啊，花木也枯萎了啊，明年春天再来的时候，每一株花木都能复苏吗？是否将稚嫩的幼苗冻死在寒冬里呢？卢标，你给了我那么深刻的启发，可是我又没有真正理解透彻。然而，已经没有机会亲自向你请教了吗？刚刚下定的决心，就要作废了吗……

她回忆起在寝室里通过柳云飘间接学到了一点儿卢标的方法，回忆起在李双关办公室门口听到的卢标对学习的深刻理解……

这一切，就这样消散了啊。

赵雨荷跟着流下眼泪。

她不知道自己为什么会哭，自己与卢标的交集并没有那么多吧？可是这阴沉的寒冬里啊，有一团温暖的篝火在身边，总是好的啊！窗户上的水汽化成薄薄的一层冰，寒风偶尔通过窗户的细缝进入走廊，这刺骨的寒冷啊，穿透一切的寒冷啊……卢标，你真的走了吗……

她回忆起辩论会上被卢标驳得哑口无言，绕得思维乱成一团；回忆起在寝室里暗自琢磨卢标分享的学习策略到底适不适合自己……

这样的日子，结束了啊。

罗刻皱着眉，扭头看向窗外，听到寒风的呼啸。那辽阔的呼啸，席卷天地的呼啸，湮灭一切的呼啸啊！雪花飘零啊，被大风驱逐啊，不知道自己将在哪里着陆，不知道自己会附着在哪一片树叶上，又或者化成冰水融入泥土里。渺小的雪花啊，你的命运在谁的手上？你奋力挣扎的时候，就能抵抗得了风的掌控吗？

卢标啊，再也无法和你争执了吗？再也不能以超越你为目标而奋斗了吗？你那被命运所嘲讽的封号啊，你那注定波澜壮阔的人生啊……

他回忆起很多年前，初中时期在成绩榜单上看到遥遥领先的卢标的名字的场景；回忆起在兰水二中初次见到卢标时的惊讶，一个不该出现的学神凭空出现，如今又凭空消失；回忆起好几次和卢标的言语冲突，刻意对卢标的学习策略表示出不屑一顾；回忆起在书房里被卢标发现了秘密，那无奈的诉说，又意外听到卢标命运转折的故事……

卢标啊，封号为命运的卢标，给人带来希望的卢标，让我以为是命运打开了窗户的卢标……我才刚刚想要与你和解，想要放下偏执走上新的起点，你却就这么离去了吗？这是命运以你之手，再次戏弄于我吗？！

卢标啊，让人厌恶的卢标啊，如封号命运般可恨的卢标啊！

诸葛百象向远处天空看去。卢标走了，我该作何感想？

他又回头看着走廊上的一干人等，看着他们迷茫的眼神，看着他们流淌的泪水。夏子萱哭了，陈思敏哭了，赵雨荷哭了，甚至连罗刻的眼角都含着泪。

那么多人都在牵挂着的卢标，即便离去了也注定不会被遗忘的卢标……以学神的身份降临在兰水二中，毫无架子地提出合作型同学关系，再主动分享自己的学习秘籍，这样一个人，你教会了我什么呢？

归根到底，我似乎什么也没有学会。我只是埋藏着那么多疑问，那么多感叹啊！

百里思默默从走廊上穿过，手里还捏着刚从食堂带过来的煎饼。

卢标走了吗？啊，思维停滞了？原来思维是会停滞的啊……

教室里嘈杂的声音也逐渐消失了。所有人默默地品味着这悲伤的时刻。修远听到卢标离去的消息，同样五味杂陈。我还想要超越你啊，可是你这样离开了。你的强大，已经不能够被我所挑战了吗？你的优秀，我已经不配去追赶了吗……

隔壁实验一班的走廊上立着两道身影。男生冷峻，眼神锋利；女生温婉，目光柔情。

"他走了？对你有什么影响吗？"舒静文轻声道。

"哼哼，多大点儿事。"占武冷冷回复，一边嘴角却隐隐向上扬起。

终于领悟了吗？终于想通了吗？弱小的卢标啊，稚嫩的卢标啊，不配与我做对手的卢标啊。命运是可憎的敌人，又是有趣的玩具啊，你无知的大脑也终于思考明白了吗？终于要回到你本该要去的地方了吗？只有在那里，你才有资格与我一战啊。

未来的你，还会遭遇多少磨砺？你能像我这样不断地过关斩将吗？你能如死神一般杀出命运的围捕吗……

白雪纷飞，寒风凛冽，这天地间，尽是肃杀之气！

李双关的办公室里，一个壮实的中年男人面无表情地抽着烟。李双关坐在办公桌前，皱着眉头，一只手撑住额头，狠狠地叹了口气。

"李双关，说吧。"

李双关身上的力气似乎都被抽干了一般，低声道："对不起，马校长。我……我不知道为什么。卢标家长只说要退钱转学，没有说出具体的原因……"

"唉——"马泰长长地叹了口气，"还要什么具体的原因啊，因为临湖实验比我们更好啊！为什么一定要超过临湖实验？为什么一定要拼了命找出几个清北的种子？就是为了防止今天这样的事情发生啊！一所没有出过清北的高中，顶尖的学生怎么会信任你的实力？家长怎么会放心把最优秀的孩子交给你培养？

"只要兰水二中没有考出清北，这样的悲剧就要一再重演啊……当老师的人，最爱才的人，却偏偏要眼看着自己最优秀的学生离开，这样的折磨谁能忍受得了？一定要有清北啊，哪怕只有一个，哪怕只有一个！只要有一个，我们就可以对学生说，对家长说，我们曾经做到过，我们有资格教这个孩子啊！

"李双关，这次的事情不怪你，该怎么工作继续怎么工作吧。严如心，你们班的占武，就是这一届高一唯一的希望了！就是我马泰退休以前，整个兰水二中唯一的希望了！你给我好好地看着他，用尽一切方法看住他！

"还有，等下全体教师会议的时候，要重申此事，所有老师严防类似'恶性'事件发生！绝对不可掉以轻心，这是我兰水二中的命脉所在！"

话说到最后，马泰已经吼了起来，严如心被吓得不断点头称是。

马校长离开了。李双关点燃一根烟。教师办公室按理是严禁抽烟的，可是此刻的李双关却顾不了那么多。失落、悲伤、自责乃至自我怀疑，全都涌了上来。

他真的不知道卢标为什么离开吗？他或许知道啊。卢标几次和他提到，太重的课业负担干扰了他的自主学习节奏，找自己商议取消他的部分作业。可是自己认为卢标是在偷懒，是在挑战权威，严厉批评回去了。

他和卢标的这个矛盾，至少发生了两次。谁能说卢标的离去和这矛盾没有关系？李双关想：这应该就是主要原因了吧。

自己的做法错了吗？严格要求学生完成作业不许偷懒，不许搞特权例外，这错了吗？对待卢标的态度真的错了吗？其实自己也大约知道，在临湖实验高中，以及省会文兴市的更高级别的重点高中里，学习的压力没有那么大的，老师和学校的掌控是没有那么严的。李双关何尝不知道，越是优秀的学校，其实给学生的自主管理空间是越大的啊！

即便给卢标一些自己的空间，又有什么关系呢？卢标这样的学生，原本就和别人不一样啊！

李双关闷头抽烟，一口接一口，眉头紧锁，眼睛呆呆地盯着地板上的花纹。

可当时自己为什么没有这么想呢？为什么第一反应就是要更加严格地管住卢标呢？说到底，我李双关从来就没教过清北级的学生，根本没有过培养顶级学生的经验啊！我李双关根本就不知道如何应对卢标这样的学生啊……

年轻有为的李双关，教学成绩突出的李双关，准备接任校长的李双关……

李双关懊恼地低下头，重重地磕在办公桌上。桌上一个金光闪闪的奖杯，上面刻着一列字：兰水市人民心中的最佳教师。

旁边严如心也跟着叹口气："唉，李老师，别难过了。新的成绩单已经出来了，排名也修正了，给学生安排放假和调班的事情吧！"

雪越下越大了。

▶ 第六十八章 ◀

幻灭！雪中的别离！

夏子萱擦干眼泪，有气无力地再次来到李双关办公室。新的成绩单和排名已经整理完毕了。办公室里，李双关依然低头抽烟，一班班主任严如心一脸慈祥地与占武聊着。其他各科老师清点试卷，分析学生状态。

看到占武，于是想到卢标，夏子萱的眼泪又流下来。自己这个班长，除了帮班主任做点儿杂事以外，起到任何作用了吗？对班级的团结、凝聚和促进，有过任何帮助吗？如果当初自己主动退下来，让卢标上去，会不会结局就不一样了？这个班也许更好了吧？卢标也许不会走了吧？

李双关瞟了夏子萱一眼，却没有心情去安慰她。"去吧，把新的成绩表发下去。"

由于卢标的离去，后面的人全都自动上升一名。第一名变成了李天许，罗刻第二，诸葛百象第三，陈思敏第四，赵雨荷第五，夏子萱则成为第六名了。

我第六了啊……夏子萱一点儿也高兴不起来，慢吞吞地拖着脚步，将新的成绩单发给同学们。

拿到成绩单的学生们兴致勃勃地看着自己的分数和排名，又左顾右盼想要看看别人的成绩单。旧成绩单里考得差的希望自己能够在新榜单上有所前进——其实除了那两名被扫描错试卷的同学外，其余人哪里有什么变化呢？

修远失落而又紧张地坐在座位上，看着拿到成绩单后躁动的人群，心里一阵感叹：不知道我究竟落到什么成绩排名了？算了吧，即便考差了，又能怎样呢，总该要面对的啊。他一边暗自握紧拳头，一边心想：这样的胆怯、这样的屈辱，一定是最后一次了，下学期，必定要努力、要翻身了啊！

夏子萱还在发成绩单，李双关拖着沉重的步伐进入教室，手上抱着一摞精美的皮封笔记本。李双关不耐烦地一拍桌子，教室里的嘈杂声立刻平息，到处看同学成绩的人也不敢不立即返回座位。

傻子也知道，今日的李双关比老虎屁股更加摸不得。那紧皱的眉头、怨念的眼神，都透露着对卢标离去的失望与愤怒。班级里一片悲伤与压抑之气。

李双关深吸一口气，清了清嗓子，强行调整了一下情绪，开口安排诸多事项了。

"新的成绩单已经打好了，自己看下吧。每个人看着自己的分数可以衡量一下，这学期自己努力了吗？尽力学习了吗？你的分数和你的努力程度匹配吗？

"这里，我还是按照惯例先对前十名的同学提出表扬，希望后面的同学向他们学习吧。同样，对前十名的同学，我也准备了一些小礼品。"

李双关语调升高了些，扬了扬手里的笔记本，试图营造出一个积极欢快的气氛。

"第一名，卢……"

全班同学怔住。

李双关看着大家瞪大的眼睛，深深叹了口气，狠狠拍了下自己的脑袋。

"第一名，李天许！上来领奖吧。"

全班同学的眼神立刻又黯淡下去，一阵唏嘘。

"第二名罗刻，第三名……"

依次这么念下去，李双关调整着自己的情绪，尽量不让卢标的事情影响后面的工作。因为，还有一件大事，一件容不得闪失的事情需要处理。

前十名发奖完毕，李双关顿了顿，又换了沉重的口气道："另外还要通知一件事情，这次考试成绩统计完毕以后，我们新高一年级的成绩，出现了一些特殊的情况，这个情况让校领导这几天连续加班开会做了一个决定。

"大家知道，我们新高一进来的时候，是按照成绩排名分班的，设立了两个实验班：我们实验二班和隔壁实验一班，另有十八个普通班。学校把最好的条件都给了实验班的同学，作为对于他们优秀和努力的奖励。但是一学期结束以后，我们发现，有不少普通班的学生经过努力奋斗，取得了良好的成绩；也有部分实验班的学生不思进取，成绩大幅下滑，甚至比不上普通班的学生了。那么在这种情况下，让这部分不愿学习的同学占据着实验班的名额，是否对那些普通班中最优秀的同学造成了不公平？

"经过众多领导的集体决策，学校现在决定了，需要让两个实验班的学生和普通班的学生有互动的机会：实验一班的倒数前三名，以及我们班的倒数前五名，调到普通班去；普通班中的前八名，进入两个实验班！"

众人大惊！

"天啊，好吓人啊！"

"不是吧！喂，你多少名啊？"

"废话，再怎么差也不至于倒数五名之内吧！"

"我还以为实验班是一直稳定的呢，没想到还要再流动啊！"

"不知道哪几个要出去啊？刘旺哲估计要拜拜了。"

"这次考得差，不知道排名多少啊！不会倒数前五吧？"

众人紧张地交流了一分钟之后，隔壁实验一班也突然紧跟着沸腾起来，大声叫喊。显然，他们的班主任也宣布上述消息了。

被迫离开实验二班的五个人，充满屈辱的五个人，象征着失败的五个人——谁将成为这样的五个人？

刚才大家一窝蜂上去看排名表的时候，全都是顺着前面往后看的，没有人留意到最后几名是谁。那些成绩稍弱的学生，不由得紧张起来。

有些看过他人分数排名的人小声念叨："最后一名，刘旺哲；倒数第二瞿竹君？"

此言一出，引得众人炸起，议论纷纷。李双关一声怒吼："都给我闭嘴！坐好！一个个都慌什么？！怕自己是倒数前五名吗？自己有多少斤两，自己还不清楚？今天这么怕，为什么之前不努力学习？你看李天许有没有慌，陈思敏、罗刻有没有慌？只有那些平时不努力的才慌！"

全班安静下来，死死盯着自己手上的成绩单。那成绩单却如同一张生死判书一样，高高悬在众多学生的头上，使人不得不紧紧盯住它。

突然听到班级后排砰的一声巨响。这一声巨响在寂静的教室里格外刺耳，好些人都吓了一跳。回头一看，原来是刘旺哲一拳狠狠地砸在了自己的课桌上。细看，刘旺哲脸部扭曲，肌肉间布满了愤怒与屈辱，拳头握得紧紧的，似乎指甲都嵌入了肉里。刘旺哲猛地站起身，头也不回地从班级后门一路狂奔出去。

李双关吓了一跳，生怕刘旺哲一时想不开，赶紧追出去把刘旺哲拉住。班里的人看不到发生了什么情况，私语纷纷。付词悄悄地从后门跟出去，一边站在门口张望，一边向那些还待在座位上的人进行实况转播："不会要跳楼吧？等下，没有，老李追上了！等下，还在拉扯，在楼梯拐角处，是不是要打起来？啊，下楼了，看不到了！"

马一鸣戏谑道："说不定待会儿你也要冲出去呢！到时候我去给你实况转播吧！"班里一阵哄笑。

付词不理会马一鸣，继续在后门口张望着。瞿竹君看起来还算冷静，只是无力地趴在桌子上，两眼空洞发呆而已。

付词在后门口等了一会儿，不见李双关和刘旺哲上来，于是回到座位上，正好夏子萱将成绩单放到他桌面上。付词瞪大眼睛看了看，几秒钟后，夸张地倒吸一口凉气，转身，四十五度角仰望天空——其实是仰望天花板，右手握拳重重地砸在自己胸口，脸上渲染着庄严神圣的光辉，仿佛在宣誓要为人类和平事业献出自己的生命一般。

"我，付词，庄重地宣布，我就是本次考试的，全班，倒——数——第——六！"

又一阵哄笑："你真是好运气啊！""老司机，这波心跳玩得好！"

又过了一两分钟，李双关带着刘旺哲进了教室，又让刘旺哲回到座位上。

"行了，安静。各位同学，希望大家能够冷静地看待这件事情。是的，今天，一定会有五名同学离开这个实验班。但是这一定是坏事吗？未必啊。你为什么在实验班学不好呢？也许是不适应这个环境，也许你到了普通班以后，反而会发展得更好呢？我们都知道，实验班压力是比较大的，课程进度也快，比普通班的同学快了将近半个学期呢！这样高强度的环境适合你吗？我相信，这五名离开的同学，到了普通班以后，面临更加轻松的环境，反而会如鱼得水！

"另外，这次的班级调整，可以说是由这几名同学不适应实验班的高压环境而主动申请的，尤其这几位同学在与父母沟通的时候，可以这么说。这既是学校的安排，我想也是各位同学的心里所愿。待会儿每个人可以填一张调班申请表。

"所以，我希望剩下的几名同学，能够冷静地看待这件事情，所谓塞翁失马，焉知非福。虽然我是英语老师，但我知道你们语文课学过这个故事对不对？这就是塞翁失马的原理嘛。其他同学，希望你们也引以为戒，并且不要对这五名同学太过关注，避免给他们带来心理上的不愉快。"

李双关一席话说完，教室更加安静了。那充满温情的关怀使人平静，那富含哲理的语句让人沉思。每个人都在仔细思索李双关的言语，细细品味语句中的深意，每个人都在心中暗想：

废话那么多，剩下三个倒霉鬼到底是谁啊？

李双关环视全班，学生们脸上逐渐变得平静，感觉自己的话可能有点儿效果了，接着说："如果大家能够理解这一点了，那么，剩下的三个同学，我们同样祝福他们在普通班宽松的环境下，能够取得更好的成绩吧。"

（背景音乐：*The Host of Seraphim*）

倒数第三名，会是谁？

"习羽雷，祝福你在更加宽松的环境里，有好的发展。"李双关一边说着，一边紧盯住习羽雷，以防意外。

所有人向习羽雷看去。

习羽雷低下头。

倒数第四名，又会是谁？

"周辽，祝福你在更加宽松的环境里，有好的发展。"李双关又盯住周辽，不敢半点儿放松。

习羽雷和周辽两人表现还算平静，大约是对自己的成绩早就心里有数了。尤其习羽雷，平时就长期不及格，出局基本是定数。围观的人安安静静，虽然没有落到自己身上，心里一样五味杂陈。

还剩最后一个倒霉鬼了，教室里一片死寂，无人敢出声。

"最后一个得到我们祝福的人——修远。"

修远！

全班一片哗然！所有人猛地转头看向修远。

只见修远正一脸震惊地瞪着自己手中的成绩单，仿佛看见了魔鬼、死神。他之前还趴在桌上，无聊地旁观着这一出惨剧，却不承想，当夏子萱将成绩单发到他手上时，他就如此轻易地被卷入其中了。一时之间瞠目结舌，呆若木鸡。

"哇！修远！"

"刚来的时候是学霸啊！"

"是啊，全班第三还是第四？"

"不会吧？他考得这么差？"

"好像期中考试的时候就很一般吧？估计最开始是运气好蒙的？"

"估计就是不习惯，高中比初中难多了，很多初中的学霸上来高中就不行了！"

修远脑子里一片空白：怎么会……怎么会落到这一步……

哪一科试卷没写名字？试卷改错了？扫描机扫漏了答案？总之，不可能，不可能是这个成绩。我还用了思维导图的……一个个念头不断地涌出。他突然觉得全身乏力，四肢发抖。

李双关看了看修远，接着说道："像这样的人员流动，大家要习惯，要做好准备。我们反复强调，这种安排是为了给后进的普通班同学更公平的机会。等到下学期过后，学校会进行选科报名，那时候会重新分一次班。到时，不仅是普通班和实验班之间的人员流动，而且两个实验班会重新组合……"

李双关正解说政策，教室里突然响起一阵梦呓般的喃喃自语："我要查卷……我要查卷……我要、我要查卷……"

李双关被迫停下话语，其余人也跟着一起循声望去。

修远如失魂魄，目光涣散，脸色惨白。

李双关失了卢标，又被刘旺哲闹了一出，心下正烦躁着，自然对修远没有好态度，反问道："你以为自己能考多少分？你的试卷我看过了，没有答题卡扫描上的问题。"

"……我要查卷……我要查卷……"那如同着了魔似的喃喃声并不停歇。

李双关无奈道："行吧，对分数有异议的同学，可以到我办公室去查试卷、对答案。夏子萱，你跟他们一起过去。"

修远跌跌撞撞起身走出教室，夏子萱跟上。剩下几名要离开的人却是坐着不动。

九科试卷整齐摆在李双关办公桌上，修远一一翻找出来，每看见一张，手腕、手指的抖动就更加剧烈。

六小科，惨不忍睹。以为在及格边缘的政治、历史，分别只有43分、55分；以为有65~70分水平的生物、地理，分别为59分、61分。化学66分勉强及格，物理68分毫不优秀。

办公室里暖气开得很大，窗户单独做了保暖隔离，窗外的寒风飘雪被轻松拦截。然而修远却觉得身上逐渐凉下来。

为什么会这样……这就是低估、轻视小科目的代价吗……修远游走在崩溃的边缘。

那么，三大科又如何？如果语文、数学、英语的答题卡有问题，漏掉了十几二十分，那么自己就不需要坠落到普通班去了。

英语，107分。细细算完所有小分，并没有出现扫描和总分累加错误问题。还不死心，又颤抖着手找来试卷和答案，一小题一小题地比对……依然没有误差。

语文，97分。论述类阅读理解错了大半，诗词赏析几乎没分，小说阅读鉴赏题也没对几个，作文只有39分……这些意外吗？难道做试卷的时候，自己心里没点儿感觉吗？修远依稀回忆起自己在考场上那靠着感觉写的场景，依稀回忆起自己一个学期就没有好好学过语文……报应来了吗？一切都是报应吗？

只剩最后一科，只剩最后一科数学了……数学，这学期唯一认真学过了的学科，细致地用思维导图这样的方法练过的学科，考场上并没有太大问题、预估应该有140分以上的学科，修远唯一还能怀抱着希望的学科……

从厚厚的试卷堆里抽出试卷的那一刻，修远的目光停留在那个分数上：112分。

不可能、不可能啊！不可能只有这么点儿分数啊！赶紧抓起试卷细看分数——选择题粗心计算错了一道，理解错了两道，共扣15分；填空题15题，两种情况只写了一种，扣5分；大题最后一题最后一问不会，扣6分；倒数第二题、第三题第二问没有分类讨论，各自扣了4分；再加上大题前两题过程不清晰、卷面不整洁共扣了4分……112分，完全没有误判。

即便努力了一个学期的数学，用了思维导图认真学过的数学，也只有这样的结果吗？

修远盯着试卷彻底呆滞了，脸上写满绝望。

夏子萱看着修远落寞的背影，心里唏嘘不已。修远啊，开学时名列第四的修远啊，如今居然落寞到这副模样……高中的竞争，真的太残酷了。可怜的人，就要离开我们实验班了吗？

核对完试卷，修远返回教室。路上一会儿看向走廊外面的冰天雪地，一会儿又看着下面几层楼的普通班教室——我会被扔到其中哪一间呢？

修远拖着脚步上楼，低头不语。他忽而又想到了卢标。在这充满嘲讽气息的日子里，卢标离开了，他也要离开了。卢标因为太优秀，去了更高水准的临湖实验高中；

而自己却因为麻痹大意、自甘堕落，坠入了更差的普通班……

曾几何时，他看见卢标就烦，看见其他人尤其是易姗对卢标关注就更烦。然而现在，他再也看不见卢标了，他甚至连那些曾经与自己相差甚远的普通同学也见不到了。

寒风啊，呼啸啊，这高傲的雪花飘摇啊，炫舞着、游荡着，将要安落在何方啊！

返回教室里，李双关和各科老师已经布置好作业，安排好假期与补课时间。然而这些与修远无关了，因为实验班的作业，那让人厌倦的沉重作业，他再不用写了；那实验班的补课，那让人烦躁的无聊补课，他也不用参加了。普通班作业少，补课时间短，修远，该要享受这假期了吧……

"老师，我少一套英语试卷。"有人喊道。

"少作业还主动要，真是作死啊。"有人嘀咕。

办公室里其实有备用的寒假作业，然而李双关今日心情太差，没那个耐心去翻找了，随手一指修远："找不需要写作业的同学拿一下。"

于是一伸手，修远面前的试卷少了几张。

又有些作文册、数学试卷少了的，陆续走来。

于是修远的桌上，试卷被一扫而空，只剩下一张纸。

那是一张高一年级组办公室签发的《调班申请单》：原实验二班学生修远，申请调换到普通班十四班，从下学期开学起执行。十四班班主任袁野，联系方式……

在棕色的桌面上，就这么一张白白的纸。修远缓缓伸手抓起这张沉重的纸，又有人通知他，该收拾桌子里的书籍资料了，因为寒假实验班补课要用这桌子。

修远无声苦笑，清理抽屉。

一切安排妥当，老师走了，同学们也陆陆续续离开了，教室里一副曲终人散的模样。罗刻走了，陈思敏走了，赵雨荷走了，柳云飘走了，夏子萱走了，诸葛百象走了，百里思走了，易姗也走了……所有人都走了，只剩下修远一人留在这空旷的教室里。

窗外雪声，窗内寂灭。

两行眼泪终于掉下来。

天大地大，何处安放此身？

修远背起书包，一步一停地下了楼，路过二楼的十四班，稍稍一顿看向那无人的教室，连叹息的力气也没有了，转身离去。

校园里空旷无人，飞雪漫天，终于将地面的水泥与泥土覆盖住了，一副北国的模样。在冰天雪地的世界里，修远独自踩出两行脚印。白色的楼宇如此高大，覆雪的操场这般宽阔，那一个悲凉的身影在雪地里挪动着，走出校门。

新年即将来临，街上一派安定祥和的气氛。商铺边上吉祥的春联一张张从修远身边走过，福字贴挂得满街都是，喜庆的大红色在雪白的世界里格外暖人心。穿着棉衣的小孩笑着叫着跑过来，撞了修远的手臂而过，后面另一个大笑的小孩拿雪球扔他。

又是一年喜庆的春节啊，每个人脸上洋溢着笑容。

二中的校门在背后越来越远，他突然意识到，高一上学期，结束了。

结束了。

［背景音乐：*Don Coi*（instrumental）］
高一上学期，一片新的大陆。
那年轻的身体，稚嫩的头脑，带着充满惊奇的目光啊，踏上这新的大陆。
登上这新的大陆，带着各种各样的幻想。
有人幻想，能凭一己之力，改变身边所有人，改变环境；
有人幻想，只要努力到极限，就能击碎命运的困局；
有人幻想，保持着初中时良好的学习习惯，将继续卓越；
有人幻想，自己依然是当年轻松写意过好学习生活的骄子；
有人幻想，在他人身上能找到自己的影子和希望；
有人幻想，高中生涯并没有那么重要，能混则混就好；
有人幻想，要在青春里展示魅力，那是最美好的时光；
又有人幻想，初心在，操守在，自己定是最优秀的老师……

那辗转反侧的夜晚，该有着多少不为人知的幻想？
那青春激昂的白日，又有着多少人在幻想里挣扎？
闭上眼睛啊，不要看见庸俗的现实；
松懈警惕啊，不要思考迷茫的明天。

那多彩的泡影，飞舞啊，然后消散；
那可笑的幻想，沉沦啊，最终破灭。
命运不催促你向前，它只在幻灭的时刻，给你无声的嘲讽。
然后聆听啊，那悲叹，那哭喊；
接着冷眼啊，那迷茫，那失落。

我的见解，我的习惯，我的方法，我的世界；
你的思想，你的欲望，你的斗志，你的明天。
所有人的故事啊，在书写，在流淌。

在幻想的故事里，欢笑啊，喧闹啊；
在真实的世界里，迷惘啊，悲伤啊。
可是那黯然的眼神啊，会一直灰暗吗？
可是那没落的身影啊，会始终沉沦吗？
那燃烧着的年轻灵魂啊，
那充满斗志的年轻灵魂啊，
那不容命运困顿的年轻灵魂啊，
在幻灭之后的废墟里，重新站起来吧！

寒夜将去，
烈焰纷飞，
新大陆的幻想将要终结，
命运之局里存留的，是不灭的意志！

《进击的学霸》上篇《新大陆的幻想》至此完结。
敬请期待中篇《不灭的意志》！

策略师叶修